밤의 문이
열리면

밤의 문이 열리면

1판 1쇄 찍음 2016년 06월 27일
1판 1쇄 펴냄 2016년 07월 04일

지은이 이윤주
펴낸이 정 필
펴낸곳 (주)뿔미디어

출판등록 2002년 9월 11일 (제1081-1-132호)
주소 경기도 부천시 원미구 소향로 17, 303(두성프라자)
전화 032)651-6513   팩스 032)651-6094
E-mail bbulmedia@hanmail.net
홈페이지 http://bbulmedia.com

ISBN 979-11-315-7217-7 04810
ISBN 979-11-315-7215-3 04810 (SET)

II

밤의
문이
열리면

이윤주
장편소설

c o n t e n t s

1

그 밤에 먹은 것을 기억하는 것.

"그것이 내 혼란을 종식시킨다."

그 밤에 먹은 것을 기억하는 것.

"그것이 나의 존재가 뭔지 알게 해 주는 열쇠."

그래서 그 밤에 내가 먹은 것이란? 아벨라는 방 안을 뱅글뱅글 돌았다. 벌써 수 시간째다.

"음식 거부증인 내가 입안으로 삼킨 것."

뭘 먹은 걸까. 그는 분명 그녀가 먹은 것이 있다고 말했다. 싱싱한 무언가를. 크고 맛있는 무언가를. 그걸 먹어서 모습이 변한 거라고 했다. 아벨라는 벽에 걸린 거울을 노려보았다.

"확실히 또 모습이 변했어."

언제 모습이 변했는지 모르겠다. 분명 후작의 집에서 나올 때는 이 모습이 아니었다. 변한 것이 없다고 우기고 싶지만 단발이 되어 버린 머리카락을 보고 할 말을 잃었다. 시간이 흘렀다 해도 고작 이틀. 그 사이 변해 버린 외모. 혼자 잘못된 시간 속에 있는 기분이다. 모두에게 공평한 시간이 그녀에게만 다른 느낌이다. 이것이 과연 행운일까. 불행일까.

"나는 정말 사람이 아닌 걸까?"

거울 앞에 서서 집게손가락으로 윗입술을 들어 보았다. 다행히 변형되거나 문제가 있는 치아는 없다. 뾰족이 드러난 이도 없다. 그녀가 이번엔 입을 크게 벌려 안을 살폈다. 말캉한 붉은 혀를 내밀어 보았지만 역시 특별한 점은 없다. 양손을 머리카락 안에 깊이 집어넣고 이곳저곳을 만져 보았다. 뿔이라도 나 있을까 봐 걱정했는데 다행히 멀쩡했다. 등 쪽도 살펴봤다. 치마를 허벅지까지 말아 올려 엉덩이와 다리 이곳저곳도 만지고 살폈다. 마지막으로 가느다란 목을 확인해 괴물의 이빨 자국이 있는지 살핀 아벨라는 끝내 땅이 꺼져라 안도의 숨을 토해 냈다. 다행히 모든 게 정상이다. 그럴 거라 믿고 있었지만 혹시나 하는 마음에 가슴 졸인 것도 사실이기에 안도의 긴 숨은 꽤 오랫동안 이어졌다. 단, 아직은 괜찮다는 안도감이다.

"아직은."

흘러나온 목소리에 힘이 없다. 사실은 불안감을 떨칠 수 없다. 몸의 변화를 어떻게 설명할 수 있으며 피를 보고 두 번씩이나 흥분한 것은 또 어떻게 변명할 수 있겠는가. 아벨라가 거울에 손바닥을 댔다. 차가운 유리의 감촉이 마티어스의 손을 떠오르게 했다.

"피를 마시고 싶냐고?"

그녀가 아무것도 움켜쥘 것 없는 거울 위를 꽉 움켜잡았다.

"천만에."

하녀장의 아들처럼 될 수는 없었다. 테라처럼 될 수도 없었다. 비록 음식 거부증이라는 특이한 병에 걸린 상태지만 결코 인간이길 포기하는 행동은 하지 않을 것이다. 아벨라는 자신의 모습을 고스란히 담고 있는 거울을 향해 다짐하듯 말했다.

"난 인간이야. 피 따윈 마시지 않아."

아벨라가 벽에 걸어 놓은 테라의 숄을 어깨에 둘렀다. 이대로 시간을 허비할 수는 없었다. 마침 노크를 하려던 피테르가 왈칵 문을 열고 나오는 그녀와 마주쳤다. 아침에 그 일이 있고 난 뒤 방에만 머물고 있는 그녀가 걱정돼서 온 그였다. 점심, 저녁도 먹지 않고 꼼짝도 안 하는 그녀를 위해 그가 쟁반에 스튜를 담아 가지고 왔다. 아벨라는 갑자기 나타난 그를 보고 자기도 모르게 어깨에 걸친 숄을 목까지 끌어 올렸다. 괴물일지도 모르는 자신을 감추기 위해서였다.

"식사를 계속 거르길래 먹을 것 좀 가져왔어요."

그의 두 손에 갓 끓인 스튜가 들려 있었다. 직접 만든 모양이다. 숙소엔 주방을 따로 관리하는 사용인이 없기 때문이다.

"근데 어디 가요?"

"산책 좀 가려고요."

"산책이요? 해가 지고 있는데요."

"잠깐이면 돼요. 두통이 있어서 바람을 쐬어야겠어요."

"이곳은 여성이 혼자 산책할 만한 곳이 아니에요. 위험할 텐데 괜찮겠어요? 괜찮다면 함께 갈까요?"

"아뇨. 아니에요. 금방 돌아올 테니 함께 가지 않아도 돼요."

아벨라는 일부러 서둘러 자리를 피했다. 다음에 그가 만들어 준 스튜를 꼭 먹기 위해서라도 이대로 있을 수 없었다. 아벨라는 그런 이유로 애써 그를 외면한 채 숙소를 나섰다.

해가 사라진 항구는 음울했다. 낮의 활기참이 사라진 터라 스산함마저 감돌았다. 아벨라는 인적이 사라진 항구 근처를 거닐며 생각에 잠겼다.

"어디서부터 정리를 시작해야 할까."

바깥 공기를 마시자 확실히 답답한 마음이 트였지만 어디서부터 어떻게 해결해 나가야 할지 혼란스러웠다. 문득 정신을 차리고 보니 낯선 곳에 와 있었다.

"여기가 어디지?"

아벨라는 아차 싶었다.

"너무 멀리 와 버렸어."

주변을 둘러본 그녀가 숙소가 있던 곳을 향해 다시 방향을 틀었다. 숙소는 항구로 진입하기 전인 초입 쪽에서 외떨어진 곳에 위치하고 있다. 반대편은 불량배들이 들끓는 향락가. 그 너머의 공간은 안전을 보호받지 못하는 거리다. 이미 두비로부터 호되게 당한 그녀는 그곳을 피해 멀찍하니 돌아서 길을 나섰다.

"그래. 그거야. 두비."

놈을 만난 그날부터 기억을 되짚어 봐야겠다. 아벨라는 흘러내린 숄을 잡아 어깨 위에 다시 걸치며 두비를 만났던 그날을 떠올렸다.

"그날 나는 닥터 도르제를 만나기 위해 테라를 숙소에 남겨 두고 방을 나섰어."

그러다 두비란 폭력배를 만났다. 놈들은 총 세 명. 그들은 앞치마 주머니에 있는 보석을 빼앗았다. 반항하며 소리치자 폭력을 행사한 뒤 쓰러진 그녀의 몸 위에 두꺼운 양탄자를 덮어씌웠다. 그리고 날카로운 칼을 직각으로 들고 그녀를 찌르려고 했다. 그녀는 대범하게도 범죄자의 손을 잡아 저항했다. 비명이 터졌다. 그녀의 입에서? 아니. 양탄자 안으로 끌려 들어온 놈의 입에서.

놈이 비명을 터트렸다. 놈의 고함소리가 너무 듣기 싫었다. 아벨라는 비명을 터트리는 놈의 손을 잡아 꺾었다. 그리고 터지려는 비명을,

놈의 비명을.

퍼억!

"……뭐지?"

드디어 떠오르려던 기억이 갑자기 들린 둔탁한 소리에 툭 끊어졌다. 소리는 가까운 곳에서 들렸다. 아벨라가 소리가 난 곳을 향해 걸음을 옮겼다.

물안개가 내려앉은 뿌연 어둠 속에서 한 남자가 폭행을 당하고 있었다. 무자비한 주먹질이 거의 난타 수준이었다. 남자가 바닥으로 힘없이 쓰러졌다. 쓰러진 남자에게 발길질이 내리꽂혔다. 배와 등을 차이고 명치까지 밟힌 남자가 커억, 소리를 내며 단말마의 비명을 내질렀다. 가망이 없어 보였다. 상대가 너무 강했다. 지켜보던 아벨라의 얼굴이 일그러졌다. 잔인한 폭력 속에 방치된 사람이 하필이면 카이였기 때문이다.

아벨라는 슬그머니 뒤로 물러섰다. 싸움을 말리거나 도와주려던 생각이 사라졌다. 카이도 마티어스와 한패다. 그런데 폭력을 행사하던 사내가 땅바닥에 허수아비처럼 누워 있는 카이의 멱살을 움켜쥐더니 어딘가로 질질 끌고 가기 시작했다. 어디로 데려가는 것인가. 죽이려는 것인가.

정황상 결코 좋은 곳으로 데리고 가려는 건 아닌 게 확실하다. 아벨라는 불안한 얼굴로 주변을 휘둘러보았다.

'아무도 없어? 나 외엔 도와줄 사람이 정말 없는 거야?'

주변에 있는 건 오직 선적을 위해 쌓아 놓은 수많은 짐들뿐, 자신이 외면한다면 카이는 죽을 것 같았다. 아벨라는 끌려가는 카이를 지켜보다가 결국 어쩔 수 없이 짐 옆에 지지대처럼 놓인 각목을 집어 들고서 무작정 뛰어갔다. 그리고 쓰러진 카이를 도축장 짐승 끌듯 데리고 가는 사내의 뒤통수를 향해 그것을 냅다 휘둘렀다.

11

퍽!

각목에 뒤통수를 맞은 사내가 카이의 멱살을 잡고 있던 손을 천천히 놓았다. 그러더니 어느 순간 바닥에 무너지듯 주저앉으며 고개를 앞으로 툭 떨궜다. 마치 목뼈가 부러진 것처럼 꺾인 고개가 가슴까지 닿았다. 죽은 것처럼 보였다.

'죽었다고?'

손에 든 각목을 내려다보던 아벨라가 깜짝 놀라 그것을 바닥에 던졌다. 그건 각목이 아니라 쇠파이프였다.

"내가 지금 무슨 짓을!"

사람을 구하려다 사람을 죽이다니. 그때 바닥에 내팽개쳐진 카이가 놀란 얼굴로 그녀를 쳐다보았다. 아벨라는 퍼뜩 정신을 차리고 얼른 카이에게 달려갔다.

"괜찮아요? 정신이 들어요?"

"아……벨라? 아벨라예요? 당신이 여긴 어떻게."

피투성이인 카이는 엉망이 된 얼굴로 그녀를 올려다봤다.

"일어설 수 있겠어요? 걸을 수 있겠어요?"

그녀가 그를 힘들게 일으켜 세웠다.

"걱정 말아요. 내가 도와줄게요. 일단 여기부터 벗어나요."

"그건 안 되지."

목이 부러진 사내가 목을 꼿꼿이 세우며 말했다.

"누구 마음대로 도망치려고?"

사내가 자리에서 천천히 일어서더니 두 사람을 향해 돌아섰다. 죽은 사람이 다시 살아난 것도 소름 끼치는데 그는 아무렇지 않게 어깨를 으쓱거리더니 부러진 목뼈를 맞췄다.

으드드득.

듣기 불편한 뼈 소리가 조용한 밤하늘을 울렸다.

"여자치곤 힘이 굉장한걸. 하지만 내 머리를 날려 버리기엔 역부족이야."

사내가 하얀 이빨을 드러내 보이며 흉측하게 웃었다.

"동족 여자를 보는 건 정말 오랜만이로군."

사내는 아벨라를 향해 알아들을 수 없는 말을 하며 반가움의 눈을 빛냈다.

"알코올중독자인 이놈과는 아는 사이인가? 그렇다 해도 오늘은 모르는 척해. 이놈은 오늘 우리 구역에 멋대로 들어왔거든. 알고 있지? 남의 구역을 침범한 놈은 집주인의 뜻에 따라 벌을 받는다는 걸."

기괴한 모습으로 다시 살아난 사내는 별일도 아니었다는 듯 너무나도 자연스럽게 말을 이어 나갔다.

"어디서 왔지? 이 구역은 처음이야? 어때? 우리와 함께하는 건. 런던의 뒷골목은 워낙 거칠어서 혼자 버티기엔 힘들 거야. 내가 뒷배가 되어 줄 테니……."

성큼성큼 다가오는 사내를 향해 카이가 주먹을 날렸다. 하지만 사내는 카이보다 몇 배는 더 빠른 몸놀림을 가진 듯 그 주먹을 여유롭게 피했다. 피할 뿐 아니라 카이의 주먹을 맨손으로 잡아 버렸다.

"이 새끼. 아깐 죽겠습니다 하고 당하던 놈이 갑자기 이 여자가 나타나니까 기를 쓰고 덤비네? 오호라. 이 여자한테 잘 보이고 싶어서 그래?"

"이, 이 여자는 건들지 마."

"건들면?"

"모두 죽어. 나를 포함해서 너희도 모두! 으악!"

사내가 카이의 말을 크게 비웃으며 팔을 확 꺾었다.

"항구는 이십 년 가까이 이 사드님이 지배해 왔다. 그런데 어떤 놈이 날 죽일 수 있겠나? 안 그래?"

사드라고 이름을 밝힌 사내가 어둠 속을 향해 소리쳤다.

"이놈에게 본때를 보여 줘라! 우리의 힘을 맛보게 해!"

사드의 명령에 어둠 속에서 슬금슬금 세 명의 사내들이 줄줄이 모습을 드러냈다. 인부들의 옷을 입은 그들은 하나같이 희번덕한 안광의 소유자들이었다. 카이가 아벨라에게 소리쳤다.

"도망쳐요, 아벨라!"

아벨라를 보호하기 위해 길을 가로막고 서 있는 카이에게 사내들이 달려들었다. 즉시 몸싸움이 벌어졌다. 하지만 이미 잔뜩 몰매를 맞은 카이는 오래 버티지 못했다. 바닥에 쓰러진 카이의 목을 사드가 발로 짓이겼다. 아벨라가 안 된다며 소리를 질렀다. 순간 사드가 시끄럽다며 그녀를 향해 허연 이빨을 드러냈다.

크아아악!

입을 양쪽으로 찢어트린 채 허연 입김을 내뿜는 짐승의 울부짖음.

단순히 겁을 주려는 듯한 행동이었지만 아벨라는 충격적인 그 모습에 바닥에 주저앉고 말았다. 그 덕에 치마 아래 마른 다리 하나가 그대로 드러났다. 사드가 허공에 긴 혀를 쭉 내밀더니 그녀의 다리를 핥는 시늉을 했다. 그 모습을 보고 사내들이 음탕한 웃음을 흘렸다. 그틈에 카이가 사드의 다리를 입으로 물었다. 사드가 비명을 내지르며 목을 누르고 있던 발을 뗐다. 그 순간을 놓치지 않고 카이가 벌떡 일어서 아벨라를 낚아챘다.

"달려요!"

두 사람은 달리기 시작했다. 사드가 도망치는 둘을 보며 가소롭다는 듯 어깨를 흔들며 웃었다. 그가 휘파람을 불자 어둠 속에서 몇 명이 더 나타났다.

"아까도 말했지만 구역 침범은 벌을 받아야 한다니까. 다들 놈을 쫓아라. 쫓아가서 놈은 죽이고 여자는 데리고 와. 여자 뱀파이어는 귀한 몸이니 조심해서. 알겠냐?"

사드의 지시가 하달되자 검은 그림자들이 카이가 사라진 방향을 향해 쏜살같이 달려가기 시작했다. 런던 뒷골목은 사드의 구역이다. 이곳은 그의 고향이며 안식처로, 사드는 이 안에선 왕인 존재였다. 도망쳐 봤자 지리적으로 그물처럼 얽혀 있는 이곳을 벗어나긴 어렵다. 이곳에서 살지 않는 한 복잡한 이곳을 쉽게 벗어날 수 없다.

사드는 느긋한 자세를 취했다. 여자가 마음에 든다. 동족을 보고 놀라는 모습이라니 새로 태어난 지 얼마 안 된 모양이다. 그게 구미가 당겼다.

"저런 보물은 누군가가 낚아채서 데리고 가기 전에 손에 넣어야 해. 안 그러면 골치 아픈 쟁탈전이 벌어지거든. 난 알아. 저 여자는 숨은 보석 같은 존재야."

사드는 오랫동안 비어 있던 짝의 자리를 채울 존재가 나타났다는 것에 흥분하여 어둠을 헤집고 달리는 부하들을 향해 독촉의 소리를 높였다.

"짐승 몰이를 해라! 달려라! 더 빠르게 달려!"

짐승의 소리가 밤하늘에 울려 퍼졌다. 카이는 그 소리로부터 벗어나기 위해 쉬지 않고 달렸다. 평소라면 그녀를 안고 안전한 곳으로 대피하는 건 어렵지 않겠지만 지금은 너무 많이 맞아 그만한 체력이 남아 있지 않았다. 어둠을 달리는 카이가 불안한 마음에 아벨라를 잡은 손을 더 강하게 움켜잡았다.

"더 빨리 달려요! 더 더! 저들의 구역에서 무조건 벗어나야 해요!"

"어디로 가요?"

"당신의 보호자! 마티어스님에게로!"

"싫어! 왜 하필 그 사람에게 가라는 거야?"

의아한 물음은 곧장 허공으로 사라졌다. 뒤따라온 사내 하나가 어둠 속에서 날아와 카이의 등을 두 손으로 내리찍었기 때문이다. 카이가 새된 비명을 내지르며 자신의 등에 달라붙은 사내의 머리통을 앞으로 잡아당겨 저 멀리 던져 버렸다. 카이가 다시 한 번 소리쳤다.

"가요! 마티어스님에게로! 그에게 도움을 청해요, 어서!"

고민할 시간이 없었다. 하필 왜 마티어스에게 가야 하는지 의문을 품는 건 지금 이 순간 사치였다. 아벨라가 달리기 시작했다. 등 뒤로 싸우는 소리가 났다. 생살을 짓이기거나 찢어발기는 소리였다. 아벨라는 미친 듯이 앞을 향해 내달렸다. 어느 순간 카이가 골목을 내달리는 아벨라 옆으로 달려왔다. 카이의 몸에 아까보다 더 많은 상처가 나 있었다. 괜찮냐는 말을 건네려는 순간 하늘에서 또 하나의 사내가 카이에게 달려들었다. 이번엔 사내가 카이의 어깨를 물었다.

"커헉!"

카이의 입에서 고통의 비명이 터져 나왔다. 카이가 마지막 힘을 쥐어짜 사내의 얼굴에 자신의 손톱을 박았다. 이번엔 사내가 비명을 내지르며 카이의 어깨에서 떨어져 나갔다. 카이가 멈춰 선 아벨라에게 소리쳤다.

"어서 마티어스님에게 가요! 어서!"

카이의 부탁 같은 외침이 아니더라도 아벨라는 이미 달리고 있었다. 카이는 어느새 그를 공격하는 사내들과 똑같은 짐승의 모습으로 변한 채 싸우고 있었다. 아벨라는 필사적으로 도망쳤다. 숨이 턱까지 차올랐다.

"마티어스님!"

그의 뺨을 때리고 나온 게 오늘 아침의 일이지만, 아벨라는 카이의 말만 믿고 무작정 그에게 달려갔다.

"마티어스!"

그의 집이 가까워질수록 그녀는 더 크게 외쳤다.

"마티어스!"

아무도 내다보지 않는다. 아무런 변화도 없다. 불이 꺼진 창문은 그대로고 그는 나타나지 않았다. 그를 부르는 소리에도 닫힌 문이 열리지 않았다. 아벨라는 닫힌 문을 향해 무작정 달려들었다. 문을 부숴서라도 그 안으로 들어갈 생각이었다. 그때 기적처럼 문이 활짝 열리며 그 안에서 주먹 하나가 그녀를 향해 쭉 뻗어 나왔다.

"마티어……!"

피할 겨를도 없었다. 정면에서 느닷없이 날아오는 주먹이 너무 빨라 아벨라는 그 자리에서 그대로 주먹을 맞았다.

쉬이익.

바람을 가르는 소리가 귓가에 들렸다 사라졌다. 이제 끝인가 싶었다. 그러나 주먹은 그녀가 아니라 그녀의 옆에 있는 다른 것을 가격했다. 주먹을 맞은 건 그녀가 아니었다.

"야밤에 웬 개새끼를 달고 왔어? 냄새나게시리."

귓가에서 꾸르륵, 꾸르륵거리는 기괴한 소리가 들렸다.

"아니면 데려온 게 아니고 따라온 건가?"

주먹을 내민 사람이 기분 나쁜 듯 툭 내뱉었다. 그였다. 마티어스.

그의 말에 아벨라가 옆을 쳐다 보았다가 사색이 됐다. 언제 쫓아왔는지 사내 한 명이 서 있었다. 한발만 늦었더라도 납치당할 뻔한 순간이다. 그러나 그것보다 더 놀라운 건 마티어스의 주먹이 사내의 입에 쑤셔 박혀 있다는 사실이다. 사내는 입이 막혀 소리도 내지 못한 채 컥컥거리고 있었다. 아벨라는 의식이 무너질 만큼 무서운 광경 앞에서 덜덜 떨었다.

"도, 도와주세요!"

"도와주고 있잖아."

"살려 주세요!"

"이놈을?"

마티어스가 천진하게 대꾸했다.

"아뇨! 나 말고 그 귀족이요! 별관에 머물던 소년!"

"카이?"

"맞아요. 그 소년이 크게 다쳤어요. 이 사람들이, 아니 이것들이 떼로 몰려와서 그 소년을 무차별적으로 폭행하고 있어요!"

그녀의 말에 마티어스가 눈앞의 사내를 노려봤다.

"감히 내 식구에게 손을 대?"

마티어스의 말이 끝나기 무섭게 사내는 순식간에 문 안으로 빨려 들어갔다. 그 안에서 무슨 일이 벌어지고 있는지는 문 앞에 서 있는 아벨라만 볼 수 있었다. 비명소리도 내지 못하고 먼지처럼 사라지는 과정을 전부 지켜본 아벨라가 자신의 입을 틀어막았다.

"카이는 지금 어디 있어?"

마티어스가 물었지만 아벨라는 넋이 나간 듯 멍하니 몸만 떨었다. 어느 누가 온전할 수 있을까. 이런 상태에서.

그때 마침 저 멀리 비틀거리며 이쪽으로 달려오는 그림자가 보였다. 그 뒤로 비틀거리는 그림자를 열심히 따라오는 세 개의 그림자가 더 보였다. 마티어스가 아벨라를 집 안으로 데리고 들어갔다. 양초 하나 켜지지 않은 집 안은 어두웠으나 그는 어둠에 익숙한 듯 발소리를 죽이고 창가로 가 창문 하나를 소리 없이 열었다. 그리고 때를 기다리는 듯싶더니 어느 순간 두 손을 뻗어 창문 밖에서 그림자 하나를 낚아챘다.

"카이!"

아벨라가 놀라 소리쳤다. 그가 창문으로 끌고 들어온 건 카이였다.

"쉿!"

창문을 닫고 커튼을 내린 마티어스가 조용하라고 입에 손가락을 대 보였다. 바닥에 내동댕이쳐진 카이는 고통을 참으며 입술을 물었고 놀란 아벨라는 그 상태 그대로 숨을 죽였다. 닫힌 창문이 우웅, 하고 떨렸다. 놈들이 바람을 가르며 오는 소리였다. 카이를 쫓아온 그림자 세 개가 어둠 속에서 안광을 부라리며 카이를 찾아 댔다. 사라진 아벨라를 찾는 것일지도 모른다. 둘 다겠지만 둘 중 하나를 찾는 것만은 분명했다.

"제가 나가겠습니다. 이곳으로 저것들이 들어오게 되면 괜한 불상사로 피해가 커질 거예요."

"이미 내 집으로 찾아온 주제에 희생하려는 척하지 말고 조용히 있어."

마티어스는 카이의 시답잖은 말을 단칼에 잘라 내며 창문을 가린 커튼을 슬쩍 들어 올렸다. 구석구석 이쪽저쪽을 빠르고 날렵하게 살피고 뒤지는 사내들이 보였다. 갑자기 이렇게 사라질 수는 없을 텐데 이상하다고 느끼는 모양이다. 마음 같아선 사람들이 살고 있는 주택가를 전부 깨부수고 들어가 확인하고 싶은지 어둠 속에서 으르렁거리며 화를 삭이는 모습이 볼만했다.

놈들이 사라졌다. 둘 중 하나라도 반드시 잡겠다는 대화를 주고받으며 각기 다른 방향으로 흩어졌다. 위기는 모면했다. 한숨 돌리려는데 뜻밖에도 옆 건물에서 피테르가 달려 나왔다. 급히 서둘러 나온 듯 들고 나온 외투를 밖에서 입으며 그가 예리한 눈빛으로 주변을 훑기 시작했다.

"설마 미세한 그 진동을 느낀 건가?"

피테르가 훌쩍 몸을 날려 벽을 타고 지붕 위로 올라갔다. 사람치고는 굉장히 빠른 몸놀림이었다. 지붕 위에 올라선 피테르가 마티어스의 집을 한번 바라보았다. 마티어스가 커튼을 들었던 손을 가만히 내렸다.

"카이, 숨소리를 조절해라."

그럴 리 없겠지만 혹시나 하는 마음에서였다. 더스틴이 변종을 보

고 놀라지 않는 것처럼 어쩌면 피테르도 뱀파이어의 숨소리를 알아차
릴지도 모른다. 카이가 두 손으로 자신의 코와 입을 막았다. 마티어스
가 내린 커튼을 슬쩍 올려 피테르를 지켜봤다. 피테르가 사내들이 사
라진 세 군데 방향을 정확히 훑었다. 마티어스의 입에서 낮은 탄성이
흘러나왔다.

"확실히 뭔가를 아는 놈이군. 분명해. 저건 우연이 아니다."

피테르가 지붕을 훌쩍 뛰어넘으며 시야에서 사라졌다. 놈들이 사라
진 세 방향 중 한 군데를 정해 간 것이다. 모두가 사라지고 주택가에
기존의 고요함이 자리 잡자 마티어스가 양초에 불을 밝혔다. 거실이
밝아지자 제일 처음 말을 한 건 순식간에 일어난 일들로 패닉이 된 아
벨라였다.

"무서워요."

아벨라가 어깨를 잔뜩 웅크린 채 입술을 달달 떨었다.

"침착해. 동네 개떼들을 보고 무섭다고 하는 건 창피한 일이야."

"아까 그거. 나를 쫓아온 그 짐승. 당신이 죽이자 먼지처럼 사라졌
어요."

넋이 나간 그녀가 허깨비를 본 듯 중얼거렸다.

"비명도 없이 사라지다니. 흔적도 없이 사라지다니."

"이 집 안에서 비명은 안 돼. 이 층에 천사 같은 아이들이 셋이나 자
고 있거든. 아, 일찍 철이 든 마누엘은 빼야 하나? 어쨌든 내 주변에
개떼의 울음소리라니 안 될 말이지. 그건 불명예스러운 일이야."

아벨라는 태연한 그를 이상한 눈으로 쳐다보았다.

"당신은 이 상황이 두렵거나 무섭지 않아요? 아무렇지도 않아요?"

"두렵지도 않고 무섭지도 않지만 불쾌하긴 해."

그가 수건을 카이에게 던졌다. 카이는 수건을 받아 어깨를 지혈했다.

"어떻게 된 일인지 얘기 좀 들어 볼까?"

"길에서 사드 패거리에게 잡혔습니다. 자신들의 구역을 침범했다는 이유로요. 하지만 전 결코 그들의 구역을 침범하지 않았습니다."

"그럼 저번처럼 시비가 붙었던 거냐? 술 냄새는 나지 않는데."

"술은 마시지 않았어요."

"맨 정신에 맞은 거야? 맙소사. 창피한 줄 알아."

추궁하는 목소리는 전혀 따뜻하지 않았다. 그녀가 다친 카이를 두둔했다.

"이 소년, 아니 카이 잘못이 아니에요. 저 짐승들의 잘못이에요."

"둘은 어떻게 같이 있었던 거야? 그것부터 설명해."

지금 상황에서 결코 어울리지 않는 질투심이었으나 아벨라는 전후 사정을 알고 싶어 하는 거라 생각해 의심 없이 대답했다.

"산책 중에 우연히 만났어요."

"해가 진 밤에 산책을? 너란 여자는 무서운 게 없나 봐."

"당신 때문이잖아요!"

"내가 뭘?"

아벨라는 더 이상 말하기 싫다는 듯 그를 한번 노려보더니 피범벅인 카이를 소파에 앉혔다. 얼굴과 손과 어깨가 피범벅이었다. 그녀가 숄을 벗어 어깨를 지혈해 주었다.

"그놈은 그냥 내버려 둬. 혼 좀 나야 정신 차리니까."

"다친 사람에게 꼭 그렇게 말해야겠어요?"

"예전의 너라면 피투성이가 된 카이의 멱살을 잡고 흔들었을 걸. 왜 맞고 다니냐. 난 신사적인 거야. 그러니 탓하지 마."

상황에 어울리지 않는 뚱딴지같은 소리였다. 아벨라는 말 같지도 않은 소리는 듣고 싶지 않다며 그를 무시했다. 아벨라는 처참하기까지 한 카이의 몸 상태를 보며 고맙다는 감사 인사를 했다.

"카이. 몸이 이 지경이 됐는데도 끝까지 날 보호해 줘서 고마워요."

그녀의 말에 카이가 옅게 웃어 보였다.

"고맙다는 말은 제가 할 말이에요. 놈들로부터 절 구해 주셨잖아요."

카이가 엄지손가락을 들어 보였다.

"사드의 머리통을 내리칠 때 정말 멋졌어요. 고마워요, 아벨라."

그러나 호기롭게 굴던 카이의 밝은 모습은 그게 다였다. 카이는 더이상 버티기 힘든지 소파 위에 쓰러지듯 몸을 눕혔다.

"피가 너무 많이 흘러요."

어깨를 지혈하고 있는 수건이 어느새 축축하게 젖어 버렸다. 혹시 몰라 셔츠를 벗기자 한쪽 어깨가 완전히 망가진 게 보였다.

"괜찮아요?"

차마 눈 뜨고 보기 힘든 모습에 괜찮냐는 말이 적절한지 모르겠지만 그 말 외엔 당장 떠오르는 말도 없었다.

"아직은요."

카이는 식은땀을 흘리며 대답했다.

"비켜."

마티어스가 벽난로 툴 중에 삽 모양의 부지깽이를 불에 달궈 가지고 왔다.

"뭘 하려는 거예요? 무슨 짓이에요?"

놀라 소리치는 아벨라를 그가 밀쳐 냈다. 카이는 마티어스가 무슨 짓을 하려는지 파악한 듯 피 묻은 수건을 곧장 입에 물었다. 마티어스가 카이의 어깨를 부지깽이로 지졌다.

"크윽!"

잇새를 문 카이가 식은땀을 흘리며 몸을 덜덜 떨었다.

"당장은 피를 흡혈할 수 없으니 지혈해야 해. 그러니 고통스러워도 참아."

아벨라는 충격적인 그 장면에 놀라 주춤거리며 뒤로 물러났다. 이게 대체 무슨 일일까. 뭐가 어떻게 되어 가고 있는 걸까.

"이제 알겠어. 별관에 있던 귀족들은 전부 뱀파이어라는 걸."

아벨라가 오한이 든 사람처럼 덜덜 손을 떨며 중얼거렸다.

"대체 왜 내 주변은 모두 그것들뿐이야? 설마…… 나도 그것이라서?"

넋이 나간 채 혼자 중얼거리는 그녀를 지나쳐 마티어스가 손에 든 부지깽이를 다시 벽난로에 쑤셔 넣었다.

"빨리도 알아차린다."

"하! 하하! 말도 안 돼. 내가 뱀파이어라니. 그럴 리 없어. 내가 짐승일 리 없어. 나는 사람이야. 사람……!"

두 손으로 머리카락을 쥐어뜯으며 도리질 치던 그녀의 목소리가 어느 순간 툭 하고 끊겼다.

"아벨라!"

두 눈동자가 뒤로 넘어가며 그녀가 뒤로 벌렁 쓰러졌다. 마티어스가 즉시 달려와 쓰러지는 그녀의 등을 받쳤다.

"기절했군. 약한 척이 늘었어."

기절한 아벨라를 번쩍 안은 그가 그렇지 않냐며 카이를 쳐다보았다.

"몰매를 맞은 너도 거뜬한데, 안 그래?"

카이가 고개를 숙였다.

"술도 마시지 않았는데 놈들에게 맞다니, 뒷골목의 개떼 수준이 올라간 거냐? 아니면 네 수준이 낮아진 거냐?"

"죄송합니다."

"이유가 뭐든 간에 동족의 어깨를 물어뜯다니 그놈들, 매너가 아주 거지 같은 놈들이군. 이건 훈계라기보다 도발이야. 놈의 이름이 사드 라고?"

"그렇습니다."

"면상을 한번 봐야겠군. 어깨는 스스로 치료할 수 있겠어?"

"네."

"날이 밝는 대로 도르제를 부를 테니 그때까지 참아라. 밖에 놈들이 있어서 지금 당장 피를 구하기 어려워."

"알고 있습니다. 염려 감사합니다."

마티어스는 거실에 카이를 두고 복도 방의 한쪽에 아벨라를 눕혔다. 기절한 이쪽도 얼굴이 파리한 건 마찬가지였다.

"잘도 자네."

기절은 현실의 충격을 이기지 못하는 심리적인 현상으로 나타나는 거다. 결코 가볍게 볼 문제가 아니지만 마티어스는 의외로 담담하게 굴었다.

"일어나, 아가씨."

마티어스가 아벨라의 여린 뺨을 손등으로 가볍게 툭 쳤다.

"잠은 집에 가서 자야지. 눈 뜨지 않으면 오늘 밤 어떤 일을 겪게 돼도 책임 안 질 거야."

누운 그녀는 반응하지 않았다. 그가 좀 더 힘을 실어 그녀의 뺨을 연속적으로 툭툭 건드렸다. 문을 두들기듯 리듬을 타면서.

"정신 안 차릴 거야? 지금 눈 뜨지 않으면 아침까지 나랑 침대에서 뒹굴게 될 거야. 남녀가 침대 위에서 하는 일이란 게 수다는 아니라는 건 알지? 그래도 눈 뜨지 않을 거야? 나 인내심 없는 거 몰라?"

아벨라는 계속 눈 뜨지 않았다.

"좋아. 정 그렇다면 어쩔 수 없지."

마티어스가 잠든 그녀의 턱을 붙잡고 위아래로 흔들었다.

"오, 허락하는 거야? 그렇다면 무르기 없기다."

그가 아벨라의 흐트러진 머리를 가지런히 해 주었다. 입은 여전히 윽박지르기를 멈추지 않았지만 손길은 애정 어린 손길 그 자체였다.

"사정이 있으니 샤워는 생략하고 바로 시작하도록 할게. 너도 그게 좋지? 혹시 중간에 정신을 차린다면 비명을 질러 줘. 그럼 더 흥분될 거 같거든."

감긴 눈동자는 여전히 미동하지 않았지만 그는 대화를 하듯 계속해서 말을 이어 나갔다.

"오늘은 끝까지 갈까? 언제나처럼 둘 다 절정에 이를 때까지 안고 안고 또 안고. 그렇게 사랑을 나누는 거야. 어때?"

그가 부드러운 손길로 마른 아벨라의 뺨을 쓰다듬었다.

"그거 알아? 난 아벨라 모리스인 네가 싫어. 나를 못 알아보는 네가 낯설어서."

과거를 기억하는 그의 손이 그녀의 얼굴을 가만히 감싸 쥐었다.

"그러니 클로에. 이제 그만 돌아와 주면 안 될까? 네가 그리워서 미치겠어."

그립다. 아벨라가 아닌 클로에가.

"나는 언제쯤 온전한 너를 만날 수 있을까."

그가 그녀의 가슴에 머리를 기댔다. 기억을 잃은 그녀를 보는 건 고통이다.

"습격을 받은 건 우리 둘인데 어째서 난 멀쩡하고 넌 기억을 잃은 반쪽이 되어 버렸을까."

사랑하는 자로서 이보다 더 슬픈 고통은 없을 것이다. 마티어스는 그동안 남몰래 커다란 죄책감에 시달렸다. 그 괴로움은 말로 표현할 수 없는 것이었다.

"클로에."

그의 애절한 목소리에 누워 있던 아벨라가 가만히 눈을 떴다. 끔뻑거리는 두 눈동자가 이곳이 어딘지 가늠해 보는 듯했다. 그러다가 자신의 얼굴을 빤히 보고 있는 그를 보고 그를 확 밀쳐 냈다. 그가 웃었다. 씁쓸하게. 여전히 아벨라 모리스인 그녀의 정신세계가 지겹다는 듯이.

"징글징글한 아벨라 모리스."

진저리가 난다는 그의 목소리를 들으며 아벨라가 기절 전의 상황을 떠올렸다. 그녀가 참지 못하고 새된 비명을 내질렀다. 무지막지한 목청이었다. 아벨라는 비명을 지르며 침대 위를 튕기듯 달려 나와 문을 열고 도망쳤다. 소파에 지쳐 누워 있던 카이가 고개를 들었다. 아벨라가 피투성이의 카이를 보고 더 크게 소리를 질러 댔다. 등 뒤에는 방에서 나온 마티어스. 앞에는 피투성이 카이. 도망갈 곳이 없었다. 이 난관을 피할 방법이 없다는 걸 알게 된 그녀가 거실 난로 옆에 놓인 부지깽이를 집어 들었다.

"내 몸에 손끝 하나 대지 마! 내가 바보처럼 당할 줄 알아? 덤벼 볼 테면 덤벼 봐! 하나도 안 무서워!"

여차하면 찌르겠다는 듯 허공에 부지깽이를 마구 흔드는 그녀는 제정신이 아닌 것 같았다.

"거부를 넘어선 부정과 외면. 마티어스님이 우려했던 모습이 이거였군요. 설마 했지만 막상 눈앞에서 보니 걱정이 커지네요."

카이의 말이 아니더라도 마티어스는 너무 기가 막혀 어떻게 해야 할지 모르는 표정이었다.

"갑자기 왜 그러는 거야? 이유나 말해 봐. 기절했다가 정신을 차린 건 좋은데 갑자기 부지깽이는 왜 들고 설쳐?"

"내가 당신들의 비밀을 봤잖아! 전부 다 알아 버렸잖아!"

"그래서?"

"날 살려 둘 리 없어!"

"누가 죽인대?"

"덤벼! 다 덤벼!"

마티어스가 미치겠다는 얼굴로 의자에 앉았다.

"아아. 정말이지 기절은 내가 하고 싶군."

그가 피곤하다는 듯 의자 뒤로 고개를 젖혔다.

"제발 아벨라 모리스. 아무도 널 죽이지 않아. 죽일 수 있다면 진작 죽였지. 그러니 석탄 가루 날리는 부지깽이는 내려놓고 얌전히 네 집으로 돌아가, 좀."

당장 문을 뚫고 나갈 듯 난리를 치던 아벨라가 그의 말에 우뚝 행동을 멈췄다. 처음엔 잘못 들은 줄 알았다.

"돌아……가라고?"

"그래. 돌아가. 네 아비가 있는 임시숙소로."

그가 더 이상은 보기 싫다는 듯 그녀를 쳐다보지도 않고 손을 내저었다. 역시 잘못 들은 게 아니었다.

"날 죽이려던 게 아니에요?"

"너를 왜? 너를 죽여서 내가 득 볼 게 있을 것 같아? 그랬다면 벌써 죽였어."

그는 머리가 지끈거린다며 관자놀이를 눌러 댔다. 카이는 마티어스의 말에 동의하듯 다시 눈을 감고 소파에 누웠다. 아무도 그녀를 제지하지 않고 신경 쓰지 않았다. 마치 그녀가 직접 문을 열고 나가도 상관없고 도움을 요청하기 위해 소리를 질러도 무방하다는 태도였다. 아벨라는 손에 든 부지깽이를 물끄러미 내려다보다가 다시 제자리에 갖다 놓았다. 듣고 싶은 말이 많다. 궁금한 것투성이다. 그녀가 마티어스가 앉은 의자 앞으로 걸어갔다.

"얘기해 줘요. 당신이 알고 있는 모든 걸. 당신이 알고 있는 나에 대해서도."

그녀가 먼저 궁금한 이야기를 풀어 달라고 요청했다.

"내게 숨기고 있는 비밀이 있나요? 내 주변을 맴도는 이유는 내게 하고 싶은 말이 있어선가요?"

"맞아."

"그럼 내게 말해 줘요."

"진실을 마주할 자신 있어?"

"해괴망측한 뱀파이어들과 계속 엮이는 것보단 나아요. 당신들이 내 삶에 나타난 것보다 더 큰 최악도 없고요. 말해 줘요. 내가 누구죠?"

혼란의 끝에 나타나는 건 용기인가. 제법 당당해진 그녀다. 마티어스는 의자에 앉아 있는 자신을 내려다보는 아벨라를 향해 입을 열었다.

"네 이름은 클로에. 클로에 애드리안."

"클로에? 그게 당신들이 나를 부를 때 쓰는 이름인가요?"

"그래. 온전히 너만 사용하는 이름이지. 네 이름이니까."

"그 말은 내가 정말 뱀파이어라는 말?"

"맞아. 넌 뱀파이어야."

"그럼 당신도?"

"후작의 별관에 있던 귀족들은 모두 뱀파이어야. 로렌즈, 신시아, 카이. 그리고 나까지. 너의 두통을 낫게 해 주었던 의사도 뱀파이어지."

"의사선생님까지?"

"네게 피를 마시게 하기 위해서 그의 직업을 이용했어."

아벨라는 자신의 입을 틀어막았다. 대체 그동안 얼마나 많은 피를 알게 모르게 마셔 왔던 걸까. 헛구역질이 났다.

"진실을 이렇게 보여 주게 돼서 유감이야. 원래는 시간을 갖고 차근히 이해시키며 그동안의 일을 설명할 생각이었는데."

그는 그러지 못한 것을 미안해했다. 완벽하게 다른 사람이 되어 있는 그녀를 보고 당황한 건 그도 마찬가지였기에 현명하게 행동할 시간이 넉넉하지 않았다.

"난 몰랐어요. 내가 사람이 아니라는 걸."

이제는 거부할 수 없는 현실이 되어 버린 사실 앞에서 그녀는 무기력함을 느꼈다.

"내가 뱀파이어라면 난 왜 그 사실을 모르고 있었던 거죠?"

묻는 목소리에 힘이 없다. 이제 거부와 분노를 넘어서 체념의 단계에 들어선 듯했다.

"그건 네가 기억을 잃었기 때문이야."

"기억을?"

"우린 화이트 성에 사는 뱀파이어들이야. 6개월 전, 런던에 왔다가이름 모를 적에게 습격을 당했어. 넌 상상할 수 없을 만큼 아주 크게 다쳤어. 다친 너는 절벽에서 떨어져 바다에 빠졌고 그대로 실종됐지. 그리고 다시 나타난 너는 예전의 네가 아닌 채로 돌아왔어. 기억을 잃은 채로."

그리고 후작의 영지인 숲에서 하녀가 된 채 나타났다.

"그 뒤의 일은 네가 아는 그대로야. 넌 아벨라 모리스라는 사람이되어 내 앞에 나타났어. 뱀파이어였던 걸 깡그리 잊어버린 채 자신을 사람이라고 생각하고 있더군."

그가 의자에서 일어섰다.

"넌 뱀파이어들이 흡혈하는 모습과 동족이 싸우는 모습, 그리고 어떤 식으로 죽는지까지 모두 봤어. 모두 우연이었지만 다행이라고 생각해. 뱀파이어가 어떤 존재인지 다 봤으니 더 이상의 설명은 필요 없잖아."

물론 이런 식으로 알려 줄 생각은 없었다. 적어도 충격을 최소화하며 차근히 알려 주고 싶었다. 결국은 이렇게 됐지만.

"믿을 수 없어요. 내가 기억을 잃은 뱀파이어라니."

아벨라는 자신의 두 손을 펴 내려다보았다. 머리부터 발끝까지 인간과 다를 바 없는데 왜 뱀파이어라는 건지 도통 이해할 수가 없다. 피테르가 자신을 알아보지 못했을 때 뭔가 잘못됐다고 짐작은 하고 있었지만 그 이유가 애초에 잘못된 기억 때문이라니 기가 막힌다.

"나도 화이트 성이란 곳에서 살았나요?"

"그래."

"다른 뱀파이어들처럼 피를 마시면서?"

"맞아."

"뱀파이어인 내가 어째서 인간인 남자를 내 아버지로 기억하고 있는 거죠?"

그가 고개를 저었다.

"나는 네가 실종됐던 6개월 동안 네게 어떤 일이 있었는지 몰라. 단지, 심각한 부상을 입고 다량의 피를 쏟은 채로 죽어 갔을 거라는 것만 예상해. 그러니 그 이유도 너만이 알 거야."

혼란의 파도 속에서 중심을 잡지 못한 그녀가 영혼이 붕괴되는 표정을 지었다.

"아무것도 기억나지 않아요. 하나도 모르겠어. 왜 내게 이런 일이 생긴 거예요? 당신 말이 사실이라면 난 앞으로 어떻게 되는 거예요? 아니야. 그게 아니야. 그 전에 내가 뱀파이어라는 증거를 보여 줘요. 그래야 믿겠어요. 증명해 줄 수 있어요? 내가 뱀파이어라는 증거를?"

혼란 속에 빠진 아벨라가 마지막으로 발악하듯 증거를 운운했다. 이렇게 해서라도 끝까지 거부하고 싶은 것이다.

"글쎄. 증거라. 의자에 묶어 두고 햇빛을 쐬게 해서 살이 타는 걸 보여 주자니 네가 아파 울 테고, 팔을 부러트려 재생하는 걸 겪게 하자니 너무 잔인한데, 어쩐다?"

"증거를 보여 줄 수 없다면 당신 말은 모두 거짓말이라고 생각하겠어요."

"그럼 어쩔 수 없군. 널 다치게 하고 싶진 않지만 이 방법을 쓸 수밖에."

"아얏."

그가 날카로운 손톱으로 아벨라의 손등에 상처를 냈다. 너무 재빨라 통증도 느끼지 못했다.

"아파요. 무슨 짓이에요?"

"지켜봐."

그가 그녀의 손을 움켜쥔 채 상처가 난 손등을 주의 깊게 보라고 했다.

"뱀파이어의 특징 중 하나가 빠른 재생능력이야. 넌 지금 몸 상태가 온전하지 않아서 전과 같진 않지만 인간보다 신체를 빨리 재생시킬 수 있어."

"아까 어떤 뱀파이어가 그랬어요. 내가 쇠파이프로 머리를 때렸는데 부러진 목이 천천히 다시 붙었어요."

"그래. 그게 진짜 뱀파이어의 모습이지. 목이 잘리지 않는 이상 결코 죽지 않아."

그가 그녀의 손을 가리켰다. 몇 마디 주고받은 사이 벌어진 상처가 아무는 게 눈에 보였다. 딱지가 않는 과정이 생략된 모습에 그녀의 입이 진심으로 벌어졌다.

"이럴 수가."

"이 정도면 증거가 될까?"

담담한 그의 목소리에 아벨라는 경악과 혼란으로 몸을 크게 휘청거렸다.

"……이제 내가 뭘 하면 돼요? 난 어떻게 하면 좋죠?"

떨리는 그녀의 몸에서 슬픔이 피어올랐다. 기억은 정말 본능도 잠재우는 걸까. 기억의 힘은 진정 존재의 근본도 흔들리게 할 수 있는 건가. 마티어스가 가만히 그녀의 어깨를 잡아 주었다.

"걱정 마. 네가 해야 할 건 아무것도 없어. 기억이 떠오르면 지금의 혼란은 사라지고 모두 제자리로 돌아올 테니 불안해하지 않아도 돼."

그가 현관문을 열어 주었다. 돌아가라는 의미였다. 새벽의 찬 공기가 훅 하고 안으로 들어왔다.

"내가…… 이대로 그냥 돌아가도 되는 거예요?"

"그걸 원하잖아."

"일상을 그대로 유지해도 되는 거예요? 사람들에게 해를 끼치면 어떡해요?"

"지금 하는 행동을 봐선 넌 우리보다 사람을 좋아해. 본인이 뱀파이어였다는 걸 거부하는 네가 사람을 해칠 리 없지."

그러면서 그는 두렵다면 이곳에 머물러도 좋다고 덧붙였다. 밖은 어두웠고 사위는 고요하다. 메마른 새벽 공기가 내려앉은 항구 근처의 마을은 어둡고 음산했다. 어둠 속에서 아까의 그것들이 저 골목 어딘가에서 불쑥 튀어나와 공격할 것 같았다. 아벨라는 문밖으로 걸어 나갔다. 당연한 처사였다. 뱀파이어라고 해도 아직 사람으로 살고 싶었다.

"아벨라 모리스."

등 뒤로 그의 목소리가 들렸다.

"뱀파이어는 피를 섭취하지 않으면 죽어. 넌 이제 겨우 체력을 회복했을 뿐이야. 부탁하는데 싫더라도 반드시 약을 먹으러 내게 와. 알겠지?"

아벨라가 옆 건물로 힘없이 걸어갔다. 건물 안으로 들어가기 전, 뒤를 돌아보자 여전히 자신을 보고 있는 마티어스가 보였다. 아벨라는 그 시선을 피하지 않았지만 대답 또한 하지 않았다.

밤을 하얗게 지새웠다.

"습격. 6개월간 실종. 기억 상실. 화이트 성에 사는 뱀파이어. 그리고 이름은 클로에."

여러 단어들을 조합해 보며 잃어버린 기억을 되찾으려고 했지만 떠오르는 건 아무것도 없었다.

인간인 아벨라 모리스와 뱀파이어인 클로에 애드리안.

기억을 찾으면 뱀파이어가 된다. 아니, 원래 뱀파이어이니까 본모습으로 돌아가는 것이다. 마티어스는 기억이 돌아오면 모든 혼란이 사라진다고 했지만 과연 그럴까. 앞으로 피를 마시며 살아야 하는데? 어제 본 항구의 괴물들 같은 모습이 될 텐데? 아벨라는 구역을 침범했다는 이유로 동족을 죽이는 약육강식의 세계에 발을 들이고 싶지 않았다.

"하지만 반대로 이대로 영영 기억이 돌아오지 않는다면 어떻게 되는 거지? 사람들과 계속 어울리며 살 수 있는 걸까? 저들처럼 실체를 숨기고 살아야 하는 거야?"

아벨라는 그대로 침대에 얼굴을 파묻었다. 기억이 돌아와도 문제고 돌아오지 않아도 문제다. 그때 누군가 방문을 두드렸다. 아마 피테르일 것이다. 그녀를 걱정하고 생각해 주는 건 유일무이하게 그뿐이니까.

"아벨라. 나예요."

역시나 문밖에서 피테르의 목소리가 들렸다. 아벨라는 축 처진 어깨를 감추기 위해 문밖으로 빼꼼 고개만 내밀었다. 괜한 모습을 보여 걱정을 사고 싶지 않았다.

"다행히 안에 있었군요."

"네. 쉬고 있었어요. 무슨 일 있어요?"

그가 멋쩍게 웃어 보였다.

"아뇨. 어제 돌아오는 걸 보지 못해서 혹시나 해서요."

산책을 나갔던 그녀가 돌아오지 않아 새벽까지 잠을 자지 않고 기다렸다. 그러다 문득 느껴지는 이상한 낌새에 밖으로 달려 나가 주변을 한참 살폈다. 뱀파이어의 출현을 느꼈기 때문이다. 다행히 그사이 그녀가 숙소로 돌아온 듯했지만 그래서 더욱 걱정이 됐다.

"내가 휴식을 방해한 것 같네요. 무사히 돌아온 걸 확인했으니 됐어요. 더 쉬어요."

"피테르."

아벨라가 그를 부르더니 왈칵 문을 열고 달려 나와 다짜고짜 그에게 안겼다. 깜짝 놀란 그가 피할 생각도 못 하고 그대로 그녀의 포옹을 받았다.

"아벨라?"

"이대로 우리가 함께 지낼 방법이 없을까요? 당신이 아빠가 아니더라도 상관없어요. 당신 곁에 계속 머물고 싶어요."

아벨라는 그의 품에 안긴 채 밤새 불안했던 마음을 털어 내려고 애썼다. 지나가던 대원들이 두 사람을 힐끔거리며 쳐다봤다. 평소의 그라면 부끄러워 그녀를 떼어 냈겠지만 오늘의 그는 그러지 않았다.

밤사이 악몽을 꿨을지도 모른다. 혹은 말 못 할 고민 때문에 잠을 설친 걸지도 모른다. 이유가 무엇이든 열한 살 때 아빠와 헤어졌다는 그녀를 매몰차게 대하고 싶진 않다. 그럴 이유도 없고.

"우리 밖으로 나갈까요?"

피테르가 온화하고 따뜻한 목소리로 말했다.

"마침 사야 할 게 있거든요. 가는 길에 향 좋은 홍차를 마시면 더 좋고요. 어때요?"

피테르는 품에 안긴 그녀를 다독이며 밖으로 나가자고 했다.

"우리 데이트합시다."

그의 말에 지나가던 대원들이 화들짝 놀라 뒤를 돌아봤다. 아벨라도 마찬가지였다. 뜻밖의 말에 눈을 동그랗게 떠 보이는 그녀에게 피테르는 외출 준비를 해야 하냐고 물었다. 아벨라가 어색하게 고개를 가로젓자 그가 곧장 그녀의 손을 잡았다.

"그럼 지금 가요."

대원들이 이게 무슨 일이냐며 난리를 쳤다. 머리를 감던 네이트가 소식을 듣고 부리나케 달려 나왔고 식사를 하던 누군가는 식판을 든 채로 구경하러 나왔다.

"저게 뭐야? 뭐가 어떻게 돌아가는 거야?"

"피테르가 직접 데이트 신청을 하다니 내가 잘못 본 거 아니지?"

"신이시여. 저 파렴치한 놈을 용서하소서. 금욕주의자가 여자에 미치면 약도 없다더니 드디어 순진한 우리의 피테르가 딸에게까지 손을 대는 건가요?"

"그만들 해요. 다 들려요."

피테르가 난리법석 촐싹거리는 대원들에게 한마디 쏘아붙였다. 대원들은 더 흥분해 아예 창문에 매달렸다.

"막내가 미쳤다! 우리에게 훈계를 했어!"

"들었어? 하극상인 저 말을!"

"수장님께 말씀드려! 우리 착하디착한 막내가 드디어 미쳤다고!"

"나 참. 진짜 부녀 사이도 아닌데 왜들 저런담."

피테르는 혹시라도 대원들의 유치찬란한 말에 그녀가 상처를 받을까 싶어 두 손으로 아벨라의 귀를 막은 채 서둘러 그곳을 빠져나왔다.

두 사람은 허름한 주택가를 벗어나 시내로 향했다. 아벨라는 피테르의 행동에 두 귀가 빨개진 상태였다. 그걸 본 피테르는 애써 모르는 척했다.

"혹시 살롱 좋아해요?"

그가 어색함을 없애고자 얼른 화제를 전환했다.

"요즘 사람들은 살롱이라는 곳에 모여 직접 지은 시낭송을 하고 유행하는 소설을 돌려 본대요. 읽은 후 감상을 주고받기도 하고요. 책을 좋아하는 사람들이 모이다 보니 구하지 못하는 도서도 그곳에선 구매

할 수 있대요. 일종의 이동도서관 개념이랄까요?"

"도서관이요?"

"지식의 교류가 편하게 이뤄져서 붙여진 또 다른 이름이래요. 우리도 그곳에 가 볼까요? 다양한 쿠키와 차도 마실 수 있다던데."

"평범한 나도 그런 곳을 구경할 수 있나요? 난 한 번도 살롱이라는 곳을 가 본 적이 없거든요. 어떻게 행동해야 하는지 전혀 몰라요."

"사실 나도 그래요. 모두 들은 얘기예요. 살롱은 가 본 적이 없어요."

둘은 서로를 향해 수줍은 웃음을 주고받았다.

"그래도 정보 교류가 가능하다니 한번 가 보고 싶긴 하네요. 마침 알고 싶은 게 있거든요."

"필요한 책이 있어요? 그럼 서점에 갈까요?"

"아뇨. 내가 필요한 건 책이 아니라 어떤 것에 대한 지식이에요. 흔한 소설책에서 알 수 있는 건 아니구요. 뭐랄까. 설명하기 좀 어려운데 미지의 존재라고나 할까요? 신화나 구전동화에 나올 법한 그런 존재요."

"그게 뭔데요?"

"뱀파이어."

나란히 걷던 피테르의 발이 우뚝 멈췄다.

"뱀······파이어?"

"혹시 뱀파이어라고 들어 봤어요?"

"물론이죠. 아니, 조금요. 그냥 종종 귀동냥으로 들은 얘기들이랄까?"

"역시 피테르는 모르는 게 없네요. 기억 속의 아빠도 모르는 게 없었는데."

현실을 인식하기 시작한 아벨라는 씁쓸한 표정을 감추며 피테르에게 물었다.

"혹시 그것들에 대해 아는 대로 이야기해 줄 수 있어요?"

"그것들에 대해서요? 왜요?"

"궁금해서요. 알고 싶은 게 많아요."

알고 싶은 게 많다는 말은 다소 의아했지만 예민하게 반응할 필요도 없었다. 그들의 존재야 사람들의 수다에 종종 등장하니까 말이다. 피테르는 무엇이 궁금한지 물었다.

"뭘 알려 주면 될까요? 내가 알고 있는 걸 최대한 말해 줄게요."

그의 말에 아벨라가 크게 반색했다.

"어떤 걸 알고 있어요? 얼마만큼 알아요? 뱀파이어는 피를 마시지 않으면 죽는다는 게 사실이에요? 그들이 사는 곳은 어디예요? 뱀파이어는 왜 이 세상에 존재하는 거죠?"

"질문이 굉장히 많네요."

아벨라가 길가에 있는 나무 벤치로 그를 끌어 앉혔다. 급한 마음에 자신이 그의 손목을 잡았다는 걸 인식하지 못한 채였다. 이번엔 그의 얼굴이 살짝 붉어졌다.

"어서 얘기해 줘요. 알고 있는 모든 걸요."

두 눈을 동그랗게 뜨고 바짝 몸을 붙인 채 독촉하는 그녀의 행동에 피테르의 입가에 저절로 미소가 걸렸다.

"어디서부터 얘기할까요? 짐승 같은 사람. 사람 같은 짐승. 뱀파이어를 처음 본 누군가가 그들을 그렇게 지칭하기 시작하면서 뱀파이어의 존재가 알려지기 시작했어요. 언제부터인지 시기는 알 수 없어요. 그들의 존재는 시대마다 다르게 표현되었기 때문에 고서에 기록되어 있다 해도 어떤 식으로 남겨져 있는지 알 수 없으니까요. 사실 뱀파이어가 언제부터 이 세상에 존재해 왔는지는 크게 중요하지 않아요. 그 존재들이 어떻게 생명을 유지하는지가 더 중요한 문제죠."

"어째서요?"

"그들은 사람의 피를 마시며 생명을 유지하거든요. 물론 꼭 사람의 피가 아니라도 상관없어요. 하지만 동물보다는 사람의 피를 선호하죠. 사람이 맛있는 음식으로 배를 채우길 원하듯이 말이에요. 뱀파이어는 피를 마시지 않으면 죽어요."

마티어스가 했던 말이 떠올랐다. 피를 마시지 않으면 죽을 거라는 말. 그러니 약을 먹으러 오라는 부탁.

"뱀파이어는 왜 하필 피를 마시고 사는 걸까요?"

"처음부터는 아니었을 거예요. 애초에 지상에 있지 말아야 할 존재가 지상에 머물기 위해 먹을 것을 찾다가 우연히 인간의 피를 흡혈한 뒤 생명이 유지되자 계속 그 행동을 반복한 게 아닐까 추측할 뿐입니다."

"지상에 머물 수 없는 존재요? 그게 뭔데요?"

"뱀파이어를 처음 만든 존재를 말하는 거예요. 일명 오리지널이라고 부르죠."

"피테르는 그걸 어떻게 알아요?"

"이건 고서에 기록되어 있는 내용이에요. 세상에 전해 오는 비밀스러운 어떤 고서에 뱀파이어라는 단어가 최초로 언급되어 있어요. 그 고서에 오리지널에 대한 얘기가 적혀 있고요."

고서와 오리지널. 생소한 그 단어들은 묘한 호기심을 불러일으켰다.

"그 고서에 쓰여 있는 내용을 보면 오리지널은 지상에 머무는 동안 자신을 닮은 존재를 만들었다고 해요. 뱀파이어 여왕이요."

"여왕이요?"

"네. 사실 오리지널은 고서에 기록되어 있을 때를 제외하고는 그 뒤로 모습을 드러낸 적이 없어요. 다시 나타나지도 않았고 봤다는 사람이 없죠. 하지만 여왕은 달라요. 직접 봤다는 증인이 있었어요. 여왕은 무슨 이유에서인지 모르지만 계속 지상에 머물고 있어요. 같은 얼굴의 사람이 시대별로 계속 나타났다는 기록이 그 증거를 뒷받침해요. 물론 그 기록들도 어느 순간 사라졌지만 그 여왕이 오리지널의 피를 물려받은 건 확실해요."

고서에 적혀 있는 오리지널과 여왕에 대한 언급은 많지 않다. 그래서 피테르도 그 이상의 내용은 알지 못한다. 십자단의 상부는 그들의 정체를 파악하기 위해 끊임없이 노력하고 있지만 아직 이렇다 할 특별한 점을 밝혀내지 못하고 있었다.

"뱀파이어들은 사람의 목을 문 뒤 자신의 피를 마시게 해서 동족으로 만들어 버려요. 그걸로 종족을 늘려 나가죠. 하지만 놈들의 피를 마신 사람들이 전부 뱀파이어로 변화되는 건 아니에요. 대부분의 사람들은 죽어 버리고 그중 소수만 살아나 뱀파이어가 돼요."

"뱀파이어는 왜 동족을 만드는 거예요?"

"뱀파이어는 번식하지 못하거든요. 종족을 유지할 수 있는 방법이 그것뿐이에요."

번식하지 못하는 뱀파이어는 개체수를 늘릴 때도 역시 사람을 희생시키고 이용한다. 그로 인해 뱀파이어 하나가 사는 동안 얼마나 많은 인간이 희생되는지 모른다. 희생은 언제나 선량하고 힘없는 사람들뿐. 그들의 희생을 막기 위해서라도 뱀파이어는 반드시 없어져야 할 존재다.

"지금은 뱀파이어들이 무리를 늘릴 최적기예요. 숨을 곳도 많고 먹이도 많으니 개체수가 폭발할 수밖에 없죠."

"그들을 죽일 방법은 없나요?"

왜 그런 질문이 튀어나왔는지 모르겠다. 자신이 어떤 존재인지 알면서도 아벨라는 문득 그런 질문을 했다.

"그들은 햇빛에 약하고 은에 취약하며 심장에 말뚝이 박히면 생명을 다합니다. 목이 잘리면 형체도 없이 사라지죠. 하지만 강력한 체력과 스피드. 뭐든 찢어 버리는 열 개의 갈고리 손과 강철 같은 이빨을 가진 놈들을 제압하는 건 쉬운 일이 아니에요."

그래서 십자단은 뱀파이어들이 취약한 은을 이용해 다양한 무기를 개발했다. 은말뚝, 은탄. 석공을 이용한 은화살촉, 은가루 폭탄 등등.

놈들은 유독 은에 약하다. 은만큼 놈들을 제압하는 데 좋은 무기가 없다. 단지, 순도 백 프로의 은으로 만든 무기여야 그 효과가 나타나기 때문에 다량의 무기를 만들기 쉽지 않다는 게 큰 단점이다.

"놈들이 무서운 이유는 강력한 체력을 가진 채 사람의 모습을 하고 우리 틈에 숨어 있다는 거예요. 얼마나 교묘한지 쉽게 구별하기 힘들어요. 변장을 한 채 지금 이 거리를 활보하고 다녀도 아마 찾아낼 수 없을지도 몰라요."

피테르의 말에 아벨라는 역시나 마티어스를 다시금 떠올렸다. 하녀들의 우상이자 사교계의 왕자라고 불리는 그를 누가 뱀파이어라고 생각하겠는가. 사람보다 더 사람다운 면모를 가진 채 우아한 귀족생활까지 영유하고 있는 그를 보면 그의 변장은 단연 최고라 칭송할 만하다. 그녀 또한 신시아의 적나라한 흡혈 모습을 보지 않았다면, 그리고 카이를 쫓던 뱀파이어들의 모습을 보지 않았다면, 지금까지 그들의 존재를 믿지 않았을지도 모른다.

"그럼 그들을 세상에서 완전히 사라지게 할 방법은 아예 없는 건가요?"

피테르는 그런 방법은 모른다고 했다. 다만 고서를 통해 전해 내려오는 하나의 설은 있다고는 했다.

"오리지널이 사라지면 나머지 뱀파이어도 따라 소멸된다는 이야기가 있어요."

"소멸이요?"

"네. 저주의 시초인 오리지널이 죽으면 그 존재가 뿌린 저주도 함께 사라진다는 뜻이죠. 하지만 앞서 말했듯이 오리지널의 존재는 찾을 수가 없어요. 그래서 그 피를 이어받은 여왕을 찾아야 해요. 이 세상에 존재하는 뱀파이어들은 여왕이 만들어 낸 것들이니까요."

들으면 들을수록 놀라운 사실이었다. 아벨라는 마치 옛이야기처럼 신기한 이야기에 그대로 푹 빠져 버렸다.

"지금 그 여왕은 어디 있을까요?"

"글쎄요. 어딘가에서 선량한 사람들을 죽이고 또 다른 뱀파이어를 만들며 살고 있지 않을까요?"

두 사람은 벤치에서 일어나 다시 길을 나섰다. 시내에 다다를수록 사람들이 많아졌다. 복작거리는 거리에는 오고 가는 마차들도 많았다.

"아까 뱀파이어가 햇빛에 약하다고 했잖아요."

"맞아요."

"왜 빛에 약할까요?"

"빛 아래 겸손하라는 신의 경고일 겁니다. 태양 아래 죽은 자는 살 수 없다는 의미겠죠."

"뱀파이어가 햇빛에 노출되면 어떻게 되는데요?"

"빛에 타 죽어요."

순간 아벨라가 다리를 접질렸다. 발밑에 움푹 파인 곳을 미처 못 보고 내디뎠기 때문이다.

"빛에 그런 힘이 있다니 너무 놀라워서 그만."

아벨라는 얼른 똑바로 자세를 고치면서 어색하게 웃어 보였지만 타 죽는다는 소리에 꽤 충격을 받았다.

"사람이 이렇게 많이 다니는데 아무도 신경 쓰지 않다니 너무해."

애꿎은 길을 타박하면서 아벨라는 고개를 들어 힐끔 하늘을 처다보았다. 다행이 잔뜩 낀 구름 때문에 한 점의 햇빛도 없었다. 그녀가 피테르 몰래 옷깃을 올리고 소매를 내려 혹시 모를 햇빛을 차단했다.

"피테르는 어떻게 뱀파이어에 대해 그렇게 잘 알아요? 원래부터 그들에게 관심이 있었던 거예요?"

아벨라는 뱀파이어에 대해 깊고 넓게 알고 있는 그가 신기하고 놀라웠다.

"글쎄요. 관심이 생긴 건 아마도 뱀파이어를 처음 보고나서부터였던 것 같아요."

"뱀파이어를 봤다고요? 그것도 직접?"

"불행하게도 여러 번요."

"어디서요?"

"그건."

말을 하던 피테르가 문득 입을 닫았다. 너무 많은 이야기를 하고 있는 자신을 발견했기 때문이다. 그는 다음 말을 기다리느라 자신을 빤히 바라보고 있는 아벨라에게 어색하게 웃어 보였다.

"원래 이런 얘기 다른 사람에게 잘 하지 않는 편인데 오늘은 내가 좀 이상하네요. 계속 뱀파이어 얘기만 해서 거북하죠?"

"아뇨. 전혀요. 내가 듣고 싶어 했잖아요. 오히려 궁금증이 해소돼서 좋은 걸요. 살롱에 갈 필요가 없겠어요."

하지만 아벨라는 그가 불편해하는 걸 알아차리고 더 이상 질문하지 않았다. 그녀가 입을 다물자 잠시 뒤 이번엔 피테르가 궁금한 게 있다며 질문을 했다.

"마티어스라는 귀족에 대한 거예요."

내색은 하지 않았지만 그는 마티어스를 계속 신경 쓰고 있었다. 착각일 수도 있지만 아벨라를 바라보는 그의 눈빛이 예사롭지 않아서다. 더구나 귀족이 항구 근처에 산다는 게 과연 정상적인가? 귀족들의 행보야 일반사람들과 달라 쉽게 이해하기 힘들다지만 아무래도 그의 행동엔 다른 이유가 있는 것 같았다.

"그가 왜 이곳으로 이사 온지 알아요?"

피테르가 왜 그걸 궁금해하는지 알 수 없었다. 아벨라는 마티어스라는 이름이 언급된 것 자체에 괜히 뜨끔해 고개부터 저어 보였다.

"아뇨. 전혀요. 나도 그게 이상한 참이었어요."

"그래요?"

"귀족들은 워낙 속을 알 수 없는 사람들이잖아요. 그게 궁금했어요?"

"뭐, 조금은."

피테르는 대수롭지 않은 질문에 실망했냐고 물으며 기대를 저버려서 미안하다고 미소 지어 보였다.

"아빠를 찾아 떠돌다가 하녀가 된 거라고 했죠?"

"네. 그전까진 계속 노숙을 했어요. 아마 하녀가 되지 않았다면 지금쯤 이름 모를 거리를 헤매다 쓰러져 부랑자가 됐을 거예요."

기억을 잃은 상태에서 오로지 아빠의 흔적을 찾아 버텨 왔다는 말은 다시 들어도 안타까운 얘기였다.

"아빠 외에 다른 가족은 없나요?"

"난 계속 아빠하고만 같이 살았어요."

아벨라가 손가락으로 피테르를 가리켜 보였다. 피테르가 피식 웃었다. 아벨라도 그를 따라 같이 웃었다.

"아빠는요? 아니, 피테르는요?"

아빠라는 말이 입에 배어 쉽게 고쳐지지 않는다며 사과를 한 그녀가 다시 정정해서 그에게 물었다. 그녀의 질문에 피테르는 조금 머뭇거렸다.

"난 고아예요."

그가 조금은 어색한 목소리로 자신에 대해 설명했다.

"태어나자마자 은퇴한 신부님의 집 앞에 버려진 후 쭉 그곳에서 살았어요. 그래서 부모님이 누군지 몰라요. 키워 주신 신부님이 돌아가신 후엔 전국의 성당을 돌며 생활했죠. 무너진 담을 보수하거나 벽화 그리는 걸 도우면서 끼니를 해결했어요."

그리고 헌터가 됐다. 여러 성당을 떠돌며 우연히 뱀파이어에 대한 이야기를 듣게 됐고 그들을 잡는 헌터가 있다는 사실도 알게 되었다.

헌터.

그건 운명이나 마찬가지였다. 자신을 위해 마지막까지 철저한 희생을 한 신부를 떠올리며 피테르는 일말의 망설임도 없이 조직에 합류했다. 나이가 어려 당장 조직에 들어갈 수 없었기 때문에 18살이 될 때까지 기다렸고, 2년을 훈련한 뒤 6개월 전에 정식으로 십자단원이 되어 활동하게 되었다. 그래서 그의 헌터 경력은 고작 6개월이다.

"그럼 숙소에 함께 사는 사람들은 누구예요?"

"모두 동료들이에요. 같은 일을 하느라 부득이하게 함께 지내고 있어요. 그래서 난 가족과 집이 따로 없어요. 물론 딸도."

그의 이야기를 잠자코 듣던 아벨라가 마지막 단어에 가만히 고개를 끄덕였다.

"슬픈 얘기네요."

그의 인생이야기도 슬펐고 딸이 없다는 말도 슬펐다. 이제 그와는 아무런 접점이 없다는 걸 알게 됐다. 아련한 기억도 모두 가짜라는 걸. 그래서 더 이상 떼를 쓰며 억지를 부릴 수도 없다는 걸. 아벨라는 그게 슬펐다.

"슬퍼 말아요. 아버지를 찾는 일은 내가 도울게요."

그녀가 힘없이 고개를 가로 저었다.

"아뇨. 아빠는 찾을 수 없을 거예요. 내가 기억하는 아빠는 당신이니까요. 어쩌면 처음부터 존재하지 않았던 아빠를 나 혼자 잘못 기억하고 있는 걸지도 모르겠어요."

"아벨라."

"나는 모르지만 내게 무슨 일이 있었나 봐요. 머리를 다쳤다거나, 아니면 큰 충격을 받았다거나. 그 덕분에 내 기억은 엉망진창이 돼서 열한 살에서 멈춰 버린 것 같아요. 이젠 나도 알아요. 슬프게도 내 기억이 잘못되어 있다는 걸."

그러니 신경 쓰지 않아도 된다며 아벨라는 그의 말에 상처받지 않았다는 걸 보여 주고 싶은지 옅게 웃어 보이기까지 했다. 슬픈 미소였다. 이유 없는 죄책감이 드는 건 미소 때문인 듯싶었다.

"데이트가 너무 슬퍼요. 이럴 줄 알았으면 그냥 숙소에 머물걸."

그녀의 말에 피테르는 진심으로 미안한 얼굴을 했다.

"그나저나 동료들이 가족과 떨어져서 함께 지낼 정도면 피테르가 하는 일이 엄청 중요한 일이겠죠?"

그녀가 그의 대답을 듣기도 전에 먼저 엄지를 들어 보였다.

"나, 응원할게요. 피테르가 하는 일."

응원을 남기고 그녀가 등을 돌려 앞서 걸어갔다. 애써 씩씩한 모습을 보인다는 걸 안다. 피테르는 말없이 그녀의 뒤를 따라 걸었다. 어설픈 위로는 하지 않았다. 그런 건 상처가 복구될 희망이 보일 때나 하는 거니까.

그는 세상에서 유일하게 사랑하는 신부님이 죽은 후 커다란 상실감에 꽤 오랫동안 마음의 문을 닫고 지냈다. 거리를 방황했고 산과 들을 떠돌며 부랑자처럼 지냈다. 신부님은 그의 유일한 가족이자 부모였고 친구였으며 은인이었다. 그런 존재를 잃었을 때의 괴로움은 당사자가 아니면 아무도 이해할 수 없다. 지금의 아벨라처럼.

'아벨라. 어쩌면 당신은 아버지를 잃은 충격으로 스스로 기억을 잃은 걸지도 모르겠어요. 만약 그게 사실이라면 그 방황을 혼자 견딜 수

있겠어요? 그 길은 무척 외롭고 힘들 텐데. 언제 끝날지 모르는 고독일 텐데.'

피테르는 그녀를 뒤따라가면서 멀어진 그녀의 등에 대고 혼잣말을 중얼거렸다.

"혹시 내가 당신의 방황이 끝날 때까지 곁에 머무는 건 안 될까요? 아빠가 아닌 남자로서."

시내에 도착한 피테르는 즐비해 있는 상점 중에서 생활용품을 파는 잡화점 안으로 들어갔다.

"아벨라. 잠깐 구경하고 있어요. 난 찾는 물건이 있는지 알아보고 올게요."

그가 사라지자 혼자 남은 그녀는 진열대 위에 놓인 물건들을 구경하기 시작했다. 잡화점의 특성상 다양한 물건들이 놓여 있었다. 아벨라는 여러 가지 물건 중 챙이 넓은 모자 하나를 집어 들었다. 햇빛에 대한 이야기를 듣고 난 후 태양이 신경 쓰였다.

"그게 마음에 들어? 내가 사 줄까?"

레이스가 하늘거리는 모자를 눌러쓴 그녀에게 누군가 말했다. 챙이 코 아래로 내려와 상대의 얼굴이 보이지 않았다. 그녀가 천천히 챙을 위로 올리다가 얼굴을 딱딱하게 굳혔다.

"당신!"

소리도 없었다. 인기척도 없었다. 그가 언제 옆에 와 있었는지도 모르겠다. 마티어스는 그녀가 쓰고 있는 모자를 벗겨 다른 모자를 씌워 주며 태연하게 물었다.

"이게 더 어울리는데 어때?"

"다, 당신이 여긴 무슨 일이에요?"

놀라서 묻는 그녀에게 그는 자연스럽게 대꾸했다.

"기다리고 있는데 오지 않아서 데리러 왔어."

그는 여러 개의 모자를 들고 그녀의 머리 위에 씌웠다 벗겼다를 반복하며 어울리는 모자를 찾느라 혼자 바빴다.

"날 기다렸다고요?"

"피를 마시러 오라고 했잖아."

아벨라가 손으로 그의 입을 급하게 막았다. 다행히 주변에 있는 사람들은 물건을 고르느라 그의 말을 못 들은 듯했다. 피테르 또한 저 멀리 진열대 앞에서 주인과 얘기하고 있느라 이쪽을 신경 쓰지 못하고 있었다. 그녀가 마티어스를 구석으로 밀어 세웠다.

"사람들 앞에서 그런 말을 함부로 하면 어떡해요?"

"왜? 하면 안 돼?"

"존재가 발각되잖아요."

"그게 무서워?"

무섭진 않고 두렵다. 사람이 아니라는 게 알려지면 더 이상 사람으로 살 수 없을 것 같아서.

"앞으론 날 기다리지 말아요. 난 피를 마시지 않을 거니까."

"왜?"

"먹고 싶지 않으니까요."

"그러다 네 아비를 잡아먹으면 그땐 어쩌려고?"

아벨라가 매섭게 눈을 치켜떴다.

"그럴 일 없어요."

"걱정돼서 그래. 넌 배가 고프면 눈이 뒤집혀서 길길이 날뛴단 말이야."

그녀가 정말 길길이 날뛸 태세로 두 눈을 부라렸다.

"과거엔 그랬을지 몰라도 지금은 아니에요. 잊었어요? 내게 일상생활을 유지해도 된다고 한 건 당신이에요."

"맞아. 내가 그랬지."

"그런데 이렇게 따라다니면서 이상한 말을 늘어놓는 이유가 뭐예요?"

"그건 네가 누군지 알면 행동부터 달라질 거라는 생각 때문이었어. 지금처럼 피를 거부하는 게 아니라."

그가 그녀를 지나쳐 구석에서 나왔다. 우연히 그의 모습을 본 여자들이 수군거렸다. 눈을 사로잡는 수려한 외모 때문이다. 그는 그런 시선에 익숙한 듯 아무렇지도 않게 여느 손님들처럼 진열대 위의 물건을 구경했다. 아벨라는 그를 잡화점 밖으로 잡아끌었다. 모르는 척 놔뒀다간 피테르와 마주칠 게 뻔했기 때문이다.

"당분간은 일상을 유지하게 놔둬요. 부탁이에요. 나도 혼란스럽다고요."

"그 일상이라는 게 피테르와 데이트를 하기 위해서라면 안 돼."

"잠깐. 설마 우리 대화를 엿들은 거예요?"

그가 과일을 파는 노점상 가판대를 내려다보다가 체리 하나를 집어 들며 천연덕스럽게 고개를 저었다.

"응. 뒤밟았어."

"염탐을 했단 말이에요?"

"아니. 스토킹."

그가 손에 든 체리를 허공에 휙 던졌다. 단순한 그 행동에 앞에 서 있던 아벨라가 경악했다. 그가 던진 체리가 그녀가 입은 원피스 안으로 쏙 굴러 들어왔기 때문이다.

"이런. 하필이면 거기에 떨어졌네."

그가 자연스럽게 손을 넣어 체리를 다시 **빼냈다**.

"미안. 실수."

그가 꺼낸 체리를 입에 넣었다. 분명 고의적이었는데 너무 태연자

약해, 오히려 사색이 된 그녀가 이상해 보이기까지 했다.

"지, 지금 무슨 짓을 한 거예요?"

아벨라가 말까지 더듬었다.

"화내지 마. 다행히 가슴골이 얕아서 금방 꺼냈으니까."

"미쳤어요?"

"널 보면 미치고 싶긴 하지. 하나 먹을래?"

가판대에서 체리 하나를 집어 그가 그녀에게 내밀었다. 뻔뻔하고 파렴치하다. 어쩜 이렇게 짐승 같지? 그녀가 그의 손가락을 있는 힘껏 콱 물었다.

"악!"

뜻밖의 행동에 깜짝 놀란 그가 화들짝 놀라며 손을 뒤로 뺐지만 이미 늦은 후다. 손가락에 그녀의 잇자국이 적나라하게 남아 버렸다.

"이게 무슨 짓이야?"

이번엔 그가 되물었다. 무릎을 꿇고 용서를 빌어도 부족한 희롱을 저질러 놓고도 무슨 짓이냐고 묻는 뻔뻔함에 아벨라는 코웃음 쳤다.

"왜 놀라요? 잘린 것도 아니잖아요."

"뭐라고?"

"손가락 정도는 금방 복구되는 거 아니었어요? 목이 잘린 것도 아닌데 엄살 피우지 말아요."

그녀는 놀랄 일도 아닌데 소심하게 군다며 그를 대놓고 비웃었다. 그녀를 보는 그의 눈매가 삐딱해졌다.

"이렇게 나오시겠다?"

기억상실의 이유로 피테르와 데이트하는 것도 눈감아 주고 있는데 이런 식이라면 그도 가만있을 수 없다. 마티어스가 팔을 뻗어 그녀를 자기 쪽으로 확 잡아당겼다. 무방비하게 서 있던 아벨라가 얼떨결에 그의 품에 안겨 버렸다. 그가 그녀를 안은 채 말했다.

"어디 한번 또 물어 봐."

그가 곧장 키스했다. 예상하지 못한 기습이었다. 고개를 틀거나 그를 밀쳐 낼 기회도 갖지 못한 아벨라는 또다시 무례한 도둑에게 입술을 빼앗겼다. 의미를 모르겠다. 이해 가지도 않는다. 대체 그는 무슨 생각으로 한 번도 아니고 두 번씩이나 키스를 하는 걸까? 농락인가? 아니면 관심? 전자라면 용서할 수 없고 후자라도 거절이다.

'이 부끄러움도 없는 짐승!'

장소와 시간에 구애받지 않고 아무 때나 불쑥, 자기의 감정에 따라 키스를 해 오는 남자는 이유를 막론하고 상종할 필요가 없다. 더구나 여기는 수많은 사람들이 오고 가는 길 한복판. 창피하고 수치스러운 감정에 아벨라는 키스 중인 그를 있는 힘껏 밀쳐 냈다. 동시에 그의 얼굴을 향해 손바닥도 세차게 날렸다. 하지만 그녀의 손목을 낚아챈 그가 어림없다는 얼굴로 조소했다.

"난 너처럼 두 번은 안 당하는데 어쩌나?"

아벨라가 그 손을 뿌리쳤다.

"부끄러운 줄 알아요!"

"누가 할 소리! 그래도 아빠를 좋아하는 딸보단 낫지 않아? 막장도 아니고 그게 뭐야?"

그녀가 몸을 부르르 떠는가 싶더니 곧장 그를 향해 달려들었다. 아주 얼굴을 쥐어뜯어 놓을 작정으로 손톱을 치켜든 채였다. 그가 사람들 사이로 유유자적하게 몸을 피하며 웃었다.

"그런 비실한 몸으로 날 어쩌겠다고? 네 진짜 손은 그게 아니잖아. 뭐든 찢고 잘라 버리는 갈고리 같은 손은 어쨌어? 제대로 된 손으로 덤벼 봐."

자극적인 말에 그녀가 더욱 악을 쓰며 달려들었다. 그는 이렇게 해서라도 그녀의 본성이 튀어나오길 바랐다. 울며 불며 소리치지 않는다고 절실하지 않은 게 아니다. 그는 그 나름대로의 방법으로 그녀를 위해 노력하는 중이었다.

그가 못다 한 키스를 마저 하겠다는 듯 장난을 쳤다. 바람 같은 몸놀림으로 그녀의 등 뒤로 가서 오른쪽 뺨과 왼쪽 뺨에 연달아 입을 맞췄다. 아벨라는 속수무책으로 당하기만 했다. 그의 움직임이 전혀 눈에 보이지 않았다. 시선으로 좇을 수도 없었고 워낙 빨라 보이지도 않았다. 나중에는 그녀의 앞에 불쑥 나타나 앞을 가로막고 서더니 이마에까지 입을 맞췄다. 하지만 그 이상의 행동은 이뤄지지 않았다. 그가 마지막으로 그녀의 입술을 향해 부드럽게 고개를 숙이려는 순간 갑자기 시야를 가리며 그의 어깨를 확 밀치는 사람이 나타났기 때문이다.

'피테르!'

날렵하게 뒤로 물러섰기에 망정이지 아니었다면 밀쳐 내는 손의 힘에 의해 볼썽사납게 뒤로 나자빠질 뻔했다. 갑자기 등장한 피테르는 마티어스의 시야를 막고 아벨라를 등 뒤로 숨겼다.

"지금 뭘 하시는 겁니까?"

힐난하는 목소리는 아주 당찼다. 찾는 물건이 없다는 주인의 말에 다른 상점으로 가려던 그의 눈에 마침 두 사람이 들어왔다. 갑자기 옆집 귀족이 왜 여기에 나타난 건진 알 수 없지만 그녀에게 하는 행동을 보고 있자니 그대로 있을 수가 없었다.

"희롱은 그만두십시오. 보는 눈도 많은 이곳에서 지금 행동은 귀족의 명예를 실추시키는 일이잖습니까?"

피테르는 감히 두려움도 없이 마티어스를 훈계했다. 마티어스가 귀족인 자신에게 하는 말이 맞냐며 어이없어 했지만 피테르는 물러서지 않았다. 마티어스는 피테르의 태도가 묘하게 당당해진 걸 느꼈다. 설마 그녀 때문에? 그가 비웃음을 감추며 한 발 뒤로 물러서 주었다.

"오해야. 아끼는 하녀를 위해 빈민가에 이사까지 온 내가 희롱이라니. 그럴 리 없지."

하지만 그의 말은 피테르에게 통용되지 않았다. 피테르는 정말 자신의 딸이 불한당에게 희롱을 당한 것처럼 불쾌한 얼굴을 감추지 않으며 여차하면 당장 그의 다리를 걸어 목을 누를 것처럼 행동했다. 마티어스는 그녀의 두둔을 기다렸지만 잔뜩 화가 나서 씩씩거리는 아벨라는 피테르와 합세해 주먹이라도 날릴 기세였다. 주변에 사람들이 많아 기가 산 듯했다. 아무도 없는 곳에선 어깨를 움츠리며 조심하던 태도는 온데간데없었다. 마티어스가 아쉬운 얼굴을 했다. 좀 더 둘만의 시간을 유지하고 싶었는데 그건 어려울 듯했다. 하긴, 여긴 보는 눈이 너무 많긴 했다.

"난 볼일을 마쳤으니 이만 돌아가야겠군. 아참, 그전에 이건 주고 가도록 하지."

마티어스가 유리병을 그녀에게 불쑥 내밀었다. 아벨라는 화가 난 걸 잊은 채 기겁을 했다. 그건 피였다. 어떻게 이걸 여기로 가지고 올 생각을 했냐는 듯 그녀가 당황한 채 피테르의 눈치를 살폈다.

"왜 안 받아? 네가 부탁한 거잖아."

그녀가 머뭇거리며 약을 받지 않자 마티어스는 유리병을 피테르에게 넘겼다. 아벨라가 화들짝 놀라며 그 약을 얼른 낚아챘다. 마티어스가 짓궂게 웃어 보였다.

"더 필요하면 내 집으로 와. 알지? 그거 비싼 거란 걸. 그럼 난 약속이 있어서 이만."

돌아선 그는 정말 약속이 있었던 건지 저 멀리 서 있는 한 신사와 만났다. 검은색 양산을 쓰고 있는 그는 로렌즈였다. 아벨라를 본 로렌즈가 가볍게 고개를 까딱거리며 인사를 했다. 아벨라는 그 인사를 받지 않았다. 로렌즈와 마티어스는 몇 마디 말을 주고받더니 그 자리를 떠났다. 피테르가 아벨라의 손에 든 병에 호기심을 보였다. 붉은색의 액체가 담긴 유리병은 묘하게 시선이 갔다.

"저 사람이 주고 간 게 뭐예요?"

아벨라는 피테르의 목소리에 얼른 시선을 거뒀다.

"아, 이건 약이에요."

아벨라는 뚜껑이 단단히 봉해진 유리병의 내용물이 조금이라도 흐를까 봐 염려하며 병을 반듯이 세워 들었다. 대신, 피테르의 시선을 차단하려는 의도로 유리병을 허리춤 옆으로 슬쩍 감추는 걸 잊지 않았다.

"어디 아파요?"

"아프긴요. 이래 봬도 엄청 건강한걸요. 단지 저 사람도 나와 같은 병을 앓고 있어서 챙겨 주는 것뿐이에요."

"둘이 같은 병을 앓고 있다고요?"

"신경 쓰지 말아요. 할 일 없는 귀족의 오지랖이니까요. 찾는 물건은 샀어요?"

아벨라는 얼느 화제를 바꿨다.

"아뇨. 이곳에는 그 물건이 없대요."

"그래요? 그럼 다른 곳을 가 볼까요?"

아벨라는 마티어스가 입맞춤한 양쪽 뺨을 소매로 닦아 내며 앞장섰다.

"잠깐만요."

피테르가 아벨라의 걸음을 멈추게 했다. 그녀가 왜 그러냐며 뒤돌아서자 그가 이마를 닦아 주었다.

"여기 안 닦았어요."

그의 손이 마티어스가 입맞춤한 곳을 세심하고 야무지게 지워 냈다. 뭘 하는 걸까 의아해하던 아벨라가 이유를 알아차리고 쑥스러워했다.

"아빠 같아요. 기억 속의 아빠."

"아빠가 되어 줄 수는 없지만 보호자는 되어 줄 수 있어요. 방금처럼.”

그가 손을 내리고 아벨라를 보았다.

“옆집 귀족은 조심하는 게 좋겠어요. 썩 정상적으로 보이지 않아요. 특히 당신에게요.”

내색은 하지 않았지만 그는 마티어스를 계속 신경 쓰고 있었다. 착각일 수도 있지만 아벨라를 바라보는 그의 눈빛이 예사롭지 않아서다. 더구나 귀족이 항구 근처에 산다는 게 과연 정상적일까? 귀족들의 행보는 일반사람들과 달라 쉽게 이해하기 힘들다지만 아까 마티어스는 자신의 행보에 이유가 있다는 걸 드러냈다.

“그가 왜 이곳으로 이사 온지 알아요?”

“아뇨.”

아벨라는 그런 이유는 궁금하지 않다며 크게 개의치 않아 했지만 그는 달랐다.

“그 귀족이 아까처럼 무례하게 군다거나 몰염치한 행동을 할 때는 내게 말해 줘요. 다시는 그러지 못하게 혼내 줄 테니.”

그의 말에 아벨라가 정말이냐며 되물었다.

“그는 귀족이에요. 그런데도 혼내 줄 수 있어요?”

“네.”

“아주 위험한 사람인데도?”

“네.”

“인간…… 이상의 존재라도요?”

피테르는 고개를 가뿐히 내렸다 올렸다. 그 짧은 고갯짓 안에 담긴 의미는 아마도 자신감 같았다.

“그가 누구든 지진 않을 거예요. 절대.”

2

양산으로 햇빛을 가리고 있는 로렌즈가 그를 찾아온 이유를 설명했다.

"급히 드릴 말씀이 있어 부득이하게 찾아왔습니다. 댁에 계시지 않으시더군요."

"보다시피 바빠서 말이야. 데이트하는 누구 쫓아다니느라고."

로렌즈가 아벨라와 나란히 걸어가는 피테르를 쳐다보았다. 대화를 주고받으며 종종 웃는 두 사람은 얼핏 보기에 갓 사귀기 시작한 연인들처럼 풋풋해 보였다. 그걸 보니 마티어스가 왜 미행을 했는지 알 것도 같았다.

"어제 후작에게 한 사내가 찾아왔습니다."

"더스틴?"

"알고 계시는군요."

"옆집에 사는 놈들 중 한 명이야. 은탄을 사용하는 놈이지."

"하녀장을 죽인 사람이 그자입니까?"

"그래. 변종의 신분을 파악하겠다며 여기저기 들쑤시고 다니고 있어. 그런데 더스틴이 후작을 만났다고? 어떻게? 며칠 동안 문전박대당하는 걸 보고 미행을 관뒀는데 재주가 좋군."

"그자의 재주가 좋은지는 모르겠지만 배경은 좋은 듯합니다."

"무슨 소리야?"

"서신 한 통이 후작에게 왔습니다. 협조를 구한다는 내용이었으나 무시할 수 없는 서신이었습니다. 한 사람이 찾아올 것이니 그 사람의 의견을 존중하라는 내용이었다는군요. 그가 찾는 것을 도우라는 게 주된 내용이었다고 합니다. 서신을 받은 날, 저택 밖에선 더스틴이라는 자가 약속이나 한 듯 기다리고 있었죠."

로렌즈는 후작을 찾아온 더스틴의 이야기를 시작했다.

댄 가문의 아들에게 후작의 집주소를 받은 더스틴은 골치 아픈 표정을 풀지 못했다. 구두의 주인이 귀족이나 신흥부적처럼 재력 있는 사람일 거라고는 생각했지만 이 정도 레벨일 거라고는 예상하지 못했다. 봉건제도의 기초를 이루는 남작이나 자작이라면 억지를 부리고 떼를 쓰면서라도 조사해 볼 생각이었는데 이건 그가 침범할 수 있는 지위가 아니었다.

"같은 귀족도 쉬이 만날 수 없다는 상등 직위자를 내가 무슨 수로 만나나?"

거대한 후작의 저택 앞에 선 더스틴은 기가 질린 듯 헛웃음을 뱉었다. 벌써 두 번이나 문전박대를 당해 쫓겨난 상태였고 어제는 다시 찾아오지 말라는 주의를 무시하고 얼굴을 들이밀었다가 멱살을 잡힌 채 내동댕이쳐졌다. 후작이라는 신분이 높아도 너무 높다. 시대가 바뀌었다고는 하나 후작이라는 존재는 평민에게 허황된 꿈처럼 너무 큰 존재였다.

늠름한 풍채와 매서운 눈초리로 저택 입구를 지키는 근위병들과 경비병들을 지켜보던 더스틴은 오늘은 후문으로 향했다. 물론 후문이라고는 해도 정문과 마찬가지로 후작의 소속 병사로서의 자긍심에 똘똘 뭉친 자들이 즐비해 있지만 확실히 근엄한 정문보다는 느슨한 면이 있었다. 더스틴은 예리한 눈으로 경비병들을 살펴보다가 제법 선해보이는 인상의 사내를 골라 그에게 다가갔다.

"후작님을 뵈러 왔습니다."

정통 교육을 받은 근위병보다는 그나마 경비병들이 너그러웠다. 아니나 다를까 더스틴의 밑도 끝도 없는 말에도 경비병은 너그럽게 대꾸를 해 주었다.

"무슨 일이오?"

경비병은 경계나 위협은 배제한 단순한 표정으로 더스틴을 쳐다보았다. 마차나 말을 타고 오지 않았고 하인과 함께 오지 않은 그를 경비병은 편하게 대해 주었다. 어떻게 대답해야 이해를 구할 수 있을까. 더스틴은 가지고 온 구두를 꺼내 보였다.

"확인할 게 있어서요. 조금 급한 일입니다만 이 구두의 주인을 찾고 있습니다."

"여자 구두?"

한눈에 봐도 값비싼 구두를 본 경비병이 구두를 한번, 더스틴을 한번 번갈아 보았다. 평범한 행색의 그가 가지고 있을 만한 구두가 아니라는 뜻이다. 그러나 이런 일에 익숙한 경비병이다. 후작의 집 앞을 지켜 온 지 십 년이 넘었고 저택을 구경하고 싶어 하는 구경꾼과 잡상인, 다양한 사기꾼까지. 갖은 이유를 대며 견고한 저택의 문을 열고 들어가고 싶어 하는 사람들을 무수히 봐 왔다. 물론 구두는 처음이지만.

"상당히 고가의 구두군. 장신구들은 진짜 보석같이 보이고. 그런데 왜 구두의 주인을 이곳에서 찾소?"

"구두를 만든 장인이 이 구두를 이곳으로 배달했다고 합니다. 보다시피 구두는 한 짝뿐, 저택에 사는 분들 중 구두를 잃어버린 분이 계실 거라 생각해서 가져왔습니다."

저택엔 후작 혼자 살고 있고 후작은 아직 미혼이다. 런던에 사는 모두가 아는 사실을 그가 모른다는 게 어이없던 경비병이 조금 전과 달리 단호한 태도로 더스틴에게 구두를 건넸다.

"돌아가시오. 그런 사람은 없소."

아무리 사기를 치려고 해도 기본적인 사항은 알고 덤비는 법인데 상대가 너무 무지하다고 느껴졌다. 갑자기 태도가 바뀐 경비병을 본 더스틴은 이유를 모른 채 구구절절 설명을 늘어 놓았다.

"후작님께서 모르고 계신 건 아닐까요? 분명 구두가 배달된 최종 목적지가 이곳이었습니다."

"매일 이곳으로 배달되는 물건이 겨우 구두 한 켤레뿐일까? 음식, 가구, 옷, 심지어 사람까지 얼마나 방대한 양이 오고 가는지 아시오? 구두에 관련해 전달받은 사항이 없으니 돌아가시오."

"내부에 확인이라도 해 줄 수 없습니까?"

근처에서 두 사람의 대화를 주시하던 근위병 하나가 경비병을 불렀다. 경비병은 근위병 무리에게 다가가 상황을 설명했다. 더스틴에게 받은 질문을 그들에게 묻는 듯싶었다. 근위병들이 더스틴을 쳐다보았다. 몇 마디 말이 더 오고 가고 그들의 지시를 받은 경비병이 다시 그에게 돌아왔다.

"구두를 놓고 가라는군. 그럴 생각이 없다면 그만 이곳에서 물러나 주고."

또 실패다. 예상했던 사실이라 실망하진 않았지만 그렇기에 이제 방법을 달리해야 한다고 판단했다. 더스틴은 런던의 남쪽 방향으로 몸을 틀었다. 약속은 이미 해 놓은 상태였다. 단지 마지막으로 시도를 한 번 더 해 본 것뿐.

그는 굳건한 쇠창살 너머의 저택을 바라보다가 미련 없이 등을 돌렸다. 오늘 안에 반드시 저 창살을 넘어 후작을 만날 것이다.

작은 동산 위에 자리 잡은 수도원은 들꽃에 둘러싸여 봄처럼 포근한 인상을 주었다. 아치형의 작은 십자가가 지붕 위에 있지 않았다면 그저 꽃밭에 둘러싸인 오래된 집처럼 보이는 곳이었다. 더스틴은 허리 아래 소복이 핀 들꽃을 몇 개 꺾은 뒤 수도원 안으로 들어갔다.

문조차 없는 입구를 지나자 동그란 형태의 작은 마당이 나타났다. 드문드문 부랑자들이 담 아래 기대어 앉아 햇빛을 쐬고 있었다. 마당을 지나쳐 입구로 들어갔다. 부랑자들이 안으로 들어가진 않는 모양인지 문이 개방되어 있었다.

교회에서 사용되는 특유의 긴 나무 의자들이 가운데를 복도처럼 비워 둔 채 양쪽으로 나란히 배치되어 있다. 벽에 초라하게 걸려 있는 나무 십자가 외엔 흔한 치장 하나 없는 곳이었다. 수도원이라는 명칭 아래 소박함을 유지하고 있는 것이다.

더스틴은 예배당 옆에 나 있는 작은 문으로 들어갔다. 열 개가 넘는 기도실은 사용하지 않은 지 오래됐는지 모두 텅 비어 있었다. 그는 비어 있는 방 안을 하나씩 들여다보았다. 방 한구석에 먼지에 덮혀 있는 모포가 보였다. 차가운 맨바닥에 얇은 모포 한 장을 깔고 그 위에 무릎을 꿇은 채 기도를 하는 이름 모를 수도사의 모습이 보이는 듯했다. 그 또한 한때 수도사들처럼 신의 일꾼이었던 때가 있었다. 뱀파이어를 만나기 전까지.

더스틴은 기도실들을 벗어나 수도원의 뒤쪽으로 걸어갔다. 계단을 열 개 정도 밟았을까. 하나둘 많아지는 나무 십자가가 열 개가 되고 스무 개가 되더니 금세 사방에 가득 십자가가 찼다. 여긴 무덤의 정원. 뱀파이어와 싸우다 죽은 비밀 수도사들의 마지막 안식처다.

더스틴은 꺾어 온 들꽃을 이름 모를 순교자의 무덤 위에 놓았다. 십자가 아래 작은 돌에는 죽은 수도사의 이름 하나만이 덩그러니 적혀 있었다. 묘비명도 없었다. 그가 고개를 숙이고 짧은 묵념을 올렸다.

"할 말이 있으면 은신처로 올 일이지 날 다 불러내고 어쩐 일인가, 너스틴 수도사."

늙은 목소리가 무덤들 사이에서 들려왔다. 그가 오늘 더스틴이 만나려는 사람이다.

"이미 서신을 받아 보셔서 내용을 아시잖아요."

낫을 든 늙은 수도사는 무덤 사이에 핀 잡초들을 베어 내는 중이었다. 그는 고개도 들지 않은 채 죽은 사도들의 무덤 손질에 여념이 없다. 이곳의 잡초는 유난히 빠르고 줄기차게 자라난다. 찾아 주는 이 없음을 슬퍼하기 때문이리라. 그래서 늙은 수도사는 그것이 마음 아파 이곳에 오는 날이면 직접 낫을 들고 잡초를 쳐 냈다.

"후작은 왕실과 연결되어 있는 사람이야. 뼛속까지 귀족이란 말은 그런 사람에게 하는 말이지. 잘못 건드렸다간 목숨도 위태로워질 수 있네. 추측 하나로 귀한 목숨을 버릴 참인가?"

"그렇다고 의심되는 사람을 두고 볼 수는 없습니다."

"믿을 만한 정보나 증거를 가져오게. 구두 하나로 추측하기엔 그는 너무 거물이야."

"정보나 증거는 신께서 찾아 주실 겁니다. 언제나 그랬듯이요."

담담한 말엔 깊은 믿음이 뿌리 내려 있었다. 늙은 수도사가 허리를 펴고 일어섰다. 주름진 이마에는 땀방울이 송골송골 맺혀 있었다. 잡초를 베어 내고 그 자리에 꽃씨를 뿌리고 흙을 덮어 물을 주는 일은 젊은 사람도 하기 힘든 노동이다. 수도사는 소매로 땀을 닦아 내며 잠시 숨을 돌렸다.

"성당을 나가지 않는 걸로 알고 있는데 신을 운운하나? 기도는 해?"

"바빠서요."

늙은 수도사가 꾸중하는 눈빛을 보냈지만 더스틴은 악동처럼 오히려 씨익 웃어 보였다.

"신입 피테르는 어때? 잘 적응하고 있나?"

"숫총각이라 놀려 먹기 좋습니다."

더스틴의 우스갯소리에 늙은 수도사가 어험, 하고 헛기침을 했다. 더스틴은 또 한 번 악동 같은 웃음을 지어 보이더니 이내 올바른 대답을 다시 했다.

"운은 좋은 녀석 같아요. 8조가 전멸했을 때 저랑 같이 살아난 걸 보면요."

"자네는 운이 좋은 사람이지. 피테르도 운이 좋다니 앞으로 두 사람이 큰일을 해내겠군."

"녀석은 특수 훈련을 받은 겁니까?"

"그건 왜?"

"뱀파이어에 대해 거부감이 없고 두려워하지도 않아서요."

"요즘은 다들 훈련을 받잖나. 과거처럼 열정 하나로 놈들을 잡을 수는 없지."

"아무리 훈련을 받았다 해도 처음 뱀파이어를 보고 놀라지 않는 게 신기해서요. 두려워하지도 않더라구요."

"잘됐군. 용맹한 친구라서. 우린 그런 신입이 많이 필요하지."

요즘은 지원하는 사람이 많지 않아서 그것도 문제라는 그였다.

"피테르의 가족 중 누군가도 뱀파이어에게 희생당한 거겠죠?"

"아니. 피테르는 고아야."

피테르가 뱀파이어들에게 내보이는 감정은 분명 복수라고 생각했는데 그게 아니라니 의아했다.

"원한도 없이 뱀파이어를 죽이기 위해 십자단에 지원을 했단 말입니까?"

"꼭 원한이 있어야 하는 건 아니지 않나? 신의 봉사자들로서의 사명감에 스스로 지원하는 수도사들도 많네."

"피테르는 수도사가 아니잖습니까?"

"늙은 수사의 손에 사란 게 영향을 끼쳤나 보지. 중요한 것도 아닌데 왜 그렇게 그것에 관심을 두는 겐가?"

"좀 이상해서요. 보통 십자단원이 되는 이유는 전부 복수를 밑바탕으로 한 원한이 기본이잖아요."

"자네처럼?"

사제였던 더스틴은 뱀파이어가 급습한 수도원에서 살아남은 사람중 한 명이었다. 살면서 그런 커다란 악의 형체를 본 적 없는 그는 뱀파이어를 보고 넋이 빠진 채 도망치기 급급했다. 그때 그를 구한 건 지금의 늙은 수도사였으며 당시 운 좋게 살아남은 사람들은 전부 십자단원에 지원해 헌터의 길로 들어섰다. 더스틴은 그들 중 한 명이었다.

지리상 폐쇄적인 곳에 위치한 수도원들은 종종 뱀파이어의 습격을 당한다. 지금은 헌터들이 상주해 있기 때문에 그런 일이 줄었지만 마을과 동떨어져 있거나 계곡에 위치한 수도원들은 뱀파이어들의 표적이 되곤 했다. 특별한 이유는 없다. 누군가의 도움을 쉽게 받지 못한다는 이유로 뱀파이어들은 그곳을 목표로 했다.

"뱀파이어에게 피해를 당한 선량한 시민은 많아. 단지, 뱀파이어란 존재를 몰라 복수하지 못할 뿐이지. 존재를 모를 뿐만 아니라 평범한 그들은 놈들을 잡을 수도 없어. 그래서 우리가 필요한 거네."

"알고 있습니다. 그래서 더 노력하고 있고요."

수도사는 다시 낫질을 시작했다. 잘려 나가는 잡초들이 더스틴의 발아래로 던져졌다. 더스틴은 그것들을 주워 구석에 쌓았다.

"변종은 어떻게 됐습니까?"

"불태워 처리했어. 그것들은 뱀파이어와 달리 죽어도 먼지가 되지 않아서 소각이 제일이지."

"변종에 대해 알아낸 다른 정보는 아직 없는 겁니까?"

"바티칸에서 연구를 하고 있네만 쉽지 않네. 사실 우린 변종보다 뱀파이어에 대해 더 많은 시간을 들여 연구를 하고 있잖나. 시간이 걸릴 거야."

대화는 그사이 잠시 끊어졌다. 체력이 고갈된 수도사가 낮잠을 다시 멈췄기 때문이다. 세월의 야속함이다. 그 누가 저 사람을 과거의 헌터라고 알아보겠는가.

"힘드시면 놔두세요. 다른 수도사들을 시키든가요."

"비밀의 무덤을 아무에게나 맡길 순 없지. 이건 죽기 전까지 내가 해야 할 소임이네."

"죽고 나면요?"

"당연히 자네가 해야지."

"전 죽을 때까지 뱀파이어를 잡아야 하는데요. 무덤 손질할 시간 같은 건 없어요."

더스틴의 말에 수도사가 인자한 미소를 지어 보였다.

"맞는 말이야. 헌터의 길로 들어선 이상 죽을 때까지 뱀파이어를 잡아야 제대로 된 헌터지. 그런 걸 보면 나는 아직까지 살고 있는 게 축복인지 아닌지 모르겠네. 은퇴한 십자단원들은 비밀 수도원에 살며 죽음만을 기다리는데 말이야. 반감금당한 채 죽을 때까지 그곳에서 살아가는 동료들을 생각하면 자네처럼 현장에서 활동해야 옳은 게 맞네. 자네도 알다시피 그곳이 얼마나 외로운 곳인가? 정신 착란을 일으킨 자. 불구가 되어 숨만 쉬는 자 등등."

그곳은 지상 위의 지옥. 보상은 없다. 스스로 선택한 삶이기에.

늙은 수도사는 손바닥 안의 꽃씨를 '후우' 하고 불었다. 씨앗들이 무덤 사이에 흩날렸다.

"내가 아는 헌터들 중 아직 살아 있는 사람은 자네뿐이야. 그만큼 자네 실력이 출중하다는 소리지. 난 그런 자네에게 안락한 노후를 선사하고 싶네. 그러니 더스틴 수도사, 은퇴할 때까지 몸조심하며 아프지 말고 내 자리를 잇도록 하게. 내 후계자가 자네라고 교황청에 미리 언질을 해 둘 테니까."

교황청.

십자단은 바티칸의 비밀 소속이다. 첫 유래는 이탈리아의 수도사들이 주축이었으나 조직에 대한 소문이 퍼지면서 나중엔 유럽 전역의 수도사들이 지원하며 규모가 확대되었다. 십자단의 설립 목적은 뱀파이어의 척결. 살생을 금하는 수도사가 살생을 위해 창과 칼을 든 건 인간을 희생해 생명을 유지하는 그들을 말살하고자 함이었다.

하지만 평범한 수도사들이 뱀파이어를 이기기엔 역부족이었다. 희생은 컸고 사상자는 늘어났다. 상대에 대한 정보 부족이었다. 바티칸은 부랴부랴 그들에 대한 문언을 뒤지고 기록을 찾았다. 각 분야의 전문가를 초빙해 연구를 진행했으며 실제 뱀파이어를 잡아 눈으로 관찰하기도 했다.

뱀파이어의 개체수가 늘어나면서 십자단원의 수도 늘어났다. 그들이 죽으면 십자단원의 희생도 비례했다. 두 집단은 그렇게 조금씩 엮였다.

영국의 국교는 성공회다. 1534년 헨리 8세가 로마 가톨릭으로부터 분리 독립했기 때문에 영국 내에서 로마 가톨릭 집단이 비공식적으로 움직이는 건 문제가 된다. 물론 십자단의 소속 안에는 각기 국적이 다른 사람들이 섞여 있고 영국 태생의 수도사도 있지만 공식적으로 활동하는 건 갈등을 초래할 수 있어 조심해야 했다.

"그나저나 여왕은 놓친 거라고 보면 되겠나?"

수도사의 질문에 더스틴은 긍정도 부정도 아닌 대답을 했다.

"글쎄요."

"6개월을 쫓았는데도 찾을 수 없다면 이제 그건 내버려 두게. 런던 지리에 밝은 다른 조에게 넘길 테니."

"네에? 그게 무슨 말씀이십니까? 여왕은 우리 8조의 원수예요! 복수는 저희 겁니다!"

"왜 복수가 자네 것인가? 착각하지 말게. 복수는 우리 모두의 것이네. 십자단원 모두의 것."

늙은 수도사는 8조의 단원들만 뱀파이어에게 죽은 게 아니라며 더스틴의 말을 정정해 주었다.

"6개월 전 여왕을 잡기 위해 죽은 건 8조만이 아니라 7조도 포함이야. 뒤늦게 합류 지원을 나간 5조만이 살아남았지. 자네가 상부의 허락 없이 5조와 7조의 도움을 받은 건 질책하지 않겠네."

그의 말에 더스틴은 아무 말도 못 했다. 그는 여왕 뱀파이어를 잡기 위해 상부 보고 없이 다른 조의 지원을 받았다. 희생된 자들만 무려 삼십여 명.

"제대로 된 복수가 뭔지 아나? 우리가 보다 많은 뱀파이어를 죽이는 게 제대로 된 복수네. 지금 자네가 이끄는 8조는 항구 근처에 숙소를 마련했다지? 첩보에 의하면 항구를 거점으로 한 뱀파이어들의 모습이 포착됐다는 소식이 있네. 마침 자네들이 그곳에 머물고 있다니 그곳에 포진해 있는 그것들을 잡게나. 이건 자네가 런던에서 해야 할 첫 번째 임무네."

그의 말에 더스틴이 불만스러운 낯빛을 드러냈다.

"얼굴 풀어. 구두의 주인을 찾게 도와줄 테니. 자네 얼굴을 그렇게 만든 놈은 잡아야 하지 않겠나?"

"정말이십니까?"

"그래. 대신 구두 사건을 끝으로 항구 쪽의 뱀파이어들을 사냥하겠다고 약속하게."

"물론입니다, 주교님. 약속드립니다."

더스틴은 늙은 수도사를 향해 주교라는 명칭을 쓰며 거듭 약속을 했다.

"자네의 얼굴을 그렇게 만든 뱀파이어는 반드시 잡아야 하니 돕는 거야."

주교는 편지 한 통을 건네주었다.

"이걸 가져가면 후작을 만날 수 있을 걸세."

"감사합니다, 주교님."

더스틴은 편지를 받자마자 뛰다시피 수도원을 빠져나갔다. 그런 그를 바라보며 주교는 다시 무덤 손질을 시작했다. 지금 십자단은 뱀파이어와 함께 평행선 위에 서 있는 상황이다. 그 평행선 위에서 서로를 죽고 죽이며 줄타기를 하고 있다. 복수가 복수를 낳고 원망이 분노가 되어 서로를 살육하는 지독한 싸움만 한 지 수십 년째. 언제까지 이렇게 싸움을 할 수는 없다.

"인간의 희생이 너무 커."

그렇기 때문에 무던히 노력했다. 이제 때가 됐다. 곧 그들을 말살시킬 기회를 말이다. 십자단원의 1조가 그 비밀이다. 이젠 그들이 뱀파이어를 상대할 것이다. 비밀 병기 같은 그들이 이제 슬슬 나설 때가 된 것이다.

더스틴은 늦은 오후 후작의 저택에 기필코 발을 들였다. 편지 한 통을 달랑 들고 나타난 그는 대기실에서 정확히 두 시간을 기다린 후 후작을 만날 수 있었다. 대기실이라고는 하나 무척 넓고 쾌적한 공간이었으며 기다림에서 오는 지루함을 덜어 주기 위해 다양한 책이 비치되어 있었고 좋은 향의 고급 차와 쿠키가 제공되었다. 더스틴은 넉살좋게 탁자 위에 놓인 쿠키들을 종류별로 다 맛보았다. 차도 세 잔이나 부탁해 마셨다. 하녀는 친절했으며 사랑스러운 미소로 그를 위해 달콤한 케이크까지 내주었다.

기다리고 있던 그를 데리러 온 것은 백발의 집사였다. 그는 그의 이름만을 확인한 뒤 신분 확인 등의 절차를 생략하고 곧장 그를 후작의 접견실로 안내했다. 사전 예약 없이 후작을 만나는 건 행운이나 다름없다고 집사는 말했다. 두 시간이나 기다린 그에게 말이다.

"이걸 후작님께 전해 주시오."

더스틴이 내민 편지를 집사가 받았다. 그는 흰 장갑을 끼고 레터 오프너로 조심스레 봉투를 오픈한 뒤 은쟁반에 받쳐 후작의 책상 위에 올려놓았다. 책상과의 거리는 대략 5미터 이상이다. 더스틴은 그 앞에 놓인 벨벳 의자에 멀뚱히 앉아 있었다. 후작은 우아한 자세로 더스틴을 바라보며 왕 같은 미소를 지어 보였다. 질문은 없었다. 일상적인 인사도 건네지 않았다. 그저 사무적인 미소를 지은 채 석고상처럼 앉아있을 뿐이다. 분명 지금의 자리는 굉장히 영광스러운 자리가 맞다. 일개 평민이 후작을 만날 기회는 평생 가질 수 없으니까. 하지만 더스틴은 이 자리가 영광스럽지 않았다. 아니, 영광의 자리를 즐기지 못했다.

'속세를 떠난 지 너무 오래됐어. 이젠 뱀파이어보다 사람이 더 불편해.'

집사가 북스탠드를 펼쳐 책상 위에 세운 뒤 그 위에 편지를 올려 주었다. 그게 끝이 아니었다. 집사가 후작의 책상 옆에 서서 서랍을 열고 안경과 돋보기를 꺼내 주었다. 후작은 그제야 느릿하게 두 손에 흰 장갑을 끼고 안경을 쓴 뒤 한 손에 돋보기를 들고 편지를 읽기 시작했다. 삼십 초면 끝날 일이 저들에겐 십 분도 넘게 걸리는 일이 된다니 보고도 믿을 수가 없었다. 뿐인가. 후작이 편지를 다 읽은 건 그로부터 삼십 분이나 더 걸렸다. 안경을 쓰고도 손에 돋보기를 든 걸 보면 시력이 나쁜 모양인 듯싶었지만 느려도 너무 느렸다. 마지막으로 공간이 어두워 글씨가 잘 보이지 않는다며 편지를 들고 창가 앞을 왔다 갔다 걷는 그를 봤을 때는 일부러 그러는 건 아닌지 의심까지 들었다.

"그러니까 이 편지의 내용을 한마디로 요약하자면 어떤 구두 한 켤레가 내 집으로 배달이 됐는데 구두를 시킨 사람이 누군지 찾는 걸 협조해 달라는 것이로군."

후작이 안경을 벗으며 담담하게 물었다. 듣기 좋은 음성이었으나 그 안에 고이 간직되어 있는 말투는 오만과 거만이 전부였다.

"편지를 써 준 사람과는 무슨 관계지?"

단도직입적인 질문이다. 더스틴은 숨기지 않았다.

"씰링을 보고 이미 아셨으리라 믿습니다."

편지봉투 위에 도장을 찍는 것을 씰링이라고 한다. 봉투의 봉합을 위해 찍지만 종종 가문의 상징이나 특별한 표식, 그리고 자신이 누군지를 간접적으로 나타내기 위해 찍는 경우도 있다. 후작은 편지가 어디로부터 왔는지 이미 짐작하고 있을 거라고 생각하고 대답했다.

"무슨 관계인지 물었는데 말을 돌리는군."

"함께 신을 믿는 사이입니다."

후작이 웃었다. 그 웃음이 조금 전과는 달리 냉소적으로 변한 걸 더스틴은 미처 파악하지 못했다.

"나도 신을 믿네. 여기 있는 집사도, 저기 벽 쪽에 쟁반을 들고 서 있는 하녀도 신을 믿지. 이 나라에 있는 모든 사람들이 신을 믿어. 이름이 뭔가?"

"더스틴이라고 합니다."

"그래. 더스틴. 내 말에 제대로 된 답변을 하지 않으면 편지를 쓴 사람이 곤란해짐을 잊지 말게. 난 그 정도의 위치야. 집사, 펜과 종이를."

거물이라고 지칭했던 주교의 말이 떠올랐다. 더스틴은 아차 싶었다. 눈앞의 후작이 어떤 인맥과 어떤 권력으로 어떻게 대응할지 누구도 예측할 수 없다는 걸 깜빡했다. 그가 재빨리 대답했다.

"후작님, 편지를 써 주신 분은 제 후견인입니다. 제 보호자를 자청하시는 분이시기도 하고요."

그의 말에 후작은 잠시 생각에 잠기는 듯하더니 편지를 집사에게 건넸다. 집사는 그걸 원래 받았던 것 그대로 더스틴의 손에 건네주었다.

"보호자를 자청하는 사이라니 양부라고 생각하면 되겠군. 어떤 걸 협조해 주면 되나?"

판단이 굉장히 빠른 사람이다. 계산하지 않는 모습이 솔직했으나 결코 단순해 그런 건 아닌 듯싶었다. 그만큼 자신 있다는 의미겠지만 개운한 느낌은 아니었다. 더스틴은 구두를 내보였다.

"이 구두에 대해 아는 모든 걸 말씀해 주십시오."

"처음 보는 구두로군. 뭘 말해 주면 되지?"

"저택에 머무는 여성이 있다면 뵙고 싶습니다."

"사생활을 발설할 의무까지는 없지만 난 미혼이고 현재 교제 중인 여성도 없어. 저택 안에 살고 있는 사람은 나뿐이야. 이곳에 살고 있는 외부인은 아무도 없네만."

"그렇다면 누군가 후작님 몰래 이곳으로 물건을 배송할 가능성도 있을까요?"

"그건 모르겠군. 하지만 불가능한 일도 아니지. 자네가 그걸 확인하러 온 거니 조사는 직접 해야 하지 않을까?"

"옳으신 말씀입니다. 그럼 혹시 댄 가문이라고 아십니까?"

"뭔 가문?"

듣도 보도 못한 가문의 이름이 튀어나왔다고 생각한 걸까. 후작은 미간을 단박에 일그러트리며 그 가문이 어떤 가문인지 오히려 더스틴에게 물었다.

"그 가문은 생소한데. 댄 가문은 어디에 있는 어떤 가문이지?"

"구두를 만드는 장인 가문입니다."

"뭐라고?"

후작의 미간이 단박에 일그러졌다.

"대체 내가 누구라고 생각하나? 난 이 나라의 상등 작위자들 중 하나인 후작이야. 내가 전속 의상 제작사도 아닌 일개 시장통의 구두상과 거래할 거라고 생각하는 거야? 이 고귀한 내가?"

후작은 책상을 손바닥으로 '탕' 하고 내리치더니 집사에게 거칠게 화를 냈다. 더스틴에게 화를 내는 게 아니었다. 아마도 그것 또한 귀족들이 화내는 일종의 방법인 듯했다. 집사가 고개를 숙인 채 거듭 죄송하다고 말한 뒤에도 후작은 한참 흥분을 가라앉히지 못한 채 일장 연설을 늘어 놓았다.

"똑똑히 말하는데 난 시장통과는 거래하지 않아."

그의 심기를 거스르는 게 그런 사소한 것일 줄 몰랐다. 더스틴은 당황했다.

"댄 가문은 오랫동안 구두를 제작하는 장인의 가문이라고 들었습니다."

"장인이든 아니든 나와 거래하지 않는 자들은 모두 제대로 된 장인이 아닌 거야. 내 거래처는 버킹엄 궁의 왕족들의 옷을 전담하는 제작사야. 집사, 저자에게 그곳에서 의상과 구두를 산 영수증을 증거로 보여 줘."

후작은 언짢음을 감추지 않으며 손에 낀 흰 장갑을 벗어 던졌다. 집사가 영수증과 거래내역을 가져왔다. 직접 확인해 보니 구두를 받은 건 후작이 아닌 모양이었다. 어쩌면 거짓 증거일 수도 있겠지만 조사하면 바로 들통 날 거짓말을 할 어리석은 위인으로 보이진 않는다. 그럼 정말 누군가 후작 모르게 물건을 이쪽으로 배송시킨 건가.

"자, 다음 질문."

후작이 손뼉을 탁 치며 더스틴을 재촉했다.

"저택 전부를 직접 눈으로 보고 싶습니다, 후작님."

"구두의 주인을 찾는 것과 내 집을 둘러보는 게 무슨 상관이지?"

"언짢아 마십시오. 구두 주인을 찾는 일에 필요하다고 생각해서 그렇습니다. 대신 저택 안의 모든 곳을 보고 싶습니다. 본관, 별관, 정원, 사용인들의 방까지 모두요. 후작님께서 동행해 주시면 감사하겠습니다."

"나까지?"

"그렇습니다."

"다리 아픈 건 질색인데."

후작은 고민했으나 크게 꺼리진 않았다.

"구두의 주인을 찾는다면서 내 집을 보고 싶다니 앞뒤가 맞지 않지만 서신의 주인에 대한 존경심으로 협조하겠네. 안내는 집사가 할 것이고 나는 동행을 하도록 하지. 협조사항은 더 없나?"

"그게 답니다."

후작이 바로 가 보자며 출입구를 가리켰다. 귀찮은 표정을 애써 감추지 않았으나 그렇다고 가식을 보이지도 않는 모습이 생각보다 담담했다.

집사가 앞섰고 더스틴과 후작이 뒤를 따랐다. 셋은 함께 움직였다. 평민과 함께 있는 후작의 모습은 몹시 예외적인 모습이었으나 저택 안의 그 누구도 의문을 갖지 않았다. 집사는 말이 없었다. 더스틴의 질문에도 간략하게 대답을 해 줄 뿐, 부가 설명은 하지 않았다. 입이 무거운 자는 어디서든 신뢰받는다. 후작이 동행을 허락한 이유는 집사의 그런 면모 때문인 듯싶었다.

"과히 후작님이 사는 곳입니다. 보이는 모든 것이 최상에 최고급품이라 눈 둘 곳을 모르겠습니다."

"식상한 얘기군. 늘 듣는 얘기고."

과찬이라는 겸손한 대꾸를 기대한 건 아니지만 역시나 그다운 대답이 돌아왔다.

"보통 이런 대저택 안에는 으레 호수가 있던데 산책을 하기 위해 호수가 있는 곳에 집을 짓는 건가요?"

"아니. 보통 조경을 위해 호수를 사는 거지. 바쁜 내가 하루 중 산책을 얼마나 하겠어. 안 그래?"

아무래도 후작과의 대화는 모두 질책으로 끝나는 듯싶다. 더스틴은 앞으로 칭찬도 하지 않겠다고 다짐하며 본관 안에 있는 후작의 내밀한 침실을 제외한 모든 곳을 전부 살펴본 후 마차를 타고 정원으로 이동했다. 정돈된 정원 안의 분수대를 지나가는 길에 오롯이 서 있는 큰 건물을 하나 보았다.

"저곳은 어디입니까?"

"별관으로 사용하는 곳이야."

"저쪽도 가 봐야겠습니다."

"비어 있는 곳이라 볼 게 없을 텐데. 원한다면 그러도록 하지."

세 사람은 마차의 방향을 틀어 별관으로 움직였다.

"이곳의 용도는요?"

"무도회장으로 초대된 손님들이 머무는 장소야."

"공사 중이군요."

"파티가 끝났으니까."

후작이 묘한 미소를 지었다.

"난 파티가 끝나면 공간을 바꾸고 가구를 재배치하고 집을 개조해.

생각해 보게. 백 명이 넘는 남녀가 이곳에서 밤새 수다를 떨며 술을 마시고 연애를 하며 며칠간 파티를 즐기다 가. 그들이 이 안에서 무슨 짓을 하는지 어떻게 아나? 바꾸는 게 상책이야. 버리는 게 제일이지."

후작은 더스틴의 귓가에 작은 목소리로 덧붙였다.

"더럽거든."

결벽증이구나. 접견실에서 벗은 흰 장갑 대신 가죽 장갑을 새로 낀 채 말하는 후작을 보며 그렇게 생각했다.

"손님들이 별관에 머물다 간다면 그중에 구두의 주인이 있을 수도 있겠군요. 파티는 언제 열리는 겁니까?"

"내가 하고 싶을 때 늘, 언제나, 항상."

"일 년에 몇 번이나요?"

"일 년이라니. 그건 너무 각박한 삶 아닌가? 내가 여는 연회에서 사교계에 데뷔하는 영애들만 해도 매달 수십 명이야. 작은 연회는 늘 열고 있고 큰 연회는 한 달에 두세 번씩 열리지."

얼마나 돈이 많은 재력가길래 파티를 열고 싶을 때 열 수 있는 건지 모르겠다.

"파티에 참석한 사람들의 명단을 볼 수 있습니까?"

"그건 좀 곤란하지만 역시 서신의 주인에 대한 존경심으로 협조하겠네. 돌아갈 때 집사에게 받아 가도록."

별관을 끝으로 모든 곳을 돌아보았다. 알아낸 것은 없다. 솔직히 특별한 점도 찾지 못했다. 그래서일까. 너무 깨끗해서 의심이 간다. 물론 뱀파이어가 존재를 드러내 놓고 그를 기다리고 있을 거라는 기대는 하지 않았다. 단지 그들의 흔적과 냄새라도 맡고 싶었을 뿐이다. 더스틴은 아쉽지만 저택의 구조를 머릿속에 새겨 넣고 돌아섰다.

"아, 잠깐. 잠깐만."

돌아가는 더스틴을 후작이 불러 세웠다.

"내가 깜박하고 아직 묻지 않은 게 있어."

"말씀하십시오, 후작님."

"아무래도 구두의 주인을 찾는 다른 이유가 있는 것 같아서 말이야. 협조한 사람에게 그 정도는 말해 줄 수 있겠지? 물론 다른 방법으로 알아보면 시일이 걸리더라도 알아낼 수 있지만 그 전에 나의 수고로움을 덜어 주는 배려를 해 주고 가는 건 어떤가?"

어차피 알아내려고 마음먹으면 알게 될 테지만 바쁜 자신을 위해 시간을 절약해 달라는 후작은 역시 베테랑이었다. 가르쳐 줘도 그만, 아니어도 그만이라면서 부담감은 잔뜩 주는 노련함은 무서웠다. 지위와 권력은 저렇게 사용하는 건가? 후작은 타고나기를 애초에 주인인 자로 태어났을지도 모르겠다.

"솔직히 말해 봐. 내 집에서 찾고 싶은 게 무엇이지?"

높은 지위에 비해 유난히 젊은 사내. 부와 권력을 모두 가지고 있는 그가 진중하다기보단 괴짜에 가깝다는 인상을 심어 준 사람.

"제가 찾는 것은 오직 하나입니다, 후작님."

"그 하나가 무엇이지?"

더스틴은 그런 그를 향해 반듯이 서서 예의 바르게 말했다.

"뱀파이어입니다."

로렌즈는 거기까지가 더스틴이란 자가 후작을 만나고 간 이야기라고 전했다.

"더스틴이라는 놈. 꽤 끈질긴걸. 구두를 그런 식으로 이용하다니 제법 머리도 쓸 줄 아는군."

그러다 그가 피식 웃었다.

"후작도 하여튼 고지식해. 댄 가문을 시장통이라고 표현하다니. 그 집 가죽이 이 나라 최고라는 걸 전혀 모르는 모양이군. 하긴, 사용한 적이 없으니 알 턱이 없지."

마티어스는 숨은 고수를 알아보는 눈이 없는 후작을 비웃었다.

"하지만 인테리어를 바꿔 별관에 남은 흔적을 모두 없애다니. 후작의 사치스러운 취미가 귀찮은 떨거지를 떨어트려 주었군."

후작은 마티어스가 떠나면 언제나 별관을 청소하고 인테리어를 새롭게 바꾼다. 결벽증 때문이 아니다. 단순히 후작의 사치일 뿐.

"별관 지하에 잡아 두었던 식량은?"

"더스틴이 오기 전 저와 신시아가 소비했습니다. 시신은 언제나처럼 도르제가 가지고 갔구요."

"능숙하게 잘 처리했군. 신시아는 지금 어디 있나?"

"마티어스님이 계신 곳으로 오고 싶어 했으나 일단 다른 장소에서 머무는 중입니다."

"씰링 표시는 어디 거지?"

마티어스의 말에 로렌즈가 품에서 편지 하나를 꺼냈다. 더스틴이 가지고 왔던 그 편지였다.

"원본 편지입니다. 후작이 시력을 핑계로 뜸을 들이며 편지를 읽을 때 집사가 북스탠드 위의 편지를 바꿔치기 했습니다. 서재 뒤에서 대기하고 있던 위작필체 전문가가 편지의 내용을 똑같이 모필해서 다시 집사에게 넘겼죠. 집사는 그걸 다시 북스탠드에 올려놓았고 후작이 그걸 더스틴에게 넘겼습니다."

"가짜 편지는 더스틴이 가지고 갔겠군."

"그렇습니다."

로렌즈가 편지가 담긴 봉투를 내밀었다. 마티어스가 그걸 받았다. 씰링의 표시를 본 그의 얼굴이 보기 흉하게 일그러졌다.

"삼중관 아래 두 개의 열쇠. 이건······?"

"바티칸입니다."

"말도 안 돼!"

"바티칸의 표식이 맞습니다."

마티어스는 믿지 못하겠다는 듯 서둘러 편지를 꺼내 읽었다. 내용은 이미 로렌즈로부터 들은 것과 별반 다른 게 없었다. 그가 건네받은 편지에 코를 박아 냄새를 맡았다. 두 개의 살 냄새가 맡아졌다. 하나는 더스틴일 거고 하나는 이 편지를 쓴 사람일 것이다. 그리고 미약하지만 아주 확실한 냄새가 하나 더 맡아졌다.

"이 냄새."

익숙하지 않지만 익히 알고 있는 냄새다. 유년시절 한 번쯤을 맡아봤을 냄새다.

"향냄새로군. 성당에서 피우는 향냄새. 정말 바티칸이란 말인가?"

그가 믿을 수 없다며 로렌즈를 쳐다보았다. 로렌즈는 의심할 여지가 없다는 듯 고개를 끄덕여 보였다.

"하! 어째서 그들이 우릴 쫓는 거지?"

"이제부터 그걸 알아봐야 합니다. 어떤 이유로 그들의 표적이 된 건지 말입니다."

"후작은 뭐라고 하나?"

"워낙 속을 알 수 없는 사람이라 무슨 생각을 하고 있는지는 모르겠지만 가볍게 넘길 문제가 아니라고 했습니다."

"문제라는 단어를 썼단 말이지? 그답지 않은 말이로군."

"그만큼 놀란 것이겠죠."

수만 개의 의문이 떠올랐다 사라졌다. 대체. 왜. 무엇 때문에 바티칸이 우리를? 낭패스럽고 당혹스러운 표정이 연속해서 마티어스의 얼굴을 스쳐 지나갔다. 종교의 힘은 강력하다. 그들의 파워와 지배력은 태초부터 인류를 좌우해 왔다. 그는 경직된 얼굴로 아랫입술을 문 채 거리를 걸었다. 인파들 속에서 로렌즈 또한 걱정스러운 얼굴을 감추지 못했다. 마티어스가 이름 모를 어느 노점상 앞에서 걸음을 멈췄다. 가판대에는 다양한 모습의 가면을 팔고 있었다.

"습격의 날, 적들은 가면을 쓰고 있었다. 한 명도 빠짐없이 모두 가면을 쓰고 있었지. 그 이유가 뭐라고 생각해?"

"숨기기 위함이겠죠. 그것이 무엇이든."

"맞아. 가면이란 자고로 숨길 것이 있을 때 쓰는 거지."

마티어스는 고개를 숙이고 가판대 위를 물끄러미 바라보다가 가면 하나를 샀다.

"로렌즈. 카이가 항구의 뒷골목에 사는 뱀파이어들에게 폭행을 당했다. 어깨가 완전히 뜯겨 나갔지. 화이트 성의 패밀리를 건드리면 어떻게 되는지 놈들에게 알려 주고 싶어. 그래서 말인데 놈들이 사는 그곳에 더스틴을 끌어들이는 건 어떨까? 더스틴이 정확히 뭘 하는 놈인지 알아볼 겸 말이야."

마티어스가 손에 든 가면을 얼굴에 썼다. 은색의 가면 위에 검은색 깃털이 붙어 있는 형태였다. 표정이 가려진 마티어스가 어떤 얼굴을 하고 있는지 모르겠다. 중요한 것은 그도 슬슬 베일에 싸인 적의 모습을 보고 싶어 한다는 것이다. 상처 재생률 90%. 바람도 없는데 풍성한 검은 깃털이 그의 머리 위에서 흔들거렸다.

"오늘 밤 그 일을 진행한다."

그날 밤.

안개가 땅 위에 짙게 내려앉아 시야가 어둑해진 그 밤에 로렌즈가 항구 근처를 걷기 시작했다. 바람이 조금 불었고 소금기를 머금은 공기가 눅눅했다. 하지만 어둠을 걷는 로렌즈의 표정은 평소보다 밝고 가벼웠다. 한 손에 긴 철제 지팡이를 든 그가 밤거리를 걷기 시작한 지 한 시간여 남짓.

로렌즈는 카이가 폭행을 당한 부둣가 근처의 창고 건물 앞에 멈춰
섰다. 사드의 패거리는 수백 개가 넘는 창고 건물에서 살고 있다고 했
다. 어디까지가 이들의 거점인지는 모르나 이 일대를 장악한 건 맞는
듯했다.

"거리가 통제되고 있는 느낌이로군."

양쪽으로 즐비하게 늘어선 단층건물들은 끝이 보이지 않는 무저갱
의 아가리 같았다. 저 안에 자리를 잡고 거주하고 있는 뱀파이어가 몇
십인지, 몇백인지 그 수를 알 수 없기에 공포감이 느껴진다. 듣기론,
지금 그가 서 있는 입구에서 안으로 끌려 들어가던 카이를 그녀가 도
왔다고 했다. 운이 좋았다고밖에 할 수 없다. 카이가 저 안으로 끌려
갔다면 아마 죽음을 면치 못했을 것이다. 로렌즈는 조끼 주머니의 시
계를 꺼내 보았다.

"새벽 두 시의 어둠은 밤의 세계에 속한 자들에게 놀이터 같은 시간
이지. 내가 시간에 잘 맞춰 온 듯하군."

로렌즈는 정확히 창고 건물의 입구 앞에서 노크 하듯 지팡이를 바
닥에 툭툭 두들겼다.

쿵. 쿵. 쿵. 쿵.

줄기차게 이어지는 그 소리에 어둠 속에서 홀연히 그림자 하나가
나타났다. 말끔한 차림의 로렌즈가 동족인 것을 알아본 모양이다. 그
는 처음 보는 로렌즈에게 소개를 원했다.

"신사분은 누구신가?"

"문지기인가?"

"내가 먼저 누군지 물었는데."

"밤의 손님이오. 사드를 만나러 왔지."

사내는 영역이 표시되어 있는 구역 안에, 로렌즈는 밖에 나란히 서
서 서로를 마주했다.

"요즘 이곳에 낯선 동족들이 자주 나타나는군. 전에도 쥐새끼 같은 놈이 영역 안으로 들어와 기분을 잡쳐 놓았는데."

"붉은 머리카락의 어린 녀석?"

"맞아. 녀석을 어떻게 알지?"

"소문을 들었어. 술에 취해 이곳에서 시비가 있었다더군. 듣기론 그때 몰매를 맞다가 죽을 뻔했다지?"

"어디서 들었는지 모르지만 아주 잘 알고 있는걸? 무단 가택침입을 했으니 살아 돌아 나간 게 다행이지. 며칠 전 일은 아직 소문으로 듣지 못했나?"

"아아. 그 일? 그것도 들었어. 애를 완전 피투성이로 만들었다던데. 그건 이유가 뭐지? 그것도 술 마시고 시비가 붙은 거였어?"

"놈이 패거리에 들어오라는 권유를 무시했어. 자긴 이미 함께하는 가족이 있다나? 뱀파이어에게 가족이라니. 웃기는 소리 하지 말라고 매질 좀 했지. 녀석이 철이 없더라구. 미꾸라지 같은 녀석이라 놓쳤지만 다음번에 만나면 그땐 죽여 버릴 거야."

사내는 낄낄 웃었다. 결국 이유도 없이 카이를 괴롭혔다는 말이다. 로렌즈는 가족이 있다며 패거리에 들어오라는 권유를 뿌리친 카이가 기특하고 대견하다고 생각하면서도 동시에 눈앞의 오합지졸들에게 당한 걸 생각하니 슬슬 화가 나기 시작했다.

"이 구역이 너희들 관할 구역인가?"

"여기 전체가 우리 구역이야."

"그래?"

로렌즈는 주변을 휘둘러보며 어디까지가 그들의 구역인지 가늠해 보았다. 사드는 무리를 거느리고 있는 만큼 커다란 구역을 장악하고 있는 듯했다. 패거리에 들어오지 않은 다른 뱀파이어들에겐 폭력을 행사하고 무리에 들어온 자들에겐 이 구역을 자유롭게 활보하게 허락

하는 모양이었다.

"그나저나 말이야."

사내는 로렌즈의 위아래를 노골적으로 훑어보았다.

"사드님은 아무나 만날 수 있는 분이 아닌데 그 중요한 사실을 모르다니 이곳 사람이 아닌가 봐, 신사님은."

"맞소. 난 화이트 성이란 곳에서 왔지."

"시골 귀족이신가? 듣도 보도 못한 성 이름을 대는 걸 보니."

영역 안에서 지켜보던 뱀파이어들의 비웃음이 터졌다. 한둘이 아니었다. 로렌즈는 동요하지 않았다.

"사람을 잘 보는군."

"옷차림만 봐도 알지."

"내 옷차림을 알아보다니 자네도 나와 같은 시대를 살았나 보지? 그렇다면 뱀파이어가 된 건 백 년이 넘지 않았다는 소린데. 풋내기과라고 보면 되나?"

"뭐라고?"

로렌즈가 두 눈을 치켜뜨는 사내의 목에 지팡이 손잡이를 걸어 영역 밖으로 확 잡아당겼다. 사내가 지팡이의 고리에 목이 걸린 채 그대로 앞으로 고꾸라져 버렸다.

"거기. 숨어서 보고 있는 친구들. 잘 보고 있지? 기억해 둬. 자고로 입 가벼운 놈을 문지기로 쓰면 이런 일을 당하게 된다는 걸."

로렌즈가 지팡이가 휘둘러 사내의 등과 허리를 연달아 때렸다. 난데없는 봉변에 놀란 사내가 무리 안으로 돌아가려 했지만 로렌즈의 지팡이로부터 쉽게 벗어나지 못했다. 머리, 어깨, 허리, 등. 보이는 모든 곳을 두들겨 맞던 사내가 영역 안인 골목을 향해 소리 질렀다.

"나 좀 도와줘! 어서!"

상황을 즐기며 비웃음을 날리던 뱀파이어들이 서서히 모습을 드러내기 시작했다. 로렌즈가 사내의 엉덩이를 발로 차 앞으로 확 밀었다. 겁쟁이 문지기는 필요 없다. 그가 원한 건 소란이다. 세 명의 뱀파이어가 영역에서 천천히 걸어 나와 로렌즈를 둘러쌌다.

"영리한 자로군. 우리의 영역 표시를 용케 파악하고 그 안으로는 들어오지 않으면서 우리를 불러내다니."

"그깟 영역 표시에 왜 그렇게 목을 매는지 모르겠소. 무리 져서 살면서도 무서운 게 있는 건가?"

"함부로 입을 놀리면 가차 없는 벌을 준다. 용건을 말해. 오늘은 조용한 밤. 사냥도 없는 휴식의 시간이다. 뜨내기에게 휘둘려 시끄러워지고 싶지 않아."

"용건은 이미 말했잖소. 사드를 만나고 싶다고."

로렌즈는 지팡이를 휘두르느라 구겨진 코트 겉면을 손으로 털어 내며 신사의 미소를 지었다.

"오늘은 못 만나. 외출 중이셔. 그때 카이와 함께 있던 계집을 찾으러 가셨다. 당신도 알다시피 여자 뱀파이어는 귀하잖아. 몇십 년 만에 보는 여자 동족을 보고 우리 대장께서 눈이 뒤집혔어. 삐쩍 말라 썩 예쁘지도 않던데 우리 대장은 그 계집이 숨은 보석이라나 뭐라나?"

뱀파이어의 성비는 불균형이다. 독한 뱀파이어의 피를 마신 여자들은 대부분 죽고, 살아남는 건 남자들이 많아서 그렇다. 그래서 뱀파이어들은 이성에 대한 갈증이 심했다. 그것이 욕정이든, 애정이든, 사랑이든.

인간 여자들을 탐하는 건 바로 그런 숨은 이유가 있기 때문이기도 하다. 귀한 만큼 절대적인 가치가 있고 존재에 의미가 있는 여자 뱀파이어. 사드가 눈이 뒤집혀 아벨라를 찾는 것도 무리는 아니었다.

로렌즈는 혀를 찼다.

"안타깝군. 하필이면 그녀에게 반하다니. 스스로 사자 입속으로 뛰어 들어가는 꼴이야.”

“뭔가 착각하나 본데 신사님. 사자 입속에 들어온 건 너 아니야? 지금 여긴 우리 구역이라구.”

어둠 속에서 더 많은 개체가 나타났다. 하나, 둘, 셋, 넷. 수가 계속 늘어났다.

“패밀리가 생각보다 많군.”

“우린 인해전술로 런던을 장악해 나가고 있지.”

“무작위로 개체 수를 늘리다가는 결국 존재를 들키게 될 텐데. 그걸 간과한 동족들 중 인간으로부터 살아남은 자를 본 적 없다.”

“알 게 뭐야. 반항하는 인간들은 전부 죽여 버리면 그만인걸.”

“말이 안 통하는군. 하긴, 항구에서 약탈이나 일삼고 있으니 세상이 어떻게 돌아가는지 알 리가 없겠지.”

로렌즈는 답이 없다는 듯 고개를 흔들며 코트와 모자를 벗어 선적을 기다리는 포장된 상자 위에 얌전히 올려놓았다. 무리들이 웃었다.

“하하하. 저건 또 뭐하는 짓이야? 한판 하려고 준비하는 거야?”

“맞아. 오늘 자네들에게 배움을 선사해 주려고.”

로렌즈가 손에 든 지팡이의 손잡이를 뺐다. 손잡이를 따라 길쭉한 칼이 모습을 드러냈다. 무리들이 칼을 보고 경계태세를 갖추며 뒤로 반발 물러섰다. 로렌즈가 그들을 향해 입꼬리를 올려 보였다.

“시작해 볼까? 화이트 성의 패밀리를 건드렸을 때 어떻게 되는지를 말이야.”

칼을 잡은 로렌즈의 손에 힘이 들어가는 듯했다. 순간 무리들이 달려들었고 로렌즈는 숨겨 뒀던 칼솜씨를 자랑하듯 신나게 전진했다.

그리고 그 시각.

대원들이 자고 있는 일 층 창문이 소리 없이 열리며 검은 그림자 하나가 불쑥 집 안으로 들어왔다. 무단으로 숙소에 침입한 검은 그림자

는 풍성한 검은 깃털이 달린 가면을 쓴 채 예리한 안광으로 어둠을 스
윽 훑더니 복도와 거실을 밝히고 있는 촛불을 모두 꺼 버렸다.

"그럼 슬슬 놀아 볼까?"

어둠이 자리 잡은 복도를 마티어스가 즐겁게 걸어 나가기 시작했
다.

"여어, 다들 일어나. 지금 곤히 잠들어 있을 때가 아니야."

그가 대원들이 잠들어 있는 방문을 하나씩 노크하기 시작했다. 곤
히 잠든 대원들은 바로 일어나지 못했다. 그가 탁자 위의 액자와 화병
들을 바닥으로 떨어트리며 탁탁, 박수를 쳤다.

"일어나래두. 일어나. 어서어서."

대원 한 명이 도둑이 들었다고 생각했는지 손에 몽둥이를 들고 나
왔다가 부지불식간에 나타난 마티어스에게 멱살을 잡힌 채 벽에 그대
로 내동댕이쳐졌다.

"커헉!"

어둠 속에서 단발마의 비명이 터졌다.

"도둑이 아니라니까. 아직도 눈치채지 못하겠나? 모두 왜 이렇게
굼떠? 물건이 부서지고 동료가 벽에 내동댕이쳐졌는데 아직도 꿈나라
야?"

마티어스가 어서 다들 나와 보라며 거실에 놓인 탁자 하나를 들어
닫힌 방문을 향해 던졌다.

와장창!

탁자가 닫힌 방문 앞에 처박혔다. 그제야 소란에 화들짝 잠을 깬 대
원들이 무슨 일인가 싶어 하나둘씩 얼굴을 내밀었다. 누군가는 눈치
빠르게 무기를 들고 달려 나오기도 했으나 복도 안으로 연달아 날아
오는 가구들과 물건들을 보며 움찔했다.

"저런. 실수. 빗나갔군."

야밤의 갑작스러운 난동에 대원들이 우왕좌왕했다. 그 모습이 재미있는지 마티어스의 머리 위의 검은 깃털이 기분 좋게 흔들거렸다.

"넌 누구냐!"

"아무리 자다 일어났다지만 내가 누군지 감도 안 오나 보지? 오감을 깨워 봐. 어둡다고 못 알아보면 섭섭해."

그의 예리한 안광이 더스틴을 찾았다. 이 정도 소란엔 꿈쩍 않는다는 건가. 마티어스의 두 발이 바닥에서 훌쩍 떨어진다 싶더니 집 안을 휘젓기 시작했다. 여기저기서 물건이 깨지고 가구가 허공을 날았다. 인간이 할 수 없는 그 행동을 본 대원들이 그제야 마티어스가 누군지 알아차렸다.

"뱀파이어다! 뱀파이어가 나타났다!"

뒤늦은 고함소리에 마티어스가 기세등등하게 웃었다. 소름 돋게 만드는 기기괴괴한 웃음소리에 평화롭던 집 안이 순식간에 아수라장으로 변했다.

"침착해라! 각자 무기를 가지고 경계태세에 돌입해!"

"촛불을 켜고 불을 밝혀! 어둠은 우리에게 불리하다! 빛을 찾아!"

"적이 이 층으로 이동했다! 이 층에서 자고 있는 대원들을 깨워! 어서!"

대원들의 고함소리와 다급하게 움직이는 발소리가 어지럽게 들렸다. 그사이 마티어스는 더 길길이 날뛰며 온 집 안을 쑤셔 댔다. 비명과 고함소리에 놀란 아벨라가 잠에서 깨어 일어났다. 그녀가 귀를 문에 대고 밖의 상황을 주시했다. 그때 갑자기 방 유리창이 와장창 깨지며 그가 들어왔다. 가면을 쓴 모습을 본 아벨라가 깜짝 놀라 비명을 내지르자 마티어스가 말했다.

"이런. 여기가 네 방이었나? 다시 실례."

아벨라는 너무 놀란 나머지 바짝 어깨를 움츠리고 있다가 설마,

했다.

"서, 설마 마티어스?"

분명 그의 목소리였다. 아벨라는 깨진 창문 밖으로 고개를 내밀어 마티어스를 찾았다. 창문으로 사라진 그는 어느새 일 층 현관문을 박살 내며 다시 안으로 들어왔다.

"미, 미쳤어! 이 밤에 대체 무슨 짓을 하고 있는 거야?"

밖으로 달려 나간 아벨라의 입이 멍하게 벌어졌다. 집 안이 난장판이었다. 초토화되어 완전 엉망이었다. 어둠 속의 마티어스는 유령처럼 여기저기를 휘젓고 다니며 집 안을 박살 내고 있었다.

"이게 대체 무슨!"

"위험해요, 아벨라! 머리 숙여요!"

마티어스의 행패에 놀라 멍하니 서 있는 그녀를 단숨에 잡아당기는 손이 있었다. 피테르였다. 그는 허공에서 날아오는 커다란 액자를 몸으로 막아 냈다.

"민간인이 보게 해선 안 돼! 어서 데리고 피해!"

더스틴이 이 층 방에서 검을 들고 달려 나오며 일 층에 있는 피테르에게 소리쳤다. 피테르가 아벨라의 손을 잡고 이 층 계단으로 뛰었다. 더스틴은 난간 위에서 일 층에 있는 마티어스를 향해 곧장 몸을 날렸다.

챙강!

굉장한 점프력이었다. 또한 목표를 향해 즉각적으로 칼을 휘두르는 모습이 대범했다. 검이 그를 향해 사선을 그었다. 다행히 먼저 몸을 움직인 마티어스가 자리를 피한 뒤였으나 그 자리에 있던 가구는 두 동강이 나 버렸다.

마티어스가 무기를 들고 자신에게 달려드는 대원 한 명을 낚아채 그대로 더스틴에게 던졌다. 더스틴이 날아오는 대원을 피하자 주변에 있던 나머지 대원들이 동료를 받아 구해 냈다. 이번엔 마티어스가 또 다른 대원인 스캇을 인질로 잡아 팔 하나를 비틀었다. 비명이 터졌다. 대원들이 다소 놀란 듯 움찔거렸지만 이내 일사불란하게 그를 포위하고 공격해 왔다. 그가 그들을 비웃었다. 마티어스가 보란 듯이 스캇의 다른 한 팔을 아래로 잡아당겼다. 그리고 양팔이 망가진 스캇을 허공 위로 높이 추켜올렸다. 모두의 시선이 위로 따라 올라갔다.

"구하고 싶은가?"

마티어스가 다른 한 손을 들어 더스틴을 가리켰다. 그의 손가락이 가볍게 한번 까딱거렸다. 따라오라는 의미였다. 그가 스캇을 데리고 처음과 똑같이 깨진 창문 밖으로 몸을 날렸다.

"스캇이 납치됐다! 모두 쫓아!"

"동료를 구해! 가면을 쓴 짐승을 놓치지 마!"

뱀파이어에게 잡혀간 동료를 구하기 위해 모두가 하나처럼 움직였다. 마티어스는 지붕을 계단처럼 밟으며 어둠 속을 달려 나갔다. 덕분에 손아귀에 잡힌 스캇의 몸이 끈 떨어진 연처럼 그가 움직이는 방향에 따라 이리저리 흔들거렸다.

타앙!

허공을 가르며 연달아 총소리가 울렸다.

타앙! 타앙!

더스틴이 쏜 날카로운 총알이 그를 향해 쏘아졌다.

"변종을 죽인 은탄!"

마티어스는 순식간에 몸을 회전해 그 총알들을 피했다. 그가 적당히 거리를 넓힌 뒤 뒤를 돌아보았다. 저 멀리서 맹렬하게 쫓아오는 대원들이 보였다. 그의 손아귀에 잡힌 스캇이 고통스러운 신음을 내뱉으며 가쁜 숨을 몰아쉬었다. 덩치 좋은 스캇을 잡고 달린 건 마티어스인데 포로인 그가 더 힘들어하다니 우스웠다.

"내가 왜 도망치지 않고 네 동료들을 기다리고 있는 줄 알아?"

마티어스가 고통에 일그러진 스캇의 귀에 대고 속삭였다.

"지옥문으로 유인하기 위해서야."

대원들이 멈춰 서 있는 마티어스를 보고 소리쳤다.

"저기다! 저쪽에 있다!"

술책은 먹혔고 유인은 성공했다. 마티어스는 가면 속에서 만족스러운 미소를 지으면서 최종 목표지점인 부둣가를 향해 다시 달리기 시작했다. 스캇이 동료들에게 쫓아오지 말라고 소리쳤지만 큰 도움이 되진 않았다. 거리가 너무 벌어져 그의 목소리가 대원들에게까지 닿지 않았다.

건물들의 지붕을 밟고 달리던 마티어스가 어느 순간 자리에 멈춰 섰다. 목표 지점에 도착했기 때문이다. 그가 건물 아래를 내려다보았다. 지붕 위에서 내려다본 광경이 가관이다.

로렌즈가 열 명이 넘는 뱀파이어들에게 둘러싸인 채 식은땀을 흘리며 열심히 싸우고 있었다. 안타깝게도 중년의 신사는 체력이 고갈된 듯 고전하고 있는 모습이었다. 한쪽 팔을 다쳤는지 전혀 움직이지 못하는 모습을 본 마티어스가 쯧, 하고 혀를 차며 뚜벅뚜벅 지붕 끝자락으로 걸어갔다. 등 뒤로 자신을 향해 전속력으로 달려오는 더스틴과 대원들이 보였지만 개의치 않았다. 그는 오히려 대원들이 어서 이곳으로 오길 바라듯 그들을 기다렸다. 이윽고 더스틴이 전속력으로 그를 향해 오고 있는 걸 본 마티어스가 스캇을 다시 한 번 허공에 들어 올렸다.

"뱀파이어를 찾고 있다고 했던가?"

그가 손에 쥔 스캇의 멱살을 놓으며 사악하게 웃었다.

"오늘 한번 마음껏 감상해 봐."

스캇이 건물 아래로 떨어졌다.

"안 돼!"

더스틴이 손을 뻗으며 외쳤지만 두 팔이 부러지고 망가진 스캇은 두 손을 허우적거리지도 못한 채 열성적으로 싸우고 있는 뱀파이어 무리들 위로 그대로 떨어졌다. 허공에서 비명을 내지르며 떨어지는 스캇의 목소리에 싸움을 하던 뱀파이어 하나가 고개를 들어 위를 보았다. 추락하는 스캇 옆으로 마티어스도 함께 내려오고 있었다. 다른 점이 있다면 스캇은 떨어지지 않기 위해 안간힘을 쓰는 중이었고 마티어스는 전속력으로 바닥을 향해 내려오고 있다는 것이었다.

퍼억.

마티어스가 자신을 쳐다보고 있던 뱀파이어의 얼굴을 그대로 밟았다. 그리고 녀석의 얼굴을 디딤돌 삼아 다시 위로 점프하더니 로렌즈의 어깨를 낚아채 바다 아래로 몸을 날렸다. 한참 싸우고 있던 뱀파이어들이 어리둥절해했다. 갑자기 싸우던 상대가 허공으로 휙 사라졌으니 당연했다. 뭐가 뭔지 모르고 있던 찰나였다. 마티어스에게 얼굴이 밟힌 뱀파이어의 머리 위로 다시 스캇이 떨어졌다.

"크악!"

두 번이나 머리에 충격을 받은 뱀파이어가 끝내 화를 참지 못하고 입을 길게 찢으며 괴성을 내질렀다.

크아아아악.

그 소리에 맞춰 뒤늦게 도착한 더스틴이 지붕 위에서 점프해 내려왔다. 그는 바닥에 착지하기 무섭게 괴성을 지르는 뱀파이어의 가슴을 검으로 그어 버렸다. 은으로 만든 검이 주는 뜨거움을 맛본 뱀파이어가 가슴을 움켜쥐며 바닥에 쓰러졌다. 칼에 베인 부분이 타고 있었다. 뱀파이어가 깜짝 놀라 바닥을 데굴데굴 굴렀다. 그 모습에 나머지 뱀파이어들의 시선이 일순 한곳으로 모아졌다. 동료를 공격한 더스틴이 눈에 들어온 것이다.

"인간?"

인간이 휘두른 칼에 동료가 다치다니 믿을 수 없었다. 그런데 어느새 지붕 위에서 후두두둑 여러 명의 인간들이 나타나 땅에 착지했다. 뱀파이어들이 동요했다.

"뭐, 뭐야? 신사 흉내를 내는 그놈은 어디로 사라지고 갑자기 웬 칼을 든 인간이 나타나고 난리야?"

뱀파이어 무리 중 누군가가 이게 대체 무슨 상황이냐며 소리쳤다. 더스틴은 그 틈에 바닥으로 추락한 스캇을 대원들 쪽으로 잡아당겼다. 다행히 숨이 붙어 있었다. 대원 한 명이 기절한 스캇을 업었다. 나머지 대원들은 더스틴 옆으로 대열을 만들며 검을 치켜들었다. 이렇게 많은 숫자의 뱀파이어를 한꺼번에 본 건 처음이었다. 뱀파이어들도 마찬가지였다. 인간이 휘두른 칼에 동료가 쓰러진 걸 본 건 처음이다. 두 무리 사이에 커다란 긴장감이 흘렀다.

"감히 인간이 뱀파이어를 다치게 하다니."

뱀파이어들이 대원들을 향해 한 발 내디뎠다. 더스틴도 대원들을 향해 힘찬 고함을 내질렀다.

"뱀파이어 소굴로 들어왔다! 사방이 적이다! 죽여!"

그의 고함에 맞춰 대원들이 공격을 시작했다. 고함과 비명이 동시에 터지며 두 집단이 엉겨 붙었다. 종이 다른 두 존재들의 싸움은 치열했다. 뱀파이어들은 인간들에게 무자비했고 인간들은 단결된 모습으로 비인간인 그들을 하나씩 죽이며 앞으로 돌격했다. 그 모습을 항구의 제일 높은 첨탑에서 무심하게 지켜보는 두 사람이 있었다. 마티어스와 로렌즈였다.

"드디어 더스틴의 정체를 알았다. 저놈은 헌터였군."

헌터라는 존재가 있다는 걸 처음 안 그는 불쾌한 목소리를 감추지 못했다. 거기다 더스틴은 헌터들의 우두머리였다. 날이 선연한 검을 들고 주변의 뱀파이어를 거침없이 물리치는 더스틴. 다수의 뱀파이어를 보고도 기가 죽지 않은 채 대원들을 진두지휘하는 모습은 용맹해 보이기까지 했다. 그런데 그 모습을 지켜보는 마티어스의 눈매가 미묘하게 꿈틀거렸다.

"왜 그러십니까?"

"이상해. 저놈들이 싸우는 모습이 어딘가 모르게 눈에 익어."

"헌터들과 만난 적이 있으시단 말씀이십니까?"

"아니. 그릴 리가 없지. 난 살면서 헌터를 만난 적 없어. 그런 존재가 있는지도 모르고 살았다."

그런데 익숙하다. 어디서 본 게 분명하다. 놈들과 싸움을 했던가? 인간인 저들과? 마티어스가 혹시, 하며 뭔가를 떠올릴 때였다. 갑자기 로렌즈가 사드에 대한 얘기를 꺼내면서 그의 생각도 멈췄다.

"사드? 그게 누구지?"

"항구에 사는 뱀파이어들의 우두머리 이름입니다. 카이를 폭행한 장본인이 그놈입니다."

"그런데?"

"혹시 오는 길에 보셨나 해서요. 체격이 굉장히 큰 놈입니다. 보통 뱀파이어들의 두 배죠."

"나는 보지 못했다. 그런데 그게 중요해?"

"놈이 카이와 함께 있던 그녀를 보고 반했다고 합니다. 그녀를 찾아다닌다고 해서요. 그녀는 지금 안전한 곳에 있는 거죠?"

"물론. 그녀는 지금 숙소에 혼자 있……."

그가 우뚝 말을 멈췄다. 혼자 있다. 엉망인 숙소 안에. 마티어스의 얼굴에 불안감이 스쳐 지나갔다. 로렌즈가 설마, 하는 의문의 눈빛을 날리는 순간이었다. 마티어스가 가면을 집어 던지며 아벨라가 있는 곳으로 몸을 날렸다.

3

피테르는 아벨라를 데리고 이 층으로 올라갔다. 다행히 마티어스의 생난리가 이 층까지 이어지지 않았기 때문에 이곳은 특별히 파손 되지 않았다. 피테르는 마티어스와 싸우는 대원들을 뒤로한 채 문이 열려 있는 빈 방에 그녀를 숨겼다. 한 손에는 달빛보다 시린 검을 잡고, 다른 손으로 그녀의 손을 꾹 움켜쥔 채였다.

"피테르."

"쉿."

그는 아무 말도 하지 말라며 문밖의 상황에 귀를 기울였다.

순간 스캇이 잡혔다는 고함소리가 들렸다. 그 뒤로 가면을 쓴 뱀파이어를 쫓으라는 더스틴의 외침이 들렸고, 다급한 발소리들이 들리더니 어느 순간 집 안이 조용해졌다. 팽배했던 긴장감이 사라지자 고요함이 무섭게 자리 잡았다. 피테르가 다급히 아벨라를 일으켜 세웠다.

"아벨라. 이곳에서 기다려요."

"어딜 가려고요?"

"놈이 동료를 잡아갔어요. 저것들은 잡아간 인간을 결코 살려 두지 않아요. 먹어 치우기 전에 당장 구해야 돼요."

그가 방 안을 휘둘러보더니 그녀의 의사를 묻지도 않고 나무 옷장 문을 열어 아벨라를 그 안으로 들어가게 했다.

"자, 잠깐만요. 옷장은 왜요?"

"내가 가고 난 뒤 혹시 다른 뱀파이어가 이곳에 나타날지도 모르니까 여기 숨어 있도록 해요. 잠깐이면 되니까 참을 수 있죠?"

피테르는 서둘러 그녀를 옷장 안에 밀어 넣은 뒤 문을 닫으려 했다. 아벨라가 돌아서는 피테르의 팔을 잡았다.

"가지 말아요. 다른 사람들이 쫓아갔잖아요. 당신까지 갔다가 다치면 어쩌려고요."

가면을 쓴 사람은 다른 누구도 아닌 마티어스다. 그가 왜 이런 행동을 하는지는 알 수 없지만 피테르를 보호하려면 그를 쫓아가게 놔둬선 안된다.

"피테르. 나랑 이곳에서 동료들을 기다려요. 당신의 동료들이 그를 무사히 구출해 올 거예요. 네?"

피테르가 그럴 수는 없다며 그녀의 손을 억지로 떼어 내더니 잠깐이면 된다며 옷장 문을 닫아 버렸다. 그리곤 누가 이 방에 들어오더라도 눈치채지 못하게 그 앞에 큰 책장을 옮겨 옷장을 가렸다.

"피테르!"

"눈속임이에요. 혹시 놈이 다시 이곳에 나타날 걸 대비하는 눈속임. 그러니까 잠깐만 참고 기다려요. 금방 올게요."

"안 돼요. 피테르. 이러지 마요. 열어 줘요."

예상치 못한 행동에 놀란 아벨라가 당장 책장을 치워 달라며 닫힌 옷장 문을 두들겼다.

"미안해요. 당장은 이 방법밖에 떠오르지 않아요. 그래도 이게 당신을 지키는 방법이니 조금만 참아 줘요. 금방 올게요."

"싫어요! 가지 말아요! 나도 가게 해 줘요. 당신 옆에 내가 있어야 그를 말릴 수 있다구요. 피테르! 피테르!"

피테르가 방문을 닫고 나갔다. 계단을 달려 내려가는 소리가 들렸다. 그의 발소리가 멀어진다. 아벨라는 닫힌 옷장 문을 열기 위해 문을 힘껏 밀어 보지만 문 앞에 놓인 책장의 무게 때문에 꿈쩍도 하지 않았다. 그를 말려야 하는데, 그를 돌아오게 해야 하는데, 방법이 없다. 그때였다.

콰쾅.

갑자기 커다란 굉음이 들렸다. 아벨라는 깜짝 놀라 소리가 난 곳을 쳐다보았다. 방금 마티어스가 신명나게 난리를 치던 그것과는 다른 소리였다. 그녀가 옷장에 가만히 귀를 댔다. 누군가 싸우는 소리가 들렸다.

우당탕탕!

이번엔 더 큰 소리가 들렸다. 소리가 얼마나 큰지 세 번째부터는 진동이 옷장 안에까지 느껴졌다. 불안감이 밀려왔다. 여긴 아무도 없다. 아무도 없는 게 맞다.

"그런데 이 소리는 뭐지?"

아벨라의 심장이 벌렁거리기 시작했다. 어두운 옷장 안에서 그녀의 눈이 마구 흔들렸다. 순간이었다. 갑자기 사방이 고요해졌다. 느닷없이 찾아온 침묵이 묘하게 공포스러웠다. 이유를 알 수 없다. 싸움이 멈춘 것인가? 누가 누구와 싸우는 거지? 피테르가 방을 나가 계단을 달려 내려가는 소리 뒤에 들린 싸움 소리. 그는 집을 제대로 빠져나간 게 맞나? 그런 건가?

"피⋯⋯테르?"

아벨라는 옷장 문을 미친 듯이 발로 차기 시작했다.

아벨라를 처음 본 이후 그녀를 찾아 근처를 열심히 훑고 다니던 사드였다. 거리를 배회하던 사드는 우연히 가면을 쓴 뱀파이어를 쫓아가는 인간들의 모습을 봤다.

"오래 살고 볼 일이군. 어떤 병신이 인간에게 쫓겨 다니는 거야?"

상황을 모르는 사드는 마티어스를 비웃으며 다시 길을 나섰다. 그때 우연히 여자의 목소리가 들렸다. 분명 아벨라의 목소리였다. 딱 한 번 들은 목소리였지만 잊지 않고 있던 사드는 드디어 찾았다며 냉큼 반쯤 부서진 폐가 안으로 들어갔다. 마침 칼을 든 피테르가 이 층에서 내려오다가 그와 마주쳤다. 운이 나빴다고 밖에 볼 수 없었다. 뜻밖의 만남에 둘은 서로의 정체를 파악하기 위해 잠시 멈칫했다. 피테르는 이 층에 있는 아벨라를 보호해야 한다는 생각에 선제공격을 가했고 사드는 조금 전 마티어스를 쫓던 무리를 떠올리며 건방진 인간에게 본때를 보여 주고자 그 공격에 맞섰다.

칼과 갈고리 손이 연타로 부딪혔다. 피테르의 검이 사드의 옷자락을 잘랐다. 옷자락이 잘린 사드가 멈칫했다. 그는 의외라는 듯 눈앞의 피테르를 다시 훑었다.

"아까 너희 인간에 쫓기는 동족을 봤다. 인간에게 쫓기는 모습이 수치스럽지만 그래서 더욱 묻지 않을 수 없군. 뱀파이어를 쫓는 너희의 정체가 뭐냐?"

피테르는 대답 대신 손에 쥔 검을 바짝 움켜쥐었다.

"묵비권을 행사하겠다? 좋아. 그럼 내가 먼저 얘기하도록 하지. 며칠 전 내 부하가 이곳에서 어떤 여자를 쫓다가 감쪽같이 사라졌다. 갈 곳 없는 녀석인데 아직도 돌아오지 않고 있어서 다들 의아해하고 있지. 그런데 널 보니 그 이유를 알겠다. 넌 뱀파이어를 보고 도망치기는커녕 오히려 칼을 들고 우릴 공격하는군. 네놈이 범인이겠구나. 그렇지?"

사드가 입을 쩌억 벌렸다. 그 안에서 뱀처럼 긴 붉은 혀가 뻗어 나와 추하게 허공에서 허우적거렸다.

"정체가 뭐냐? 무슨 이유로 내 부하를 죽인 거냐? 인간이 어떻게 뱀파이어를 죽일 수 있지?"

"무슨 말을 하는지 모르겠지만 결국 너희는 전멸할 운명이다! 추악한 모습을 감추고 인간의 흉내를 내는 자여! 오늘 밤에 네 사지를 찢어 먼지로 만들어 주마!"

피테르의 말에 사드는 괴성을 내지르며 피테르에게 달려들었다. 둘은 서로를 향해 양보 없는 거친 공격을 퍼붓기 시작했다. 피테르 또한 그의 공격을 막아 내며 방어했다. 피테르의 목소리를 들은 아벨라가 옷장 문밖의 책장을 밀어내느라 안간힘을 썼다.

"피테르! 도망쳐요! 대항하지 말고 제발 도망쳐!"

또 다른 뱀파이어가 집 안에 들어온 게 분명하다. 피테르는 혼자였다. 도움을 줄 사람은 모두 마티어스를 따라 사라졌다. 아벨라는 있는 힘껏 어깨로 문을 밀쳤다. 연속적으로 그 행동을 반복했다. 그들의 목소리가 그녀에게 들렸던 것처럼 쿵쾅거리는 그 소리도 일 층에 있는 그들에게 들렸다. 사드가 이 층을 힐끗 쳐다보더니 몸을 그쪽으로 틀었다. 피테르가 이 층을 사수하기 위해 사드를 밖으로 내몰기 시작했다. 옷장 속에 숨어 있는 아벨라가 발견되지 않게 하기 위해서였다. 하지만 선제공격으로 인해 너무 쉽게 힘을 소비한 탓일까. 피테르의 칼놀림이 느려졌다. 허점을 알아챈 사드가 빈틈을 발견하고 즉시 급소를 쳤다. 피테르가 갈고리에 가슴을 맞았다. 자세가 흐트러진 그의 몸이 크게 휘청거렸다. 그래도 악착같이 다시 몸의 균형을 유지했지만 울컥, 피를 토하고 말았다. 사드가 그 모습을 비웃었다.

"이제 보니 애송이로군."

"웃기지 마. 그깟 한 방 맞았다고 어떻게 되진 않아."

그러나 말과 달리 피테르의 목소리는 조금 초조하게 변한 상태였다. 지켜야 할 것이 등 뒤에 있어서 그렇다. 피테르는 바보처럼 이 층을 두 번이나 힐끔거리며 사드의 앞을 막았다. 이럴 줄 알았다면 옷장 앞을 책장으로 막지 말걸 하는 후회가 밀려왔다. 사드가 피테르를 밀쳐 내고 계단을 밟았다. 피테르가 그 기회를 놓치지 않고 사드의 등에 칼을 꽂았다. 사드의 손이 피테르의 뒤통수를 잡은 것도 그 순간이었다. 둘은 서로에게 엉겨 붙어 육탄전을 벌였다. 실수였다. 힘으로는 절대 뱀파이어와 맞서지 말라는 더스틴의 경고가 떠올랐다. 역시나 사드는 강력한 체력과 힘을 과시하며 피테르를 제압한 뒤 그의 머리를 잡아 곧장 벽에 찧어 대기 시작했다.

한 번. 두 번. 세 번.

계속해서 끊임없이 이어지는 무지막지한 폭력 아래 벽에 점점 금이 가고 어느새 피투성이가 된 피테르가 사드의 손안에서 빠져나오지 못한 채 정신을 잃었다. 사드는 기절한 피테르를 무지막지한 힘으로 벽에 던졌다. 그의 몸이 벽에 부딪히는 순간 복도의 벽 하나가 완전히 무너져 버렸다. 사드는 등에 꽂힌 칼을 스스로 뽑아냈다.

"크악!"

뒷골목을 차지하기까지 지금껏 겪어 온 일들 중에서 근간의 일이 제일 어이없다. 계집에게 쇠파이프로 뒤통수를 맞은 일도 한심한데 오늘은 인간의 칼에 등을 맞았다. 사드는 칼이 뽑힌 자리를 확인했다. 상처가 심하게 벌어진 채 타들어 가고 있었다.

"대체 이게 뭐야?"

화가 난 그가 벽 속에 파묻힌 피테르를 향해 허연 입김을 뿜어 댔다.

"이 나약한 인간이 감히 영생의 존재에게 칼을 꽂다니! 지금 당장 네 피를 마셔 벌어진 상처를 치유하겠다!"

사드가 죽은 듯 미동 없는 피테르를 향해 고개를 처박았다. 당장 씹어 삼켜 버릴 듯 지체 없었다. 그러나 바늘처럼 예리하고 송곳보다 두꺼운 이빨은 그 뜻을 이루지 못했다.

"아가리 치우고 떨어져. 지금 당장."

입을 벌린 사드가 갑자기 들린 목소리에 눈동자를 굴려 옆을 보았다. 아무런 기척도 느끼지 못했는데 어느새 아벨라가 곁에 와 서 있었다.

"떨어져. 안 그러면 나도 널 먹는다."

붉은 핏줄이 바짝 올라와 있는 두 눈동자의 그녀가 사드에게 경고했다.

"농담 아니야. 나 기억났어. 그날 내가 먹은 것. 입안으로 삼킨 것."

아벨라는 두비의 부하가 그녀를 죽이려고 한 날을 기억해 냈다. 쓰러진 그녀의 몸 위에 두꺼운 양탄자를 덮어씌우고 칼로 찌르려 했던 놈의 손을 아벨라가 잡아챘다. 잡아챈 뒤 놈의 손목을 확 꺾어 버렸다. 어디서 그런 힘이 솟아났는지 모른다. 왜 그런 행동을 하게 됐는지도 모른다. 비명을 내지르려는 놈의 입을 아귀처럼 벌어진 그녀의 입이 먼저 물어 버렸다. 비명을 입이 빨아들였다. 얼굴의 반이 그녀의 입속에 들어갔다. 비명도 지르지 못한 놈이 살기 위해 본능으로 몸을 비틀자 이번엔 그녀의 입이 놈의 얼굴을 토해 내고 심장을 물었다. 흐르는 피는 단 한 방울도 없었다. 피가 흐르기 전 그녀의 입이 전부 그것들을 빨아 버렸으니까.

양탄자 속은 만찬의 공간.

두비가 배신한 부하와 실랑이를 벌이고 있을 때 그녀는 양탄자 안에서 살가죽이 흐물거릴 때까지 피를 마셨다.

"그러니 거기서 떨어져. 안 그러면 나도 널 먹어 버릴 테니."

아벨라가 으르렁거리며 다시 한 번 말했다. 사드가 돌아섰다.

"역시 내가 잘못 들은 게 아니었군. 아까 그 목소리는 네가 맞았어."

돌아선 사드는 흉측한 괴물의 모습이었다. 기분이 좋아 어깨를 들썩이며 나직이 웃는 모습은 정말이지 소름끼쳤다.

"널 찾고 있었거든. 우연히 이 앞을 지나가다가 네 목소리를 들었지. 그거 알아? 네 목소리, 굉장히 유혹적이라는 거. 인간 계집들의 피를 마실 때보다 더 자극적이야. 그나저나 네가 여기에 왜 있는 거지? 존재를 숨기고 인간들과 어울려 사는 거냐?"

"주절주절 말이 많군. 내 말이 말 같지 않아? 헛소리 그만하고 그에게서 떨어지라고 했잖아!"

무너진 벽과 함께 기절한 피테르를 보며 아벨라가 다그쳤다. 미동도 없는 그의 모습에 가슴이 철렁했다. 지체할 수 없다고 판단한 아벨라가 당장 비켜서라며 소리쳤다. 사드는 그런 그녀가 귀여운 듯 피식 웃었다.

"저번에도 널 보며 생각했지만 넌 뭔가 특이해. 기본이 결여된 것처럼 보인다고나 할까? 동족은 서로 먹을 수 없다는 걸 몰라? 그건 상식이야. 그리고."

사드가 한쪽 발을 들어 올렸다.

"난 건방진 이놈을 살려 줄 생각이 조금도 없다!"

기절해 있는 피테르를 밟아 버리려는 사드에게 아벨라가 몸을 날렸다. 과거를 다시 반복하고 싶지 않았다. 철근에 깔려 다리가 잘린 기억 속의 아버지를 다시 보고 싶지 않았다. 초대하지 않은 밤손님이 와서 아버지의 목을 잘라 버린 순간의 슬픔을 다시 겪고 싶지 않았다. 그 기억이 비록 모두 가짜라 하더라도.

"비켜서란 말이야!"

사드를 밀어 내는 그녀의 힘은 생각보다 강력하고 어마어마했다. 사드는 한순간 벽으로 밀려나 등을 부딪쳤다. 여자한테 밀리다니 황당하기 그지없다. 창피하기도 하고 조금 놀라기도 한 그가 어이없는 표정으로 그녀를 노려보는 순간이었다. 눈앞의 그녀가 사라진 채 보이지 않았다.

"뭐, 뭐야? 갑자기 어디 간 거야?"

그런데 갑자기 등 뒤의 목이 시큰거리며 서서히 몸이 떨려 왔다. 동족 중에, 그것도 여자 뱀파이어 중에 이렇게 빠른 자가 있던가. 어느새 그의 뒷목에 깨진 창문의 유리 조각이 박혀 있었다. 아벨라가 그의 귀에 대고 물었다.

"날 찾아?"

아벨라는 사드의 목에 박힌 유리조각을 뽑는가 싶더니 연거푸 등과 어깨를 마구 찔렀다. 빠르고 빈틈없었다. 사드가 비명을 내지르며 그녀의 머리채를 잡아 앞으로 내던졌다. 벽에 던져진 그녀가 나동그라지며 머리를 강하게 부딪쳤다.

"악!"

커다란 통증이 머리를 휩쓸고 사라졌다. 아벨라는 통증을 참으며 머리를 세차게 흔들었다. 이대로 물러서면 피테르를 지킬 수 없다. 그녀가 용감하게 자리에서 일어섰다. 코에서 한 방울의 코피가 흘러나왔다. 그녀는 무심하게 소매로 그 피를 닦아 낸 뒤 즉시 다시 사드에게 달려들었다. 어깨에 박힌 유리조각을 뽑아낸 사드가 쌍욕을 내뱉으며 달려드는 아벨라를 향해 유리조각을 마구 휘둘렀다. 아벨라는 피하지 않았다. 오히려 길길이 날뛰는 사드의 목을 노리며 더 강하게 달려들었다. 쇠파이프에 맞은 사드가 다시 살아난 것을 봤기 때문이다. 난 죽지 않아. 죽지 않고 사드처럼 재생하고 멀쩡해질 거야. 그 사실 하나를 믿고 아벨라는 무기 하나 없이 공격을 멈추지 않았다.

"네가 할 수 있는 건 나도 할 수 있어! 나도 뱀파이어야!"

아벨라는 사드를 향해 두 손을 뻗었다. 과거 기억 속의 마티어스가 그랬듯 사드의 목을 뽑아 버리겠다는 심산이었다. 사드 또한 지금의 치욕을 되갚겠다는 듯 유리 조각을 움켜쥐고 그녀의 심장을 조준했다.

"물러서!"

마티어스가 손을 뻗어 그녀를 감싸 안았다. 심장을 정확히 조준한 사드의 손이 마티어스의 팔에 정확히 꽂혔다. 아슬아슬한 타이밍이었다. 그가 아벨라를 품에 안고 보호하지 않았다면 오늘 아벨라의 심장에는 깊은 상처가 남았을 것이다. 마티어스가 품에 안은 아벨라를 땅에 내려놓기 무섭게 로렌즈가 재빨리 그녀를 데리고 옆으로 비켜섰다. 마티어스의 얼굴에 분노가 분수처럼 폭발했다. 이글거리는 두 눈동자가 이미 핏빛이 되어 버린 그가 주먹을 움켜쥐기 무섭게 사드를 향해 돌진했다.

사정을 볼 것도 없었다. 그는 맹렬하게 사드에게 주먹질을 해 댔다. 무기는 필요 없다. 들끓는 분노는 맨 주먹으로도 충분했다. 그의 주먹이 얼마나 빠른지 사드는 그가 누군지도 제대로 보지 못하고 그대로 매질을 당했다. 싸움이라면 이골이 날 만큼 끊임없이 해 온 그였다. 거리의 짐승이 그렇듯 거칠고 무자비한 명성의 사드다. 그러나 눈앞의 마티어스는 이기기 어려웠다. 낯선 포식자는 너무 강했다.

"감히 네깟 게 내 여자의 심장을 노려?"

마티어스가 사드의 심장을 움켜쥐었다. 고통의 비명이 터져 나왔다.

"크흑! 이 손 좀……! 모두 오해야! 저 계집이 먼저 내게 이유 없이 덤벼들었……!"

"예의를 갖춰라! 거리의 짐승아. 아직도 상황 파악이 안 돼? 계집이라니! 누구에게 계집이야!"

당장 심장을 뽑아 버릴 듯 힘을 주는 그의 손아귀 안에서 사드가 괴로움에 몸부림쳤다. 상대는 자비가 없어 보였다. 살아야겠다는 생각이 들었다. 사드는 고통 속에서 있는 힘을 짜내 이해를 갈구했다.

"자, 잠깐! 내 얘기 좀 들어 봐! 이곳에 사는 인간이 내 부하를 죽였다! 나는 그 복수를 위해 이곳에 온 거야! 그런데 갑자기 저 여자가 날 공격했다구! 미친 여자야! 동족을 죽인 인간을 오히려 보호하면서 나를 죽이려고……!"

뒷얘기는 이어지지 않았다. 설명을 듣던 마티어스가 사드를 저 멀리 던져 버렸기 때문이다. 고꾸라진 사드가 아픈 비명을 토해 냈다.

"말조심해. 세상에 존재하는 포식자는 네놈 하나만이 아니야. 이 넓은 세상에 존재하는 뱀파이어가 얼마나 많은지 알아? 저 여자가 어디의 누구인지, 누구에게 어떤 존재인지 알지도 못하면서 함부로 지껄이지 마라."

마티어스가 널브러진 사드의 목을 발로 짓눌렀다. 밤의 존재라고 하기엔 너무 매력적인 존재 앞에서 사드는 그와 싸울 이유가 없다고 허둥지둥 백기를 들었다.

"당신이 누군지는 모르겠지만…… 윽! 난 당신과 싸울 이유가 없어. 지금 보니 당신도 뭔가 단단히 오해하고 있는 모양인데, 날 먼저 공격한 건 저 여자…… 아악!"

발에 힘이 들어갔다. 사드가 제발, 이라며 애원했다.

"제발 죽여 달라고?"

마티어스가 원하는 대로 해 주겠다며 발에 힘을 주었다. 이런 부류의 놈들은 살려 줘 봤자 비열하게 등에 칼을 꽂으면 꽂았지 은혜를 고마워하지 않는다. 물론 그게 아니더라도 그녀에게 함부로 행동한 죄로 살려 둘 생각도 없다. 그의 발이 사드의 뼈를 부러트리며 짓이겼다.

"아벨라양!"

갑자기 로렌즈가 그답지 않게 소리를 질렀다. 마티어스가 놀라 고개를 들어 옆을 보는 순간이었다. 사드가 기회를 놓치지 않고 있는 힘을 다해 그를 밀쳐 내며 그의 손아귀에서 벗어나 도망쳤다. 바닥을 박차고 일어나 사라지는 사드는 그 어느 때보다 빠르고 날쌨다. 목숨이 걸려 있으니 당연했다. 그래도 마티어스가 잡지 못할 수준은 아니었다. 그런데 어찌 된 일인지 마티어스는 도망치는 사드를 잡지 않았다. 쓰러진 아벨라를 봤기 때문이다.

"왜 그래? 어디를 다친 거야?"

아벨라가 어지럼증을 호소했다. 다급히 그녀에게 달려간 마티어스가 어디를 다쳤는지 재차 물었다. 아벨라가 양손으로 머리를 움켜쥔 채 고개를 흔들어 댔다.

"나 머리가……."

"머리를 다쳤어?"

"머리가 뜨거워. 내 머리에 불이 붙었어."

"뭐?"

두통이 있다며 괴로워하는 그녀의 말에 마티어스의 얼굴이 진심으로 딱딱하게 굳었다. 불이 붙었다니. 머리에 불이 붙었다고?

"클……로에?"

"저들은 누구야? 왜 우리를 죽이려 하는 거야? 누구야, 대체!"

아벨라가 숙인 고개를 확 들었다. 붉어진 두 눈동자가 분노를 토해 내며 갑자기 그의 가슴팍을 와락 움켜쥐었다.

"마티어스! 내 머리가 뜨겁다! 나의 머리에 불이 붙었다! 누구인가, 저들은! 나의 몸에 불을 지른 저것들이 누구인가? 내 머리에 불화살을 쏜 자가 대체 누구인가? 어째서 나의 육신을 불로 다스려 한 줌의 재로 태우려 하는가!"

가슴팍을 움켜잡은 그녀의 손이 부들부들 떨렸다. 환각이 아니다. 환상도 아니다. 루비의 찬란함을 그대로 박은 듯한 홍옥은 분명한 그녀의 눈이 맞았다. 그녀가 지금 내뱉고 있는 말은 마지막 습격의 날에 대한 묘사였다.

"클로에."

목소리가 떨렸다. 얼마 만에 불러 보는 이름인지 가슴이 벅차올랐다. 그가 그녀를 와락 안았다.

"클로에! 정말 너인가? 네가 맞는 거냐? 기억이 다시 돌아온 거지? 그렇지?"

심장이 벅차올랐다. 떨림이 멈추지 않았다. 그녀의 얼굴을 두 손으로 감싸 쥔 그의 눈에서 반가움이 넘쳐났다. 그런데 그 순간.

투두두둑.

갑자기 아벨라가 엄청난 코피를 쏟기 시작했다. 그녀가 이번엔 머리가 아닌 자신의 코를 두 손으로 부여잡았다. 피가 쏟아지는 만큼 홍안의 눈동자가 순식간에 색을 잃어 갔다. 마티어스는 크게 놀라 어쩔 줄 몰라 했다.

"안 돼! 클로에! 사라지면 안 돼!"

되돌아온 그녀를 놓치고 싶지 않아 이름을 불러 보지만 그의 마음과 달리 상황은 금세 제자리로 돌아가 버렸다. 기억을 뚫고 나타났던 클로에가 허무하게 사라졌다. 아벨라로 돌아온 그녀가 겁먹은 채 소리쳤다.

"갑자기 너무 많이 쏟아져요! 코피가 너무 많이 흘러요!"

코를 움켜잡은 손가락 사이로 피가 넘쳐흘렀다. 무시할 수 없는 어마어마한 양의 피였다. 흐르는 피 때문일까. 퍼뜩 정신을 차린 마티어스가 서둘러 그녀를 진정시켰다.

"괜찮아! 놀라지 마. 놀라지 말고."

"난 몰라! 막 쏟아져요! 코피가 너무 많이 나요. 나 왜 이래요? 내 몸, 왜 이래?"

당황한 그녀를 마티어스가 얼른 자리에 앉히며 목 뒤를 손으로 받쳤다. 순식간에 아벨라의 상의 전체가 피에 젖었다.

"걱정하지 마. 단순한 코피일 뿐이야."

"무서워요. 머리가 너무 아파요. 몸이 피범벅이야. 누가 내 머리를 둔기로 때린 것 같아. 등이 칼에 베인 것 같아."

아벨라는 바들바들 몸을 떨었다. 클로에와 아벨라라는 경계 사이에서 혼란스러워하는 모습이었다.

"진정해. 네 머리는 멀쩡해. 네 몸은 아무렇지도 않아. 만져 봐. 다시 자란 네 머리카락을. 네 몸을 살펴봐. 어디에도 남아 있지 않은 상처들을. 넌 아벨라 모리스야. 하녀 아벨라. 혼란에 휘둘리지 마. 지금은 현실의 너만 생각해."

마티어스가 그녀의 몸을 가볍게 누르며 진정시켰다.

"잠시 아무 생각 하지 말고 있어. 아무것도."

"하아. 하아."

"그래. 그렇게 입으로 크게 심호흡해. 마음을 진정시키려고 노력해 봐."

그가 그녀의 등을 계속해서 쓰다듬어 주었다.

"괜찮아. 내가 곁에 있다. 걱정할 것 하나도 없어. 넌 살았고 여전히 숨 쉬고 있어. 죽지 않았어."

따뜻하며 자상한 손길이다. 아벨라는 그의 말대로 계속해서 심호흡을 하며 진정하려고 애썼다.

"미안하다. 이건 내 실수야. 한심하게도 저놈을 범주 안에 넣지 못

104

했어."

사드보다 아벨라를 먼저 살폈어야 했는데 이건 온전히 그의 실수가 맞다. 마티어스는 스스로를 자책했다. 또 그날의 실수를 반복하는 건 아닌가 싶었다. 그가 떨리는 그녀의 손을 꼭 잡았다. 아벨라는 뿌리치지 않았다. 온기 없는 차가운 그의 손이 어쩐지 지금은 그녀와 비슷한 체온처럼 느껴졌다.

"날 믿어. 세상 누가 뭐래도 난 너만은 지킨다. 네가 누구든, 어디의 무엇이든."

"내가 누구든? 어디의 무엇이든……?"

"그래. 네가 누구든, 어디의 무엇이든."

그는 맹세의 말로 그녀를 다독였다. 늘 그녀를 지킨다. 흔들림 하나 없이 나를 지키겠다는 당신은 대체 누구인가.

"그날 먹은 게 뭔지 기억해 냈어요."

고백하듯 그녀가 말했다. 그가 좋은 소식이라며 조금 웃었다.

"잘했어."

"하지만 그것뿐이에요. 그 외에 다른 건 기억나지 않아요. 내가 잃어버렸다는 기억 중에 떠오르는 건 불행히 아무것도 없어요."

"그런데도 함부로 사드에게 덤빈 거야?"

"당신 말대로 내가 정말 뱀파이어라면 그들이 할 수 있는 건 나도 할 수 있을 테니까요."

"그래. 하지만 기억이 돌아오기 전까지 자신을 과신하진 마. 동족들끼리의 싸움은 위험한 일이니까. 특히 아까 그놈은 뒷골목의 대장이야. 어떤 방법을 써서 복수할지 모르니 향후에도 주의를 기울여야 해."

그가 지혈을 위해 누르고 있던 손을 뗐다. 폭포수처럼 쏟아지던 피가 다행히 멈춰 있었다. 마티어스가 그녀의 피 묻은 코와 입 주변을 손등으로 쓸어 닦아 주었다. 그 손을 그녀가 잡아 멈췄다.

"당신과 나의 관계가 궁금해요. 우린 어떤 사이예요?"

그녀의 말에 그가 잠시 행동을 멈췄다.

"궁금해?"

"궁금해요. 얘기해 줘요."

"말로 해 줄까, 행동으로 보여 줄까?"

그가 애써 가벼운 농담을 했다.

"원하는 것만 말해. 행동으로 보여 주길 원하면 여기서 직접 몸으로 알려 줄 수도 있으니까."

"그 말은 결국 우리 사이가 나쁘진 않았다는 말이네요."

그가 그녀의 손을 자신의 심장에 가져다 댔다.

"우리는 같은 온도였어. 같은 존재인 만큼 체온도 같았지. 지금은 비록 사정이 생겨 다른 온도를 가지고 있지만 곧 그 온도 차를 극복하고 예전과 같게 될 거야."

문득 그의 말과 행동에 그녀에 대한 애정이 숨어 있다는 걸 느꼈다. 가벼워 보이지 않는 그리움의 눈빛. 왜 그가 그녀를 향해 그런 눈빛을 보내는지 알 수 없었지만 한 가지는 알 수 있었다. 그녀도 그의 눈빛이 낯설지 않다는 것을 말이다.

"마티어스님, 그만 댁으로 가시는 게 좋겠습니다. 너무 오래 머물렀어요."

로렌즈가 밖을 살피고 오더니 마티어스를 재촉했다. 마티어스가 조심스럽게 아벨라를 일으켰다. 그때 무너진 벽 아래에서 피테르가 정신을 차리는지 신음을 흘렸다. 세 사람의 시선이 일제히 그쪽으로 쏠렸다.

"맙소사!"

그녀가 벌떡 일어나 피테르에게 달려갔다. 마티어스와 로렌즈가 서로를 쳐다보며 죽은 게 아니었나, 라는 시선을 주고받았다.

"피테르! 내가 당신을 잊고 있었다니."

그녀가 부서진 돌들을 재빨리 치워 내며 피테르를 밖으로 잡아끌었다. 가슴에 귀를 대고 심장소리를 확인한 그녀가 서둘러 도움을 요청했다.

"도와줘요, 어서! 피테르가 다쳤어요! 아까 그자에게 머리를……!"

도움을 요청하는 외침에 마티어스와 로렌즈는 무심하게 그녀를 쳐다볼 뿐 미동도 하지 않았다. 조금 전까지 그녀를 보호하고 지키려던 얼굴들이 아니었다. 아벨라가 이유를 묻듯 두 사람을 바라보자 마티어스가 손을 갈고리로 변화시켰다.

"왜 손을……? 갑자기 왜 그래요?"

"죽은 줄 알았는데 살아 있다면 살려 둘 수 없어. 이놈의 정체는 헌터야. 뱀파이어를 죽이는 전문 사냥꾼."

"갑자기 그게 무슨 말이에요? 헌터라뇨?"

"이곳에 사는 놈들 모두 헌터야. 내가 이곳에 늦게 온 이유는 그걸 확인하기 위해서였어. 놈들은 우리의 적이다. 나와 너를 포함한 모두의 적. 놈에게서 비켜 서. 지금이 놈을 죽일 수 있는 기회야."

"죽이다니 누구를요! 피테르는 내 아버지예요!"

"네 아버지가 아니란 걸 알잖아."

"알아요! 하지만…… 하지만 기억의 오류라고는 해도 나는 이 남자를 아버지라고 기억해요."

"네 기억이 돌아왔을 때 후회할 일을 만들지 않는 게 좋아. 그러니 비켜. 놈을 보호하는 건 적을 살려 두는 것이나 다름없어."

아벨라가 한번만 눈감아 달라고 애원했다. 그런 말을 해야 하는 그녀의 마음도 편한 건 아니었다.

"날 좀 이해해 줘요. 당신은 부모로 알고 있는 사람을 누가 죽인다는데 넋 놓고 볼 수 있어요? 난 이 사람을 죽게 놔둘 수 없어요. 적어도 내가 그를 아빠라고 알고 있는 동안은! 그러니 물러서요, 제발!"

아벨라는 누워 있는 피테르를 자신의 몸으로 감쌌다. 피테르를 보호하겠다는 마음을 감추지 않는 그녀를 그가 서 있는 채로 내려다보았다.

"함께 있다가는 너도 다치게 돼. 놈들은 네가 생각하는 것 이상으로 잔인한 놈들이야. 포식자인 뱀파이어를 사냥하는 인간들이 평범할 거라고 생각해? 이놈들은 우리와 비슷한 포악한 인격체를 가지고 있어."

"그렇지 않아요. 지금까지 내가 봐 온 이 사람은 그렇지 않았어요."

한발 다가섰다고 생각했는데 또다시 제자리다. 마티어스는 답답함을 느꼈다.

"이자는 너와 아무런 관련도 없는 타인이야. 죽여야 해. 그리고 당장 넌 나와 이곳을 떠나야 해. 그렇지 않으면……."

"못 해! 우리 아빠란 말이야!"

소리를 지르려고 한 건 아니었다. 하지만 당장 그녀가 할 수 있는 일은 완강한 거부를 표출함으로써 피테르를 지키는 것뿐이었다. 배은망덕한 여자로 낙인찍힌다 해도 달리 방법이 없었다.

"부탁해요. 피테르가 정신을 차리고 있어요. 그가 깨어나서 당신의 존재를 알아차리기 전에 돌아가 줘요. 어서요."

기절한 피테르가 손가락 하나를 짧게 움직였다. 가슴이 철렁했다. 아직까지는 피테르에게 진짜 존재를 들키고 싶지 않았다. 자신이 인간이 아닌 것을.

아벨라는 서둘러 마티어스에게 부탁의 눈빛을 보냈다.

"제발 돌아가 줘요, 제발요."

"아벨라 모리스."

그가 그녀의 이름을 나직이 불렀다.

"가짜 아비는 이렇게까지 지키고 싶어 하면서 어떻게 넌 눈앞의 나는 조금도 배려하지 않는 거냐? 이런 널 바라보는 내 심정이 어떨 것 같아?"

여전히 견고한 그녀의 기억이 불쾌한 마티어스가 이젠 정말 도저히 참을 수 없다는 듯 한 발 앞으로 내디뎠다. 피테르를 살려 둘 의지가 없다는 의미였다. 아벨라가 사색이 돼서 제발, 이라고 말할 때 로렌즈가 흥분한 그를 가로막았다.

"마티어스님, 가셔야 합니다."

로렌즈가 고개를 가로저으며 진중하게 그를 말렸다.

"일개 헌터일 뿐입니다. 나중에라도 얼마든지 죽일 수 있어요. 하지만 지금은 아닙니다. 그녀가 원치 않고 있잖습니까?"

로렌즈는 굳이 그녀가 원치 않는 일을 해서 더 큰 혼란을 줄 필요가 없다며 단호하게 그를 막았다. 그건 마티어스가 이제까지 지켜 온 지론이지 않은가.

마티어스는 혼신을 다해 피테르를 끌어안고 보호하는 아벨라를 한참 노려보았다. 조금 전 주고받은 대화 속에서 어느 정도의 거리감을 좁혔다고 생각했는데 또다시 원점이니 화가 날 만도 했다.

"좋아. 네 눈으로 직접 확인하기 전까지 저놈을 적으로 간주하진 않겠다. 하지만 저놈이 적으로 판명되는 순간, 내 손에 죽게 된다는 것도 알아 둬."

지금 상황에서 그녀를 계속 자극하는 건 옳지 못하다. 돌아서는 이유는 그것 하나였다. 단지 그녀를 이해하기 때문에, 그녀를 아끼기 때문에, 오직 그녀를 위해서.

하지만 그는 곱게 가지 않았다. 그가 지나가는 길에 있는 무수한 물건들이 죄다 박살이 났다. 집기, 가구, 현관문과 더불어 또 다른 벽까지 와르르.

아예 건물 전체를 부숴 버리고 싶은지 그는 로렌즈의 만류에도 끝까지 주먹질을 멈추지 않았다. 그나마 한 손은 로렌즈에게 잡혀 있기에 망정이지 두 주먹을 전부 휘둘렀다면 아벨라는 기절한 피테르를 데리고 건물 밖으로 탈출해야 하는 또 다른 곤혹을 치러야 했을지도 모른다. 결국 현관문을 뜯어 저 멀리 던지고 나서야 행동을 멈춘 그는 로렌즈를 뿌리치고 어둠 속으로 사라져 버렸다.

천장에서 돌가루들이 우수수 떨어졌다. 누워 있던 피테르가 눈꺼풀을 조금씩 움직였다.

"피테르! 괜찮아요? 정신이 들어요?"

눈을 껌벅이던 그가 정신을 차렸다.

"아……벨라?"

정신을 차린 그가 갑자기 뭔가가 생각났는지 자리에서 벌떡 일어서며 사드를 찾았다. 머리가 울리고 속이 메스꺼웠지만 기절하기 전의 상황이 떠오른 그는 잔뜩 살기를 드러냈다. 그런데 뭔가 이상했다. 놈이 보이지 않았다. 그가 다시 그녀에게 달려왔다. 어떻게 된 거냐고 묻기 전에 그녀가 먼저 입을 열었다.

"갔어요, 그 괴물은."

"놈이 갔다고요? 언제요? 그냥 갔단 말인가요?"

피테르의 물음에 아벨라는 힘없이 고개를 저어 보였다.

"그 전 상황은 모르겠어요. 괴물이 밖으로 나가는 걸 봤지만 그게 다예요. 내가 여기 왔을 때 당신은 무너진 벽 아래 쓰러져 있었어요."

아벨라는 거짓말을 했다.

"뭐가 어떻게 된 거지? 놈이 그냥 갈 리 없는데 대체 이게."

뒤죽박죽 엉망이 되어 버린 집 안을 보며 그는 잠깐 혼란을 느꼈다. 분명 벽에 머리를 부딪힌 것까지는 기억나는데 그 뒤론 생각나는 게 없었다. 그러다 퍼뜩 떠오른 기억에 그가 고개를 돌려 아벨라를 쳐다보았다. 시야에 아벨라의 피 묻은 얼굴과 옷이 눈에 띄었다.

"아벨라! 설마 그 피는! 놈이 이 층 옷장 안에 있던 당신을 찾아낸 건가요? 그래서……!"

"진정해요. 이건 코피예요. 갑자기 아래층에서 큰 소리가 나길래 닫힌 옷장 문을 억지로 열다가 문이 활짝 열리면서 바닥에 얼굴을 찧을 때 난 코피요."

"코피?"

"그래요. 그러니 난 걱정 말고……."

피테르가 와락 그녀를 안았다. 밑도 끝도 없었다.

"피테르?"

"다행이에요. 정말 다행이에요. 당신이 잘못됐다면, 그랬다면 나는 정말이지."

생각하기도 싫다. 상상하기도 싫다. 피테르는 다치지 않은 그녀에게 오히려 고마워하며 사과부터 했다.

"미안해요. 내 잘못이에요. 당신을 옷장 안에 가두는 게 아니었는데."

"난 괜찮아요. 날 보호하기 위해 그런 거잖아요."

"아뇨. 내가 생각이 짧았어요. 대체 내가 왜 그랬을까요? 왜 당신을 더 안전한 곳으로 데리고 가지 않고 그런 미흡한 방법을 쓴 걸까요?"

피테르는 그녀를 안은 채 계속 자책했다. 아벨라는 그런 그의 등을 가만히 토닥여 주었다. 그의 몸이 떨리고 있었다. 이해했다. 아벨라도 사드의 진면목을 보고 그 충격에 보통 놀란 게 아니니까. 하지만 그녀도 비밀을 들킬까 봐 소리 없이 떨고 있다는 걸 피테르는 모르고 있었다. 감추고 싶은 비밀 때문에 앞으로 가면을 써야 하는 그녀의 입장을 그가 어떻게 알까.

"미안해요."

피테르가 그녀에게 사과했다.

"당신에게 그 추악한 뱀파이어를 보게 하다니 정말 미안해요."

그의 등을 다독이던 손이 한순간 우뚝 멈췄다.

"많이 놀랐죠? 지금 이 상황들이 이해 가지 않을 거예요. 미리 설명 못 해서 미안해요. 늦었지만 이제라도 설명해 줄게요. 놀라지 말고 들어 줘요."

그는 미세하게 떨리는 아벨라의 몸이 뱀파이어를 목격한 뒤 온 충격이라고 오해하고, 어떻게 하면 그녀의 충격을 완화시킬지 고민하는 기색을 보였다.

"난 헌터예요, 아벨라. 뱀파이어 헌터요."

아아. 시야가 어지러워지기 시작한다. 폭포수 같은 피를 흘렸기 때문이 아니다. 이건 그런 차원의 단순한 어지러움이 아니다. 더 이상 그와 함께할 수 없을 것 같은 느낌 때문에 슬퍼서 오는 혼란이다.

"내가 일하는 곳은 바티칸에 속한 특수 기관이에요. 그곳은 오래 전부터 뱀파이어를 죽이기 위해 존재해 온 곳이에요."

피테르는 아주 오래된 이야기를 꺼내기 시작했다.

시초는 옛날 어느 신부가 뱀파이어에 대한 기록을 남기면서부터였다.

지방의 작은 마을에 괴물이 나타나 무수한 사람을 죽였다. 괴물은 손바닥만 한 송곳니와 갈고리처럼 날카로운 손을 가지고 있었는데 사람들의 목을 물며 피를 빨아 마셨다. 그런데 괴물에게 목이 물린 시체들이 다음 날 다시 살아나 또 다른 사람들을 공격하기 시작했다. 사람들은 악마가 나타났다면서 너도 나도 산꼭대기에 있는 수도원으로 피신했다. 신부들과 수도사들은 사람들을 보호하기 위해 수도원의 유일한 출구인 다리를 끊고 성경책 대신 손에 칼과 창을 들고 괴물과 싸웠다. 그들은 그 안에서 백 일을 버텼다. 오로지 물과 조금의 소금으로.

수도원 안의 식량은 소량이었지만 그 안에서 단 한 명도 아사한 사람은 없었다. 기록엔 신성한 자가 수도원 안에 있었기 때문이라고 했다. 그의 기도와 성스러움이 모두를 지켰다고 기록되어 있었다. 결국 괴물은 스스로 오랜 대치를 포기했다.

괴물은 그곳을 떠나기 전 마지막으로 신성한 자를 보고 싶어 했다. 창공을 날며 사람들을 잡아먹던 괴물이 두 발로 땅에 내려서더니 직접 수도원의 문을 두들기며 그를 불렀다. 성스러운 자와 괴물은 그렇게 만났다. 괴물은 그자에게 자신을 소개했다. 나의 이름은 뱀파이어. 사람의 피를 마시고 사는 존재다, 라고. 그리고 뱀파이어는 성스러운 자를 향해 맹약을 남기고 갔다.

"괴물을 이긴 성스러운 자여. 너의 온전한 승리다. 그런고로 시대가 변해도 네 자손은 나로부터 살 것이다. 나의 종족들을 대표해 약속한다. 향후 뱀파이어의 송곳은 그대의 목을 물지 못할 것이고, 갈고리보다 날카로운 손톱은 그대의 피부를 찢지 못할 것이며, 그대의 자손의 생명을 훼손하지 못함을 내가 맹세하노라."

수도원에 있던 사람들은 나중에 다른 마을 사람들에게 발견돼서 모두 무사히 구조되었다. 구조된 많은 사람들은 살이 잔뜩 빠지고 지친 기색들이 역력했으나 생명에 지장은 없었다. 그 기적의 기록은 교황청으로 넘어갔으며 교황청은 그곳에 있던 신부들과 수도사들의 증언을 바탕으로 뱀파이어에 대한 연구를 시작했다. 연구는 진중하고 심도 있게 진행됐으며, 시간을 무기 삼아 오랫동안 꾸준히 열정을 다해 이루어졌다.

"대신 사람들에게 혼란을 주지 않기 위해 비밀스럽고 성스럽게요."

피테르는 자신이 그 소속의 한 사람이라고 알려 주었다.

"그럼 지금 숙소에 있는 사람들 모두……?"

"모두 헌터예요. 뱀파이어를 사냥하는 헌터요. 우린 십자단이란 조직의 헌터예요."

아벨라는 피가 흐르지 않는 코를 가만히 감싸 쥐었다. 피가 멈춘 그곳이 시큰하게 아려 왔다. 마티어스의 말이 맞았다. 피테르는 헌터다.

헌터인 남자와 뱀파이어인 여자.

문득 머리가 아파 왔다. 쏟아 버린 코피만큼 마음도 시렸다. 아벨라는 괜히 터지려는 눈물을 감추기 위해 고개를 푹 숙여 버렸다.

그 밤, 피테르는 동료들을 따라가 같이 싸우려던 마음을 돌리고 아벨라의 곁을 지켰다. 다량의 코피를 쏟은 후 심한 어지럼증을 호소하던 아벨라가 떨려 오는 몸을 주체하지 못하고 까무룩 정신을 놓는 걸 반복했기 때문이다.

"난 괜찮아요. 늦기 전에 대원들에게 가 봐요."

두꺼운 이불을 몸에 두르고서도 부르르 몸을 떠는 아벨라가 마지막 힘을 쥐어짜 피테르에게 말했다. 돌아올 시간이 훌쩍 넘었는데도 대원들이 모습을 보이지 않자 몇 번이나 뜯어져 버린 문 너머를 바라보는 그에게 미안했기 때문이다. 피테르는 대답 대신 고개를 가로저었다.

"내 동료들은 용감해요. 뱀파이어 한 마리잖아요. 나 하나 없다고 문제가 생기진 않을 거예요."

그는 그 이후로 더 이상 현관문 너머를 쳐다보지 않았다.

피테르가 두꺼운 모포 몇 장을 더 가지고 와 그녀의 어깨에 덮어 주었다. 손에 따뜻한 차를 건네주고 대야에 물을 담아 와 수건을 적신 후 피가 묻은 그녀의 코와 입가를 직접 닦아 주었다.

"내가 할게요."

"내가 해 주고 싶어서 그래요."

괜찮다는 그녀의 말을 무시한 채 그는 평소보다 더 자상하고 성의 껏 그녀를 돌봐 주었다. 기분이 조금 묘했다. 원래 자상하고 예의 바른 그라는 걸 알고 있지만 어쩐지 평소와 느낌이 좀 달랐다.

"눈 좀 붙여요. 곁을 지킬 테니."

피곤에 지친 그녀를 위해 그가 침대 위에 이불을 펴 주었다. 지친 그녀가 그 위에 눕자 피테르는 이불을 어깨 위로 끌어올려 덮어 주었다.

"오늘의 미숙함을 반성해요. 맹세하건대 다신 당신 앞에서 약한 모습 보이지 않을 거예요."

그가 그녀의 이마에 짧은 입맞춤을 했다. 깜짝 놀란 아벨라가 그를 올려다보자 피테르가 정말이라며 믿어 달라고 말했다.

"앞으론 당신을 지킬 겁니다. 약속해요."

아벨라는 말없이 내려다보는 그의 눈동자 안에서 그 말의 의미를 찾아냈다. 어쩌면 좋을까. 어떡하면 좋지? 피테르는 남자로서 그녀 곁에 있고 싶은 모양이었다. 그녀를 바라보는 눈동자가 그렇게 말하고 있다. 아벨라는 눈을 감은 채 이불을 머리끝까지 올렸다. 차마 밝힐 수 없는 비밀을 들킬까 봐 두려운 나머지 이불로 그의 시선을 차단시키고 말았다.

여명 속에서 두 명의 사내가 낡은 나무 수레를 끌고 힘겹게 숙소로 달려오고 있었다. 더스틴과 네이트였다.

밤새도록 이어진 싸움은 아침 해가 뜨면서 겨우 끝이 났다. 열 명의 단원 중 살아남은 건 오직 둘뿐이다. 나머지 대원들은 뱀파이어들과 싸우다가 그 자리에서 죽거나 산 채로 그들의 구역 안으로 끌려갔다. 상대의 피해 규모는 모른다. 더스틴은 네 명의 뱀파이어를 죽였을 뿐이다.

비장함이 채 가시지 않은 채로 두 사람은 수레를 실내까지 그대로 끌고 들어왔다.

"당장 난로에 숯불을 피우고 쇠를 달궈! 뜨거운 물! 그리고 모포도 최대한 많이 준비해! 어서!"

쓰러질 만큼 녹초가 된 상태였지만 더스틴은 남은 힘을 쥐어짜며 몸을 움직였다. 수레 안에는 심각한 부상을 입은 대원 둘이 생사를 오가는 중이었다. 더스틴은 그들을 차례로 안아 들고 침대 위에 눕혔다. 그리고 지체 없이 이 층의 자신의 방으로 뛰어 올라가 커다란 상자 하나를 들고 내려왔다. 상자를 열고 대바늘에 실을 끼운 그는 양초에 불을 붙이고 바늘 끝을 달궜다. 소독을 위해서였다.

"조금만 더 버텨. 제발."

더스틴은 바늘을 다 달구자 정신을 잃은 대원의 옷을 두 손으로 잡아 뜯었다. 갈고리가 허리를 아예 갈라 버린 모양이다. 그의 눈이 붉어졌다. 이미 한쪽 다리가 잘려 나가 너덜거리는데 거기다 허리까지 이 지경이라면 대체 어쩌란 말인가.

눈물이 고였다. 그는 흐르는 눈물을 소매로 닦아 내며 상자 안의 소독약 두 통을 대원의 허리와 다리에 전부 부어 버렸다. 그가 벌어진 상처를 바늘로 무작정 꿰매기 시작했다. 그는 떨지 않았다. 그러나 정신을 잃은 대원이 과다 출혈로 인한 쇼크가 오는지 연신 몸을 떨어 바느질이 여의치 않았다. 그때 흔들리는 대원의 몸을 피테르가 두 손으로 눌러 잡았다.

"피테르!"

더스틴이 그를 보고 귀신 보듯 놀란 얼굴을 했다.

"어떻게 된 건가? 대체 어디 있었어? 내가 자넬 얼마나 찾았는지 아나?"

"죄송합니다."

"죄송? 설마 일부러 합류하지 않은 거야? 그래?"

"아벨라양과 함께 이곳에 있었습니다. 그녀를 보호하느라 미처 따라가지 못했습니다."

더스틴의 얼굴이 배신과 분노로 쩌억 갈라졌다. 그는 진심으로 믿을 수 없다는 듯 피테르를 멍하니 쳐다보았다.

"뭐가 어쩌고 어째?"

참지 못한 더스틴이 주먹을 날렸다. 피테르는 피하지 않고 그 주먹을 그대로 맞았다. 얼굴을 정통으로 맞은 피테르가 뒤로 나자빠졌다. 더스틴의 발이 피테르의 복부를 강타했다. 피테르는 새우처럼 등을 구부렸지만 이번에도 피하지 않았다. 몇 번의 반복되는 구타가 이어졌다. 더스틴은 당장 눈앞의 피테르를 죽일 듯 씩씩거렸으나 침대에 누워 있는 대원들을 생각해 화를 삭였다. 그가 스스로를 진정시키며 다시 대바늘을 잡았다. 피테르가 얼른 그를 따라 동료의 상체를 잡았다. 더스틴이 이번엔 아예 박치기를 해서 피테르를 매몰차게 떼어 냈다. 피테르의 이마에서 피가 흘렀다. 그러나 자신의 잘못을 알기에 다시 또 일어서 더스틴의 치료를 도왔다.

"죄송합니다, 수장님."

"수장 같은 소리!"

더스틴이 이번엔 그의 멱살을 잡아 일으켜 세웠다.

"단원 중 다섯이 죽었다! 스캇과 대원 하나는 산 채로 놈들의 수중에 끌려갔고 나머지 대원들도 놈들에게 물어뜯겨 죽었어! 살아남은 둘 중 한 명은 혼수상태고 나머지 한 명은 겨우 구했으나 다리 하나가 잘렸다. 결국 멀쩡한 건 나와 네이트뿐이야! 그런데 넌 대체 어디 있다가 이제 나타나 죄송하다고 나불거리는 거야?"

그가 처참한 동료의 모습을 똑똑히 보라며 피테르의 머리통을 침대 위로 잡아끌었다. 죽었는지 살았는지 구분이 가지 않는 처참한 동료의 모습을 본 피테르는 고개를 푹 숙였다.

"이제야 밤새 어떤 일이 있었는지 파악돼? 똑똑히 봐! 뱀파이어에게 당한 동료들의 모습을! 이 순간에도 생사를 오가며 버티고 있는 이 불쌍한 녀석들의 모습을!"

더스틴은 움켜잡은 피테르의 머리통을 그대로 밀쳐 냈다.

"그동안 난 자네의 열정과 의지를 높이 샀다. 그런데 고작 며칠 전에 만난 여자 때문에 다섯 동료의 목숨을 나 몰라라 해? 자네가 합류했다면 희생을 줄일 수 있었어! 분명히! 그런데 뒤따라오지 않은 이유가 여자를 보호하기 위해서였다고? 가족도 아니고 뭣도 아닌 생판 남인 여자를 위해 동고동락한 동료를 저버렸단 말이야?"

더스틴은 분노를 이기지 못하고 고개 숙인 피테르의 목을 졸랐다.

"무슨 일이 있어도 동료를 배반하는 일은 없어야 한다는 걸 몰라? 뱀파이어 백 마리를 죽여도 죽은 동료 한 명은 살리지 못해! 뱀파이어들은 아무리 칼로 찔러도 재생하고 살아나지만 인간인 네 동료들은 한번 갈고리에 찔리면 반병신이 돼서 평생을 불구로 살아야 하고 사지가 찢기면 그대로 죽어 버린다구!"

"더스틴 수장님! 이게 무슨 짓이에요? 그만둬요!"

모포와 위스키를 찾아 한 아름 들고 오던 네이트가 손에 든 걸 모두 팽개치며 달려왔다.

"정신 차리세요! 피테르예요! 뱀파이어가 아닌 우리 조직의 막내 피테르라구요!"

간혹 뱀파이어와의 싸움 뒤에 정신착란을 일으키는 대원들이 종종 있다. 네이트는 더스틴이 지금 그런 상태라고 생각했는지 더스틴을 벽에 밀친 뒤 두 손으로 포박했다.

"진정하세요. 다친 대원들 앞에서 이러는 거 아닙니다. 너도 수장님을 밀쳐 내든가 뿌리쳐야지 목을 졸리는데도 바보같이 그냥 있으면 어떡해? 수장님은 일단 이것부터 마셔요. 네?"

네이트가 가지고 온 위스키를 더스틴에게 내밀었다. 더스틴은 뺏다시피 위스키를 잡아채고 벌컥 들이켰다. 목이 졸렸던 피테르가 벌게진 얼굴로 거친 기침을 토해 냈다. 네이트는 두 사람 사이에 서서 다시 발생할지 모를 싸움을 경계했다.

"좋아요. 침착해진 듯하니 절차에 맞춰 질문을 하겠습니다. 이름과 소속. 직위와 간밤의 상황을 말해 보세요."

"하! 너 지금 내가 제정신이 아니라고 생각하는 거냐?"

더스틴이 관두라며 네이트의 말을 무시했다.

"이건 수장님께서 문제가 발생한 대원들에게 늘 하던 절차입니다. 대답하세요, 어서. 그렇지 않으면 상부에 보고 드릴 수밖에 없습니다."

갑자기 흥분 상태가 되거나 정신착란을 일으키는 건 경험이 많거나 적은 것과는 상관없다. 정신병은 이유 없이 발병하기도 한다. 그만큼 뱀파이어와의 싸움은 정신을 갉아먹는 일이었다. 그래서 헌터의 삶은 시한부적 자살이다. 죽지 않고 살아도 정신병이 생기니까.

네이트는 어서 대답하라고 독촉했다. 시간을 끌수록 대원들이 죽어 간다며 소리까지 질렀다. 더스틴은 하는 수 없이 절차에 임했다.

"이름 더스틴. 십자단 8조 소속의 수장. 어제 우리는 갑작스러운 뱀파이어의 습격을 받았으며 가면을 쓴 놈이 잡아간 스캇을 구출하기 위해 새벽에 숙소를 떠남. 놈들의 소굴로 유인당해 8조 대원 9명 중 5명 사망, 2명 중태. 살아남은 사람은 나와 지금 내 정신 상태를 어설프게 감정하고 있는 네이트와 여자를 보호하기 위해 숙소에 남아 있던 저기 서 있는 멍청한 피테르가 전부다! 8조는 전멸이야! 여왕을 죽이기 위해 전멸한 게 6개월 전인데 또 다 죽었다구! 제기랄!"

단숨에 위스키 반을 비운 더스틴이 입가를 닦아 내지도 않은 채 분노를 표했다. 네이트는 그 모습을 보며 아이러니하게도 안도했다.

"제가 아는 수장님이 맞으시네요. 수장님마저 어떻게 될까 걱정했습니다."

네이트는 자신이 던진 짐들을 다시 주워 침대 옆에 내려놓았다. 피테르도 말없이 그 일을 도왔다. 네이트가 동료의 환부를 살폈다. 잔인한 상황을 자주 접한 그였지만 어젯밤까지만 해도 함께 대화하던 동료의 죽어 가는 모습을 지켜보는 건 쉽지 않았다. 그가 용기를 얻기 위해 더스틴의 손에 들린 위스키를 뺏어 급히 들이켰다. 더스틴이 먼저 치료를 시작했다.

"뭐하고 서 있어? 어서 붙어 앉아 돕지 않고!"

네이트가 고개를 숙이고 서 있는 피테르에게 소리를 질렀다. 피테르가 얼른 달려와 그의 치료를 도왔다. 목에 손자국이 뚜렷했다. 더스틴은 그 모습을 외면했다. 네이트가 신경 쓰지 말라며 치료에 집중하라는 눈빛을 보냈다. 셋은 그렇게 죽어 가는 동료를 살리기 위해 혼신의 힘을 기울이기 시작했다.

그리고 그 시각.

방 안에 있는 아벨라는 집 안 가득 퍼진 짙은 피 냄새에 어쩔 줄 몰라 하고 있었다. 밤사이 피테르와 함께 동료들을 기다리며 날을 샌 그녀였다. 더스틴이 도착하자 피테르가 밖으로 달려 나갔다. 아벨라도 상황을 파악하기 위해 밖으로 나가려 했다. 하지만 순식간에 후각을 파고 들어오는 피비린내에 아벨라는 그를 따라나서지 못했다.

"미칠 것 같아. 이 냄새."

문을 꽉 닫았지만 틈새로 피 냄새가 꾸역꾸역 밀려 들어왔다. 아벨라는 두 손으로 입과 코를 틀어막았다. 그러나 한번 자극된 후각은 점점 온몸을 사로잡으며 이성을 마비시켰다. 결국 손톱이 늘어나는 변화가 나타나기 시작했다.

"안 돼! 여기선 안 돼!"

무섭고 놀라웠지만 그보다 밖에 있는 사람들이 신경 쓰여 아벨라는 안절부절못했다.

"밖엔 피테르가 있어. 사람들이 있단 말이야. 난 아무렇지도 않은데 갑자기 몸이 왜 변하는 거야?"

본능을 누르고자 애썼지만 역부족이었다. 아벨라가 도리질 쳤다. 이곳에 계속 머물다가는 무슨 일을 벌일 것 같았다. 그녀가 서둘러 이불 천을 뜯어 얼굴을 돌돌 말았다. 입과 코를 최대한 막고 남은 천을 어깨 아래로 내려 길어진 손톱까지 감췄다. 아벨라는 밖으로 도망치기 위해 닫혀 있는 문고리를 확 돌렸다.

4

"그놈을 찾아야 해."

대원의 살을 다 꿰맨 더스틴이 이마에 맺힌 땀을 닦아 내며 말했다.

"가면을 쓰고 나타난 뱀파이어 말이야. 우리를 악의 소굴로 안내한 그 영악한 놈을."

더스틴은 그렇지 않냐며 네이트를 쳐다보았다.

"맞습니다. 더 이상한 건 놈은 싸울 때 그곳에 없었다는 겁니다."

"역시 너도 알고 있었군. 맞아. 놈은 스캇을 건물 아래로 던진 뒤에 바로 사라졌어. 아주 감쪽같이."

왜일까? 무엇 때문에? 더스틴은 가면을 쓴 뱀파이어가 무슨 이유로 자신들을 유인했는지를 파악해 보려고 애썼다. 혹시 후작이 관련된 걸까? 후작의 집을 방문한 후에 일이 발생했으니 그럴 수도 있다. 하지만 후작의 집에선 뱀파이어에 대한 단서나 흔적이 없었다. 그런데 함부로 그를 의심해도 될까.

정확한 이유를 알지 못하니 모두가 의심스러웠다. 그때, 다리가 잘린 대원이 몸을 떨기 시작하더니 갑자기 입에서 왈칵 피를 토했다. 모두가 긴장한 얼굴로 그를 주시했다. 몸이 점점 악화되는 모양이었다.

"수장님. 의사를 데리고 올 수 있게 허락해 주십시오."

피테르의 말에 아직 화가 덜 풀린 더스틴이 눈썹을 꿈틀거렸다.

"닥치고 치료에 집중해."

"상태가 점점 나빠지고 있어요. 이대로 놔뒀다간 목숨을 잃을 겁니다. 더 늦기 전에 의사에게 치료를 부탁해야 해요."

"닥치고 치료에 집중하란 말 못 들었어? 의사를 데리고 오면 뭐라고 설명하려고? 뱀파이어와 싸우다가 저렇게 됐다고 말할 거야? 우리가 뱀파이어를 잡는 헌터라고 얘기할 거냐고. 차라리 지금 당장 밖에 나가 경찰을 데려오고 사람들에게 도움을 요청하지, 왜?"

죽어 가는 동료를 왜 숙소로 데리고 왔겠는가. 지켜야 할 비밀이란 게 있어서다. 비밀 조직에 가담한 그날부터 희생을 신께 맹세하고 목숨을 내놓기로 각오했기 때문이다. 그리고 부하 직원의 목숨을 가볍게 여겨서 이러고 있는 게 아니다.

"의사를 부르겠다고? 물론 불러온 적도 있지. 아주 여러 번. 그런데 그 의사가 환자를 치료하다 말고 경찰에 신고해서 대원들이 감옥에 갇힌 일도 부지기수였어. 그러니 상관의 명령을 무시하지 말고 규칙을 지켜. 경험 미흡으로 머릿속이 뒤죽박죽일 땐 그냥 명령에 따르란 말이야. 배운 대로만 하라구, 제발. 그럼 의사를 부르자는 헛소리도 안 하게 될 테니까. 알겠어?"

더스틴이 몸을 일으켰다.

"죄책감 때문에 동료를 살리고 싶어 하는 마음 이해한다. 하지만 그 이상의 멍청한 짓은 그만둬. 내 경험에 의하면 항상 너 같은 놈이 일을 망쳐."

피테르는 숙연해진 마음으로 입을 다물었다. 어떤 말도 틀린 게 없었다. 더스틴은 그런 피테르를 보며 깊은 한숨을 삼켰다. 이 모든 일의 잘못은 사실 자신에게 있다. 숙소 경계를 게을리한 잘못. 갑자기 나타난 뱀파이어를 무작정 쫓아간 것도 잘못. 제일 멍청한 건 스캇을 구하겠다는 일념 하나로 대원들을 선동해 놈들의 소굴로 걸어 들어간 것이었다.

"여자를 당장 내보내."

고개를 숙이고 있던 피테르가 퍼뜩 얼굴을 들었다.

"기억을 잃었다 해도 생활하는 데 문제는 없더군. 처음 말한 대로 당분간 도움을 주기로 한 거였으니 당장 조치해."

"수장님."

"못 하겠다고?"

"그게 아니라 며칠간 말미를 주십시오. 아니, 하루만이라도요. 지금 당장은 갈 데가 없습니다."

"정신 차려, 이 멍청아! 여자를 보호하고 싶다면 지금 당장 내보내야 맞는 거야. 당장 오늘 밤 놈들이 다시 이곳에 우릴 찾으러 오지 않는다는 보장도 없잖아!"

더스틴은 밤사이 왜 이렇게 멍청이가 되었냐며 정신 똑바로 차리라고 소리쳤다.

"명령이다. 오늘 안에 여자를 내보내. 그러지 않으면……."

그때였다. 말을 하던 더스틴이 빠르게 입을 다물었다. 문밖에 아벨라가 나타났기 때문이다. 자신의 말을 들었는지 그가 방문 앞에서 움직이지 않았다.

"아벨라양."

더스틴이 밖으로 걸어 나오며 방문을 닫았다. 다친 대원들의 모습을 감추기 위해서였다.

"조금 전 내 말에 오해가 없길 바라오. 지금 우리 쪽 상황이 좋지 않소. 어젯밤 난동을 봤겠지?"

"아아, 수장님."

얼굴과 상체를 천으로 동여맨 아벨라가 물론이라며 고개를 끄덕였다.

"오해하지 않아요. 배고플 때 누군들 나눠 먹는 걸 좋아하겠어요? 나는 나누는 게 싫어. 그러니 걱정 말아요. 수장님까지 전부 내가 먹어 줄 테니."

천 아래 버석거리는 입술이 향긋한 피 향기에 젖어 뜻 모를 말을 중얼거렸다. 조금 전 문을 열고 나올 때와 전혀 달라진 목소리다. 아벨라는 더스틴이 닫아 버린 문 뒤를 지그시 바라보며 눈 끝을 길게 찢었다.

"옷이 피 범벅이네요. 아까워라. 내가 있었다면 옷에 피를 흘리는 그런 일은 하지 않았을 텐데. 나 지금 많이 허기져요. 지금 상태라면 피 묻은 그 옷도 씹어 삼킬 수 있을 것 같아."

흐, 거리는 낮은 웃음이 흘러나왔다. 더스틴이 뒤따라 나온 피테르를 쳐다보았다.

"아벨라양이 무슨 말을 하는 거지?"

더스틴은 그녀가 하는 말을 하나도 알아듣지 못하겠다며 피테르에게 설명을 요구했다. 불행 중 다행히 피테르도 알아들은 말이 없다며 고개를 저어 보였다. 아벨라의 목소리는 천에 막혀 웅얼이처럼 들렸다.

"아벨라양. 입을 가린 천 때문에 무슨 말을 하는지 알아들을 수가 없소. 천을 내리고 다시 한 번 말해 주겠소?"

"물론이에요."

더스틴의 말에 아벨라가 상체를 감고 있는 천을 벗으려고 할 때였다. 아벨라의 눈에 갑자기 환영이 보였다.

한 인영이 저 멀리서 날카로운 검을 들고 이쪽으로 달려오고 있었다. 바람처럼 날렵한 몸놀림이었다. 워낙 쏜살같이 달려와 피할 여력이 없었다. 아벨라는 환영을 현실로 착각한 나머지 자기도 모르게 손을 들어 칼을 막았다. 칼이 손을 뚫고 그녀의 이마에 박혔다. 그것 때문일까. 날뛰던 혼란이 사라지며 다시 이성이 다시 돌아왔다.

"아벨라양?"

아벨라는 환영의 정체를 파악하기도 전에 더스틴의 목소리에 퍼뜩 정신을 차렸다.

"아벨라양. 미안하지만 다시 말해 주겠소? 입을 가린 천 때문에 목소리가 잘 들리지 않았소."

"아, 그게…… 마침 오늘 바로 나가려고 준비 중이었다는 말이었어요. 머물 곳을 찾았거든요. 짐도 없으니 지금 바로 나갈게요."

"아벨라. 갑자기 그게 무슨 말이에요?"

당황한 피테르가 무슨 말이냐며 아벨라를 쳐다보았다. 하지만 아벨라는 피테르를 무시한 채 계속 말을 이어갔다.

"더스틴 수장님. 그동안의 배려 감사드립니다. 고마움과 용서를 함께 구할게요."

피테르는 아벨라의 갑작스러운 말에 할 말을 잃었다. 하지만 더스틴은 먼저 얘기해 줘서 고맙다며 아벨라에게 곧장 작별 인사를 건넸다.

"각자의 사정이 있으니 야박하다 생각하지 말아 줬으면 좋겠소."

"물론이에요. 그동안의 배려에 감사드려요."

"기억을 잃었다고 들었소. 하루 빨리 기억을 찾아 안정을 갖길 바라겠소이다."

"수장님도요. 밤사이 든 흉악한 강도들을 꼭 잡으시길 바랄게요."

"강도들?"

"새벽에 숙소에 쳐들어온 건 강도들이었잖아요. 사실 피테르가 수 장님과 함께 강도들을 잡으러 가지 못한 건 제가 그 모습을 보고 놀라 기절을 했기 때문이에요."

더스틴은 얼굴도 보기 싫을 만큼 상대하고 싶지 않은 사람이었지만 아벨라는 피테르를 위해 끝까지 선의의 거짓말을 해 주었다. 더스틴은 의외로 대처를 잘한 피테르를 힐끔 쳐다보더니 아벨라의 말이 맞다고 맞장구를 쳤다.

"간밤엔 강도들 때문에 정말 정신이 없었지. 아가씨가 기절할 만해요. 이젠 괜찮소?"

"피테르의 간호 때문에 괜찮아졌어요. 그러니 너무 그를 탓하지 말아 주세요. 기절 후에도 함께 있어 달라며 그를 붙들고 운 건 저니까요. 제 옷의 피를 보세요. 기절할 때 바닥에 잘못 엎어져 엄청난 양의 코피를 흘렸어요. 이렇게 피가 나니 그도 어쩔 수 없이 곁에 있어 준 거예요."

아벨라는 최대한 피테르를 옹호하며 그에 대한 선처를 바랐다. 하지만 오래할 수는 없었다. 피 냄새가 또다시 그녀를 미치게 만들고 있었다.

"지금 입과 코를 천으로 막은 건 혹시 또 코피가 나기 때문이오?"

"맞아요. 멈췄던 코피가 다시 나기 시작해서……"

적당한 거짓말을 더 말하고 싶었으나 한계였다. 아벨라는 넙죽 인사를 하고 그대로 자리를 박차고 밖으로 뛰쳐나갔다.

"아벨라!"

도망치듯 밖으로 달려 나가는 그녀를 피테르가 쫓아 나갔다. 그 모습에 더스틴이 쯧, 하고 혀를 찼으나 굳이 말리진 않았다.

"아벨라! 멈춰요. 기다려요! 어디로 가는 거예요? 네?"

그가 멈추지 않고 달려가는 아벨라의 팔을 잡아채 세웠다. 그녀가 피테르를 거칠게 밀쳐 냈다.

"떨어져!"

굉장한 힘이었다. 생각지도 못한 팔 힘에 피테르가 뒤로 밀려났다. 놀란 그가 그녀를 당황스러운 표정으로 쳐다보았다.

"아……벨라?"

"하아. 하아. 하아."

여전히 입과 코를 막고 있는 그녀가 어깨를 들썩이면서 거칠게 숨을 내쉬었다. 뭔가 이상했다. 흥분한 것처럼 보이기도 하고 고통스러운 것 같기도 했다.

"괜찮아요? 왜 그래요? 안색이 너무 창백해요."

그의 물음에 아벨라가 두 손으로 자신의 머리를 움켜쥐었다. 이성이 뒤죽박죽이다. 뭐가 뭔지 모르겠다. 휙휙 바뀌는 생각과 행동들은 이제 통제 불능의 단계에 들어선 것 같았다. 하지만 아직은 안 돼. 여기선 안 돼. 진정하자. 진정해. 아벨라가 심호흡을 하며 자신을 진정시키려고 애썼다.

"아벨라."

"미안해요. 갑자기 정신이 좀……."

그녀의 눈동자에서 붉은 기가 가라앉았다. 아벨라는 흥분이 가라앉는 걸 느끼며 피테르에게 사과부터 했다. 그렇다고 그에게 가까이 가진 않았다. 혹시라도 해를 끼칠까 봐 겁이 났기 때문이다. 어정쩡한 상태로 지켜만 보는 그녀를 피테르가 말없이 쳐다보았다.

"아벨라. 역시 본 거죠? 대원들의 상태요."

피테르는 그녀의 괴로움이 그것 때문이라고 오해했다. 더스틴이 서둘러 방문을 닫긴 했지만 그녀가 문 안의 상황을 못 볼 리 없었다. 더구나 피가 잔뜩 묻은 붕대와 천, 그리고 숙소 가득 퍼진 피비린내만으로도 방 안에서 어떤 상황이 벌어지고 있는지 대충 짐작할 수 있을 것이다.

"천으로 입과 코를 막은 건 잘한 거예요. 나도 아직까지 저 냄새들에 적응이 안 되거든요. 하지만 아벨라. 그렇다고 무작정 이렇게 나가겠다고 하면 곤란해요. 당신은 나와 함께 있어야 해요. 나와 싸웠던 놈이 당신의 얼굴을 봤을 수도 있다구요. 내 말이 잘 이해되지 않겠지만 뱀파이어들은 한 번 본 인간의 얼굴을 정확히 기억해서 복수해요. 그래서 헌터들은 놈들과 싸울 때 가면을 착용해요. 놈들의 복수를 차단하기 위해서요. 수장님이 화가 나신 건 혹시라도 당신에게까지 피해가 갈까 봐 그런 거예요. 당신이 걱정돼서요. 그러니까……."

"알아요, 피테르."

이성이 돌아온 아벨라가 입을 가린 천을 턱 아래로 내렸다. 어느새 평소와 똑같은 모습으로 돌아온 그녀가 피테르를 안타깝게 쳐다봤다.

"아무리 내가 기억을 잃었어도 그런 눈치까지 없진 않아요. 하지만 수장님의 말이 전부 옳아요. 당신이 날 지키려고 한 간밤에, 당신의 동료들이 죽거나 크게 다쳤잖아요. 내가 없었다면 정말로 동료들의 희생이 줄었을지도 몰라요."

"아벨라. 당신을 옷장에 가둔 건 나예요. 당신은 내 선배와 동료들의 희생과는 상관없어요. 그런데 왜 그런 거짓말을 한 거예요? 사실은 갈 곳이 없잖아요."

"날 옷장에 가두고 동료들을 도우러 가다가 다른 뱀파이어의 공격을 받고 기절했다, 라고 말하면 수장님이 과연 좋아할까요? 가뜩이나 간밤의 일로 당신에게 불만을 가지고 있는데요?"

아벨라는 이렇게 하는 게 최선이라며 피테르를 이해시켰다.

"당신은 헌터로서의 신념을 가지고 있어요. 계속 이 길을 가야 하고요. 나로 인해 당신의 꿈이 망가지거나 일그러지는 일이 발생해선 안 돼요. 난 떠나면 그만인 사람이지만 당신은 계속 이 일을 해야 하잖아요."

아벨라가 피테르에게 돌아갈 것을 권했다.

"어서 들어가요. 수장님이 또 화를 내기 전에 먼저 솔선수범하는 모습을 보여요. 그래야 다시 신임을 받고 당신도 일에 집중할 수 있을 거예요. 나는 그 어떤 이유로든 당신에게 피해를 주고 싶지 않아요. 그러니까 당신도……."

피테르가 아벨라를 확 안았다. 혹시 모를 변화가 두려워 그를 밀쳐 냈지만 그는 떨어지지 않았다.

"어디로 가는지 얘기해 줘요. 그건 분명히 얘기해 주고 가요. 말해 주지 않으면 보내지 않을 겁니다. 절대로요."

지금 이별하면 다신 볼 수 없다는 생각이 들었다. 피테르는 결코 떨어지지 않을 거라며 고집스럽게 그녀를 안고 버렸다. 처음이었다, 이런 감정은. 그는 그를 키워 준 신부 외의 사람에게 이런 감정을 가진 적이 단 한 번도 없었다.

"당신에게선 그리운 냄새가 나. 당신을 보고 있으면 내가 유일하게 사랑했던 그분이 떠올라. 이유를 모르겠어. 왜 그런 건지. 난 당신을 지켜 주고 싶어."

그의 말에 아벨라가 가만히 눈을 감았다. 처음 그를 항구의 어두운 골목에서 만났을 때 아벨라는 그녀를 버리고 가는 그에게 자신도 데려가 달라며 울부짖었다. 그런데 이젠 시간이 흘러 두 사람의 위치가 이렇게 바뀌어 버렸다.

하지만 존재가 달라 경계를 넘을 수 없다. 두 사람은 종이 달랐다. 아벨라가 그의 품에서 가만히 빠져나왔다.

"먼 데 가지 않아요. 갈 곳이 없다는 거 알잖아요. 이게 마지막은 아니니 너무 걱정 말아요, 피테르."

그녀가 옆집을 가리켜 보였다.

"사정을 이야기하고 부탁하려고요."

"저긴 그 귀족의 집이잖아요. 당신을 쫓아다니는 귀족에게 숙소를 부탁하겠다는 겁니까?"

"염려 말아요. 당분간만이니까. 정 걱정되면 날 만나러 와 줘요. 자주자주."

아벨라는 피테르가 다른 얘기를 꺼내기 전에 곧장 옆집으로 뜀박질했다. 그가 그녀의 이름을 부르며 멈추라고 했지만 아벨라는 뒤돌아보지 않았다. 그녀가 마티어스의 집 대문을 두들겼다. 등 뒤로 그의 시선이 느껴졌지만 꿋꿋하게 행동했다. 깨진 창문 안쪽에서 네이트가 피테르를 다급하게 불렀다. 그녀를 지켜보던 피테르가 결국 사라졌다. 아벨라는 숙소로 다시 달려가는 그의 발소리를 들으며 문을 두드리던 손을 멈췄다. 이건 피테르에게 보이기 위한 행동이었을 뿐, 마티어스에게 신세를 지겠다는 생각은 아니었다.

'그건 너무 **뻔뻔해**.'

간밤에 있었던 일이 마음에 걸렸다. 마티어스의 입장이 어떤지 알면서도 피테르만 감싼 게 미안했다. 그는 코피를 흘리는 그녀를 진심으로 걱정해 줬는데. 그런데 돌아서는 그녀를 붙잡는 사람이 있었다.

"어서 오세요, 아가씨."

어린 마누엘이 용케 얼굴을 가린 그녀를 알아보고 문을 활짝 열어 주었다.

"일 층에 사는 마티어스님을 만나러 오신 거죠?"

마누엘은 신이 나 손짓까지 했다.

"얼른 안으로 들어오세요. 기다리고 있었어요."

"나를?"

"물론이죠. 항상 창가에 앉아 차가 식는 줄도 모르고 아가씨 모습을 지켜봤으니까요."

"꼬마 네가?"

"물론 제가 아니라 우리 멋진 마티어스님이죠. 마티어스님은 지금 목욕 중이세요. 이제 들어오신 모양이에요. 마침 타이밍 좋게 잘 오셨어요."

마누엘이 주춤거리는 그녀를 거실로 안내했다. 마티어스가 말했던 여자다. 짝사랑이라고 했었지? 마누엘은 좋은 일을 한다는 생각에 아벨라를 서슴없이 안으로 들였다.

"차를 드릴까요? 어머니가 사다 놓은 차가 있어요. 맛이 꽤 훌륭해요. 마티어스님도 맛이 좋다고 칭찬하셨어요. 준비해 드릴까요?"

아벨라는 고개를 끄덕이며 가만히 의자에 앉았다.

'이상해. 오늘 정말. 왜 여기서도 피 냄새가 나지?'

어째서일까. 이곳에서도 피 냄새가 났다. 이 집 안에서도. 여전히 천을 풀지 않았는데도 피 냄새가 맡아졌다.

'여자. 두 명. 나이는 이십 대 초반. 출혈이 일어난 곳은 목 부위. 사망 시간은 세 시간 전.'

사망? 아벨라는 생각지도 않은 것들이 머릿속에 주르륵 떠오르자 퍼뜩 놀라 의자에서 벌떡 일어서기까지 했다. 그런 그녀를 마누엘이 쳐다보았다.

"어디 불편하세요?"

"아, 아니야. 시원한 물 좀 줄 수 있을까? 갈증이 좀 심해서."

그녀의 요청에 차가운 물 한 컵이 탁자에 놓였다. 아벨라는 정신을 차리려는 듯 그 물을 단숨에 들이켜고도 부족해 거듭 몇 잔의 물을 더 마셨다. 대체 어떻게 된 걸까. 이곳에서도 피 냄새라니.

'안팎이 전부 피 냄새야.'

바로 옆 건물에서 맡았던 피와는 냄새가 달랐지만 분명 사람의 피 냄새가 여기에도 퍼져 있었다. 다른 게 있다면 이곳에서 맡아지는 피 냄새는 죽은 자의 것이라는 점. 그래서 이곳의 피 냄새는 그녀의 마음을 동요시키지 못했다. 산 자와 죽은 자의 피는 유혹에도 차이가 있는 모양이었다.

'잠깐. 내가 지금 그걸 구별한 거야?'

갑자기 든 생각에 아벨라가 너무 놀라 자신의 입을 틀어막았다. 더 놀라운 건 피 냄새가 나는 곳이 어딘지도 짐작이 간다는 것이었다.

"마티어스님."

마누엘이 복도 끝에 있는 방문을 두들기며 그에게 아벨라가 찾아왔음을 알렸다.

"손님이 오셨어요. 제가 거실로 안내해 드렸으니 목욕이 끝나면 말씀해 주세요."

수증기가 잔뜩 낀 욕실 안.

노크 소리를 들었지만 욕실 안의 마티어스는 거울 앞에 선 채 꼼짝도 하지 않았다. 그의 시선은 아까부터 거울 속에 박힌 채다.

"묘하군."

중저음의 목소리가 굉장히 이상하다며 미간을 딱딱하게 굳혔다. 왼쪽 가슴에 선명한 손바닥 자국이 나 있었다. 누군가와 부딪힌 적도 없고 싸운 적도 없는데 그의 가슴 위에는 이유 모를 누군가의 손바닥 자국이 찍혀 있었다.

"이런 게 언제 생겼지?"

거울 속을 한참 쳐다보던 그가 기억을 되짚어 보았다. 떠오르는 일이 없다. 떠오르는 사람도 없다. 어젯밤 사드와의 싸움에서 난 것도 아니다. 사드는 그의 몸에 손을 대지 못했다.

"그럼 누구지? 감히 나의 몸에 이런 손자국을 남긴 건."

인장을 찍듯 정확한 손자국을 남길 만큼 강한 힘을 가지고 있는 자가 있었나. 그런 자를 본 적이 없다. 만난 적도 없다. 그러다가 문득 그가 상점 앞에서의 일을 기억해 냈다. 그녀에게 장난치는 그를 언짢아하던 누군가의 얼굴. 그리고 그녀를 보호하기 위해 손을 내밀어 자신을 밀쳐 내던 한 명의 사내.

"설마 피테르?"

그의 얼굴에 웃음기가 싹 가셨다. 말도 안 된다는 생각이 들었지만 그 외엔 신체에 접촉한 자가 없었다. 여지가 없다. 기가 막힌 듯 그의 입에서 헛웃음이 터졌다. 놈이 뭐라고 그의 몸에 손자국을 남길 수 있단 말인가.

"이것 봐라. 이걸 어떻게 받아들여야 하나."

분명 어깨를 밀치기 전 피했다고 생각했는데 아니었단 말인가? 그렇다고 해도 이렇게 손자국을 남길 수 있다는 건 뭘 의미하는 거지?

투욱.

그의 등 뒤에서 바닥으로 물이 떨어지는 소리가 났다. 그가 수증기 가득한 뒤를 돌아보았다. 뜨거운 물이 찰랑거리는 욕조 안에 두 명의 여자들이 죽어 있다. 조금 전 들렸던 소리는 물방울이 아니라 욕조 밖으로 뻗어 나온 여자의 손끝을 타고 떨어지는 핏방울 소리였다. 옷을 그대로 입은 채 욕조 안에서 죽어 있는 여자들은 새벽에 그가 잡아 온 먹이들이었다.

헌터들의 숙소를 부수고 밖으로 나온 그는 한동안 찬바람을 맞으며 거리를 배회했다. 함께 가겠다는 로렌즈까지 물리친 채였다.

"그럼 혹시 모르니 제 지팡이를 가져가십시오."

로렌즈가 자신의 지팡이를 그에게 내주었다. 마티어스는 그것조차 거부했지만 충성심 강한 로렌즈의 마음까지 거절하진 못했다.

지팡이를 들고 안개가 내려앉은 밤거리를 꽤 오래 걸었다. 문득 팔에 박힌 유리조각이 생각난 건 그 즈음이었다. 다친 것도 까마득하게 잊고 있었다. 아픔도 잊을 만큼 그녀를 걱정했기 때문이다. 그가 무심하게 유리조각을 빼 바닥에 던졌다.

문득 그를 따라오는 인기척 하나를 발견했다. 아까부터 꽤 긴 거리를 뒤밟는 그림자가 있었다. 눈치채고 있었지만 미행하는 자는 아니라고 생각해 무시했다. 그런데 지금 보니 아무래도 그에게 볼일이 있는 듯했다. 그가 걸음을 멈추자 그림자도 걸음을 멈췄다.

"언제까지 따라올 생각이지?"

그의 목소리에 어둠 속에서 한 여인이 나타나 당장 그 앞에 무릎을 꿇었다. 고급스러운 옷차림이 그녀가 귀족이라는 걸 알려 주었다.

"용서하십시오, 나리. 뒤를 밟은 게 아닙니다. 우연히 지나가는 나리를 보고 저도 모르게 그만 여기까지 따라오게 됐어요."

마차를 타고 가던 여자는 어둠 속에서 시야를 스쳐가는 남자를 보고 넋이 빠진 듯 정신을 차리지 못했다. 말로 형용할 수 없을 만큼 아름다운 조각상과의 조우라니. 여자는 절색의 미모를 가진 남자와 대화를 한다는 게 믿어지지 않는다는 표정으로 눈물마저 그렁거렸다.

"날 쫓아온 이유는?"

"나리의 고독한 모습이 애처롭습니다."

여자는 은근한 마음을 내비쳤다. 마티어스는 일말의 표정 변화도 없이 물었다.

"그래서?"

"깊은 밤, 갈 곳이 없으시다면 저와 함께 가는 건 어떠신가요? 저희 집에 좋은 술이 있습니다. 왕족에게 선물받은 귀한 거죠. 쉽게 구할 수 없는데 어떠세요? 맛을 보시는 건."

"그래?"

"나리처럼 완벽한 미모의 남성은 본 적이 없어요. 부디 영광의 기회를 주세요."

"무슨 기회?"

자꾸만 되묻는 그를 본 여자가 어깨에 걸친 숄을 내리고 풍만한 자신의 가슴을 스스로 드러냈다.

"이래 봬도 이 바닥에서 최고라 불리는 몸입니다. 평민으로서 귀족들의 파티에 초대까지 받아요."

유난히 두꺼운 화장과 코를 찌르는 향수냄새가 이상하다 싶더니 그런 거였나. 마티어스는 여자의 전신을 훑었다.

"고급 콜걸이야? 귀족을 상대하는?"

"궁중에도 초대받습니다."

자랑스러움을 담은 목소리는 당당하기까지 했다. 하긴, 궁중까지라면 이름만 들어도 대단한 누군가의 내연녀일 테니 자랑스러워할 일이 맞기도 하다.

"어쩐지 아까부터 사내 냄새가 풍긴다 싶더니 네게서 나는 냄새였군."

마티어스가 손에 든 지팡이로 여자의 치마를 슬쩍 들어 올렸다. 갓 정사가 끝난 남자의 그것 냄새가 다리 사이에서 피어올랐다. 여자는 부끄러워하지 않고 오히려 스스로 치마를 좀 더 끌어 올려 매끈한 허벅지를 자랑스럽게 내밀었다. 늘씬한 긴 다리가 달빛 아래서 보기 좋게 반짝였다.

"그래서 싫으신가요?"

마티어스는 대답 대신 귀를 열어 주변의 소리를 가만히 담았다. 근처에 오고 가는 인기척이 느껴지지 않았다. 달빛조차 없는 먹색의 밤이다.

"여자를 안은 지 오래됐다. 몸 상태가 좋아지니까 종종 생각나더군.

여체가 주는 황홀한 밤이.”

아무도 없는 걸 확인한 그가 나직한 목소리로 말했다.

“딱히 대상이 마음에 들진 않지만 어쩌겠어? 남자는 여자의 유혹에 약한 것을.”

마티어스가 여자에게 손을 내밀었다.

“그대.”

“레이첼이라고 불러 주세요, 나리.”

“그래. 레이첼. 범법자가 넘치는 런던의 밤거리에서 낯선 남자를 유혹하는 대범함을 지닌 그대여. 밤의 거래는 위험하다는 걸 알고 있겠지?”

“물론입니다, 나리. 하지만 당신을 보고 따라오지 않을 여자가 있을까요? 맹인 빼곤 없을 거예요.”

그의 손을 잡은 레이첼은 환한 웃음을 아끼지 않으며 골목 안으로 그를 잡아끌었다. 멀리 갈 필요도 없고 지체할 이유도 없다는 듯 다급함을 숨기지 않았다.

“과감도 해라. 골목에서 하겠다고?”

“허락받은 이상 기다릴 수 없어요.”

어두운 골목으로 들어간 그녀가 그의 입에 먼저 입 맞추려 하는 순간이었다. 그가 여자의 턱을 콱 잡아 쥐었다. 거친 손길에 레이첼이 더 끈적하게 달라붙었다.

“나리.”

“진정해. 아직 허락하지 않았어.”

“기다릴 수 없어요. 여기까지 와서 애태우지 마세요.”

“아니. 내 입술에 키스할 수 있는 건 한 여자뿐이야. 사람이 아닌 뱀파이어 클로에.”

“뱀파이어 클로에?”

장갑 낀 그의 손이 레이첼의 입을 틀어막았다. 동시에 송곳보다 날카로운 그의 이빨이 매끈한 레이첼의 목을 사정없이 뚫어 버렸다. 뜨끈한 피가 순식간에 그의 입안으로 빨려 들어간다. 정사의 흥분이 가시지 않은 피는 달콤하기도 하지. 피가 기억하는 그 순간의 기분이 그에게도 전달된다고나 할까. 마티어스는 적당한 흡혈로 입을 축인 뒤 쓰러진 레이첼을 가뿐히 안았다. 비명 한번 내지르지 못한 레이첼이 혼이 나간 듯 두 눈만 멍하니 뜨고 있다. 가사 상태에 빠진 것이다.

"네 유혹이 너무 약했어. 자타가 공인하는 관능의 미인인 신시아에게도 눈길 한번 주지 않는 게 바로 난데."

그가 레이첼을 안고 어둠 속을 걸어가며 속삭였다.

"죽진 않았으니 내 말 들리지? 널 사냥한 이유는 네가 스스로 희대의 콜걸이라고 자부했기 때문이야. 기억을 잃은 나의 클로에가 부디 네 피를 마시고 너처럼 날 유혹해 주면 좋겠다는 생각 때문에. 그게 아니더라도 그녀의 기력을 회복하는 데 일조하게 될 테니 넌 참 고마운 존재로군."

욕조 안의 나머지 한 명 역시 비슷한 이유로 따라오던 여자였다. 가난한 행색의 여자는 레이첼을 안고 가는 그에게 반해 주술에 걸린 듯 스스로 그를 따라왔다가 희생되었다.

붉은 피를 주고 떠난 여자들.

커다란 유리그릇에 담긴 피가 찰랑거린다. 욕조 안의 시체를 물끄러미 바라보는 마티어스의 시선이 무심하다. 시체들 앞에 서 있던 로렌즈가 목욕을 마친 그에게 수건을 내밀었다.

"가슴의 자국은 어떻게 이해하면 될까요? 피테르의 존재가 헌터이기 때문에 가능한 걸까요?"

"헌터도 인간일 뿐이다. 그럼에도 불구하고 이런 자국을 남길 수 있다는 건 놈이 평범하지 않다는 거야. 확실히 뭔가 상식적으로 납득하기 어려워.”

이상하다. 확실히. 말로 설명할 수가 없다. 그의 말에 로렌즈도 유심히 손자국을 살펴보지만 역시나 이유를 알아내진 못했다. 둘은 고민했으나 답을 찾지 못해 답답한 신음만 나란히 흘렸다.

“피테르라는 놈. 따로 알아볼 필요가 있겠어. 카이가 다친 그날도 혼자 뛰어나왔었지. 뭔가 수상한 비밀이 있는 것 같아.”

마티어스가 타월을 건네받으며 앞으로 피테르의 동태를 살펴봐야겠다고 말했다.

“그나저나 다들 너무 조용한걸. 항구에 사는 뱀파이어들은 전열을 가다듬느라 정신이 없다 쳐도 헌터들은 왜 이렇게 조용하지?”

“이런 식의 습격은 받은 적이 없어서가 아닐까 싶습니다. 전멸했으니까요.”

로렌즈의 말에 마티어스가 그것 참 좋은 소식이라며 피식 웃었다.

“아까 더스틴이 수레를 끌고 나타난 걸 봤다. 질긴 놈이야. 그 아수라장에서도 멀쩡히 살아나다니.”

“해가 지면 사드의 무리가 몰려올 겁니다.”

“알아. 그러니 그 전에 그녀를 데리고 이곳을 떠야 해.”

“가능할까요?”

“납치해 버리려고.”

마티어스가 아무렇지도 않게 대꾸했다.

“말로 설득이 안 되니 다른 방법이 없어. 그게 제일 빠르고 확실한 방법이야. 아, 그리고 도르제에게 내가 지시한 사항을 전달했나?”

“네. 카이가 다쳤으니 대신 더스틴을 미행하라는 전서구를 날렸습니다. 지금쯤 이곳 어딘가에 도착해 있을 겁니다.”

“그럼 오늘 초대받은 파티엔 참석하지 못하겠군.”

“사람들이 많은 걸 질색하니 참석하지 않을 수도 있고요.”

"파티 시간은 정오였던가?"

"그렇습니다."

로렌즈가 조끼 주머니에서 시계를 꺼내 시간을 확인했다.

"정오까지 네 시간 남았습니다."

"화이트 성의 뱀파이어들이 모두 초대받았는데 각자 사정이 있어 나만 참석하게 되겠군. 늦지 않게 마차를 대기시켜 놔. 해가 지면 사드 패거리가 이곳을 집수할 텐데 그 전에 소리 소문 없이 사라져 줘야 완벽한 승리가 되지 않겠나?"

"알겠습니다."

"바쁜 도르제를 대신해 저 여자들의 시체는 그의 병원에 갖다 놓도록 해. 무리 없겠지?"

다친 팔을 움직이지 못하는 상태를 묻는 말에 로렌즈는 문제될 것이 없다고 말했다.

"상처 축에도 끼지 못하는 겁니다."

"그래. 초대받은 곳에서 만나도록 하지. 이 집은 오늘부로 버린다. 새 거처는 다른 곳으로."

욕조에서 떨어지는 핏물이 바닥에 깔아 놓은 낡은 양탄자 위를 적신다. 마티어스가 무심한 얼굴로 타월을 휙 던져 죽은 여자들의 얼굴을 가렸다.

마티어스가 드디어 문을 열고 나타났다. 문이 열리는 소리에 의자에 앉아 있던 그녀가 몸을 일으키다가 기겁을 했다. 실오라기 하나 걸치지 않은 나신의 그가 그녀의 앞을 무심히 걸어가 탁자 위에 놓인 타월을 허리에 걸쳤기 때문이다.

"손님이라길래 누군가 했더니."

아벨라의 얼굴이 화끈거렸다. 급히 고개를 돌려 시선을 피했지만 이미 빨개진 볼은 감추지 못했다. 그 모습을 본 마티어스가 코웃음을 쳤다.

"그 우스꽝스러운 몰골은 뭐야? 천은 왜 뒤집어쓰고 있어?"

그의 말에 아벨라가 그때까지 입과 코를 틀어막고 있던 천을 서둘러 내렸다.

"아침부터 옷은 왜 벗고 있는 거예요?"

"내 집에서 옷을 벗고 있든 말든. 고개는 왜 돌려? 처음 보는 것도 아니면서."

"무슨 말이에요? 내가 뭐가 처음이 아니라고. 아이가 오해하겠어요."

두 사람 사이에서 태연하게 움직이던 마누엘이 자긴 괜찮다며 그녀 앞에 차를 놓아 주었다.

"마누엘. 마치 집사 같구나."

마티어스가 칭찬했다. 시키지도 않았는데 자진해서 목욕 시중을 들어 주거나 모닝 티를 준비해 주는 행동이 기특했다.

"나리. 목욕이 끝나셨으면 제가 들어가 정리를 해도 될까요?"

"아니."

마티어스는 건배하듯 찻잔을 들어 마누엘에게 내밀었다.

"성인 남자는 때때로 욕실 안에서 은밀한 일을 행하기도 하거든. 그런 모습을 네게 보여 주고 싶진 않구나. 정리는 내가 할 테니 신경 쓰지 않아도 돼. 대신 많은 꽃을 사 와서 거실을 꾸며 주면 좋겠다."

"꽃이요?"

"그래. 손님이 올 걸 미리 예상하지 못했으니 지금이라도 환영의 뜻을 보여야 하지 않겠니?"

아벨라를 지칭하는 말에 마누엘이 얼른 맞장구를 쳤다.

"맞아요. 그래야죠. 어떤 꽃이 좋을까요?"

"향이 강했으면 좋겠다. 내 집을 방문해 준 손님이 정신 못 차릴 정도로 아주 향이 강한 걸로."

"당장 나가서 사 올게요. 기다리세요."

마누엘은 한 아름의 꽃을 사 올 것이다. 짝사랑이 이루어지길 소망하는 마음에 어쩌면 꽃을 파는 수레를 아예 대령해 올지도 모른다. 그가 밖으로 달려 나간 마누엘을 뒤로한 채 아벨라를 향해 몸을 틀었다. 딱딱한 눈내였다. 은근히 지어 주던 미소도 없었다. 그는 밤사이에 꽤 차가워져 있었다.

"그런데 무슨 일? 또 누가 쫓아오기라도 하나?"

그녀가 얼른 고개를 저었다. 그를 보고 있지만 어디다 눈을 둬야 할지 몰라 눈동자가 자꾸만 아래로 내려갔다.

"아니라면 왜 날 찾아왔지? 돌아가 달라고 고래고래 소리치던 게 바로 어젯밤인데."

"부탁할 게 있어서 왔어요. 뻔뻔하다는 걸 알지만……."

"도움받아야 할 일이 있다면 피테르에게 말해 보지 그래? 넌 나보다 가짜 아비를 더 믿잖아."

부탁을 들어줄 의사가 없다는 걸 그가 은연중에 드러냈다.

"화가 났군요."

"정확히 맞췄어. 아주 잔뜩 화가 났지. 보통 식사를 하고 나면 포만감에 기분이 좋은데 오늘은 뭘 해도 화가 안 풀려. 그 이유가 뭔지 알아?"

그가 그녀에게 걸어와 상체를 숙이더니 눈높이를 맞췄다. 바로 코앞에 그의 얼굴이 밀착됐다. 거리가 너무 가까웠다. 가까울 뿐 아니라 너무 밀착돼서 그의 숨소리까지 들렸다. 아벨라는 긴장한 채로 이유를 물었다.

"어제 일 때문인가요? 내가 그를 감싸서?"

"그것도 정확해. 네가 반대하더라도 놈을 죽였어야 했는데 그러질 못해서 기분이 아주 뭐 같지 뭐야."

코끝으로 후끈한 열기가 풍겨 왔다. 동시에 그의 살 냄새와 물비린내도 맡아졌다. 목욕을 했다더니 그 물의 뜨거움이 느껴질 정도였다.

"어떻게 할래? 내 화를."

아직 채 마르지 않은 그의 몸이 시선을 잡아끌었다. 그럴 리 없겠지만 설마 이런 게 유혹이란 걸까. 탄력적인 근육이 자리 잡은 균형 잡힌 몸은 손을 뻗어 만지고 싶은 욕구를 불러 일으켰다.

"내 화가 어떻게 하면 풀어질 것 같아?"

물에 젖은 목소리가 끈적했다. 아벨라는 긴장감을 풀지 않은 채 뒤로 상체를 뺐다.

"미안해요. 사과할게요."

"성의 없는 사과는 안 받아."

"진심이에요."

"모르겠는걸."

"내 입장을 이해해 줘요. 말했듯이, 내 기억이 그를 아버지로 알고 있잖아요. 당신 말대로 기억이 잘못됐다고 해도 아버지라고 알고 있는 대상을 죽이게 놔둘 수는 없어요."

"그놈의 입은 사과만 할 줄 알지, 매번 나불나불 변명만 늘어놓고 진정성이 없군."

너무 긴장해서 침이 꼴깍 넘어갔다. 내려다보는 그의 눈동자가 유리처럼 빛났다.

"내 화를 풀려면 선물이라도 가져와."

그가 가만히 그녀의 손을 잡았다.

"뭐든 좋아. 너에 관한 것이라면. 그럼 화가 좀 풀릴지도 모르지."

손목을 잡은 그의 손이 평소와 달리 온도가 높았다. 뜨끈한 신체의

143

온도. 그날의 키스가 떠오른다. 어째서일까. 분명 그의 키스는 신사답지 못하고 무례했는데 다시 떠오르다니.

그의 손이 손목을 지나 어깨 위로 올라왔다. 유혹적인 그의 행동에 몸이 서서히 떨려 왔다. 본능이 아니었다. 그의 손길을 기억하는 무의식이었다. 그의 얼굴이 다가왔다. 시야가 가려진다. 입술이 포개진다. 그 순간 그녀가 질끈 눈을 감고 의자에서 벌떡 일어섰다.

"당신도 알다시피 난 가진 게 없어서 선물을 줄 형편이 안 돼요. 어떻게 하면 당신의 화가 풀리겠어요? 내가 뭘 하면 좋겠어요?"

그의 행동을 저지하기 위해 일부러 분위기를 깨 버리는 그녀였다. 그걸 모를 리 없는 마티어스의 얼굴에 언짢음이 확 퍼졌다.

"그걸 몰라?"

"모르겠어요. 방법을 알려 줘요."

그가 노려보았다. 매섭고 사나운 눈초리였다. 그의 그런 눈매를 본 건 처음이다. 그가 서슴없이 걸어왔다. 그의 손이 그녀의 멱살을 잡는다고 생각한 순간이었다.

쫘아아악.

그녀가 입고 있는 옷이 정확히 반으로 찢어졌다. 한순간 하의 속옷만 입은 그녀의 나신이 그대로 드러났다. 정말이지 이런 상황은 상상도 못 했다. 그녀가 급히 자신의 가슴을 두 손으로 감쌌다.

"이, 이게 무슨 짓이에요?"

"몰랐어? 나를 만날 때는 다른 놈의 냄새가 밴 옷은 금지라는 걸."

그가 그녀의 옷을 보란 듯이 난로 안으로 던져 버렸다. 던지고 부지깽이로 쑤시고 그 즉시 재로 만들어 버렸다.

"네 몸에서 어떤 놈의 냄새가 잔뜩 나. 대체 뭘 한 거야? 사내놈과 포옹이라도 했어?"

그의 말에 아벨라가 화들짝 놀랐다. 이곳에 오기 전 피테르가 그녀

를 안았던 게 생각났기 때문이다. 그때 때마침 마누엘이 두 손 가득
한 아름의 꽃을 들고 집으로 돌아왔다. 예상대로 다량의 꽃을 사 와
그 무게에 뒤뚱거리는 마누엘을 그가 불렀다.

"마누엘."

"네, 나리."

꽃 때문에 시야가 가려져 무슨 일이 일어난지 모른 채 마누엘이 씩
씩하게 대답했다.

"네 어머니의 옷 중에 제일 좋은 옷 한 벌을 빌려 다오."

"지금요?"

"지금 당장."

마티어스가 꽃을 대신 받아 들며 마누엘에게 바로 갔다 오라고 말
했다. 영문을 모르는 마누엘은 잠깐 고개를 갸웃거리더니 이내 자기
키보다 큰 옷을 두 손에 받쳐 들고 나타났다.

"새 옷이로군."

"어머니가 옷을 많이 사셨어요. 다 나리 덕분이죠. 돌려주지 않으셔
도 돼요. 그냥 드릴게요."

"돌려주지 않아도 된다니 그것 참 다행이구나. 언제 또 옷을 찢어
버릴지 모르거든."

"옷을요?"

"어른이 되면 종종 옷을 찢는 일이 발생하곤 한단다. 물론 아무에게
나 그래선 안 되고 사랑하는 사람한테만 해야 해. 대신 그보다 더 좋
은 옷을 선물해 주는 것도 잊지 말아야 하지."

마누엘은 입구를 막고 서 있는 그의 뒤쪽 풍경이 궁금해 까치발을
했다. 마티어스가 보면 안 된다며 이마를 콩 쥐어박았다.

"아얏."

"네가 함부로 봐도 될 여자가 아니야."

"알고 있어요. 전 단지 저 여성분이 왜 마티어스님을 죽일 듯 노려 보나 싶어서요."

"저 여자의 주특기야. 좋으면 저래."

이해할 수 없는 말이지만 마누엘은 두 사람 사이의 애정전선에 관 련된 이야기라고만 대충 이해했다.

"꽃은 내가 정리하마. 오늘 여러 모로 고마웠다."

"아니에요. 시키실 일 있으시면 언제든 불러 주세요."

마티어스는 아까와 크게 달라지지 않은 표정으로 아벨라를 보았다. 아벨라가 눈을 부릅뜨고 그를 노려보았다. 여전히 가슴은 가린 채로 서 있는 덕분에 전신의 굴곡이 그대로 드러나 있었다.

"노려보면 어쩔 거야? 이게 다 너 때문인데."

"당신의 무례함이 내 탓이라고요?"

"그래. 널 볼 때마다 전전긍긍하는 내가 아주 명청이 같아. 다친 팔이나 치료하면서 휴식이나 취할 걸 새벽에 나가서 사냥은 왜 했을까? 배려와 관심은 이 여자에게 아무 쓸모없는데. 욕실 안의 피는 전부 내가 마셔 버릴 테니 그렇게 알고 있어. 너한텐 한 방울도 주지 않을 거야. 알겠어?"

무슨 말을 하는 건지 도통 알아들을 수가 없다. 적반하장도 유분수지, 마티어스는 너무 뻔뻔했다.

"더스틴은 살아 돌아왔나?"

"대답하고 싶지 않아요."

"벌거벗은 채로 쫓겨나고 싶어?"

기가 막혀 말이 안 나왔다. 아벨라는 아까보다 더 사납게 눈을 치켜 세웠다.

"그렇잖아도 어젯밤 일에 대해 묻고 싶었어요. 그들에게 왜 그랬어요?"

"뭐가?"

"숙소를 풍비박산 낸 것도 부족해 사람들까지 다치게 했잖아요. 대원들은 그런 당신을 쫓아갔다가 모두 목숨을 잃었어요. 지금 그곳이 얼마나 참혹한지 알아요?"

"뱀파이어와 헌터의 싸움에 이유가 있을 것 같아? 서로 상극이니 치고받고 싸운 것뿐이야."

"사람들이 죽었어요. 그것도 다섯 명이나. 더스틴 수장의 말로는 산 채로 끌려간 자도 여럿이라고 했어요."

"다섯이나 죽었대? 듣던 중 반가운 소리군."

여전히 건들건들 건성으로 그가 대답했다. 아벨라는 너무한다고 생각했다.

"이러는 이유가 뭐예요? 이렇게 해서 당신이 얻는 이득이요. 당신은 뭘 얻는 거죠?"

"그러는 넌 왜 상관없는 그들의 희생에 신경을 쓰는데? 네 가짜 아비가 관련되어 있기 때문이야? 오지랖도 넓어라. 하루 빨리 기억을 찾아 제자리로 돌아올 생각은 안 하고 누가 누굴 걱정해, 지금!"

그가 아벨라의 턱을 잡아 자신을 보게 했다. 잠깐이긴 했지만 간밤에 클로에의 모습을 본 그는 전혀 다른 행동을 하는 눈앞의 아벨라가 거슬렸다.

"넌 널 이렇게 만든 놈에게 화도 안 나는 모양이군. 난 자다가도 이가 갈리는데."

"아, 아파요."

"대체 뭐가 문제인 거야? 응? 템스 강 진흙 속에 사는 마녀의 저주라도 걸린 거야? 아니면 늪지대에 사는 괴물의 농간? 정말 동양의 주술사를 끌고 와 굿판이라도 벌여야 본연의 너로 돌아올래?"

뭘 어떻게 해야 기억이 돌아오는 건지 답을 모르겠다.

"기억이 늦게 돌아와도 상관없어. 하지만 적어도 널 이렇게 만든 적에 대한 적대감 정도는 잊지 마. 알겠어?"

매서운 눈동자의 그는 화가 나 잡고 있던 턱을 신경질적으로 놓아 버렸다. 우악스러운 그의 손이 떨어지자 아벨라의 마른 턱이 붉어졌다.

"드레스 룸은 저쪽이야. 따라와."

그가 손에 든 옷을 들고 돌아섰다.

"안 따라와?"

"여기서 입을래요."

"그럼 옷도 주지 않아. 그렇게 벗고 있으면 나야 더 좋지."

그래도 상관없다는 그의 무심한 말에 그녀가 질렸다는 듯 소리를 빽 내질렀다. 계속 벗은 채로 서 있을 수는 없어 아벨라는 결국 그를 따라 드레스 룸으로 들어갔다.

"좋아. 이 아침에 날 찾아와서 하고 싶은 부탁이란?"

뒤돌아서서 옷을 입는 그녀에게 그가 물어왔다. 등 뒤로 그의 시선이 느껴졌다.

"내가 화이트 성에서 살았다고 했죠?"

두 다리를 치마 속에 넣고 상의에 두 팔을 끼우며 그녀가 질문했다.

"그곳에서 살았던 자들은 당신과 함께 모두 런던에 있구요. 맞죠?"

"그래."

"가족은 아니지만 서로 돕고 의지하는 관계인가요?"

"어느 정도는."

"나도 오늘부터 이곳에서 살래요."

그의 대꾸는 들리지 않았다. 거절인 걸까. 아벨라는 용기를 내서 다시 한 번 나머지 의사를 보다 정확하게 피력했다.

"이곳에서 지내고 싶어요. 화이트 성의 일원으로서. 내가 하고 싶은 부탁은 그거예요."

옷을 입고 있는 그녀의 옆으로 타월이 휙 날아왔다. 아까 그가 허리에 두르고 있던 것이었다. 설마 등 뒤의 그는 지금 나체인 건가. 옷을 입던 아벨라가 놀라 힐끔 뒤를 돌아보았다. 그는 나체가 아니었다. 어느새 말끔한 정장을 입은 채 소매에 커프스까지 끼워 넣고 있었다.

"불가능한가요?"

"아니, 아주 좋은 생각이야. 정말 잘 생각했어."

그가 그녀에게 걸어와 아직 마무리 못 한 그녀의 옷매무새를 자상하게 만져 주었다. 미처 잠그지 못한 단추를. 미처 꺼내지 못한 소매의 레이스를.

"남녀는 모름지기 한집에서 살아야지."

그는 아벨라의 의도를 깡그리 무시한 채 한마디를 더 덧붙였다.

"마침 하녀가 필요했거든. 나와 함께 지내면서 내 시중을 들도록 해. 지금부터 당장."

다리가 절단된 대원이 정오에 숨을 거뒀다. 한 생명의 스러짐은 더스틴이 피우는 담배연기처럼 가벼웠다.

"숙소를 떠난다."

담배 연기가 사라지고 한참 뒤 침묵을 지키던 더스틴이 혼수상태인 남은 대원을 바라보며 명령을 내렸다.

"대원들이 지내던 방에서 유품이 될 만한 물건들을 챙겨. 시신 없는 장례식에 사용할 수 있는 물건들로. 그리고 우린 상부로 간다."

"상부로요?"

"해가 지면 놈들이 찾아올 거야. 우리 조는 전멸했고 다 부서진 숙소에 더 머물 이유가 없다. 상부에 가서 지원을 받아야 해. 항구에 그것들이 득실득실하다고 보고도 하고."

더스틴이 속히 움직이라고 했다. 피테르와 네이트가 숙소의 방을 돌기 시작했다. 피테르는 일 층을, 네이트는 이 층을 돌았다. 피테르가 아벨라의 방에서 약병을 발견한 건 그 즈음이었다. 아벨라가 혹시 남겨두고 간 물건이 있는지 살펴보던 중에 서랍장에서 그걸 발견했다. 피테르는 적색의 액체가 담긴 유리병을 집어 들었다.

"급하게 간다 싶더니 약을 놓고 갔네."

"그게 뭐야?"

빵빵해진 가방을 어깨에 둘러 멘 네이트가 방 앞을 지나가다가 물었다.

"별거 아닙니다. 아벨라양이 놓고 간 약이에요."

"약이라고?"

네이트가 적색의 유리병을 보며 고개를 갸웃했다.

"무슨 약이 이렇게 기분 나쁜 색이야? 마치 피처럼 붉네."

"네?"

뜻밖의 말에 피테르의 얼굴이 불편하게 변했다.

"아, 비유가 적절하지 못했어. 하필이면 이럴 때 그런 말을 함부로 하다니. 미안. 미안."

네이트는 말실수를 했다며 머리를 긁적였다. 피테르는 괜찮다고 했지만 어쩐지 유리병에서 눈을 떼지 못했다.

"아참. 그녀가 놓고 간 거라면 큰일 아니야? 아까 다급히 나가느라 미처 챙기지 못한 모양인데 우린 이제 여길 떠날 거잖아."

"그녀가 간 곳을 알아요. 전달해 주고 가면 돼요."

그가 손안의 병을 짐 가방에 넣으며 대답했다.

"정말? 어쩐지 쉽게 보내 주더라니. 하긴, 갈 곳 없는 여자를 착한 네가 그냥 보낼 리 없지. 이러다 두 사람 좋은 소식 들려주는 거 아니야? 아까 보니 분위기가 가볍지 않던데."

"그런 소리 말아요."

"왜? 당연한 수순이잖아. 다들 그렇게 생각하고 있었어. 이미 고인이 된 죽은 녀석들도."

그 말을 하며 네이트는 씁쓸하게 웃어 보였다. 피테르는 말없이 고개를 끄덕였다.

"그랬군요."

"어쨌든 아벨라양이 놓고 간 거라면 떠나기 전 더스틴 수장님 모르게 주고 와."

"피테르! 네이트! 뭣들 하느라 꾸물대? 대충 짐을 챙겼으면 이제 마차를 불러라! 두 대여야 해! 서둘러!"

"알겠습니다!"

네이트가 우렁차게 대답하며 재빨리 밖으로 달려 나갔다. 피테르도 짐을 어깨에 메고 그 뒤를 따랐다. 두 사람은 더스틴의 지휘하에 마차를 부르고 숙소 안에 있던 여러 가지 장비와 무기를 모두 실었다. 나머지 마차에는 혼수상태인 대원과 더스틴과 피테르가 함께 탔다. 그녀를 만날 시간은 주어지지 않았다. 피테르는 떠나는 마차 안에서 마티어스의 집을 쳐다보았다. 상부는 런던에 있다고 들었다. 그녀만 저곳에 온전히 있어 준다면 다시 만나는 건 어렵지 않을 것이다. 피테르는 마차가 멈출 때까지 유리병이 깨지지 않게 조심히 간직했다.

5

로렌즈는 마티어스가 밤에 사냥해 온 두 구의 시체를 도르제의 병원에 옮겨 놓고 새로 머물게 된 주택으로 갔다. 더스틴이 후작을 찾아온 뒤로 더 이상 별관에 머물 수 없게 되어 급하게 마련한 곳이었다.

아담한 주택 안에는 아무도 없었다. 있어야 할 신시아가 또 외박을 했는지 보이지 않았다. 요즘 들어 외출이 잦은 그녀였다. 로렌즈는 피가 묻은 셔츠를 벗고 팔 상태부터 확인했다. 갈고리가 한번 찢고 간 팔은 뼈가 드러날 만큼 살이 움푹 파여 있었다. 상처 안을 살펴보니 손톱 하나가 박혀 있었다. 적 중 한 명의 것이겠지만 워낙 거친 싸움이었기 때문에 누구의 것인지는 모르겠다.

로렌즈는 기분 나쁜 얼굴로 그것을 빼내 앞마당에 휙 던져 버렸다. 일단 상처를 동여매야겠다. 그가 서랍을 뒤져 응급 처치할 수 있는 물건을 찾았다.

이 집은 후작의 소유로 사용인이 여행을 간 사이 사용하게 된 임시

거처다. 그래서 가구뿐 아니라 집기와 옷도 그대로라 다양한 생활용
품도 비치되어 있었다. 로렌즈는 서랍장 안에서 소독약과 붕대와 연
고 하나를 찾아냈다. 연고는 어디에 쓰이는 약인지 모르겠지만 소독
약과 붕대는 요긴했다. 그가 길게 쭉 패인 상처 위에 둘둘 붕대를 감
았다. 그때 문을 열며 신시아가 나타났다. 거실에 앉아 있는 그를 보
고도 신시아는 인사도 하지 않았다.

"뱀파이어를 찾아다니는 사내 때문에 여기로 이사까지 왔는데 계속
외출하는 이유를 모르겠군. 어디 갔다 이제 오는 거야?"

"볼일이 있었어."

망토를 벗으며 신시아가 짧게 대꾸했다.

"무슨 볼일?"

"꼬치꼬치 캐묻지 마. 뭘 의심하는 거야?"

"의심하는 게 아니라 걱정하는 거야. 카이가 항구에 사는 뱀파이어
들에게 폭행을 당해 크게 다쳤어. 놈들과 싸우다가 나도 다쳤고."

그의 말에 신시아가 그제야 뒤를 돌아보았다.

"마티어스님은?"

"다쳤어. 유리조각에."

"유리조각에?"

신시아가 손에 든 망토를 바닥에 툭 떨어트리며 로렌즈 앞으로 뛰
어왔다.

"어디를 어떻게 얼마나 다치셨는데? 많이 다치셨어? 설마 저번처
럼 또……!"

"그분 얘기를 하니 그 예쁜 눈동자에 이제야 생기가 도네."

"로렌즈!"

다그치는 신시아를 로렌즈가 진정시켰다.

"팔에 유리조각이 박혔어. 하지만 크게 다치진 않았으니 안심해. 본

인은 팔에 유리조각이 박힌 것도 잘 모르더라구."

흥분하던 신시아가 놀란 가슴을 쓸어내리더니 곧장 로렌즈를 흘겨 봤다. 평소였다면 보좌를 제대로 못 한 그를 비난했겠지만 다친 팔을 보니 나름대로 노력한 듯싶어서였다. 신시아는 로렌즈가 감다 만 붕대를 허락도 없이 다시 풀었다.

"왜 그래?"

"치료를 돕는 거야."

"그러니까 왜? 레이디가 왜 내 치료를 도와?"

신시아가 그의 팔에 힘을 꽉 주었다. 로렌즈가 그답지 않게 아픈 비명을 내질렀다.

"뼈가 부러진 건 알고 있어?"

신시아가 자리에서 일어나 주변을 두리번거리더니 나무 의자에서 다리 하나를 부러트려 가지고 왔다. 신시아는 가지고 온 나무를 지지대로 사용해 그 위에 붕대를 감았다. 로렌즈는 잠자코 그녀의 손에 팔을 맡겼다. 평소와 다른 신시아가 이상하게 느껴졌다.

"로렌즈."

붕대를 감으며 신시아가 입을 열었다.

"우린 언제까지 런던에 있어야 해?"

"왜? 여기 생활이 불편해? 레이디는 런던 사교계를 좋아하잖아."

"이 생활도 계속하다 보니 좀 지루해서. 벌써 6개월이 넘었잖아."

붕대를 감는 신시아의 얼굴이 언뜻 지쳐 보였다. 몸에서 인간의 피 냄새가 맡아지지 않는 걸 보니 사냥을 하고 온 것 같지는 않았다. 술 냄새도 없었다. 그런데 밤새 뭘 하다가 지친 표정으로 아침이 된 지금 들어온 걸까. 궁금한 마음에 신시아의 얼굴을 훑어보는 로렌즈에게 그녀가 말했다.

"실종됐던 클로에도 찾았으니 이제 그만 화이트 성으로 돌아가면 안 돼?"

"그게 무슨 말이야?"

"어렵게 몸을 회복한 마티어스님이 적들을 찾는 데 혈안이 되어 있는 게 걱정돼. 저러다 적에게 또 습격을 당할까 봐 불안하고."

로렌즈가 물끄러미 그녀를 보았다. 그가 아는 신시아는 마티어스를 그렇게 만든 적을 끝까지 찾아내 복수하고도 남을 성격이었다. 그런데 왜 갑자기 화이트 성으로 돌아가고 싶어 하는 걸까. 평소 온화하고 부드러웠던 로렌즈의 눈이 예리하게 변했다.

"레이디는 마티어스님을 그렇게 만든 적이 누군지 궁금하지 않아?"

"궁금해."

"이대로 떠나면 복수를 할 수 없어. 그런데도 그냥 떠나는 게 낫다고 생각해?"

"실체가 드러나지 않는 적을 언제까지 찾고 있을 수만은 없잖아. 적을 찾아낸다고 해도 이긴다는 보장도 없고. 미지의 적과 싸우느니 지금 화이트 성으로 돌아가는 게 모두를 지킬 수 있는 안전한 방법 아니야?"

반문하는 신시아가 그렇지 않냐며 로렌즈의 의견을 물었다.

"모두를 지키는 방법이라."

사실 습격을 당한 건 마티어스와 클로에로, 다른 동료들은 이 일과 무관한 터라 그들까지 계속 런던에 머물 필요는 없었다. 먼저 돌아가도 상관없고 계속 남아 있어도 상관없다. 그런데도 모두 화이트 성으로 돌아가지 않고 이곳에 남아 있는 건 적을 찾아 복수를 하는 일에 동참하기 위해서였다. 지금껏 누군가에게 문제가 생기면 서슴없이 나서 준 클로에와 마티어스처럼 말이다.

그런 면에서 신시아의 말은 자칫 다른 동료들에게 오해를 살 수 있다. 그녀의 말은 다른 사람의 일에 목숨을 내놓고 싶지 않다는 말과 같기 때문이다. 그건 앞으로 누군가가 지금과 같은 일을 당해도 돕지 않겠다는 의미라서 더 문제가 된다. 물론 로렌즈는 신시아의 입장을 이해했다. 사랑하는 사람이 다치는 걸 보고 싶지 않다는데 이해 못 할 것도 없다. 하지만 다른 누구도 아닌 신시아가 먼저 떠나고 싶다는 생각을 했다는 건 조금 의외다. 이유가 뭘까. 무엇 때문에 갑자기 떠나고 싶은 걸까. 역시 그가 짐작하는 것처럼 정말 신시아가 배신한 걸까? 습격과 관련이 있는 걸까? 만약 배신했다면 그 이유는? 배신해서 그녀가 얻은 이득은? 유일무이하게 사랑하는 마티어스까지 죽음으로 몰아넣으면서 신시아가 얻는 것은?

로렌즈가 말이 없자 신시아 또한 더 이상 말하지 않았다. 말없이 치료에 집중하는 그녀의 솜씨가 꼼꼼했다. 언제나 화려한 모습만 보다가 세심한 손길을 지켜보자니 문득 늘 궁금했던 사실 하나가 질문이 되어 나왔다.

"레이디. 마티어스님의 어디가 그렇게 좋아?"

"새삼스럽게 그건 왜?"

"다른 여자의 남자잖아. 더구나 둘은 서로 깊이 사랑하고. 그런데도 좋아?"

"그래서 좋아."

로렌즈가 뜨악한 표정을 지었다. 좀 곤란하다는 표정이기도 했다.

"레이디가 생각 없이 사는 건 익히 알고 있었지만 도덕적 개념까지 없을 줄은."

신시아가 자신을 폄하하는 로렌즈를 향해 두 눈을 서슬 퍼렇게 떠 보였다.

"여자에게 헌신하는 그분의 모습이 좋은 거라고. 그분과 짝이 된다면 나도 그런 사랑을 받을 거라는 게 좋다는 얘기야."

"겨우 그거야?"

"겨우 그거라니. 그런 사랑 해 본 적도 없으면서 아는 체하지 마. 그분의 사랑은 어느 누구도 함부로 흉내 낼 수 없는 최고야. 곁에서 모든 걸 지켜봤으면서도 몰라?"

"물론 지켜봤으니 잘 알지. 마티어스님의 사랑은 깊이를 알 수 없을 만큼 맹목적이고 진취적이라는 걸. 그래서 흉내 내고 싶지 않아. 그런 건 너무 위험하거든. 레이디도 나중에 알게 될 거야. 사랑이라는 게 꼭 화려하게 불타오르고 자극적인 것만이 좋은 게 아니라는 걸."

로렌즈의 말대로 신시아는 그의 말을 이해하지 못했다. 치료를 마친 그녀가 언제 자상했냐는 듯 손을 탁 놔 버렸다. 지지대를 받친 팔은 확실히 고통이 덜했다. 그가 진심으로 고맙다고 인사했다.

"간수 잘해. 중년은 뼈도 잘 안 붙는다니까. 마음에 안 들면 도르제한테 제대로 봐 달라고 해."

"마음에 안 들긴. 아주 퍼펙트한걸. 고마워."

그는 의자 다리를 부러트려 지지대를 만든 신시아의 센스를 칭찬한 뒤 옷을 갈아입고 다시 나타났다. 팔 때문에 한참 방 안에서 혼자 끙끙거리던 그가 말끔한 정장을 차려입고 나오자 신시아가 의아해 물었다.

"어디가?"

"외출."

"그 몸 상태로?"

"만나야 할 사람이 있어서."

"또 일이야?"

"아니야. 개인적인 약속이야."

"혹시 시계 속 사진에 있는 여자를 만나러 가는 거야? 조끼 주머니에 넣어 두는 시계 말이야."

신시아의 말에 로렌즈가 정말로 놀란 얼굴을 했다.

"레이디가 그걸 어떻게 알고 있어?"

"매번 시계를 보는 척하며 사진을 봤잖아."

"내가 그랬나?"

"시계도 고장 나지 않았어? 항상 열한 시에서 멈춰져 있던데."

그동안 시계에 대해 말한 적이 없는데 그런 사실까지 파악하고 있는 것이 신기했다. 로렌즈는 비밀을 들킨 사람처럼 부끄러운 얼굴로 괜히 딴청을 피웠다.

"그러면서 뻔뻔하게 날 좋아하니 어쩌니 매번 떠들고. 양심의 가책 좀 느껴."

"레이디를 향한 내 마음은 진심이야. 오해하지 마."

"대체 사진 속의 여자는 저런 음흉한 중년 남자 어디가 좋다고 만나는 걸까? 굉장히 앳되어 보이던데 그 여자의 부모는 이 사실을 알아?"

"궁금해? 그럼 나랑 같이 사진 속의 주인공을 만나러 가지 않겠어?"

"지금?"

"오늘 그녀의 파티가 있어. 레이디에게 소개해 줄 테니 함께 가자. 여기서 멀지 않은 곳이야."

근신이 내려진 뒤, 신시아는 실의에 빠졌고 좀처럼 활력을 되찾지 못했다. 로렌즈는 그런 그녀를 위로하고 싶었다.

"답답해 보여서 기분 좀 푸는 게 어떤가 해서. 파티에 가면 좀 낫지 않을까?"

로렌즈는 시큰둥한 신시아의 어깨에 허락도 없이 망토를 다시 걸쳤다.

"파티가 끝나고 오는 길에 예쁜 드레스 한 벌 사 줄게."

"두 벌."

신시아가 의미 없이 대꾸했다.

"한 벌 더 해서 세 벌. 어때?"

로렌즈의 말에 신시아는 기뻐하지도 않았다. 그래도 옷 욕심이 있는 터라 조건을 붙이는 걸 잊지 않았다.

"비싼 걸로 살 거야. 최고급 실크로."

로렌즈는 물론이라며 새끼손가락까지 걸고 약속했다. 그래도 외출과 선물에 대한 기대감으로 한결 기분이 좋아진 모양인지 신시아는 파우치를 꺼내 가볍게 치장을 했다.

'이럴 때 보면 참 단순하고 순수한데 화가 나 독기를 품으면 아슬아슬하단 말이지.'

로렌즈는 철없는 신시아의 마음이 바뀌기 전 서둘러 마부에게 초대장의 주소지로 가 달라고 말했다.

두 사람이 도착한 곳은 시내에서 조금 떨어진 외곽에 위치한 저택이었다. 마부가 마차에서 먼저 내려 발 지지대를 아래에 대 주었다. 먼저 내린 로렌즈가 신시아의 손을 잡아 주었다.

"이곳이 파티 장소야? 생각보다 협소하네."

잘 정돈된 정원은 한눈에 봐도 부유층이 사는 집으로 보였지만 귀족들의 저택에 비할 바는 아니었다. 그래도 썩 수준이 낮다고는 생각되지 않아 그 이상의 불평은 하지 않았다.

"사람들이 꽤 많네. 여긴 누구의 집이야?"

"미세스 페이의 집. 오늘은 그녀의 손녀가 결혼하는 날이야. 우린 그 결혼식에 초대받았어."

커다란 양산을 그녀의 머리 위에 씌워 빛을 가려 준 로렌즈가 친절하게 설명해 주었다.

"어쩐지 파티를 낮에 한다 했어. 시시하게도 결혼식이었다니."

오지 말걸 괜히 동행했다는 실망의 목소리를 신시아는 그대로 뱉어냈다.

"아참, 오늘 레이디가 이곳에서 한 가지 주의해 줘야 할 게 있어. 여기선 그 누구도 사냥을 하면 안 돼."

"어째서?"

"그야 당연히 내가 사랑하는 여자의 가족들이 참석했으니까 그렇지. 그들의 행복에 피해를 주고 싶지 않거든."

"약속은 못 하지만 주의할게. 당신의 그녀는 어디에 있어?"

주변을 차근히 살펴본 로렌즈가 분수대 쪽을 가리켜 보였다.

"저기 있어. 저기 분수대 근처에. 부디 조신하게 행동해 줘, 레이디. 진심이야."

유난히 주의를 당부하는 그가 이상했지만 신시아는 귀담아듣지 않았다. 두 사람은 넓은 정원을 지나쳐 분수대로 걸어갔다. 삼삼오오 짝을 지어 담소를 나누고 있는 사람들의 이목이 신시아에게 집중됐다. 로렌즈는 그런 시선을 부담스러워했고 신시아는 당당하게 그 시선을 즐기며 사람들 사이를 헤쳐 나갔다. 그런데 분수대 근처로 걸어갈수록 신시아가 점점 이상한 표정을 지었다. 그곳에 있는 여자의 모습이 이상해서였다. 결국 뭔가 잘못됐다고 생각한 신시아가 걸음을 멈췄다.

"로렌즈. 설마, 내가 지금 잘못 본 거겠지?"

"어때? 너무 아름답지?"

"사진 속의 여자가 아니잖아."

"그건 그녀의 십 대 때 모습이야."

그녀가 제정신이냐며 로렌즈의 정신 상태를 의심했다.

"당신 미쳤어?"

"난 멀쩡해."

"할머니를 사랑한다고? 그것도 오늘내일하는?"

그곳에 있는 여자는 자글자글한 주름과 검버섯의 손을 가진 백발의 할머니였다. 신시아가 맙소사, 라며 벌어진 입을 다물지 못했다.

"그녀는 백 세까지 건강하게 살 거야. 꼭 그래야만 하고. 난 페이가 죽는 걸 상상해 본 적 없어. 그리고 목소리 좀 낮춰. 페이는 눈이 안 보이는 대신 귀가 밝아.”

로렌즈가 신시아의 벌어진 입을 손으로 닫아 주었다.

“로렌즈? 거기 로렌즈죠?”

페이가 그들이 온 것을 알아차리고 그를 불렀다. 그녀의 휠체어 바퀴가 그를 향해 방향을 틀었다.

“로렌즈가 맞다면 내 손을 잡아 주세요, 어서요.”

목소리가 떨리는 건 반가워서인지 아니면 너무 노쇠한 탓인지 구별되지 않았다. 페이는 마른 손을 허공에 내밀었다. 로렌즈가 그녀의 곁으로 가 재빨리 손을 잡아 주었다.

“페이.”

“정말 당신이군요. 기다렸어요. 이렇게 와 주다니 너무 기뻐요.”

페이는 다급하고도 황급한 손길로 그의 손을 잡은 채 뺨에 가져다 댔다.

“건강하신가요? 아픈 덴 없는 거죠? 제가 얼굴을 만져 봐도 될까요?”

“물론이지.”

그녀의 늙은 두 손이 로렌즈의 얼굴을 서둘러 만졌다. 눈과 코와 입술과 머리카락까지 전부. 페이가 가만히 웃었다. 소녀 같은 맑은 웃음 사이로 듬성듬성 빠진 치아가 그대로 드러났다.

“여전히 하나도 변하지 않았어요. 제 기억 속의 모습 그대로예요.”

“오래전 그때가 기억나니?”

“그럼요. 한시도 잊은 적 없어요. 죽는 날까지 잊지 못할 거예요. 그나저나 옷을 왜 이렇게 얇게 입고 있어요? 춥지 않아요?”

“내게 시간과 계절은 무의미하다는 걸 알잖아. 그리고 지금은 겨울도 아닌걸.”

“세상에. 안 돼요. 그러다 독감이라도 걸리면 큰일 나요.”

"난 그런 거에 걸리지 않아. 잊은 거야?"

"로렌즈야 말로 잊었어요? 환절기엔 항상 기침을 했잖아요."

"하하. 그건 내가 아니고 페이 너지."

"또 아니래. 이럴 줄 알고 만들어 놓은 목도리와 장갑이 있어요."

"힘들게 또 뜨개질을 했어? 네 뜨개질 솜씨는 네 어머니를 닮아서 최고라는 걸 잘 알지만 무리하진 마."

두 사람은 알콩달콩 끊이지 않는 대화를 주고받으며 서로를 챙기느라 바빴다.

"함께 온 여성분을 소개해 주세요."

페이의 말에 로렌즈가 그녀의 백발의 머리카락을 가만히 만져 주었다.

"그것까지 알다니 참 대단하구나."

"눈이 보이지 않는 대신 나머지 감각이 발달했으니까요. 어떤 분이에요? 제가 손을 잡아 봐도 될까요?"

로렌즈가 신시아를 쳐다보았다. 아까부터 두 사람을 한심하게 쳐다보고 있던 신시아는 보란 듯이 몸을 돌려 그 자리를 떠났다. 로렌즈가 그녀를 억지로 잡아끌고 와서 페이의 손을 잡게 했다. 신시아가 몸을 틀었지만 곧이어 들리는 페이의 말에 화를 삼켜야만 했다.

"차가운 손이네요. 로렌즈처럼요."

신시아가 뱀파이어라는 것을 직감한 듯한 말투였다. 페이는 신시아의 손등에 입을 맞추더니 나직한 목소리로 축복의 기도를 읊조렸다. 신시아가 당황한 채 로렌즈를 쳐다보았다. 그가 괜찮다며 그대로 있으라는 눈짓을 했다.

기도를 마친 페이가 신시아를 향해 고개를 들었다. 감겨 있는 눈은 여전했지만 어쩐지 신시아를 보는 것 같았다.

"아름다운 분이에요. 머리부터 발끝까지 만개한 꽃들이 감싸고 있는 느낌이에요. 로렌즈는 축복받았어요. 이런 여성분과 함께하다니."

"나도 그렇게 생각해."

로렌즈가 의기양양하게 동의했다.

"늘 혼자인 게 걱정이었는데 이제 한시름 놨어요. 부디 두 분 앞날 에 축복이 있길 바라면서 내 딸의 결혼식에 와 준 두 분을 위해 기도 할게요."

페이가 신시아에게 공손한 감사 인사를 하더니 이번엔 로렌즈의 손 을 잡았다.

"로렌즈. 이러고 있지 말고 우리 저쪽으로 가요. 새로운 가족들을 소개해 줄게요. 모두 저쪽에 모여 있어요."

"아니야. 난 네 얼굴을 보는 것만으로도 만족해. 네가 보고 싶어서 온 거고. 괜찮아."

"가족들도 알아요. 우리가 얼마나 돈독하고 긴밀한 관계인지. 항상 잊지 않고 그들에게 말해 왔어요. 우리 가문의 모든 건 전부 로렌즈의 뿌리에서 시작됐으니 그 사실을 잊지 말라고요. 가요, 어서."

늙은 그녀가 어찌나 고집스러운지 로렌즈도 당해 내지 못했다.

"하하하. 알았다. 알았어. 대신 휠체어는 내가 밀게."

큰 소리로 웃는 로렌즈의 모습이 꽤 생소했다. 적어도 신시아에겐 그랬다. 페이의 휠체어를 밀며 저만치 가던 로렌즈가 깜박 잊었다는 듯 신시아를 돌아봤다.

"금방 올게, 레이디. 거기서 기다려 줘."

애인과 함께 사라지며 기다려 달라고 말하는 남자를 어떻게 이해하 면 좋을까. 평소와 판이하게 다른 모습으로 다른 환하게 웃는 로렌즈 는 너무 낯설어 마치 다른 사람을 보는 듯했다. 언제나 그녀를 배려해 주던 그가 오늘은 페이만을 챙기고 있어서 더 그럴지도 모른다. 신시 아는 태양이 모습을 드러내자 나무 아래로 몸을 피했다. 화이트 성에 사는 뱀파이어들은 햇빛에 노출되어도 몸에 큰 문제가 생기진 않지만 다른 뱀파이어들처럼 오래 버티진 못한다. 그런 그녀를 본 한 신사가 양산을 가지고 와 에스코트를 자처했다. 신시아는 거절했다. 지금은 이름 모를 사내의 호의보다 로렌즈의 관심이 필요하다는 생각이 들었기 때문이다.

"아름다운 나를 두고 저런 할머니가 눈에 들어온 건 반칙 아니야?"

어쩐지 자존심이 상한다. 단순히 로렌즈가 평소와 달라서인 건지 아니면 다른 이유가 있는 건지 모르겠다. 그래도 하필이면 사랑하는 상대가 할머니라니, 뜻 모를 배신감이 치솟았다. 이 짧은 순간에도 수많은 사내들이 자신에게 반해 주변을 맴도는데.

신시아는 언짢은 표정을 감추지 않은 채 로렌즈가 사라진 곳을 노려보았다. 관심도 없는 로렌즈를 기다리는 건 결코 그녀답지 않은 일이다. 그런데도 그녀는 석상처럼 그 자리에서 움직이지 않았다. 결코 느껴 보지 못한 낯선 감정의 유입을 느꼈기 때문일까. 신시아는 억울해하면서도 끝까지 그 자리를 지켰다.

마티어스와 아벨라가 페이의 집에 도착한 건 그 즈음이었다. 아벨라가 새 옷을 입자마자 마티어스는 그녀를 다짜고짜 마차에 태우더니 강제적으로 이곳에 데리고 왔다.

"여긴 어디예요?"

"로렌즈의 가족 결혼식이 열리는 곳이야. 하녀 생활을 하면서 익힌 음식 솜씨 좀 뽐내 보라고 하고 싶지만 솜씨가 형편없다는 건 예전부터 알고 있으니 그럴 수는 없겠지? 초대를 받았으니 편히 구경이나 해."

아벨라는 자신의 음식 솜씨를 맛본 적도 없으면서 무조건 폄하하는 그의 비아냥거림을 무시했다.

"뱀파이어에게도 가족이 있어요?"

"우린 다 가족이 있지. 애초에 인간이었으니까. 대부분 죽거나 인연이 끊기거나 여러 사연으로 혼자가 되지만."

"뱀파이어가 이런 데 올 필요가 있나요?"

"사람과의 교류는 중요해. 먹이사냥의 기본이잖아. 일종의 사회생활이지."

그가 그녀를 데리고 결혼식이 진행되고 있는 야외무대 쪽으로 향했다. 신랑 신부의 경건한 선서가 끝나고 맹세의 입맞춤이 이어지는 중이었다. 순백의 신부는 행복한 웃음 속에서 빛이 났다. 그런 신부를 바라보는 신랑도 행복해 보였다. 그때 두 사람을 향해 허공을 가르며 뭔가가 날아 왔다. 갑자기 날아온 물체를 마티어스가 사나운 손아귀로 확 낚아챘다. 신랑 신부를 포함해 그곳에 있는 모든 사람들이 일제히 당황한 낯빛을 했다. 마티어스가 잡은 건 다름 아닌 부케였다.

"신부의 부케를 남자가 받았어. 이럴 땐 어쩌지?"

웅성거리는 하객들의 목소리가 여기저기서 터져 나왔다. 마티어스는 자신이 잡은 부케를 보며 태연하게 중얼거렸다.

"암살인 줄 알았지 뭐야."

그가 하객들을 향해 들고 있는 부케를 들어 보였다. 눈부신 그의 미모에 하객들이 기분 좋은 호응을 했다. 마티어스는 저것 보라며 윙크까지 날려 주었다. 그의 세리머니에 이번엔 여자 하객들이 환호성을 내질렀다. 아벨라는 어이없었지만 마티어스는 그 호응을 즐기며 아벨라를 데리고 그 자리를 유유히 벗어났다. 사회자가 저 멀리 걸어가는 두 사람을 향해 유쾌한 해프닝이라며 건배사를 제의했다. 하객들 모두 샴페인 잔을 하늘 높이 들었다. 좋은 날이었고 이 정도는 웃으며 넘겨도 괜찮다고 생각한 것이다.

"행운을 위하여!"

하객들이 행운을 외쳐 주었다. 마티어스가 부케를 아벨라에게 주었다.

"네게 줄게. 선물이야."

"부케를요?"

신부의 웨딩 부케는 카라였다.

"카라의 꽃말은 천년의 사랑이야. 천년은 지독히 길고 고독한 시간 이지. 하지만 사랑하는 사람과 함께라면 그 시간을 견딜 수 있어. 부탁하는데, 기억은 잊어도 사랑은 잊지 마. 그럼 네가 겪고 있는 혼란과 두려움도 이겨 낼 수 있어."

기억은 잊어도 사랑은 잊지 말라. 아벨라는 카라를 가만히 내려다보았다.

"전에 당신이 내게 말했죠. 내 머리카락은 탄 거라고."

"맞아."

"내가 다쳤을 때 누군가가 내 머리에 불을 질렀나요?"

"적들이 불화살을 쐈어."

"그들이 누군지 알아요?"

"몰라. 난 6개월 동안 실종된 널 찾는 데 모든 걸 주력해 왔으니까. 하지만 곧 적들이 누군지도 밝혀낼 거야."

적을 찾는 것보다 중요한 건 그녀를 찾는 일이었다. 마티어스는 그 선택에 후회는 없다고 말했다.

"당신의 허리에 난 상처도 그때 생긴 거겠죠?"

"그래."

"나를 돕다가요?"

"아니. 널 지키다가."

그녀를 지키기 위해 목숨을 좌우할 만큼 큰 상처를 입었다. 아벨라는 그 이유가 뭔지 서서히 알아챘다.

"사랑."

그게 이유였다.

"날 돕는 이유. 나를 위험에서 구해 주는 이유."

아벨라가 마티어스를 보았다.

"당신은 나를 사랑하는군요."

"아주 많이."

일 초의 망설임도 없는 대답이었다. 흔들림 없는 감정. 변함없는 감정.

"나는요? 나도 당신을 사랑했나요?"

마티어스가 웃어 보였다.

"나보다 더."

피로연이 시작됐다. 두 사람은 아무 말 없이 서로만 바라보았다. 6중주의 선율이 흐르고 사람들이 짝을 지어 춤을 추기 시작했다. 제일 처음 신랑과 신부가 손을 잡았고 그 뒤로 신부 측 들러리들과 파트너들이 손을 잡고 앞으로 나오면서 댄스타임이 시작됐다. 춤을 추지 않고 자리에 앉아 있는 여성들은 모두 마티어스를 보느라 정신이 없었다. 한 여성이 그의 시선을 사로잡기 위해 푹 파인 드레스 안의 가슴을 노골적으로 노출하며 그의 앞을 서성거렸고, 누군가는 아예 대놓고 그를 쳐다보며 농염한 웃음을 흘렸다. 부채로 얼굴의 반을 가린 여자들의 손놀림이 어찌나 빠르고 요란스러운지 부채 펄럭이는 소리가 음악소리보다 더 컸다.

"여자들이 내게 추파를 던지고 있는데 그냥 보고 있을 거야?"

"내가 도와줄 수 있는 일이 아니잖아요."

"이럴 땐 보통 사나운 이빨을 드러내며 '크아아악' 소리를 질렀잖아. 내 남자에게서 떨어져, 라고 협박하면서."

"설마요."

말도 안 된다며 어이없어 하는 아벨라의 허리에 그가 가만히 손을 었었다.

"춤출까?"

"아, 잠깐만요. 난 춤 못 춰요. 스텝을 알지도 못해요."

"내가 아는 넌 꽃을 좋아하고 파티를 좋아해. 춤도 좋아하지. 자주는 아니지만 가끔 기분 내키면 내 앞에서 멋진 춤을 보여 주기도 했어."

"거짓말. 난 그런 기억이 전혀 없어요."

"기억은 안 나도 몸은 기억할 거야. 자, 음악에 몸을 맡기고 천천히 즐겨 봐. 어쩌면 둘이 함께 춤을 추던 게 기억날지도 몰라."

그가 스텝을 밟으며 그녀를 이끌었다. 사람들과 어울려 빙그르르 원을 도는 두 사람의 모습이 제법 유쾌해 보였다. 억지로 따라가는 듯 하지만 차츰 자연스럽게 변하는 그녀의 몸짓에 그도 오랜만에 즐거워 했다.

"나를 흠모하는 눈으로 바라보는 저 여자들처럼 하루 빨리 네가 날 바라봐 줬으면 좋겠어. 오래 걸릴까?"

모르겠다. 노력한다고 해서 기억이 금방 되살아나는 게 아니니까.

"기억을 잃기 전의 난 어떤 모습이었어요?"

"말 잘 듣고 착하고 배려심 많고 수줍은 여인과는 정반대의 모습."

"제멋대로에 이기적이고 부끄러움을 모르는 사람이었단 말인가 요?"

"맞아. 바로 그거야. 하지만 착했어, 나한테는. 독하고 못됐어도 나 한테만은 소녀 같은 수줍은 웃음을 보였지. 다른 게 무슨 상관있겠어? 내게 그토록 해맑은데. 그 모습을 보고 좋아하지 않을 이유가 없잖아. 난 그런 네 모습에 반했어. 완전히."

그는 웃음 하나에 매료되어 지금까지 왔다고 했다.

"내 몸 상태가 완전히 회복되면 나도 여기 온 여자들처럼 될 수 있 을까요?"

"어떻게 여기 있는 여자들과 비교할 수 있겠어? 네 아름다움을."

그는 말도 안 된다며 아벨라에게 걱정할 것 하나도 없다고 든든하게 말해 주었다.

"네가 본모습을 되찾는 순간 사내들이 벌떼처럼 달려와 네 발아래 무릎을 꿇고 사랑을 갈구할 거야. 자신을 한 번만 봐 달라며 전 재산까지 바칠걸. 넌 모든 남자들을 무릎 꿇게 만드는 아름다움을 지닌 여자야. 내가 네게 반했다면 말 다한 거잖아. 안 그래?"

"그 말도 안 되는 자기 자랑, 계속 듣고 있어야 합니까?"

갑자기 마티어스를 질책하는 목소리가 들렸다. 춤을 멈추고 목소리가 들린 곳을 바라보자 도르제가 서 있었다.

"놀랄 일이군. 사람 많은 건 질색하는 닥터가 여긴 어쩐 일이지?"

"페이의 초대를 받은 건 화이트 성의 모두가 아닙니까? 제가 빠질 수는 없죠."

그러면서 도르제는 아벨라에게 고개 숙여 인사를 건넸다.

"오랜만입니다, 아벨라양. 안색이 좋아 보이지 않는데 춤을 춰도 되나요? 의사의 소견으로 봤을 때 당신의 몸 상태는 당장 쓰러질 수도 있을 것처럼 보입니다만. 당신 앞에 있는 남자는 그런 걸 전혀 배려하지 않고 있군요."

소견을 운운하는 도르제의 말에 마티어스는 즐거움은 이제 끝났음을 알며 아벨라의 손을 아쉽게 놓았다.

"시킨 일은 제대로 처리하고 온 거야?"

"그걸 보고하기 위해 여기까지 온 겁니다."

도르제는 다소 낡긴 했지만 평소의 긴 코트를 벗은 차림이었다.

"인사해. 전에 후작 집에서 얼굴을 봤지?"

"닥터 도르제입니다, 아벨라 모리스양. 절 기억하십니까?"

아벨라는 기억하고 있다며 그가 내민 손을 가볍게 잡았다 놓았다.

"약 복용이 중지되어 염려하고 있던 참이었습니다. 오늘 이곳에서 만났으니 파티가 끝나면 그 건에 대해 다시 얘기하고 싶군요. 이따 제게 시간 좀 내주시겠습니까? 길지 않을 겁니다."

도르제는 아벨라의 대답을 듣지도 않고 파티 후에 기다리겠다고 했다.

"마티어스님, 카이도 함께 왔습니다."

도르제가 저 멀리 서 있는 카이를 가리켜 보였다. 창백하다 못해 파리한 얼굴로 서 있는 카이는 이쪽을 보고 힘겹게 고개를 숙였다 들었다.

"굳이 참석하지 않아도 되는 자린데 무리를 하는군."

"화이트 성의 멤버들이 참석하는 곳이라는 말을 듣더니 저렇게 고집을 피우네요. 자기도 멤버라면서요."

"하여간 쓸데없는 고집은."

마티어스가 이쪽으로 오라는 고갯짓을 하자 카이가 힘겹게 걸어왔다. 당장에라도 쓰러질 것 같은 카이가 안쓰러웠는지 지켜보던 아벨라가 달려가 그를 부축해 줬다. 마티어스는 말리지 않았다. 이젠 그도 카이를 용서한 듯싶었다. 마침 로렌즈가 밖으로 나왔다가 그들과 만났다. 그가 기다렸다는 듯 실내로 일행을 안내했다. 안에서 미세스 페이가 휠체어에 앉아 그들을 기다리고 있었다.

"페이. 나의 친구들이자 화이트 성에서 오신 분들을 소개할게."

"오래전, 제 결혼식에 와 주신 분들인가요?"

"맞아. 50년 전 페이의 결혼식에 참석했던 멤버 그대로야. 새로 가족이 된 녀석도 같이 왔어."

페이가 주름진 얼굴로 수줍게 웃었다.

"새로운 분, 반가워요. 전 페이라고 해요."

"카이라고 합니다, 미세스 페이. 초대는 받지 못했지만 저도 분명 화이트 성에 살고 있어요."

멤버임을 강조하는 카이는 아픈 몸으로도 깍듯하게 인사했다. 페이는 그런 카이를 따뜻하게 맞아 주었다.

"열아홉에 결혼한 게 엊그제 같은데 벌써 50년이란 시간이 흘렀네요. 모두 다시 만나게 돼서 기뻐요. 저를 위해 이곳에 와 주시다니 뭐라 감사의 말씀을 드려야 할지 모르겠습니다. 제가 많이 변했죠?"

화재로 두 눈을 잃고 다리를 다친 페이였다. 젊었을 때는 목발을 짚고서라도 걸을 수 있었지만 이젠 절뚝거리던 그 한쪽 다리마저 근육이 사라져 휠체어 신세를 면할 길이 없다. 페이는 지금 자신의 모습이 영생의 삶을 사는 그들에게 어떻게 비춰질지 궁금하면서도 변해 버린 자신이 부끄러워 얼굴을 붉혔다.

"이제 정말 소원이 없어요. 죽기 전 여러분과 함께 사진을 찍고 싶었거든요."

로렌즈가 무릎을 꿇고 페이의 손을 잡았다.

"페이. 죽기 전이라는 그런 말은 하지 마."

"아뇨. 때가 된 걸 알아요. 오늘을 위해 투약한 약이 평소의 세 배예요. 부끄럽게도 하루에도 몇 번씩 정신이 오락가락해요. 그럼에도 불구하고 맑은 정신으로 로렌즈를 만나고 싶어서 의사한테 떼를 썼어요. 안 그랬다면 오늘도 종일 침대에 누워 정신을 놓고 있었을 거예요. 딸과 아들, 그리고 손녀를 알아보지도 못하면서요."

페이는 검버섯의 손으로 로렌즈의 손을 마주 잡았다.

"제 관 속에 로렌즈와 함께 찍은 사진을 가지고 갈 수 있게 해 주세요. 그렇게 해 줄 수 있죠?"

"하지만 우린 사진을 찍어 봐야……."

"그렇게 해 주세요. 제 소원이에요."

로렌즈가 페이의 주름진 이마에 입을 맞췄다. 긍정의 대답이란 걸 알아챈 페이가 웃으며 사진사를 불렀고 기다리고 있던 사진사가 대형 사진기를 들고 나타났다. 아벨라가 옆으로 빠지자 마티어스가 붙잡아 세웠다.

"50년 전 너도 미세스 페이의 결혼식에 참석한 멤버였어."

"그럴 리가요. 그 당시에 난 태어나지도 않았는데요."

"어려지고 싶은 마음은 이해하는데 기억에 없다고 나이까지 속이려고 하지는 마. 앞을 보고 서."

로렌즈가 페이의 손을 잡은 채 우측에 섰고 마티어스가 아벨라와 함께 좌측에 섰다. 그 옆으로 도르제와 카이가 자리를 잡았다.

"잠깐. 나는 왜 빼? 난 화이트 성의 멤버가 아니야?"

신시아가 페이에게 정신이 팔려 있는 로렌즈를 흘겨보며 걸어 왔다. 왜 자신을 부르지 않았냐는 말에 로렌즈가 미안하다고 사과하며 얼른 옆자리에 자리를 만들었다.

"뭐, 이유야 어쨌든 화이트 성의 멤버가 모두 모였군. 그럼 이제 그만 사진을 찍어 볼까?"

마티어스가 사진사를 향해 사진을 찍어도 좋다고 말하자 사진사가 각자 차림새를 살피라고 말했다.

"자, 찍습니다. 하나, 둘, 셋!"

찰칵.

불빛이 찰나의 그들을 잡아냈다. 예쁘게 보이기 위해 머리카락을 만지는 신시아. 몸은 힘들지만 사진 찍을 때만큼은 십 대의 명랑함을 감추지 못하며 엄지를 들고 씨익 웃는 카이. 입을 꾹 다문 채 서 있는 무표정의 도르제. 페이의 휠체어 뒤에 서 있는 멋진 중년의 신사 로렌즈. 그리고 아벨라의 손을 잡은 채 그녀에게 귓속말을 속삭이고 있는 마티어스까지.

오직 눈이 보이지 않는 페이만이 인자한 미소를 지은 채 사진기를 보고 있었다.

며칠 뒤 나온 흑백 사진엔 황당하게도 페이만 찍혀 있어 기사를 당황케 했다. 사진이 제대로 찍히지 않았다고 생각한 것이다. 하지만 페이는 이미 예상하고 있었다는 듯 잘못 나온 사진 한 장을 죽을 때까지 소중히 간직했다.

"그날을 내가 기억하니까 괜찮아."

페이는 후에 유언으로 그 사진을 관 속에 넣어 달라고 부탁했다.

오랜만에 한 자리에 모인 그들은 휠체어를 타고 있는 페이를 둘러싼 채 이야기를 나눴다. 오늘 결혼한 신부에 대한 이야기와 그동안의 소소한 일상에 대한 이야기를 주고받던 그들 사이로 신시아가 잠깐 실례하겠다며 자리에서 일어섰다. 문득 아벨라 옆을 지나가던 신시아가 그녀의 어깨를 세게 치고 갔다. 몸이 부딪힐 만큼 좁은 공간이 아니었기 때문에 아벨라는 그것이 고의적이라는 걸 알았다. 일행들은 이야기를 나누느라 아무도 신시아의 행동을 보지 못했다. 아벨라는 자리에서 조용히 일어나 신시아를 따라 나갔다.

"신시아."

샴페인을 따라 마시던 신시아가 아벨라의 목소리에 천천히 뒤돌아섰다.

"이게 누구야? 하녀 아벨라 아냐? 하녀가 여기까지 무슨 일?"

손에 든 샴페인을 보기 좋게 한입에 털어 넣은 신시아가 입술에 묻은 샴페인을 붉은 혀로 핥았다. 그 모습이 테라의 피를 마실 때를 떠올리게 해 마음이 좋지 않았다.

"날 신시아님이라고 부르지 않는 걸 보니 이젠 자신이 누군지 아는 모양이지?"

"대충이요. 내가 당신과 같은 존재라고 들었어요."

"기억은 아직인 거야?"

"곧 돌아오겠죠."

그 말에 신시아가 저런, 하고 안타까운 얼굴을 했다.

"그런데 무슨 일? 내게 할 말이라도 있어?"

"테라에겐 왜 그랬어요?"

"테라? 그게 누군데?"

"테라 말이에요. 별관의 하녀장. 왜 그 애의 목을 물었어요?"

갑작스러운 질문에 신시아는 기억을 더듬어 보는 척했다. 이미 알고 있는 듯했지만 괜히 시간을 끌며 시침을 뗐다.

"글쎄. 왜 그랬을까? 무슨 대답이 듣고 싶어? 하류층의 피는 맛도 구질구질하다는 말?"

그 말에 아벨라가 참지 못하고 술잔을 뺏어 저 멀리 던져 버렸다.

"이게!"

신시아가 아벨라를 확 밀쳤다. 무지막지한 힘이었다. 아벨라는 보기 흉한 모습으로 벽에 부딪힌 뒤 바닥으로 풀썩 떨어졌다.

"난 네가 하녀일 때도 네게 무례를 범하지 않았다! 그런데 왜 내 비위를 건드려?"

화가 난 신시아가 눈동자 색을 붉게 바꾸며 서슬 퍼런 목소리를 냈다.

"하녀장에게 왜 그랬냐고? 몰라서 물어? 그 계집은 본분을 잊고 행동한 게 한두 번이 아니었어! 내가 아니더라도 다른 귀족에게 매질을 당해 죽었을 애였다고!"

그러면서 신시아는 아벨라를 향해 테이블 위의 술병을 던졌다. 유리병의 파편과 술이 사방으로 튀었다. 재빨리 피하지 않았다면 술병에 맞아 기절할 뻔했다.

"어차피 별관에 있던 하녀들은 우리의 먹이였을 뿐이야. 공공의 먹잇감은 누가 먹어도 괜찮은 거라구. 지금 내게 먹이를 먹은 것에 대해 훈계라도 하고 싶은가 본데 웃기지 마. 내가 안 먹었다면 네가 먹었을걸? 난 고작 목을 물었지만 넌 머리부터 씹어 먹었을지 알 게 뭐야?"

아벨라가 벽을 박차고 일어나 신시아에게 달려들었다. 두 여자의 몸이 술과 샴페인을 진열해 놓은 테이블 위로 그대로 떨어졌다. 아벨라가 먼저 몸을 일으켜 신시아의 몸에 올라탔다. 풍성한 머리카락에 시야가 가려진 신시아가 아벨라의 머리채를 잡았다. 둘은 서로 먼저 기세를 잡으려고 꽤 오래 엎치락뒤치락했다. 역전시킨 건 아벨라였다. 그녀가 신시아의 두 팔을 위로 잡아 억압했다. 어디서 그런 몸놀림을 익혔는지 모르겠지만 아벨라는 꽤나 재빠른 스피드를 보여 주었다. 신시아가 몸을 비틀며 발악했다.

"비켜! 무식하게 힘만 좋은 계집애! 당장 내 몸에서 떨어지지 못해?"

화가 난 신시아가 아벨라를 떨어트리려 애썼지만 거머리처럼 달라붙은 아벨라는 끝까지 떨어지지 않았다. 떨어지지 않을 뿐만 아니라 신시아의 목도 물어 버렸다.

"아아악!"

그저 울컥 치미는 감정에 휘말렸을 뿐이라고 생각했다. 하지만 막상 신시아를 보자 주체할 수 없는 화가 치밀었다. 이렇게까지 테라를 위하는 마음이 있었던 건 아닐 텐데 그동안 신시아의 행동이 미웠었나 보다. 아니면 기억을 잃기 전 앙숙이었을지도.

이유는 정확히 모르지만 아벨라는 신시아가 테라에게 그랬던 것처럼 똑같이 목을 물어 주었다.

"아벨라! 그만둬!"

소란스러움을 듣고 마티어스가 제일 먼저 달려왔다. 그가 아벨라를 떼어 냈다. 아벨라는 그의 만류에도 다시 신시아에게 달려들려고 했다.

"그만!"

마티어스가 더 이상 움직이지 못하게 그녀를 포박했다. 뒤따라 도르제와 카이도 나왔다. 아벨라는 그제야 조금 진정하는 모습을 보였다.

"갑자기 왜 이래? 신시아는 우리 동족이야. 잊었어?"

"알아요. 하지만 테라를 망친 장본인이잖아요."

"그렇다고 목을 물어?"

어이없어 하는 마티어스의 옆에서 도르제가 쓰러진 신시아를 일으켜 세웠다.

"괜찮습니까?"

"내 목을 물었어!"

"어디 봅시다."

넘치는 화를 주체 못 하는 신시아가 자신의 목을 길게 빼 도르제에게 보였다.

"다행히 살점이 뜯기거나 상처가 나진 않았어요. 이빨 자국은 선명하지만. 약을 발라 줄게요."

도르제가 주머니 안에서 약품을 꺼내자 신시아가 그 손을 쳐 내고 마티어스를 쳐다봤다.

"이대로 눈감으실 거예요? 화이트 성에 사는 동족끼린 서로 공격하면 안 된다는 규율이 있잖아요."

"아직 기억이 돌아오지 않아서 그래. 또 테라 하녀장과 친구 사이라서 그 일에 민감하기도 하고."

"마티어스님!"

"그만, 신시아. 기억이 돌아오면 그때 사과받는 걸로 하고 오늘은 여기까지 해라."

그가 더 큰 소란이 일어나기 전에 파티에서 빠지자고 말했다.

"다들 그만 돌아가도록 하지. 도르제, 마차를 불러라."

"알겠습니다."

신시아는 붙잡고 있던 목에서 손을 내렸다. 그가 저렇게까지 부탁하는데 싫다고 말하기도 곤란했다. 하지만 섭섭한 마음은 어쩌면 좋을까. 뭘 어떻게 해도 마티어스는 그녀 편이다. 흔들림이 없다. 신시아가 쓴웃음을 삼켰다.

'로렌즈가 있었다면 위로라도 받을 텐데.'

대기하고 있는 마차에 오르다가 긴 치마가 구두에 걸려 밑단이 살짝 찢어졌다. 평소 같으면 로렌즈가 재빨리 그녀의 치맛자락을 들어 걷는 데 불편하지 않도록 해 줬을 테지만 그는 이 소란에도 모습을 보이지 않았다. 페이 때문일 것이다. 페이를 신경 쓰느라 자신을 잊었나 보다. 혼자 겉도는 느낌이 들었다. 신시아는 마차 안에서 물린 목을 만지며 주먹을 꾹 움켜쥐었다.

마차를 향해 걸어가는 아벨라는 싸움의 여운이 가시지 않은 듯 두 손으로 치맛자락을 잔뜩 움켜쥔 채였다.

"난 신시아가 싫어요. 기분이 그래요. 찜찜해."

소란을 피워 미안한 마음이 있지만 쉽게 화가 가라앉지도 않았다.

"원래도 사이가 좋지 않아."

"역시 그렇죠?"

그의 말에 타당한 변명이라도 찾아낸 듯 아벨라가 반색했다.

"편들어 준다고 좋아할 일이 아니야. 어떻게 목을 물 생각을 해?"

"원래 뱀파이어는 그래야 하는 거 아니에요?"

"그건 먹이한테 하는 거고. 기억을 잃더니 상식도 사라진 거야? 변화도 못 하는 네가 동족의 목을 물어봤자 화만 돋울 뿐이야."

그가 그녀를 마차 안으로 떠밀었다. 그런 그를 도르제가 불쌍하게 쳐다봤다.

"왜 쳐다봐?"

"여자들 사이에서 늘 치이시는군요. 피곤하시겠습니다."

"네가 그러니 더 피곤해지는군. 어서 마차에 타."

대기하고 있는 마차는 총 세 대. 일행은 각각 두 명씩 마차에 나눠 탔다. 로렌즈는 페이와 마지막 인사를 나누느라 제일 마지막으로 마차에 올랐다.

"함께 살면 좋을 텐데요."

이별 앞에서 섭섭함을 감추지 못하는 페이가 결국 눈가를 촉촉이 적셨다. 로렌즈는 무릎을 굽힌 채 페이를 마주 보았다.

"내가 곁에 머물면 분명 곤란한 일이 생길거야. 나로 인해 네가 사람들로부터 손가락질받는 일은 원치 않아. 이해하지?"

이해한다. 당연히. 하지만 오늘의 이별이 자꾸만 마지막인 것 같아 눈물이 났다. 로렌즈는 불안해하는 페이를 가만히 안아 주었다. 매사 당당하던 페이도 세월 앞에서 참 많이 약해진 것 같았다. 페이가 로렌즈의 다친 팔을 조심히 만졌다.

"아까 내 손을 잡아 준 게 오른손이 아니라서 의아했었어요. 역시 팔을 다쳤군요."

"부러져서 지지대를 댄 것뿐이야. 걱정하지 마."

"전 그쪽 세계가 어떤지 정확히 모르지만 한 가지만 약속해 줘요. 앞으로는 절대 다치지 않겠다고요."

"약속할게."

"제 피를 주고 싶지만 안 되겠죠? 그럼 당장 부러진 팔도 나을 텐데. 전 늙고 건강하지 못해서 도움이 안 될까요?"

"또 마음 아픈 소리를 하는구나. 난 굶어 죽는 한이 있어도 절대 네 피는 마시지 않아. 그럴 수 없다는 거 잘 알잖아."

"알아요. 잘 알죠. 그래서 더 마음이 아파요."

로렌즈가 페이의 뺨에 짧은 이별의 입맞춤을 했다.

"세상에서 널 제일 사랑한다, 페이."

"저도요."

"건강하게 잘 있으렴. 또 만나러 올게."

그가 마차에 오르자 마부는 기다렸다는 듯 방향을 틀어 저택 앞을 벗어났다. 휠체어에 앉은 페이가 참고 있던 눈물을 터트리면서 손을 흔들었다.

"잘 가요, 아빠. 꼭 다시 만나요."

떠나는 마차 안에서 그 모습을 지켜보던 아벨라의 눈이 휘둥그레졌다. '아빠'라는 말을 똑똑히 들었기 때문이다. 마침 마차의 창문 밖으로 두 사람을 지켜보던 마티어스가 입을 열었다.

"로렌즈에겐 안타까운 일이지만 페이가 살 날이 길지 않을 거라고 생각되는군."

"그렇습니다. 심장박동수가 부정확하더군요. 혈액 순환도 원활하지 않고요."

도르제가 본인도 느꼈다며 그의 말에 수긍했다.

"심장 소리를 로렌즈도 들었을 텐데 괜찮을지 모르겠어."

"로렌즈는 인생의 대부분의 시간을 그녀 곁에 머무는 걸로 소비했죠. 딸을 너무 사랑하니까요."

"잠깐만요. 딸이라고요? 그러니까 미세스 페이가 로렌즈의 딸이란 말이에요?"

아벨라는 믿을 수 없다는 듯 재차 물었다. 마티어스가 차근히 설명해 주었다.

"페이는 로렌즈의 외동딸이야. 로렌즈는 뱀파이어가 되기 전까지 부인과 딸과 함께 농장에서 살았어. 그는 커다란 농장의 농장주였거든. 성실한 부자였지. 어느 날 뱀파이어가 농장을 습격했어. 그로 인해 농장에서 일하던 많은 사람이 죽고 로렌즈도 뱀파이어가 됐지."

"부인과 딸은요?"

"로렌즈만. 그만 뱀파이어가 됐어. 그래도 홀로 남겨진 어린 딸이 걱정돼서 떠나지 못하고 계속 함께 살았다고 해. 그러다가 점점 본능을 참지 못하게 되고 딸과 함께 살 수 없게 된 거지. 버티려고 했지만 로렌즈가 피에 집착하게 되면서 딸이 오해받는 일이 생기자 어쩔 수 없었다고 해. 그래도 딸의 곁을 떠나지 못하고 근처에서 몰래 지켜보며 살았는데 마침 그가 잠시 자리를 비운 사이에 집에 큰 불이 난 거야. 로렌즈가 다급하게 딸을 구했지만 이미 두 눈을 다치고 난 뒤였어. 페이가 눈이 안 보이는 이유는 그 화재 때문이야. 내가 기억하기론 로렌즈가 화이트 성에 와서 살기 시작한 건 페이가 결혼하고 나서일걸."

딸을 보호해 줄 남자가 나타났으니 더 이상 할 일이 없어졌다고 생각한 로렌즈는 그 뒤로 이곳저곳을 방황하다가 화이트 성에 안착했다. 질 나쁜 뱀파이어들과의 시비 끝에 죽을 뻔한 그를 도와준 마티어스를 따라서 그들과 함께 살게 됐다.

"그런 사연이 있었군요. 저 사람."

로렌즈에 대한 짧은 인생 이야기를 들으며 아벨라는 창문 밖을 바라보았다. 떠나는 마차를 아직도 바라보고 있는 페이가 보였다. 여전히 젊은 아버지와 이젠 늙어서 걷지도 못해 휠체어에 앉아 있는 딸의 모습. 그 모습이 기묘하면서도 슬퍼 보였다.

"결국 로렌즈는 유일한 혈육인 딸의 죽음까지 지켜봐야 하는가 보네요."

마차에 오르는 로렌즈를 보며 아벨라는 마음이 숙연해졌다.

마차가 가는 길이 낯설었다. 후작의 집과 피테르가 사는 숙소에서만 생활해 왔기에 런던의 거리가 익숙한 건 아니지만 돌아가는 길이 항구 쪽이 아니었다.

"지금 어디로 가는 거예요?"

창밖을 바라보던 아벨라가 이상함을 느끼고 마티어스에게 물었다.

"거처를 옮길 거야."

"원래 있던 곳으로 가는 게 아니고요?"

"설마. 곧 해가 지면 사드가 눈을 뒤집고 우리를 찾을 텐데 그쪽으로 가는 건 자살행위야. 왜?"

왜라고 묻는 그는 이미 그녀가 뭘 걱정하는지 꿰뚫고 있는 듯했다. 이대로 거처를 옮겨 버리면 더 이상 피테르와 만날 수 없다는 걸 아는 것이다. 아벨라는 초조해졌다. 피테르와의 이별이 이렇게 갑작스럽게 올 줄 몰랐다. 그사이 마차가 새로운 거처에 도착했다. 멈춰 선 마차에서 차례로 한 명씩 내렸다. 도르제가 카이를 부축해 제일 먼저 앞서 걸었다. 뒤이어 내린 신시아는 여전히 화가 난 상태로, 말을 거는 로렌즈와 말싸움을 했다. 다소 어수선한 모습 속에서 아벨라는 빠르게 집 주변을 훑었다. 이곳이 어딘지 알아내기 위해서였으나 등을 떠미는 마티어스로 인해 제대로 파악하질 못했다.

"다들 잠깐 주목."

마티어스의 목소리에 이 층 계단을 오르던 도르제와 카이가 멈춰 섰고 신시아의 꽁무니를 따라가던 로렌즈가 뒤돌아섰다.

"몇 가지 말해 줄 사항이 있으니 다들 자리에 앉도록 해."

그의 말에 모두가 거실로 내려와 앉았다. 아벨라는 문 옆 나무 의자에 앉았다. 뱀파이어인 그들과 나란히 앉기엔 아직 거북했다.

"먼저 아벨라와 간단한 인사부터 나누도록 하지. 지금은 아벨라 모리스지만 곧 기억을 되찾을 클로에게 말이야."

마티어스가 아벨라에게 일어서라고 말했다. 아벨라가 다소 부담스러운 얼굴로 자리에서 일어섰다.

"이미 후작의 별관에서 만나 알고 있겠지만 여기는 로렌즈."

"별관을 나간 이유가 저의 신중하지 못한 발언 때문이라고 들었습니다. 정식으로 사과 말씀드립니다. 로렌즈입니다."

"다음은 카이."

"카이예요, 클로에님. 다시 한 번 감사 인사드려요. 그날 절 도와주셔서 이렇게 목숨을 지킬 수 있었어요."

"신시아."

신시아는 아무 말 없이 까딱 고개를 숙였다 들었다. 다음으로 호명된 도르제는 페이의 저택에서 마주쳤을 때와 동일하게 짧게 자신의 이름을 밝히는 걸로 소개를 마쳤다. 아벨라는 어정쩡하게 서서 그들의 인사를 전부 받았다. 어쩐지 대접받는 분위기였다.

"모두 잘 듣도록. 다들 알고 있겠지만 은탄을 사용하는 헌터가 우리를 찾아다니고 있다. 후작을 직접 찾아올 정도로 배후가 든든한 놈이야. 덕분에 우린 별관에서 쫓겨나 이곳에 숨는 신세가 됐다. 오늘 도르제가 놈을 미행하고 왔다. 그 내용을 다 함께 들었으면 한다."

마티어스가 도르제를 쳐다보았다.

"도르제. 내게 보고하려던 내용을 모두에게 말해 주도록."

일종의 보고 겸 회의가 시작되었다. 도르제가 알겠다며 이야기하기 시작했다.

"미행은 생각보다 긴 시간이 필요하지 않았습니다. 그들의 급박함이 제 미행을 도왔죠. 그들의 동료가 마차 안에서 죽어 가고 있었거든요. 또한, 낮에는 뱀파이어가 활보하지 않을 거라는 생각으로 그들은 나를 경계하지 못했습니다. 미행은 성공적이었고 수확을 얻었죠."

"그래서 알아낸 건 뭐지?"

"헌터들의 은신처를 알아냈습니다. 런던 안에 있습니다."

헌터들이란 말에 조용히 자리를 지키고 있던 아벨라의 귀가 쫑긋

했다.

"위치는?"

"사원입니다. 런던 시내에서 제일 크고 유명한 사원이죠. 어딘지 말 안 해도 다들 짐작할 거라고 생각합니다."

"웨스트민스터 사원이로군."

마티어스가 담백하게 웃었다.

"점점 재밌어지는걸. 어느 정도 짐작은 하고 있었지만 은신처로 사원을 활용하고 있다니. 내부 파악은?"

"후문으로 들어가는 것을 확인하고 미행을 종료했습니다. 내부 파악은 앞으로 우리가 알아내야 할 첫 번째 일이죠."

"다친 동료를 데리고 병원이 아닌 사원으로 들어갔다는 건 의심할 만한 대목이지. 내부파악을 위해 한 번 습격을 해 봐야겠군. 그래야 진면목이 드러날 테니까. 카이. 현재 치유속도는 어때?"

어깨부터 가슴 쪽까지 붕대로 칭칭 감고 있는 카이가 마티어스의 질문에 괜히 주눅이 드는지 어깨에 걸친 코트로 상처를 가렸다.

"괜찮습니다. 금방 나을 거예요."

마티어스는 카이의 말이 신뢰가 가지 않는다는 듯 도르제에게 의사로서의 소견을 물었다.

"도르제. 카이의 말이 맞나?"

"아뇨. 상처가 깊어 다량의 피를 마셔도 쉽게 낫지 않고 있어요. 하루 이틀 안에 나을 상처가 아닙니다. 오랫동안 휴식이 필요합니다."

"좋아. 카이는 다쳤고 휴식이 필요하다. 로렌즈 또한 부상당한 상태야. 신시아와 아벨라는 서로 사이가 안 좋지."

그가 도르제를 뺀 나머지 사람들을 쭈욱 훑었다.

"도르제만 남고 나머지는 모두 화이트 성으로 돌아가도록 해."

모두가 놀란 얼굴을 감추지 않았다.

"화이트 성으로 돌아가라고요?"

"마티어스님. 저도 말입니까?"

로렌즈가 자신도 포함되어 있다는 사실이 꽤나 놀라운지 거듭 재차 물었다.

"그동안 런던에 머문 이유는 실종된 아벨라를 찾기 위해서였다. 혼자선 찾을 수 없으니 도움을 받은 거야. 이제 그녀를 찾았고 늦게나마 그녀가 우리와 생활하기를 바라고 있어. 기억도 곧 돌아오겠지. 그러니 아벨라와 함께 화이트 성으로 돌아가 기다리도록 해. 그동안 고생들 많았다."

"잠깐만요. 나는 왜요? 나는 왜 화이트 성으로 가야 해요?"

잠자코 이야기를 듣던 아벨라가 이해할 수 없다며 반박했다.

"놀랄 것 없어. 집으로 돌아가는 것뿐이니까. 오히려 그곳에 머무르는 게 기억을 돌아오게 하는 촉진제가 될지도 몰라. 그러니 그곳에 가서 안정을 취하면서 쉬어."

"화이트 성이라는 곳, 런던 안에 있는 거죠? 그렇죠?"

"아니. 런던에서 굉장히 멀어. 로렌즈가 그곳으로 안전하게 안내할 거야."

로렌즈의 안내는 중요하지 않다. 아벨라가 걱정하는 것은 이대로 피테르와 영영 이별을 하게 되느냐, 아니냐였다. 예상치 못한 일에 아벨라는 즉각적으로 거부반응부터 보였다.

"난 화이트 성에 가지 않을래요."

진중한 분위기에 찬 물을 끼얹으며 아벨라가 말했다.

"그곳에 가기 싫어요."

"이유가 뭐지? 우리와 함께 지내고 싶다고 말한 건 너였잖아."

"그건 그 집에서 같이 있고 싶단 말이었어요. 화이트 성이 아니라 그 집이요."

"왜 꼭 그 집이어야 하는데? 설마 그놈 때문이야?"

아벨라는 부정하지 않았지만 그렇다고 긍정도 하지 않았다.

"어지간히 해. 헌터인 그놈이 네가 뱀파이어란 걸 알게 되면 지금의 부녀 사이도 끝장나. 이대로 사라져 주는 게 오히려 서로에게 좋지 않겠어? 아름답게 이별하고 싶은 마음은 이해하지만 그쪽은 간밤의 일로 인해 뱀파이어라면 이를 갈고 있을 테니 생략할 건 좀 생략하자고."

"그럼 편지라도 쓰게 해 줘요."

"안 돼."

"사정이 생겨 갑자기 떠나게 됐다는 걸 알려 주는 것도 안 돼요?"

"안 돼."

"왜요?"

"놈은 헌터야. 그 어떤 이유로든 앞으로의 접촉은 모두 금지한다."

마티어스의 일방적인 통보에 아벨라가 발끈했다.

"내가 왜 당신의 허락을 받아야 하는 거예요?"

"정도껏 해. 아무리 기억을 잃었다 해도 동족을 죽이는 헌터를 돕겠다는 널 이해할 사람은 여기 아무도 없어."

설명을 해 줬는데도 불구하고 계속 고집을 피우는 그녀를 마티어스가 단 한마디로 제압했다. 여기에 있는 자들은 모두 뱀파이어다. 그들의 시선이 쏠리자 아벨라는 어쩔 수 없이 입을 다물고 말았다.

"로렌즈. 출발 준비를 하도록 해. 빠를수록 좋다."

마티어스의 심기를 거스른 아벨라 덕에 출발시간이 빨라졌다.

"아직 헌터들이 우리의 적이라는 게 밝혀지지 않았는데 그들의 근거지를 습격할 필요가 있는 겁니까?"

로렌즈가 의문스럽다는 듯이 묻자 마티어스가 대답했다.

"그 적을 찾아내기 위해 필요한 일이야."

"그럼 더더욱 제가 남아서 힘을 보태는 게 좋지 않겠습니까? 부러진 팔은 금방 나을 겁니다."

"그녀가 안전해야 내가 안심이 돼서 그래. 그러니 모쪼록 명령에 따라 주면 좋겠다, 로렌즈."

마티어스가 창문 너머를 보며 말을 이었다.

"해가 지기 전에 서둘러 출발하는 게 좋겠다. 도르제, 런던 지도를 가지고 있지? 탁자 위에 펼쳐 봐."

외곽으로 빠지는 안전한 길을 찾기 위해 도르제와 로렌즈가 탁자 주변으로 모였다.

"사드가 어떤 식으로 보복해 올지 모르니 런던을 빠져나가기 전까진 주의가 필요해. 특히 놈의 부하들이 로렌즈의 얼굴을 알고 있으니 더욱."

놈의 조직이 어떤 식으로 그들을 찾을지는 아무도 모른다. 마티어스의 설명에 로렌즈가 제일 쉽고 편한 길을 손가락으로 가리켰다.

"사람들이 제일 많이 이용하는 길입니다. 그만큼 자유로워 외곽으로 쉽게 나갈 수 있어요. 대신 문제가 발생하면 인파를 피해 탈출하는 게 불편하다는 단점이 있습니다."

"이쪽 길은?"

마티어스가 지도의 다른 길을 가리켰다. 도르제가 고개를 저었다. 셋은 그렇게 보다 안전한 길을 찾기 위해 의견을 주고받았다.

신시아가 자리에서 일어나 방으로 들어갔다. 아벨라와 한 공간에 있는 게 죽기보다 싫다는 표정을 지은 채였다. 자리를 지키던 카이도 몸 상태가 좋지 않은지 출발 전까지 휴식을 취하기 위해 이 층으로 올라갔다. 한쪽 팔로 난간을 잡고 계단을 올라가는 카이의 모습은 힘겨워 보였다. 물끄러미 지켜보던 아벨라가 카이에게 다가가 어깨를 내주었다.

"나한테 기대요."

아벨라는 카이를 돕는 척 집의 내부구조를 살펴 빠져나갈 곳을 찾고자 했다. 그런 그녀를 마티어스가 힐긋 쳐다봤지만 그 이상의 관심을 보이지 않았다.

"어느 쪽으로 갈까요?"

"어디든 빈방이면 돼요."

아벨라는 제일 가까운 빈방으로 그를 안내했다. 그가 침대에 눕자 아벨라는 베개를 세워 카이가 등을 기댈 수 있게 도왔다.

"꿈만 같아요. 드디어 우리가 화이트 성으로 가게 되다니."

카이는 아래층에서 보지 못했던 들뜬 얼굴을 내비췄다.

"사실 이제야 말하지만 함께 돌아가는 건 힘들 거라고 생각했어요. 마티어스님이 그렇게 노력했는데도 실종된 당신을 찾지 못했으니까요. 그런데 이렇게 가게 된다니 말할 수 없을 만큼 기뻐요."

"당신들에게 화이트 성은 어떤 개념이에요?"

"고향이자 집이죠. 그 일이 있기 전까지 우린 모두 그곳에서 살았으니까요."

그러면서 카이는 문득 묘한 질문을 했다.

"저도 화이트 성에 가도 되는 거죠? 사실 돌아가지 말아야 하나 고민했어요. 그러는 게 맞기도 하고요. 습격의 날, 저는 고주망태가 되어 당신이 적에게 공격당하는 것도 모르고 있었어요. 당신이 후작의 별관에서 사라졌을 때도 술을 마시고 있었고요. 그런데도 뻔뻔하게 또 따라가도 되는 건지 고민이 많아요."

"집으로 돌아가는 걸 왜 내 허락을 받아요? 모두의 집이라면서."

눈을 내리깔고 있던 카이가 공손하게 입을 열었다.

"당신이 그 성의 주인이니까요."

성의 주인이라니. 처음 듣는 얘기였다. 아벨라가 설마, 하며 어색하게 웃어 보였다.

"아직 설명을 듣지 못했나 보군요. 당신에 대한 이야기를."

몇 가지 기본적인 건 마티어스에게 들었지만 그런 얘기는 듣지 못했다. 전혀 모르겠다는 얼굴의 그녀를 보며 카이가 걱정 말라는 미소를 보여 주었다.

"안심해요. 당신은 당신이 기억하는 것처럼 수렵꾼의 딸이 아니니까요. 화이트 성의 주인이자 고귀한 왕족이고 또 우리 뱀파이어들의……"

어깨에 통증이 오는지 카이가 긴 신음을 내뱉었다. 뒤의 말을 듣고 싶었으나 아파하는 모습을 보자 재촉하기가 어려웠다. 아벨라가 베개를 낮춰 주었다. 움직임이 있을 때마다 카이가 신음을 내뱉었다. 그 모습이 지금 그의 상태가 얼마나 심각한지 느끼게 해 주었다.

"뱀파이어는 재생능력이 뛰어나다고 들었어요. 그런데 당신은 재생이 더딘 것 같아요."

"흘린 피도 많았고 사후조치도 원활하지 않았기 때문이에요. 무엇보다 내부 상처가 커서 치유되는 데 시간이 걸리는 모양이에요. 하지만 제일 중요한 건 각자의 힘에 따라 재생 속도도 다르다는 게 크죠. 내 힘은 이 정도예요. 나의 힘과 비례해 재생되고 있는 거고요. 그래도 인간이었다면 죽었을 거예요."

카이는 아픈 부위를 감싸 쥔 채 자고 싶다고 말했다.

"출발 전까진 시간이 있으니 눈 좀 붙여요."

"아뇨. 전 잠들면 안 돼요. 지금 잠이 들면 아마도 수일 후에나 깨어날 거예요."

"며칠씩이나 잔다고요?"

"일종의 가사상태가 되는 거예요. 뱀파이어는 최악의 몸 상태가 되면 스스로를 보호하기 위해 가사상태에 빠져요. 동면 같은 거죠."

"동면?"

"아마 저는 화이트 성으로 가는 중간에 눈을 뜰 거예요. 반대로 화이트 성에 도착해서도 깨어나지 못할 수도 있구요. 그래서 말인데 제가 깨어나지 않으면 절 깨워 줄 수 있어요? 아직 기억이 돌아오지 않은 당신을 위해 화이트 성을 구경시켜 주고 싶어서요."

카이가 잠들지 않으려고 애쓰면서 가만히 그녀의 손을 잡았다.

"클로에님. 이제 클로에님이라고 불러도 되죠? 아직 기억이 돌아오지 않아서 제 말이 이해되지 않겠지만 마티어스님을 전적으로 믿고 따라 주면 좋겠어요. 종종 그분의 태도와 행동이 이해되지 않더라도요. 그분은 언제나 당신이 일 순위예요. 그 어떤 일을 하든, 어디에 있든, 당신 외엔 아무것도 생각하지 않아요. 그러니까……."

버티던 카이가 결국 눈을 감았다. 그의 말대로 가사 상태에 빠진 것 같다. 신기하고 놀라웠다. 뱀파이어가 영생할 수 있는 건 인간에게는 없는 몸의 이런 기능 때문인 것 같다. 아벨라는 잠든 그를 짧게 관찰하다가 그곳을 나왔다. 그녀의 발걸음이 제법 무거웠다. 마티어스를 믿지만, 믿으려 하지만, 불행하게도 그녀는 기억의 지배를 더 크게 받고 있었다. 얼마나 단단하고 확고한지 웬만한 말에 흔들림도 없다. 그래서 아벨라는 기회를 봐서 탈출하겠다는 쪽으로 마음을 굳혔다.

"한번만. 마지막으로 딱 한번만 기억 속의 아빠를 볼 거야."

이 층 계단을 내려오는데 갑자기 아벨라의 눈앞을 쏜살같이 지나가는 검은 인영이 있었다. 깜짝 놀란 그녀가 난간을 움켜잡으며 우뚝 멈춰 섰다.

'뭐지?'

탁자 앞에는 여전히 마티어스가 이야기를 나누고 있었다. 그녀가 이상한 기시감에 잠시 눈을 감았다 떴다. 그런데 감았던 눈을 다시 뜬 순간, 조금 전 본 인영이 다시 나타나 아벨라의 심장에 칼을 박았다.

"안 돼!"

새된 비명을 내지른 아벨라가 본능적으로 제자리에 주저앉았다. 너무 놀란 나머지 지금 서 있는 곳이 계단이라는 걸 잊은 채였다. 순간 발을 헛디딘 그녀의 몸이 앞으로 기우뚱거렸다. 난간을 잡으려고 손을 뻗었지만 여의치 않았다. 이미 기울어진 몸은 그대로 계단 아래로 추락하려 했다. 하지만 그녀는 계단 위로 굴러 떨어지지도 않았고 다치지도 않았다. 단단한 두 팔이 그녀를 낚아채 재빨리 안아 주었기 때문이다.

"괜찮아?"

부드러운 목소리의 주인은 마티어스였다. 그가 품에 안은 그녀를 내려 주며 안색부터 살폈다. 아벨라는 상황을 파악하려는 듯 여전히 커진 눈동자로 주변을 두리번거렸다. 또다. 또 그 환영이다.

"또 그 남자가 나타났어요."

뚱딴지같은 말을 내뱉으며 인영을 찾는 그녀를 본 마티어스가 아무래도 뭔가 이상하다고 느꼈는지 갑자기 그녀의 목에 가만히 손등을 댔다. 자연스러운 행동이었지만 연인이 아니라면 쉽게 하기 힘든 행동이기도 했다.

"약하긴 하지만 맥은 정상인데."

차가운 그의 손의 온도 때문인지 아벨라가 움찔 어깨를 떨며 정신을 차렸다. 마티어스가 무슨 일이냐고 물었다. 로렌즈와 도르제도 궁금한 듯 그녀를 쳐다보았다.

"왜 그래?"

"이상한 걸 봤어요. 믿지 못하겠지만 어떤 남자가 날 칼로 찔렀어요. 그 남자가 내 심장에 칼을 박았어요."

로렌즈가 도르제를 쳐다봤고 도르제는 마티어스를 쳐다봤다. 이곳엔 오직 셋뿐이었다. 모두 영문을 모르겠다는 얼굴이었다.

"어떤 모습이었어?"

침착하게 본 것을 묻는 마티어스에게 아벨라는 자신이 본 내용을 상세하게 설명했다.

"빛처럼 찬란한 색의 검을 지닌 사람이었어요. 얼굴에 가면을 쓴 남자요. 분명 저기서 날 향해 공격했어요."

그녀의 설명에 어쩐지 모두가 가만히 침묵했다. 누굴 이야기하는지 대충 짐작하는 표정들이었다.

"언제부터 이런 걸 봤어?"

"정확한 건 아니지만 사드에게 머리를 다치고 난 후부터 그런 것 같아요."

"그때 머리를 다쳤었어?"

"벽에 세게 부딪혔어요."

아벨라는 자신을 공격한 남자가 있던 계단 위를 보았다. 그곳엔 아무도 없었다. 아벨라는 믿을 수 없다며 자신의 심장을 내려다보았다. 착각이라고 하기엔 감각이 너무 생생해 지금도 심장 쪽이 뻐근했다. 아벨라는 손으로 심장을 보호하듯 감싸며 마티어스를 쳐다보았다.

"설마 내가 환영을 본 걸까요?"

"아니. 지금 설명한 내용은 습격의 날에 대한 기억이야."

"습격의 날?"

"기억이 조금씩 돌아오고 있다는 증거지. 나쁜 건 아니지만 하필 떠오르는 게 그날이라니 좀 걱정스럽군."

마티어스가 우려의 목소리를 냈다.

"그 외에 보이는 건 없어?"

"없어요. 똑같은 장면만 계속 보여요. 다른 게 있다면 처음 본 환영은 적이 눈앞까지 달려왔지만 오늘은 내 심장에 칼을 꽂는 걸로 환영이 변했다는 거예요."

"이 질문이 지금 적절한 건지 모르겠지만 혹시 놈의 얼굴도 보입니까?"

듣고 있던 도르제가 불쑥 질문했다.

"아뇨. 얼굴은 보이지 않아요."

사실이다. 다른 건 세세하게 보이는데 남자의 얼굴은 흐릿한 게 잘 보이지 않았다.

"억지로 생각하려고 하지 마. 특히 습격의 날의 일은."

"왜요?"

"너무 비참해."

단답형의 대답은 조금 슬펐다. 로렌즈가 그사이 안전한 길을 찾았고, 일행은 화이트 성으로 출발하게 됐다.

잠든 카이가 관에 담겨 마차에 실렸다. 숙면이란 걸 처음 본 터라 죽은 듯 잠든 채로 관에 담기는 모습이 낯설면서 신기했다. 이동하는 마차는 한 대로, 로렌즈가 직접 마부가 되어 길을 나서기로 했다. 신시아와 아벨라는 서로를 바라보는 위치로 앉았다. 로렌즈가 마차의 문을 꾹 닫으며 떠날 차비를 끝냈다.

"로렌즈, 명심해. 런던을 빠져나가기 전까지 경계를 게을리 해선 안 된다."

"염려 마십시오."

로렌즈가 말고삐를 손에 말아 쥐었다. 마티어스가 마차의 창문을 손등으로 툭툭 두들겼다. 아벨라가 고개를 들어 그를 보았다.

항구의 뱀파이어들과 싸우는 더스틴의 모습을 보고 알았다. 칼솜씨가 눈에 익어 이상하다 생각했는데 퍼뜩 떠오르는 기억 속에 놈이 있었다. 습격의 날 적의 모습이. 일행을 화이트 성으로 보내는 건 그들이 진짜 적이기 때문이다.

'난 네가 또다시 다치는 걸 보고 싶지 않아. 그러니 내가 복수를 마

칠 때까지 넌 화이트 성에서 안전하게 기다리고 있어. 그럼 내가 승전
고를 울리며 뒤따라갈 테니. 그땐 너도 기억이 돌아와 있기를 바란다.'

그녀가 기억을 잃어 다행이라고 생각한 건 오늘이 처음이다. 마티
어스는 마차 안의 아벨라를 한참 바라보다가 뒤로 물러섰다. 뭔가 할
말이 있어 유리창을 두드린 게 분명한데 아무 말도 하지 않는 그를 아
벨라도 빤히 쳐다보았다. 그래도 그는 끝까지 입을 열지 않았다. 그가
창문에서 떨어지자 기다리고 있던 로렌즈가 출발했다. 떠나는 마차를
조용히 지켜보는 그의 모습이 점점 멀어졌다. 아벨라는 마차가 멀어
질 때까지 그 자리를 떠나지 않는 그를 보며 런던을 떠났다.

마차는 차분히 인파 속에 묻혀 이동했다.

"며칠을 가야 하는 여정인데 센스 없게 같은 마차에 타게 하다니."

불쾌감을 표시하는 신시아의 혼잣말이 귀에 박혔다. 창밖을 보고
있던 아벨라가 시선을 신시아에게로 옮겼다. 생긴 것만큼이나 불같은
성질의 공주님이다. 어찌나 뾰족하고 예민한지 화려한 미모만큼 성격
도 오색찬란하다. 불편하고 힘든 건 마찬가지인데 꼭 티를 내야 직성
이 풀리는 성격인 건가. 욱하는 성격은 이미 후작의 별관에서 함께 지
낼 때 본 터라 대수롭지도 않았다.

"신시아."

자신의 이름을 부르는 아벨라를 보고 신시아가 기가 막힌 표정을
지었다. 어떻게 뻔뻔하게 말을 거냐는 표정이었다.

"왜? 나는 네게 말을 걸면 안 돼? 화이트 성의 일원은 모두 동등하
고 평등한 거 아니었어?"

또박또박 말하는 모습에 신시아가 어이없어 했다. 그것도 갑자기
반말을? 아직 기억도 돌아오지 않았으면서? 신시아는 아벨라의 변화
가 그저 못마땅했다.

"너 내가 밉지?"

갑자기 무슨 말인지 모르겠다. 말도 섞기 싫은 신시아가 무슨 뜻이 냐며 한쪽 눈썹을 치켜세웠다.

"앞으로 더 미워지게 될 거야."

아벨라가 그 말을 끝으로 느닷없이 신시아에게 달려들었다.

"이, 이게 무슨 짓이야? 저리 비켜! 안 비켜?"

머리채가 잡힌 신시아가 발버둥을 치기 시작했다.

"로렌즈! 마차를 멈춰! 이 계집애가 미쳤어! 로렌즈!"

좁은 마차 안에서 순식간에 몸싸움이 벌어졌다. 서로를 할퀴고 잡아 뜯는 손들이 바쁘게 허공을 오고갔다. 이윽고 누군가의 과격한 발길질에 마차의 문이 벌컥 열리자 마차도 가던 길을 멈췄다. 갑자기 열린 마차 문에 로렌즈가 뒤를 돌아보다가 자리에서 벌떡 일어섰다. 아벨라가 용수철처럼 튕겨져 나와 도망가고 있었다. 움켜쥐고 있던 고삐를 재빨리 놓고 그녀를 향해 달려가던 로렌즈의 귓가에 날카로운 비명이 들린 건 그때였다.

"아아아아악!"

놀란 로렌즈가 열린 문 안을 바라보자 신시아가 손에 한 움큼의 머리카락을 움켜쥔 채 부들부들 떨고 있었다.

"레이디!"

"로렌즈! 내 머리가! 내 머리카락이!"

깜짝 놀란 로렌즈가 뭐라 말하기 전에 신시아가 떨리는 손으로 얼른 자신의 머리를 더듬더니 하얗게 질리기 시작했다. 머리카락이 뽑혀 나간 두피가 원형으로 비어 있었다. 손끝에 느껴지는 두피가 어떤 상태로 변했는지 짐작되는 모양이었다. 놀라 말을 잇지 못하는 신시아와 어떤 위로의 말을 해야 할지 몰라 당황하는 로렌즈의 시선이 마주치는 순간이었다.

"진정해, 레이디. 일단 그녀를 데리고 온 뒤에 조치를……."

로렌즈가 말을 다 잇기 전이었다. 신시아가 충격을 이기지 못하고 두 눈동자를 뒤로 까뒤집으며 그 자리에서 기절해 버렸다.

인파 사이를 비집고 뛰면서 숨이 차오를 때까지 달리던 아벨라가 어느 순간 걸음을 멈췄다. 따라올 거라고 생각했던 로렌즈가 보이지 않았다. 놓쳤다면 다행이지만 안심할 수는 없어 이름 모를 상점 안에 들어가 잠시 숨이 편해질 때까지 몸을 피했다. 문득 상점 거울에 비친 모습을 보니 뺨 한쪽에 손톱자국이 선명했다. 몸싸움을 할 때 생긴 상처다. 옷도 찢어져 있었다. 덕분에 갈빗대의 반 이상이 드러나 보여 난감한 상황이 됐다. 치고 받을 생각까진 없었다. 싸우는 시늉만 하면 소란스러움에 로렌즈가 마차를 멈추겠거니 생각했다. 그런데 신시아가 그렇게 길길이 날뛰며 덤벼들 거라고는 전혀 예상 못 했다.

"그래도 무사히 탈출한 것에 비하면 약소한 희생이야."

몸 어딘가가 욱신거렸지만 이 정도라면 참을 만했다. 아벨라는 서둘러 피테르의 숙소로 뛰기 시작했다. 마지막 인사를 할 거다. 이제 화이트 성으로 가면 다신 보지 못하니까 그동안 잠시나마 아버지가 되어 준 것에 대해 감사를 하고 싶었다. 누군가는 이런 그녀를 무지하고 고집스럽다 말할지도 모르지만 그녀의 입장은 달랐다.

"기억이 돌아와 뱀파이어가 되면 다신 그를 만날 수 없어. 그러니 마지막 인사 정도는 해야 해."

그 뒤엔 정말 아무것도 바라는 것 없이 얌전히 화이트 성으로 가 기억을 되찾기 위해 노력하리라 다짐했다.

"나는 뱀파이어니까."

해가 지기 시작한다. 지평선 너머 몰려오는 구름이 심상치 않았다. 평소 우중충한 런던에 저런 거대한 구름 무리는 흔하지 않다. 뭔지 모를 불안감이 등허리를 스윽 훑고 지나갔다. 아벨라는 먹구름을 보며 더욱 서둘러 달리기 시작했다. 피테르가 이미 폐가를 떠난 것을 알지 못한 채로.

낯선 길을 헤매지 않고 용케 피테르가 머물고 있는 집에 도착했다. 아벨라는 다급히, 그러나 주변의 경계를 잊지 않으며 서둘러 집 안으로 들어갔다. 부서진 집 안은 여전히 엉망이었다. 다친 대원들을 치료하던 침대 위의 핏자국도 그대로였다. 그러나 사람은 보이지 않았다. 집은 텅 비어 있었다.

"아무도 없어요? 누구 없어요?"

더스틴도 네이트도 피테르도 없었다. 잠시 집을 비운 걸까? 사드가 나타난 흔적은 없었지만 아무도 없다는 사실이 조금 불안했다. 비가 내리기 시작했다. 실내가 어두워지자 아벨라는 일단 양초를 찾아 켰다. 사람이 없는 집은 을씨년스러웠다. 무너진 벽과 망가진 집기들. 그리고 피가 묻은 침대는 폐가였던 이곳을 더욱 기괴하게 만들어 놓았다.

'모두 어딜 간 걸까? 계속 기다리고 있을 수는 없는데.'

촛대를 들고 피테르가 묵었던 방을 힐긋 쳐다볼 때였다. 어두운 실내 한편에 서 있는 그림자가 있었다.

"피테르!"

피테르였다. 설마 했는데 그가 맞았다. 아벨라는 반가움과 안도감에 반색하며 그에게 달려갔다.

"여기 있었군요. 집에 아무도 없어서 걱정했어요. 불도 안 켜고 뭐 하고 있었어요?"

"당신을 기다리고 있었어요. 당신을 만나기 위해 옆집에 갔었는데 당신이 없더군요."

"그렇잖아도 그 이야길 하려고 왔어요. 갑자기 사정이 생겨 거처를 옮기게 됐어요. 그래서……."

피테르가 그녀의 말을 끊으며 손에 들고 있는 걸 내밀었다.

"당신 방에서 찾았어요. 이걸 놔두고 갔더군요."

아벨라는 그가 내민 게 뭔지 처음엔 잘 몰랐다. 지금 중요한 건 물건 같은 게 아니기 때문이다. 그러다 그가 들고 있는 게 유리병이라는 알아차린 그녀의 몸이 딱딱하게 굳었다.

"몸이 아프다고 했죠? 이게 아픈 걸 낫게 해 주는 약이라고도 했고요. 그럼 꽤 오랫동안 복용해 왔겠군요, 이 붉은 약을."

아벨라는 당황했다. 당황하고 놀랐으며 어찌할 바를 몰라 했다.

"아벨라. 당신이 무슨 병을 앓고 있길래 피를 마시는 건지 설명해 줄 수 있나요?"

"피, 피테르."

"설명해 봐요."

더스틴과 함께 숙소를 떠나 도착한 곳은 런던 제일의 성당이었다. 상부조직이 정확히 어디에 위치하고 있는지 모르고 있던 네이트와 피테르는 직감적으로 이곳이 상부조직이라는 걸 눈치챘다.

성당 후문에 나타난 그들을 수도사들이 비밀 공간으로 안내했다. 더스틴은 두 사람을 남겨 놓고 홀연히 사라져 오랫동안 나타나지 않았다. 덩그러니 남겨진 두 사람은 수도사의 안내를 받아 일반인들이 출입하지 못하는 성당 지하로 이동해 짐을 풀고 대기했다. 피테르는 짐 속에서 유리병과 다시 한 번 조우했다. 네이트의 말이 계속 신경 쓰였던 터라 유리병을 들고 한참 고민했다.

붉은색. 피처럼 붉은색. 피 같은 붉은색. 사람의 피 색깔.

단순한 호기심일 뿐이었다. 어떤 약인지 냄새만 맡을 생각이었을 뿐, 결코 맛까지 보려던 건 아니었다. 그런데 후각을 파고든 기묘한 냄새에 결국 맛을 보고 말았다.

"이건 사람의 피! 동물의 피도 아닌 사람의 피야!"

피테르는 구역질을 했다. 단 한 방울의 피가 그의 위장을 뒤틀리게 만들었다. 입속에서 맴도는 피 냄새가 그를 소름끼치게 만들었다.

"우욱!"

정신을 차렸을 때 피테르는 놀람과 의아함, 그리고 동시에 분노와 배신감에 휩싸여 더스틴에게 보고도 하지 않고 여기까지 달려온 터였다.

"아벨라. 당신이 어떻게 사람의 피를 가지고 있는 거죠? 이 피를 어디서 구한 겁니까?"

등 뒤로 쏴아아, 빗소리가 들렸다.

"사람이, 사람의 피를 약이라며 마시다니. 내가 이걸 어떻게 이해해야 하죠?"

다가오는 피테르를 아벨라가 주춤거리며 피했다.

"설명해 봐요, 아벨라!"

다그치는 목소리에 그녀의 안색이 백짓장처럼 파래졌다. 그가 칼을 뽑아 들었다. 말하지 않으면 그냥 두지 않겠다는 의미 같았다.

"피, 피테르."

깜짝 놀란 아벨라가 뒤로 주춤주춤 물러섰다. 그래도 정체를 밝힐 수는 없었다. 뱀파이어라고 고백할 수 없었다. 찾아오지 말았어야 했나? 마티어스의 말대로 이대로 떠나면 추억이라도 될 텐데, 그냥 떠났어야 했나? 그 순간이었다. 갑자기 유리창을 깨며 집 안으로 세 명의 뱀파이어들이 들이닥쳤다. 느닷없이 나타난 그들은 곧장 두 사람을 향해 손을 뻗었다.

콰창!

갈고리 손과 피테르의 검이 허공에서 부딪혔다. 두 명의 뱀파이어가 피테르를 공격할 때 나머지 뱀파이어는 아벨라를 향해 날아들었다. 사드의 무리였다. 그녀가 옆 탁자 위의 물건을 무작정 던졌다. 책과 접시와 과일을 깎는 과도 등 생활용품들을 마구 던졌다. 그러나 아무런 위협도 되지 못했다. 당연했다. 상대는 뱀파이어니까.

뱀파이어가 그녀의 멱살을 우악스럽게 움켜쥐었다. 그녀가 허공에 대롱대롱 매달렸다. 피테르가 급히 총을 꺼내 눈앞의 뱀파이어의 얼굴에 한 발, 그녀를 잡고 있는 놈에게 두 발을 연달아 쐈다.

타앙! 타앙! 타앙!

총알이 날아가 뱀파이어의 허리와 가슴에 박혔다. 아벨라의 목을 비틀어 버리려던 뱀파이어가 비명을 내지르며 그녀를 떨어트렸다. 단순히 몸에 총알 몇 개 박혔다고 죽을 그들이 아닌데 총을 맞은 뱀파이어는 유난히 괴로워하며 고통스러워했다. 다른 뱀파이어도 마찬가지였다. 얼굴에 정통으로 총을 맞은 뱀파이어는 고약한 비명을 내지르며 바닥을 마구 굴렀다. 귀가 찢어질 듯 내지르는 그 비명이 사방을 울렸다. 동료들을 부르는 소리 같았다. 아니, 이미 그 소리를 듣고 흩어진 동료들이 이곳으로 달려오는 중이었다.

쿠르르릉!

천둥이 치며 폭우가 뿌려졌다. 집 안이 더욱 어두워졌다. 남은 뱀파이어가 피테르의 총을 피해 어둠 속으로 모습을 감췄다. 동료들이 오기를 기다리는 것이다. 그사이 아벨라는 바닥에 떨어진 과도를 얼른 집어 피테르 옆으로 섰다. 탈출할 기회는 지금뿐이었다. 피테르도 말은 안 했지만 그렇게 생각하는 듯했다.

'여길 빠져나가야 해! 지금 당장!'

한 손엔 총을, 다른 한 손에는 검을 움켜쥔 피테르가 어둠 속으로 사라진 놈을 경계하며 아벨라를 앞장 세워 출구 쪽으로 천천히 움직였다. 총의 위력을 봤기에 쉽게 공격하지 못하는 뱀파이어가 어둠 속에서 두 사람을 주시하다가 씨익 웃었다. 빗속에서 바닥으로 하나둘 착지하는 동료들의 발소리를 들은 것이다. 밖의 상황을 모르는 아벨라가 도망치라는 피테르의 신호를 받고 빠르게 입구를 향해 달려 나갔다. 순간 집 안으로 들어오려던 뱀파이어들이 기다렸다는 듯 그녀를 붙잡았다.

"아아악!"

뼈 부러지는 소리가 들렸다. 손에 든 과도가 빗물 속으로 툭 떨어졌다. 그녀의 손을 부러트린 뱀파이어가 그녀를 끌고 안으로 들어왔다.

"도망쳐요! 피테르!"

그녀가 고통을 참으며 도망치라고 소리쳤다. 뱀파이어가 곧장 피테르를 향해 그녀를 던졌다.

"아벨라!"

그녀를 받기 위해 달려오는 피테르에게 뱀파이어가 주먹을 날렸다. 놈의 주먹이 정확히 어느 방향에서 오는지 피테르는 간파했다. 그는 손에 든 칼로 놈의 팔을 잘라 낼 수 있었다. 하지만 바닥으로 추락하는 그녀를 구하기 위해 피테르는 과감히 칼을 버리고 그 주먹을 그대로 맞았다.

쩌억!

바로 기절하고도 남을 만큼 강력한 힘에 그녀를 안은 피테르의 몸이 저 멀리로 나뒹굴었다.

스르륵.

집 안으로 서너 명의 뱀파이어가 소리 없이 들어왔다. 아니, 그 이상인 다섯? 모르겠다. 정확한 수를 세기엔 쓰러진 아벨라에게 다가오는 수가 너무 많았다. 그들은 기진맥진한 아벨라의 팔과 다리, 그리고 입을 갈고리로 틀어막았다.

"이 계집애였군. 사드님의 등에 칼을 꽂은 계집이. 이년을 사드님께 산 채로 잡아간다."

입이 틀어 막힌 아벨라가 몸부림치는가 싶은 순간 그들이 지붕을 뚫고 하늘로 날아올랐다.

"안 돼!"

피테르가 재빨리 지붕을 향해 마구 총을 쏘아 댔다. 그러나 얼굴을 맞은 충격 때문인지 그의 총은 모두 빗나가 버렸다.

"제길!"

그가 지붕에서 바닥으로 떨어진 나무 기둥을 붙잡고 오르기 시작했다. 그때였다. 뚫린 지붕의 구멍을 통해 바닥으로 뭔가가 후두둑 떨어졌다. 한두 개가 아니었다. 바닥에 떨어진 것들을 살펴보던 그의 눈이 크게 떨렸다. 그것들은 뱀파이어들의 조각난 팔과 다리들이었다. 그가 위를 쳐다보았다. 지붕 위에서 누군가가 뱀파이어들을 죽이고 있었다. 그가 구멍이 뚫린 지붕 위로 다급히 올라갔다. 지붕 위에 그가 서 있었다. 뱀파이어의 잘린 머리통을 들고 있는 마티어스가.

아벨라가 마차에서 도망친 뒤, 로렌즈는 즉각 그 사실을 마티어스에게 알렸다. 기절한 신시아와 관 속에 들어가 수면 중인 카이를 놔두고 그녀를 쫓을 수 없었다는 변명과 함께였다. 추적은 어렵지 않았다. 그녀가 갈 곳도 뻔했기 때문에 찾기도 쉬웠다. 단지 조금 늦었을 뿐.

"헌터 피테르."

어둠 속에서 안광을 번뜩이며 허연 입김을 내뱉는 마티어스가 사드의 부하를 모조리 조각낸 채 그 시체들을 밟고 서 있었다. 놀라운 건 그 또한 그가 죽인 뱀파이어들과 동일한 모습이라는 것이었다.

"설마 뱀파이어?"

피테르가 마티어스를 향해 총을 쐈다.

"안 돼요, 피테르!"

부러진 손목을 부여잡은 채 아벨라가 소리쳤지만 이미 늦어 버린 뒤였다. 마티어스가 쏜살같이 달려와 자신에게 총을 쏜 피테르의 손을 잡고 그대로 우그러트렸다. 방아쇠를 당기려던 엄지와 검지가 그의 손안에서 총과 함께 으스러지기 시작했다.

"으아아악!"

폭우 속에서 허연 입김을 뿜어내는 그는 살벌했다. 지금 당장 피테르의 목을 부러트려 빗물 속에 던져 버린다 해도 이상할 것 없을 만큼 무섭고 강렬한 기운을 풍기고 있었다. 이런 기세와 기운을 가진 뱀파이어는 처음 봤다. 마티어스는 지금껏 만난 수많은 뱀파이어 중 단연코 최고의 공포심을 심어 주는 존재였다. 하지만 피테르는 운이 좋았다. 그 즈음 지붕 위로 또다시 검은 그림자들이 하나둘 나타났기 때문이다. 마티어스의 눈동자가 놈들의 숫자에 맞춰 빠르게 움직였다.

하나, 둘, 셋, 넷, 다섯, 여섯.

그가 주저앉아 있는 아벨라에게 자신의 뒤로 물러서라고 말했다. 납치될 뻔한 아벨라는 마티어스의 도움으로 살아났지만 지붕 위에 그대로 떨어지면서 여러 군데를 다친 상태였다. 그녀가 쏟아지는 빗속에서 힘겹게 일어나 마티어스의 등 뒤로 숨었다. 새롭게 나타난 놈들이 마티어스를 한번, 그의 등 뒤에 숨은 아벨라를 한번 쳐다보았다. 그 모습을 본 마티어스가 여전히 자신에게 손이 잡혀 있는 피테르에게 물었다.

"그녀를 데리고 여길 빠져나가 준다면 널 살려 주겠다."

"크윽!"

"빨리 대답해."

"그, 그렇게 하……!"

말이 끝나기도 전에 마티어스가 피테르를 아벨라가 있는 쪽으로 확 밀어냈다. 폭우가 심했다. 어둠에 익숙한 뱀파이어라도 시야 확보가 안 되는 건 마찬가지다. 다친 손목을 움켜잡고 있는 아벨라에게 그가 말했다.

"피테르를 따라 먼저 가. 금방 따라갈 테니."

그녀가 울 것 같은 표정을 지었다. 결코 이런 상황을 만들 생각이 없었다는 미안함을 잔뜩 지닌 채였다.

"빗속 달리기, 할 수 있지?"

아벨라는 대답 대신 고개를 세차게 끄덕였다. 그가 그녀의 얼굴을 적시는 빗물을 손으로 닦아 내 주었다.

"뒤돌아보지 말고 뛰어. 뒤는 내가 지킬 테니."

피테르와 마티어스가 눈빛을 교환했다. 동시에 마티어스가 몸을 확 돌리더니 제일 가까운 거리에 서 있는 놈을 낚아채 그 자리에서 잔인하게 죽였다. 겁을 주기 위한 행동이었다. 자신에게 덤비면 어떻게 되는지 보여 주기 위한 본보기이기도 했다.

놈들이 본능적으로 주춤거리며 뒤로 물러났다. 피테르는 그 순간을 놓치지 않고 그녀와 함께 지붕 아래로 뛰어내렸다. 동족들의 사지가 찢겨 떨어지는 걸 본 놈들은 순간적인 공포감에 피테르와 아벨라를 놓쳤다.

마티어스가 지체하지 않고 선제공격을 시작했다. 폭우 속에서 쉭쉭거리는 소리와 함께 비명소리가 난무하기 시작했다.

개떼들.

놈들은 개떼처럼 수없이 나타나 그를 에워쌌다. 개떼들이 무섭진 않지만 주의해야 하는 건 하나 있다. 무작정 버티는 건 위험하다는 것. 힘이 다 빠지면 결국 개의 먹이가 되는 법이다. 더구나 사드가 아직 나타나지 않았다. 잔챙이들의 출연 뒤에는 곧 상위 포식자가 나타나게 되어 있다. 놈이 나타나면 일이 더 커질 것이다. 적당히 치고 빠져야 한다는 걸 알고 있는 마티어스는 순식간에 몰아치듯 몇 놈들을 때리고 가격한 뒤 아벨라가 사라진 곳을 향해 자신도 달리기 시작했다.

폭우 속을 미친 듯이 달렸다. 부러진 손목이 바람에 휘날려 펄럭거릴 때마다 전신에 찌릿거리는 고통이 느껴졌지만 결코 멈출 수 없었다. 빗속을 뚫고 뱀파이어들의 갈고리들이 튀어나와 뒤통수를 후려칠 것 같았기 때문이다.

피테르가 오른쪽으로 그녀를 잡아끌었다가 다시 왼쪽으로 이끌었다. 이번엔 선적을 기다리는 대형 박스들이 폭우 때문에 배에 오르지 못한 채 길을 막고 있었다. 그가 그것들을 발로 차 막힌 길을 뚫으려 했다.

"피테르!"

아벨라가 숨을 헐떡이며 그에게 소리쳤다.

"피테르! 그러지 마요. 옆에 길이 있잖아요. 그냥 돌아서 나가면 돼요. 지금 그 짐들을 다 밀어낼 수 없어요."

하지만 피테르는 고집을 피우며 물러서지 않았다.

"피테르!"

아벨라가 그를 잡아 제지시키자 그가 그녀의 어깨를 확 밀쳐 냈다. 쌓인 짐 위로 그녀가 쓰러졌다.

"대체 네 정체가 뭐야!"

비에 흠뻑 젖은 그가 혼란스러운 얼굴로 소리쳤다.

"옆집 귀족은 뱀파이어였어! 당신은 놈의 진면목을 보고도 놀라워하지 않았고! 그놈이 뱀파이어라는 걸 알고 있었던 거야? 그래?"

"피, 피테르."

"어떻게 인간이 뱀파이어와 알고 지낼 수 있냐구!"

종잇장처럼 으그러진 총은 버린 지 오래다. 피테르는 반대편 손에 쥐고 있던 칼을 아벨라에게 겨눴다.

"아벨라 모리스. 말해. 당신, 정체가 뭐야?"

날카로운 칼끝이 폭우 속에서도 빛났다. 시리도록 하얀 빛을 지닌 칼. 아벨라는 그것이 은으로 만든 것임을 그제야 알았다. 그녀가 자리에서 일어나 빠르게 뒷걸음질 치기 시작했다.

"설마 너도 뱀파이어인 거냐? 그런 거야?"

아벨라는 점점 가까이 다가오는 피테르를 피해 계속 뒤로 물러났다.

"피테르. 진정해요. 내가 전부 말해 줄게요."

"대답해. 뱀파이어면서 정체를 숨기고 내게 접근한 거야? 왜? 무엇 때문에?"

"오해예요. 이유 같은 건 없어요. 난 정말……!"

칼을 피해 빠르게 뒷걸음치던 아벨라의 몸이 크게 한번 휘청였다. 발밑이 미끄러웠다. 발아래 파도가 치고 있었다. 검은 하늘에선 폭우가, 등 뒤에는 시퍼런 파도가, 그리고 눈앞에선 피테르가 은빛 검으로 그녀를 위협했다. 이럴 때 마티어스가 떠오르는 건 이기적인 걸까. 그의 안위가 걱정된다. 그는 괜찮은 걸까. 포악한 뱀파이어들을 순식간에 제압하는 능력은 가진 그지만 다수와의 공격에도 무사할까. 그때 저 멀리서 폭우를 뚫고 세차게 뛰어오는 그의 모습이 보였다. 마티어스다. 그다. 그가 왔다. 언제나처럼 나를 데리러. 아벨라는 그가 무사한 것을 보고 안도했다. 안도했고 다시금 반성했으며—

"아벨라!"

마티어스가 그녀를 향해 뭐라고 외쳤다. 아벨라는 그 말을 알아듣지 못했다. 폭우 속에서 그의 목소리가 제대로 들리지 않았다. 그런데 칼을 들이밀고 위협하던 피테르조차 칼을 거두고 자신의 손을 잡으라며 그녀를 향해 손을 뻗고 있었다. 뭐지? 무슨 일이지? 그녀가 이상한 듯 뒤를 돌아볼 때였다. 성난 파도가 하늘 높이 치솟더니 그녀를 향해 그대로 내리꽂혔다.

"아벨라! 안 돼!"

파도가 그녀를 집어삼킨 채 그대로 바다로 끌고갔다.

"안 돼애애애애!"

마티어스가 뛰어오면서 목이 터져라 외쳤다. 고통을 토해 내는 그 외침은 산짐승의 마지막 울부짖음 같았다. 그가 앞뒤 보지 않고 무작정 바다로 뛰어 들었다. 아벨라를 삼킨 바다에 그대로 몸을 날렸다.

풍덩!

또다시 습격의 날처럼 그녀를 눈앞에서 놓칠 수 없었다. 6개월은 6년의 기다림처럼 그를 질책하고 죄책감에 시달리게 한 시간이었다.

"놓치지 않아! 놓치는 건 한 번뿐, 그날을 다시는 반복하지 않을 테다!"

그가 떨어진 바다 위에 운이 나쁘게도 번개가 내리꽂혔다. 밤의 바다가 그도 삼켜 버렸다. 자연의 바다는 아가리 깊이 하강해 들어오는 그 어떤 것도 거부하지 않고 꿀꺽 먹어 버렸다. 포악한 파도는 둘을 어디로 데려가는가. 저 바다가 가는 곳은 어디인가. 피테르는 갑작스러운 상황에 너무 놀란 나머지 두 사람을 집어삼킨 바다를 넋 놓고 바라보았다.

"아, 아벨라!"

정신이 없다. 떨어진 건 누구고 뛰어든 건 누구지? 지금 일어난 모든 일들에서 현실감이 느껴지지 않았다. 그가 미처 손도 쓰지 못하고 어찌할 바를 몰라 하고 있을 때 저 멀리서 폭우를 뚫고 달려오던 뱀파이어들이 그를 발견했다.

"저기 있다! 저놈을 잡아 죽여!"

거리가 점점 좁혀진다. 골목을 돌아 곧 저들이 그를 덮칠 것이다. 이번에 잡히면 죽음을 면할 수 없다. 피테르는 뱀파이어들이 달려온다는 걸 알면서도 끝이 보이지 않는 바닷속에 시선을 둔 채 자리에서 꼼짝하지 않았다.

6

6개월 전 화이트 성.

화이트 성에서 밖으로 외출할 일은 많지 않다. 바깥세상에 큰 관심을 두지 않기 때문이기도 하지만 특별히 외출을 해야 할 일도 없기 때문이다.

세월과 함께 늙은 화이트 성은 시간을 가늠할 수 없을 만큼 오래된 성이다. 하지만 내부에 필요한 물건과 시설은 전부 갖추고 있다. 외형만큼 웅장하고 거대한 성 안에는 각 층마다 수십 개가 넘는 방이 자리 잡고 있기 때문에, 내부의 위치만 잘 기억하고 있다면 적재적소에 필요한 물건은 얼마든지 찾아 쓸 수 있는 곳이었다.

넘치도록 많은 물건과 예술가가 만든 조각상이 곳곳에 자리한 곳. 진귀한 보물들이 창고에 가득한 곳. 그것은 과거 이곳에 살던 자들이 얼마나 대단했는지를 보여 주는 동시에 이곳의 주인이 누구인지 궁금해지게 만들었다.

오늘 이곳의 주인이 외출을 한다. 보물창고나 다름없는 성을 떠난다. 이유는 오직 하나. 그의 연인 마티어스를 위해서다.

마티어스의 고향은 런던이다. 그는 거주지를 벗어나지 않는 습성을 지닌 클로에를 위해 고향을 떠나 이곳에 머문 지 오래다. 그런 그를 위해 클로에는 먼 거리지만 런던으로의 외출을 종종 했다. 이삼 년에 한번씩, 혹은 더 짧게.

이번에는 2년 만의 나들이였다.

사람들의 시선이 마차에서 내린 한 남성을 향해 쏠렸다. 한눈에 봐도 훤칠하고 근사한 얼굴의 그는 격식을 차린 옷차림에서 알 수 있듯이 품위가 넘쳐나는 남자였다. 그의 등장에 사람들이 언제나처럼 수군거렸다. 그러나 뒤이어 마차에서 내리는 또 다른 사람을 보고는 그것도 일순 잠잠해졌다. 여성이었다. 유난히 하얀 피부를 가진 아름다운 여성.

전신을 감춘 옷차림에 챙이 넓은 모자까지 써 얼굴이 반만 드러난 상태였지만 사람들은 그것만으로도 용케 그녀가 아름다운 미인임을 직감했다. 남자는 여자가 마차에서 편히 내릴 수 있도록 자상하게 손을 잡아 주었다. 선남선녀의 등장이었다. 둘 다 나무랄 데 없는 미인의 면모를 갖춘 완벽한 커플이었다.

"숨이 턱 막힐 것 같아. 대체 저 커플은 어디의 누구야?"

"런던에 저런 고귀함을 갖춘 귀족이 있었어? 어떻게 사교계의 마당발인 내가 모르는 얼굴이 있을 수 있지?"

남자는 철옹성 같은 차가운 남성미가 있었고 여자는 범접할 수 없는 고고함을 가진 미인이었다.

"그런데 옷차림이 좀 특이한걸. 아니, 특이한 게 아니라 어쩐지 옛날 옷 같지 않아?"

"어? 그러고 보니 요즘 유행과는 좀 다르긴 하네. 뭐랄까. 이런 말이 맞는지 모르겠지만 어쩐지 저 옷들, 아주 오래전에 우리 할머니가 입으시던 스타일 같아."

"설마. 우리가 모르는 새로운 스타일이겠지. 아마도 외국 귀족인 것 같아."

"그렇겠지? 어느 나라 사람일까? 오스트리아? 러시아? 누가 아는 사람 없어? 저런 옷차림으로도 고귀함을 지닐 수 있는 귀족가문이 어딘지 좀 알아봐."

수군거리는 사람들의 목소리가 들렸지만 두 사람에겐 익숙한 일이다. 마티어스와 클로에는 오랜 세월을 산 노하우가 있는 만큼 사람들의 호기심에 무덤덤했다.

이곳은 귀족들의 연회장.

초대받은 사람은 화이트 성의 주인인 클로에다. 정확히 말하면 선대 클로에를 말하는 거겠지만 그녀는 여전히 그곳에 살고 있으니 파티에 참석해도 무방했다.

두 사람은 여유롭게 홀 안을 구경하며 걸었다. 그때 뭔가에 잔뜩 화가 난 늙은 귀족이 시종들을 뿌리치며 그들이 있는 쪽으로 걸어왔다. 입에서는 불만 가득한 욕이 난무했고 두 팔은 주먹을 쥐고 허공에 휘두르는 채였다. 한눈에 봐도 술에 취해 흉포하게 군다는 걸 알았지만 오히려 귀족들은 그를 향해 고개 숙여 인사했다. 귀족의 위에 군림하는 걸 보니 왕족인 듯했다. 마침 모자를 벗던 클로에와 그의 팔이 가볍게 스쳤다. 가뜩이나 신경질이 잔뜩 나 있던 왕족이 트집을 잡으려고 휙 돌아섰다.

"이것들이 진짜 오늘 한번 혼이 나 봐야 정신을 차리……!"

소리를 지르던 왕족이 순간 머리를 얻어맞은 것처럼 전신을 딱딱하게 굳혔다. 그럴 수밖에 없었다. 모자를 벗은 클로에의 진면목이 드러났기 때문이다. 갓 구워 낸 도자기처럼 매끄러운 피부 아래 자리한 붉은 입술의 고혹미. 그리고 풍성한 속눈썹 속에 아래 보석처럼 박혀 있는 두 눈동자는 감히 너무 아름다워 뭐라 말해야 할지 표현이 되지 않았다.

"괜찮아요?"

맑고 정갈한 목소리는 종달새의 지저귐처럼 부드럽고 온화했다. 클로에의 물음에 왕족은 어떤 충격을 받은 듯 벌어진 입을 다물지 못하며 대답도 못 했다. 그가 딱히 다른 말을 하지 않자 클로에는 가볍게 고개를 숙였다 올리며 돌아섰다. 마티어스의 팔짱을 끼고 우아하게 걸어가는 그녀의 모습에 왕족은 어버버거리기만 했다.

"괜찮으세요? 갑자기 왜 그러세요?"

뒤따라온 시종과 정부로 보이는 여자가 왕족에게 부채질을 해 줬지만 그는 여전히 꿈을 꾸듯 저 멀리 사라지는 클로에의 뒷모습만 쳐다볼 뿐이었다.

"어서 냉수 좀 가지고 와."

시종이 물을 가지러 간 사이 정부는 왕족을 의자에 앉히고 작은 부채를 요란스럽게 흔들어 댔다.

"정말 왜 그래요? 마치 귀신이라도 본 것처럼."

"놀라워. 믿을 수 없어. 나는 아까 그 여자를 알아."

"아까 그 미인이요?"

"그래. 그 여자."

"어떻게 알아요? 모두 저들의 정체를 몰라 수군거리는데요."

갑자기 나타난 아름다운 커플의 존재를 안다는 왕족의 말에 주변으로 귀족들이 슬그머니 모여들었다. 귀를 쫑긋 세우고 호기심 어린 눈으로 왕족을 쳐다보는 사람들 속에서 그가 이가 빠진 입을 움직였다.

"그러니까 아주 오래전, 내가 고작 열 살일 때였을 거야. 우연히 명망 있는 옛 고성에 갈 기회가 있었어. 그곳은 위대한 왕족이 사는 곳이라서 아무나 출입할 수 없는 곳이었는데 난 사촌의 배려로 그곳을 구경할 수 있었지. 그곳에 저 여자가 있었어."

사람들이 반색했다. 역시 평범한 귀족이 아니었을 거라는 추측이 맞았다는 얼굴들이었다. 마침 시종이 물을 가져왔다. 왕족은 목이 탄다며 그 물을 전부 들이켰다.

"저 여인은 그 고성에 걸려 있던 초상화 속의 여자야."

"초상화요?"

"그래. 난 초상화 속의 여자에게 첫눈에 반하고 말았는데 그런 내게 그곳에 살던 집사가 말하길, 이미 이 세상에 없는 사람이니 고맙지만 마음을 거두라고 말해 줬어. 그 집사의 이름도 기억해. 도르제. 도르제였어. 맞아. 그 이름이었어. 그런데 어떻게 그 여자가 그림을 뚫고 세상에 나타난 걸까? 늙지도 않은 채 젊음을 유지하고 있어."

그는 환상을 본 것처럼 손을 덜덜 떨기까지 했다. 두툼한 코 사이 작은 눈에는 마치 소원을 풀었다는 듯 눈물까지 고여 정부를 어리둥절하게 만들었다.

"지, 지금 무슨 말을 하는 거예요? 여자를 안다고 하더니 갑자기 무슨 뚱딴지처럼 그림 이야기를 해요?"

정부는 모여든 사람들 앞이라 창피해서 화도 못 내고 잇새를 문 채 그를 꼬집었다.

"방금 얘기했잖아. 그림 속의 여자가 살아나서 지금 여기 와 있는 거라고. 내 눈은 정확해. 아까 그 여자는 초상화 속의 여자가 맞아. 어떻게 이런 일이 있지? 과거의 사람이 죽지 않고 그때의 모습을 간직한 채 여전히 살아 있다니."

왕족의 중얼거림에 정부가 모여든 사람들을 향해 그만 돌아가라고 손짓했다. 무슨 얘기가 나올까 기대하고 있던 사람들이 비웃음을 날리며 돌아섰다. 술에 취해 헛소리를 주절거린다고 생각한 것이다. 저 멀리서 늙은 왕족의 이야기를 잠자코 듣고 있던 클로에가 의외라는 표정을 살포시 지었다.

"꼬마가 기억력이 좋은걸. 칠십은 넘어 보이는 나이인데 아직도 그때 일을 기억하고 있다니."

"누군지 알아?"

마티어스가 샴페인이 담긴 잔을 건네주며 물었다.

"한때 사람들과 교류를 할 때였을 거야. 자주는 아니지만 종종 성을 방문하는 방문객들이 있었어."

"왕족들과 친분을 유지했던 때인가 보군."

"맞아. 그때 성을 방문한 왕족들 중에 어린 소년이 있었는데 그 아이인가 봐. 도르제의 이름까지 기억하고 있다니 대단한걸."

클로에가 늙은 왕족을 보며 안타까운 얼굴을 했다.

"그땐 나름 귀여운 얼굴이었는데 세월이 그를 망쳐 놓은 모양이야."

황폐해 보이는 얼굴은 술이 아닌 권력과 향락에 취해 보였다. 늙으면 얼굴에 그동안의 삶이 드러난다던데 왕족은 잔주름들 속에 욕망이 가득 배어 있었다.

"그나저나 옷을 갈아입어야 할 것 같아. 아까 들었지? 할머니가 입었던 옷이 생각난다는 말."

클로에의 말에 마티어스가 부드럽게 웃어 보이며 그녀의 등을 토닥였다. 런던의 유행이 너무 빠르게 변해 유행을 따라가기가 버겁다. 옷뿐 아니라 헤어스타일, 화장법, 장신구까지 세계의 유행을 영국이 주도하고 있으니 그럴 만했다. 여자만 그런 게 아니라 남자들도 마찬가지다. 그런 이유로 일이 년에 한번 외출을 하는 두 사람의 옷차림이 구식으로 보이는 건 당연했다.

"기다려. 너에게 어울리는 최신 유행의 옷을 가지고 올게."

"저번처럼 무용수의 야한 옷을 가져온다면 화낼 거야."

2년 전에도 이런 일이 있었다. 파티에 참석한 클로에의 옷을 보고 여자들의 수군거리자 마티어스가 그녀를 위해 옷을 가져왔는데 그가 가져온 옷은 가슴과 다리가 전부 드러난 무용수의 옷이었다.

"그때 옷 최고였는데."

장난스러운 웃음을 지어 보이는 그가 장중을 빠르게 훑더니 한 여성을 타깃으로 잡았다. 그가 잠시 기다리라는 말을 남기곤 바람처럼 사라졌다. 사람들이 눈에는 보이지 않는 그들만의 움직임. 그는 어느새 타깃으로 정한 여자 옆으로 가 귓속말을 건네고 있었다. 새초롬하니 귀여운 외모의 여자는 갓 사교계에 데뷔한 듯 순진해 보였다. 여자는 마티어스의 말에 귀를 기울이더니 어느새 그를 따라 자리를 옮겼다. 붉어진 볼과 상기된 표정으로 보건데 아마 달콤한 말을 들은 모양이다. 클로에는 마티어스와 여자가 사라진 곳을 지켜보았다. 곧이어 닫힌 문이 열리며 그가 그녀에게 손짓했다. 방 안으로 들어가자 여자가 속옷만 입은 채로 긴 소파에 누워 잠들어 있었다.

"여자에게 뭐라고 말한 거야?"

"은밀한 데이트를 하자고 했어."

그의 그 말 한마디면 여자들은 한결같이 상기된 표정을 감추지 못한 채 그를 따라 나섰다. 사람들이 없는 파우더룸이나 서재로 가서 그가 반했다는 말을 하면 여자들은 가슴을 들썩이며 사랑을 고백했다. 만나서 대화를 주고받은 게 고작 삼십 초라도 그녀들은 삼십 년을 짝사랑해 온 것처럼 그에게 사랑을 갈구했다.

"네게 제일 잘 어울리는 색깔이야."

마티어스가 허리까지 내려오는 풍성한 그녀의 머리카락을 들어 올려 주며 옷 입는 걸 도왔다.

"사이즈가 맞을까?"

"네 몸 사이즈는 내가 가장 잘 알지. 매일 밤 너를 안는데."

그가 뒤에서 그녀를 두 팔로 안았다. 간지러워 웃고 마는 클로에의 목에 잠든 여자의 진주 목걸이까지 직접 걸어 준 그가 잘 어울린다며 엄지손가락을 들어 보였다. 잠든 여자의 몸 위엔 클로에가 입었던 옷이 덮여졌다.

"그러고 보니 당신. 저 여자의 옷을 벗길 때 몸매를 다 봤겠구나."

"설마."

"몸매를 감상하고 손으로 그 살결을 느꼈을 거 아냐?"

"보다시피 난 장갑을 끼고 있고 옷은 저 여자가 스스로 벗었어. 맹세하건데 저 여자의 머리카락 하나도 만지지 않았어."

"그걸 전부 보고 있었던 거야? 눈을 안 감고?"

"그거야."

말을 하던 그가 뭔가 실언을 했다는 걸 눈치채고 입을 다무는 순간이었다. 그녀가 누워 있는 여자를 향해 달려들었다.

"죽일래, 저 여자."

달려드는 그녀를 막기 위해 마티어스가 손을 뻗었다. 클로에는 잡히지 않기 위해 요리조리 열심히 몸을 피하며 도망쳤다.

"이 질투의 화신. 자길 위해 어쩔 수 없었다는 걸 알면서도 언제나 모든 여자를 질투해."

"난 세상 모든 여자를 죽여야 당신을 보호할 수 있다고 생각해. 알 잖아."

알면서 왜 막냐는 그녀의 목소리에 웃음이 매달려 있다. 마티어스가 그녀를 낚아채려고 했지만 번번이 놓쳤다.

"날 잡을 수 있을 것 같아?"

그녀가 어림도 없다며 기어코 소파 위로 훌떡 뛰어올랐다. 소파에 누워 있는 여자는 태평하게 코까지 골았다. 클로에는 자신의 다리 사이에 반듯이 누워 있는 여자가 죽지 않길 바라면 더 이상 가까지 오지 말라고 으름장을 놓았다. 마티어스가 항복의 의미로 두 손을 들어 보였다.

"워워. 진정해. 거기까지. 내가 잘못했어. 내가 다 잘못했으니 흥분하지 말고 천천히 내려와. 손잡아 줄까?"

마티어스가 화해의 의미로 손을 내밀자 클로에는 대신 드레스 자락을 위로 슬슬 올리기 시작했다. 마티어스가 오, 소리를 내며 잠깐이나마 그녀의 행동에 눈을 떼지 못했다. 매끈한 다리가 드러나고 허벅지가 드러났다. 아슬아슬한 유혹이었다. 그가 노골적으로 치마를 더 올리라며 눈빛으로 재촉했다. 그런 그에게 클로에가 보여 준 것은 뜻밖에도 단검이었다.

"속았지?"

허벅지 제일 위쪽에 호신용으로 숨겨놓고 있던 단검을 꺼낸 그녀가 보란 듯이 칼을 흔들어 보였다. 그때서야 자신이 속은 걸 안 마티어스가 창피한 듯 피식 웃고 말았다.

"이러기야?"

"난 한다면 해."

"설마 정말로 잠든 여자를 죽이려고?"

"어떻게 할 것 같아?"

마침 누워 있는 여자가 잠에서 깨려는지 으음, 하고 소리를 냈다. 마티어스가 그 순간을 놓치지 않고 그녀를 향해 몸을 날렸다. 그와 함께 클로에가 소파 아래로 떨어졌다. 그가 단검을 뺏었다.

"누가 이런 위험한 걸 가지고 다니래?"

뒤통수를 땅에 찧은 클로에가 머리를 문지르며 대답했다.

"호신용이야."

"그러니까 든든한 날 놔두고 왜 칼을 가지고 있냐고."

"보디가드가 좀 변변찮아야지."

"뭐?"

마티어스가 황당해하는 틈을 타 클로에가 단박에 단검을 다시 빼앗아 창문 밖으로 도망쳤다. 너무 빨라 그조차 그 움직임을 제대로 보지 못했다. 그녀가 창밖에서 따라올 테면 따라와 보라는 듯 손가락을 까닥거렸다.

"도발하는 거야?"

마티어스가 창문 밖의 그녀를 향해 그냥 안 두겠다는 신호를 보냈다. 클로에가 어디 한 번 해 보라며 그를 조롱했다.

"그래 봤자 넌 잡혀. 처음부터 그랬듯이."

클로에가 그가 나오지 못하게 창문을 닫았다. 마티어스가 닫힌 유리를 그대로 깨트리며 몸을 날렸다. 와장창 유리가 깨졌다. 닫힌 창문을 그대로 부수며 나올 거라고 예상 못 한 클로에가 잠시 당황한 목소리를 터트렸다. 그러나 그것도 잠시, 곧 클로에의 웃음소리가 들렸다. 잡힌 모양이다. 아니, 잡혀 준 걸까. 정확한 건 모르지만 그녀를 잡은 그의 낮은 목소리가 한참 이어지더니 이내 클로에의 웃음소리가 멈췄다. 아마도 깊은 입맞춤을 나누는 모양이다. 런던은 사랑을 나누기 좋은 곳이니까.

"여기선 안 돼."

입술을 지나 목을 타고 그녀의 가슴에 키스하는 마티어스에게 클로에의 속삭임이 들렸다. 그가 그녀의 입에 다시 한 번 입을 맞추더니 그녀를 어딘가로 데리고 갔다. 그의 손에 이끌려 걸어가는 클로에를 지켜보던 신시아가 열린 창문을 거칠게 닫았다.

"저건 런던만 오면 왜 저래?"

"레이디. 저거라니. 그렇게 주의를 줘도 그 버릇 못 고치겠어?"

샴페인을 따라 주던 로렌즈가 제발 언행을 주의하라며 인상을 찌푸렸다.

"클로에가 런던만 오면 좋아서 저렇게 길길이 날뛰니 하는 말이잖아."

좋아서 날뛰는 건 마티어스였지만 신시아는 화살을 클로에게 돌렸다.

"난 런던의 탁한 공기와 매연 때문에 목이 아플 지경인데 잰 공장 연기만 마시면 마티어스님을 유혹하느라 난리를 쳐. 옷을 미리미리 챙겨 두면 좀 좋아? 꼭 마티어스님의 손을 빌려야 해? 수법이 너무 진부하잖아. 일부러 저러는 게 뻔히 보이는데 마티어스님은 그걸 또 맞춰 주고. 꼴 보기 싫어."

"내가 볼 땐 문제될 건 없다고 보는데. 레이디도 런던에 오면 제일 먼저 새 옷을 사서 갈아입잖아."

"편드는 거야? 런던에 오면 마음대로 흡혈도 못 하게 하면서 저 둘은 사람들 눈에 띄게 아무 데서나 애정행각을 벌이는데도?"

흡혈과 애정행각은 전혀 관계가 없지만 신시아는 두 개를 싸잡아 트집을 잡았다. 클로에는 런던에 올 때마다 모두에게 행동을 조심하라고 늘 당부한다. 이유는 런던에 정착해 사는 뱀파이어들과의 충돌을 피하기 위해서다. 어느 지역이든 월등한 힘을 가진 뱀파이어가 존재한다. 그들에게 여행객 뱀파이어는 자칫 침입자로 보일 수 있다는 게 그녀의 지론이었다.

"오리지널이라고 명령이나 하고 말이야."

오리지널이란 태초의 뱀파이어를 지칭하는 말이다. 신시아는 오래전부터 클로에가 오리지널이 아닐까 궁금해했다.

"로렌즈. 클로에는 오리지널일까?"

"글쎄."

"삼백 년 이상 산 뱀파이어는 오직 그녀뿐이잖아. 난 지금껏 그렇게 오래 산 뱀파이어를 본 적 없어. 당신은 있어?"

"아니."

아무도 없다. 주변에 있는 그 누구도 그녀만큼 살지 못했다. 클로에는 삼백 년이라는 상상할 수 없는 시간을 거대한 화이트 성에서 홀로 보냈다. 그녀에 대해서 아는 건 그녀가 화이트 성에서 태어나 그곳에서 자란 왕족이라는 것뿐이다. 카이가 종종 지나온 과거를 물으면 클로에는 그저 옅게 웃으며 지나온 시간이 너무 길어 크게 기억나는 게 없다, 라고만 말했다.

"레이디는 클로에님이 오리지널인지 아닌지가 궁금해?"

"물론이지. 클로에는 우리가 모르는 비밀을 숨기고 있는 것 같은 느낌이야."

"어떤 점이?"

"난 내가 살던 곳을 습격한 뱀파이어에게 희생됐다가 지금의 내가 됐어. 카이도, 당신도, 도르제도 나와 비슷한 이유로 뱀파이어가 됐다고 들었어. 그런데 클로에는 단 한 번도 자신이 어떻게 뱀파이어가 됐는지 말한 적이 없어."

"굳이 이야기할 필요가 없으니 말 안 하는 거 아닐까? 크게 중요한 것도 아니고. 우린 마티어스님이 어떻게 뱀파이어가 됐는지도 모르잖아."

신시아는 그것과 이건 다른 문제라며 호기심 어린 눈초리를 거두지 않았다.

"마티어스님은 그녀가 오리지널인지 아닌지 알고 있겠지?"

"사랑하는 사이니까 아마도."

로렌즈의 말에 신시아가 대놓고 입술을 비틀었다. 그녀가 제일 듣기 싫어하는 말을 담백하게 뱉어 낸 걸 보니 쓸데없는 생각은 하지 말라고 꾸짖고 싶은 모양이었다.

"흥. 영생의 존재라고 해서 짝까지 영원하리라는 보장은 없지."

불쾌한 마음을 노골적으로 내보이는 신시아의 말에는 날카로운 가시가 돋쳐 있었다. 틈만 나면 클로에에게 시비를 걸고 대드는 모습은 이젠 질투를 넘어 견제와 비난으로 자리 잡아 그녀의 마음을 채우고 있었다. 로렌즈는 오해의 소지가 있는 그녀의 말을 누군가 들었을까 봐 주변을 살펴봤다. 때와 장소에 상관없이 아무 데서나 선을 넘는 신시아도 문제지만 그 선을 지켜 주지 못할 만큼 그녀에게 영향력 없는 자신도 문제였다.

"소심한 중년 같으니. 뭐가 무서워서 주변까지 살펴?"

"레이디의 무례함이 염려스러워서야."

클로에는 뱀파이어가 된 지 얼마 안 된 신시아를 어리다고 생각해 그녀의 무례함도 너그럽게 넘어가 주는 편이었다. 신시아가 뱀파이어가 된 기간은 고작 십 년이 넘지 않았다. 하지만 신시아는 그 고마움을 질투라는 이유로 무시하고 있었다. 신시아는 무서울 것 없다는 듯 아무렇지 않은 표정으로 탁자 위에 놓인 검붉은 포도 한 송이를 집어 들었다.

"틀린 말도 아니잖아. 사랑이란 건 분명 유예기간이 있고 시간이 지나면 퇴색되기 마련이야. 영생을 사는 존재가 언제까지 기존의 사랑을 지키며 살 수 있겠어? 사람은 누구나 옷이든, 보석이든, 과일이든 신선하고 새로운 걸 택하게 돼 있어. 물론 원래 사람이었던 뱀파이어도 예외는 아니지."

신시아는 포도송이를 입에 넣고 그 즙을 목구멍 아래로 달게 삼켰다. 붉은 혓바닥을 날름거리는 모습이 꽤 퇴폐적으로 보였다.

"로렌즈. 클로에와 마티어스님의 러브 스토리에 대해 이야기해 줘. 클로에는 마티어스님을 어떻게 유혹한 거야?"

"내가 알기론 유혹은 오히려 마티어스님이 한 걸로 아는데. 끈질긴 구애 끝에 충격적인 방법으로 클로에님을 옭아맸다지, 아마? 구애를 거절하는 클로에님이 더 이상 도망가지 못하게끔 최후의 방법을 썼다던데 그게 뭔진 나도 몰라."

"내가 아는 얘기랑 다르네. 마티어스님 말로는 클로에가 몸 바쳐서 유혹했다던데."

"설마."

순진하게 그 농담을 믿냐는 말에 신시아는 마티어스의 말은 무조건 믿는다는 지지를 보였다. 그가 할 말이 없다며 어깨를 으쓱거렸다.

"뭐든 자신이 믿고 싶은 걸 믿는 게 마음 편하긴 하지."

"마티어스님은 클로에의 뭐가 그렇게 좋대?"

"레이디가 제일 싫어하는 모습."

"웃는 모습?"

로렌즈가 고개를 끄덕이자 신시아는 믿을 수 없다는 표정을 지었다.

"잘못 알고 있는 거 아니야? 저 마녀가 웃는 모습이 얼마나 소름 끼치는데. 쟤가 웃으면 성 지하에 사는 박쥐들이 들썩거려. 당신도 알잖아."

신시아는 클로에의 낮은 웃음소리가 박쥐들이 날갯짓소리와 비슷하다며 소름끼치는 얼굴을 했다.

"그런가? 클로에님의 미소는 은은하고 보기 좋은데 여자들은 또 그렇게 생각 안 하나 보지?"

"은은한 게 아니라 음흉한 거겠지. 설마 당신도 마티어스님과 같은 취향인 거야?"

"내 취향은 같은 차가움이라도 위아래 볼륨이 확고한 레이디 쪽이야."

로렌즈의 단호한 말에 신시아는 거머리가 달라붙은 표정으로 진저리를 쳤다.

"어쨌든."

로렌즈는 아까 미처 하지 못했던 말을 이어 했다.

"클로에님이 오리지널이든 아니든 그녀가 뱀파이어 모두의 롤모델인 건 분명해."

"어째서?"

"그녀의 수명을 봐. 향후 우리가 삼백 년은 거뜬히 살 수 있다는 증거를 그녀가 몸소 보여 주고 있잖아."

"겨우 그런 사실로? 뱀파이어는 원래 영생하는 존재야."

"맞아. 하지만 삼백 년을 산 뱀파이어가 그녀뿐이라는 건 역으로 봤을 때 그녀만 살아남았다는 말과 똑같지."

삼백 년 동안 클로에가 축적해 놓은 지혜와 경험을 결코 가볍게 볼 수 없는 건 그런 이유 때문이다.

"클로에님이 우리 곁에 있다는 건 축복이야. 그녀가 지나온 길은 앞으로 우리 뱀파이어들이 가야 할 길이고 그녀로 인해 우린 우리의 미래를 미리 볼 수 있는 거니까."

다소 이기적인 말일지 모르겠지만 로렌즈는 그게 사실이라고 대답했다.

"그래서 다들 그녀에게 충성하는 거야? 겨우 그 이유 때문에?"

비틀린 마음은 그렇게라도 대답해야 속이 편한 모양이다. 신시아의 가시 돋친 말을 로렌즈는 언제나처럼 올바른 말로 다시 정정해 주었다.

"충성이 아니야. 오히려 우리가 그녀 곁에 머물며 그녀가 가진 혜택을 뻔뻔하게 함께 누리고 있는 것뿐. 정확히 표현하면 우린 화이트 성에 빌붙어 살고 있는 거야. 그런데 그 고마움도 모르고 언제나 클로에님을 견제하고 깎아내리는 데 여념이 없는 레이디는 너무 맹랑해."

평소와 달리 정곡을 찔러 나무라는 로렌즈의 말에 신시아가 손에 쥔 포도를 와그작 움켜쥐고 말았다. 과즙이 흘러 그녀의 드레스에 주 룩 떨어졌다. 신시아는 손에 힘을 뺄 생각도 안 하고 로렌즈를 잡아먹 을 듯 노려보았다.

"마음만 먹으면 지금 당장에라도 대저택 하나 소유하는 건 일도 아 닌 내게 빌붙는다는 소리를 하다니. 내가 화이트 성에 계속 머무르는 이유를 정말 몰라서 그래?"

이글거리는 눈은 이성이 날아간 듯 안광부터 빛냈다. 매사 즉흥적 이고 감정적인 성격을 그대로 드러내는 신시아다웠다. 그러나 로렌즈 는 놀라지도 피하지도 않고 덤덤히 말을 이어 나갔다.

"물론 레이디가 화이트 성을 떠나지 않는 건 마티어스님과 떨어지 고 싶지 않은 마음 때문이라는 걸 알아. 하지만 그렇다고 클로에님의 자리까지 넘보는 건 과욕이야."

"내가 클로에보다 못한 게 뭐야?"

"없어. 그녀보다 오래 살지 않았다는 것 빼곤. 레이디의 표현대로라 면 싱싱하기까지 하지."

"그런데 왜 그렇게 장담을 해? 과욕인지 아닌지는 두고 봐야 아는 거잖아."

"이미 마티어스님이 그녀를 사랑하고 있어. 본인이 그녀만을 원한 다는데 어쩌겠어?"

신시아가 두 주먹을 꽉 움켜쥐었다. 어찌나 바드득 움켜잡았는지 손마디마디가 하얗게 변했다.

"기분 나쁘겠지만 더 이상 모른 체할 수도 없어서 얘기하는 거야. 누군가는 알려 줘야 할 얘기인데 선뜻 아무도 나서지 않으니 오늘 내 가 한 거고."

로렌즈의 말은 마치 아무도 그녀를 신경 쓰지 않고 있다는 말로 들렸다. 그래서 버릇없이 굴어도 놔두는 거고, 그러다 보면 언젠가 성의 주인에게 크게 혼날 테고, 결국 화이트 성에서 쫓겨나는 수순을 밟을 테니 그때까지 모르는 척 놔두는 거라는 의미 같기도 했다. 신시아는 과즙이 흘러내린 드레스를 노려보았다. 배척당한다는 느낌에 화가 나는 감정을 주체할 수 없었다.

"재단사 좀 불러 줘."

"또 드레스 맞추게?"

적당히 하라는 로렌즈의 꾸중에 신시아가 사납게 눈을 흘겼다.

"옷이란 시간과 장소에 따라 다르게 입어야 하는 게 마땅한데 또라니!"

잇새를 문 신시아가 당장 재단사를 불러 달라며 신경질을 부렸다. 이미 재단하고 맞춘 옷이 마차 세 대 분량이다. 전부 어떻게 싣고 돌아갈 생각인지 모르겠지만 혹시나 빈정이 상해 사고라도 칠까 봐 걱정스러운 로렌즈는 신시아의 의견을 물리치지 못하고 재단사를 불러 줬다. 어차피 지금 유행하는 옷을 구매한다고 해도 다음번 런던에 방문할 때는 또다시 입지 못할 텐데도 고집이 대단했다.

"데리고 오는 데 시간이 걸릴지 모르니 얌전히 앉아서 기다려."

로렌즈는 신시아가 뱀파이어가 되기 전 귀족이었다는 걸 알고 있다. 그때의 사치를 버리지 못하고 그대로 유지하고 있는 신시아는 초기에 화이트 성에 있는 귀한 장식품과 보물을 몰래 팔아 치장하는 데 쓰기도 했다. 물론 엄연히 임자가 있는 물건을 도둑질해 팔아 치운 대가로 클로에에게 호되게 혼이 났지만 그 뒤로도 몇 번 그런 일을 자행했다.

이제는 다른 방법으로 사치를 충당할 돈을 만들어 내는 것 같지만 신시아의 소비 패턴은 크게 바뀌지 않았다.

로렌즈는 신시아의 기분을 맞춰 주기 위해 바쁜 재단사에게 두 배의 출장비를 지불해 주며 억지로 그녀 앞에 데려다주었다. 누가 뭐래도 자신이 그런 그녀를 짝사랑하고 있으니 그녀의 뒤치다꺼리도 그가 할 일이었다.

사랑을 나눈 두 사람이 침대 위에 나란히 누워 있다. 둘은 나신인 채로 서로를 마주 보며 아직 가시지 않은 정사의 여운을 음미하는 중이었다.

"사람들이 왜 빛을 찬양하는지 그 이유를 알겠어."

마티어스가 노곤하게 젖은 목소리로 부드럽게 말했다.

"낮은 밤과 달리 나신의 네 몸을 모두 볼 수 있게 해 주거든. 더 짜릿하고 자극적이랄까."

사물을 밝히는 양초가 아무리 많다고 해도 태양이 선사해 주는 뚜렷함과 선명함은 따라갈 수 없다. 아무리 어둠을 꿰뚫어 보는 시야를 가진 뱀파이어라고 해도 말이다.

"사랑을 나눌 때 네 얼굴과 표정, 몸짓, 그리고 아름다운 몸을 모두 볼 수 있게 해 준 저 태양에게 감사해."

그 말에 클로에가 잔잔하게 웃었다. 이 미소를 좋아한다. 은은하면서도 깊이 있는 미소. 그는 처음에도 그랬듯이 여전히 이 미소에 설레었다.

"처음부터 이 웃음이 좋았어. 감당할 수 없을 만큼."

마티어스가 허리 위로 흘러내린 클로에의 머리를 귀 뒤로 쓸어 넘겨 주었다. 클로에가 그 손을 부드럽게 잡아 손등에 입맞춤했다.

"마티어스. 후회되지 않아? 태양 아래 다시 살 수 없다는 게?"

그가 화답하듯 그녀의 손등에 마찬가지로 입맞춤했다.

"내 대답은 언제나 같아. 네가 누구든, 어디의 무엇이든, 나는 너를 사랑할 거야. 그러니 배신만 하지 마, 여왕님."

담담한 목소리는 후회는커녕 확고한 사랑에 흔들림이 없다고 단언했다. 클로에는 그 믿음이 고마우면서도 어쩐지 미안했다.

"화이트 성은 나의 고향이면서 한편으론 나의 감옥이었어. 억겁의 시간을 홀로 보내야 한다는 두려움 때문에 나는 절망에 빠져 스스로 그곳에서 빠져나오지 못했지. 당신으로 인해 잊어버렸던 말을 다시 하게 되고 세상으로 나오게 됐어. 그런 내가 어떻게 당신을 배신하겠어?"

그녀가 부드럽게 그의 얼굴을 두 손으로 감싸 쥐었다.

"내 삶의 단 하나의 사치란 마티어스 당신과 사랑을 나누는 거야. 그걸 내가 놓칠 리 없어."

영생을 견디기 위해 필요한 것은 사랑이다. 쾌락과 폭력과 쟁취가 아니라 무한한 시간을 견뎌야 한다는 두려움으로부터 안정감을 줄 수 있는 건 오직 사랑뿐이다. 클로에는 그걸 가졌고 그 행운을 놓치지 않으리라 다짐했다. 그녀가 입을 맞춰 왔다. 그녀의 타액은 마르지 않는 샘물처럼 그의 입안을 가득 채우고 사라졌다가 다시 채우기를 반복하며 긴 입맞춤을 선사했다.

"마티어스. 너는 나의 빛이며 생명이고 미래를 함께할 영원한 파트너야. 너를 사랑해."

그녀가 그의 허리 위로 자연스럽게 올라왔다. 미끈한 몸이 밀착되어 안착하자 그의 두 손이 그녀의 허리를 잡아 주었다. 쾌락이 일었다. 길고 하얀 두 다리가 그의 허리 아래에서 리듬을 타기 시작했다. 그녀의 몸이 날갯짓하듯 춤을 출 때마다 그의 몸도 함께 요동쳤다. 아름다운 여인은 마녀다. 그를 어디로 끌고 갈지 알 수 없는 마녀. 그래도 그는 마녀의 안내를 뿌리칠 수 없다. 깊이를 가늠할 수 없는 터널 끝에 뭐가 있는지 그도 궁금하기 때문이다. 그를 붙잡고 다그치고 몰아세우는 능력을 가진 마녀는 사랑의 천사. 혹은 환락의 악마.

"아아. 정말이지 너는."

뜨겁게 타오르는 심장. 터질 것 같은 속도감. 참을 수 없는 환희에 그녀의 허리를 잡고 있던 그의 두 손이 그녀의 봉긋한 가슴을 와락 움켜쥐고 말았다. 그가 그녀를 침대 위로 빙글 눕혔다. 느닷없이 지휘봉을 놓친 그녀가 거친 숨을 몰아쉬며 그를 올려다보았다. 그가 그녀의 가슴을 베어 물었다. 입안 가득 여리고 하얀 그것을 물고 핥으며 놓지 않는다. 그리고.

어느 순간 예고 없이 그녀 안으로 돌진해 들어갔다. 그녀의 두 다리가 허물어지도록 아낌없이 전부 넣어 버렸다.

"넌 언제나 날 미치게 해."

이번엔 그가 진두지휘를 시작했다. 조금 전과는 달리 전투적으로 몸을 움직였다. 힘 있게 밀려들어 오는 그것에 클로에의 몸이 서서히 흔들리기 시작했다. 살이 부딪히는 마찰음이 공기를 달구며 퍼져 나갔다. 움직임이 커질수록, 빨라질수록 그녀도 그를 틈 없이 잡아당겼다. 농후해진 몸에서 퍼지는 열기에 마티어스가 하체를 더욱 밀착시켰다. 갈구하면 할수록 끝을 모르는 갈증이 입을 마르게 했다. 유려한 몸놀림이 거듭될수록 두 사람은 나락 안으로 깊이 빠져드는 듯했다.

"나는 맹세해. 네가 누구든, 어디의 무엇이든, 나는 너를 사랑할 것을."

두 사람은 처음부터 하나였던 듯, 원래 하나인 듯, 서로를 향해 똑같은 맹세를 하며 나신의 몸을 불태웠다.

두 번의 사랑을 나누고 한 번의 사랑을 더 나눴다. 마티어스가 오늘이 마지막인 것처럼 자꾸만 품으로 파고들었기 때문이다.

등을 드러낸 채 엎드려 잠든 클로에는 말이 없다. 미동도 없이 곤히 잠들어 버렸다. 마티어스는 그녀의 가슴을 찾아 뜨끈한 손을 이불 속에 넣었다. 곤한 그녀의 휴식을 깨트릴 심산인 것이다. 짓궂은 손이 기어이 가슴 한쪽을 부드럽게 감싸 쥐었다.

"눈 뜨지 않으면 그대로 시작할 거야."

절정의 여운이 가시지 않은 목소리는 여전히 뜨끈했다. 그녀가 잠결에 그의 손을 치워 내자 마티어스가 다시금 그녀의 몸에 거머리처럼 달라붙었다. 허리를 지나 비너스의 문턱으로 향하던 손을 그녀가 잡았다. 그가 힘으로 그 손을 이겨 내 기어이 안으로 파고들었다. 하지만 힘이 아닌 부드러운 목소리가 이제 그만, 이라며 질주하려는 그를 진정시켰다.

"누가 그런 말 들을 줄 알고."

더 날뛰겠다며 자세를 취하는 그의 등 뒤로 문이 열리는 소리가 들렸다.

"누구?"

침실 문이 열리면서 마티어스의 짓궂음도 막을 내렸다. 시계를 보지 않았지만 그사이 해가 졌다는 건 짐작이 됐다.

"누구?"

질문은 마티어스와 침실에 나타난 의문의 남자가 동시에 했다. 그제야 마티어스는 상대방이 누군지 알아챘다.

"여기가 그대의 침실이었군, 후작."

"제 침실입니다."

"어쩐지 제일 좋다 했어. 최고급의 기품 넘치는 인테리어라니."

"이 집에는 총 열다섯 개의 침실이 있는데 하필이면 그중 제 침실을 사용하셨네요."

"여기가 제일 좋아 보였거든."

"탁월한 안목이십니다."

이곳이 누구의 저택인지 잠시 잊고 있었다. 마티어스는 후작을 바라보며 침대에서 몸을 일으켰다.

"개인 침대를 허락도 없이 사용해 놓고도 이런 말 해서 염치없지만 그녀에게 가운을 가져다주면 좋겠군, 후작."

"어려운 일이 아닙니다."

후작은 흔쾌히 직접 옷장에서 실크 가운을 꺼내 클로에에게 건네주었다. 여전히 침대에 누워 있는 그녀가 나른한 하품을 하며 긴 손을 뻗어 옷을 받았다. 스치는 손가락 끝으로 뒷골이 띵한 차가움이 느껴졌다. 후작은 자기도 모르게 진저리를 치며 어깨를 떨었다. 클로에가 싱거운 웃음을 지었다.

"이젠 익숙해질 때도 되지 않았나, 조카?"

"옳으신 말씀입니다. 처음도 아닌데 늘 이런 반응을 보여 송구스럽습니다, 클로에님."

그녀가 침대에서 일어나 바닥으로 내려섰다. 마티어스가 그녀의 매끈한 몸에 가운을 걸쳐 주었다. 후작은 그녀를 배려하기 위해 등을 돌리고 섰다.

"후작이 이제는 나를 할머니라고 부르지 않는군. 전에는 내게 할머니라는 호칭을 썼었는데 말이야."

"그땐 제가 어리석었습니다. 기품 있고 우아한 이름을 놔두고 외증조 할머님의 할머님의 할머님을 수십 번 반복하는 건 예의가 아니었죠. 지난 과거 일이니 부디 잊어 주십시오. 손자로서 앞으로 보다 성실하게 모시겠습니다."

핏줄임을 자랑스럽게 생각하고 있다는 후작의 말에 클로에가 천천히 뒤로 돌아섰다. 이번엔 클로에가 마티어스의 가운을 입는 걸 돕고 있었다. 복식이 어려운 옷도 아닌 달랑 두 팔만 끼면 되는 실크가운이다. 단추 하나 없는 실크 가운. 그런데도 둘은 저렇게 서로를 배려하며 서로에게 도움이 되려 했다.

"이번에는 제게 소개해 줄 새로운 가족이 없으십니까?"

몇 년에 한 번씩 방문할 때마다 처음 보는 멤버가 한 명씩 늘던 것을 기억해 낸 후작이 물었다.

"카이를 끝으로 없어."

"어린 친구가 술고래예요. 제 와인 창고의 반을 이틀 만에 섭렵해서 무척 곤혹스럽습니다."

"지금 카이는 반항기야. 뱀파이어가 된 시간이 짧아서 혼란기를 겪고 있는 상태지. 이해해 줘야 해."

"혼자만 반항기라면 상관없겠지만 명망 있는 집안의 영애와 함께 고주망태가 된 채로 발견됐다는 게 문제였습니다. 그것도 나체로요."

무도회 준비를 하기 위해 창고로 간 하녀가 지하로 내려갔다가 수백 병의 빈 와인 병을 보고 얼마나 놀랐는지 모른다. 그러나 당혹감을 채 추스르기도 전에 술에 취한 채 잠든 젊은 소년 소녀를 보고는 할 말을 잃었다. 저택 안의 수많은 방을 놔두고 하필 어두운 지하 와인창고를 정사 장소로 정한 그들이 이해되지 않는 것이다.

"드디어 녀석이 동정을 떼었나 보군."

카이는 파티장에서 우연히 만난 클로에게 첫눈에 반해 화이트 성까지 쫓아온 스토커였다. 범접할 수 없는 마티어스가 그녀의 상대라는 걸 안 뒤 좌절하긴 했지만 첫 동정만큼은 짝사랑하는 클로에게 바치겠다며 화이트 성을 떠나지 않는 거머리 같은 녀석이었다. 마티어스는 아주 잘됐다며 박수까지 쳤다.

"카이와 함께 있던 영애는 어떻게 됐지? 죽었나?"

클로에의 물음에 후작은 다행히도 멀쩡히 살아 있다고 했다.

"죽었더라면 카이에 대한 신분 세탁을 하느라 제가 지금 정신이 없겠죠. 아마 유희를 즐기기 위해 와인창고에 들어갔다가 술에 취해 잠든 것 같습니다. 흡혈을 할 생각은 없던 모양이에요."

"후작이 고생이 많군."

"화이트 성에도 벌써 여섯이라는 숫자의 뱀파이어가 살게 됐네요. 그곳도 꽤나 복작거리겠어요."

"그러고 보니 어느덧 그렇게 됐군. 다들 사연이 있었지."

"계속 그들과 함께 사실 생각이신 겁니까?"

"그들이 떠나겠다고 하지 않는 한 아마도. 불편한 점은 없으니까. 사실 성이 워낙 커서 특별한 경우가 아니면 마주칠 일도 없어. 함께 산다는 걸 잊을 만큼."

"그렇겠군요."

마티어스가 그녀에게 물을 건넸다. 정사 뒤의 갈증을 풀어 주기 위해서다. 후작은 길고 하얀 손을 내밀어 물을 마시는 클로에를 노골적으로 쳐다보았다. 확실히 클로에는 고전적인 우아함을 지니고 있다. 오랜 세월이 만들어 낸 기운이 축적되어 있다고나 할까. 인간은 결코 흉내 낼 수 없는 기품이다. 그런 그녀가 뱀파이어라니 다행이다. 저 아름다움이 영원히 보존될 테니까.

"클로에님을 위해 성대한 파티를 준비해 뒀습니다. 차후 일정이 없다면 참석하는 건 어떠십니까? 떠나기 전 마지막 만찬이라고 생각해 주세요."

"조카는 나를 위해 언제나 즐거움을 준비해 주는군."

"흡혈할 먹잇감도 충분히 준비해 놓았으니 말씀만 해 주십시오. 파티에 샴페인이 빠지면 안 되듯 말입니다."

신나는 파티에 어울리는 만찬을 준비해 뒀다는 소리에 클로에는 웃지 않았다.

"조카는 참 대담해. 처음 나와 우연히 만났을 때도 내 존재를 크게 어려워하지 않았지."

"지금 생각해 보니 참 쑥스러운 일이었네요. 클로에님의 아름다운 미모에 반해 꽤 오랫동안 뒤를 밟다가 하마터면 흡혈을 당할 뻔 했죠. 다행히 클로에님이 제가 조카라는 걸 알아보시고 살려 주셨지만 그때를 생각하면 아찔합니다."

"하지만 지금 생각해 보면 내가 그때 조카를 외면했어야 하지 않았나 싶어. 혹시라도 나와의 관계로 인해 조카가 잘못될까 봐."

"지금껏 잘 숨겨 왔습니다. 지나친 염려는 하지 않으셔도 됩니다."

"에녹."

그녀가 후작의 이름을 불렀다.

"넌 시집간 내 언니의 피를 이어받은 유일한 후손이야. 그 피가 대를 지나면서 희석되었다 해도 우리가 오래전 피를 나눈 가족이라는 건 변하지 않아. 부디 언제나 조심하도록 해."

고저 없는 목소리는 경계를 잊지 말라고 주의를 줬다. 후작은 무슨 말인지 잘 안다며 조심하겠다고 다짐했다.

"세상 사람 모두가 알고 있지만 제가 그렇게 호락한 인물은 아닙니다."

"화이트 성의 뱀파이어들이 런던에서 흡혈하지 않는 이유 중 하나는 조카의 안위를 걱정하는 내 마음도 포함되어 있어. 비록 몇 년에 한 번씩 방문하는 곳이지만 유일한 후손인 그대의 삶에 오점이 되고 싶진 않다는 걸 기억해 주면 좋겠네, 에녹 조카."

"명심하겠습니다, 이모님."

"오늘 파티엔 참석하도록 하지."

"주인공은 언제나 파티가 무르익을 때 나타나는 법이죠. 천천히 오세요."

후작은 목욕물을 준비해 놓을 테니 천천히 나와 달라고 말했다. 후작이 나가고 두 사람은 그의 말대로 적당한 시간을 두고 욕실로 향했다.

대리석의 욕조 안에 뜨거운 물이 찰랑거렸다. 그 잠깐 사이 각각 종류가 다른 입욕제까지 준비해 놓은 걸 보며 클로에가 그에게 물었다.

"후작의 사랑을 받는 상대는 기쁠까? 괴로울까?"

"숨이 막힐걸."

두 사람은 동시에 웃었다. 마티어스가 걸치고 있던 가운을 자연스럽게 벗고 욕조 안으로 들어갔다. 클로에도 그를 따라 가운을 벗고 찰랑거리는 물속으로 몸을 감췄다. 수증기가 안개처럼 무성하게 두 사람의 몸을 감싸 주었다.

"이번 여행은 다른 때와 달리 일주일이 빠르게 지나간 느낌이야."

마티어스의 어깨에 머리를 기댄 클로에가 말했다.

"그럴 수밖에 없지."

그 또한 그녀의 머리에 고개를 기댄 채 말했다.

"귀부인들의 티타임에 참석했고 지식인들의 독서토론회에 참석해 옛 고서에 대한 의견을 나누고 미술관에서 수백 점의 유물을 봤으니까. 그뿐인가. 런던의 구석구석을 마차 없이 직접 걸으며 구경했고 템스 강을 산책했잖아. 문을 연 상점과 공예점은 모두 구경했으니 일주일이 부족할 수밖에 없어."

"즐거운 시간들이었어. 사람들과 있으면 시간이 빠르게 지나가는 느낌이야. 활기찬 그들의 모습을 보면 나도 모르게 생기를 얻어. 나도 저들과 같다는 생각에 안정감을 느끼기도 해."

"여왕님께서는 나와 함께 있는 것만으로는 부족했던 모양이로군."

"조금은."

장난스러운 그녀의 말에 마티어스는 진지하게 대꾸해 주었다.

"런던에 와서 살고 싶다면 그렇게 해. 나는 네 의견을 따를 테니."

뜻밖의 말에 그녀가 고개를 들었다. 욕조 안의 물이 찰랑 소리를 냈다. 그러나 이내 침착해진 그녀가 다시 물속으로 들어와 그의 품 안으로 파고들었다.

"난 런던은 별로야."

"이곳의 생활을 즐거워하길래 좋아할 줄 알았는데."

"물론 런던은 매력적인 도시야. 하지만."

그만큼 위험요소가 많은 곳이기도 하다. 클로에는 재미보다 안정적인 걸 원한다. 이곳은 즐거운 만큼 쉽게 타락할 수 있는 곳이다. 원하는 대로 물질을 취할 수도 있다. 운이 좋으면 에녹처럼 뱀파이어를 숭배하는 자를 만나 호의호식할 수도 있다. 그러나 신은 뱀파이어의 편이 아닌 인간들의 편이다. 향락과 유흥을 즐기는 뱀파이어는 결코 안전하지 못하다. 이건 경험이 주는 지혜였다. 클로에는 간간히 즐기는 여행으로 만족한다고 말했다.

"당신과 나를 지켜 줄 곳은 화이트 성뿐이야."

그곳이야말로 지상에서 가장 안전한 곳이다. 고집이 아니라 사실이다. 클로에는 마티어스가 인간들로부터 보호되길 원했다. 그의 영생을 그대로 이어나갈 수 있게 되길 바랐다.

그가 부드럽게 그녀의 등을 어루만져 주었다. 굳이 말하지 않아도 그녀의 마음을 안다는 뜻이다.

"여왕님이 실오라기 하나 걸치지 않은 채 몸 바쳐 이렇게 애원하는데 그 뜻을 거스를 수는 없지."

그가 웃으며 그녀를 두 팔로 안았다. 파티가 무르익은 듯했다. 음악 선율이 이곳까지 들렸다. 익숙한 음율에 마티어스가 그녀를 품에 안은 채 귓가에 흐르는 연주곡을 허밍으로 따라 불렀다. 눈을 감은 클로에도 음율을 따라 작게 소리를 냈다.

라라. 라라라. 라라라라라라.

두 사람의 목소리가 하나가 됐다. 평화로움이 가득 차오른다. 서로 몸을 포갠 채 나란히 누워 있는 두 사람의 모습이 명화 속의 그림 같다. 오늘 파티의 마지막 엔딩곡은 정해졌다. 지금 흘러나오는 음악에 맞춰 홀 안에서 그녀와 춤을 출 것이다. 밤이 무르익도록. 사람들의 갈채가 끝날 때까지.

서로의 스텝에 맞춰 원 투 쓰리 포. 원 투 쓰리 포.

마티어스는 오늘 밤 둘만의 완벽한 왈츠를 선보여 파티의 엔딩을 마무리 짓자고 그녀에게 속삭였다.

신시아가 찾던 재단사가 왔다. 바쁘다는 핑계로 그녀의 부름에 난색을 표한 그를 로렌즈가 용케 구슬려 그녀 앞에 대령해 놓았다.

"업무가 바쁘다고?"

땅딸막한 재단사를 보는 신시아의 눈이 우습지도 않아했다.

"나이 먹어 눈도 어두운 재단사가 밤에 바느질할 리는 없을 텐데 왜 바쁜 척이야?"

붉은 기운을 뿜어내는 눈동자가 신경질적인 반응을 보이자 재단사는 얼른 능글맞은 표정으로 두 손부터 비볐다.

"오해 마세요. 누구 명이라고 감히 바쁜 척을 하겠습니까? 호출에 늦은 건 절 밤에 찾는 분들이 워낙 많아서입니다. 아시잖아요."

알고 있다. 재단사는 귀족과 돈 많은 갑부들 사이를 오가며 그들의 취미생활을 돕는 안내자로 바쁘게 살고 있는 사람이었다. 신시아는 우연히 귀부인들의 살롱에 놀러갔다가 그를 만났다. 그는 재단사이자 안내자로서 귀족들의 삶에 활력을 주는 존재라고 자신을 소개했다.

귀족들은 스스로를 고독한 존재라고 생각한다. 때문에 일상에 웃음을 주는 서커스와 연극과 음악에 과한 사랑을 쏟았다. 그러나 그건 자신을 위로하기 위한 가식일 뿐, 뒤로는 쾌락과 향응을 찾아 거금을 쓰는 모순을 일삼았다. 보다 더 자극적인 걸 찾기 위해 안달을 내는 사람들. 안락한 삶이 주는 무료함이 종종 누군가를 기괴하게 만들기도 하는 것이다.

신시아는 런던에 오면 안내자를 통해 종종 향응을 즐겼다. 그녀 또한 귀족들과 다를 바 없는 지루함에 빠져 있는 상태였다.

"자, 그럼 오늘은 어떤 구경을 하러 가시겠습니까?"

"오늘 밤, 벌어지는 쇼부터 읊어 봐."

"의사들의 수술을 견학할 수 있는 게 있습니다."

"시시해."

"이집트에서 온 미라를 해체하는 구경거리도 준비되어 있어요."

"미라 구경?"

"미라의 신체에 손을 넣고 그 안에 있는 장신구와 보석을 꺼내는 사람이 그걸 갖는 쇼예요. 이건 곧 시작할 테니 참석하시려면 지금 움직이셔야 합니다. 자리가 만석이지만 아가씨가 가신다면 앞자리를 확보해 놓겠습니다."

최고의 고객층인 신시아를 위해 힘을 발휘해 보겠다는 재단사는 어떻게 할 건지 의견을 물었다. 공허한 마음을 잠시나마 위로 받을 수 있다면 뭐든 좋다. 하지만 사람을 죽이고 시체를 보는 건 이력이 난 몸이다.

"이미 죽은 시체는 매력 없어. 보다 재밌는 건 없는 거야? 짜릿하고 화끈한 거. 아름다운 내게 어울리는 걸 추천해 봐."

그녀가 뱀파이어라는 걸 알 리 없는 재단사는 난감해했다.

"오늘은 그것뿐이에요. 정 그러시면 사내들을 불러 올까요? 기술이 뛰어난 고급 창부들로 대여섯 명은 어떠세요?"

"수준 낮은 말이군. 감히 내게 창부를 제공하겠다니."

흥미를 잃은 그녀가 따분한 목소리를 냈다. 재단사는 초조해졌다.

이러다간 오늘 일당이 날아갈 것 같았다. 단골 거래처에서 호출이 있었지만 신시아의 부름에 앞뒤 안 보고 이곳으로 달려왔는데. 그는 조급함을 느꼈다.

"이건 저희 쪽에서 진행하는 건 아닌데 한번 동행해 보시겠습니까? 아직 아가씨께서 가 보시지 않은 곳이 한 군데 있긴 하거든요."

"어딘데?"

재단사는 그녀를 마차에 태우고 도심 어느 구석에 자리한 이름 모를 곳에서 멈췄다.

"결국 환락가야?"

"아닙니다. 단순히 술집, 도박, 유흥장이 늘어선 곳 같지만 눈에 보이는 그게 전부가 아니에요. 따라오십시오."

재단사를 따라 마차에서 내린 신시아는 비좁은 골목을 지나 점점 더 안으로 깊이 들어갔다. 묘하게 복잡한 곳이었다. 구불구불 골목도 많았고 그 사이에 둥그렇게 자리 잡은 작은 공간에 사람들이 삼삼오오 모여 물담배를 피우거나 뭔가를 마시고 있었다. 매캐한 연기가 코를 찌르며 들어왔다. 신시아가 미간을 찡그렸다.

"아편굴이로군."

흡사 개미굴 같은 이곳은 아편굴이었다. 곳곳에서 피어오르는 파란 연기는 아편이다. 재단사가 보란 듯이 자랑스럽게 설명했다.

"최고의 향락이죠. 이걸 원하신 듯해서요. 어떠십니까? 미칠 듯한 자극을 원하는 귀족에게 제가 선사해 드리는 마지막 천국입니다."

"역시 넌 대단한 쓰레기야. 귀족들이 좋아할 만해."

칭찬이 아닌 비아냥거림이었지만 재단사는 그것조차 기쁘게 받아들였다.

"모르긴 몰라도 아마 이곳도 어느 대단한 귀족의 소유가 아니겠습니까? 철저히 비밀로 붙이고 있는데 이미 소문은 그렇게 나 있어요.

아참, 조심하셔야 해요. 여긴 뱀파이어가 살아요."

"뭐?"

"아편에 취한 사람들의 피를 마시러 온다더군요. 그러니 개미굴 안에 함부로 들어가시면 안 돼요."

"말도 안 돼."

신시아가 믿을 수 없다며 우스운 웃음을 터트렸다.

"안 믿으시는군요."

"믿을 리 있겠어? 그런 허접한 소리를?"

"놈의 시체도 있어요. 정말입니다. 심장에 말뚝이 박힌 채 그대로 박제가 되어 있죠."

재단사는 장담했지만 신시아는 끝까지 믿지 않았다.

"직접 봤어?"

"아뇨. 끔찍하게 왜 그걸 봅니까?"

"그것 봐."

"제 말은 사실입니다. 뱀파이어를 죽이러 다니는 사람이 있다니까요. 제가 그 남자를 직접 본 적 있습니다. 그는 종종 죽은 뱀파이어를 확인하러 이곳에 와요."

"왜?"

"또 다른 뱀파이어를 잡기 위해서죠."

"사람이 뱀파이어를 죽일 수 있다고 생각해? 월등한 육식 포식자를 잡식성인 인간이?"

"뱀파이어가 육식이에요? 저는 피만 마신다길래 곤충이라고 생각했어요. 모기가 곤충이잖아요. 애앵, 애애앵."

재단사가 장난스럽게 농담을 던졌지만 신시아는 웃지 않았다. 평소라면 뺨이라도 후려갈겼겠지만 모르는 척 눈 감아 준 건 이곳의 묘한 기운 때문이었다. 신시아는 음침하고 어두운 주변을 가만히 훑었다.

환각 속에서 중얼거리는 남자. 약에 취해 잠든 여자. 남녀가 뒤엉킨 채 애무하는 모습. 무방비 상태의 인간들이 넘쳐나는 아편굴.

이곳에 뱀파이어의 출현은 전혀 가능성이 없는 이야기가 아니다. 그래도 굳이 약에 취한 인간을 찾아 먹고 싶을까.

"이곳을 찾는 놈은 미식가는 아닐 거야."

"네?"

"앞장서, 재단사. 심장에 말뚝이 박힌 채 박제가 되었다는 뱀파이어가 있는 곳으로 안내해. 오늘 구경은 그걸로 하지."

신시아는 묵직한 돈 주머니를 재단사의 손에 쥐여 주었다. 어떤 변명도 듣고 싶지 않으니 그만 나불거리고 안내하라는 의미였다. 재단사가 정말 꼭 봐야겠냐며 다시 질문했다. 그는 아편을 권하러 온 것이지 끔찍한 뱀파이어를 보러 온 게 아니라고 신시아를 달래기까지 했다. 그러나 결국 고객만족을 우선시하는 영업 방침을 철수시키지 못하고 그녀를 그곳으로 안내했다.

몇 번을 헤맨 끝에 결국 뱀파이어를 찾아냈다. 개미굴은 재단사에게도 영 어지러운 곳인 것 같았다. 죽은 뱀파이어는 재단사의 말대로 정말 심장에 말뚝이 박힌 채 벽에 걸려 있었다. 처음엔 밀랍인형인 줄 알았다. 심장에 박힌 말뚝 하나에 의지해 벽에 걸려 있는 게 영락없이 그렇게 보였다.

"정말 있네. 신기해라."

"그것 보세요. 제 말이 맞죠?"

"얼마나 오랫동안 이러고 있었던 걸까."

쭈그러든 피부 아래 남은 건 뼈뿐으로 손을 대면 금방 먼지가 되어 부서질 것 같았다.

"남자구나."

너무 낡아 헤진 옷이었지만 유심히 보니 남자였다. 재단사의 말대로 정말 이곳의 사람들을 먹다가 발각되어 죽은 것일까. 그게 사실이라면 누가 감히 뱀파이어를 잡아 이렇게 할 수 있는 걸까. 여러 가지 의문 속에서도 신시아는 묘하게 소름이 돋는 자신을 느꼈다.

"죽으면 이렇게 된단 말이지? 이게 영생의 끝인 모습이란 말이지? 놀라워. 이런 걸 본 건 처음이야."

"아, 아가씨. 너무 가까이 가진 마세요."

"자세히 봐야 제대로 된 구경을 하지."

"그, 그래도 무섭고 징그럽잖아요. 만지지 말아요. 그걸 꼭 만지고 싶으세요? 그러다 병균이라도 옮으면 큰일……!"

그러나 재단사가 미처 말리기 전 신시아는 놈의 가슴에 박힌 쇠말뚝을 확 뽑아 버렸다.

"아가씨!"

"뱀파이어는 목이 잘리지 않는 한 살아나. 그걸 봐야겠어."

말뚝이 뽑힌 놈은 허수아비처럼 바닥으로 툭 떨어졌다. 신시아는 축 쳐진 놈의 머리통을 발끝으로 들어 자신을 보게 했다. 미동도 없다. 감긴 눈은 푹 파인 채 이미 죽었음을 확인시켜 주었다.

"영생의 존재여. 감은 눈을 뜨고 숨을 뱉어 내라."

재단사가 기겁을 하며 그녀를 뒤로 밀쳐 냈다. 신시아가 무슨 짓이냐며 노려봤지만 강하게 만류하는 재단사는 모든 힘을 발휘해 그녀를 밖으로 내몰아 데리고 나갔다.

"미치겠네, 정말! 쇠말뚝을 뽑으면 어떡해요? 저게 정말 뱀파이어라면 다시 살아나 사람들을 헤칠 텐데!"

"그러라고 한 거야. 저렇게 만든 놈에게 복수하라고 도와준 거였어."

재단사는 오만방자한 신시아에게 주먹을 날리고 싶은 마음을 간신히 누르며 누가 보기 전 얼른 그녀가 손에 들고 있는 쇠말뚝을 뺏어 조금 전 있던 굴 안으로 휙 던져 버렸다.

"어서 가요. 오늘 구경은 여기까지입니다."

심사가 뒤틀린 재단사를 따라가며 신시아가 힐끔 뒤를 돌아보았다. 속설이 사실이라면 놈은 살아날 거다. 우연히라도 아편에 취한 누군가가 저곳으로 들어가 준다면 그 피를 마시고서 말이다. 심장이 두근 거렸다. 짜릿한 구경을 했다. 신시아는 미지의 뱀파이어에 대해 새로운 걸 알게 되었다는 자부심에 기분 좋은 발걸음으로 그곳을 떠났다. 하지만 그땐 몰랐다. 장난이었고 가벼운 마음으로 한 그 행동이 훗날 어떤 회오리가 되어 돌아오리라는 걸. 그 밤이 결국 그들의 평화로움을 깨는 부메랑이었음을 결코 예상하지 못했다.

"어떻게 살아난 거야! 누가 저놈을 부활시켰나!"

목에 피를 흘리며 죽어 있는 사람 옆에 아직 눈을 뜨지 못한 놈이 누워 있었다. 눈은커녕 여전히 시체처럼 죽어 있었으나 놀랍게도 그르륵거리는 가래 끓는 소리를 내며 숨을 내쉬고 있었다. 피를 마시고 살아난 것이다. 놈은 이미 썩어 사라진 코뼈를 킁킁거리며 더스틴에게 기어 왔다. 사람 냄새를 맡고 또 다른 피를 흡혈하려고 본능적으로 다가오는 것이었다.

"이 버러지 같은 거머리새끼."

더스틴은 있는 힘껏 놈의 머리통을 밟았다. 그리고 즉각 검으로 놈의 머리를 잘라 버렸다. 애초에 죽이지 않은 건 이유가 있어서였지만 끝까지 사람에게 해악을 끼치려 하다니, 정말 지긋지긋한 것들이다. 그는 먼지가 되어 사라지는 놈을 밟고 또 밟았다. 바닥에 남은 건 말뚝 하나뿐.

말뚝을 본 더스틴의 눈매가 날카롭게 빛났다.

"말뚝이 뽑히다니 누가 왔다 갔군."

사람의 힘으로 뽑을 수 있는 말뚝이 아니다. 약에 취한 환각쟁이들은 그럴 힘도 없었다. 이 뱀파이어는 몇 년 동안 이 자리를 지키며 덫의 역할을 톡톡히 하던 놈으로, 단 한 번도 말뚝에서 해방된 적이 없었다. 더스틴은 이곳에 뱀파이어가 다녀갔다는 걸 눈치챘다.

"꼴에 동족을 살리는 자비를 베풀고 싶었단 말이지? 그렇다면 어디 그 면상을 한번 봐야겠다."

그의 생각은 적중했다. 다음 날 그곳을 찾아온 이방인이 있었다. 긴 망토를 걸친 그것은 놀랍게도 여자였다. 여자는 주변을 살펴 아무도 없는 것을 확인한 뒤 어둡고 음침한 그곳을 거리낌 없이 들어왔다. 그러곤 어깨에 둘러메고 온 무언가를 바닥에 함부로 던졌다. 사람이었다. 숨소리가 고른 걸 보니 죽지 않고 기절한 상태 같았다. 여자는 어둠을 헤집어 무언가를 찾았다.

"어디 간 거지?"

신시아는 놈을 찾았다. 하루 사이에 원기회복을 해 다른 곳으로 갔을 리 만무한데 놈이 보이지 않았다. 신시아는 머리를 덮은 망토의 모자를 벗으며 보다 면밀하게 공간을 살피기 시작했다. 그때였다. 그녀가 컥, 소리를 내며 제자리에 멈춰 섰다.

"걸렸다!"

고통스러운 얼굴의 신시아가 자신의 다리를 내려다보았다. 짐승을 잡는 덫이었다. 철로 만든 그것은 크기가 큰 것으로 땅 속에 묻혀 있다가 신시아가 밟는 순간 그녀의 다리를 향해 냅다 튕겨 올라온 것이다. 날카로운 덫의 아가리가 한 줌밖에 안 되는 발목을 뚫고 박혀 버렸다. 당혹감이 밀려왔다. 그녀가 허둥지둥 날카로운 손톱으로 쇠의 아가리를 벌리려 할 때였다.

"워워. 그러지 않는 게 좋아. 네 앞을 봐. 네가 거기서 발을 떼는 순간 벽에서 말뚝이 튀어나와 네 심장을 꿰뚫을 거야. 그럼 넌 기존에 이곳에 있던 놈이 그랬듯 저 벽에 날아가 박히고 말테지."

가면을 쓴 더스틴이었다. 인기척을 느끼지 못했던 신시아가 갑자기 나타난 그를 보고 뒤늦게 송곳니를 드러내며 살기를 내보였다.

"생각지도 못했는데 여자 뱀파이어라니 오늘 정말 횡재했군."

"넌 누구냐!"

"신기해. 그동안 봐 왔던 것들과 달리 넌 정말 살아 있는 인간 같아. 어떤 술수를 쓴 거냐? 무슨 재주가 있어 이렇게 사람다운 거지?"

더스틴은 감탄과 기쁨을 동시에 느꼈다.

"설마 그럴 리 없겠지만 내가 지금 여왕을 잡은 건가?"

"크아아악!"

신시아가 더스틴의 가면을 벗기기 위해 두 팔을 쭉 내밀었다. 도망쳐야 한다고 생각했으나 더스틴의 말대로 덫에서 벗어나면 말뚝이 날아와 가슴에 박힐까 봐 두려워 쉽게 용기를 내지 못했다. 하지만 그때 피했어야 한다는 걸 신시아는 두고두고 후회했다. 발목이 잘려 나가더라도 그때 도망쳐야 했다. 그녀가 고통의 괴성을 내질렀다. 본성을 드러낸 신시아에게 더스틴이 진정하라며 은화살을 쏘았기 때문이다. 재빨리 손을 들어 막았으나 연거푸 날아온 은화살이 팔등에 두 개나 박히고 말았다.

"아악!"

고통에 몸부림치며 신시아가 덫 안에서 앞으로 고꾸라졌다. 이런 고통은 난생처음 느껴 보는 것이었다.

"묻는 말에 대답해. 안 그러면 은화살이 이번엔 네 심장에 박힐 거다. 자, 질문. 넌 오리지널의 피를 받은 여왕이냐?"

"무슨 소릴 하는 거냐? 오리지널이 뭔데!"

"네가 오리지널이 아니라면 진짜 오리지널에 대해서 알고 있는 건?"

"모른다! 난 그런 건 몰라!"

"다시 한 번 말하지만 나는 여왕을 찾고 있……."

신시아가 말을 하는 더스틴의 얼굴을 손으로 확 긁었다. 빗나가긴 했지만 상처가 났다. 더스틴이 뺨에 흐르는 피를 손등으로 닦아 내는가 싶더니 무지막지한 발길질을 날렸다. 얼마나 빠르고 강도가 센지 덫에 걸린 두 다리 때문에 꼼짝 못 하는 신시아는 폭력을 그대로 받아야 했다. 한참 이어진 구타에 신시아가 결국 기진맥진 고개를 꺾었다.

"네가 피만 갈구하는 짐승 같은 놈들과 다른 건 알겠어. 그러니 동료의 말뚝도 뽑아 줬겠지. 우리는 그동안 생각할 줄 아는 뱀파이어를 제일 경계해 왔다. 사람보다 월등한 체력을 가진 너희가 생각까지 한다면 큰일이거든."

그가 신시아의 팔에 꽂힌 은화살 하나를 그대로 뽑아 버렸다. 신시아가 몸을 비틀며 괴성을 내질렀다.

"자아, 다시 한 번 묻지. 이번엔 다른 질문이니 똑바로 대답해. 뱀파이어가 되기 전의 기억이 있나?"

신시아가 악에 받쳐 소리를 질렀다.

"그래!"

"원래 어디의 누구였지?"

"난 힐데 가의 딸이다! 귀족이야!"

남은 힘을 쥐어짜며 신시아가 서슬 퍼런 목소리를 내뱉었다.

"나는 네놈과는 급이 다른 뼛속까지 귀족인 자의 영애다! 뚫린 눈깔로 보고도 몰라? 머리부터 발끝까지 넘치는 내 아름다움을!"

신시아가 진홍의 핏물이 밴 허연 이를 드러내며 씨익 웃었다.

"하긴. 뱀파이어나 잡고 다니는 네놈이 고귀한 아름다움을 어찌 알까? 가난하고 못 배운 하층민 출신이니 결국 이런 일이나 하겠지."

"맞아. 난 배곯는 게 일상인 가난한 집의 다섯째야. 먹을 게 없어 풀을 뜯어 먹고 살았지. 보는 눈이 있군."

"싸구려들은 뭘 해도 티가 나거든."

둘은 서로를 보고 웃었다. 비웃음과 무시였으나 그만큼 긴장감은 더욱 팽배해졌다. 더스틴은 신시아가 일부러 쓸데없는 말을 하는 이유를 알고 있다. 사정권 안에 더스틴이 들어오면 목을 물어뜯을 생각인 것이다.

"나 어때? 한번 만져 볼래?"

아니나 다를까, 신시아가 치마를 말아 올리며 손짓했다.

"아무도 없어. 색다른 경험을 원한다면 가까이 와도 좋아. 가난뱅이는 평생 한 번 꿈꿀까 말까 한 몸이잖아."

매끈한 다리. 유혹적인 핏빛의 귀족 아가씨. 비록 발목이 덫에 걸려 피투성이였지만 눈이 뒤집힐 만한 관능미는 여전했다. 신시아가 어깨에 걸쳐진 옷을 아래로 내렸다. 눈처럼 하얗고 풍성한 한쪽 가슴이 여실히 드러났다.

"만져 봐. 어서. 네가 안는 걸 허락할게."

더스틴이 쿡, 하고 웃었다. 그는 정말이지 너무 웃겨 죽을 것 같은 얼굴을 감추지 못해 결국은 크게 웃음을 터트렸다.

"와하하하하."

수치스러움이 물씬 치솟았다. 살기 위해 생각해 낸 거지만 신시아 스스로도 이렇게까지 할 생각은 없었다. 웃음을 멈춘 더스틴이 눈 끝에 매달린 눈물방울을 슥 닦아 냈다.

"넌 오리지널이 아니군. 오리지널이 인간의 기억을 가지고 있을 리도 없지만 네 행동이 그걸 알려 주고 있어. 넌 딱 하류급이야."

고통과 수치와 분노가 뒤섞여 신시아의 얼굴이 딱딱하게 굳었다.

"껍데기가 유난히 화려해서 혹시 오리지널인가 했는데 나의 완벽한 착각이었다. 귀족이었다고? 창녀가 아니고?"

하얗게 질린 신시아가 끝내 몸을 부들부들 떨며 괴성을 내질렀다.

"도움을 요청하는 거야? 하지만 소용없어. 여긴 네 말대로 아무도 없으니까. 덫인 줄 모르고 직접 걸어 들어온 멍청한 뱀파이어 아가씨."

신시아가 씩씩거리며 악다구니를 썼지만 더스틴은 미동도 하지 않았다. 대치는 오래가지 않았다. 다리부터 타고 들어오는 고통이 점점 커졌다. 신시아가 잇새를 물며 먼저 지고 들어갔다.

"이런 식으로 죽인 뱀파이어가 몇이나 되는 거냐?"

"말뚝에 박힌 놈을 벽에 걸어 둔 뒤론 아마 대여섯 마리? 그놈에 대한 소문이 퍼지자 호기심에 보러 오는 멍청한 것들까지 포함하면 그 이상이고."

더스틴은 런던의 여러 곳에 이런 장치를 해 놓았다고 친절하게 설명해 주었다. 말뚝이 박힌 뱀파이어를 일부러 전시해 놓은 것도 그런 이유라고 말했다.

"너희는 동족이 벽에 매달려 죽은 걸 보면 복수심이 생기나 봐. 날 기다리는 놈들도 여럿 있더군."

"그들을 모두 죽였어?"

"그래. 너처럼."

뱀파이어는 확실히 포악한 동물이라서 덫 안에서 그대로 죽진 않았다. 배고픔을 못 이겨 신체 일부를 포기하고 덫에서 빠져나간 놈도 있었다. 하지만 나약한 놈들은 정말 아사해 말라 죽기도 했다. 모두가 같은 건 아니었다.

"넌 운이 좋은 거야. 고작 발목이잖아. 어떤 놈은 허리가 댕강 잘려 죽었어. 그런 면에서 전에 쓰던 덫이 크고 좋았는데 재설치하는 데 너무 무거워서 원. 그래서 이번엔 작은 걸로 바꿨는데 거기에 딱 맞는 네가 걸려들 줄이야."

기를 죽이기 위해 과장된 표현을 쓰긴 했지만 거짓은 없었다. 더스틴은 신시아의 팔에 여전히 꽂혀 있는 은화살을 손으로 툭 건드렸다.

"곧 호흡이 가빠지고 어지러워질 거야. 덫에 독을 묻혀 놨거든. 마침 이곳이 아편굴이라 필요한 약을 구하기 쉬웠지 뭐야. 매번 짐승들과 힘들게 싸우느라 버거웠는데 이런 곳이 있었다니 진작 이 방법을 쓸걸 그랬어. 어쨌든 슬슬 효과가 올 텐데 기분이 어때?"

친절한 설명을 듣지 않아도 이미 발목부터 서서히 마비증상이 느껴졌다. 가슴도 답답하고 속이 메스꺼웠다. 하지만 정신만큼은 나른한 게 기분 좋았다.

"넌 발목부터 썩어 갈 거야. 타들어 간다는 게 맞지만."

"무슨 독을 묻힌 거야?"

"은. 그리고 너 같은 짐승에게 치명적인 이름 모를 다량의 독과 마약들."

신시아는 은에 대해 알고 있는 지식이 없다. 아니, 들었던 것 같은데 떠오르지 않았다. 이것이 약의 효과인가. 신시아는 정신을 차리려고 애를 썼다.

"내게 왜 이러는 거냐? 넌 누구고 왜 뱀파이어를 사냥하는 거지? 이게 무슨 이득이 있어?"

더스틴은 신시아의 말을 무시하며 시간을 쟀다. 약 효과가 제일 최고치에 이를 때 질문을 하면 대부분의 뱀파이어들은 얌전히 대답을 한다.

"자, 시간이 됐군. 질문을 시작하지. 네가 알고 있는 놈들 중에서 제일 오래 산 뱀파이어가 있나?"

신시아는 대답하지 않았다. 더스틴이 주머니에서 가루를 꺼내 그녀의 얼굴에 뿌렸다. 곱게 빻은 가루는 허공에서 나풀나풀 춤을 추더니 금세 바닥으로 가라앉았다. 뭘 하는 걸까? 잔뜩 어깨를 움츠린 채 경계하던 그녀가 순간 몸을 뒤틀었다.

"은가루야. 네 코를 통해 체내로 들어가 고통을 주지. 대답하지 않는다면 더 많은 가루를 뿌릴 거다. 살려면 숨은 쉬어야 할 테니 현명하게 대처해."

더스틴이 주머니를 흔들어 보였다. 신시아의 한쪽 코에서 코피가 흘러나왔다.

"대답은?"

"여자가 하나 있어."

신시아의 대답에 더스틴의 얼굴에 화색이 돌았다.

"얼마나 살았지?"

"살아온 날을 헤아릴 수 없는 여자야. 우린 그녀를 화이트 성의 여왕이라고 불러."

"화이트 성?"

"그녀가 사는 곳의 이름이야."

더스틴은 흥분했다. 드디어 십자단의 숙원이 풀릴 것 같다는 생각이 들었다.

"오리지널인 거냐?"

"네가 말하는 오리지널이 오래 산 뱀파이어를 말하는 거라면 맞아. 난 지금껏 그녀처럼 오래 산 뱀파이어는 본 적이 없어."

신시아가 안간힘을 쓰며 정신을 차리려 했다.

"이제 해독제를 줘."

"그것에 대한 정보부터 말해. 그건 지금 어디 있어?"

"여기. 런던에."

"이곳 어디?"

"해독제!"

"여왕을 잡을 수 있게 도와주면 그 뒤에 주겠다. 그때까지 네 약점을 가지고 있을 거야. 그러니 어서 대답부터 말해."

신시아가 애써 신음을 삼켰다. 몸이 이상했다. 몸 안에 좋지 변화가
생긴 것 같았다.

"여왕은 내일 이곳을 떠날 거야. 그녀는 런던에 여행을 왔어."

"그렇다면 돌아가기 전에 잡아야겠군. 여왕을 호위하는 놈들은 몇
명이지?"

신시아는 마티어스를 떠올렸지만 그는 그녀의 호위가 아니라 배제
시켰다. 어쩌면 정신이 오락가락하는 와중에도 결코 두 사람을 함께
엮고 싶지 않아 그런 말이 나온 걸지도 몰랐다.

"그녀는 혼자 다녀. 호위 같은 건 없어."

"그만큼 힘이 강력하다는 건가?"

더스틴이 잠시 생각에 잠기는 듯하더니 이내 품 안에서 손가락만
한 약병을 꺼내 건넸다.

"네 독과 같은 거다. 넌 이 약병의 일부에 중독된 거야. 그런데도 이
지경이지. 이걸 여왕에게 모두 먹여. 그리고 넌 다시 내게 와서 여왕
이 있는 장소만 알려 주면 돼. 그때 네게 해독제를 주겠다."

"널 어떻게 믿고?"

"믿지 않으면 넌 죽어. 그러니 결정은 네가 해라."

무거운 침묵이 신시아의 가슴을 짓눌렀다.

"어디로 가지?"

"B번가로 와. 거기서 널 기다리고 있겠다."

더스틴은 덫을 열어 신시아를 풀어 줬다. 덫을 푸는 방법은 아주 간
단했다. 몸부림치던 게 억울할 정도였다. 발목을 다친 신시아가 벽을
집고 간신히 일어났다. 한쪽 발이 이미 엉망이었다.

"잠깐."

더스틴이 신시아의 팔에 꽂힌 나머지 은화살을 뽑았다.

"은이 비싸서 말이야."

잔인한 건 어느 쪽인가. 신시아는 이를 빠드득 갈았다.

"뱀파이어를 잡는 인간. 네 이름을 알고 싶다."

"알 필요 없어. 우리가 통성명할 사이는 아니잖아."

신시아는 잇새를 물며 피가 철철 흐르는 팔을 붙잡고 그곳을 나왔다. 어둠 속으로 사라지는 그녀를 더스틴은 막지 않았다. 뱀파이어의 더러운 피가 묻은 은화살촉을 닦아 내는 그는 꽤나 무심한 얼굴이었다. 개미굴 여기저기서 상황을 지켜보던 대원들이 빼꼼 고개를 내밀었다.

"미행을 하는 게 낫지 않을까요?"

"아니. 미행을 했다가 자칫 여왕이 눈치채면 이도 저도 안 돼."

"그럼 그냥 죽이는 건요? 믿을 만한 정보도 아니잖아요."

아편에 취하지 않기 위해 코와 입을 막고 있는 네이트가 물었다.

"잘못된 정보라고 해도 손해 볼 건 없잖나. 정보가 사실이라면 우린 여왕을 잡을 수 있는 기회를 갖게 되는 거고, 아니라 해도 오래 산 뱀파이어를 죽일 수 있으니 득을 보는 거지."

"믿어도 될까요?"

"공주처럼 곱게 산 뱀파이어야. 이런 일은 처음인 듯 몸까지 덜덜 떨더군. 그건 이런 싸움을 해 본 적이 없다는 뜻이야. 그 공포심이 반드시 일을 성공시킬 거야."

여왕이 오리지널이라면 승리를 장담할 수 없다. 하지만 약을 먹은 뒤라면 승리는 확신으로 바뀐다. 더스틴은 은말뚝 두 개를 피테르에게 훌쩍 던졌다.

"어어?"

느닷없이 날아온 은말뚝 중 하나를 피테르가 놓쳤다. 떨어진 은말뚝이 바닥을 나뒹굴었다. 더스틴이 쯧, 하고 혀를 찼다.

"저 어수룩한 신입을 어쩌면 좋을까? 내일 오리지널을 만나면 바지에 오줌이나 안 싸려나 몰라."

어디선가 피식 웃는 웃음소리가 들렸다. 더스틴이 모두에게 동쪽으로 가자고 손짓했다. 내일 오리지널을 만난다. 사실이든 아니든 무기를 챙기고 계획을 짜야 한 마리라도 더 죽일 수 있다. 대원들은 모두 더스틴을 따라 B번가로 향했다.

뒤도 보지 않고 아편굴을 빠져나왔다. 다친 발목 때문에 제대로 걷지 못하고 앞으로 몇 번이나 고꾸라졌지만 신시아는 아픔도 잊고 허둥지둥 일어나 계속 걸었다. 늘 인간을 하찮게 보면서 으스대던 모습은 이제 온데간데없었다. 비참하고 치욕을 당한 그녀만이 존재했다. 일대일이었는데도 불구하고 반항 한번 못 하고 당하다니 평소답지 않았다. 스스로 생각해도 왜 이렇게 무방비하게 당했는지 모르겠다.

"한순간의 방심이 이런 결과를 만들다니!"

그러나 뒤늦은 분노였다. 결국 도망친 거나 마찬가지다. 살기 위해서. 그것도 알 수 없는 약에 중독된 채로.

어두운 밤이지만 거리를 걷는 사람들이 간간이 있었다. 신시아는 벽 뒤에 몸을 숨기고 어떻게 해야 좋은지 고민했다.

"어떡해. 어떡해."

이대로 후작의 집에 돌아갈 수는 없었다. 파티가 열리고 있을 그곳엔 사람들이 너무 많았다. 로렌즈를 부를까? 아니다. 그럼 전후사정을 모두 얘기해야 된다. 질책이 먼저 날아올 텐데 그의 잔소리는 듣고 싶지 않다. 그렇다면 카이는? 녀석은 너무 어리다. 오히려 헌터들에게 잡혀 똑같은 고문을 당할지도 모른다. 냉정한 도르제는 오히려 자신을 죽여 해부하려 들 것이다. 그는 클로에의 집사가 아니던가.

"그렇다면 클로에는?"

클로에가 떠올랐다. 그녀는 화이트 성의 멤버들과 지혜를 짜내 헌터를 찾아내고 해독제를 손에 넣을 것이다. 지금까지의 행동으로 봤을 때 신시아의 실수를 보듬어 줄 가능성이 있었다. 하지만 그렇게 되면 그동안의 행적들을 낱낱이 밝혀야 했다. 탕녀의 진면목을 밝히고 지금껏 유지해 온 기괴한 행적을 입으로 풀어내야 했다. 신시아는 세차게 도리질 쳤다. 그 모든 걸 마티어스가 알게 될 거라 생각하니 끔찍했다. 그를 떠올리자 슬픔이 복받쳐 왔다. 앞으로 영영 얼굴을 볼 수 없게 될지도 모른다는 두려움이 몰려왔다. 그때 갑자기 속이 뒤틀리며 한 움큼의 피가 입 밖으로 뱉어졌다.

"읍!"

엄청난 양의 선혈이었다. 신시아는 놀랐으나 그것이 독에 의한 것임을 곧바로 알아차렸다. 공포심이 들었다. 죽고 싶지 않았다. 그것이 그녀를 자극했다. 신시아는 서둘러 주변을 휘둘러보았다. 저 멀리 양장점이 보였다. 양쪽 다리를 질질 끌며 양장점에 도착한 그녀가 잠겨 있는 문고리를 손으로 잡아 뜯고 안으로 들어갔다.

진열대 위에 누군가를 위해 만들어진 드레스와 예쁜 구두가 준비되어 있었다. 신시아는 마네킹에 입혀져 있는 옷을 벗기기 시작했다. 다친 팔로 인해 한 손을 사용해야 했기 때문에 옷 벗기는 게 여의치 않았다.

"차라리 잘됐지 뭐야. 이참에 클로에를 없애고 마티어스님을 차지하는 것도 나쁘지 않아. 그분께는 클로에보다 내가 어울려. 나는 늘 그걸 꿈꿔 왔어. 이번이 기회야. 그러니까……."

그런데 독하게 먹은 마음과 달리 눈에선 어느새 눈물이 떨어지고 있었다. 애써 자위하며 죄책감을 벗어 버리려고 했지만 한번 터진 눈물을 주체할 수 없었다. 결국 신시아는 마네킹 위에 엎드려 울었다. 막막한 지금 이 순간 도움을 청할 누군가가 없다는 게 무서웠다. 갑자기 가족이 그리웠다. 그립고 보고 싶었다. 하지만 남아 있는 가족이 없다. 없을 수밖에.

"가족은 내가 모두 죽여 버렸잖아."

힐데 가의 축복받은 영애로 태어나 만물을 영위하며 자랐다. 숨 쉬는 것 빼고는 모두 사용인들이 대신해 줄 만큼 귀한 그녀였다.

그녀의 일과는 언제나 풍족하다 못해 너무 과했다. 내일은 오늘보다 더 맛있는 걸 먹어야 했고 더 좋은 옷을 입어야 했으며 재밌을 일을 찾아다니는 게 하루 일과였다. 특별해 보이지만 그녀만 그런 삶을 사는 건 아니었다. 시대의 지배층 대부분은 그렇게 살았고 그것이 당연했다. 주어진 돈을 흥청망청 쓰다 죽는 건 그들에겐 흠도 아니고 잘못도 아니었다. 그런 그녀는 힐데 가를 방문한 뱀파이어에 의해 이 세계로 넘어왔다. 뱀파이어가 되고 나서 지금의 이성을 찾기까지 죽인 인간의 수는 엄청 났다. 그 안엔 그녀의 가족들도 포함되어 있었다.

피의 맛에 매료당해 정신을 차리지 못하고 저택 안에 있는 모든 사람을 죽였다. 도망치면 쫓아가고 살려 달라 하면 죽이면서 저택 안에서 혼자 피의 축제를 열었다. 배를 잔뜩 불린 채 널브러져 기절한 그녀를 그 안에서 끌어내 준 건 클로에였다.

"어떻게 해 줄까?"

그녀는 잠이 든 신시아에게 원하는 걸 말해 보라고 했다.

"죽여 줄까? 살려 줄까?"

신시아는 꿈결을 파고드는 목소리를 향해 손을 뻗었다. 누군가의 피가 잔뜩 묻은 불결한 손으로 도움을 청했다.

"살……려…… 주세……요."

클로에는 신시아를 데리고 저택을 나왔다. 사람들의 시체가 널려 있는 저택은 클로에가 불태웠다. 신시아는 부모와 형제자매의 시신이 타는 걸 보면서 많이 울었다. 뱀파이어가 되어 살아갈 미래가 두려웠고 핏줄을 죽여 배를 채운 사실 앞에서 눈물이 멈추지 않았다. 지금처럼.

신시아는 다친 두 다리와 팔을 내려다보며 흐르는 눈물을 닦아 냈다. 무슨 일이 벌어졌고 무슨 일을 저질렀는지 감도 잡히지 않았다. 일단 살아야 한다는 생각에 상처 부위를 동여매고 피를 닦아 냈다. 이 정도의 출혈이라면 피를 흡혈해야 했지만 지금은 엄두가 나지 않았다. 신시아는 아침 해가 뜰 때까지 그곳에 숨어 있다가 후작 집으로 향했다. 긴장한 표정을 감추기 위해 평소보다 짙은 화장을 하고 밤새 피를 토했던 피비린내를 감추기 위해 향수를 잔뜩 뿌렸다. 후각이 유난히 예민한 그들이 부디 눈치채지 못하길 바라면서 양장점에서 훔친 드레스를 입고 집 안으로 들어갔다.

"마침 시간 맞춰 왔군."

늦은 오후였다. 해가 뉘엿뉘엿 사라지고 있는 그 시각. 출발 준비를 마친 마티어스와 클로에는 응접실에 있었다. 로렌즈는 외박을 한 신시아를 뚫어지게 쳐다보며 걱정했다는 눈빛을 보냈다. 신시아는 지친 기색을 감추며 손수 은쟁반에 들고 온 찻잔을 마티어스에게 내밀었다.

"먼저 가세요. 전 볼일이 있어서 함께 돌아가지 못해요."

다행히 평소와 같은 목소리가 흘러나왔다.

"신시아도?"

마티어스가 의아한 표정을 지었다.

"오늘 모두 이상하군. 한 번도 이런 적이 없었는데."

갑자기 무슨 소린가 싶어 로렌즈를 보자 그가 부연설명을 해 주었다.

"카이가 밤새 술을 마시고 이제 돌아왔는데 마차를 탈 수 없을 만큼 구역질을 하느라 같이 출발할 수가 없게 됐어. 닥터 도르제는 병원 응급환자 때문에 따로 출발하기로 했고."

함께 돌아가야 한다는 강제성은 없지만 이런 일은 드물었다.

"가지고 온 건 뭐지?"

은쟁반에 담아온 잔을 보며 마티어스가 물었다. 신시아는 침을 꿀꺽 삼켰다.

"함께 가지 못하는 걸 아쉬워하는 제 마음입니다. 드시고 가세요. 몸에 그렇게 좋다고 해요. 이걸 사기 위해 먼 곳까지 갔다 왔어요."

"밤새 흡혈을 한 건 아니고? 향수 냄새 속에 피 냄새가 맡아 지는데."

마티어스의 농담이었지만 순간 신시아는 잡고 있던 쟁반을 떨어트릴 뻔했다. 찻잔 속에 더스틴이 준 약을 모두 쏟아 넣은 참이었다. 쟁반을 놓쳤더라면 해독제도 얻을 수 없었다. 신시아는 어색하게 웃었다. 역시 그의 후각은 예민했다.

"그런데 어디 안 좋아? 흡혈한 것치곤 안색이 너무 파리한데."

"화장 때문이에요. 새 상품이라고 해서 써 봤는데 잘 맞지 않나 봐요."

"그래서 표정이 좋지 않았나 보군. 치장에 민감한 신시아로선 불만이겠어. 그런데 내 것만 준비한 거야? 다른 사람들은?"

"또 마티어스님 것만 준비한 모양입니다. 하여간 레이디는 차별이 너무 심해요."

자신의 것이 없는 걸 섭섭해하며 로렌즈가 차에 눈독 들였다. 신시아가 눈을 치켜뜨며 물러서라고 무언의 압박을 했다.

"안 물러서?"

"뭔지 구경만 좀 할게."

"부탁하는데 신사답게 물러서 줘. 이건 마티어스님 만을 위해 특별히 준비한……."

순간이었다. 지나가던 클로에가 차를 훌쩍 마셔 버렸다. 순식간의 일이었다. 말릴 새도 없었다. 그 행동을 보고 놀란 신시아가 몸을 휘

254

청였다.

"지금…… 뭘 한 거야?"

"차를 마셨지."

"이걸 왜 네가 마셔?"

"새삼스럽게 소리를 지르긴. 내가 이러는 게 한두 번도 아닌 걸 알면서."

"이게 얼마나 구하기 힘든 건지 알아?"

"몰라. 하지만 덕분에 몸이 건강해진다는 건 알아. 네가 마티어스에게 주는 맛있고 귀한 음식은 사실 내가 조금씩 뺏어 먹거든."

그러면서 클로에가 신시아의 귓가에 대고 작게 물었다.

"마약하니?"

"뭐?"

화들짝 놀란 신시아가 무슨 소리냐며 질색하자 클로에가 좋지 않은 냄새가 맡아진다며 주의를 주었다.

"쾌락에 빠지지 마. 쾌락을 즐기는 무리들과 어울리지도 말고. 말초적인 재미를 찾다 보면 이성이 무너지고 그 여파로 결국 이 삶을 유지하지 못하게 돼. 그러니 널 피폐하게 만드는 약물 같은 건 하지 마."

클로에가 마티어스의 팔짱을 끼고 밖으로 나갔다.

"잘 마셨어, 신시아."

그의 팔짱을 낀 클로에가 신시아에게 윙크를 보냈다. 은쟁반을 들고 있는 신시아가 밖으로 나가는 두 사람의 뒷모습을 눈에 담았다. 성공이다. 예상이 맞았다. 평소 마티어스에게 주는 선물은 모두 클로에의 손을 거친 뒤에 그에게 전해진다는 걸 알고 있다. 신시아는 그걸 이용했다. 눈앞에서 보란 듯이.

클로에는 평소의 습관을 버리지 못하고 신시아의 꾀에 빠졌다. 물론 예상과 달리 마티어스가 차를 마시려 했다면 즉시 그걸 빼앗아 버리려고 했다. 아니면 대신 자신이 먹어 버릴 참이었다. 사랑하는 사람을 희생하면서까지 목숨을 지킬 생각은 없으니까.

일을 성공시킨 신시아가 명한 표정으로 허탈하게 소파에 앉았다. 살기 위해 이렇게까지 비열하게 행동할지 몰랐다. 신시아는 소파에 얼굴을 묻고 울음을 터트렸다. 로렌즈는 자주 있는 일이라는 듯 그녀의 어깨를 적당히 토닥거렸다.

"오늘 우리 레이디가 굉장히 센치한걸. 눈물이 날 만큼 그렇게 분해?"

신시아는 어깨를 들썩이며 더 크게 울었다.

"왜 그래? 간밤에 내가 모르는 안 좋은 일이라도 있었어? 재단사가 원하는 옷을 만들어 내지 못한 거야?"

신시아가 걱정된 로렌즈가 아무래도 안 되겠다며 자리에서 일어났다.

"마티어스님께 먼저 출발하시라고 말씀드려야겠어."

"그냥 가."

"레이디가 걱정돼서 그래."

"가라고, 제발! 가 버리라구!"

로렌즈는 난감해졌다. 가 버리라고 소리치는 신시아의 얼굴이 온통 눈물범벅이었다. 뿐만 아니라 식은땀을 줄줄 흐르며 몸을 계속해서 부들부들 떨고 있었다. 놀란 그가 기다리라며 밖으로 나갔다. 곧이어 마차에 있던 클로에와 대화를 나누는 소리가 들렸다.

"그렇다면 우리도 출발을 미룰까? 바쁠 건 없어."

"굳이 그러실 필요 없습니다. 제가 남아 있겠습니다. 카이와 도르제도 출발 전이니 다 같이 화이트 성으로 가도록 하겠습니다."

"하지만 신시아가 저렇게 우는 건 본 적 없는데."

장난이 지나쳤다고 생각했는지 클로에가 사과의 의미로 지갑을 꺼

256

내 로렌즈에게 주었다.

"입고 있던 옷이 평소 신시아가 좋아하는 스타일이 아니었어. 이 돈으로 최신 유행의 옷을 사 주도록 해. 그럼 기분이 좀 풀릴 거야."

로렌즈는 클로에가 건네준 걸 받았다. 자신이 사랑하는 마티어스를 좋아해 주는 여자를 혼내지 않고 매번 관대하게 대해 주는 클로에야말로 너그러운 마음의 소유자다. 로렌즈는 신시아 대신 고맙다고 인사했다.

"철없는 신시아를 이해해 주셔서 감사합니다. 클로에님의 고마움을 신시아도 이제 그만 알아야 할 텐데요."

"그러니 어서 로렌즈가 신시아의 마음을 얻어야지. 그래야 나도 마음이 편해지지 않겠어?"

로렌즈는 고개를 끄덕였다.

"급히 올 필요 없으니 신시아의 기분이 좋아지면 천천히 돌아오도록 해."

마차가 떠났다. 그가 다시 안으로 들어갔다. 그런데 조금 전까지 소파에 앉아 울던 신시아의 모습이 보이지 않았다.

"신시아?"

신시아는 이미 정원을 가로질러 후문을 벗어나 B번가로 향하고 있었다. 시간이 없다. 몸이 더 이상 버티지 못했다. 실제로 발목이 검은색으로 변하면서 후끈거렸다. 지금은 간헐적이지만 곧 허벅지를 타고 심장까지 타들어 갈 것 같았다.

"헌터!"

더스틴을 찾는 신시아의 목소리가 다급했다. 대략 삼십여 명의 헌터들이 중무장을 한 채 B번가 안에서 그녀를 기다리고 있었다. 각각의 검과 화살, 석궁을 들고 있는 모습은 과히 공포스러웠다. 생경한 그들의 모습 속에서 불안한 신시아의 눈동자가 **빠르게** 더스틴을 찾아

냈다. 여유롭게 담배를 피우는 그가 경건한 목소리를 냈다.

"결과는?"

"성공했어! 한 방울도 남기지 않고 모두 마셨어! 이제 해독제를 줘!"

"좋아. 여왕은 어디 있지?"

"서쪽의 첨탑 쪽 숲에. 지금쯤 도심을 빠져나갔을 거야. 차림새는······."

"각혈하는 여자는 금방 눈에 띄지. 차림새 따윈 몰라도 돼. 그나서나 이제 넌 동료들에게 버림받겠군. 혹은 배신자임을 들켜 죽을지도 모르겠고. 그렇지?"

신시아는 이미 예상하고 있다며 이곳을 떠날 거라고 대꾸했다.

"그러니 이젠 해독제를 줘. 나도 살기 위해 목숨을 걸고 그녀를 배신한 거야."

"순진한 건지 멍청한 건지. 당연히 그런 건 없지. 있을 리 있겠어? 적을 죽이기 위해 만든 건데 해독은 무슨."

분노한 신시아가 달려들었다. 그러나 몸이 변화되지 않았다.

"어, 어떻게 이런 일이!"

변화가 되지 않는 몸은 전혀 위협적이지 않았다. 그저 평범한 인간의 모습일 뿐이었다. 헌터 한 명이 기세등등한 자세로 검을 휘둘러 신시아를 제압했다. 신시아는 어이없이 또 한 번 놈들의 손아귀에 잡혔다.

"은가루 독에 중독된 네 몸이 변화할 수 있을 거라 생각하나? 독에 중독된 피를 다 빼지 않는 한 어림도 없는 일이야."

동정 없는 냉정한 더스틴의 말을 들으며 신시아는 바닥에서 몸을 부들부들 떨었다. 헌터의 검이 배를 찔렀기 때문이다. 더스틴이 피고 있던 파이프 담배를 바닥에 털어 냈다. 발에 밟혀 꺼진 연기 한 줄기 가 코끝을 파고들어 왔다.

"모두 들었지? 여왕이 서쪽 첨탑 쪽에 있다! 다들 출발해!"

호탕하게 소리치는 그의 목소리에 서 있던 헌터들이 순식간에 자리를 박차고 서쪽으로 몸을 날렸다. 더스틴이 남아 있는 한 명의 헌터에게 눈짓을 건넸다.

"처리해."

헌터가 신시아의 목을 치기 위해 검을 치켜들었다. 신시아가 헌터의 칼을 막아 보려고 허공을 향해 손을 뻗었다. 모든 게 진심이었다. 약을 먹은 클로에를 보고 눈물이 난 것도 진심이고 해독제를 구하기 위해 온 것도 진심이었다. 살기 위해 온 것도 진심이고 더스틴을 믿은 것도 진심이다.

"날 심판할 수 있는 건 내가 배신한 클로에뿐! 비열한 네놈에겐 자격이 없다!"

신시아는 팔을 있는 힘껏 뻗어 헌터가 허리춤에 차고 있는 단검을 훔쳤다. 그리고 곧장 창문을 향해 몸을 날렸다. 헌터는 아차 싶었지만 더스틴은 늘 봐 온 상황이라는 듯 놀라지 말고 뒤따라가 처리하라고 일렀다.

"죽기 전 마지막 발악이다. 악에 받쳐 사람들에게 해를 끼칠 수 있으니 깔끔하게 처리하고 와."

헌터가 깨진 유리창 너머로 몸을 날렸다. 신시아는 이미 시야에서 사라진 후였다. 그 짧은 시간 안에 굳어 버린 몸을 이끌고 사라지다니 독에 중독되었다 해도 역시 뱀파이어였다. 상상할 수 없는 체력과 강인한 신체. 헌터는 떨어진 핏자국을 따라 재빨리 움직였다.

핏자국은 주택가가 아닌 공원 쪽으로 이어졌다. 너른 잔디밭을 지나 무덤가를 지났고 하수구 쪽에서 끝이 났다.

"하필이면."

헌터는 코를 찌르는 악취에 자기도 모르게 인상을 찌푸렸다. 하고 많은 곳 중 대체 왜 이곳으로 숨어들었는지 모르겠다. 헌터는 터지는 욕설을 삼키며 하수구 안으로 들어갔다. 신시아는 하수구 안쪽 깊은 곳에서 숨어 있었다. 피가 나는 배를 움켜쥔 채 가쁜 숨을 몰아쉬고 있었다. 문득 철벅철벅 하수구 물을 밟으며 들어오는 헌터의 발소리가 들렸다. 신시아가 훔친 단검을 손에 움켜쥐었다. 마비된 손가락은 이미 감각도 없었다. 굳어 버린 손가락으로 억지로 칼을 잡자 손마디가 우두둑, 부러졌다. 신시아는 움켜쥔 단검으로 곧장 자신의 손목을 그었다. 머리끝을 강타하는 고통에 서 있는 두 다리가 덜덜 떨렸다. 꺾이는 다리에 힘을 주고 이번엔 양쪽 허벅지, 팔, 배를 연이어 찌르며 자해했다. 피 냄새를 맡은 시커먼 시궁창 쥐들이 하나둘 그녀의 발밑으로 모여 들었지만 개의치 않았다. 헌터의 발소리가 가깝게 들렸다. 그녀가 기대고 있던 벽에서 일어났다. 어둠 속에서 안광을 번뜩이며 몸을 숨기고 있던 신시아가 헌터를 먼저 발견했다. 그녀가 웃었다. 인간들은 불가능하지만 뱀파이어는 가능한 그것.

"독에 감염된 피를 다 빼면 산다고 했지?"

더스틴의 말을 떠올리며 신시아가 턱이 빠지도록 입을 양옆으로 찢었다.

"그럼 그만큼 버리고 다시 보충하면 되겠구나! 네놈들의 피로!"

갑자기 덤벼드는 신시아를 향해 헌터가 석궁을 마구 쐈지만 마지막 도박을 위해 몸을 희생한 그녀의 대담함까지 쏘진 못했다. 신시아의 입이 헌터의 머리통을 그대로 먹었다.

어그적!

머리통이 깨지는 소리가 하수구를 흔들었다. 발악하던 헌터가 어느 순간 몸을 축 늘어뜨리며 움직이지 않았다. 죽은 것이다. 신시아가 헌터의 머리통을 뱉어 냈다. 헌터가 쏜 석궁이 몸 여기저기에 박혀 있다. 신시아는 몸에 박힌 석궁을 전부 뽑아 버린 뒤 죽은 헌터에게 기어가 목에 이를 박았다. 자해를 하고 헌터의 석궁을 피하지 않은 것은 몸에 있는 피를 빼내기 위해서였다. 독에 오염된 모든 피를 빼 버리고 새 피로 채우기 위해서였다. 더스틴의 말이 거짓이라도 이대로 그냥 죽을 수는 없었다. 그래서 도전했다. 살아 보려고. 살고 싶어서.

계획은 성공했다. 신시아는 헌터의 피로 목을 축이고 배를 채워 나갔다. 그러다 어느 순간 더 이상 움직이지 못했다. 배신자의 말로다. 당연했다. 죽음은.

신시아는 헌터의 목에 이를 박은 채 악취 속의 하수구 속에서 그렇게 죽어 버렸다.

7

마차 안의 클로에가 아까부터 가슴 언저리를 손으로 문질렀다. 사랑하는 여자의 움직임을 놓칠 리 없는 마티어스가 이유를 물었다.

"어디 불편해?"

"속이 거북해."

"마차를 세울까?"

"아니. 그 정도는 아니야."

미소를 지어 괜찮다고 했지만 불편함이 쉽게 가시지 않았다. 앞에 앉아 있던 마티어스가 그녀의 옆으로 왔다.

"창문을 열까?"

"그래 줄래?"

창문을 연 그가 그녀 옆에 앉아 자신의 어깨에 머리를 기대게 했다.

"편히 기대. 마사지해 줄게."

그가 클로에의 배를 가만히 문질러 주었다. 그런데 느낌이 이상하다. 만져지는 몸이 부분적으로 딱딱하게 느껴졌다. 그가 내색 없이 조용히 그녀의 어깨와 손도 만져 보았다. 역시 그 느낌은 더욱 또렷하게 다가왔다.

"속이 거북할 뿐이야? 다른 곳은 괜찮아?"

"몸이 좀 무거워. 머리가 좀 멍하기도 하고."

클로에가 두통이 있는 것 같다며 관자놀이를 눌렀다.

"언제부터 그랬어?"

"마차를 타고 난 뒤부터. 정확히는 모르겠어."

그가 마차를 세웠다. 어디를 가든 항상 전서구를 가지고 다니는 그가 마차 뒤에 걸어 놓은 새장에서 전서구를 꺼냈다. 방향감각과 귀소본능이 뛰어난 새는 푸드덕 날갯짓하며 도르제에게 보내졌다.

"굳이 도르제를 부를 필요는 없는데."

"이유가 뭐든 도르제가 의술을 공부하는 이유는 인간이 아닌 뱀파이어를 위해서야. 빨리 오라고 했으니 조금만 참아. 그동안 따뜻한 차나 한잔하면서 쉴까?"

그녀가 고개를 끄덕였다. 마부가 근처의 찻집 앞에서 마차를 세웠다. 빵과 티를 파는 작은 가게였다. 여러 대의 마차가 멈춰 있는 걸 보니 여행객이나 이곳을 지나가는 외부인들이 주된 손님인 듯했다. 두 사람은 뜨거운 티를 시키고 밖에 놓인 테이블에 앉았다.

"비가 올 듯해. 먹구름이 몰려오고 있어."

클로에의 말에 마티어스가 하늘을 바라보았다. 구름 형성이 빠르게 진행되고 있었다. 강수량이 적은 런던은 폭우가 흔치 않다. 하지만 바람에서 비 냄새가 물씬 맡아지는 걸 보니 큰 비가 쏟아질 모양이다.

"클로에, 따뜻할 때 마셔."

건네받은 차를 클로에가 몇 모금 마셨다. 그녀의 표정이 더 안 좋아졌다.

"왜 그래?"

"모르겠어. 속이 더욱 아파 오는 게…… 콜록!"

클로에가 갑자기 배를 움켜쥐며 기침을 시작했다. 그가 자리에서 일어나 그녀의 등을 가볍게 쓰다듬어 주었다. 그런데 갑자기 그녀가 나무 탁자와 찻잔 위에 검붉은 피를 와락 쏟아 냈다.

"클로에!"

주변 사람들이 깜짝 놀라 웅성거렸다. 놀란 건 클로에도 마찬가지였다. 그녀는 옷에 흘러내리는 피를 닦지도 못하고 자신이 쏟아 낸 피를 멍하니 바라봤다. 마티어스가 얼른 코트를 벗어 그녀의 어깨에 걸쳐 주며 자리에서 일으켰다.

"마티어스. 나 지금……?"

"괜찮아. 놀라지 마. 무슨 증상인지 이유를 알아볼 테니 일단 마차로 가자."

그가 그녀의 입에서 흐르는 피를 손등으로 재빨리 닦아 주며 그녀를 진정시켰다. 그녀는 모르고 있지만 이미 몸 안의 핏줄들이 순백의 침입자에 놀라 전부 경련을 일으키고 있는 상태였다.

멈춰 있는 마차에 오르며 마티어스가 마차 주인을 찾았다. 차를 마시고 있던 마부가 저쪽에서 손을 들었다. 자신이 주인이라는 표시였다.

"당장 출발해 주시오! 위치는……."

쉬이익.

바람을 가르며 날아오는 소리를 그가 듣지 못할 리 없었다. 마티어스가 휙 돌아보며 날아온 물건을 손으로 낚아챘다.

"화살?"

날아온 건 화살이었다. 놀란 그가 화살이 날아온 곳을 돌아볼 때였다. 저 멀리서 이곳을 향해 날아오는 수십 개의 화살이 더 있었다.

"클로에! 마차에 타! 어서!"

마비가 시작된 그녀는 혼자 마차에 오르지 못했다. 마티어스가 그녀의 몸을 번쩍 들어 황급히 마차에 태우고 무작정 마차를 몰았다. 달리는 마차의 뒤에 날아온 화살들이 우두두둑, 소리를 내며 맹렬히 박혔다. 그와 그녀의 얼굴이 단숨에 굳었다. 저들이 공격하는 게 두 사람이란 것을 알았기 때문이다.

"마티어스! 저들이 누구야? 왜 우릴 공격하는 거야?"

"고개 숙여, 클로에!"

마차를 향해 이번엔 불화살이 쏘아졌다. 순식간에 마차 안이 연기로 가득 찼다. 말을 타고 쫓아오는 사내들이 쏜 것이다. 한두 명이 아니었다. 어림잡아도 수십이었다. 그들은 저마다 각자의 무기를 든 채로 마차를 에워싸려 했다. 누군지 알 수 없었다. 모두 철가면으로 얼굴을 가린 채였다.

그중 한 명이 마차 문을 부수며 안으로 뛰어들었다. 용맹하고 저돌적인 자들이었다. 클로에가 즉시 손을 뻗어 헌터의 목을 부러뜨렸다. 그러나 그건 본인의 생각일 뿐, 손은 변화되지 않았고 평소의 힘이 발휘하지 않았다.

"뭐지?"

놀란 그녀가 당혹감을 느낄 때 헌터가 그녀의 심장을 향해 칼을 들이댔다. 그녀가 마차에 박힌 화살을 뽑아 헌터의 심장에 박았다. 순간의 기지였지만 몸이 변화되지 않는다는 사실보다 놀랍지는 않았다.

"클로에! 이쪽으로! 앞으로 와, 클로에!"

마티어스의 외침이 아니더라도 연기로 인해 더 이상 마차 안에 있을 수 없던 그녀가 힘을 내어 앞자리로 이동했다.

"마티어스! 나 몸이 이상해! 변화도 되지 않고 점점 굳어 가! 무엇보다……!"

그녀가 또 한 번 피를 토했다. 두 사람의 눈동자가 허공에서 부딪혔다. 그가 말하지 않아도 알겠다는 듯 말의 등을 더욱 세게 채찍질했다.

직진으로 달리던 마차가 샛길로 방향을 틀었다. 마차가 계속 불에 타고 있었다. 하지만 그 불길 때문에 헌터들이 가까이 다가오지 못했다. 그사이 마차는 들판으로 들어섰다. 마티어스가 주변을 빠르게 훑어 몸을 숨길 만한 곳을 찾았지만 너른 들판은 끝없이 이어졌다. 말을 타고 쫓아오던 헌터들이 철퇴를 휘둘러 불타는 마차를 부숴 버렸다. 활활 타던 나무는 힘없이 무너졌다. 덕분에 등 뒤까지 노출된 두 사람은 급히 달리는 말 위로 이동했다. 마티어스가 고삐를 클로에에게 건넸다.

"잡고만 있어! 할 수 있겠어?"

"해 볼게! 이랴!"

손이 자유로워진 마티어스가 철퇴를 든 헌터에게 채찍을 휘둘렀다. 채찍이 철퇴를 뺏어 저 멀리 던졌다. 헌터들이 마티어스를 향해 석궁을 쏘아 댔다. 마티어스는 재빨리 석궁을 피하며 제일 가까운 거리에서 말을 타고 쫓아오는 헌터들부터 제거해 나갔다. 두 사람이 타고 있던 말이 화살에 맞아 쓰러졌다. 마티어스가 떨어지는 그녀를 품에 안으며 바닥을 빙그르 굴렀다. 이번엔 총알이 쉴 새 없이 날아왔다.

탕! 타앙! 탕탕!

몸의 마비되어 쉽게 일어나지 못하는 클로에를 그가 커다란 나무 뒤로 숨겼다. 클로에의 낯빛이 점점 검게 변하고 있었다. 그가 그녀를 와락 안았다. 원인을 알지 못해 답답해 미칠 것 같았다.

"클로에. 나 믿지?"

클로에가 고개를 주억거리며 다시 한 번 피를 토했다. 앞뒤 볼 것 없었다.

"뒤돌아보지 말고 도망쳐. 내가 한 놈도 널 쫓아가지 못하게 전부 막을 테니까."

그가 그녀의 이마에 짧은 입맞춤을 한 뒤 그녀의 양손을 꽉 움켜쥐었다.

"정신 잃지 마."

둘은 서로의 손을 마주 잡았다. 나무 위로 철퇴들이 날아와 나무가 쩌억 갈라졌다. 그가 급히 그녀를 일으켜 세웠다. 이미 몸의 절반이 딱딱한 나무토막처럼 변해 있는 클로에는 제대로 서지 못했다. 마티어스는 이를 물고 그녀를 힘껏 허공으로 던졌다. 뛰지 못하는 그녀를 위해 순간적으로 생각해 낸 방법이었다.

그녀의 몸이 저 먼 곳까지 날아갔다.

콰당!

바닥에 떨어진 그녀가 데굴데굴 땅을 굴렀다. 구르고 굴러 몸이 멈췄을 때 클로에는 잡초들을 붙잡고 억지로 일어났다. 뒤를 돌아보니 저 멀리 마티어스의 모습이 보였다.

"마티어스."

헌터들과의 거리가 사뭇 멀어졌다. 그의 순발력으로 인해 그녀가 산 것이다. 그녀가 굳은 몸을 억지로 움직여 앞을 향해 걷기 시작했다. 이 상태로는 그에게 방해만 될 뿐이었다. 어서 안전한 곳으로 그녀가 대피해 줘야 그가 적들로부터 도망칠 수 있었다. 클로에는 뒤돌아보지 않고 꾸역꾸역 앞으로 나아갔다.

"여왕이 도망간다! 쫓아!"

"누구 맘대로!"

길을 막고 선 마티어스가 순식간에 몸을 변화시키며 진면목을 보이기 시작했다. 핏빛보다 붉은 눈동자. 강철만큼 단단한 갈고리 손. 그가 누구보다 사나운 짐승의 자세로 헌터들을 공격하기 시작했다.

검과 갈고리가 부딪힐 때마다 불꽃이 튀는가 싶더니 마티어스에게 제일 근접해 있던 헌터의 목과 몸이 그대로 분리되어 찢어졌다. 뿐만 아니라 그는 그 옆에 서 있던 헌터의 가슴을 갈고리로 잡아 뜯어 심장을 꺼낸 후 그대로 터트려 버렸다.

"덤벼. 덤비는 자 모두 무저갱의 아가리 속으로 보내 주겠다!"

끔찍한 광경에 잠시 헌터들이 주춤했다. 그러나 그것도 아주 잠깐일 뿐, 그들은 동료의 죽음에 자극을 받은 듯 더욱 맹렬히 공격해 왔다. 훈련된 자들임이 분명했다. 이들은 적의 도발에 흔들리지 않는 방법을 알고 있었다. 정체가 뭔지 추측되지 않았다. 누가 보냈는지도 알지 못했다. 크고 긴 검들이 그의 전신을 향해 찔러 들어왔고 철퇴가 붕붕 소리를 내며 그의 팔과 다리를 가격하기 위해 쉬지 않고 던져졌다. 폭탄이 터진 건 그때였다. 마티어스 입에서 처음으로 욕설이 터졌다.

"이것들이!"

폭탄은 피했지만 파편이 허벅지 어딘가에 후두둑 박혀 버렸다. 화가 난 그가 처음으로 크아아악, 고함을 내질렀다. 쇠를 긁는 기괴한 소리에 헌터들이 모두 귀를 막았다. 그의 맹공격이 다시 시작됐다. 처음으로 달려든 헌터의 얼굴을 이빨로 그냥 물어뜯었다. 비명과 함께 피가 터졌다.

"사내새끼들의 피는 좋아하지 않지만 오늘은 얼마든지 마셔 주마!"

그가 물어뜯은 살점을 바닥에 뱉어 냈다. 실로 잔인한 뱀파이어였다. 거친 뱀파이어들은 많이 봐 왔지만 이렇게 살기등등한 뱀파이어는 처음이었다. 헌터들이 숨을 고르며 길을 막고 선 마티어스와 필사적인 대치를 했다. 그의 살기는 더욱 높아졌고 그사이 두 명의 헌터가 잔인한 죽음을 맞이했다.

석궁의 틸러 위에 은화살촉이 등장한 건 그때였다. 더스틴이 은화살을 쏘았다. 마티어스가 바람같이 날쌘 몸놀림으로 헌터 하나를 잡고 그 뒤에 숨었다. 엉겁결에 방패가 된 헌터의 몸에 은화살이 후두둑 박혔다. 그래도 더스틴은 멈추지 않고 연거푸 석궁을 쐈다. 결국 그의 팔과 허리에 은화살이 박혔다. 더스틴은 때를 놓치지 않고 줄을 잡아당겼다. 화살이 뽑히며 살점이 그대로 떨어져 나갔다. 하지만 아픔을 느낄 새도 없이 먼 곳에서 터진 폭탄소리에 그는 망연자실했다. 분명 모든 길을 완벽하게 막고 있었다고 생각했는데 헌터 하나를 놓친 모양이었다.

"클로에!"

그녀의 머리에 불이 붙었다. 폭탄과 함께 날아온 불화살이 머리카락과 옷을 태우고 있었다. 클로에는 불을 끄기 위해 바닥을 미친 듯이 굴렀다. 마티어스가 놓친 헌터가 그녀를 향해 폭탄을 던진 것이다.

철가면을 쓴 헌터는 클로에가 쓰러지자 기회를 놓치지 않고 그녀에게 저돌적으로 달려갔다. 클로에는 채 불을 끄지 못한 채 다시 일어났다. 철가면이 도망치는 그녀를 향해 다시 폭탄을 던졌다. 파편이 등과 허리에 차례로 박혔다. 그녀가 토악질했다. 목구멍을 막을 만큼의 핏덩이를 게워 냈다. 뒤따라온 철가면이 철퇴로 그녀의 뒤통수를 강타한 건 그때였다.

퍼억!

비명은 없었다. 단지 몸을 크게 휘청인 그녀가 꿈뻑, 하고 눈을 감았다 떴을 뿐이다. 무릎이 꺾이며 그녀가 땅바닥에 풀썩 쓰러진 건 한참 뒤였다.

"클로에에에!"

마티어스가 그녀를 향해 미친 듯이 내달렸다. 그를 따라 그와 싸우던 헌터들도 몸을 날리기 시작했다.

그녀의 등에 검이 박혔다. 뼈가 뒤틀리는 고통. 숨이 막혀 오는 괴로움. 그녀가 철가면의 얼굴을 보기 위해 천천히 뒤를 돌아보았다.

"무엇을…… 가리기 위해…… 가면을 쓰고 있는가? 어째서…… 나를…… 죽이려는 것이냐?"

"신께서 너희 존재를 원치 않으신다."

"신……께서?"

"뱀파이어를 처단하기 위해 우리가 존재한다! 네 심장에 말뚝을 박고 목을 쳐 죄의 사함을 받게 하겠다! 달게 받으라!"

클로에가 허수아비처럼 바닥에 쓰러졌다. 철가면이 동요 없이, 준비한 말뚝과 망치를 꺼내 들었다. 깨진 머리 위에서 흘러내리는 뜨끈한 피가 두 눈 안에 파고들어 앞이 잘 보이지 않았다.

신이 원치 않는다는 존재 뱀파이어. 그러니 심판을 받으라는 인간.

죽은 듯 미동 없이 누워 있던 클로에가 피투성이의 손으로 철가면이 치켜든 말뚝을 움켜잡았다. 최후의 몸부림이었다. 피투성이의 손이 얼마나 힘을 쥐어짜는지 손마디마디 관절이 우둑, 소리를 내며 하나씩 부러졌다.

"신을…… 위해 일한다고…… 했는가? 인간인…… 네가…… 어찌 신의 뜻을 아는가? 인간인…… 네가…… 왜…… 나를 심판해!"

신을 운운하는 인간이 가소롭고 가증스러워 참을 수 없었다. 인간의 오만함에 울분이 회오리친다. 클로에가 피를 뱉어 철가면의 눈을 적셨다.

"퉤엣!"

피가 눈에 들어간 철가면이 고개를 외로 비트는 순간 그녀가 말뚝을 뺏어 철가면의 허벅지를 찔렀다. 동시에 쓰러지는 철가면의 목을 그녀가 물었다.

"퀵!"

목에 두 개의 이빨이 박힌 철가면이 바닥으로 쓰러졌다. 그가 그녀

270

를 떼어 내기 위해 허리에 차고 있던 단검을 꺼내 그녀의 등을 연타로 찔렀다.

"이 거머리 같은 것! 뱀파이어인 네 존재를 원망해라!"

그래도 그녀는 떨어지지 않았다. 두 사람은 육탄전을 벌였다. 서로 엉겨 붙은 채 바닥을 굴렀다. 목이 부러질 듯 아파 왔다. 흡혈의 속도와 흡착이 얼마나 강한지 체내의 모든 피가 빨려나가는 느낌이었다. 이대로 죽을 것 같았다. 죽어 사라질 것 같았다. 그런데 그를 지옥으로 끌고 데려갈 듯 악착같이 놓지 않던 클로에가 갑자기 고개를 들더니 거칠게 헛구역질을 해 댔다. 철가면은 그 틈을 이용해 그녀로부터 탈출했다. 클로에는 썩은 물을 들이켠 것처럼 배를 움켜쥔 채 마신 피의 반을 토해 냈다. 피 맛이 이상했다. 방금 그녀가 흡혈한 건 인간의 피 맛이 아니었다.

"너……!"

철가면을 바라보는 그녀의 눈동자가 혐오스럽다는 듯 심하게 떨렸다. 이게 가능한가? 가능한 일인가? 그녀가 마신 피는 동족의 피였다. 어떻게 인간의 몸에서 동족인 뱀파이어의 피 맛이 날 수 있는 거지? 순간 뇌리를 스치며 떠오르는 말은 금기라는 단어였다.

"너…… 인간이…… 아니야?"

이것은 금기다. 금기의 열매가 싹을 피운 꼴이다. 어떻게 이런 일이.

"설마…… 혼혈자?"

그녀의 말에 목을 붙잡고 괴로워하던 철가면이 고개를 들어 그녀를 보았다. 가면 아래 가려진 얼굴이 지진이 난 듯 부르르 떨린 것도 그때였다. 철가면은 단검을 바짝 움켜쥔 채 그녀에게 달려들었다.

"난 인간이다! 하프가 아니야! 피테르라는 이름을 가진 헌터다! 뱀파이어를 죽이는 헌터란 말이다! 너처럼 추악한 흡혈을 하는 뱀파이어가 아니라구!"

이미 몸의 대부분이 굳어 버리고 타들어 가기 시작한 그녀는 나무 토막이나 마찬가지였다. 전신이 치명상이라서 이미 죽었어야 하는데 숨이 붙어 있는 게 신기할 뿐이다. 그런 그녀에게 스스로의 신분과 이름을 밝힌 철가면은 흥분을 감추지 못하며 무자비하게 단검을 쑤셔 넣었다.

"그런데 아직도 살아 있다니! 이 괴물! 너흰 너무 징그러워!"

마지막으로 찔러 들어오는 칼의 위치는 심장이었다. 클로에는 그 순간 자신의 심장을 주고 철가면의 가면을 벗겨 냈다. 그녀의 눈동자에 철가면의 맨얼굴이 박혔다. 동시에 그녀의 심장에도 단검이 푹 박혔다.

"안 돼애애애!"

마티어스가 손을 뻗으며 소리쳤다. 그를 쫓아오던 헌터들이 그의 등을 향해 은화살이 마구 쏘아 댔다. 적에게 보여선 안 되는 등을 보인 그의 실수였으나 클로에에게 가기 위해선 어쩔 수 없었다.

"당겨! 당겨서 뽑아!"

헌터들이 화살의 끝에 매달린 줄을 당겼다. 마티어스가 뒤로 질질 끌려가기 시작했다. 끌려가지 않기 위해 박힌 화살을 뽑아냈더니 대신 몸 어딘가에 크게 구멍이 나 버렸다. 치명상이었다. 그의 입에서도 울컥 피가 흘러나왔다. 아직 남아 있는 줄을 헌터들이 힘을 내 당겼다. 그가 더 이상 끌려가지 않기 위해 두 손을 바닥에 박았다. 팽팽해진 줄로 인해 화살 몇 개가 자연스럽게 뽑혔지만 고통이 너무 심했다. 그가 지옥의 구렁텅이에 빠졌을 때의 비명을 내질렀다.

"클……로에."

오직 그녀 생각밖에 들지 않았다. 고통도, 괴로움도, 그녀를 생각하며 이겨 냈다. 그가 초인적인 힘을 발휘해 클로에를 향해 필사적으로 걸어갔다. 사랑하는 그녀가 죽어 간다. 피투성이의 그녀가 눈앞에서 살해되고 있다.

"클……로에."

걸어가던 그가 처음으로 휘청거렸다. 은화살이 뽑힌 만큼 새로운 것들이 더 박혔기 때문이다. 그래도 그는 모든 걸 이겨 냈다. 이미 쓰러졌어야 했는데도 여전히 버티는 모습이 진저리쳐질 정도였다.

우지지직.

천둥이 치며 폭우가 쏟아지기 시작했다. 비바람이 몰아치며 번개가 땅에 내리꽂혔다. 아름드리나무에 번갯불이 붙었다.

"피해!"

번개가 땅 위에 꽂혔다. 그 옆에 서 있던 헌터들이 불기둥을 피해 여러 방향으로 흩어졌다. 마티어스는 그 틈을 이용해 몸 여기저기에 박힌 줄을 끊고 철가면을 향해 몸을 날렸다. 클로에의 손에 의해 가면이 벗겨진 헌터가 재빨리 떨어진 가면을 주워 얼굴을 가리다가 눈앞이 핑 돌아 잠시 주춤거렸다. 그 잠깐 사이 많은 양을 흡혈당해 빈혈이 온 것이다. 철가면은 목에 난 두 개의 구멍을 보이지 않게 가린 후 클로에를 노려보았다.

"감히 내 피를 마시다니."

철가면이 쌔액, 쌔액 소리를 내며 죽어 가는 클로에를 벽에 내동댕이쳤다. 벽이 부서지며 돌 아래 그녀가 묻혔다. 이제 목을 치면 여왕은 죽는다. 묻힌 돌 아래를 향해 장검을 치켜들었다. 그 순간 어느새 달려온 마티어스가 철가면의 허리를 머리로 박았다. 철퇴보다 더 강한 충격에 순간적으로 철가면이 저 멀리 나가떨어졌다. 철가면이 신음을 흘렸다. 마티어스가 벽돌에 깔린 그녀를 꺼냈다.

"클로에!"

참담한 모습의 그녀가 나타났다. 마티어스는 흙가루가 들어간 그녀의 눈과 코를 서둘러 손으로 쓸어 냈다. 심장에 박혀 있는 단검이 눈에 들어왔다. 당장 잡아 뽑고 싶었으나 위중한 상태의 그녀를 보자 함부로 빼기가 두려웠다. 그가 단검을 뽑는 대신 그녀의 손을 꽉 움켜쥐었다.

"괜찮아. 다 괜찮아. 아무것도 걱정할 것 없어."

그가 그녀를 무작정 둘러업었다. 그의 몸이 잠깐 주춤거렸다. 이미 그도 전신과 허리에 거대한 상처를 입은 상태였다. 그런 상태로 그녀를 업었으니 고통이 심한 것이었다. 폭우가 둘의 전신을 내리쳤다. 핏물이 회오리쳤다. 대체 누가 우리를 이렇게 무자비하게 살생하려 하는가!

그가 그녀를 업고 앞을 향해 걸어갔다. 단 한 번도 쉬지 않았다. 의지가 대단했고 놀라웠으나 그렇기에 더욱 가슴이 아팠다. 어디로 가는지는 알 수 없었다. 헌터들에게서 벗어나는 게 유일한 목표였다.

"울지 마."

그가 등 뒤의 클로에에게 말했다. 기진한 그녀가 뜨거운 눈물을 흘리며 그의 등을 적셨다.

"아무것도 걱정할 필요 없어."

마티어스는 그래도 웃음기 묻은 목소리로 그녀를 위로했다.

"한숨 잔다고 생각해. 잠을 자고 눈을 뜨면 모든 게 그대로일 테니. 이 밤이 지나고 나면 넌 언제나처럼 여왕이 되어 있을 거야. 그러니까 기운 내. 맨발의 여왕님."

그의 말도 안 되는 여유와 위로에도 뒤에 업힌 클로에는 말이 없었다. 그가 그녀의 이름을 불렀다. 그녀는 대답을 하지 못했다. 머리를 심하게 다친 그녀는 자꾸만 고개를 꺾으며 등 뒤에서 옆으로 쓰러졌다.

"그래. 나의 여왕님. 나도 그렇게 생각해. 우린 저놈들의 덫에 걸린 것 같아. 여왕님을 지키지 못할 만큼 무능한 내가 아닌데, 오늘따라 유난히 몸에 힘이 없어. 아무래도 아까 폭탄이 마음에 걸려. 반짝이는 가루들이 휘날리는 게 이상하다고 생각했지. 그건 은가루인 것 같아. 그것들이 호흡을 타고 들어와 내 몸 어딘가를 망가트린 모양이야.”

클로에가 그르르, 하고 가래 끓는 소리를 냈다. 철가면이 정신을 차리고 일어나 쫓아오는 걸 알려 주기 위해서였다. 가엾은 연인들. 서로를 위하는 마음이 이토록 강한 게 차라리 비극이다. 마티어스는 그녀를 바닥에 내려놨다. 앞은 낭떠러지였다. 더 이상 물러날 곳이 없음을 알기에 그는 끝까지 싸울 것을 맹세했다.

“와라. 가면의 살인자들. 내 심장을 줄지언정 그녀의 심장은 신에게도 받치지 못하니 그것만은 알고 덤벼라.”

저돌적으로 돌격해 오는 철가면의 칼이 폭우 속에서 반짝였다. 하얀색의 그것은 흡사 은탄처럼 무섭게 느껴졌다.

챙강! 창! 채앵!

갈고리와 검이 서로를 베기 위해 강하게 부딪혔다. 철가면의 검은 보통 검처럼 부러지지 않는 특수한 검이었다. 첨예한 대립 속에서 필사적으로 싸우고 있는 두 사람을 제일 먼저 뒤따라온 더스틴이 철가면에게 외쳤다.

“받아!”

더스틴이 달려오면서 폭탄을 던졌다. 철가면이 날아오는 폭탄을 낚아채 그대로 클로에에게 던졌다. 찰나적인 상황이었다. 마티어스에게도 불가항력의 순간이었다. 폭탄이 누워 있는 그녀의 몸 위에서 터졌다.

퍼엉!

한 번의 실수가 사랑을 사라지게 했다. 영원의 맹세를 무의미하게 만들었다. 터지는 폭탄 속에서 허공으로 붕 떠 버린 그녀의 몸은 넓게 퍼지는 은빛 가루와 함께 그대로 무저갱의 아가리 속으로 빠져 버렸다. 떨어지는 그녀를 잡기 위해 팔을 뻗는 그의 울부짖음이 사방을 울렸다.

"안 돼!"

갈고리가 그녀를 놓쳤다. 어둠이 그녀를 삼켰다. 바람이 그녀를 쓸고 갔다. 나의 유일무이한 사랑이!

"클로에에에에!"

더스틴의 칼이 그의 허리를 찔렀다. 마티어스는 피눈물을 흘리며 더스틴의 가면을 움켜잡았다. 갈고리가 뺨을 파고들었다. 더스틴도 잡고 있는 칼을 더욱 쑤셔 넣었다. 하데스에게 가기 전 얼굴을 가리고 있는 저 가면을 벗겨야 할 텐데. 그래야 지옥에서도 복수를 위해 기다릴 수 있을 텐데.

마티어스가 있는 힘껏 더스틴이 쓰고 있는 가면의 뺨을 확 긁어냈다.

"으아악!"

더스틴이 얼굴을 움켜쥔 채 쓰러졌다. 철가면을 우그러트리며 갈고리가 그대로 그의 살을 잘라 낸 것이다. 마티어스도 씨근거리는 입에서 피를 뿜어내며 한쪽 무릎을 바닥에 꿇었다. 이젠 헌터들도 총과 석궁의 화살촉을 전부 써 버린 상태였다. 폭우 속에서 불화살은 무용지물인 터라 가지고 있는 건 장검들이 전부인 그들이 원 형태로 진을 만들어 마티어스를 둘러쌌다. 이제 목만 자르면 그도 먼지가 될 것이다. 그때였다. 갑자기 나타난 누군가가 철가면의 양 어깨에 갈고리를 박아 바위 위에 던져 버렸다.

"누구냐! 커헉!"

용케 살아 있던 헌터가 어둠을 향해 칼을 휘두르자 그 칼은 그대로 헌터의 가슴에 박혀 버렸다.

"도……르제."

비에 흠뻑 젖은 채 숨이 찬 듯 어깨를 들썩이는 그는 도르제였다. 그도 이미 많은 싸움을 하고 온 듯 여기저기 상처투성이었다.

"일어나세요! 움직일 수 있습니까?"

"클로에가…… 강에 빠졌다. 그녀를…… 먼저…… 구해야 해."

"알아요! 봤어요! 하지만 지금은 먼저 도망쳐야 합니다!"

"안……돼!"

"냉정하게 판단해요! 꽤 많은 놈들을 죽이면서 왔는데 저 뒤에 더 많이 오고 있어요. 계속 버티는 건 무리예요!"

마티어스가 고개를 흔들며 안 된다고 울부짖었다.

"당신이 죽으면 그녀도 찾을 수 없어요!"

도르제는 엉망진창인 마티어스의 멱살을 움켜쥐고 억지로 일으켜 세웠다.

"화이트 성의 여왕은 죽지 않아요. 반드시 살아 돌아올 겁니다. 그녀가 살아 돌아왔을 때 당신이 없다면 그것보다 최악의 상황은 없어요. 그걸 명심해요!"

폭탄으로 인해 한쪽 귀가 멍멍했고 두 눈은 피에 젖어 흐릿했다. 배 속에서 자꾸 밀려 올라오는 사혈은 이미 목구멍을 막은 지 오래. 마티어스는 결국 고개를 끄덕였다.

"그……래. 죽으면…… 안 돼. 살아서…… 찾는다. 그녀를…… 반드시!"

헌터들이 몰려올 때 둘은 아슬아슬하게 그곳을 도망쳤다. 치열한 전투가 끝난 들판의 숲은 시신뿐이었다. 빗속을 휘저으며 주변을 살피던 그들이 용케 더스틴과 철가면을 찾아냈다.

"더스틴 수장이다! 수장이 다쳤다!"

"여기 헌터 한 명이 살아 있다! 마차에 태워! 어서!"

잔인하게 죽어 있는 시신들 사이에서 두 사람은 용케 도움을 받고 생명을 구했다. 그래도 뱀파이어에 대한 집념이 강한 더스틴은 한쪽 뺨과 입이 찢어진 상태로 말도 못하면서 손가락을 이용해 절벽 쪽을 확인하라고 가리켰다. 헌터 몇 명이 절벽 쪽으로 몸을 날렸다. 그러나 이내 빗속에서 들린 목소리는 허무하기 짝이 없는 소리였다.

"아무것도 없습니다! 비바람이 너무 심해 아무것도 보이지 않아요!"

고함 소리에 더스틴이 주먹을 불끈 움켜쥐었다. 이대로 갈 수는 없었다.

"잘 찾아봐! 아직 살아 있을 거야! 목을 자르지 못했단 말이다!"

그러나 한쪽 입이 길게 찢어진 더스틴의 말은 바람 빠지는 소리만 날 뿐이었다.

"시신들과 무기들을 마차에 싣고 매뉴얼대로 흔적을 전부 없앤다! 주변 정리를 시작해!"

여기저기서 고함이 터졌다. 빗줄기는 더욱 거세졌고 천둥과 번개는 번갈아 가며 괴성을 내질렀다.

쏟아지는 빗물은 어디로 가는가. 무수한 핏물을 맛보며 누구에게 가는가. 황량한 사막의 물들이 절벽 아래로 쏟아져 내렸다. 흙탕물은 강 속으로 곤두박질치며 물속 깊이 점점 가라앉고 있는 그녀를 흙으로 덮었다.

독에 중독되어 전신이 타들어 간 시체는 검고 붉었다. 죽음에 이르렀는데도 몸에서 흘러나오는 피가 물을 빨갛게 물들이는 중이었다. 그렇게 점점 아래로, 아래로 깊이 가라앉을 때 저 먼 곳으로부터 진흙을 담고 오는 거친 물줄기가 그녀를 덮쳤다. 허수아비 몸뚱이는 물속에서 그대로 쓸려 내려갔다. 어디로 가는지 알 수 없었다. 속도감에 그대로 끌려가는 중이었다. 물속은 떠내려 온 쓰레기들과 통나무로 아수라장이었다. 그녀는 그것들에게 머리를 맞고 몸을 구타당하며 또

한 번 생사를 넘나들었다. 하지만 아프지 않았다. 종잇장처럼 물의 흐름에 따라 떠내려가는 그녀는 이미 숨을 쉬지 않고 있었다.

그날 밤.

무지막지하게 쏟아지던 폭우로 인해 기어코 템스 강이 범람했다. 범람한 물은 지상의 주택을 덮쳤고 미처 피하지 못한 사람들과 집기류를 쓸고 가며 강 주변을 아수라장으로 만들어 버렸다.

차가운 액체. 멈추지 않고 흐르는 물.

허수아비 몸이 물길을 따라 어딘가로 계속 흘러갔다. 때론 물살에 휩쓸려, 때론 둥실둥실 물 위를 부유하며 흘러 흘러 런던을 벗어났다.

갈라지고 떨어져 나간 살점 사이로 여전히 피가 흘러 물속으로 유실됐다. 중간에 어느 순간 정신이 들어 눈을 뜨려고 했지만 한쪽 눈만 겨우 실눈처럼 뜬 게 다였다. 좁은 시야에 보이는 건 암흑 같은 흙탕물 뿐. 그녀는 물속에 머리를 처박은 채 엎드린 상태로 떠다니는 중이었던 것이다. 가슴이 답답했다. 뭔가가 짓누르는 느낌은 숨이 막혀 고통을 안겨주었다. 눈동자를 굴려 고개를 아래로 좀 더 숙여 보자 심장에 박혀 있는 칼이 보였다. 그것을 뽑기 위해 손을 움직여 보았다. 몸을 버둥거려 보았다. 그러나 움직일 수 있는 건 아무것도 없었다. 껌뻑이던 실눈은 지치고 힘들어 다시 감겼다.

그녀는 또다시 물줄기를 따라 떠내려갔다. 둥실 둥실 흘러가는 몸뚱이는 누군가가 벗어 놓은 옷처럼 어느새 가벼워져 있었다. 몸 안의 피가 대부분 소실되었다는 증거였으나 정신을 잃은 그녀는 아무것도 알지 못했다.

몸은 여전히 물 위에서 부유했다. 정처 없이 떠돌며 흐르고 흘렀다. 강물이 잔잔해지고 더 이상 흐를 수 없을 때 몸이 멈췄다. 몸이 멈춘 곳은 수직으로 솟아오른 암반 아래의 계곡이었다. 들풀과 이름 모를 수풀더미가 자라는 곳으로 웅덩이 옆 진흙 속에 그녀가 있다. 다행히 웅덩이 안에 빠지지 않아 숨을 쉴 수 있었다.

숨.

과연 숨을 쉬는 걸까. 진흙에 범벅이 된 몸은 오래전부터 꿈쩍도 하지 않는데. 아마도 죽어 가는 게 맞겠지만 어쨌든 아직 숨이 붙어 있는 상태였다.

클로에는 그곳에서 꽤 오랜 시간을 보냈다. 심장에 박힌 칼은 여전했고 이제 더 이상 몸에서 흘러나오는 피도 없었다. 피가 없다. 체내에 가지고 있는 피가 모두 사라졌다. 생명의 근원인 피의 소실. 그것이 그녀를 죽게 했다. 살아야 하는데, 버텨 내야 하는데, 점점 자신이 없어졌다.

"아무것도 걱정할 필요 없어."

마티어스.

"한숨 잔다고 생각해."

그의 목소리가 아득하게 들린다.

"잠을 자고 눈을 뜨면 모든 게 그대로일 테니. 이 밤이 지나고 나면 넌 언제나처럼 여왕이 되어 있을 테니."

여왕. 그래. 나는 화이트 성의 여왕이다. 그곳에서 삼백 년을 살았다.

"그러니까 기운 내. 맨발의 여왕님."

기운 내야 한다. 의지를 가지고 살아나야 한다. 눈동자를 굴려 심장에 박힌 칼을 바라보았다. 저것이 몸을 망가트린 가장 큰 원천이다. 심장에 칼이 박혀 있으니 아무것도 복구되지 않는다. 재생은 불가능했고 그러므로 희망도 가질 수 없게 됐다. 당장 뽑아내면 손가락 하나라도 움직일 수 있을 텐데 그건 결코 가능하지 않겠지. 이곳은 인적이 없는 곳이니까.

'마티어스. 당신, 무사해?'

그녀를 업어 주던 피범벅의 그가 떠오른다.

'무사히 살아 있는 거지?'

적들의 공격을 받던 그의 모습에 가슴이 메어진다.

'부디 무사하길. 살아서 우리 다시 만나길.'

그녀는 다시 정신을 잃었다.

몸은 하루가 다르게 흉측하게 말라 갔다. 검게 타 버린 전신은 뼈만 남긴 채 바짝 말라 버렸고 멀쩡했던 이빨들은 영양분이 사라져 하루에 두세 개씩 빠져 버렸다.

어느 날, 철퇴에 맞아 엉망이 되어 버린 뒤통수에 까마귀가 날아왔다. 부리로 톡 쪼는 고통에 그녀가 자기도 모르게 그르르, 목울대를 울리자 까마귀가 놀라 날아갔다. 다행이었으나 복받치는 마음에 울었다. 눈물은 나오지 않았다. 몸에는 더 이상 단 한 방울의 수분도 남아 있지 않기 때문이다.

해가 지고 밤이 되면 눈을 감고 죽음을 기다렸다. 지네 한 마리가 말라 버린 그녀의 몸을 기어 지나갔다. 밤이 되면 들쥐들이 붉은 눈을 부라리며 냄새를 맡고 가기도 했다. 이제 진흙 속의 그녀는 이대로 사라져도 모를 만큼 시체가 되어 가고 있었다. 어제부터 하늘을 날고 있는 맹금류가 자꾸만 눈에 거슬린다. 아무래도 그녀를 노리는 듯 떠나질 않는다.

'죽여 버릴 거야.'

잊고 있던 적의가 타올랐다. 그녀가 눈동자를 굴려 맹금류를 노려보았다. 적의 얼굴을 봤다. 철가면의 진짜 얼굴을 기억한다. 그러므로 반드시 살아나 놈을 찾아 죽이리라. 기필코 놈을 죽이리라.

"아벨라!"

한 사내가 크게 소리를 내며 아벨라를 찾았다.

"아벨라! 아벨라 어딨니?"

그러고 보니 아까부터 한 어린 소녀가 그녀를 내려다보고 있었다. 언제부터인지 모르겠다. 사람은 오랜만이다. 그것도 어린아이라니. 아무래도 진흙 위로 드러난 드레스가 아이의 눈에 띈 모양이다.

'놀러 왔니?'

눈으로 물었지만 아이는 나무 막대기로 그녀의 몸을 푹푹 찔러 댔다.

'그러지 마. 아파. 아직은 감각이 있어. 그렇게 찌르면 내가 다친다.'

이미 엉망인 몸이면서 그녀는 자신을 보호했다. 생명을 가진 존재들은 모두 다 그런다. 이건 우스운 일이 아니다. 아이의 막대기가 무언가를 발견했다. 끝이 뾰족한 막대기는 광대가 드러난 뺨 어딘가를 헤집다가 우뚝 멈췄다.

'보석 목걸이.'

아이의 눈이 이채를 빛냈다. 아이는 손에 들고 있는 막대기를 던져 버린 뒤 대담하게도 이번엔 직접 진흙 속에 손을 넣었다. 용기가 있는 아이다. 두려움도 없다. 더러운 진흙 속에 대담하게 손을 넣다니.

아이는 진흙 속을 헤집어 목걸이를 잡아 뺐다. 그러다 그녀의 심장에 박힌 칼도 뽑아 버렸다. 순식간이었고 찰나적인 일이었다. 그녀의 몸이 부르르 떨렸다. 숨이 막히는 것 같기도 했고 막힌 숨통이 트이는 것 같기도 했다. 정확한 건 모르겠지만 가슴이 아픈 것만은 분명했다.

"아벨라 모리스! 어딨니?"

덜덜 떠는 시체를 본 아이가 놀라서 칼을 던져 버리고 황급히 자신을 찾는 목소리가 들리는 곳으로 후다닥 달려갔다.

"아빠!"

아이가 사내에게 달려갔다. 저 멀리서 둘이 포옹하는 모습이 보였다. 진흙이 된 손을 보고 놀란 사내가 혼을 내는 것도 보였다. 아이가 움켜쥔 손안에서 목걸이를 보여 주었다. 사내가 깜짝 놀라며 어디서 났냐고 묻는 것 같았다. 아이는 이쪽을 가리켰다.

"사람이 죽어 있어요. 저쪽이에요."

"사람?"

"저기 진흙 속에요. 아주 예쁜 드레스를 입고 있어요."

아이의 말에 사내는 기겁을 하면서 얼른 아이를 안았다. 가난한 자다. 행색을 보면 알 수 있다. 수렵꾼의 복장이다. 사내는 혹시라도 죄를 뒤집어쓸까 봐 두려운지 뒤도 돌아보지 않고 줄행랑을 쳤다. 그녀는 떠나는 소녀를 보며 그 이름을 머리에 기억했다. 여전히 몸을 덜덜 떨면서.

'아벨라 모리스.'

그래도 칼을 빼 준 은혜는 갚았다. 아이는 보석 목걸이를 손에 쥐고 떠났다.

하늘을 날던 맹금류가 기어이 몸에 내려앉았다. 척추에 놈의 무게가 느껴진다. 시력이 좋은 녀석이라 하늘에서도 용케 진흙 속의 그녀를 발견한 모양이었다. 까마귀가 앉았을 때처럼 그르륵, 목을 울려 보지만 놈은 도망가지 않았다. 목울대가 더 이상 울리지 않았기 때문이다. 심장에 박힌 칼이 뽑혔지만 늦은 모양이다. 종에 따라 살아 있는 짐승을 잡아먹기도 하고 죽은 짐승의 시체를 먹기도 하는 맹금류를 보며 그녀는 서서히 눈을 감았다. 생명이 다했다. 날카로운 부리가 등 언저리를 쪼아도 아프지 않았다. 아프지 않으니 고통도 없다. 신체가 분해되어 갈수록 정신도 사그러들었다.

축적해 놓은 모든 지식과 생각. 아름다운 추억과 사랑에 대한 기억. 마티어스. 아벨라 모리스. 혼혈자인 헌터 피테르의 얼굴. 그리고 더 멀리 가서 화이트 성에서 가족들과 함께 살던 고귀한 추억들까지.

기억은 현재를 거슬러 올라 점점 과거로 갔다. 그러곤 어느 순간 사고가 멈추며 가지고 있던 모든 것을 놓쳐 버렸다.

귓가에 끼릭, 거리는 새들의 울음소리가 들렸다. 한두 마리가 아니었다. 기이한 그 소리는 끊임없이 이어졌고 마치 그녀의 멈춘 사고를 깨우려는 듯 질기게 이어졌다. 혼돈의 시기는 지난 듯 그녀는 그 소리를 정확히 알아들었다. 그녀는 새들의 부산스러운 소리 속에서 깊이 잠이 들었다.

시간이 얼마나 흐른 것일까. 흘러간 시간을 가늠하지 못할 만큼 죽었다가 눈을 떴을 때 새들이 그녀의 몸에 묻은 진흙들을 입으로 잡아 뜯고 있었다. 그냥 새가 아니었다. 그것들은, 수백 마리의 박쥐 떼였다.

'박쥐?'

순간적으로 상황을 파악하지 못했다. 왜 박쥐들이 진흙을 뜯어내고 있으며 자신이 진흙더미에 있는 건지. 그러다가 진흙 위에 맹금류가 죽어 있는 걸 보고 어렴풋하게 알게 되었다. 저것을 죽인 건 박쥐 떼고 그 박쥐 떼들이 자신을 살리기 위해 필사적으로 돕고 있다는 것을 말이다.

박쥐들이 그녀를 물고 진흙 밖으로 끌어냈다. 그러고 보니 모두 눈에 익은 것들이다. 화이트 성의 박쥐들이다.

'그곳에서 이 먼 거리를 날아와 주다니.'

박쥐 하나가 정신을 차린 그녀 입에 머리를 들이밀었다. 자신을 먹어 달라는 의미였다. 말라비틀어진 입술은 힘없이 그대로 열렸지만 반 이상이 빠져 버린 이빨은 머리를 들이민 박쥐를 먹지 못했다. 그래도 시도는 계속됐다. 피를 마셔야 산다는 걸 서로 알고 있었다. 움직일 수 있는 건 눈동자 하나지만 그녀는 눈을 껌벅, 해 주는 걸로 고마움을 대신했다. 그녀의 말을 알아들은 것처럼 첫 희생을 한 박쥐가 끼이익, 하고 울었다. 피의 섭취는 그렇게 시작됐다. 얼마나 많은 박쥐의 피를 흡혈했는지 모른다. 아마도 그곳에 온 모든 박쥐들이었을 것이다. 들쥐도 먹었다. 밤이 되면 어슬렁거리며 코를 킁킁대는 그것들이 몸 위에 올라오면 입을 벌리고 기다렸다가 덥석 물고 씹었다.

'나의 입은 일종의 덫.'

손을 움직일 수 있게 됐을 때는 제일 큰 들쥐를 잡고 웃기도 했다. 살아날 것이다. 기필코. 그래서 오늘의 치욕과 복수를 그대로 돌려주리라. 결국 의지를 가지고 진흙 위에 두 다리로 섰을 때는 참 많이도 울었다. 울면서 진흙 더미에서 빠져나왔다.

"신이 나의 존재를 원치 않는다고 했는가?"

클로에는 울면서 마치 옆에 헌터 피테르가 있는 것처럼 물었다.

"그럼 네 존재는? 네 존재는 신이 원한다고 하던가? 네게 그렇게 말해 줬어?"

분노에 휩싸인 눈동자가 적의에 불타올랐다.

"기필코 찾아낼 것이다. 찾아내서 똑같이 질문할 거야. 그때 네가 어떤 대답을 하는지 듣고야 말겠다."

뼈밖에 안 남은 두 다리로 힘겹게 걸음을 떼었다. 런던으로 가야 한다. 마티어스를 만나야 했다. 그의 생사를 확인하는 게 먼저다.

"그리고 복수할 테다."

그녀는 부단히 움직였다.

계곡을 벗어나자 몇 채의 집이 보였다. 마을은 아니었다. 지방이라 그런지 아직 도시로 이주하지 않은 사람들이 드문드문 남아 있었다.

"아직 사람을 흡혈할 단계는 아니야."

이 상태로 사람들과 마주치면 오히려 죽음을 당할 거다. 시체가 움직인다고 생각할 테니까.

"지금은 들짐승을 잡아먹을 만한 체력도 없어."

무한한 흡혈을 해야 몸이 복구될 텐데 쉽지가 않다. 그래서 그녀는 밤이 되길 기다렸다가 집 밖 나무 기둥에 매여 있는 집짐승들을 몰래 먹었다. 세 마리의 닭을 먹고 한 마리의 염소를 흡혈했다. 오랜만에 마신 살아 있는 짐승의 피는 몸을 기쁘게 했다. 만족스러운 사냥을 한 그녀는 밤의 어둠을 이용해 좀 더 앞으로 전진했다. 가는 길에도 쉬지 않고 틈틈이 피를 섭취했다. 몸 구석구석의 상처가 깊어 재생이 쉽진 않지만 자글자글 말라 버린 가죽에 제법 살이 붙었다. 바닥에 떨어진 나뭇가지를 집어 분질러 보았다. 나뭇가지가 툭 하고 부러졌다. 당연한 일이었지만 그녀에겐 몹시도 흥분되는 일이었다.

"힘이 돌아온다."

클로에는 기뻐 웃었다.

밤에 길에서 마주친 부랑자들을 먹었다. 들판에 누워 하늘의 별을 바라보며 미래를 계획하고 있는 그녀에게 시비를 걸어온 자들이었다.

모두 세 명이었다. 상념에 빠진 그녀의 몸을 막대기로 쿡쿡 찌른 건 외눈의 부랑자였다. 죽은 줄 안 모양이었다. 그녀가 몸을 일으켜 그들을 쳐다보자 부랑자들이 깜짝 놀라며 뒤로 물러섰다.

"살아 있네? 난 또 죽은 줄 알았잖아."

"물건 좀 챙겨 가려고 했더니 하필이면 살아 있을 게 뭐야?"

부랑자들은 아쉽다는 듯 짜증 섞인 목소리를 대놓고 토해 냈다.

"길거리 생활을 엄청 오래했나 봐. 다 타 버린 옷을 입고 있네."

"어라? 치마잖아. 계집이었어?"

"근데 이거 무슨 냄새야? 이놈에게서 지독한 냄새가 나. 마치 시체 썩는 냄새 말이야."

부랑자가 헛구역질을 하며 그녀를 막대기로 때렸다. 그러자 옆에 있던 두 사내도 그녀를 때리기 시작했다. 이유도 없는 몰매였다.

"가진 걸 내놔! 내놓으라고!"

어처구니없는 협박과 폭력이었다. 예정에 없던 인간의 흡혈은 그렇게 시작됐다.

"컥!"

그녀가 부랑자의 목을 물어뜯었다. 발길질을 그대로 맞으면서였다. 땟국물 줄줄 흐르는 더러운 목에 이를 박고 싶진 않았지만 어쩔 수 없었다. 입가에 잔뜩 피를 묻힌 채 그녀가 두 명의 부랑자를 노려보았다.

"으, 으아! 사, 사람을 죽였어! 거지가 사람을 죽였다!"

"애초에 그 거지를 죽이려고 한 건 너희였잖아! 같은 거지 주제에 힘없고 약해 보인다고 집단폭행을 해?"

두 번째 사내의 목을 물어뜯으며 그녀가 앙칼지게 혼을 냈다.

"그것도 여자를!"

클로에는 아까 그들이 한 행동을 똑같이 돌려줬다. 부랑자들이 떨어뜨린 막대기를 주워 때리고 똑같이 발길질해 주었다. 마지막엔 당연하게 그들의 목을 물어 피를 마셨다. 몸속으로 과격하게 밀려들어오는 피의 광대한 진입. 구역질을 유발할 만큼 격하게 파고들어 오는 피들의 행진.

"따뜻한 피여!"

광폭해진 그녀가 밤하늘을 향해 크게 소리쳤다.

"식어 버린 내 심장을 뜨겁게 달궈다오! 거칠게 펌프질해 다오!"

죽은 세 명의 부랑자들을 밟고 올라선 그녀가 두 눈동자를 희번덕하게 부라렸다.

"밤이 숨기고 있는 비밀을 들추려 하지 마라. 눈앞에 이질적인 존재가 있다면 고개를 숙이고 땅만 보고 걸어라. 그리하면 그들도 너를 외면하고 모르는 척 지나쳐 가리라."

그녀가 피가 묻은 입가를 손등으로 훔쳤다.

"아니면 죽음으로 그 답을 얻으리."

냇가에서 물을 마시다가 물가에 비친 얼굴을 보았다. 간밤의 흡혈로 제법 사람 모습이 됐다. 인간이었다면 이미 죽어서 사신의 발에 입맞추고 있었을 텐데 다행이었다. 그래도 여전히 피폐한 모습은 크게 변화가 없었다. 당연했다. 체내의 모든 피가 다 사라졌으니 겨우 몇 명의 피로 되돌아가기엔 역부족일 것이다.

"그래도 잘 버텼어."

불에 탄 드레스를 벗고 죽은 부랑자의 옷으로 갈아입었다. 냄새나는 건 모두 마찬가지였지만 그나마 혈흔과 진흙투성이인 기존의 옷보다 거적때기가 훨씬 덜 혐오스러워 보였다. 목을 다 축이고 길가에 있는 작은 들꽃 하나를 꺾었다. 그리고 다 타 버린 머리 위에 꽃을 꽂았다. 스스로에 대한 위로였다.

"이런 낭만도 없이 삶을 살아간다는 건 너무 황폐하지."

누군가에겐 우스운 모습이겠지만 그녀에게만큼은 백 송이의 장미만큼 낭만적이었다.

"자아, 그럼 슬슬 인간 사냥을 시작해 볼까."

어젯밤의 일로 인해 한층 피에 대한 갈구가 심해졌다. 빠른 복구를 위해서도 이젠 인간의 피를 마셔야 한다. 적과 다시 맞닥뜨렸을 때를 대비해서라도 흡혈은 필수적이다.

"어디가 좋을까."

그녀가 주변을 훑었다. 흡혈이 가능하면서 동시에 적의 시선을 피할 수 있는 곳이 필요했다. 그때 언덕 아래에 위치한 커다란 저택이 시야에 들어왔다. 지방 영주가 사는 곳인지 한눈에 봐도 외부가 호화스러웠다.

"커다란 마구간도 있군. 저 정도 저택이라면 숨어 있을 공간도 많겠어."

기대감에 사로잡힌 마음 때문에 버석거리는 입안에서 검붉은 혀가 군침이 도는 듯 슬그머니 나왔다 들어갔다.

"저곳으로 가자."

그녀가 저택을 목표로 세웠을 때였다. 갑자기 등 뒤가 서늘한 느낌이 들더니 저 멀리서 뭔가가 그녀를 향해 달려오기 시작했다. 한두 마리가 아니었다. 벌어진 입 사이로 긴 혀를 내밀고 달려오는 건 한 마리당 사십 킬로가 넘는 육중한 몸의 사냥개 카네코르소들이었다.

"안 돼!"

후각이 예민한 사냥개들이 그녀의 몸에서 풍기는 좋지 않은 냄새를 맡은 모양이었다. 아니면 저 개들은 애초에 저택을 지키는 숨은 파수꾼으로서 그녀를 쫓아내야 할 공격의 대상으로 인지했는지도 모르겠다. 그 이유가 뭐든 사냥개들에게 클로에가 적으로 간주된 건 명백한 모양이었다.

월월! 월월월!

그녀가 저택을 향해 미친 듯이 달리기 시작했다. 낭패감을 느낄 새도 없었다. 창피한 마음도 들지 않았다. 한두 마리라면 어떻게 해 보겠지만 무리를 지어 쫓아오는 사냥개를 감당할 체력이 아직은 없었다. 어떻게든 피해야 했다.

'죽지 않아! 반드시 살아나야 해! 나는 아직 복수도 하지 못했다! 적들이 누군지도 밝히지 못했어! 여기서 개죽음 당할 수는 없어!'

거지들의 폭력을 이겨 내고 살아난 게 고작 하루 전인데 이번에는 또 동물의 공격이다. 하늘 아래 안전한 곳이 없다. 그녀는 이를 악물며 기필코 이 모든 역경을 이겨 내겠다는 의지 하나로 내달렸다. 다행히 내부로 들어가는 문 하나가 열려 있었다. 그곳이 어디로 통하는지는 알지 못했지만 클로에는 무작정 그곳을 향해 몸을 날렸다. 때마침 등 뒤까지 쫓아온 개 한 마리가 그녀의 옷자락을 물며 밖으로 잡아당겼지만 운 좋게도 그 부분이 찢어져 내부로 도망칠 수 있었다. 클로에는 재빨리 닫힌 문 위에 문고리를 걸어 문을 단단히 닫고 도망쳤다. 개들이 닫힌 문을 요란스럽게 발로 긁어 대며 짖었다. 일을 하던 하인 두 명이 개들의 짖는 소리에 문 쪽으로 걸어왔다가 기겁을 했다.

"맙소사. 나리의 사냥개들이잖아. 대체 누가 이것들을 또 풀어 놓은 거야?"

"나리가 풀어 놓은 거 아니야? 개들은 뛰어놀아야 한다면서 종종 저렇게 풀어 놓잖아."

"저 거대한 몸집 좀 봐. 키가 얼마나 큰지 내 허리도 넘겠어."

"눈빛은 어떻고? 생고기를 얼마나 먹는지 성격도 포악하다니까. 그런데도 저렇게 풀어놓다니 제정신이 아니야."

하인들은 클로에가 걸어 놓은 문고리가 안전한지 다시 한 번 확인한 뒤 그대로 사라져 버렸다. 가구 뒤에 숨어 웅크리고 있던 그녀가 안도의 한숨을 삼키며 자리에서 일어섰다. 앙상한 두 다리가 후들거렸다. 생명을 담보로 한 뜀박질에 진이 다 빠져 버린 모양이다.

벽을 짚고 일어난 클로에는 조심스레 그곳을 벗어나 다른 곳으로 이동했다. 저택은 생각한 만큼 넓고 풍요로운 곳이었다. 클로에는 사람들의 눈을 피해 조심히 이 층으로 올라갔다. 저택들은 대부분 서재와 응접실, 그리고 외부 손님들을 맞이하는 접견실이 일 층에 있다. 이 층은 주인의 침실, 욕조 등 지극히 개인적인 용도로 사용되기 때문에 집사나 하녀장이 아니라면 대부분의 사용인들은 접근하지 못한다. 그 사실을 아는 그녀는 일단 한가로운 이 층에서 잠시 숨죽여 있다가 어두운 밤에 누군가를 사냥하기로 결심했다. 마침, 지나가는 누군가가 저녁에 있을 파티 얘기를 했다.

"파티 준비는 잘 되고 있는 거지?"

"모두 한마음으로 열심히 준비 중입니다."

"오늘은 지역 유명인사들도 많이 오니까 빠진 게 없나 다시 한 번 체크해 봐. 중간에 문제가 생기면 알지? 모두 네 책임으로 생각해 매질을 할 테다. 알겠어?"

"네네. 그럼요. 물론입니다."

누군가의 엄포에 지시를 받은 사람이 거듭 허리를 굽히며 총총히 사라졌다. 빈방으로 급히 몸을 피한 그녀의 눈이 천천히 가라앉았다.

'파티.'

그 단어는 그녀를 슬프게 하면서 동시에 분노하게 만들었다. 적의 습격만 아니었다면 지금쯤 그녀도 화이트 성에서 언제나처럼 마티어스와 함께 둘만의 파티를 하고 있었을 것이다. 이 방의 주인처럼.

"적들의 습격만 아니었다면 심장에 칼이 박힌 채 절벽으로 떨어지지도 않았을 테고, 진창에 처박힌 채 더러운 들쥐를 먹을 필요도 없었을 거야. 뿐인가. 거지에게 몰매를 당하지도 않았을 테고 개에게 쫓기지도 않았겠지. 적의 습격만 없었다면!"

분노가 치밀어 오른 클로에는 입고 있던 거적때기를 벗어 바닥에 내팽개쳤다. 흉하게 마른 알몸이 그대로 드러났다. 화를 참지 못해 씨근덕대는 어깨는 부러질 듯 앙상했다. 그녀는 쉽게 가라앉지 않는 분노 때문에 몸을 강하게 부르르 떠는가 싶더니 어느 순간 두 손으로 머리를 움켜쥐었다.

'머리가……!'

머리가 이상했다. 전신을 휘감는 두통이 밀려왔다. 클로에는 그대로 침대 위로 쓰러졌다. 그래선 안 되는데, 그럴 수 없는데, 클로에는 격렬한 두통을 이기지 못한 채 그 상태 그대로 무방비하게 침대 위에서 기절하고 말았다.

꿈을 꾸었다. 피가 튀는 살육전이었다. 습격의 날이었으나 꿈으로만 생각했다. 목을 자르는 마티어스와 칼을 휘두르는 철가면. 무수한 헌터들의 무자비한 공격. 그리고 터지는 비명들과 흐르는 피. 피. 피.

꿈에서 깨어난 클로에는 오랫동안 멍하니 천장만 바라보았다.

"……나는."

아무것도 기억나는 게 없었다.

"……그러니까 내가."

머릿속이 텅 비어 버렸다.

"내가 여기서 뭘 하고 있는 거지?"

그녀가 침대에서 일어났다. 자신이 누군지, 왜 여기 와 있는지, 생각나는 게 하나도 없었다.

"내 이름이 뭐더라."

그러다가 문득 떠오르는 하나의 이름.

"아아. 아벨라 모리스."

자신이 뱀파이어라는 걸 잊은 그녀는 아벨라를 찾는 사내의 목소리가 아빠라는 것을 기억해 냈다. 그러고 보니 아빠가 없다. 아빠와 함께 런던에 있는 마티어스를 만나러 왔는데 내가 왜 여기에 있을까?

"나는 런던에 있어야 하는데. 이곳은 런던이 아니잖아."

깜짝 놀란 그녀가 알몸으로 침실에서 뛰어나왔다. 복도를 뛰는 그녀를 어떤 하녀가 잡아챘다. 오만한 귀족여자들이 그녀에게 침을 뱉었다. 출구를 찾아 무작정 도망쳤다. 그녀가 파티가 열리는 이 층 발코니의 문을 열어젖혔다. 몸이 공중으로 붕 떴다. 떨어지지 않으려고 허공을 향해 손을 뻗었다. 살기 위해 뻗은 그 손을 잡아 주는 건 아무도 없다. 갑자기 숨이 막혀 왔다.

'여긴 어디지? 왜 몸이 차갑지? 숨 막혀! 숨을 쉴 수가 없어!'

파도에 휩쓸려 바다에 빠졌다. 폭우 속의 바다. 암흑 같은 무저갱.

'바닷속! 누가 날 좀 도와줘!'

그때 저 멀리서 그녀를 향해 미친 듯이 헤엄쳐 오는 그림자가 있었다. 물에 떠내려가는 그녀를 끝까지 쫓아와 낚아채는 사람. 그는 마티어스였다.

"마티어스!"

그녀가 놀라 감고 있던 눈을 확 떴다. 그녀는 침대 위에 있었다. 오한이 느껴졌다. 참을 수 없는 추위가 몰려왔다. 그녀가 오들오들 떨며 말했다.

"여긴 어디지?"

바다가 아니었다.

"나는 살아난 건가?"

절벽 아래로 떨어졌는데 어떻게 됐지? 바다에 빠진 나는 어떻게 되었던가? 심장에 꽂혀 있던 칼은? 죽었던 나는 어떻게 살아난 거야? 하녀 아벨라는? 나를 죽였던 철가면은 어디 있어!

"아아아아악!"

그녀가 갑자기 기괴한 괴성을 내질렀다. 그것은 살아났음을 알리는 신호이자 그동안의 고통을 토해 내는 소리였다.

"내 머리에 철퇴를 휘두른 놈은 어디 있느냐! 불화살을 쏜 놈들은 어디로 갔느냐! 누가 나를 이렇게 만들었는가아아!"

침대에서 일어선 그녀가 눈에 보이는 모든 것을 파괴하기 시작했다. 화병이 깨지고 거울이 박살 났으며 탁자가 그대로 두 동강이 났다. 갈고리로 변한 손이 닫힌 문을 통째로 잡아 뜯었다. 붉게 변한 두 눈동자는 짐승처럼 변해 활활 타올랐다. 소리를 듣고 일 층에 있던 그들이 모두 뛰어 올라왔다. 마차를 몰던 로렌즈, 머리가 쥐어뜯긴 신시아, 닥터 도르제, 그리고 마지막으로 마티어스까지.

마티어스를 본 그녀의 눈동자가 순간 애처롭게 떨렸다. 그를 안다. 저 남자를 안다. 한순간 폭발하려던 분노가 와그작 일그러졌다.

"마티어스."

"클로에."

클로에라고 부르는 그의 목소리를 그녀가 얼마나 듣고 싶어 했던가. 그녀가 그를 향해 무작정 달려갔다.

"마티어스!"

그녀가 그를 알아본다. 그가 두 팔을 벌려 그녀를 기다렸다. 그녀가 그에게 달려와 와락 안겼다. 그래. 이래야 해. 처음부터 이랬어야 했다.

"당신이 살아 있을 거라고 믿었어. 죽지 않을 거라고 믿었어. 당신은 절대……."

그녀의 눈에서 붉은 눈물이 흘렀다. 클로에는 그의 품에서 차마 뒷말을 잇지 못했다. 감격과 기쁨에 목이 메는 건 그도 마찬가지였다.

"어서 와, 나의 여왕님."

이젠 떨어지지 않을 것이다. 둘은 똑같이 약속했다.

바다에 빠진 아벨라는 죽었다. 눈을 뜬 건 진짜 클로에. 그녀가 돌아왔다. 원래의 기억을 찾아서. 화이트 성의 여왕은 그렇게 다시 돌아왔다.

8

마티어스의 부축을 받은 클로에가 거실로 나왔다. 차가운 바다에 오랫동안 빠져 있던 터라 심리적으로 춥다고 느끼는 그녀를 위해 어깨와 무릎에 따뜻한 담요가 몇 겹이나 덮였다.

이곳은 로렌즈와 신시아가 묵고 있던 예의 주택이었다. 그녀가 또렷해진 눈동자로 찬찬히 주변을 둘러보았다. 그러다 벽에 걸린 커다란 전신 거울을 본 그녀가 지금껏 보지 못한 차가운 눈매를 했다. 순간 팍, 소리가 나며 거울에 금이 쭈욱 갔다. 모두가 고개를 돌려 벽에 걸린 거울을 쳐다보았다. 그녀가 신경질이 난다는 듯 툭 한마디 뱉었다.

"초라한 내 모습을 비추는군."

마티어스가 로렌즈를 향해 소리 없는 눈짓을 보냈다. 그가 주택 안에 있는 모든 거울을 찾아내 전부 뒤집었다. 도르제가 붉은 잔을 내밀었다. 클로에는 그 잔을 받지 않고 먼저 물었다.

"전서구를 받지 못했나?"

6개월 전의 일을 그녀가 마치 어제의 일처럼 물었다.

"받았습니다."

"일을 하다가 늦었나 보군."

"그렇습니다."

담담히 말하는 도르제의 태도를 지켜보던 그녀가 웃었다. 낮은 저음의 비웃음이었다.

"이 버릇없는 놈 보게. 그렇습니다, 라니."

그녀의 눈이 당장에라도 도르제를 죽일 듯 섬뜩해졌다.

"하녀 옷을 입고 네네, 거려 줬더니 아직도 네가 선생님인 줄 알아?"

도르제가 들고 있던 잔을 내리고 가만히 고개를 숙였다.

"그런 게 아닙니다."

"아니면?"

"클로에."

무섭게 다그치는 그녀를 진정시킨 건 마티어스였다. 그가 그러지 말라며 고개를 저었다.

"도르제가 나를 살렸다. 졸전 중이던 나를 데리고 도망친 건 닥터야."

그가 도르제가 쥐고 있는 잔을 대신 받아 그녀에게 내밀었다.

"네게 들어야 할 얘기가 많아. 나 또한 네게 해 줄 이야기가 있고. 지금은 몸을 복구하는 게 먼저야. 나처럼."

그러니 화를 거두고 현실에 집중하자는 그의 말에 분노에 휩싸인 붉은 눈동자가 다소 진정되었다. 그녀가 숨을 깊게 들이켰다. 폭발하려는 분노를 가라앉히기 위해 스스로 감정을 조절하기 위해서였다.

"화를 참지 못하겠어. 눈에 보이는 모든 게 전부 마음에 안 들어."

"습격의 날, 느꼈던 감정이 그대로 남아 있어서야."

"분노가 들끓는다구!"

"그래. 나도 그랬어. 눈을 뜨자마자 모든 걸 부수고 망가트렸지. 얼마나 날뛰었는지 몰라. 하지만 적은 이곳에 없다는 걸 잊지 마."

그가 그 점을 조심해야 한다고 덧붙였다.

"여기 있는 건 화이트 성의 멤버들이야. 동료들에게 화살을 돌릴 필요는 없어."

붉은 눈동자는 도르제와 로렌즈, 그리고 신시아를 차례로 바라보았다. 그의 말이 맞다. 적은 이곳에 없고 이들에게 애꿎은 화풀이를 하면 안 된다.

"이성을 다스리기가 이렇게 힘들다니."

그녀가 마티어스가 주는 잔을 받아 들이켰다. 혈관을 타고 들어오는 느낌이 좋다. 피를 다 마신 그녀가 시원한 생수를 들이켠 것처럼 하아, 하고 숨을 내쉬었다. 모두 말없이 그녀가 하는 행동을 숨 죽여 지켜봤다.

"절벽에서 떨어진 후의 상황을 얘기해 줄 수 있어?"

마티어스가 빈 잔을 받으며 물었다.

"물론."

조금 진정이 됐는지 그녀가 6개월 전, 처참했던 자신의 모습을 떠올렸다.

"강물에 휩쓸려 계속 떠내려갔어. 어디까지 흘러갔는지는 모르겠지만 꽤 오래였던 것 같아. 그러다 눈을 뜬 곳은 수풀 더미 아래 진흙 속이었어."

"진흙?"

"진창이 가득한 곳이야."

그녀를 찾으려고 많은 곳을 무수히 헤맸다. 그런데 흔적조차 찾지 못한 이유를 이제 알았다. 진흙 속에 파묻혀 있었기 때문이다.

"움직일 수 있는 건 눈동자 하나뿐이었어. 기억은 없는데 아마 적과 싸울 때 다친 모양이야. 하긴, 멀쩡한 곳이 하나도 없었지. 모든 피를 쏟아 냈고 수분 한 방울 남지 않은 시체였으니까."

심장에 박힌 칼로 인해 소생은 불가능했다. 더 이상 버틸 수 없었고 결국 몸에서 시취가 맡아졌다고 했다.

"그 냄새를 맡고 호시탐탐 날 노리던 까마귀와 이름 모를 맹금류가 내 몸 위에 내려앉아 등을 쪼아 댔어."

그 말에 마티어스가 차마 듣기 힘든 표정으로 그녀의 손을 잡았고 신시아는 놀란 듯 손으로 입을 가렸다.

"자신의 몸이 점점 썩어 가는 걸 보며 죽는 기분을 어떻게 표현하면 좋을까? 그건 생명을 가진 모든 것들이 결코 겪어선 안 되는 금기일 거야. 인간들은 좋겠어. 죽으면 그만일 뿐, 썩어 가는 몸뚱아리를 지켜볼 필요가 없잖아. 하지만 신은 우리에게 그런 자비를 베푸시지 않았지. 뱀파이어는 목이 잘리지 않는 한 죽어도 죽은 게 아니니까."

그녀가 모두를 쳐다보며 다들 잘 기억해 두라고 농담을 날렸다.

"무슨 일이 있어도 목은 사수해. 그럼 살아남으니까."

"그래서 결국 어떻게 살아났어? 심장에 칼이 그대로 박혀 있었다면서."

직설적인 신시아가 호기심을 감추지 못하고 섣부르게 질문했다. 로렌즈가 말렸지만 때는 이미 늦은 후였다. 다행히 클로에가 불쾌해하지 않고 대답해 주었다.

"심장에 박힌 칼을 빼 준 인간이 있었어."

"인간이?"

"그곳을 지나가던 한 어린 소녀가 우연히 진흙 속에 반짝이던 내 목걸이를 발견했지. 다른 게 더 있나 진흙 속에 손을 넣고 휘젓다가 손끝에 잡힌 칼을 잡아당긴 거야."

"그런 행운이!"

신시아는 믿기 힘든 행운이라며 그녀의 운을 진심으로 부러워했다.

"그럼 '아벨라'라는 이름은 어떻게 갖게 된 거야?"

"그 소녀 이름이 아벨라야. 아벨라 모리스."

드디어 풀리지 않았던 비밀이 전부 풀렸다. 믿을 수 없는 우연과 인연이 그녀를 살리고 동시에 그녀의 기억을 흩트려 놓았다는 걸 모두 알게 됐다.

"심장에서 칼이 빠졌지만 바로 움직일 수 있었던 건 아니었어. 숨은 돌아왔지만 할 수 있는 건 아무것도 없었지. 여전히 몸은 진흙 속에 파묻혀 있었고 난 이미 모든 피를 소진한 상태였으니까. 꽤 오랜 시간을 그곳에서 지냈어. 다시 의식을 찾았을 때는 기억이 뒤섞여 내가 누군지 알지 못했지."

클로에는 의식이 한 번씩 끊길 때마다 과거와 현재, 그리고 습격의 날이 뒤죽박죽 떠올랐다가 사라져, 어떤 게 진짜인지 구별하기 힘들었다고 말했다. 그중 몇몇 기억들이 이어지면서 아마 하나의 기억으로 자리 잡은 것 같다고 했다.

"클로에. 궁금한 게 있는데 이렇게 살아날 수 있었던 이유가 뭐라고 생각해?"

"나의 의지. 그리고 마티어스."

깔끔한 대답은 단호했고 명쾌했다. 신시아는 보다 현실적인 대답을 해 달라고 부탁했다.

"갑자기 몸이 타들어 갔다고 들었는데 원인은 알아냈어?"

"레이디. 그런 질문은 나중에."

"괜찮아, 로렌즈."

조심스럽지 않은 질문을 함부로 하는 신시아를 로렌즈가 질책하자 클로에가 놔두라며 제지했다.

"신시아의 질문은 굉장히 중요해. 사실 그동안 생존을 위해 놓치고 있던 문제였어. 이제라도 원인을 찾아야 해."

그녀가 기억을 더듬어 습격전의 상황을 떠올렸다.

"화이트 성으로 떠나던 날, 나는 마차를 탄 후 몸이 이상하다는 걸 느꼈어. 그전엔 멀쩡했기 때문에 마차를 타고 난 후가 의심이 돼. 짐작하건대 내가 모르는 뭔가가 마차에 있었던 아닐까 싶어."

"그건 아닐 거야. 난 멀쩡했잖아."

마티어스가 아니라고 잘라 말했다.

"맞아. 그랬지. 나만 그랬어."

마차를 타고 오래지 않아 피를 토했고 마비가 왔다. 전신이 시커멓게 변하기 시작한 것도 그 즈음.

"그리고 보니 기억이 나. 놈들은 우리가 뱀파이어라는 걸 알고 있었어."

"은말뚝을 사용하는 것부터 평범한 놈들은 아니었지."

"아니. 그게 아니야. 나를 쫓아온 그놈이 내게 직접 말했어. 내가 뱀파이어라서 죽어야 한다고."

"적 중의 한 놈이 직접 말을 했다고?"

뜻밖의 사실을 알게 된 마티어스가 제법 놀라워했다.

"이제 알겠어. 놈들의 표적은 나였다는 걸."

클로에는 확신했다.

"당시엔 경황이 없어 몰랐지만 놈들은 나의 존재를 정확히 알고 있었어. 어떻게 알았을까? 무엇을 보고. 사람들과 뒤섞여 있는 우리를 알아채는 자들은 극히 드문데, 뭘 보고 파악했을까?"

고민을 거듭하지만 알 수 있는 방법이 없다. 클로에가 창가로 고개를 돌렸다.

"여전히 비가 오네. 내가 바다에 빠졌다가 얼마 만에 깨어난 거지?"

"하루가 지났어."

"습격의 날에도 비가 왔었지. 번번이 비가 날 돕는군. 고마운 비야."

클로에가 자리에서 일어섰다. 어깨와 무릎을 덮은 담요가 바닥에 떨어졌다.

"좀 쉬어야겠어."

마티어스의 부축을 받아 침실로 가는 그녀에게 신시아가 깜박 잊었다며 하나의 질문을 다시 던졌다.

"클로에. 이제 어떻게 되는 거야? 기억을 찾았으니 그다음 순서는?"

"부활. 그리고 복수."

클로에가 서늘하게 웃어 보였다.

"그러고 보니 신시아. 테라의 피는 맛있었니?"

신시아가 질기게 묻는다며 억지로 웃어 보였다.

"알고 싶으면 너도 하녀를 먹어 봐. 어떤 맛인지 알게 될 거야."

"삐딱하게 대답하긴. 그 아이를 먹은 걸 칭찬하려고 한 거야."

"칭찬?"

"걘 아벨라 모리스에게 건방졌거든."

신시아는 떨떠름한 표정으로 돌아서는 클로에를 지켜보았다. 두 사람이 사라지자 나름 긴장되고 딱딱했던 분위기가 사라졌다. 로렌즈가 기다렸다는 듯 신시아를 불편한 기색으로 쳐다보았다.

"왜?"

"아무래도 그녀 앞에서 말을 할 때는 조심하는 게 좋겠어."

"왜 그래야 하는데?"

"큰일을 겪은 뒤라 신경이 예민해진 것 같아서 그래."

"원래 그랬잖아. 쟤 성격 예민하고 날카롭고 신경질적인 거 몰랐어? 마티어스님 앞에서만 고고한 척, 너그러운 척하잖아. 알고 있으면서 새삼스럽게 왜 그래?"

되묻는 신시아가 철이 없다고 생각하는지 로렌즈가 위스키를 따라 마셨다.

"그래서 걱정인 거야."

이 층으로 올라간 클로에가 의자에 앉았다. 그녀가 그를 향해 마른 손을 내밀었다. 그가 그녀의 손을 마주 잡았다.

"클로에."

"마티어스."

둘은 그 상태로 오랫동안 서로를 바라보며 재회의 기쁨을 다시 나눴다.

"초라하게 변한 나를 알아봐 줘서 고마워."

"내가 여왕님을 못 알아볼 리 없잖아."

그가 그녀의 손에 입을 맞추며 자신을 과소평가하지 말라고 덧붙였다.

"날 살려 준 것도 고마워."

"끝까지 지키지 못한 걸 이렇게 질책하는 거야?"

"그렇지 않아. 당신은 죽어 가는 내게 살고 싶은 의지를 부여해 준 유일한 사람이야. 난 죽음의 문턱에서도 당신을 만나기 위해 무던히 노력했어. 지금의 내 몸도 당신이 꾸준히 피를 권해 준 덕에 이만큼 복구된 거야. 만약 피를 마시지 못했다면 죽었을 거야. 아벨라 모리스로 당신을 살인자로 오해하면서."

"죽게 내버려 두지 않아. 알잖아. 내가 어떤 놈인지."

그가 클로에의 이마에 자신의 이마를 가만히 기댔다.

"널 갖기 위해 스스로 뱀파이어가 된 나야. 어떤 일이 있어도 나는 널 놓치지 않아."

그가 그녀의 마른 뺨을 어루만져 주었다. 피부에 닿는 그의 체온이 좋다. 차가우면서도 시원한 청량감의 온도.

둘은 긴 입맞춤을 나눴다.

"기다려. 신선하고 달콤한 피를 사냥해 올게."

"멋진 남자의 피를 갖다 줄 거야?"

기억을 찾더니 빠르게 제자리를 찾는 느낌이다. 그게 그를 안심시켰다. 제법 여유 있게 장난을 치는 그녀의 질문에 그가 물론이라고 했다.

"수컷 냄새가 가득한 것들로 준비해 올 테니 기대해, 여왕님."

그가 가벼운 그녀의 몸을 안아 침대 위로 옮겼다. 그가 마른 그녀의 몸을 내려다보며 부단히 노력할 것을 다짐했다.

"아무것도 염려 마. 짧은 시간 안에 원래의 너로 복구시켜 놓을 테니."

"급한 이유가 있어?"

이유를 묻자 그가 은근한 마음을 내비쳤다.

"알잖아."

진심이기도 하고 아니기도 하다. 이렇게 변한 그녀의 모습이 속상해, 그런 이유를 들어서라도 하루 빨리 원래대로의 모습으로 돌아오게 만들고 싶었다.

"여기서 얌전히 기다리고 있겠다고 약속한다면 오늘 밤 즐겁게 해줄게. 어때?"

"유혹하는 거야?"

"아니. 명령."

그녀의 입가에 미소가 번졌다.

"그런 명령이라면 얼마든지 좋아."

"오늘 저녁은 만찬으로 가도록 하지. 기대하고 있어."

그녀를 위해 그가 비가 오는 밖으로 흔쾌히 사라졌다. 그 모습을 지켜보던 그녀가 미소를 지었다. 안정감이 찾아 들었다. 열망하던 그의 곁으로 온 것만으로도 마음이 평화롭다. 그러나 아직 모든 게 제자리로 돌아온 건 아니다. 진흙이 아닌 침대 위는 안락하나 그게 전부일 수는 없다.

"부활과 복수를 위해서 느긋할 수 없지."

클로에는 바닷물을 머금은 짠 내 나는 옷을 내려다보았다.

"마누엘 엄마는 옷 취향이 썩 나쁘지 않군."

그녀가 빗물이 쏟아지는 창문을 열었다. 달칵거리는 소리에 일 층에 있던 일행들이 위층으로 이어진 계단 쪽을 쳐다봤다. 그녀는 계단을 통하지 않은 채 마티어스가 사라진 반대 방향으로 홀연히 사라졌다.

꽤 오랫동안의 부재였다. 먼저 외출한 마티어스가 돌아온 후에도 클로에는 나타나지 않았다. 그의 얼굴에 초조한 기색이 나타나고 인내심이 바닥날 때 즈음 도르제와 로렌즈가 동시에 자리에서 일어섰다.

"저희가 찾아서 모셔오겠습니다."

집을 나서는 그녀에게 어디로 가는지 묻지 않은 책임감이 두 사람을 짓눌렀다. 기억이 돌아온 후라 혹시 모를 혼란이 있을지도 모르는데 모두 너무 무방비했나 싶은 것이다. 다들 가슴을 졸이며 어떻게 해야 하나 고민하는 그때 그녀가 돌아왔다.

"너무한 거 아니야? 아까부터 마티어스님이 기다리고 계시는데 대체 어디 있다가 이제 오는……?"

단단히 벼르고 있던 신시아가 문 앞으로 재빨리 걸어갔다가 흠칫 뒤로 물러섰다.

"크, 클로에."

깜짝 놀라 더 이상 말을 하지 못하는 신시아를 보고 클로에가 오히려 의아한 표정을 지었다.

"왜 놀라는 거야?"

"그, 그게."

"너무 기뻐서 그런 거야? 아니면 갑작스러워서?"

궁금해 묻는 말에 신시아는 입도 떼지 못하고 미간만 일그러트렸다.

"둘 다인가 보군."

신시아를 지나쳐 그들 앞에 선 클로에. 그녀의 모습이 이곳을 나갈 때와는 확연히 차이가 나 있었다. 가늘었던 팔다리엔 적당히 살이 붙고 거칠었던 피부에는 윤기가 돌았으며 단발이었던 머리가 어깨까지 내려와 있었다. 무엇보다 또렷하게 빛나는 두 눈동자는 그녀의 본래 모습에 더욱 가까워진 듯 보였다.

"클로에. 어딜 갔다 온 거야?"

"오페라 하우스. 살롱. 무도회. 어느 귀족의 파티. 빈민구제소. 그리고 감옥까지. 다양한 런던을 구경하고 왔지."

다양한 사람을 흡혈하고 왔다는 말이었다.

"클로에. 얌전히 기다리기로 약속했잖아."

우비를 벗는 그녀를 향해 마티어스가 정말 놀랐다며 가슴을 쓸어내렸다.

"미안. 하지만 그냥 있을 수 없었어. 당신만 고생시킬 수는 없잖아."

그녀가 변한 모습을 기뻐해 달라며 마티어스의 곁으로 걸어갔다. 어느새 새로운 드레스를 입고 있는 그녀였다.

"원래의 모습으로 70% 복구되셨군요."

도르제의 말에 클로에가 고개를 저었다.

"아니야. 75%."

"굉장히 빠른 회복률입니다. 마티어스님은 꽤 오래 걸리셨죠. 흡혈을 해도 모든 게 쉽게 낫지 않았어요."

"그게 바로 내가 내상이 더 심했다는 반증이야. 오해들 마. 나약해서가 아니니까."

괜한 걸로 약한 남자 만들지 말라는 경고에 도르제가 피식 웃었다. 하지만 그들은 모르고 있었다. 마티어스는 체내에 흡수된 은가루를 빼지 않고 몸의 회복을 기다렸기 때문에 재상이 느렸던 거고, 클로에는 모든 피를 쏟아 내고 재생했기 때문에 회복이 빨랐다는 걸 말이다.

"클로에. 이제 만찬을 시작해야지?"

"기대해도 돼?"

"내가 준비한 만찬으로 10%는 더 복구될 테니 실망하지 않을 거야."

그가 클로에의 눈을 천으로 가리고 자신의 손을 잡게 했다. 그를 의지한 채 클로에는 지하 계단을 밟았다. 통풍이 오랫동안 되지 않았는지 가라앉은 먼지 냄새가 맡아졌다. 그 사이로 사람들의 웅웅거림이 들렸다. 계단을 다 내려오자 그가 잠긴 문을 열고 가린 천을 벗겨 주었다.

"아아."

눈앞의 광경을 본 클로에가 너무한다며 한마디 했다.

"어쩜 좋아."

그곳에 입이 틀어막힌 채 손발이 묶여 있는 열 명의 사람들이 있었다. 약속대로 모두 남자들이었다. 공포에 질려 어깨를 떠는 그들을 보며 클로에가 어린아이처럼 웃음을 감추지 못했다.

"정말 만찬이네. 배불러 죽을지도 모르겠어."

그가 그녀를 안으로 밀었다. 못 이기는 척 안으로 들어간 그녀가 열 명의 남자들을 스윽 훑더니 슬그머니 문을 닫았다.

"보여 주고 싶지 않아. 무슨 의민지 알지?"

"물론. 편하게 만끽해."

만찬을 위해 마티어스가 나무문을 굳게 닫아 주었다.

그렇게 클로에가 아벨라 모리스를 완전히 버리고 본연의 모습을 찾기 위해 노력할 때 피테르는 런던 중심가의 성당 안에서 바다에 빠진 아벨라를 떠올리고 있었다.

그날—

사드 무리의 뱀파이어들에게 쫓기다가 아벨라가 파도에 휩쓸려 바다에 빠지고 만 그날.

성당을 향해 빗속을 걸어오는 그림자가 있었다. 넋이 나간 듯 멍한 표정의 그는 주변의 시선 같은 건 아무래도 상관없다는 듯 피투성이의 모습을 감추지 않은 채였다.

성당을 지키는 눈들이 새벽에 갑자기 나타난 그의 모습을 놓칠 리 없었다. 그들이 내부에 이 사실을 알리자 소식을 듣고 제일 먼저 모습을 드러낸 건 의외로 이곳의 수도사들이었다. 그들은 피테르의 몰골에 대놓고 질색을 했다. 그도 그럴 것이, 빗물인지 핏물인지 모를 물방울들을 떨어트리며 서 있는 사내는 형형한 두 눈동자를 제외한 전신이 피에 젖어 있었기 때문이다. 때마침 더스틴과 네이트도 달려 나왔다.

"피테르!"

용케 그를 알아본 더스틴이 깜짝 놀라며 말했다.

"괜찮나! 이게 무슨 일이야? 어딜 다친 거야?"

놀란 더스틴이 피테르의 어깨를 흔들며 새된 목소리로 소리쳤다.

"보고도 없이 갑자기 사라져서 걱정하게 만들더니! 뱀파이어를 만난 거냐? 놈들과 싸운 거야?"

고요한 성당 안이 더스틴의 목소리로 쩌렁쩌렁 울렸다. 그러나 그의 목소리에도 별반 반응이 없는 피테르였다.

"피테르!"

다그치는 말에 피테르는 무의미하게 툭 내뱉었다.

"아벨라양을 만나러 갔었어요."

"뭐, 뭐야?"

"그녀를 만났어요. 만나서 얘길 했어요. 그리고, 그리고…….."

피테르는 피 묻은 두 손으로 얼굴을 가렸다. 얼굴을 가린 피테르는 더 이상 아무 말도 하지 않았다. 네이트와 더스틴이 당황한 빛을 감추지 못하며 서로를 쳐다봤다. 수도사 한 명이 담요를 가지고 와 서둘러 피테르의 머리와 몸에 덮어 흉한 그의 모습을 가렸다.

"따라오시오."

그가 피테르를 데리고 어딘가로 가려했다.

"잠깐. 어디로 데려가는 거요? 이 녀석은 내 부하요. 먼저 나랑 대화를!"

"대화는 몸을 치료한 후에 나누는 게 맞지 않겠소? 기다리시오."

이유 모를 단호함을 보이며 수도사는 피테르를 데리고 갔다. 넋이 나간 듯 멍한 피테르는 아무런 거부도 없이 그의 손에 이끌려 사라졌다. 따라 가려는 더스틴을 막은 건 의외로 네이트였다.

"그냥 여기서 기다리는 게 좋겠습니다."

"하지만!"

나머지 수도사들이 더스틴 앞을 막자 네이트는 조용히 있는 게 좋겠다며 그를 진정시켰다. 이곳은 십자단원들의 상부 조직이다. 그들이 모르는 체계가 있고 그 체계 아래에서 명령을 받고 움직이는 게 수도사들이었다. 그걸 모를 리 없는 더스틴이지만 피테르가 걱정되고 화가 나서 애꿎은 수도사들을 향해 눈을 부라렸다.

"네이트. 방금 피테르 녀석 좀 이상해 보이지 않았나?"

"저 모습이 정상이진 않죠. 갑자기 밖으로 뛰쳐나가더니 어디서 놈들을 만난 걸까요?"

"아니. 그게 아니라."

더스틴은 뭔가를 말하려다가 입을 다물었다. 조금 전 분명히 피에 젖은 피테르의 머리카락이 은빛으로 빛나는 걸 봤는데 어떻게 설명해야 하나 싶은 것이다.

"제길. 뭐가 어떻게 돌아가는 거야?"

답답한 마음에 품 안에서 담배를 꺼내자 금세 다른 수도사가 와서 그를 저지했다. 더스틴은 꺼낸 담배를 다시 품에 넣었지만 더 이상 참지 못하고 불만을 터트렸다. 그의 언행에 뒤돌아선 수도사의 표정이 좋지 않았다. 좋지 않은 표정은 더스틴도 마찬가지였다.

"아까부터 사람을 기분 나쁘게 보고 있어."

피테르를 데리고 온 수도사가 각종 의료 도구와 붕대 등을 탁자 위에 올려놓으며 사무적으로 물었다.

"다친 곳이 어디요?"

피범벅인 피테르가 크게 다친 거라 생각한 그가 치료를 시작하겠다는 듯 당연하게 물었다. 그러나 넋을 놓은 피테르는 여전히 말이 없었다. 수도사가 안 되겠다고 생각했는지 피범벅인 피테르의 상의부터 벗기려 했다.

"다친 곳은 없습니다."

멍하던 피테르가 가만히 고개를 저었다.

"이건 제 피가 아니에요. 놈들의 피입니다."

놈들의 피라는 말을 알아들었는지 수도사는 밖으로 나갔다가 다시 들어왔다. 그러곤 들고 온 그릇 안의 물에 붓을 담가 피테르의 머리 위에 발랐다.

"뭐 하시는 겁니까?"

"당신 머리카락이 본연의 색을 드러내고 있소. 이 약초물이 당분간 자연스러운 머리카락 색을 유지시켜 줄 테니 잠자코 있으시오."

수도사의 말에 피테르는 놀란 눈으로 멍하니 그를 쳐다보았다.

"왜 그러시오?"

수도사의 반응이 오히려 덤덤해 뭐라 말을 하려던 피테르가 입술을 달싹이다가 그대로 닫아 버렸다.

"수도사님은 제 머리카락을 보고도 놀라지 않으시는군요."

"처음 보는 게 아니라서 그렇소."

"처음이 아니라고요?"

거듭 놀라워하는 그의 질문에 이번엔 수도사가 침묵했다. 많은 말을 했다고 생각하는 모양이다. 그가 은빛 머리 색을 없애는 데 주력하더니 염색이 마무리됐다 싶을 때 옷장에서 옷과 수건을 꺼내 그에게 건넸다. 이런 일에 익숙해 보였다.

"피 묻은 옷은 벗어 바구니에 넣고 몸은 세면대에서 씻으시오. 여긴 사원이오. 십자단원의 상부로 사용되고 있지만 신도들도 오가는 곳이니 짐승의 피는 깨끗이 닦고 나와 주시오. 머리의 물은 마를 때까지 놔두시오. 어차피 이 약은 며칠 지나면 물이 빠지니 날이 밝으면 상점에 가 제대로 된 염색약을 사야 할 거요."

더 이상의 할 일이 없다는 듯 수도사가 서둘러 몸을 돌려 나갔다. 피테르가 손을 뻗어 그런 그를 잡았다.

"잠깐만요."

팔을 잡힌 수도사가 피테르의 손을 무섭게 쳐 냈다. 놀란 건 피테르였지만 수도사의 표정이 너무 심각해 서둘러 사과를 하고 말았다.

"죄송합니다. 궁금한 것이 있어서 그만."

무례를 범했다고 생각한 그가 진이 다 빠진 목소리로 얼른 대답하자 수도사는 자신이 너무 정색했다는 것이 미안했는지 애써 괜찮다는 표정을 지어 보였다.

"할 말이 있소?"

"궁금합니다. 저와 같은 머리 색을 가진 사람을 어디서 봤는지."

"질문이 틀렸소."

"네?"

"사람일 리 없지 않소? 어떤 사람이 빛나는 머리카락을 가지고 있겠소?"

답을 알고 있으면서 왜 묻냐며 수도사는 오히려 이상한 눈을 했다. 배척의 눈동자. 질시의 눈빛. 조롱의 얼굴. 그러고 보니 수도사는 조금 전 피테르가 만진 팔을 계속 문지르며 닦고 있었다.

"폭우가 내리는 밤인 걸 다행으로 생각하시오. 다른 사람들이 당신의 머리카락을 봤다면……."

당신은 죽었을 거야, 라는 말이 귓가에 박혔다. 개떼처럼 몰려온 뱀파이어들과 싸워서 겨우 살아 돌아온 충격보다 수도사의 당연하다는 그 담담함이 충격을 주었다. 닫힌 문을 한참 바라보던 피테르는 숨소리 한번 크게 내지 못하고 한참 동안 멍하니 있다가 자리에서 일어났다. 피가 묻은 옷을 벗고 세면대에서 얼굴을 씻었다. 짐승의 피가 물을 붉게 만들었다. 고개를 들고 벽에 걸린 거울을 보자 어느새 눈가에 눈물이 맺혀 있었다.

"……아벨라."

바다에 빠져 버린 아벨라를 보고 너무 놀라서 바보처럼 아무것도 하지 못하고 있을 때 그곳에 제일 처음 도착한 뱀파이어가 가차 없이 그의 목을 콱 물었다.

어그적.

이빨이 박히는 고통이 얼마나 큰지 비명이 제대로 터졌다. 또한 피를 빨아들이는 흡혈의 힘이 얼마나 강한지 피테르는 보기 흉할 만큼 몸을 덜덜 떨기까지 했다. 그러나 곧바로 눈을 감고 죽어야 할 그는 생각보다 멀쩡했다. 아니, 순간적으로 기절한 건 맞지만 금세 정신을 차린 후였다.

"다 흡혈한 거냐?"

뜻밖의 목소리에 피를 빨던 놈이 목에서 이빨을 뺐다.

"너!"

어떻게 살아 있냐는 물음에 피테르는 손에 쥐고 있던 칼로 놈의 배를 대신 찔러 주었다.

"오늘로서 두 번째 흡혈을 당했는데 정말이지 이거 너무 기분 더럽다는 거 알아? 영혼이 더럽혀지는 기분이야. 영혼이!"

무차별적으로 달려드는 뱀파이어들을 향해 피테르도 달려들었다. 갈고리들이 그를 공격할 때 피테르의 칼도 그것들을 자르고 찔렀다. 대등한 힘이었다. 결코 밀리지 않았다. 사람으로 치면 괴력을 지녔다고 봐도 무방할 만한 힘을 그가 가지고 있었다.

"어째서 인간이!"

인간이 이렇게 강할 수 있는지 묻는 뱀파이어는 목이 잘리면서도 알 수 없다는 의문의 눈빛을 보내다가 먼지가 되어 사라졌다. 들고 있는 칼과 혼연일치된 듯한 신랄한 몸놀림이었다. 칼 정도야 손으로 부러트리는 뱀파이어들도 피테르의 오기 섞인 힘 앞에선 지쳐 떨어져 나갔다. 뒤로 물러서지 않고 끈기 있게 달라붙어 버리니 몇 명은 도망쳤고 나머지는 그의 손에서 먼지가 되어 사라졌다. 그는 뱀파이어에게 등이 찢기고 피를 흡혈당했지만 여전히 살아 움직이고 숨 쉬고 있었다.

"그래. 우스운 상처지. 그사이 벌써 상처가 사라졌으니까."

습격의 날도 그랬다. 그 또한 전투 속에서 다리와 허리를 다치고 목까지 물렸지만 이렇게 살아 있다. 동료들과 더스틴에게 숨겼지만 그 상처들은 그의 몸에 자국도 남지도 못하고 금세 사라졌었다.

"이젠 나도 모르겠다. 내가 어디에 속한 건지."

거울을 바라보는 피테르가 어느새 차오른 눈물을 닦지 못한 채 슬프게 중얼거렸다.

"내가 뱀파이어인지 사람인지. 이게 신의 축복인지 저주인지도."

그의 고개가 아래로 꺾였다. 스스로의 존재 증명을 위해 헌터가 되었다. 사악한 뱀파이어들의 진면목을 보면서 자신이 인간인 걸 감사했다. 그는 헌터의 길을 선택한 걸 한 번도 후회하지 않았다. 오히려 이 길에 들어선 것에 대해 자부심을 가지고 있었다. 보라. 나는 뱀파이어를 죽이는 헌터 피테르다. 너희와 다른 인간이다. 나는 이렇게 인간으로서 잘 살고 있다, 라고.

그런데 그 사실에 너무 치중한 나머지 혹시 잘못을 저지르고 있던 건 아니었을까? 평범한 사람을 뱀파이어로 오해해 내가 사람을 죽인 건 아닐까?

"……아벨라."

숙인 고개 아래 미처 씻겨 나가지 못한 핏물이 세면대 위로 투욱 떨어졌다. 바다에 뛰어든 뱀파이어가 그녀를 구했을까? 만약 구하지 못했다면?

"아니야. 구했을 거야. 살려 냈을 거야."

놈은 그녀를 사랑한다고 했다. 그 말이 거짓이 아니라는 듯 일말의 망설임 없이 차디찬 바다에 뛰어들었다. 배포 있고 용기 있는 행동이었다. 그가 하지 못했기에 부러운 행동. 그러나 한편으론 그런 놈이 혐오스러웠다.

"뱀파이어란 존재를 숨기고 인간인 것처럼 그녀를 사랑했던 거냐? 뱀파이어가 인간을? 인간을 사랑해서 어쩌려고? 그게 무슨 결과를 초래할 줄 알고! 사랑은 나도 해! 나도 그녀를 사랑해! 하지만! 하지만!"

마음이 이중적으로 흔들렸다.

"만약 그녀가 뱀파이어라면, 정말 피를 마시는 존재라면 죽어 마땅한 거잖아. 나는 헌터다. 뱀파이어라면 여자건 남자건 가리지 않는다구!"

피테르가 자신의 얼굴을 두 손으로 감싸 쥐었다. 점점 혼란이 가중됐다. 아벨라를 죽게 한 원인을 제공했다는 죄책감과 그녀는 뱀파이어일 거라는 단정 아래 죽어 마땅하다는 이론이 서로 충돌했다.

"아버지 신부님."

그가 얼굴을 감싸 쥔 채 바닥에 주저앉았다.

"답을 주세요."

애절한 목소리는 지금의 상황을 위한 현명함을 원했다.

"이렇게 살아도 되는지. 이대로도 괜찮은 건지 말씀해 주세요, 제발."

흐르는 눈물이 손가락 사이를 비집고 나와 흘렀다. 넘치는 눈물만큼 죄책감은 가중되면서 그를 슬픔으로 인도했다.

슬픔으로 인도하는 삶. 어쩌면 그의 인생은 처음부터 슬픔 속에 잠긴 채 시작됐는지도 모른다.

귀족의 핏줄이었다.

가문에서는 결혼도 하지 않은 영애의 출산을 철저히 비밀로 지켰지만 이번 출산에 참여한 소수의 몇 명은 태어난 아기가 누구의 아들인지 알고 있었다.

귀족들 사이의 사생아 출산은 어떻게 보면 흔한 일이었다. 외부로 드러나지 않을 뿐, 버림받는 사생아는 종종 있었다.

"잘 처리해라."

집사가 건네 준 아기는 탯줄도 그대로 붙어 있는 신생아였다. 핏덩이를 넘겨받은 하녀는 서둘러 포대기에 아기를 감싸 들킬세라 대기 중인 마차를 타고 그곳을 벗어났다. 아기는 한눈에 봐도 오래 살 것 같지 않았다. 열 달을 다 채우지 못했기 때문이다. 그런데도 모두 아기가 죽길 원했다.

"아가씨께서 정신이 온전하기라도 하면 이렇게 내쳐지진 않았을 텐데."

하녀가 알고 있는 그녀는 지혜로웠고 어여뻤다. 이유 모를 검은 그림자에게 겁탈을 당하기 전까진.

겁탈을 당했다고 생각할 수밖에 없었다. 오고 가는 사람이 전혀 없는 저택 안에서 백합처럼 곱게 생활하던 그녀가 불현듯 정신을 놓고 횡설수설하기 시작했기 때문이다. 그걸로 끝이라면 다행일 테지만 점점 불러 오는 배를 보고 그녀의 부모는 진심으로 충격을 받았다. 저택엔 오고 간 사람이 아무도 없었다. 딸은 단 하루도 저택을 벗어난 적이 없었고 언제나 부모의 울타리 안에서 교양을 쌓던 순수한 여자였다.

"그런데 어떻게 내 딸이 임신을!"

의사는 점점 수척해져 가는 딸의 병명을 알아내지 못했지만 목에 난 두 개의 상처는 쉽게 알아봤다.

"뱀파이어 짓입니다."

충격적인 의사의 말에 노부부가 실신하기를 몇 번. 결국 아기도 건

강하지 못한 모태에서 견디지 못하고 세상 밖으로 빠져나왔다.

"스스로 축복받지 못했음을 아는지 울지도 않네."

하녀는 품에 안고 있으나 무게감도 느껴지지 않는 신생아를 보고 문득 불쌍하다는 생각이 들었다. 의사는 단언했지만 이 아기가 뱀파이어의 씨앗이란 게 증명된 건 아니었다. 점점 마음이 약해지기 시작했다. 하녀는 마차를 타고 먼 곳으로 이동했다. 일을 완벽하게 처리하기 위해 아예 지역을 벗어나 버렸다.

마을을 지나고 들판과 숲을 지나서 이름 모를 성당을 지나칠 때 하녀는 다시 돌아와 그곳에 아기를 유기했다. 어차피 건강하지 못해 죽을 생명이지만 죽더라도 이곳에 있는 누군가의 기도 속에 생을 마감하길 바랐다.

뱀파이어의 피를 이어받은 저주의 씨앗.
이 생명의 생사를 신부님께 맡깁니다.

하녀는 작은 메모 하나를 남기고 그대로 떠났다. 떠나는 그녀의 모습을 목격한 사람은 아무도 없었다. 성당이 있는 곳은 마을과 외떨어진 곳이었고 이곳엔 은퇴한 늙은 신부 혼자 살고 있었기 때문이다.

그동안 울지 않았던 아기는 낡은 문 앞에서 질기게 울어 댔다. 어찌나 악을 쓰며 울어 대는지 나무 위에 앉은 새들조차 자리를 피해 다른 곳으로 날아가 버렸다.

"길고양이가 어디 다치기라도 했나? 어찌 이리 우누."

뒷마당을 쓸고 있던 늙은 신부가 빗자루를 든 채 왔다가 딱딱하게 몸을 굳혔다. 우는 소리가 고양이랑 똑같아 크게 신경 쓰지 않고 있었는데 아기였다니 제법 놀란 것이다. 손바닥만큼 작은 아이가 얼굴이 빨개지도록 울고 있었다.

"인기척이 없었는데."

한발 늦게 주변을 살피며 언덕 아래까지 내려가 봤지만 보이는 사람은 없었다. 그가 포대기 속 아이를 어정쩡하게 안고 안으로 들어갔다. 추운 날씨는 아니었지만 언제부터 방치되고 있었는지 몰라 혹여나 하는 마음에 손놀림이 빨라졌다. 난로에 나무를 더 넣고 물을 데웠다. 모포를 몇 장 더 깔고 침대 위에 아이를 내려놓은 그가 포대기 안의 메모를 발견한 건 그 즈음이었다. 이런 경우가 처음은 아니다. 사람들은 문 앞에 종종 갓난아기를 놓고 갔다.

"외벽에 걸려 있는 대형 나무 십자가 때문에 이런 오해가 생기지."

이곳은 성당이 아니다. 은퇴한 원로사제인 늙은 노신부 혼자 사는 사택이다. 그런데도 굳이 오해의 빌미가 되는 십자가를 치우지 않는 건 이렇게 해서라도 생명을 살릴 수 있다는 그의 신념 때문이었다.

열악한 내부사정으로 인해 아기들은 큰 성당으로 보내진다. 워낙 버려지는 아기들이 많아 그쪽도 난처해하긴 마찬가지였지만 위탁가정이나 고아원으로 보내지기 전까지 돌볼 손길이 없는 여기보단 나았다. 하지만 늙은 신부는 이번 아기는 큰 성당으로 보내지 않았다. 보내지 않았을 뿐만 아니라 다시 포대기에 싸인 그대로 침대 위에 방치했다.

"네 발 달린 동물이든, 두 발 달린 인간이든, 신의 사랑은 공평하다. 하지만……."

하지만 악의 씨앗이라면 이야기가 다르다. 고뇌와 번뇌는 깊었으나 결론은 당연했다.

"날 탓하지 마라."

뱀파이어의 씨앗이라면 악이었다. 악을 살리고 키울 수는 없었다.

아기는 밤새도록 울어 젖혔다. 울다 잠들었고 다시 깨면 또 울었다. 방치 속에서도 죽지 않았다. 그래도 신부는 무던했다.

"누군가는 나를 잔인하다 욕할지 모르나 뱀파이어의 진면목을 본 자는 그리 말할 수 없으리."

신부의 고집 앞에 아기는 지쳐 갔고 야위어 갔으며 더 이상 울지 않았다. 포대기 안에선 움직임이 없었다. 신부는 이제 그만 됐다 싶었다. 그런데 죽은 듯 잠든 아기의 얼굴을 보자 마음 한편이 묘하게 흔들렸다. 자기도 모르게 한참 아기를 바라본 그가 말없이 아기를 안고 난로 옆으로 걸어갔다.

"이 아이가 악의 씨앗인 걸 알면서도 이곳에 보낸 건 분명 생명을 살리기 위함인 것을 어찌 내가 알아차리지 못했을까? 생명의 삶과 죽음을 인간인 내가 판단하려 하다니 너무 오만했구나."

이제 늙어 현명함이 사라졌다며 스스로를 탓하는 그가 접시에 따뜻한 물을 부어 새끼손가락으로 아기의 마른 입술을 톡톡 적셔 주었다. 움직임이 없던 아기는 고맙게도 반응을 보였다. 작은 입을 오물거리며 신부의 새끼손가락에 매달린 물방울을 맛보았다.

"오, 그래. 그래. 목이 말랐구나. 목이 말랐어."

그는 자세를 바꿔 아기에게 좀 더 적극적으로 물을 주기 시작했다. 굳은살이 박혀 있는 손가락은 거칠었지만 아기에게는 생명수를 가진 젖병이었다.

아기가 태어나 처음 먹은 건 어미의 젖이 아닌 늙은 신부의 새끼손가락이었다. 눈도 뜨지 못한 아기가 연신 새끼손가락의 물을 맛보다가 이내 그 손가락을 물고 빨았다. 처음 겪는 상황에 깜짝 놀라 주춤거리던 신부도 어찌나 힘을 내어 빠는지 콧잔등에 땀까지 매단 아기를 보곤 할 말을 잃었다.

뭐라고 하면 좋을까. 이 생명의 고귀함을.

아기가 보인 행동은 그를 울컥하게 만들었다. 죽어 있던 심장에 불을 지폈다고나 할까, 아니면 아기의 작은 행동이 건조해진 마음에 파문을 일으켰다고나 할까.

"눈도 뜨지 못한 씨앗도 이렇게 살고자 용을 쓰는데 하물며 나는."

나는 신에게 불려 가기만을 바라며 일상을 소모하고 있었던가, 라고 자책이 됐다. 하물며 그 대상이 악의 씨앗이라니.

"이미 마음이 흔들려 아기에게 생명수를 주고 말았으니 거둔 생명을 다시 버릴 수도 없거늘."

알 수 없는 인생이다. 늙은 신부는 그다음 날 아기에게 먹일 젖을 찾아 마을로 내려갔다.

단조로운 일상이 아기 중심으로 완전히 바뀌었다. 언제나처럼 새벽 기도 시간에 일어나지만 이젠 기도 대신 난로 위에 주전자를 올리고 염소젖을 데우는 걸로 하루를 시작한다. 뜨거워서도 안 된다. 차가운 건 더욱 안 된다. 아기의 입에 완벽히 맞아야 된다.

신부는 젖이 데워질 동안 마을에서 사 온 천을 가위로 자르고 실로 꿰어 아기 기저귀를 부지런히 만들었다. 바늘에 실을 꿰는 것만 해도 한참 걸려 여간 부지런을 떨어야 하는 게 아니다. 틈틈이 만들어 놓은 걸로는 턱도 없다. 하루에 쓰는 기저귀는 수를 헤아릴 수 없을 정도였다.

아기는 건강하지 못해 자꾸 설사를 했다. 모유를 먹지 못해서겠지만 매번 마을에 가서 젖동냥을 하는 것도 여의치 않아 염소젖을 먹인 뒤부터다. 그래도 보채지 않고 잘 먹어 주니 감사할 따름이다.

아이를 키우게 된 후부터 성당의 외벽에 걸려 있던 커다란 나무 십자가는 아기의 기저귀를 말리는 빨래 지지대가 되었다. 볕이 제일 먼저 드는 그곳에 휘날리는 건 이제 아기의 빨랫감들뿐이었다.

"신부님. 그래도 십자가를 사용하는 건 좀 그렇지 않은가요?"

"문제될 게 뭔가? 비둘기 똥 받침으로 쓰이는 것보단 낫지."

마을 사람은 그래도 십자가를 저렇게 사용하는 건 죄를 짓는 게 아닌가 했지만 신부는 없는 살림 속에서 아이를 키우기 위해 모든 것을 이용하기로 마음먹은 후였다.

늙은 그가 아기를 키운다는 건 정말로 지치고 힘든 일이었다. 우는 아기를 안고 업고 나중에 기운이 딸려 더 이상 움직일 수 없을 때에는 해먹에 아이를 올려놓고 막대기로 밀었다. 아기는 잘 자랐다. 태어났을 때는 백일을 넘길까 싶더니 두 살이 되고 다섯 살이 됐다. 일곱 살이 됐을 때는 또래들보다 키가 컸다. 고기 한번 배불리 먹이지 못하고 감자만 먹였는데도 무럭무럭 자라는 게 그저 기특할 뿐이었다.

"신부님. 식사하세요."

"오냐."

아이는 열두 살이 되었고 신부는 76살이 됐다. 아이가 자란 만큼 신부는 늙었으나 둘은 언제나 함께였다. 함께 기도했고 함께 밥을 먹으며 함께 잠이 들었다. 아이는 예의 발랐으며 영특했고 무엇보다 순진하며 착했다.

이젠 기력이 다해 앉기만 하면 꾸벅꾸벅 조는 신부를 위해 피테르는 무릎 담요를 덮어 주었고 난로 옆 소파 자리는 언제나 그를 위해 비워 두었으며 하루의 첫 생명수 또한 그의 목을 축이고 난 후 마셨다. 그래도 아직 어린아이라 천둥 번개가 치면 소스라치게 놀라며 잠든 신부 품으로 기어 들어왔다. 신부는 그럴 때마다 아무 말 없이 아이를 안고 이불로 감싸 주었다.

"신부님. 무서워요."

"두려워 말거라, 피테르."

검버섯이 가득한 손이 아이의 등을 부드럽게 쓸었다.

"천둥소리가 너무 커요. 번개가 너무 번쩍거려요."

귀를 막은 피테르가 무섭다며 곁을 더 파고들었다. 피테르는 유독

하늘에서 나는 소리를 무서워했다. 신이 노여워 번개와 천둥을 보낸다고 생각했기 때문이다.

"신부님."

"응."

"자식은 부모를 닮는다고 하죠?"

"그래."

"저를 버린 부모님도 저처럼 천둥 번개를 무서워할까요?"

뜻밖의 말에 신부는 다독이던 손을 잠시 멈칫했다. 그는 뭐라고 대답해야 아이가 상처를 받지 않을까 고민하다가 말할 시기를 놓쳤다.

"전 신부님이 제 아버지면 좋겠어요. 그럼 비가 올 때마다 신부님을 깨우지 않아도 될 테니까요. 세상에서 제일 사랑하는 신부님을 힘들게 하기 싫어요."

"오줌 싼 이불을 빠는 게 더 힘든데?"

신부의 말에 아이는 얼굴을 붉히며 힝, 하고 콧소리를 피웠다. 부모도 없고 친구도 없이 늙은 노인과 사는 아이치고는 삐뚠 성정 하나 없이 속이 맑았다.

"곧 있으면 열세 살이 될 녀석이 아직도 새끼손가락을 찾아?"

피테르는 늘 그렇듯 잠들기 전 신부의 새끼손가락을 잡았다. 어릴 적부터의 버릇이다. 마치 처음 물을 마시던 그날을 기억하듯 피테르는 마을에 갈 때도 신부의 새끼손가락을 잡고 걸었고 오늘 밤처럼 비가 올 때도 그의 손가락을 잡고 안정감을 찾았다.

"나는 신부님이 제일 좋아요."

낡은 이불을 목까지 끌어 올린 피테르가 초롱초롱한 눈으로 말했다.

"매일 듣는 말이라 이젠 식상하기까지 하구나."

"평생 같이 살아요. 죽을 때까지 우리 같이 살아요."

"그러마."

"그러니까 더 이상 늙지 마세요."

"오냐."

"늙으면 싫어요."

"오냐 오냐."

피테르는 약속을 깨면 신께 혼날 거라며 신부를 윽박지르고 경고성 으름장을 놓다가 언제나처럼 쌔액거리는 콧소리를 내며 잠에 빠져 들었다.

일상은 그렇게 추억을 만들고 정을 주며 흘러갔다. 다음 날도 같았고 그다음 날도 변화는 없었다.

일을 하는 중에 아이가 보이지 않아 뒤뜰로 나가 본 신부의 눈에 해먹 위에서 잠든 피테르가 보였다. 성경책을 보다가 잠이 든 듯했다. 가슴에 고이 성경책을 두고 잠든 모습이 평화로워 보였다. 신부는 피테르의 몸 위에 담요를 덮어 주었다. 따뜻한 햇살과 부드러운 바람. 그리고 그 아래 한가롭게 풀을 뜯는 염소와 여전히 빨래 지지대로 사용되느라 비스듬히 땅에 박힌 십자가의 모습까지.

더 이상 바랄 게 없다. 신부는 그 풍경을 보며 피테르의 말대로 이 생활이 오래 유지되길 기도했다.

새끼 염소 한 마리가 사라졌다. 뒤뜰에 살고 있는 염소는 며칠 전 두 마리의 새끼를 낳았다. 신부는 피테르가 온 후 큰 돈을 들여 암수 염소 두 마리를 사 아이에게 젖을 먹여 키워 왔다. 염소는 매번 건강한 새끼들을 낳아 개체수를 늘려줘 그동안 살림에 큰 보탬을 주었다. 신부는 그런 염소에게 애정이 많았다. 그런데 그들의 새끼 한 마리가 사라진 것이다. 신부는 재빨리 닭장을 살폈다. 다섯 마리의 닭들은 멀쩡했다. 밤새 세 개의 달걀도 낳을 만큼 씩씩하고 튼튼했다. 오직 사라진 건 새끼 염소 한 마리다. 가슴이 철렁거리는 건 왜일까. 신부는 올 것이 왔다는 걸 몸으로 느꼈다.

마침 마을에 내려가 생필품을 잔뜩 짊어지고 나타난 피테르가 저 멀리서 그를 알아보고 손을 흔들었다. 등에 진 짐이 무거울 텐데도 피테르는 그를 향해 언제나처럼 달려와 안겼다.

"신부님! 이것 좀 보세요. 제가 염소젖을 전부 팔았어요."

염소젖을 빵집에 팔고 온 피테르가 신이나 목소리를 높였다.

"힘이 넘치는구나."

"그럼요. 우유를 전부 팔았는걸요. 대신 빵과 감자를 가득 채워 왔어요. 아이참, 그새 빵이 다 식었네. 아까는 따뜻했는데. 배고프시죠? 잠깐만 기다리세요. 곧 스튜 만들어 드릴게요."

피테르는 식사 시간이 지나 집에 돌아온 것을 미안해하며 서둘러 빵을 쟁반 위에 올려놓고 자르기 시작했다. 오래돼서 무딘 칼이 제 기능을 못했다. 피테르가 손으로 빵을 잘랐다.

"빵집 주인 말로는 우리 염소젖이 다른 집들보다 질이 좋대요."

"아무렴. 그 젖으로 널 키웠는데 어련할까."

"역시 그렇죠?"

"그럼. 네가 저 염소의 젖을 먹고 자랐잖느냐."

아무 생각 없이 맞장구를 치던 피테르가 깜짝 놀라 신부를 쳐다보았다.

"뒤뜰에 있는 염소들의 어미가 네게 젖을 봉사했다. 그런 은혜도 모르고 네가 녀석의 새끼를 해치웠지. 새끼를 어떻게 했느냐?"

피테르의 얼굴이 사색이 됐다. 어떻게 알았느냐는 질문은 필요 없었다. 피테르는 숨도 못 쉬며 덜덜 떨었다.

"피를 마셨니?"

"시, 신부님."

"새끼를 죽이고 피를 마셨어?"

"신부님. 저는 그냥……."

신부가 성큼성큼 다가와 피테르의 앞에 섰다.

"칼로 죽였느냐? 아니면 맨손으로? 창고의 도끼를 사용했니? 새끼가 발버둥 쳤을 텐데 어떻게 죽인 거야? 결국 이빨로 물어뜯었지? 그런 거지?"

"신부님!"

신부의 마른 손이 피테르의 여린 뺨을 세차게 갈겼다. 어찌나 강했는지 어린 소년은 그 자리에서 그대로 날아가 버렸다.

"난 뺨 한 대로 끝나지만 사람들은 네가 피를 마시는 짐승이란 걸 알면 너를 칼로 찌르고 총을 쏠 거다! 뿐만 아니야. 악마라며 널 불에 태워 죽일 거야. 난 그런 모습을 보려고 널 키운 게 아니야. 난 그 꼴 못 본다! 절대 못 봐! 그 전에 내가 너를 죽이고 말지!"

얼마나 분노했는지 신부의 마른 손등 위에 심줄이 불끈 튀어 올랐다.

"나를 살인자로 만들고 싶으냐?"

"아뇨! 아뇨! 아니에요!"

"뭐가 아니야!"

"단순한 호기심이었을 뿐이에요! 정말이에요!"

피테르는 무릎으로 기어와 신부의 다리를 붙잡고 오열했다.

"제가 왜 그랬는지 모르겠어요. 요즘 들어 자꾸 이상한 생각만 들고 미칠 것 같았어요. 목이 마른데! 타들어 가는데! 물을 마셔도 소용이 없었어요. 배가 터질 만큼 물을 마셔도 밤새 화장실만 들락거릴 뿐, 갈증이 해소되지 않았어요. 마을에 있는 정육점 앞을 지나가다가 그 이유를 알았어요. 갓 도축한 짐승의 배를 가르는 걸 지켜보다가 불현듯 알았어요. 저거면 되겠다고. 저거면 잠을 편히 잘 수 있겠다고."

눈물 콧물이 범벅이 된 피테르는 자신이 왜 그랬는지 모르겠다고 도리질을 했다.

"잘못했어요. 다신 안 그럴게요. 맹세할게요. 믿어 주세요. 맛도 없었어요. 속이 뒤틀릴 뿐이었어요. 전부 토해 냈어요!"

신부는 피테르의 팔을 뿌리치고 무딘 부엌칼을 대신 손에 움켜쥐었다. 그 모습을 본 피테르가 경기를 일으킬 정도로 비명을 내질렀다.

"세상에 피를 마시는 사람은 없다. 피를 마시는 건 뱀파이어뿐이야."

"전 사람이에요! 그깟 피 한번 마셨다고 제가 왜 뱀파이어예요?"

"아니. 넌 뱀파이어의 씨앗이야. 그걸 이제야 증명한 거지. 그래도 다른 사람이 아닌 내가 널 키우면 좀 다를까 했다. 모두 나의 착각이었지만."

"뱀파이어의 씨앗?"

"네 아비가 뱀파이어다. 고로 넌 혼혈자다. 누군가 그런 널 이곳에 버리고 갔지만 내가 키웠다."

"아니야!"

"신께 맹세하건대 일말의 거짓말도 없다. 반신반의하며 키웠지만 네가 염소 새끼의 피를 마셨다면 그걸 증명한 거야."

"아니야! 아니라고!"

"사람에게 해를 끼치기 전에 네 목숨을 거둬야 되겠다."

"난 사람이야! 사람이 맞아! 사람이잖아요, 신부님! 그렇잖아요!"

눈물을 과하게 흘리며 후회한다고 고백했지만 신부는 악의 눈물이라고 생각하며 결코 흔들리지 않았다. 칼이 피테르의 팔을 찔렀다. 아이는 울며 신부를 올려다보았다.

"전 사람이에요!"

한 번 더 힘껏 아이의 뒷목에 칼이 파고들었다. 아이는 쓰러지며 신부에게 소리쳤다.

"전 사람이라고요!"

신부는 마지막으로 쓰러진 아이의 심장을 향해 칼을 꽂았다. 아이는 피하지 않았다. 조금 전의 칼도 피하지 않았듯이 노쇠한 신부에게 덤비지도 않았다.

"전 사람이에요. 신부님도 아시잖아요."

피테르는 나무 바닥 위에 누운 채 그렇지 않냐며 울었다. 신부는 헐떡이는 피테르를 보며 끝내 참았던 뜨거운 눈물을 흘렸다. 피테르가 억지로 일어나 우는 신부를 가만히 안았다. 피가 묻은 칼이 바닥에 떨어졌다. 눈물이 뒤섞였다. 그때 갑자기 신부가 숨을 헐떡거렸다. 너무 울어 숨이 막히는지 심장을 붙잡고 괴로워했다.

"신부님!"

두 번이나 칼에 찔린 피테르가 황급히 숨을 못 쉬는 신부를 바닥에 눕히며 소리쳤다.

"침착하세요! 억지로 숨을 들이쉬지 마세요! 천천히 숨을 쉬세요! 절 보고 따라 하세요, 어서요!"

피테르는 팔을 위로 올렸다 내리기를 반복했다. 신부는 어린아이처럼 피테르의 행동을 똑같이 따라하며 뻐근한 심장을 다스렸다. 다행히 숨이 돌아와 그가 긴장하고 있던 몸을 풀자 피테르가 기다렸다는 듯 그의 심장 주변을 마사지하기 시작했다. 어깨와 팔과, 그리고 중요한 심장에서 피를 흘리면서 말이다. 신부가 다시 울었다. 거북이처럼 쳐진 눈꺼풀은 또다시 우느라 힘겨워했다.

"잘못했어요. 정말이에요."

피테르는 신부의 심장이 또다시 잘못될까 봐 연신 그의 몸을 주물렀다. 다급하게 움직이는 두 손 위에 눈물 콧물이 후드득 떨어졌다.

"더 이상 울지 마세요. 네? 그러다 신부님이 숨을 못 쉬게 될까 너무 무서워요."

가해자를 보호하는 피해자. 피해자를 보며 우는 가해자.

신부는 이젠 정말 모르겠다며 어린아이처럼 통곡했다. 그 울음 속에서 뻗은 두 손이 피테르를 와락 끌어안고 말았다.

침대에 누워 있는 피테르를 신부가 치료했다. 칼에 찔린 팔과 목을 치료하는 손이 애처롭게 떨렸다.

"저를 용서해 주세요."

"그건 네가 할 말이 아니야."

"아얏!"

발라 주는 약이 쓰려 피테르가 어깨를 움츠리자 신부가 놀라 손을 떼었다. 그의 눈이 어두워졌다.

"칼이 무딘 게 다행이었어. 아니었더라면."

정말 피테르는 죽었을지도 모른다. 자책하는 신부를 보며 피테르가 그의 손을 잡았다. 칼이 무뎌서가 아니었다. 무딘 칼로도 얼마든지 사람을 헤칠 수 있다. 죽지 않고 살 수 있었던 건 신부가 너무 늙었기 때문이었다. 그가 힘이 없어서 자신이 살았다. 그것이 피테르의 마음을 더 아프게 했다.

"앞으로 말이다."

"네, 신부님."

"많은 걸 공부해야 할 게다."

"뱀파이어에 대해서요?"

"여러 가지를."

"뭐든 배울게요. 열심히 배울 거예요. 예전처럼 가르쳐 주시기만 한다면."

하지만 그날 밤 피테르는 고열에 시달리며 사경을 헤맸다. 거듭되는 충격과 존재에 대한 혼란 때문이었다. 의사가 왔다 갔지만 원인을 모른다고 말했다.

"열이라도 떨어지게 해 줘야 할 게 아닌가?"

"그보다 몸에 난 이 상처들은 뭡니까, 신부님? 그것부터 해결이 되어야 할 것 같은데요. 상처로부터 피를 너무 많이 흘려 열이 나는 건 아닌가 싶습니다."

"피?"

의사는 고개를 저었다.

"아무래도 오늘 밤이 고비일지 모르겠습니다."

신부는 몸을 떨었다. 일이 이런 식으로 돌아가나 싶었다. 고개가 숙여졌다. 모두가 자신이 만들어 낸 일이었다. 열에 들떠 신음소리만 내뱉는 피테르를 보며 신부는 굳은 결심을 했다.

"피테르."

그가 잠이든 피테르의 어깨를 흔들었다.

"눈을 뜨고 이걸 좀 먹어 봐라."

"이……게…… 뭔데요?"

신부는 그릇 안에 새끼손가락을 담근 뒤 그걸 피테르의 입에 넣었다 뺐다.

"먹어라. 먹어야 산다."

피테르가 고개를 저었다.

"싫……어요."

"먹어야 해. 내 조금씩 먹여 주마. 입만 벌려."

"싫……어. 안…… 먹을……래. 안 먹을…….."

피테르는 마치 그릇 안의 내용물이 뭔지 안다는 듯 입을 앙다물고 거부했다. 신부는 억지로 입술을 벌려 그릇 안의 내용물을 모두 먹게 했다. 이틀을 꼬박 그릇을 가득 채워 부지런히 먹였다.

피테르는 정확히 5일 만에 침대에서 일어났다. 신부는 낡은 욕조에 물을 받아 피가 묻은 옷을 그대로 입고 있던 그의 몸을 씻겨 주었다. 피테르의 몸에는 상처가 남아 있지 않았다.

"피테르."

수건으로 피테르의 몸을 닦아 주며 신부가 말했다.

"네, 신부님."

"네 머리가 은빛으로 빛난다."

"햇빛 때문이에요."

피테르는 얼른 다른 이유를 들었다. 그러나 신부는 그게 이유가 아니라는 걸 알고 있다. 방법이 올바르지 못했음을 인정한다. 다른 방법이 있었다면 강구했을 것이다. 알고 있는 지식이 있었다면 그걸 써먹었을 것이다. 하지만 평생 신학을 공부한 그도 뱀파이어에 대해 아는건 많지 않았다.

"원인은 아마도……."

몸을 닦아 주던 신부가 심하게 기침을 했다. 피테르가 얼른 의자를 들고 왔다. 벌거벗은 몸이었다. 아무것도 걸치지 않았지만 전혀 개의치 않았다.

"의사를 불러 올까요?"

"괜찮다. 곧 멈출 거야."

"점점 심해지는 것 같아서 그래요."

신부는 대답 대신 손을 내저었지만 기침을 멈추지 못했다. 피테르가 정신을 차리고 난 뒤부터 그는 눈에 띄게 기력이 딸려 하루의 대부분을 침대나 의자에서 지냈다. 피테르는 알고 있었다. 자신이 먹은 것이 뭔지. 그것이 누구의 것인지도.

의사를 불렀지만 의사는 와 주지 않았다. 피테르는 은빛으로 빛난다는 머리 위에 모자를 쓰고 마을로 내려갔다. 직접 의사를 데려오기 위해서였다.

마을 분위기가 좋지 않았다. 평소 길을 오가는 사람들이 보이지 않았다. 의사 집도 굳건히 닫혀 있었다. 한참을 두들기며 문을 열어 달라고 호소하자 문 옆 창문 하나가 빼꼼히 열렸다.

"무슨 일이냐?"

"선생님. 신부님이 아파요."

피테르가 서둘러 말했다. 의사는 손수건으로 입을 막은 채 웅얼거리며 물었다.

"증상이 어떤데?"

"기침이 심해요. 멈추질 않아요."

"기침할 때 피를 뱉나?"

피테르는 그 물음에 고개를 저었다.

"아뇨. 단지 흉통이 심할 뿐이에요. 기침할 때 허리를 펴지 못해요. 감기는 아닌 것 같은데, 지금 와 주실 수 있나요? 많이 힘들어 하세요."

"나는 갈 수 없다."

"많이 바쁘신 거예요? 그럼 신부님을 여기로 모셔 올까요?"

"아니."

의사는 이마에서 흐르는 식은땀을 잽싸게 닦아 내며 작은 목소리를 냈다.

"신부님은 결핵에 걸리신 거다."

"그럴 리가 없어요. 그동안 멀쩡하셨어요. 며칠 만에 결핵이 걸릴 리 없는데."

"계기가 있지 않았겠니? 근간에 힘든 일이 있었거나 뭐 그런. 연세도 많으시잖아."

그러면서 의사는 잔기침을 했다. 터지는 기침을 손수건으로 막았지만 기침은 멈추지 않았다.

"어쨌든 거기까지 올라갈 여유가 없다. 마을을 좀 봐. 전염병이 돌고 있어."

"그럼 신부님은 어떡해요?"

"결핵은 전염병이야. 너도 전염될 수 있으니 당장 그곳을 떠나. 안 그러면 너도 죽어."

의사는 창문을 닫고 피테르에게 가 보라고 손짓했다. 그러고 보니 의사도 결핵인 것 같았다. 피테르는 창문을 두들겼다.

"잠깐만요. 약이라도 줘요! 신부님은 연로하셔서 버티기 힘들어요. 낫게 하려면 어떡해야 해요? 방법을 알려 주세요!"

끈질기게 대답을 요구했지만 닫힌 창문을 열리지 않았다. 소란에 커튼을 열고 창문 뒤에 숨어 노려보는 사람들이 몇몇 보였다. 신부가 병에 걸렸다는 소리를 들은 모양인지 피테르를 쳐다보는 눈길들이 하나같이 매서웠다. 피테르가 뒷걸음쳤다. 사람들의 노골적인 시선을 이겨 내기엔 아직 너무 어렸다. 피테르는 더 견디지 못하고 수확 없이 집으로 돌아왔다.

기운을 차린 신부가 그를 기다리고 있었다. 의자에 앉아 있는 모습은 평소와 같았다. 대신 양손에 장갑을 끼고 목도리로 입과 코를 둘둘 말고 있는 게 달랐다. 아픈 이유를 알아차린 듯싶었다.

"신부님."

피테르는 그 모습을 보고 울컥해 그의 품으로 달려들었다.

"모두 제 탓이에요. 다 제 잘못이에요. 제가 신부님 말씀만 잘 들었어도 이런 일이 생기지 않았을 텐데. 이제 어쩌면 좋아요? 신부님께 큰 죄를 지어 버렸으니 어쩌면 좋아요? 네?"

"울지 마라, 피테르. 난 괜찮다."

"신부님이 죽으면 나도 따라 죽을 거예요!"

"그런 소린 하지 마라."

"혼자 남기 싫어요! 다른 사람들과 살기 싫어요!"

피테르는 통곡하듯 소리 내어 울었다. 신부는 아이의 눈물을 닦아 주더니 은빛 머리에 염색을 해 주었다. 피테르는 그 손길 아래서 계속 울었다.

"염색이 끝나면 이곳을 떠나거라."

"싫어요."

"소중한 너를 아프게 하고 싶지 않아서 그래."

"싫어요!"

아이가 빽, 하고 언성을 높였다. 신부는 뚜껑 없는 사기 주전자 안에 모아 놓은 돈을 내주며 아이의 등을 밀었으나 뜻을 이루지 못했다. 아이는 신부의 손에 든 주전자를 뺏어 아예 다른 곳에 숨겨 버렸다.

"이제 돈 없으니 못 떠나요!"

피테르는 그렇게 끝까지 고집스럽게 그의 옆에 남았다.

신부는 자신이 죽고 나면 혼자 남을 아이를 위해 끝까지 헌신했다. 일상생활에 필요한 자잘한 상식부터 자신이 알고 있는 지식을 틈 날 때마다 전달해 주었다. 밤에는 지난 옛이야기를 도란도란해 주며 피테르의 어린 감성을 즐겁게 만들어 주기도 했다.

"옛 이야기를 해 주마."

"네. 좋아요. 오늘은 어떤 이야기예요?"

"왕자님과 공주님이 나오는 건 많이 해 줬으니 다른 이야기를 해 볼까 한다. 어디부터 해 줘야 하나? 내가 만난 뱀파이어에 대해 들어 볼 테냐?"

신부는 과거의 이야기를 꺼냈다. 오래전 일이라 이젠 잘 기억이 안 난다고 했다. 한 수도원의 이야기였고 그곳을 찾아온 뱀파이어에 대한 이야기였다. 피테르는 침대에 누운 채 고전 같은 그 이야기를 귀담아 들었다. 진중했고 깊이 있었으며 산중인의 경험이라 어린 그에겐 경이로운 이야기였다.

"뱀파이어로부터 맹세를 받으셨군요."

"짐승의 말은 신경 쓰지 않는다."

"하지만 사실이라면 신부님은 짐승들로부터 유일하게 보호받을 수 있게 된 거예요."

"신을 믿는 사람으로서 짐승의 비호는 받고 싶지 않아."

신부는 많은 이야기를 해 주었다. 제일 마지막은 언제나 같았다. 인간으로서 살고자 하는 피테르의 신념과 의지를 칭찬하는 게 마무리의 끝이었다.

"네 삶은 외롭지 않을 거다. 사람들과 어울려 사는 만큼 고립될 일도 없을 거야. 두 가지 인생 길 중 넌 인간을 선택했잖니? 넌 내가 키웠고 내 피를 마셨다. 내 피를 마신 이상, 너는 선할 수밖에 없고 그 선함으로 축복받으며 살 거다."

신부는 그 뒤로도 많은 피를 토하며 점점 쇠약해져 갔다. 그리고 그는 피테르가 떨어진 식량을 구하기 위해 마을에 갔다 온 날 고비를 맞았다. 그를 기다리고 있었던지 신부는 문 앞에 쓰러져 있었다.

"신부님!"

놀란 피테르가 손에 들고 있던 빵과 음식을 내던지며 신부를 얼른 일으켰다.

"금방 올 텐데 어쩌자고 나오셨어요?"

다급히 그를 의자에 앉히는 피테르에게 신부가 흙 묻은 손으로 무언가를 내밀었다. 피테르가 고집을 피우며 숨겨 뒀던 주전자였다.

"빨래 지지대 밑에 숨겨 둔 걸 찾았다."

나무 십자가 아래 파묻어 둔 걸 그가 용케 찾아냈다.

"신부님."

"사실 나는 이게 저기 있었다는 걸 눈치채고 있었어. 그러면서도 지금껏 모르는 척했다. 나 또한 혼자 남겨지는 게 싫었던 모양이야."

신부는 기력 없어 떨리는 손으로 주전자의 흙을 소중하게 잘 털어 내 피테르의 손에 쥐여 주었다. 피테르가 슬픈 얼굴로 그걸 받았다.

"너에 대한 비밀은 나만이 알고 있어. 내가 죽어야 그 비밀이 완벽하게 지켜지는 거란다."

눈에 눈물이 뿌옇게 고인 건 두 사람 다 동일했다. 피테르가 신부 앞에 무릎을 꿇고 그의 무릎에 이마를 갖다 댔다.

"사랑한다, 피테르. 넌 내가 낳지 않았지만 내 아들이나 다름없다. 날 아버지라 불러 다오."

"아버지."

"그래."

"전 신부님의 아들이에요."

"그래. 넌 누가 뭐래도 내 아들이다."

흐르는 눈물을 닦지 못한 채 고개를 들어 신부를 바라보는 피테르의 눈이 구슬펐다.

"나는 천둥번개를 무서워하지 않는단다. 넌 내 아들이니 앞으로 천둥번개를 무서워하지 않게 될 거다."

신부가 기운이 다한 두 손을 피테르의 머리 위에 올렸다. 마지막 축복의 기도이자 유언의 시간이었다.

"나를 비호하겠다던 짐승의 비호가 모두 네게 가기를."

9

폭우가 멈추자 런던 특유의 우울한 날씨가 다시 자리를 잡았다. 제자리를 잡은 건 날씨 뿐 아니라 클로에도 함께였다. 기억이 돌아온 그녀는 본연의 모습으로 완벽하게 돌아와 모두의 앞에 섰다.

"돌이켜 보면 지금까지 살아오면서 다양한 위협을 받아 왔다. 때로는 동족들로부터, 어느 날은 인간들로부터."

풍성해진 긴 머리카락이 그녀의 어깨 아래서 찰랑거렸다.

"난 무력충돌을 즐기지 않아. 오히려 그 반대의 길을 가고자 노력했지. 하지만 나를 위해하는 것들에게는 과격한 복수를 해 왔다. 그래야 상대가 날 기억하고 다시 기어오르지 않기 때문이야."

얕잡아 보이면 목숨도 가볍게 본다. 약육강식의 세계에선 스스로 강해져야 살아남을 수 있다. 도태는 죽음과 직결되며 약자는 강자의 먹이가 될 뿐이다. 그녀가 고고한 자세로 모두에게 말했다.

"그런 이유로 난 날 공격한 적들에게 똑같은 복수를 하고자 한다."

복수의 서막이 열렸다. 기억이 돌아온 클로에는 지체하지 않았다. 아무도 막지 않았고 막을 이유도 없었다. 클로에는 마티어스가 그랬던 것처럼 모두에게 화이트 성으로 돌아가라고 명령했다. 이번 일이 단순한 싸움이 아니라는 걸 알기 때문이었다. 하지만 충성심 강한 로렌즈는 저번과 달리 순순히 뜻을 따르지 않았다. 그도 이제 싸움의 심각성을 알아챈 듯했다.

"전 남아서 돕겠습니다."

"마음은 고맙지만 로렌즈. 이건 누구의 도움을 받을 일이 아니야. 내가 해야 할 복수지."

"제가 팔을 다친 게 신경 쓰이신다면 걱정 마십시오. 다 나았으니까요."

로렌즈가 붕대를 푼 팔을 들어 보이며 아무 문제 없다는 걸 확인시켜 주었다.

"복수는 당연히 클로에님이 즐기셔야 할 권리죠. 그 기쁨을 뺏을 생각은 없습니다. 하지만 클로에님과 마티어스님이 저희를 보호하기 위해 화이트 성으로 보내려는 이유를 안 이상 그냥 돌아갈 수는 없습니다. 위험한 만큼 함께 힘을 합치는 게 낫지 않겠습니까? 제겐 마티어스님에 대한 빚도 있으니 이곳에 남아 일을 돕겠습니다."

"저도요. 저도 돕게 해 주세요."

갑자기 카이가 나타나 자신도 돕게 해 달라며 나타났다.

"클로에님. 기억이 돌아온 거죠? 그렇죠?"

수면에 빠진 상태였는데 용케 스스로 잠에서 깨어난 모양이다. 카이는 원래의 모습으로 돌아온 그녀를 보고 안도와 그리움이 뒤섞인 얼굴로 눈물까지 글썽거렸다.

"정말 제가 아는 클로에님이 맞는 거죠?"

그녀가 대답 대신 손을 내밀어 주었다. 카이가 아직 회복되지 않은 몸으로 천천히 걸어와 그 손을 잡았다.

"순진하고 착한 녀석. 그동안 날 돕지 못한 죄책감에 시달리고 있었다니."

카이가 클로에의 말에 울컥했다. 기억을 찾기 전 둘이 나눴던 대화 내용을 잊지 않고 있다는 게 부끄러우면서도 기뻤다.

"내가 다친 건 네 탓이 아니야. 나를 공격한 그들이 나쁜 거지."

클로에는 그동안 마음 졸였을 카이의 불안감을 종식시켜 주는 의미로 그의 이마에 가볍게 입을 맞춰 주었다.

"그동안 걱정해 줘서 고맙다."

"저도요. 이렇게 다시 얼굴을 보고 대화를 나눌 수 있게 되다니 기뻐요."

짝사랑할 자격조차 박탈당할까 봐 내심 조마조마했던 카이가 입맞춤에 감동해 기쁨을 감추지 못했다.

"수면에서 깨어나다니 지금 몸 상태는 어떤 거지?"

"혼자 움직일 정도는 돼요."

클로에가 그럼 안타깝지만 화이트 성으로 돌아가는 게 좋겠다고 했다.

"앞서 내가 한 말을 들었지?"

"아뇨. 화이트 성으로 가는 건 클로에님의 복수가 끝난 뒤에 갈래요. 저도 로렌즈처럼 클로에님을 돕고 싶어요."

클로에가 명령하기 전에 카이가 먼저 모두를 향해 어떠냐고 의견을 물었다.

"다들 그렇게 생각하죠? 내 말에 이견 없죠?"

이미 의사를 표현한 로렌즈가 카이의 말을 적극적으로 밀었다. 신시아는 침묵했지만 부정하지 않았기 때문에 도르제가 의견을 종합해 마무리를 지었다.

"클로에님, 이로써 화이트 성으로 먼저 돌아갈 멤버는 없는 듯합니다."

"그래. 돌아가라는 내 말은 먹히지 않을 것 같군."

클로에의 말에 마티어스가 너무 섭섭해 말라며 그녀를 위로했다.

"그럼 이제 저희가 해야 할 일을 알려 주십시오. 어떤 일부터 시작할까요?"

복수에 동참할 뜻을 밝힌 모두를 보며 그녀가 앞으로의 계획을 알려 주었다.

"헌터들의 은신처인 사원을 타깃으로 한다. 그리고 그 안에 있는 헌터들을 제거할 거야. 한 명도 빠짐없이 전부."

"헌터들 전부를?"

잠자코 돌아가는 상황을 지켜보던 신시아가 설마, 하는 표정으로 물었다.

"그래야 하는 이유가 있어? 한두 명이 아니잖아. 분명 벌집을 들쑤시는 꼴이 될 텐데 왜 그들을 타깃으로 한다는 거야?"

로렌즈도 그게 궁금했던 참이었다. 헌터들은 뱀파이어들의 적이긴 하나 습격의 날과 관계는 없었다. 그런데 그녀는 왜 타깃을 헌터들로 정한 걸까.

"그 벌집이 나의 적이기 때문이야."

마티어스가 한 얘기와 같았다. 그도 적을 찾기 위해 성당의 내부 상황을 알고 싶다고 했었다.

"클로에님. 적에 대한 확증이나 물증을 찾으신 겁니까?"

"습격의 날, 날 죽이려던 놈의 가면을 벗기고 그 얼굴을 내가 봤어."

"얼굴을요?"

"그래. 덕분에 수고스럽게 적을 찾아 나설 필요가 없게 됐지. 기억이 돌아와 제일 좋은 건 적의 얼굴을 내가 기억하고 있다는 거야."

적이 누군지 알고 있으니 이제 남은 일은 오직 하나. 복수뿐이라는 그녀의 목소리는 경쾌하기까지 했다.

"그 기억. 믿을 수 있는 거지?"

평소와 달리 신중한 태도를 보이는 신시아에게 이번엔 마티어스가 나섰다.

"클로에의 기억이 틀릴 리도 없지만, 틀렸다 해도 그 적을 내가 알아봤으니 상관없다."

"마티어스님이요?"

"항구의 뱀파이어와 헌터들이 싸우던 모습을 보고 알았어. 익숙할 리 없는 그 모습이 어쩐지 눈에 익어서 기억을 더듬어 보니 나와 싸웠던 놈과 완벽하게 똑같더군. 철가면으로 얼굴을 가릴 수는 있어도 몸에 밴 행동과 습관까지 감출 순 없잖아."

그럴 수가. 신시아는 심장이 두근거렸다. 헌터들을 모두 죽인다면, 그럴 수만 있다면, 자신이 저지른 과거의 죄도 함께 묻힐 수 있을 거라는 생각에서였다.

"거사 진행 일은요? 적을 알고 있다니 지체할 필요도 없는데 빨리 시작하면 좋겠어요."

카이가 의지를 드러냈다.

"일에는 순서가 있는 법이야. 우선 헌터들의 동향을 파악한다. 은신처 안에 있는 놈들의 수가 얼마인지, 세력의 규모가 어떻게 되는지 알아야 해."

클로에의 말에 마티어스가 이어서 덧붙였다.

"다행인 것은 우린 이미 놈들과 전투를 벌여서 대략적인 무기와 공격력을 안다는 거지."

마티어스는 헌터들의 무기 활용도를 설명하며 주의를 주었다.

"적들은 은으로 된 무기를 쓴다. 은탄, 은화살촉, 은으로 만든 칼. 은에 취약한 뱀파이어들에겐 최악의 무기들이야. 특히 놈들이 쓰는 화약은 주의해야 해. 폭탄이 터질 때 날리는 은가루는 호흡을 힘들게 하니까. 또한, 놈들은 우리의 변화를 막으면서 사지를 마비시키는 방법을 가지고 있어."

"변화를 막는다고요? 그런 게 가능합니까?"

"클로에는 은가루를 흡입하기 전, 이미 몸을 쓸 수 없게 돼 적들에게 속수무책으로 당했다. 아직 그 이유를 밝혀내지 못했으니 놈들과 싸울 땐 그 점을 필히 조심해야 해."

변화가 되지 않는다면 평범한 사람과 같다. 모여 있는 모두는 마티어스의 말에 날카로운 경계심을 드러냈다.

"오늘부터 우리의 적은 헌터다. 헌터를 죽이고 동시에 적의 무기 공급을 차단시켜 놈들의 공격력을 약화시킨다. 뱀파이어가 변화를 못하면 무용지물인 것처럼 놈들도 무기가 없으면 그저 싸움 좀 하는 인간일 뿐이야. 그러니 그걸 이용해 적을 점차적으로 무력화시켜 나가야 해."

우리의 적은 헌터. 그가 모두를 향해 선포했다.

"지금부터 전쟁이다."

전쟁.

무리는 두 조로 나뉘었다. 로렌즈는 중년 신사 이미지에 걸맞게 광산을 가진 신흥부자로 둔갑해 그동안 모아 놓은 은을 시중가보다 싸게 판매하며 은을 필요로 하는 구매자들에 대한 정보를 얻었다. 도르제와 카이는 그 정보를 바탕으로 구매자들을 미행해 은의 사용 용도를 파악하는데 주력했다. 클로에와 마티어스는 정보를 얻기 위해 헌터들을 찾아다녔다. 미끼는 클로에. 뒤에서 헌터를 납치하는 건 마티어스가 했다. 둘은 연약한 헌터들을 골라 정보구축에 나섰다. 하지만 의외로 조직에 대한 사명감이 강한 헌터들은 죽음 앞에서도 생각보다 쉽게 정보를 발설하지 않았다. 어떤 헌터는 그들에게 침을 뱉으며 저주를 퍼부었고, 누군가는 혀를 물고 자살을 하기도 했다. 죽음도 두려워하지 않는 기개는 당당했으나 클로에는 그들의 당당함을 조소했다.

"어차피 죽여 버리려고 했는데 힘을 덜게 해 주니 고마울 뿐. 잡혀 온 게 두려워 미리 자살할 놈들이라면 이제부터는 강단 있는 놈들을 데리고 와야겠어."

클로에와 마티어스는 좀 더 빠르게 일을 진행시켰다. 밤을 배회하는 헌터들의 수는 생각보다 많았고 다양해 의외로 역사냥이 쉬웠다.

"조직에 대해 아는 걸 전부 말해 봐."

새로 잡혀 온 두 명의 헌터들은 자신들이 어디로 납치되어 왔는지도 모른 채 그들의 질문을 받았다. 분명 여자 뱀파이어를 쫓던 중이었는데 반대로 뱀파이어에게 잡혀 있다니 황당할 뿐이었다.

의자에 묶여 있는 두 명의 헌터 중 오른쪽에 있는 헌터에게 마티어스가 물었다.

"은신처 안에 있는 헌터들의 수는 어떻게 되나? 사원 외에 또 다른 은신처가 있나?"

"너희는…… 뱀파이어?"

마티어스와 클로에. 그리고 뒤쪽에 서 있는 신시아를 본 헌터들은 뒤늦게 납치당했다는 사실을 파악하고 망연자실했다.

"헌터들이라고 모두 탁월한 건 아닌가 보군. 뱀파이어를 보고 놀라는 걸 보니."

마티어스는 헌터로서 부끄러워하라며 그들에게 핀잔을 주었다.

"우릴 왜 납치한 거냐?"

"아직 상황파악이 잘 안 되나 보군. 질문은 내가 하는 거고, 너흰 거기에 충실한 대답을 하기 위해 잡혀 온 거다. 이해가 잘 안 가면 그냥 대답이나 잘해. 내 질문은 한 번뿐이고 양질의 대답을 하지 않는다고 판단되면 즉각 죽음을 선사할 테니까."

첫 번째 헌터가 마티어스의 말을 무시한 채 의자에 묶인 채로 그를 향해 달려들었다. 그러나 용기 있는 기개는 그대로 묵살당했다. 마티어스가 달려드는 헌터를 향해 총을 쐈기 때문이다.

타앙!

"양질의 대답을 하라고 했지 달려들라고 하진 않았는데."

헌터는 의자에 묶인 채 그대로 바닥에 쓰러졌다. 배에서 피가 흘렀지만 아무도 일으켜 세워 주지 않았다.

"일반 탄환보다 두 배의 크기를 가진 은탄이로군. 총도 거기에 맞춰 변형되어 있고."

총의 주인은 방금 쓰러진 헌터의 것이었다. 마티어스는 총구멍이 난 헌터의 배를 확인했다.

"역시 은탄은 뱀파이어의 피부만 괴사시키는 모양이야. 사람은 맞아도 멀쩡해."

그가 총구를 남은 헌터를 향해 겨냥했다.

"대답할 준비는?"

"아는 걸 모두 말하겠다."

마티어스가 웃었다.

"드디어 기다리던 답변이 여기서 터지는군. 뭘 알고 있나?"

"뭘 알고 싶지?"

"런던에 있는 은신처는 사원 하나뿐인가? 다른 곳은?"

"다른 곳은 모른다. 있다 해도 내가 속해 있는 상부조직만을 알 뿐이다."

헌터는 말을 하면서 마티어스 뒤에 서 있는 클로에를 힐끔 쳐다보았다.

"너희 배후에 교황청이 있다는 걸 알고 있다. 헌터가 존재하는 이유가 뭐냐?"

"우린 뱀파이어를 죽이기 위해 존재한다. 궁극적인 목적은 너희의 괴멸이다."

괴멸을 강조하는 헌터가 다시금 클로에를 힐끔거렸다. 뒤쪽에 떨어져 상황을 지켜보던 클로에가 그 눈빛을 놓치지 않았다.

"왜 날 보는 거냐?"

"여자 뱀파이어라니 낯설어서."

헌터는 기다렸다는 듯 그녀의 말에 서슴없이 대꾸했다.

"처음 보는 것도 아닐 텐데."

"처음 본 건 아니지만 직접 본 건 손에 꼽혀."

"여자 뱀파이어가 흔하진 않지. 그래서 날 보는 거냐?"

"아니. 우리가 찾던 게 네가 아닐까 싶어서 보는 거다."

클로에와 마티어스의 눈이 동시에 매서워졌다.

"너희가 찾는 것? 그게 뭔데?"

"정말 사람답군. 사람보다 더 사람다운 뱀파이어라니 놀라워. 이런 널 보고 혼동이 와서 우물거리다가 내가 잡힌 모양이로군."

스스로 한심해하는 헌터의 말을 무시하며 그녀가 스윽 가까이 다가왔다.

"앞의 질문에 대한 대답을 듣겠다. 너희가 찾고 있는 게 뭔지 말해."

"가까이서 보니 더욱 놀라워. 누가 너희를 사람이 아니라고 생각할까?"

그녀가 헌터의 턱을 우악스럽게 움켜잡고 자신을 보게 했다.

"감탄은 집어치우고 대답이나 해. 찾고 있는 게 뭐냐?"

말장난 그만하고 대답하라는 경고에 헌터가 입을 열었다.

"우리가 찾는 건 여왕이다. 우린 오리지널의 피를 이어받은 여자 뱀파이어를 찾고 있어."

"좀 더 자세히 설명해 봐."

"우린 뱀파이어들을 죽이는 게 목적이지만 특히 여자 뱀파이어를 사냥하는 일에 더 많은 시간을 투자해. 그 이유는……."

"그 이유는?"

헌터가 웃었다.

"그 이유는 내가 아닌 다른 누구를 데리고 와도 절대 들을 수 없을 거다!"

헌터가 그녀에게 달려들었다. 묶인 팔을 풀기 위해 시간을 끌며 클로에가 가까이 오기만을 기다리던 그는 기회를 놓치지 않고 그녀의 심장을 향해 손을 뻗었다.

"뱀파이어는 모두 죽인다! 특히 여자는 더!"

고문도 하지 않았고 회유나 조건을 걸지 않는데 지금껏 순순히 말을 한 헌터가 약해 빠진 심성의 소유자라 치부했다. 그런데 지금 보니 공격할 기회를 찾고 있던 모양이었다. 그러나 어느 정도 예상하고 있던 클로에는 순간적인 공격에도 놀라지 않고 빠르게 몸을 피하며 헌터의 팔을 낚아챘다.

"이깟 독침에 내가 죽을 거라 생각하는 거냐?"

"그냥 독이 아니다! 너희에게 치명적인 독이지! 이건 너희 몸을 마비시키고 내장을 태울 수 있는 거다!"

"내장을 태워?"

클로에는 뒤통수를 두들겨 맞은 것처럼 눈을 크게 떴다.

"설마 6개월 전 내게 일어났던 증상들이 독 때문이란 말인가?"

"6개월 전?"

"그래. 6개월 전에 난 헌터들의 불시의 공격을 당한 뒤 너덜너덜해진 채 죽어 갔었다. 철가면을 쓴 네놈들에게 말이야. 그때 난 이유 없이 몸에 마비가 왔었지. 변화도 못한 채 피를 토했는데 그게 독 때문이라니!"

"설마, 너! 8조가 놓친 뱀파이어?"

"8조? 그게 뭐지?"

"그건……!"

말을 하던 헌터가 갑자기 몸을 부르르 떨더니 앞으로 힘없이 쓰러졌다. 멀찍이 떨어져 상황을 지켜보던 신시아가 갑자기 헌터의 등을 공격해 죽여 버린 것이다. 정말 순간적이었다.

"신시아! 무슨 짓이야?"

"이놈은 믿음이 안 가. 자꾸 이상한 소리를 하면서 우릴 혼란스럽게 해. 헌터는 많으니까 다른 놈을 데리고 와서 고문하는 게 낫겠어."

아직 들어야 할 얘기가 많았다. 무기도 없이 달려든 헌터의 공격을 피하지 못할 클로에도 아니다.

"그런데 이렇게 죽여 버리다니! 왜 시키지도 않는 짓을 해?"

한참 중요한 시점에서 경솔하게 군 신시아를 본 클로에는 진심으로 화를 냈다.

"난 널 공격한 놈을 없앤 것뿐이야. 이게 그렇게 화낼 일이야?"

틀린 말은 아니지만 옳은 말도 아니었다. 일을 진행하는 데 있어 주도권은 신시아에게 없다. 그런데 지금 신시아는 경솔하게 월권을 한 것이나 다름없었다. 클로에는 신시아에게 서슬 퍼런 경고를 날렸다.

"넌 이번 일에서 빠져. 아예 돕지 않아도 좋으니까 일이 끝날 때까지 얌전히 있어 주면 좋겠다. 갈 곳이 없으면 화이트 성으로 먼저 가있어. 무슨 말인지 알겠지? 한번만 더 제멋대로 굴었다가는 모른 척 놔두지 않을 테니 명심하란 소리야."

마티어스는 흥분하는 클로에를 진정시켰다. 도우려고 했는데 그 의미가 왜곡된 것이 억울한 신시아는 불쾌감을 감추지 않으며 몇 마디 더 변명을 늘어놓았지만 결국 곱지 않은 클로에의 시선을 끝까지 이기지 못하고 스스로 자리를 피해 사라졌다. 클로에는 사라지는 신시아를 대놓고 질책했다.

"경솔한 것 같으니. 나설 때와 나서지 말아야 할 때를 구분도 못 하다니."

돌아가는 상황을 뻔히 보고 있으면서 평소처럼 행동한 신시아는 욕을 먹어도 마땅했다. 클로에는 죽은 헌터를 쳐다보았다. 바라보는 눈빛만으로도 아까운 마음이 묻어났다.

"8조가 놓친 뱀파이어. 그건 나를 말하는 걸까?"

클로에가 죽은 헌터의 손에 쥐어 있는 독침을 주우려 했다. 마티어스가 그녀의 손을 얼른 잡아 멈췄다.

"급한 마음에 아무거나 만지는 실수는 하지 말아야 해."

그가 주의를 주며 주머니에서 손수건을 꺼내 독침을 주워 올렸다.

"납치했을 때 꼼꼼히 몸수색을 했는데도 불구하고 이런 걸 잘도 숨기고 있었군. 생각보다 헌터들은 사명감이 높은 듯해."

마티어스의 말에 그녀도 동감했다. 헌터들은 뱀파이어에게 증오 이상의 감정을 가지고 있는 듯 보였다. 클로에는 마티어스가 들고 있는 독침을 예리하게 관찰했다.

"이 작은 독침하나가 치명적이란 말이지? 헌터의 말대로라면 나는 그날 독에 중독됐던 모양인데 이런 독침에 쏘인 적은 없었어."

독침에 쏘였다면 아픔을 느꼈을 것이다. 그날의 기억을 수십 번 떠올려도 그런 일은 없었다.

"은은 독이 묻으면 색이 변해. 그런데 이건 신기하게도 그대로야."

"피렌체의 기술일거야. 그곳이 아니고서야 이런 독을 만들어 낼 자들은 없어."

피렌체는 과거부터 향료 상인들이 많았다. 향료를 제조하고 수입하던 그들로 인해 독약을 만드는 기술도 자연스럽게 발전했는데 희귀하고 기상천외한 그 기술은 적을 죽이기에 적당해 프랑스 궁정을 비롯해 유럽 상류층으로 급속도로 퍼져 나갔다. 그들의 대표적인 기술은 장갑이나 편지에 독이 스며들게 해 악수를 하거나 편지를 만지는 걸로도 상대를 죽이는 방법과 무색무취의 향료를 이용해 사람의 신체를 망가트리는 법 등, 종류와 기술이 다양했다. 듣기론, 워낙 비밀스러운 기술이라 그 제조기술을 아는 사람은 몇 명의 상인들뿐이라고 했다.

"무색무취의 독이라."

놓치고 있던 무언가가 떠오르는 듯했다. 그건 생사를 오가며 정신 없던 기억이 차분히 자리를 잡으면서 생각난 한 가지 의심이었다.

평소와 같이 병원을 향해 걸어가던 도르제가 갑자기 걸음을 멈췄다. 밤공기가 어제와 달랐다. 기민한 그의 감각이 묘하게 기분 나쁜 기운을 느끼고 자기도 모르게 뒤를 한번 돌아보았다. 긴장한 탓인가. 분명 등 뒤에 뒤따라오는 묘한 기운을 느꼈는데 눈에 보이는 게 아무것도 없었다.

도르제는 평소처럼 병원 지하실로 내려가 나무 책장을 밀어냈다. 그리고 벽 뒤에 숨겨 둔 금고 안에서 은괴를 꺼내 상자에 하나씩 담았다.

"은괴를 그런 곳에 숨겨 두다니 여기 금고는 어떤 도둑이 들어도 안전하겠어."

언제 와 있었는지 클로에가 어둠 속에서 모습을 드러내며 말했다. 그녀가 와 있을 거라고 생각 못 한 도르제는 길에서의 낯선 기운이 그녀였나 싶어 제법 안도했다.

"오신 걸 몰랐습니다."

"너의 감각이 무뎌진 건 아니니 염려 마. 미행이 있을까 봐 숨어 있었던 거니까."

"미행이요?"

그녀의 말에 도르제가 곧장 밖을 주시했다. 다양한 의료 기구들을 구경하던 클로에가 그런 의미가 아니었다며 경계하지 않아도 된다고 했다. 도르제는 그녀가 무슨 말을 하는 건지 제대로 이해하지 못했다.

"무슨 일이 있으신 겁니까?"

"없길 바라지만 혹시 몰라서 알아보려는 참이야."

"그게 무슨 말씀이십니까?"

뭔가 심상치 않았다.

"내가 사라진 후 있었던 일들에 대해 설명을 듣고 싶어. 다친 마티어스를 구한 뒤 어떤 일들이 있었지?"

도르제는 그녀가 왜 지금에 와서 그걸 묻는지 궁금했지만 숨길 것이 없어 순순히 그동안의 일을 설명했다.

"마티어스님을 모시고 숲을 빠져나와 무작정 도망쳤습니다. 기억하시겠지만 폭우가 상당한 날씨였죠. 시야 확보가 어려운 건 헌터나 우리나 피차 마찬가지였기 때문에 운 좋게 길가에 놓인 마차를 타고 무작정 이곳 병원으로 도망쳤습니다."

병원은 피공급이 원활해 그를 치료하는데 용이하고 다양한 환자들이 오고 가는 터라 뱀파이어의 기척과 냄새를 감추는 데도 좋은 곳이었다.

"일주일이 넘는 시간 동안 아무에게도 연락하지 않았습니다. 밖으로 나가지도 않았죠. 잘못하다간 적들에게 발각될 수 있으니까요. 후작에게 연락한 건 그 뒤였고 소식을 듣고 로렌즈가 카이와 함께 이곳으로 왔습니다."

어린 카이는 클로에의 실종 소식에 넋을 잃은 채 망연자실했고 로렌즈는 엉망진창인 마티어스를 살리기 위해 고군분투했다.

"신시아는?"

"당시에 신시아는 없었습니다."

"화이트 성으로 돌아간 건가?"

"아뇨. 소식을 알 수 없었어요. 연락이 되지 않았습니다. 대략 두 달 후에 홀연히 나타나 다친 마티어스님을 간호하기 시작했던 걸로 기억합니다."

"두 달씩이나 연락이 안 됐다고?"

"네. 당시에 몸이 좋지 않다고 했어요. 속이 안 좋다며 종종 구토를 하기도 했죠. 하지만 상황이 위급하다보니 모두 그녀를 크게 신경 쓰지 못했습니다."

"화이트 성으로 출발하려던 날에도 몸이 좋아 보이지 않았는데."

혼잣말을 하는 클로에에게 도르제는 혹시 두 사람 사이에 오해가 생겼나 싶어 한마디를 덧붙였다.

"클로에님. 신시아는 마티어스님의 회복을 위해 정말 많은 노력을 했습니다. 그분이 다시 회생하신 건 신시아의 노력과 희생이 없이는 불가능한 일이었어요."

도르제의 말에 클로에는 알고 있다고 말했다.

"신시아가 마티어스를 얼마나 사랑하는지 우리 모두 잘 알지. 나 또한 너무나도 잘 알고. 그리고 내 적은 곧 마티어스의 적이라는 것도 신시아는 알아. 그런데 참 이상하지? 그런 신시아가 평소와 달리 굉장히 소극적으로 행동하고 있어. 평소라면 마티어스를 공격한 적을 찾아 나섰을 그녀가 이상하게 방관을 해. 방관하고 몸을 사려."

클로에는 믿음과 의심 사이에서 고민스럽다고 했다.

"이유가 약하지? 알고 있어. 공감할 수 없는 의심이라는 걸."

클로에는 스스로 질문하고 스스로 대답했다. 이런 상황에서 동료를 의심하는 자신이 못나 보인다고도 했다.

"오늘 헌터 한 명을 잡았는데 독침을 가지고 있었다. 무색무취로 뱀파이어의 몸을 마비시키고 태우는 치명적인 독이라더군. 어떤 성분의 독인지는 모르지만 독침 하나를 믿고 공격하는 걸 보니 헌터들은 독에 대해 자부심을 가지고 있는 듯 보였어. 그래서 곰곰이 생각해 봤지. 이런 무색무취의 독이라면 혹시 내가 모르고 먹을 수도 있지 않을까 하는 생각."

그녀는 이곳으로 오기 전 따뜻한 차를 한 잔 마시고 왔다고 했다. 습격의 날, 마차에서 내려 차를 마셨던 그곳에서.

"그날 난 특별히 먹은 게 없었어. 후작 집을 떠나기 전 신시아가 마티어스에게 준 차를 대신 마신 것 외엔."

"설마."

"찻집의 홍차를 마신 지 한 시간이 지났어. 내 몸은 여전히 괜찮아. 이건 뭘 의미하는 걸까?"

도르제는 신시아의 배신을 직감한 듯 진심으로 놀라워했다.

"오늘 어떤 헌터가 말하길, 헌터들은 여자 뱀파이어를 죽이는 데 더 큰 의미를 둔다고 하더군. 이유는 모르지만 그래서 나도 놈들의 포위망에 포착된 모양이야. 그런데 묘하게도 신시아의 차를 마신 날 나는 습격을 당했어. 이것 또한 단순한 우연일까? 그렇게 봐야 할까?"

클로에는 신시아의 행적이 미심쩍다고 말했다. 사라졌던 두 달이 뭘 의미하는지도 알고 싶다고 했다.

"신시아를 찾아 미행하도록 해. 어디서 뭘 하는지 지켜봐."

"신시아는 마티어스님도 죽이려 했던 걸까요?"

"그는 나와 달리 독에 노출되지 않았어."

도르제는 무슨 말인지 알겠다며 명령을 시행하겠다고 했다.

"배신한 증거가 확보되면 어떻게 할까요?"

"들어야 할 얘기가 많으니 데리고 와. 아마 반항이 심할 거야. 다쳐도 상관없으니 나와 대면했을 때 말은 할 수 있게 해."

"알겠습니다."

"로렌즈가 모르게 진행했으면 좋겠다. 무슨 의미인지 알지?"

도르제는 꾸벅 고개를 끄덕였다. 클로에는 도르제가 챙기다 만 은괴를 상자에 직접 담아 들더니 인사도 없이 그대로 병원에서 사라졌다.

로렌즈가 좋은 소식을 전서구로 보냈다. 은을 구매한 사람들 중 수상한 자를 발견했다는 내용이었다. 일이 빠르게 진행되고 있었다. 클로에는 마티어스와 함께 전서구에 적힌 지역으로 이동했다.

로렌즈는 그동안 다량의 은을 구매하는 사람들을 중심으로 미행을 해 왔다. 그들이 구매한 은이 어디에 사용되는지, 어떤 용도로 이용되는지 알아내는 데 주력했고 그 결과 의심되는 사람 몇 명을 추려 냈다.

"은화는 일상에서 많이 사용되고 금화는 고액을 결제하는 데 사용되죠. 그 말은 무역업자들은 실용성 있는 은화를 선호하고 귀족들은 재산축적을 위해 금화를 선호한다는 말입니다. 그럼 순도 높은 양질의 은괴만을 다량으로 사는 사람들은 뭘까요?"

로렌즈는 그런 자들을 주시했다고 했다. 일을 진행해 나가는 건 큰 어려움이 없었다. 이미 몇 달 전부터 마티어스가 상인들 사이에 적절한 소문을 내놓은 터라 로렌즈는 신흥갑부의 흉내만 잘 내면 됐다. 비싼 미끼를 풀어놓은 만큼 주 고객들도 갑부들로 한정되어 있어 불편한 일은 생기지 않았다.

구매자들은 제품이 진짜인지만 확인할 뿐, 출처는 묻지도 따지지도 않았다. 어차피 시중가보다 싸게 살 수 있다는 장점을 가지고 있으니 나머지는 상관없다는 주의였다. 조폐국의 은화가 아닌 가공되지 않은 은괴를 찾는 건 사용처가 떳떳하지 않다는 뜻이다. 그래서 그들은 거래가 끝나면 소리 소문 없이 사라졌다. 그만큼 신중했고 철두철미한 존재들이었다. 얼마나 조심히 일을 진행하는지 자칫 눈속임에 놓칠 뻔하기도 했다. 그래도 끈질긴 추적은 소득을 안겨 주었다. 은괴를 사 간 이상 어디로든 가져가야 되니 그도 놓칠 리 없었다.

"여깁니다."

로렌즈는 두 사람을 외곽에서 멀리 떨어진 곳으로 안내했다. 로렌즈는 이곳이 광산이라고 말했다.

"오래전 은이 나오던 곳입니다. 지금은 더 이상 광물이 나오지 않아 폐광됐지만 대신 대장간으로 사용되고 있죠."

"대장간?"

평범한 광산이 대장간이라니 무슨 말인지 알아듣기 어려웠다. 로렌즈가 두 사람을 대장간이라고 말한 곳으로 데리고 갔다.

바닥을 크고 둥글게 파 놓은 곳이었다. 마치 그릇처럼 움푹하게 만들어 놓은 모양이랄까. 크기는 연못 정도로 그곳에 목재로 된 커다란 창고가 자리 잡고 있었다. 땅굴이 여기저기 파여 있는 광산에 이런 게 자리해 있다니 클로에와 마티어스는 꽤 의아해했다.

그들을 기다리고 있던 카이가 지붕 위에서 손짓했다. 셋은 가뿐히 지붕 위로 올라가 내부를 볼 수 있게끔 뚫어 놓은 구멍을 통해 안을 살폈다.

수십 명의 대장장이들이 금속을 달구고 두드려 연장과 기구를 만드느라 바쁘게 움직이고 있었다. 불에 녹아 하얀 빛을 내뿜는 금속은 모두 은이었고 만들어지고 있는 무기들은 은탄과 은화살촉 같은 것들이었다.

"이곳을 왜 대장간이라고 부르는지 이제야 알겠군. 은괴를 산 사람은 누구지?"

"이곳 관리자입니다. 가명을 쓰고 가짜 신분을 사용합니다. 하지만 말 그대로 그는 대장간과 대장장이들을 관리하는 자일 뿐, 그 또한 지시에 따라 일을 하는 사람일 것 같습니다."

"실세는 베일에 싸여 있다 이거군. 구매한 은은 어디에 있지?"

구멍을 통해 안을 예리하게 살피던 클로에가 묻자 카이가 대장간을 가리켜 보였다.

"대장간 지하에 굴이 있어요. 그곳이 은을 보관하는 장소이자 무기를 보관하는 곳이에요."

클로에가 주변을 휘둘러보았다. 주변은 광산이라는 특징 때문에 아무것도 없었다. 듬성듬성 위치한 주택들이 있긴 했으나 불빛이 없는 걸 보니 대부분 비어 있는 폐가인 모양이었다. 시끄러운 소음을 피해 떠난 건지 아니면 일부러 이런 곳에 대장간을 만든 건지 알 수는 없지만 주변에 인적이 없다는 건 클로에로서는 좋은 일이었다.

"만들어진 무기를 가지러 온 자들이 있었어?"

"아뇨. 아직이요."

"무기가 만들어지면 그걸 가지러 오는 자들이 있을 거야. 우린 그 전에 이곳을 접수하고 굴 속의 은을 다른 곳으로 빼돌려야 해. 오늘 안에 그 일이 가능할까?"

클로에의 물음에 로렌즈는 대장간을 접수하는 건 어렵지 않지만 굴 속의 은을 옮기는 건 하루 안에 불가능하다고 말했다. 아직 굴 안을 살펴보지 못한 게 이유였고 그 안에 보관되어 있는 은의 양이 얼만지도 가늠할 수 없다는 게 이유였다.

"무게도 상당하니까요."

그런 까닭으로 대장간 접수부터 시작하기로 했다.

"무기 창고를 확보했으니 내일 바로 사원을 습격하겠다. 그전에 내가 직접 사전 탐색을 갔다 올 거야. 결과와 정보는 전서구를 통해 따로 보낼 테니 그동안 두 사람은 이곳을 깨끗하게 정리해 놓도록 해. 가능하지?"

"물론입니다."

클로에는 앞으로의 계획에 대해 설명을 한 뒤 대장간을 로렌즈와 카이에게 맡겼다.

"클로에님. 일손이 부족한데 신시아를 불러 올까요? 특별히 할 줄 아는 건 없겠지만 사람들을 처리하는 데는 도움을 줄 텐데요."

로렌즈가 묻자 클로에는 단호하게 고개를 저었다.

"신시아는 이번 일에서 빠질 거야. 도르제도 다른 임무로 바쁘니 지원이 불가능해."

"도르제도요?"

"그럴 이유가 있어. 이유는 나중에 설명하겠다. 그럼."

클로에는 마티어스와 함께 사원으로 갔다. 사라지는 두 사람을 보는 로렌즈에게 카이가 빠른 처리를 위한 의견을 물었다.

"로렌즈. 대장장이들을 어떻게 처리하는 게 좋을까? 저 사람들은 단순한 노동자니 죽일 필요까진 없는데. 아니면 앞으로 힘을 비축해야 하니 체력 보충에 쓸까? 어떻게 하는 게 좋겠어? 좋은 의견이 있어?"

로렌즈는 카이의 말을 귀담아듣지 못한 채 클로에가 사라진 곳에서 시선을 떼지 못했다. 임무 지원을 위해 오지 못한다는 신시아와 도르제. 둘은 평소 전혀 어울리지 않는 터라 친하지도 않다. 무기공급소를 찾은 이 상황에서 여기보다 더 빨리 처리해야 하는 일이 없다는 걸 아는 그의 눈동자가 착잡해졌다. 아무래도 우려했던 일이 시작되고 있는 것 같았다.

클로에는 사원으로 가기 전 장례식 상복을 갖춰 입고 베일이 달린 검은색 모자를 머리에 썼다. 호기심 어린 눈으로 지켜보던 마티어스가 도통 감이 안 잡히는지 궁금증을 참지 못하고 계획을 물었다.

"반짝 떠오른 아이디어가 있어. 운이 좋다면 성공할 테고 실패해도 손해 볼 건 없다고 생각해."

"엄숙한 사원에 상복을 입고 가다니 너무 고약한데. 장례미사라도 참석해?"

"오늘 콘셉트는 남편을 떠나보낸 미망인이야."

"내가 죽었어?"

"당신은 내일 관에 들어가 죽은 척도 해야 해."

"관 속에까지?"

대체 무슨 계획을 세우고 있는 거냐는 그를 향해 클로에는 자신의 상복이 제대로 갖춰졌는지 물었다. 그가 전신을 쭉 훑더니 다소 삐뚤어진 어깨선을 고쳐 주었다.

"반칙이야. 상복도 너무 잘 어울려."

그가 베일을 들어 올리고 그녀의 입에 짧게 입을 맞췄다.

"이대로 가도 되는 거야? 만약 헌터들이 널 알아보면?"

적진에 직접 가겠다는 그녀가 걱정되는지 그는 신중하길 원했다.

"알아본들 어쩌겠어? 이제 나는 아벨라 모리스가 아닌데. 하지만 알아봐 준다면 고맙지. 사실 그걸 바라고 가는 거니까."

클로에는 지체하면 안 된다며 은괴가 든 상자를 들고 그와 함께 사원으로 이동했다. 마차에서 내린 건 그녀뿐, 마티어스는 밖에서 기다리라는 명령을 받았다.

"뱀파이어의 기운이 넘치는 당신은 적들의 눈에 바로 걸려."

"그럼 넌?"

"그래서 베일을 썼잖아. 눈속임을 위해."

그녀가 모자 위에 달린 검은색 망사를 턱 아래까지 내렸다. 단지 베일 하나로 서늘한 기운을 가릴 수는 없지만 화이트 성에 사는 뱀파이어들이 지금껏 존재를 들키지 않고 살 수 있었던 건 사람보다 더 사람다운 모습을 가졌다는데 있다. 마티어스가 베일을 더 아래로 잡아당겨 주었다.

"수도사들이 파직되지 않게 아름다운 얼굴 잘 감춰."

클로에는 준비해 온 상자를 직접 들고 자연스럽게 사원 입구에 발을 들였다. 사원 안에서는 매일 예배가 열린다. 런던에 살고 있다면 누구든 그 예배에 참석할 수 있다. 하지만 그건 겉으로 드러난 표면적인 사실일 뿐, 실상 서민들은 사원의 예배에 참석할 수 없었다.

이곳은 과거부터 지금까지 영국 왕실의 행사와 예배를 도맡아 하던 곳이다. 근엄과 명예가 가득한 이곳에 하류층이 함부로 오고 가는 것을 귀족들은 원하지 않았다. 실제로 귀족들은 예배를 볼 때도 신분에 차등을 두어 그들이 예배를 보는 시간엔 서민들의 성당 출입을 금지시켰고 나중엔 서민들만 가는 전문 성당을 따로 만들어 자신들과 어울리지 못하게 했다.

클로에가 사원에 도착했을 때는 예배가 끝나 한가한 시간이었다. 그녀는 입구에 설치되어 있는 안내소에서 신분을 밝힌 뒤 방명록에 이름을 적고 본당으로 들어가는 절차를 밟았다. 내부엔 왕족의 무덤이 있는 만큼 엄격한 신분확인이 이뤄진 뒤 출입이 허락되기 때문에 누구든 이 절차를 밟아야 했다. 예외는 없었다. 성당 안은 외부인이 들어갈 수 있는 곳과 그렇지 않은 곳도 정해져 있어 필히 안내원의 안내하에 입장해야 했다.

클로에의 담당자는 친절하게 그녀를 본당까지 안내해 주었다. 외모와 옷차림 때문이 아니다. 왕실의 엄격한 관리와 통제를 받는 이곳에선 그런 얕은 수법은 통용되지 않는다. 클로에는 기부를 했다. 안내원의 양쪽 주머니가 늘어질 만큼 다량의 은괴를 안내자에게 수고비로 건네주었다.

안내원은 예의바르며 정중한 태도로 그녀를 본당 내부로 안내했다. 외부의 장엄함만큼 사원의 내부는 더 크고 웅장했으며 압도적인 화려함을 내뿜고 있었다. 스테인드글라스를 통해 들어오는 채광이 은은하게 내부를 비춰서인지, 아니면 오랜 역사를 가진 사원의 좋은 기운 때문인지 분위기가 몹시 엄숙한 곳이었다. 다른 성당이나 사원들과 특별히 다른 점은 없었다. 규모의 차이일 뿐 예배당 안에는 홀로 기도하는 사람들도 있었고 삼삼오오 모여 작은 목소리로 이야기하는 사람들도 보였다.

'이 평화로움 뒤에 헌터들이 은신하고 있다는 건가.'

카울(cowl)을 입은 수도사들이 간혹 보이긴 했지만 어디에도 헌터의 기운을 가진 사람들은 보이지 않았다.

'어디에 숨어 있는 걸까. 이 넓고 광활한 사원 안에 어디서 은빛 칼을 갈며 쉬고 있는가.'

예리한 눈빛이 검은색 베일 안에서 움직일 때 안내원이 넉넉한 주머니 사정만큼 윤기 있는 목소리로 입을 열었다.

"아까 말씀드렸다시피 사원의 고해소는 예약제입니다. 오늘 이렇게 기회를 잡은 건 운이 좋으신 겁니다."

"알고 있어요. 이곳 사원은 영국의 역사와 함께한 곳이라 조건을 따지지 않고 신도들에게 문을 열어 줄 거라고 생각했어요. 그 생각이 틀리지 않았다니 다행입니다."

명예가 없는 자들은 죄를 고백하기도 쉽지 않은 세상이다. 클로에는 들고 있는 상자에서 은괴 하나를 더 꺼내 안내인에게 건넸다.

"친한 신부님을 추천해서 고해소로 보내 주세요. 나의 고해성사를 잘 받아 주실 수 있는 분이어야 합니다. 긴 설명하지 않아도 내 말 뜻을 이해하죠?"

물질에 쉽게 현혹될 수 있는 사람이어야 한다는 말을 안내원은 단박에 알아들었다.

"무, 물론입니다."

"이름이?"

"콘라드. 콘라드입니다."

"콘라드. 내 뜻이 잘 전달될 거라 믿어요."

그녀는 예배당 뒤편에 마련된 고해소로 들어갔다. 딱딱한 나무 의자에 기다리기를 몇 분, 나무 칸막이로 가려진 반대편에 누군가가 앉으며 인기척을 냈다. 목소리 외엔 서로의 얼굴을 볼 수 없는 형태인 고해소 안에 잠시 침묵이 흘렀다.

"콘라드가 참 친절하더군요, 신부님."

"모두 그렇게 말합니다. 콘라드는 안내소에서 일한 지 제일 오래된 사람이죠."

둘은 마치 오래된 안면이 있는 사람들처럼 낮은 웃음을 흘렸다. 서로의 이득을 위해 함께했다는 것만으로도 동지애가 생긴 것이다.

"신부님. 지금부터 제가 하는 이야기는 모두 비밀로 유지해 주셔야 합니다."

"모든 고해는 신께 고하는 것입니다. 비밀은 그분만이 아시죠. 전 사제로서 그 이야기를 전달할 뿐입니다."

온화한 성품을 느끼게 하는 목소리는 중후하고 깨끗했지만 이 자리에 참석했다는 것만으로도 이미 그렇지 않다는 걸 증명했다.

"무엇이 신도님을 고뇌하게 만드는지 말씀해 보세요."

클로에는 신부의 말에 맞춰 이야기를 시작했다.

"죽음의 문턱에서 살아난 게 몇 달 전입니다. 전 남편과 런던을 여행 중이었죠. 어느 날, 인적이 드문 길에서 강도를 만났어요. 남편은 그 자리에서 죽었고 저는 절벽으로 떨어진 뒤 간신히 살아남았습니다. 눈을 떴을 때 전 모든 기억을 잃은 상태였어요. 이름도 모르는 바보가 되어 있었죠."

"오, 신이시여. 그런 일이."

"전 기억을 잃은 채로 부랑자가 되어 노숙을 하기도 했고 남의 집 하녀로 살기도 했습니다. 저를 기억해 주는 남편이 없었기 때문에 세상으로부터 버림받은 채 그렇게 지냈죠. 그리고 기억이 다시 돌아왔을 때 남편이 죽은 걸 알았어요. 오늘 범죄가 일어났던 곳을 찾아가서 남편의 시신을 수습했어요. 그는 지금까지 무방비하게 그곳에 방치되어 있더군요."

클로에는 얼굴을 가린 검은색 베일 밖으로 비통함을 토해 냈다. 칸막이 너머 측은함이 느껴졌다.

"강도는 잡았습니까?"

"아뇨. 하지만 제가 그자의 얼굴을 봤으니 범인은 곧 잡힐 겁니다."

"죄를 진 자가 평생 숨어 살 수는 없죠. 그게 세상의 순리입니다. 제가 뭘 도와 드리면 될까요?"

신부는 적극적으로 클로에의 아픈 사연에 지지를 보냈다. 클로에는 그의 지지에 맞춰 지체 없이 본론을 꺼냈다.

"남편은 자산가예요. 죽기 전 몇 개의 광산을 매입했고 그중 하나는 좋은 자원이 묻혀 있는 걸로 확인이 됐어요. 은이 매장되어 있다고 하더군요. 전 남편의 안식을 위해 그중 하나를 이곳에 기부하고 싶습니다."

"광산을 말입니까? 그것도 은이 매장되어 있는 광산을요?"

신부는 동요했다. 클로에는 대답 대신 가지고 온 상자를 열어 탁자 위에 놓았다. 자신이 거짓말을 하는 게 아니라는 걸 증명하기 위해서였다.

"불쌍한 내 남편을 위해 이곳에서 장례미사를 치를 수 있게 해 주세요. 그럼 방금 말한 대로 광산을 성당에 기부하겠습니다. 또한, 신부님이 은퇴한 후 사용할 개인 거주지도 함께 제공할게요. 호수와 동산이 있는 안락한 지역은 어떠십니까? 그곳에서 여생을 보낼 수 있게 지원하도록 하겠습니다."

은근한 제의에 나무칸막이 너머의 숨소리가 흐트러진 걸 느낄 수 있었다. 저명한 고위층과 왕족을 위한 이곳에서 일반인의 장례는 가능하지 않다. 단, 기부라면 조금 얘기가 달라지지 않을까. 클로에는 대답을 기다렸다. 허락이 되지 않는다면 후작의 이름을 거론하면 되겠지만 그 인맥은 사용하지 않는 게 좋았다. 이미 더스틴의 추적을 한 번 받은 터라 후작은 꽤 오랜 기간 조심해야 할 필요가 있었다.

"본당에서의 장례는 불가능합니다. 절차도 복잡하고 허락이 나지 않을 가능성이 많아요."

거절인가. 좋은 유혹이라고 생각했는데 아쉽다. 클로에는 더 보기 좋은 떡을 가지고 올 걸 후회했다.

"하지만 꼭 본당이 아니어도 된다면 다른 곳에서 짧은 장례미사는 가능한데 어떠십니까?"

"그곳이 어디든 사원의 축복이 자리한 곳이면 아무 상관없어요."

클로에는 입가에 번지는 미소를 애써 숨기며 장례가 사원 안에서만 치러진다면 뭐든 좋다고 했다.

"가족들만 참석하는 소규모의 장례가 될 거예요. 장례는 아주 짧게 진행하겠습니다. 다른 사람들의 이목이 있으니까요."

클로에는 신부와 기부에 대한 이야기를 심도 있게 나눴다. 충분한 설명으로 그의 믿음을 확고히 받아 냈다. 이야기를 마친 그녀가 사원을 나가기 전 기도를 하고 갈 수 있냐고 물었다. 신부는 흔쾌히 허락했고 클로에는 화답하듯 고해소 안에 은상자를 그대로 놓고 나오는 걸로 일을 마무리 지었다. 콘라드가 그녀를 출입구로 안내하기 위해 기다리고 있었지만 뒤따라 나온 신부의 손짓에 그대로 물러났다.

"내일 오전에 콘라드가 출입구에서 대기하고 있을 겁니다. 윗선에 말을 해 놓을 테니 편하게 오세요. 광산 인도는 장례가 끝난 뒤 천천히 진행하는 걸로 얘기해 놓겠습니다."

클로에는 신부의 배웅 속에서 사원을 느긋하게 둘러보았다. 수도사들이 거주하는 건물은 출입이 통제되어 있었다. 그녀는 통제된 건물 앞의 정원에 멈춰 섰다. 그곳은 회랑에 둘러싸여 있었다. 회랑은 지붕이 있는 복도를 의미하는데 중요한 구역이나 신성한 지역을 보호하기 위해 설치한 하나의 담과 같다. 정원 너머 건물을 가리기 위해 설치된 회랑은 안뜰을 가운데 두고 길게 이어져 있었다.

"저곳인가."

본당에서 봤던 수도사들이 이곳에 좀 더 많았다. 석상처럼 오롯이 서서 수도사들의 거처를 바라보는 그녀를 지나가던 그들이 힐끗거렸다. 검은색 드레스를 입은 그녀는 누가 보아도 장례식에 참석한 모습이라 특별한 건 없었지만 그녀가 보고 있는 곳이 회랑 쪽이라 신경 쓰이는 모양이었다.

"누굴 찾으십니까?"

외부인이 들어올 수 없는 구역 앞에 오랫동안 말없이 서 있는 그녀에게 결국 수도사가 걸어와 말을 걸었다.

"찾는 사람이 아직 이곳에 있는지 모르겠습니다."

"이름을 안다면 말씀해 보세요."

수도사의 말에 클로에는 고개를 저었다.

"한 명이 아니라 누굴 말해야 할지."

그녀는 잠시 구경하고 있는 것뿐이라며 자신을 신경 쓰지 않아도 된다고 말했다. 수도사가 가고 클로에는 얼굴을 가리고 있는 검은 베일을 들어 하늘을 찌를 듯한 첨탑을 올려보았다. 웅장한 조각상들이 그녀를 높은 곳에서 내려 보고 있었다. 무엇을 위해 이곳에 왔는지 백 개의 눈들이 묻는 듯했다.

"아벨라? 아벨라양 맞죠?"

느닷없이 들린 목소리에 클로에가 베일을 가만히 내렸다. 이 목소리의 주인공이 누군지 알 것 같았다. 네이트가 회랑의 담을 훌쩍 뛰어넘더니 안뜰을 가로질러 잽싸게 이쪽으로 건너왔다.

"맙소사. 긴가민가했는데 정말 맞군요. 베일에 가려 누군가 했어요. 역시 내가 눈썰미 하나는 정확하다니까. 여긴 어쩐 일이에요?"

클로에는 대답 대신 검은색의 옷을 살짝 들어 올렸다. 그가 '아' 소리를 내며 뭔지 알겠다는 표정을 지었다.

"장례식에 참석했군요. 사원에선 늘 장례가 진행되죠. 잘 지내고 있는 거예요? 그때 그렇게 숙소에서 나간 후 걱정했어요."

"난 잘 지내고 있어요."

"얼굴이 너무 달라져서 깜짝 놀랐어요. 그냥 분위기가 좀 비슷하다 싶어 지켜보고 있었는데 정말 당신일 줄은."

네이트는 며칠사이 완벽하게 바뀐 그녀의 모습이 믿기지 않는다며 감탄의 눈길을 거두지 못했다.

"날 지켜봤군요."

"검은 상복을 입은 모습이 너무 고혹적이었거든요."

네이트는 아차 싶은지 얼른 입을 닫았다.

"미안해요. 장례식에 참석한 사람한테 내가 무슨 실례의 말을."

그는 실언을 했다며 어색하게 웃어 보였다. 클로에도 옅게 웃음을 내비쳤다. 달라진 그녀를 알아본 그의 눈썰미가 앞으로 어떤 불행을 가져다줄지 모르는 그가 안타깝다는 듯.

"난 장례미사에 참석차 여기 왔지만 당신은 이곳에 무슨 일로 왔어요? 방금 보니 사원에서 나오던데 저곳은 일반 사람들이 들어갈 수 없는 구역 아닌가요?"

"맞아요. 나도 여기 볼일이 있어서 왔어요."

"그럼 피테르도 여기 있나요? 그는 잘 지내고 있죠?"

그녀의 질문에 네이트가 재빨리 주변을 살피더니 대리석 기둥 뒤로 그녀를 잡아끌었다.

"그렇잖아도 궁금한 게 있어요. 며칠 전 폭우가 내리던 날, 두 사람 만나서 싸웠죠?"

"아아. 그날."

클로에는 그날을 기억하고 있다며 가볍게 물었다.

"그건 왜요?"

"사실, 그날 피테르 녀석이 더스틴 수장님께 보고도 없이 갑자기 말도 없이 사라졌었어요. 그런데 새벽에 비를 흠뻑 맞은 채 넋을 놓고 돌아왔어요. 무슨 일이냐고 다그치니 당신을 만났다고 하더라구요."

네이트는 클로에의 눈치를 보며 궁금해 하던 걸 은근히 흘렸다.

"아무래도 내가 봤을 땐 정황상 실연당한 것 같던데."

네이트는 피테르와 헤어지기로 한 거냐고 물었다.

"여기에서 그 얘길 하긴 좀. 시간이 된다면 밖으로 나가 차 한잔할 수 있어요? 마침 날 기다리는 마차가 밖에 있어요."

클로에의 제안에 네이트가 다소 고민스러운 표정을 지었다. 외출금지령이 떨어진 상태라서 그랬다. 그가 회랑 쪽을 한 번 뒤돌아봤다.

'잠깐은 괜찮지 않을까?'

그가 짧게는 괜찮을 것 같다며 클로에의 제의를 받아들였다. 둘은 사원을 빠져나와 그녀를 기다리고 있는 마차에 올랐다.

"누구지?"

기다림에 지쳐 지루해하던 마티어스가 마차에 오르는 뜻밖의 손님을 보고 물었다. 네이트도 마차 안에 있는 그를 보고 누구냐고 물었다. 클로에가 마차 문을 확 닫으며 네이트를 소개했다.

"헌터."

"헌터?"

갑자기 문을 닫아 버리는 클로에의 행동에 놀란 네이트가 본능적으로 위험을 직감하며 마차에서 내리려고 했다.

"도망치려고?"

마티어스가 그건 안 된다며 네이트의 어깨를 꾸욱 잡았다. 잠긴 문고리를 잡은 네이트가 천천히 뒤를 돌아보았다. 마티어스가 뱀파이어로 변해 그를 향해 입을 벌렸다.

"아, 안 돼!"

클로에는 비명 소리를 들으며 아무렇지도 않은 얼굴로 마차를 몰았다. 마차가 심하게 요동치더니 어느 순간 미동도 없이 잠잠해졌다. 마티어스가 창문을 열고 입가에 묻은 피를 가볍게 닦아 보였다.

"못된 여자. 남자 피를 마시게 하다니."

"임무는?"

클로에의 말에 마티어스가 엄지손가락을 들어 보였다.

"처리 완료."

굳이 설명을 하지 않아도 그녀의 마음과 계획을 읽는 건 세상에 그뿐일 것이다. 클로에는 엄지손가락을 들어 보인 마티어스를 향해 손바닥 키스를 날려 주었다.

네이트는 목에 강력한 통증을 느끼며 정신을 차렸다. 구멍 두 개가 난 목이 저릿저릿했다. 손을 들어 상처 부위를 만지려는데 몸이 움직이지 않았다. 뱀파이어가 목을 문 게 생각났다. 퍼뜩 놀라 주변을 살피던 그는 자신이 벌거벗은 채로 의자에 묶여 있다는 걸 깨달았다.

"내, 내가 왜!"

"옷이 벗겨져 있어 놀랐나? 걱정 마. 그건 숨겨 놓은 비밀무기를 제거하기 위해서니까. 몸을 묶은 것도 틈만 나면 공격하는 너희 습성을 차단하기 위해서지."

클로에가 냉랭한 시선으로 네이트에게 말했다. 여전히 검은 상복을 입은 채였으나 모자를 벗은 그녀의 얼굴은 그동안 그가 알고 있던 모습이 아니었다. 그는 이런 이질감의 존재를 자주 봐 왔다.

"배, 뱀파이어?"

위기감보다 당황스러움을 먼저 느꼈다. 네이트는 믿을 수 없다는 듯 넋이 나간 채 횡설수설했다. 그런 그의 입에 재갈이 물렸다.

"놀라지 마. 자살방지를 위한 거니까. 전에 잡아 온 헌터가 자살을 했거든. 대신 이제부터 말을 할 수 없으니 고개를 움직여 예, 아니오로 대답해. 질문은 한 번뿐이고 진실한 대답이 아니라고 판단될 때는 오늘 안에 네 시체를 사원 안뜰에 던져 놓을 거다."

날것의 말을 너무 쉽게 하는 클로에는 그가 알고 있는 아벨라가 아니었다. 네이트가 말을 하고 싶은지 온몸이 꽁꽁 묶인 의자 위에서 미친 듯이 몸을 흔들어 댔다.

"헌터 네이트. 너희에 대해 알고 싶은 게 아주 많다. 먼저 8조에 대해 질문하겠다."

8조.

그녀가 여덟 개의 손가락을 펴 보였다.

"그다음은 여왕에 대해. 그리고 다음은 피테르와 더스틴에 대해."

클로에가 갈고리 손을 들어 보였다.

"곧 해가 진다. 밤은 나의 시간이지. 해가 뜨려면 얼마나 긴 시간을 기다려야 하는지 오늘 알게 될 거야."

네이트는 붉은 기운의 클로에를 보며 온몸을 떨기 시작했다.

네 개의 예배당을 뒤져 겨우 그를 찾아냈다. 피테르는 불이 꺼진 어두운 예배당 안에서 어둠에 파묻힌 채 홀로 시간을 보내고 있었다. 더스틴은 말없이 다가가 그 뒤에 앉았다. 사원은 너무 넓어 사람 하나 찾는 것도 쉽지 않았다. 더스틴은 일부러 철퍼덕 소리를 내며 자리에 앉았다. 하지만 생각에 잠긴 피테르는 사람이 온 것도 알아차리지 못했다. 네이트의 말대로 정말 실연이라도 당한 걸까. 우울한 그의 모습이 낯설어 더스틴은 피테르에게 말도 못 붙이고 그의 뒤통수만 한참 쳐다보았다.

"언제까지 입 다물고 있을 건가? 기다려 주는 것에도 한계가 있어."

질책할 생각은 없는데 투박한 목소리가 먼저 튀어나오고 말았다. 부드럽게 말하자, 화내지 말고 다독이자, 라고 그렇게 다짐했건만 의지와 상관없이 잔뜩 성이 난 목소리가 나오자 더스틴은 스스로에게 놀라 헛기침을 크게 한번 했다.

"그러니까 내 말은 순애보도 좋고 연애도 좋으니까 이제 그만 그날 있었던 일을 얘기 하는 게 좋지 않냐 이 말이야."

"……아벨라양을 만나러 외출했습니다."

"그건 그날 들은 얘기고."

"돌아오는 길에 길에서 뱀파이어들과 마주쳤습니다."

"어느 길목? 정확한 위치를 말해."

다시금 되묻는 말에 피테르는 힘없이 고개를 저었다.

"기억이 나지 않습니다. 죄송합니다."

더스틴은 답답한 듯 의자 뒤로 고개를 재꼈다.

"정말 네이트 말대로 실연이라도 당한 거야? 놈들과 만난 곳의 위치를 제일 먼저 체크하는 게 우리의 철칙이잖아. 그걸 알아야 놈들을 다시 역추적한다는 걸 뻔히 알면서 그걸 기억 못 한다니 말이 돼?"

평소답지 않게 구는 건 분명 이유가 있을 텐데 조가비처럼 다문 피테르의 입은 무겁기만 했다. 더스틴은 담배를 필 수 없는 사원이 답답하다며 긴 한숨을 내쉬었다.

"피테르. 넌 당분간 외출 금지야."

피테르가 숙인 고개를 들었다. 그래도 뒤를 돌아보진 못했다. 무단이탈에 대한 잘못을 알기에 감히 더스틴의 얼굴을 볼 자신이 없기 때문이다.

"놀랄 필요 없어. 네가 무단이탈을 했기 때문이 아니라 모두에게 내려진 상부 명령이니까. 사원에 소속된 헌터들은 모두 이곳에서 대기하라는 명령이 내려왔어."

"왜 그런 명령이 내려온 겁니까?"

"상부에서 새로운 계획을 발표했어. 아마 지금쯤 도시를 휘젓고 다니는 뱀파이어들에 대한 대대적인 사냥이 시작됐을 거야. 그들이 움직이고 있다더군."

"그들이라뇨?"

갑작스러운 말에 피테르가 처음으로 입을 열었다.

"나도 몰라. 단지 철저한 훈련 속에서 준비된 헌터들이라는 것만 알뿐. 전투력이 엄청나다던데 그건 내가 직접 본 게 아니라서 모르겠고."

더스틴은 사실 뭐가 어떻게 진행되는지 자신도 잘 모른다고 했다. 각 조의 수장들이 모여 설명을 들었는데도 불구하고 이해 안 가는 몇 가지가 있었다고 했다.

"지금 사원엔 우리 조를 포함해 총 열 개의 조가 와 있어. 먼 지역에 있는 헌터들과는 연락이 쉽지 않으니 그들은 빼고 나머지 조직원들에 겐 전부 급전을 날려 오게 한 상태야."

사실 그동안 다들 쉬쉬했지만 헌터들의 희생이 너무 컸다. 짐승 하나를 잡기 위해 헌터 몇 명이 죽는지 계산해 보면 답이 나왔다. 그래서 윗선에서 오래전부터 인해전술로 뱀파이어들과 싸우는 대응 방식에 대해 회의적이었다고 한다.

"언제부턴지 모르겠지만 그 계획하에 '척결'이 시작됐어. 자네가 이곳에 웅크리고 있는 동안 사원에선 여러 가지 명령들이 계속 떨어지고 있었지."

더스틴이 피테르의 한쪽 어깨에 가만히 손을 얹었다.

"피테르. 나에게 숨기고 있는 사실이 있다면 말해 주게."

"그게…… 무슨 말씀이십니까? 제가 숨기고 있는 사실이라뇨."

"그럼 내가 먼저 질문하지. 폭우가 내리던 날, 내가 봤어. 자네 머리카락을."

퍼뜩 고개를 든 피테르가 정면을 응시했다.

"이번에 상부에서 새롭게 온 헌터들이 모두 자네와 같은 머리 색을 하고 있더군. 자네의 은빛 머리카락이 뭘 의미하는 건지 내게 설명해 줄 수 있나?"

더스틴이 잡은 어깨가 이상하게 아팠다. 그 아픔이 전신으로 퍼져 피테르를 옥죄어 왔다. 마음이 오그라들었다. 무슨 소리냐며 헛소리하지 말라고 말해야 하는데 목소리가 나오지 않았다. 피테르는 예배당 벽 위에 걸려 있는 십자가를 보며 아니라고 말을 하지 못했다. 그가 천천히 고개를 돌려 더스틴을 올려다보았다. 더스틴이 잡고 있던 어깨에서 손을 떼었다.

"뱀파이어들과 마주쳤는데도 불구하고 무사히 돌아와서 다행이다. 그 말이 하고 싶었어."

"수, 수장님."

"사실 난 피범벅의 자넬 보고는 또 한 명의 부하를 잃는 건가 하고 가슴이 철렁했지. 그런데 오늘따라 자꾸 주책없게 질책과 힐난부터 쏟아지는군. 이것도 직업병인가 싶어. 네가 이해해라, 피테르."

더스틴은 덤덤한 눈으로 아무도 없는 텅 빈 예배당 안을 바라보았다. 새롭게 투입되는 헌터들은 그들의 2세대라고 보면 된다. 이미 현재 항구의 뱀파이어들을 전멸시켰다는 소식이 들려왔다. 그리고 그곳을 기점으로 런던 시내에 숨어 있는 뱀파이어들을 찾아내고 있다고 했다. 얼마나 대단하고 용맹한 자들인지 비밀 회의장에서 그들을 소개 받으면서도 그는 잘 짐작되지 않았다. 그동안 함께해 온 피테르와 전혀 딴판이기 때문이었다.

"인간이 맞긴 한 거야?"

회의장에 있던 수장 한 명이 경솔하게 그 말을 내뱉었을 때의 수장을 보던 그들의 눈빛을 잊을 수가 없다.

'그건 뱀파이어의 눈빛이었어.'

더스틴은 돌아가는 판세를 모두 보고 있으면서도 숨죽이고 있는 오만한 예배당의 모습이 보기 싫다는 듯 돌아섰다.

"하아. 담배가 간절하군."

그가 터벅터벅 발소리를 내며 예배당을 벗어났다.

"그나저나 네이트는 또 어딜 간 거야? 부하라고 딸랑 둘 있는데 수장을 우습게 알아도 유분수지. 아주 둘이서 번갈아 가면서 보고도 없이 잘도 개인 활동을 하는군. 이번 계획만 끝나 봐. 전부 우리 조에서 퇴출이다."

예배당을 울리는 메아리 속에서 피테르가 천천히 자리에서 일어섰다. 들켰다. 들키고 말았다. 자신이 죽어야 완전한 비밀이 지켜진다고 말하던 신부의 유언이 빛바래 사라졌다. 피테르는 희망이 사라진 얼굴로 더스틴이 만지고 간 어깨를 꾸욱 움켜쥐었다.

　네이트의 말대로라면 사원은 헌터들의 휴식처 같은 곳이었다. 무기를 공급받고 조직의 명령을 하달받는 곳으로 뱀파이어를 잡기 위해 전국을 종횡무진하는 헌터들이 임무를 종료한 뒤 충전의 기회를 갖는 그들만의 집합소인 셈이다. 그런 그들에게 새로운 명령이 하달됐다고 한다. 모든 헌터들은 임무를 멈추고 전부 사원으로 집합하라는 명령이었다. 항구의 뱀파이어들과의 싸움으로 전력을 상실한 채 사원에 도피했던 네이트는 갑자기 내려진 명령에 대기 중이었다고 했다.

　한 개의 조는 열 명으로 이루어진다. 각 조엔 수장이 있고 그들은 사원의 명령하에 맡은 구역에서 뱀파이어를 사냥한다. 대원이 죽으면 새로운 인물이 충원된다. 수장이 죽으면 그 조에 속한 대원 중 제일 용맹한 자가 수장이 된다. 각 조의 넘버는 의미 없다. 그건 관리를 위해 만들어 놓은 숫자일 뿐, 헌터들의 용맹함과는 아무 상관이 없다. 네이트는 그렇게 말했다.

　"네가 8조에 대해 어떻게 알고 있는지 모르지만 너의 말대로 6개월 전 더스틴 수장이 끄는 8조와 뱀파이어 간에 큰 싸움이 있었다."

　만신창이가 된 네이트는 설명을 시작했다. 그는 그때 직접 전투에 참여했던 대원이 아니라 자세한 건 알지 못한다고 했다.

　"8조의 수장 더스틴은 용맹하기로 소문난 헌터야. 활동을 오래하기도 했고 승전고를 많이 울린 전적을 가지고 있지. 그는 뱀파이어를 사냥하는 데 있어서 덫을 잘 놓고 미끼를 잘 풀어서 적을 옭아매는 기술이 있어. 사람이 뱀파이어와 일대일로 붙었을 때 힘과 체력에서 진다는 걸 알고 자기만의 노하우를 만들어 낸 거지. 그가 어느 날 여자 뱀파이어를 발견했다며 가까이 있는 다른 조에게 지원을 요청했어. 서로 협력하는 건 흔한 일이니까 문제 될 건 없었지. 듣기로 그날 더스틴 수장은 꽤 흥분한 상태였다고 해. 진짜 여왕을 잡을지도 모른다며 기대감을 나타냈다는군. 결국엔 여왕도 놓치고 협력을 나갔던 나머지 헌터들도 대부분 죽어 버리긴 했지만 그로 인해 그날 놓친 게 정말 여왕이 아닐까 하는 소문이 돌았어."

네이트는 그 사실을 어떻게 알고 있냐고 물었다. 클로에는 본인이 당사자라는 걸 굳이 밝히지 않았다.

"사냥을 할 때 사용하는 무기들에 독을 묻히나?"

"뭐든 사용해."

'뭐든' 이라는 단어에 세상의 악행이 전부 포함된 느낌을 받았다.

"여자 뱀파이어들을 죽이는 데 더 큰 의미를 둔다고 들었다. 오리지널의 피를 이어받은 여왕이라는 건 대체 뭐야?"

클로에의 질문에 네이트는 허탈한 웃음을 흘렸다.

"얼마나 많은 헌터들을 잡아다가 고문했을지 짐작이 가는군. 대체 어디까지 알고 있는 거냐?"

"너희가 말하는 여왕이란 게 뭘 말하는 건지 대답이나 해. 여왕을 찾는 이유가 뭐지?"

"그건……."

네이트가 처음으로 열린 입을 닫았다. 독침을 쓴 헌터가 했던 말이 떠올랐다. 누구를 납치하든 그것에 대한 비밀은 알 수 없을 거라는 말.

클로에는 집착하지 않았다. 대단한 의미가 숨어 있다 하더라도 의미를 두지 않기로 했다. 필요한 정보는 어느 정도 알아냈기 때문이다.

"지금 사원엔 몇 명의 헌터들이 대기 중이냐?"

"10개 조가 와 있다. 계속 연락을 취하고 있으니 그사이 더 늘었을지도 모르지."

"넉넉잡아 백 명이라고 생각하면 되겠군."

클로에는 부담스럽지 않은 숫자라고 말했다.

"헌터들에게 복수를 하고 싶나?"

"날 먼저 공격한 건 너희였다. 이건 당연한 수순이야."

"인류를 먼저 공격한 건 너희 뱀파이어들이야! 이 짐승 같은 것!"

"그런 넌 짐승에게 잡힌 인간이로군. 인질의 가치도 없는."

웃음기 없는 목소리는 고저가 없어 몹시 건조했다.

"이 정도에서 마무리를 짓도록 하지. 내일을 위해 준비해야 할 것도 있고 해서 말이야."

클로에는 재갈을 푼 네이트가 자살하지 않고 정보를 말해 준 것에 대해 감사를 표했다.

"연기하지 마, 아벨라 모리스. 어차피 살려 줄 생각도 없었잖아."

"눈치가 있군."

"고마워할 필요 없어. 지금까지 내가 말한 정보는 하찮은 사실에 불과하니까."

"알고 있어. 넌 일급비밀을 알기엔 부족한 인재라는 걸. 그 정도 눈치가 없진 않아."

그녀가 허공을 향해 손을 들었다. 어디선가 끼익, 거리는 새의 울음소리가 났다. 소리 난 곳을 보자 박쥐 한 마리가 날아와 클로에의 어깨에 앉았다. 크기가 독수리만큼 큰 크기였다. 징그럽고 무서웠다. 네이트의 입이 절로 벌어졌다. 살면서 저렇게 커다란 박쥐를 본 건 처음이었다.

"대, 대체 넌 정체가 뭐야?"

"밤이 숨기고 있는 비밀을 들추려 하지 마라. 눈앞에 이질적인 존재가 있다면 고개를 숙이고 땅만 보고 걸어라. 그리하면 그들도 너를 외면하고 모르는 척 지나쳐 가리라."

그녀의 하얀 손이 네이트를 가리켰다.

"아니면 죽음으로 그 답을 얻으리."

박쥐가 듣기 싫은 고주파 소리를 내며 네이트의 얼굴을 향해 달려들었다. 재갈을 물리지 않은 입을 통해 듣기 싫은 비명이 마구 흘러나왔다. 습격의 날, 박쥐를 부르지 못한 건 몸이 변화되지 않아 소통이 되지 못했기 때문이다. 이젠 그럴 이유가 없었다.

클로에는 죽은 네이트의 시신을 관에 담았다. 원래 계획은 마티어스를 죽은 남편으로 위장해 관에 눕혀 사원 안으로 들어갈 생각이었지만 네이트의 장례를 치르는 게 더 나을 것 같았다. 조롱의 의미와 과시용, 그리고 본보기로 말이다.

모든 준비는 끝났다. 로렌즈도 대장간을 깨끗하게 접수했다고 연락을 해 왔다. 신시아를 미행하는 도르제와는 연락이 되지 않았다. 클로에는 미행을 중단하고 대장간으로 오라는 전서구를 보냈다. 전서구를 보냈으니 그도 그곳으로 합류할 것이다. 이제 사원에 있는 헌터들을 전멸시키기 위해 복수의 서막을 여는 일만 남았다.

마티어스와 클로에는 나란히 서서 만월의 달을 보았다. 바람도 없는 한적한 밤은 무심하게도 고요했다. 내일 사원엔 둘만 갈 것이다. 둘의 복수니 무대를 휘젓는 건 둘이 해야 옳았다.

"장례식을 빙자해 사원 안으로 들어가는 건 좋은 아이디어야. 아무리 나라도 사실 백 미터가 넘는 사원의 첨탑을 뛰어오르긴 벅차거든."

마티어스는 적들을 만나기 전 체력이 바닥나 쓰러질 자신을 위해 멋진 아이디어를 생각해 내준 그녀를 칭찬했다. 느긋한 농담으로 그녀를 안심시키는 마티어스에게 그녀가 안겨 왔다. 그가 품에 안긴 그녀의 등을 가볍게 어루만졌다.

"클로에. 내일 너를 위해 아낌없이 싸울 거다. 미리 말하지만 보고 반하지 마. 감탄이 나올 만큼 화려한 실력을 보게 될 테니."

"나는 내일 당신을 위해 가지고 있는 모든 능력을 보일 생각이었는데."

"사내들과의 싸움에 여왕님은 나서는 거 아니야. 의자에 편하게 앉아서 구경하다가 싸움이 끝났을 때 전사를 한번 안아 주는 게 여왕님의 일이야. 상으로 키스를 해 주면 더 좋고."

"이렇게?"

그녀가 마티어스의 볼에 입을 맞춰 왔다. 마티어스가 제대로 된 키스를 해 주었다. 밤공기처럼 서늘하고 달빛처럼 시린 체온이 서로를 충족시켰다.

"런던은 버려야겠어."

그가 농담 반 진담 반으로 말했다.

"내 여자를 다치게 한 이곳에 정이 떨어졌어."

"고향을 버리게?"

"내겐 새로운 고향이 있잖아. 화이트 성."

그의 말에 그녀가 동감, 이라고 대답했다.

"이번 일을 마무리하면 지체 없이 화이트 성으로 돌아가자."

"바라던 바야."

"돌아가면 성문을 닫아 버릴 거야. 더 이상 둘만 있는 시간을 방해받고 싶지 않아."

"그럼 다른 이들은?"

도르제는 이곳에서 병원 일을 유지하고 카이는 술집을 하나 차려 줘서 내보내겠다는 대답이 돌아왔다. 그녀와 주기적으로 부딪히는 신시아는 당연히 퇴출. 그럼 로렌즈 또한 퇴출당한 신시아를 따라 자연스럽게 떠날 거라는 게 그의 생각이었다. 아주 오래전부터 그런 생각을 한 듯 마티어스의 말은 막힘이 없었다.

"그럼 이제 남은 건 우리 둘이 함께하는 것뿐이네."

"그것뿐이야."

둘은 손을 잡았다. 틈 없이 마주 잡은 두 손 위에 달이 지고 아침 해가 떴다. 둘은 관을 마차에 싣고 사원으로 향했다. 약속한 대로 콘라드가 마중 나와 있었다. 도착한 마차는 두 대였다. 하나는 관이 실린 걸 알지만 나머지는 무슨 이유일까 싶어 콘라드가 뒤쪽 마차로 갔다.

"손대지 마시오."

커다란 수레에 뭔지 모를 짐이 잔뜩 실려 있는 걸 본 콘라드가 덮은 천을 들어 보려 하자 마티어스가 당장 물러서라며 콘라드를 저지했다. 뜻밖의 질책에 콘라드가 우물쭈물하자 클로에가 친절하게 설명을 했다.

"콘라드. 저 사람은 장례식에 함께 참석할 가족이에요."

검은 양복의 신사에겐 숨이 막힐 만큼 존재의 우월감이 있었다. 콘라드는 괜히 기가 죽어 주춤거리며 뒤로 물러났다.

"수레 안의 짐은 장례를 위한 개인 용품이에요. 확인해 봤자 볼 건 없어요. 간단한 유품과 전에 말한 기부물품이에요."

클로에는 천을 직접 들어 안의 물건을 잠깐 보여 주고 닫았다. 얼핏 보이는 유품 아래 나무 상자가 수십 개가 보였다. 클로에는 콘라드에게 상자가 뭔지 잘 생각해 보라고 말했다. 콘라드는 기부를 떠올렸다. 그는 자신이 실수했음을 느끼며 미리 말을 맞춰 놓은 문지기들에게 빨리 문을 열라고 재촉했다. 콘라드의 배려에 마차는 사원 안까지 막힘없이 들어갔다. 두 대의 마차는 유유히 육중한 철제문을 가로질러 후문을 통해 뜰을 지나고 정원을 지나 좀 더 깊숙이 침투했다.

"장례 준비는 다 해 놨습니다. 곧 신부님이 오실 거예요."

콘라드는 클로에를 지하무덤으로 안내했다. 적법절차를 밟지 않은 그녀는 이곳에서 장례 미사를 진행하기로 했다. 사람들의 이목을 피하기 위해 신부가 생각해 낸 방법이라고 했다.

"불편하시겠지만 장례는 금방 끝날 테니 조금만 참으세요."

"그럴게요."

"그런데 함께 계시던 신사분은 어디 가셨나요? 분명 조금 전까지 옆에 계셨는데."

콘라드는 갑자기 감쪽같이 사라진 마티어스를 두리번거리며 찾았다.

"이곳에 있는 친구를 찾으러 갔어요. 곧 올 거예요."

"일행이 더 있으신 거예요?"

"두 명 정도랄까."

친절한 목소리는 여전한데 이상하게 소름이 끼쳤다. 콘라드는 아까부터 이유 없이 소름이 돈는 팔을 비벼 털며 무슨 말인지 잘 모르겠다고 어색하게 웃어 보였다.

"그러고 보니 콘라드를 통해 그 친구를 더 빨리 찾을 수 있겠네요. 콘라드는 수도원 출입이 가능하죠?"

"아, 네. 그쪽으로 종종 심부름을 가니까요."

"그럼 더스틴이란 사람을 찾아서 네이트의 장례식이 있으니 이곳으로 와 달라고 전해 줘요."

"수도사님 이름이 더스틴인가요?"

콘라드의 물음에 클로에가 고개를 끄덕였다.

"그래요. 더스틴 헌터 수장."

콘라드가 가고 그녀 혼자 남았다. 클로에는 지하 무덤을 둘러보았다. 예부터 성당 지하는 무덤으로 쓰였다. 애초에 건물을 지을 때 땅을 깊게 파 시신을 안장할 공간을 따로 만들어 놓았다. 이곳 사원처럼 왕족이 묻혀 있는 곳은 예외지만 사실 대부분의 지하 무덤은 굉장히 열악하다. 돌림병이나 전염병이 한번 휩쓸고 가면 상태가 더 심했다. 무덤 공간은 한계가 있기 때문이다. 시신 위에 다른 시신을 묻고 또 묻고 묻다가 포화상태가 되면 지상으로 악취가 올라와 한동안 폐쇄되는 성당도 있었다. 클로에는 이곳도 곧 그렇게 될 거라고 말했다. 시신의 악취로 숨도 쉴 수 없게 될 거라고.

신부가 왔다. 뚜껑이 닫힌 관을 본 그가 참석하기로 한 가족의 행방을 물었다. 클로에는 늦지 않게 올 테니 잠시 기다려 달라고 말했다.

신부는 그녀의 요청대로 정식 절차는 배제하고 위령미사와 간단한 추도를 하겠다고 했다. 보통은 입관 전 마지막으로 관 속에 누운 고인을 공개하고 가족들과 조문객들이 인사를 나누지만 오래전 죽은 고인을 위해 해 줄 것은 별로 없었다. 때마침 콘라드가 계단을 밟고 아래로 내려왔다. 그녀의 입술이 보기 좋게 일자가 됐다. 뒤따라오는 자의 모습이 아주 익숙했다.

"뭔가 착각이 있는 것 아니오? 멀쩡한 내 부하의 장례식이라니."

"글쎄, 저도 자세한 것은 모르지만 분명 그렇게 말씀하셨다니까요. 네이트의 장례식이라구요. 직접 만나 보시면 아실 테니 역정 그만 내시고 확인해 보세요."

오는 내내 투덜투덜거리는 더스틴은 정말 골치였다. 콘라드는 진이 다 빠진 표정으로 신부에게 진정 좀 시켜 달라고 부탁했다.

"콘라드. 이분이 장례에 참석하실 가족분인가?"

"아뇨. 이분은 고인의 친구예요."

"그러니까 죽은 고인이 누구냐고! 네이트가 어젯밤 무단 외박을 하긴 했지만 하루아침에 죽을 리도 만무한데 대체 이게 무슨 기분 나쁜 초대야?"

더스틴은 화를 참지 못하고 신부와 콘라드를 번갈아 노려봤다.

"신부님. 고인의 이름이 네이트가 맞습니까?"

더스틴의 물음에 신부가 어정쩡한 대답을 내놓았다.

"글쎄요. 아직 고인의 이름을 듣지 못했는데."

"고인의 이름도 모른다고요?"

"어쩌다 보니 사정이 그렇게 됐소. 여기 옆에 계시는 분이 고인의 부인이오. 부인께 물어 보면 알겠지. 부인, 고인의 이름이 네이트입니까?"

신부가 옆을 향해 물었다가 응? 하고 의아한 표정을 지었다. 조금 전까지 옆에 서 있던 클로에가 보이지 않았다.

"부인? 부인?"

클로에를 찾는 신부에게 콘라드가 함께 있지 않았냐고 되물었다.

"같이 있었어. 조금 전까지. 그런데 갑자기 어디로 간 거지?"

신부와 콘라드가 무덤가 안쪽을 살피기 시작했다. 더스틴은 어처구니가 없었다. 사람을 불러 놓고 저게 뭐하는 짓인지 이해조차 되지 않았다. 짜증이 치솟은 그가 클로에를 찾느라 정신없는 둘을 놔두고 몸을 돌렸다. 그런데 몇 걸음 채 가지 않고 그가 다시 돌아왔다. 이상한 게 있었다.

"8조는 전멸했어. 나와 네이트의 이름을 알고 있는 자는 피테르뿐이야."

누군가가 알고 있을 수도 있다고? 아니. 그건 불가능하다. 더스틴은 못이 박혀 있지 않은 관을 물끄러미 바라보았다. 그가 용기를 내어 관 뚜껑을 확 열었다.

한눈에 알아보지 못했다. 머리 없는 시체는 고인이 누군지 바로 알려 주지 않았다. 더스틴은 벌거벗은 고인이 남자라는 것만 알아챘을 뿐, 다른 건 알아보지 못했다. 하지만 눈에 익은 체구와 유품처럼 손에 쥐고 있는 헌터들만의 무기를 보자 곧 그가 누군지 알 것 같았다.

"네, 네이트!"

"놀랐어?"

깜짝 놀라 뒤로 자빠지는 더스틴을 잡아 주는 두 손이 있었다.

"배, 뱀파이어?"

뒤돌아보지 않아도 알 수 있었다. 열 개의 갈고리가 그의 등을 정확히 받치고 있었다. 덫이란 말인가. 아차 싶어 공격 태세를 갖추려던 그 순간이었다. 지상위에서 엄청난 폭발과 함께 굉음이 연달아 터졌다.

쾅강! 쾅가강!

"지, 지진?"

지하 천장이 우웅 하고 흔들렸다. 신부와 콘라드가 지진이라 비명을 내지르며 계단 위로 도망쳤다.

"지진이 아니야. 폭탄이지. 무기는 너희만 사용할 줄 아는 게 아니거든."

클로에의 갈고리가 당황하는 더스틴의 등과 허리를 꾸욱 껴안았다. 갈고리가 피부를 찢고 몸 안으로 그대로 들어왔다.

"으, 으아아악!"

"변화 못 하는 뱀파이어가 한낱 짐승이듯이 무기가 없는 헌터는 그저 초라한 인간일 뿐이구나."

머리부터 발끝까지 전신을 휘감은 채 밀착한 클로에가 더스틴의 귓가에 속삭였다.

"8조의 수장 더스틴. 여왕을 잡았을 때 네 기분을 알 것 같다. 이 희열. 기분 좋은 걸."

"너, 너는!"

더스틴이 고개를 돌려 뒤를 보려 했다. 클로에가 그의 몸에 박았던 갈고리를 거침없이 빼더니 그의 앞으로 모습을 드러내 주었다. 가슴과 배와 등이 전부 찢어진 더스틴이 비척거리며 바닥에 쓰러졌다.

"아, 아벨라 모리스!"

클로에가 입가에 손가락을 대 보였다.

"쉬이. 저 비명 소리를 들어 봐."

지상에 있는 사람들이 내지르는 비명소리가 지하까지 들렸다. 뱀파이어가 나타났다는 고함소리와 함께 뭔가가 계속 터지는 폭발음이 들렸고 쉬익거리는 바람 소리 아래 죽어 가는 사람들의 애처로운 신음소리가 퍼졌다.

"스, 습격?"

"습격은 너희처럼 비열한 것들이 하는 거고 지금 저건 단 하나의 뱀파이어가 헌터들을 전멸시키는 소리야."

더스틴이 총을 꺼내 클로에를 향해 마구 쐈다. 그녀가 이리 저리 허공을 날아 다니며 총알을 피했다. 그녀를 맞추지 못한 은탄은 누군가의 비석과 추모비에 허무하게 박혔다. 총알이 떨어졌다. 더스틴이 주머니에서 총알을 꺼내 급하게 장전하기 시작했다. 무기만 지니고 있었어도 허술하게 당하진 않았을 텐데 하는 아쉬움이 들었다. 사원 안이라 안일하게 풀어져 있던 것도 후회스러웠다. 손에서 은탄이 떨어졌다. 떨어진 은탄이 또르르 굴러가 그녀의 발아래 멈춰 섰다.

"더스틴."

떨어진 은탄을 주운 클로에가 우위의 표정으로 그를 내려다보았다.

"네 특기가 덫을 놓고 미끼를 뿌려 함정에 빠트리는 거라고 들었다. 넌 살면서 누군가의 미끼가 되어 본 적 있나?"

"이 괴물 같은 것! 죽어! 죽어!"

그가 참지 못하고 그녀를 향해 총을 던졌다. 이렇게 죽을 수는 없었다. 허무한 죽음은 계획하지 않았다. 클로에가 마지막 발악을 하는 더스틴의 머리에 손을 박았다.

"으아아아아아악!"

"발악은 그만하면 됐다."

그녀가 그의 머리통을 움켜쥔 채 말했다.

"안내해라. 피테르에게로."

10

　밤새 뜬 눈으로 마음을 정리한 피테르는 떠날 준비를 마치고 방을 나섰다. 짐은 없었다. 처음 이곳에 입단할 때처럼 두 손은 가벼웠다. 가지고 있던 무기도 모두 숙소에 그대로 놔두고 나왔다. 더스틴을 만나고 가는 것도 생략하기로 했다. 그가 비밀을 눈감아 준다고 해도 계속 헌터로 활동할 수는 없었다. 그의 마음이, 그리고 현실이 그럴 수 없다고 이미 그에게 알려 줬다.

　피테르는 고개를 들어 하늘 바라보았다.

　"어디로 가야 하나."

　과거처럼 또 떠돌이 생활을 해야 하나. 갈 곳이 없어 심경이 복잡했다. 그가 숙소를 나와 회랑이 연결되는 통로로 향했다. 혹시 더스틴과 마주치기라도 할까 봐 잔뜩 고개를 숙이고 빠른 걸음으로 사원을 가로지를 때였다. 등 뒤로 커다란 폭발음이 들리며 벽 하나가 그대로 무너져 버렸다. 깜짝 놀라 뒤를 돌아보니 회랑 너머 사원 쪽에서 활활 불이 타오르고 있었다.

"뱀파이어다! 뱀파이어가 나타났다!"

"뱀파이어?"

사원 안에 뱀파이어가 들어오다니 놀라운 일이었다. 이곳에 뭐가 있다고. 그것도 밝은 이 아침에.

"설마 은신처라는 게 발각돼서?"

죽음을 피하지 못한 사람들의 비명이 담을 넘어 퍼졌다. 뒤늦게 무장한 헌터들이 사원 안으로 달려 들어갔지만 잔인한 폭력 앞에 속수무책으로 당하기만 했다. 폭발음은 여전했다. 매캐한 연기와 함께 피비린내가 공기를 채워 나갔다. 죽어 나가는 사람들 위로 광포하게 군림하는 사신의 그림자.

피테르는 마티어스를 알아보지 못했다. 포악한 검은 그림자의 무시무시한 얼굴을 알아보기는 어려웠다. 그건 갑자기 앞을 막으며 나타난 두 번째 검은 그림자한테도 똑같았다. 무기를 가지러 가기 위해 숙소로 달리던 그를 죽어 가는 목소리가 붙잡았다.

"피……테르."

고개를 옆으로 꺾은 채 겨우 힘을 내어 말하는 더스틴의 머리통이 다섯 개의 갈고리 안에 붙잡혀 있었다. 그러나 더욱 놀라운 건 그 손의 주인공 때문이었다. 자신을 고요히 바라보는 그 눈빛이 어쩐지 낯익었다. 그럴 리가 없는데, 그럴 수가 없는데. 그를 향한 맑은 미소를 봤을 땐 전신이 마비되는 충격을 받았다.

"아, 아벨라."

정신이 아득해져 두 다리가 휘청거렸다. 그런 그를 보며 클로에는 손을 들어 대장간이 위치한 서쪽을 손가락으로 가리켰다. 그 이상은 말 안 해도 알 거라는 의미였다. 그녀가 죽어 가는 더스틴을 바닥에 질질 끌며 연기 속으로 사라졌다. 옴짝달싹할 수 없었다. 쫓아가기는 커녕 멍하니 벌어진 입은 말 한마디 내뱉지 못했다. 뱀파이어가 두려운 건 난생처음이었다. 등 뒤에서 벌어지는 피의 살육전보다 태연하게 그 앞을 걸어가는 그녀의 모습이 더 무서웠다.

"살아 있었다니……! 죽지 않았다니……!"

믿을 수 없고 믿고 싶지도 않은 상황 앞에서 멀쩡할 수 없었다. 살육전을 즐기는 마티어스를 피해 도망치던 헌터 한 명이 서 있는 피테르를 미처 보지 못하고 그와 부딪혀 넘어졌다. 넘어진 헌터의 등에 검이 날아와 꽂혔다. 죽어 가는 헌터가 석상처럼 굳은 채 서 있는 피테르에게 손을 뻗었다. 왜 싸우지 않고 멍청하게 서 있냐고 묻는 것 같았다. 아니면 살려 달라는 뜻일지도 모르겠다.

매캐한 연기 속에서 검은 양복의 마티어스가 걸어 나왔다. 그가 뚜벅뚜벅 걸어와 헌터의 등에 꽂힌 칼을 쭈욱 뽑았다. 뽑힌 칼은 넋이 나간 피테르의 목에 겨눠졌다. 하지만 그것뿐이었다. 그는 피테르를 죽이지 않았다.

"이게 누구야? 피테르로군."

마티어스는 피테르를 알아보았다. 그가 실례했다며 겨눴던 칼을 거뒀다.

"백 번째 헌터의 목은 그녀의 것. 서쪽에서 기다리고 있겠다."

경비병과 사병들이 사원으로 물밀 듯이 들어왔다. 절반 이상 무너진 사원은 시체들로 넘쳐났다. 단 하나의 뱀파이어가 헌터들의 은신처를 무너트리고 그 안에 있던 헌터 98명을 죽인 건 역사적인 참극이었다. 그것도 어둠을 물리치는 아침 해 아래서 버젓이 자행된 살육전이라니.

피테르는 코를 마비시키는 피비린내 속에서 서쪽을 바라보았다.

땅을 울리며 달려오는 말발굽 소리에 로렌즈가 대장간의 양쪽 문을 모두 열고 그들을 맞이했다.

"이놈을 천장에 묶어."

마차에서 내린 그녀가 더스틴을 바닥에 내동댕이쳤다. 대장간은 천장이 높았다. 대략 이 층 높이라고나 할까. 카이가 이 층에 더스틴을 거꾸로 매달았다. 그 아래에는 쇳물을 녹이는 용광로가 위치해 있었다.

"다들 인사해. 8조의 수장 헌터 더스틴. 우리를 잡기 위해 습격을 계획한 장본인이자 마티어스를 다치게 한 자다."

로렌즈와 카이가 더스틴의 얼굴을 머릿속에 담았다.

"곧 백 번째 마지막 헌터가 올 거야. 이놈은 그 녀석을 위한 미끼로 오늘 죽을 아흔아홉 번째 헌터지."

"백 번째 헌터는 누구예요?"

"날 공격한 헌터."

클로에는 더스틴을 용광로에 넣어 죽이는 건 마티어스가 해야 한다고 카이에게 말했다.

"물론이죠. 마티어스님을 공격한 놈이라면 당연히 저희가 먼저 손을 댈 수는 없죠."

카이는 고대하던 적의 모습이 초라하다며 피투성이의 더스틴을 비웃었다.

"로렌즈. 도르제는?"

클로에가 텅 빈 대장간을 보며 그의 모습을 찾았다.

"아직입니다."

"연락도 없고?"

"받은 소식이 없습니다."

"이상하군. 대장간으로 오라고 이곳 위치를 적은 전서구까지 보냈는데 아직이라니."

클로에가 걸치고 있던 외투를 벗었다.

"로렌즈. 신시아에게 따로 연락받은 게 없나?"

그 말에 로렌즈가 희미하게 웃어 보였다.

"아쉽게도 레이디는 무슨 일이 있어도 제게 먼저 연락하지 않아요."

클로에는 로렌즈의 미소 속에 숨겨진 안타까운 마음을 보았다. 저 마음이 진심이란 걸 알기 때문에 미행을 숨기고 있는 것인데 도르제가 증거를 찾아오면 어떻게 설명해야 할지 난감하다.

"사원 일은 잘 처리되신 겁니까?"

"98프로 성공률."

마티어스가 대신 결과를 알려 주었다.

"그래도 아직 두 명이 살아 있으니까 백 프로가 아니야. 하지만 오늘 안에 백 프로가 달성될 거다."

그는 그동안 여러 가지로 고생한 로렌즈와 아픈 카이에게 고마움을 표시했다.

"곧 화이트 성으로 돌아가게 될 거야. 언제나 그랬듯이."

"과연 그럴까?"

마티어스의 말을 막은 건 놀랍게도 더스틴이었다. 출혈이 심해 기절해 있었는데 그사이 정신을 차리고 그들의 이야기를 듣고 있던 모양이었다.

"너희가 말하는 화이트 성이라는 곳으로 과연 돌아갈 수 있을 것 같으냐?"

거꾸로 매달린 채 뜨거운 용광로 위로 피를 투욱, 투욱 떨어트리는 더스틴은 자신을 바라보는 네 명의 뱀파이어들 중 클로에에게 시선을 박았다. 이제야 저들이 누군지 알겠다. 화이트 성이라는 곳을 언급하는 저들의 존재를 말이다.

"부활했구나, 여왕."

신시아는 여왕이 화이트 성에 산다고 했다. 그는 그 말을 잊지 않고 있었다. 클로에는 그가 그토록 애타게 찾던 여왕이었다.

"만신창이였던 몸으로 아주 완벽하게 부활했어."

혀를 차는 건 감탄이 아니라 징글징글하다는 비난이었다. 사원에 있는 모든 헌터들을 죽일 때 왜 자신만 살려 두는지 이해할 수 없었다. 그런데 지금 보니 그 까닭을 알겠다. 피테르에게 서쪽으로 오라고 한 이유도 알 것 같다. 여왕을 습격할 때 그곳에 있던 헌터들 중 살아남은 건 그와 피테르뿐이다. 더스틴은 복수의 덫에 걸려 붙잡혀 온 걸 뒤늦게 깨닫고 흐, 하고 웃음인지 울음인지 모를 소리를 냈다.

"여왕을 잡을 수 있는 완벽한 기회를 놓치더니 결국 이렇게 되는군. 배신자의 희생도 물거품이 됐어."

배신자라는 말에 모두가 시선을 집중했다.

"배신자라니. 누구를 말하는 거냐?"

"네 존재를 내게 말해 준 여자가 있다. 관능미가 넘치는 뱀파이어였지. 아편굴에 대형 쥐덫을 설치해 놨는데 환락을 즐기러 온 그 뱀파이어가 거기에 걸렸다. 고문을 좀 하니 여러 가지 얘기를 알려 주더군. 생긴 건 표독스럽고 앙칼졌는데 몰매는 처음 맞아 보는지 너에 대해 술술 불었어. 화이트 성에서 사는 오래된 뱀파이어가 있다고."

더스틴은 고개를 휘둘러 대장간 안을 살피며 신시아를 찾았다.

"여기엔 안 보이는군. 너희도 아직 배신자에 대해 모르는 모양이지?"

분위기가 묘하게 술렁거렸다. 카이는 도통 무슨 소린지 모르겠다는 얼굴로 모두를 번갈아 봤고 로렌즈의 얼굴엔 이미 균열이 가고 있었다. 확정적 증거를 갖기 전엔 침묵하려 했던 클로에가 가벼운 입의 소유자인 더스틴을 경멸했다. 이렇게 된 이상 증거는 모두에게 펼쳐져 보인 셈이니 계속 모른 척할 수도 없었다.

"그래서 그 여자에게 독을 줬나? 여왕에게 먹이라고?"

"이미 거기까지 알고 있는 거냐? 맞아. 다량의 독을 건네줬지. 그럼 독에 중독된 네게 해독제를 주겠다고. 다음 날 여자 뱀파이어가 다 죽어 가면서 날 찾아왔어. 일을 성공시켰으니 해독제를 달라고 했다. 난 줄 수 없다고 말했지."

"왜?"

"해독제는 애초에 없었거든."

로렌즈가 더스틴의 얼굴을 마구 강타했다. 불같은 주먹이 용광로보다 더 뜨거웠다. 카이가 놀라 흥분한 로렌즈를 말리려 했다가 마티어스의 제지를 받았다. 이제 그도 신시아가 무슨 짓을 했으며 클로에가 왜 헌터들의 과녁이 됐는지 알게 됐기 때문이다.

로렌즈는 신시아가 아편굴에서 매질을 당했던 것과 똑같은 고통을 더스틴에게 퍼부었다. 숨이 차도록 주먹을 날렸고 갈고리로 보이는 모든 곳을 찢어 버렸다. 더스틴이 더 이상 움직이지 않을 때 로렌즈도 주먹질을 멈췄다.

"죄송합니다. 죄송합니다, 클로에님. 마티어스님."

피투성이가 된 더스틴을 보고 서 있는 로렌즈가 고개를 떨어뜨리며 말했다. 신시아의 배신을 의심하고 있었으면서도 침묵하던 자신이 미웠고 이렇게 큰 잘못을 하고도 뻔뻔하게 버티던 신시아가 미웠다.

"로렌즈. 자책 마라. 이건 신시아가 책임져야 할 일이야."

죄가 밝혀졌으니 신시아는 벌을 받게 될 것이다. 하지만 로렌즈는 신시아에게 그 어떤 형벌이 주어지더라도 이제 지켜 줄 수 없게 됐다. 용서받지 못할 신시아. 이 상황을 알지 못하는 넌 어디 숨어서 또 무슨 잘못을 하고 있는지.

"두려워……해라, 짐승들아."

더스틴이 그들을 향해 말했다. 끈질긴 더스틴이었다.

"너흰…… 이곳에서…… 한 발도…… 나갈 수 없어."

"그게 네가 마지막으로 남기고 싶은 유언이냐?"

클로에가 만약 그게 유언이라면 피테르에게 전달해 줄 용의가 있다고 답했다.

"너희가 무시하는 짐승이지만 그 정도 낭만적 여유는 가지고 있거든."

그의 말에 더스틴이 퉤, 하고 침을 뱉었다. 피가 배어난 침은 허공으로 날아오르지도 못하고 용광로로 그대로 떨어졌다.

"난…… 너희가…… 두려워하길 바란다. 그래야…… 하고 곧 그렇게 될 거야."

"우리가 뭘 두려워해야 하지?"

"헌……터들을. 그리고…… 인간을. 너희…… 미래가 보여. 아마…… 상상도 못 하겠지. 곧…… 닥쳐올 미래가 뭔지. 내 눈에는…… 그게 보인다. 이곳에 있는…… 너희의 죽음이……!"

말을 하던 더스틴의 입에 마티어스가 강력한 주먹을 날렸다. 주먹이 입끝까지 들어갔다가 나왔다.

"죽기 직전엔 누구나 함부로 떠들어 댄다는 걸 알지만 네 말은 어쩐지 기분을 나쁘게 만들어."

마티어스가 카이에게 손짓해 밧줄을 용광로에 가깝게 내리라고 명했다. 카이가 지체 없이 줄을 쭈욱 내렸다. 뜨거운 열기가 후욱 다가오자 더스틴의 얼굴이 곧장 벌게졌다. 마티어스가 용광로 옆에 놓인 긴 쇠막대기를 집어 들었다. 끝이 뾰족한 그것은 창처럼 길이가 길었다. 그는 그것을 더스틴의 입에 가져다 댔다. 더 이상의 도발은 용서하지 않겠다는 얼굴이었다.

"거꾸로 매달려 세상을 보니 정신이 오락가락 하는 모양인데, 지금이라도 편히 죽게 해 달라고 애원하는 게 어때? 왜냐하면 난 널 산 채로 용광로에 처박을 생각이거든. 그건 너무 고통스럽지 않겠나? 안 그래, 피테르?"

마티어스가 갑자기 뒤를 돌아서더니 허공을 향해 쇠꼬챙이를 던졌다. 쇠꼬챙이가 무기가 되어 무섭게 허공을 날았다. 동시에 어느새 대장간 안에 들어와 있던 피테르가 그를 향해 마구 총을 쏘기 시작했다.

탕! 타당! 탕! 탕! 탕!

자리에 서 있던 모두가 날아오는 총알을 피해 사방으로 흩어졌다. 동서남북 네 갈래로 모두가 흩어졌다.

"생각보다 빨리 왔군. 눈앞에서 죽어 가는 동료들을 보면서도 가만히 서 있길래 한 달 뒤에나 올 줄 알았더니."

마티어스가 사원에서 죽어 가는 헌터를 돕지 못한 피테르를 조소했다. 피테르는 그사이 총을 다시 장전하며 사방을 예리하게 주시했다. 마티어스가 숨겼던 몸을 드러냈다. 그를 따라 로렌즈 카이, 그리고 클로에도 모습을 드러내고 피테르의 앞에 섰다. 피테르와 그들의 간격은 고작 십 미터.

피테르는 잔뜩 긴장한 모습으로 용광로 위의 더스틴을 힐끗 쳐다보았다. 축 늘어져 있는 모습이 갓 도축된 짐승을 연상케 할 만큼 피범벅이었다. 표면적으로 다친 몸도 엉망이었지만 아래에 있는 용광로의 열기가 그의 정신을 갉아먹고 있었다. 살아서 나간다 해도 남은 삶이 온전할 것 같진 않았다. 피테르는 어깨에 메고 있던 석궁을 손에 쥐고 클로에의 이마를 조준했다. 이곳에 올 때 이미 목숨을 버리기로 다짐했다. 두려울 건 없었다.

"아벨라 모리스."

그의 시선이 무심하게 서 있는 클로에에게 향했다. 시선을 받은 클로에가 천천히 앞으로 걸어 나왔다. 유종의 미를 위해 서로 나눠야 할 이야기가 있다면 기꺼이 받아 줄 용의가 있었다.

"내 이름은 클로에 애드리안. 아벨라 모리스가 아니다."

"인간 행세를 하며 나를 농락한 이유가 뭐냐? 정보를 캐내기 위해 날 아빠라고 부르며 접근했던 거냐?"

"난 널 농락한 적 없다. 너희의 철퇴와 폭탄에 머리를 다쳐서 기억을 잃었던 것뿐."

아무런 감정도 없는 그녀의 눈동자가 낯선 사람을 대하듯 단조로운 목소리를 냈다.

"어떤 헌터가 내게 말하길, 신이 원치 않는 뱀파이어는 죽어야 한다고 했다. 난 죽어 가면서 스스로에게 세뇌를 했지. 다시 눈을 떴을 때 죽지 않으려면 인간이 되어 있어야 한다고. 그래서 죽음의 아가리에서 기어 나올 때 나도 모르게 내가 알고 있는 인간의 이름을 나의 이름으로 착각한 거다. 그래야 살 수 있다고 스스로 자기 방어를 한 거지."

클로에가 피테르를 향해 한 걸음 내디뎠다. 피테르가 한 걸음 뒤로 물러섰다.

"날 기억하지 못하는 모양이로군."

"난 클로에 애드리안이 누군지 몰라."

"그럼 내가 죽기 전 한 말을 해 준다면 기억이 떠오를까?"

그녀가 한 걸음 내딛자 피테르는 두 걸음 뒤로 물러났다. 클로에가 어느 순간 자리에서 멈춰 서더니 시를 읊듯 나직한 목소리로 그날 그에게 했던 말을 시작했다.

"헌터여."

추궁의 목소리가 6개월 전 습격의 날을 기억하라고 머리를 두들겼다.

"신을 위해 일한다고 했는가? 인간인 네가 어찌 신의 뜻을 아는가? 왜 신이 아닌 인간이 나를 심판하는가?"

검을 잡은 피테르의 손이 부르르 떨렸다.

"이제 기억이 나?"

그래. 기억이 난다. 어떻게 잊을 수 있겠는가.

"여왕!"

"그래. 맞아. 그 존재. 폭탄에 맞고 절벽 아래에 떨어진 피투성이 뱀파이어가 바로 나다."

"어떻게 이런 일이!"

"어떻게 이런 일이 생겼냐고? 글쎄. 네가 믿는 신에게 물어보는 건 어때?"

석궁이 클로에를 향해 날아갔다. 마티어스가 그녀를 밀쳐 냈고 로렌즈와 카이가 피테르를 향해 공격을 시작했다. 피테르가 허리에 차고 있던 폭탄 하나를 그들에게 던졌다. 동시에 손에 든 석궁을 무지막지하게 쏘아 대기 시작했다. 사원에 있는 남은 무기를 전부 싹 쓸어 가지고 왔다. 몸에 지니고 있는 것만이 무기의 전부가 아니다. 피테르는 석궁의 화살이 떨어지기 무섭게 등에 매고 있던 가방에서 또 다른 폭탄을 꺼내 연거푸 터트렸다. 그가 메고 있는 등 뒤의 커다란 가방은 모두 폭탄이었다.

"은가루다! 코와 입을 막아!"

폭탄이 꼭 뱀파이어의 몸에 맞지 않아도 상관없었다. 허공에 그냥 터져도 뱀파이어들의 호흡을 가혹하게 망가트리니 그걸로도 괜찮았다. 은가루는 혼혈인 피테르에겐 아무 지장을 주지 않는다. 오직 뱀파이어들에게만, 짐승에게만 호흡곤란을 일으킨다.

폭탄이 터지자 대장간 안에 있던 뱀파이어들의 모습이 하나도 보이지 않았다. 아마도 은가루가 바닥에 잠잠히 가라앉을 때를 기다리는 것 같았다. 피테르는 그 틈을 타 나무 계단을 빠르게 올라갔다. 더스틴을 옭아매고 있는 줄을 풀기 위해서다. 그때 계단 아래서 불쑥 그의 다리를 잡는 갈고리가 있었다. 갈고리는 피테르를 그대로 바닥으로 잡아당겼다. 나무 계단이 부서지며 그가 아래로 추락했다. 마티어스가 바닥에 떨어진 피테르의 석궁을 낚아채 클로에에게 던졌다. 클로에가 그 석궁을 받아 곧바로 바닥에 쓰러진 피테르의 얼굴에 들이밀었다. 피테르는 즉각 허리에 찬 칼을 뽑아 대항했지만 한 박자 늦고 말았다.

"피테르."

하나의 몸에서 두 개의 다른 목소리를 듣는 건 어떤 기분일까. 아빠라고 부르던 그녀의 목소리가 아직 생생한데 지금 그의 이름을 부르는 목소리는 너무 생경하고 낯설다. 석궁과 칼이 서로의 얼굴을 향해 겨누어졌다. 살기등등한 그 모습은 한 치의 양보도 없어 보였다. 천으로 코와 입을 막은 로렌즈와 카이가 피테르를 에워쌌다.

"피테르. 널 만나면 묻고 싶었다. 적을 아버지로 기억하는 여자와, 자기가 죽인 여자를 알아보지 못하고 좋아하는 남자 중 누가 더 불행하다고 생각하는지."

석궁의 화살이 피테르의 이마에 틈 없이 겨누어졌다.

"네 대답은?"

피테르가 손에 쥔 검을 놓았다. 검을 놓은 그가 천천히 자리에서 일어났다. 가방의 무게가 깃털처럼 가볍게 느껴졌다. 네 명의 뱀파이어가 자신을 둘러싸고 있었지만 하나도 두렵지 않았다.

"내 대답은 하나야."

그가 아무도 모르게 가방 밖으로 흘러나온 얇은 끈을 손에 감았다. 뒤에 서 있던 카이가 이상한 기미를 느끼고 모두를 향해 피하라고 소리쳤다. 피테르가 줄을 잡아당기려는 순간이었다. 카이가 그를 향해 몸을 날렸다. 피테르가 몸을 휘청였고 카이가 갈고리를 휘둘러 그의 가방을 잡아 뜯었다.

"카이!"

그런데 용케 피테르의 가방을 낚아챈 카이가 제자리에서 꼼짝하지 않았다.

"카이!"

클로에가 카이를 향해 손을 뻗자 마티어스가 그녀를 제지하며 다가가지 못하게 막았다. 카이가 왜 그러냐는 눈을 했다. 가방을 뺏긴 피테르조차 카이로부터 물러섰다. 다들 왜 그러는 거지? 그러고 보니 조금 전부터 몸이 움직이지 않는 것 같다. 어떻게 된 거지? 카이가 고개를 숙여 자신의 몸을 보았다. 굵은 쇠창 하나가 심장에 박혀 있었다. 이건 뭐지? 누가 내게 창을 던졌지? 대장간 안에 있는 모두가 고개를 들어 창이 날아온 곳을 찾았다. 그때 대장간 창문으로 또 하나의 쇠창이 날아왔다.

"피해!"

쉬이익 바람을 가르며 날아온 창이 또다시 카이의 몸 어딘가에 박혔다. 한두 개가 아니었다. 창문을 부수며 날아온 창이 바닥과 벽에 일제히 박혔다. 쇠창은 빠른 몸놀림을 자랑하는 마티어스를 당황시킬 만큼 정확하게 날아와 그와 클로에를 구석으로 몰았다. 창을 피해 숨은 건 피테르도 마찬가지였다. 쇠창은 대장간 안의 모든 걸 파괴하려는 듯 그 뒤에도 줄기차게 날아와 어디에든 박혔다.

밖에서 창을 쏘는 자들이 궁금했다. 모두 숨을 죽인 채 누가 나타날지 주시했다. 그때 대장간 문이 열리며 안으로 뚜벅뚜벅 걸어 들어오는 사람들이 있었다. 한두 명이 아니었다. 수십 명도 아니었다. 수를 세던 로렌즈는 숫자 세는 걸 포기했다.

제일 앞서 걸어온 자가 정중앙을 향해 바닥에 무언가를 툭 던졌다. 쇠창에 박혀 서서 죽은 카이의 발 아래로 또르르 머리 하나가 굴러왔다. 깨진 안경이 코끝에 걸려 있었다. 창백한 얼굴 위에 부릅뜬 두 눈은 부지불식간에 죽음을 당한 듯 상처 하나 없이 너무나도 깨끗했다.

"맙소사. 도르제."

도르제의 머리가 스멀스멀 흐려지기 시작했다. 클로에가 부식되어 공기 중으로 사라지는 도르제의 머리를 붙잡기 위해 몸을 숨기고 있던 자리에서 벌떡 달려 나왔지만 뱀파이어의 정해진 말로를 그녀라고 바꿀 수는 없었다. 너무나도 충격적인 상황에 뭐가 어떻게 돌아가는 건지 파악도 못 한 그녀 앞에 이번엔 한 여자가 적들의 손에 질질 끌려왔다. 이번엔 몸을 숨기고 있던 로렌즈가 자리에서 일어섰다.

"신시아."

어깨를 다쳤는지 팔을 부여잡은 신시아가 로렌즈와 클로에, 그리고 마티어스를 연이어 보았다. 어떻게 된 거냐고 묻는 마티어스의 눈빛에 신시아가 대답도 못 하고 고개만 저었다.

자신을 미행하던 도르제를 발견했고 그 사실로 인해 심하게 말다툼을 했다. 기분이 나빠진 그녀는 그를 피해 장소를 옮겨 다른 곳으로 이동했고 그곳에서 정체 모를 이들에게 잡혔다. 미행을 멈추지 않은 도르제는 신시아를 구하다가 오히려 상처를 입었고 마침 클로에가 보낸 전서구가 도르제를 찾아오자 그 편지에 적혀 있는 주소를 보고 이들이 여기까지 온 것이었다.

"동족이 우릴 사냥하고 있어요. 이들은 뱀파이어예요."

신시아는 대장간 입구를 가득 채우고 있는 헌터들을 동족이라고 칭했다. 카이가 빼앗은 가방을 되찾기 위해 기회를 보던 피테르가 동족이라고 칭해진 사내들을 향해 고개를 들었다가 순간 숨을 턱 멈췄다. 그의 동공이 보기 흉할 만큼 떨렸다. 얼마나 놀랐는지 흰 눈자위가 팽창하며 그 위로 실핏줄이 투둑 터졌다. 믿을 수 없었다. 믿고 싶지 않았다. 칼과 창을 손에 든 사내들의 머리카락이 모두 은빛이었다.

"저들이 우리 동족이라고?"

동족이라면 느껴지는 기운이라는 게 있다. 마티어스는 그럴 리 없

다며 눈앞의 사내들을 빠르게 살폈다. 이질감이 느껴진다. 이런 존재
는 본 적이 없다. 키와 체격은 제각각이지만 얼굴은 서로 묘하게 비슷
하다. 변종도 아니고 인간도 아닌데 신시아의 말대로 뱀파이어의 기
운이 느껴졌다. 뭐지, 대체? 이것들은.

"설마."

설마하며 불현듯 드는 생각이 있었다. 그건 진짜 상상하기 싫은 현
실이었다. 클로에도 마티어스가 생각하는 게 뭔지 알아차린 듯 놀라
움을 감추지 못했다.

"혼혈자들?"

충격과 놀라움이 뒤섞인 말을 내뱉으며 클로에가 피테르를 쳐다봤
다. 그의 얼굴과 사내들의 얼굴이 비슷하게 닮아 있었다. 이미 자신과
닮은 그들을 본 피테르도 이게 어떻게 된 일인지 모르겠다는 얼굴이
었다.

헌터 하나가 신시아를 거칠게 잡아끌더니 손에 쥔 칼을 하늘 높이
치켜들었다. 그들은 말을 하지 않았다. 말을 하지 않을뿐더러 이유도
목적도 밝히지 않았다. 불친절한 자들이었다. 그 불친절이 로렌즈를
분노시켰다. 로렌즈가 신시아를 구하기 위해 맹목적으로 몸을 날렸
다. 마티어스가 바닥에 박혀 있는 쇠창 하나를 뽑아 그 뒤를 따랐고
클로에가 그를 뒤따라 헌터들을 공격하면서 싸움이 시작됐다.

검과 창이 부딪혔고 갈고리와 갈고리가 부딪혔다. 은빛 헌터들은
신시아의 말대로 뱀파이어로 변신이 가능했다. 그들은 뱀파이어의 모
습으로 화이트 성의 멤버들을 공격했다.

피테르는 본성이 전혀 다른 혼혈자들을 보면서 혼란을 느꼈다. 이
건 뭘 의미하는 걸까. 닮은 외모와 더불어 같은 색 머리카락의 소유자
들을 한꺼번에 만나게 되다니. 저들은 형제들인가. 아니면 혼혈자들
은 모두 비슷한 외모를 가지게 되는 걸까.

싸움이 점점 격해졌다. 마티어스와 클로에는 쉬지 않고 적들을 계속 죽이고 찢어 트렸지만 엄청난 숫자의 그들을 전부 대응하기엔 역부족이었다.

그녀를 돕기 위해 저 멀리서 그것들이 날아오고 있었다. 하늘이 어두워져서 구름이 몰려오는가 싶어 깨진 유리창을 본 누군가가 헉, 소리를 냈다. 저 멀리서 해를 가리며 무수한 박쥐들이 날아오고 있었다. 얼마나 많은지 규모가 어마어마했다. 그것들은 클로에를 찾듯 주변을 한 바퀴 돌더니 이내 일사 분란하게 대장간 안으로 쏟아져 들어왔다.

박쥐들이 헌터들을 공격하기 시작했다. 한 명에게 수십 마리가 달려들어 살을 마구 물어뜯었다. 승리가 기우는 듯했다. 하지만 시간이 지날수록 바닥에 떨어져 죽어 가는 박쥐의 수가 더 많아졌다.

알 수 없는 일이었다. 아무리 강한 전투력을 가졌다 해도 이 정도일 줄은 상상하지 못했다. 눈앞의 헌터들은 일당백의 전투력을 가진 자들 같았다.

"마티어스!"

박쥐를 물리친 헌터들이 마티어스에게 개떼처럼 달려들었다. 수십 명이 그를 향해 창을 꽂았다. 놀란 클로에가 소리를 내지르며 손에 잡히는 대로 헌터들을 뜯어내고 등을 갈고리로 찍었다. 그러나 수가 너무 많았다. 죽어 나가는 헌터보다 덤비는 헌터들이 더 많았다.

이번엔 반대로 그녀에게 수십 명이 달려들었다. 탁월하고 조직적인 공격력이었다. 아니, 그들은 지치지도 않았다. 마치 싸움만을 위해 태어난 듯 거침이 없었다. 도르제를 죽인 것만 봐도 보통 상대가 아니라는 걸 짐작했지만 막상 부딪혀 보니 체력과 기술은 상상 그 이상이었다.

"안 돼애애애!"

헌터들에게 파묻힌 클로에의 몸에서 피가 튀었다. 마티어스가 달라붙는 헌터들을 떼어 내며 소리쳤으나 바닥에 쓰러진 그녀를 쉽게 구하지 못했다. 그 순간 허공에서 폭탄이 연이어 터졌다.

콰강! 퍼엉! 펑!

은가루가 휘날렸다. 마티어스와 클로에는 적들의 품 안에서 코와 입을 막았다. 헌터들은 그 무기를 처음 보는지 나풀거리는 미세한 은을 따라 고개를 움직였다. 자신들의 머리카락과 같은 색이 마음에 들기라도 하듯이.

은가루를 흡입한 적들이 몸을 미약하게 떨었다. 말 한마디 하지 않던 그들이 약속이라도 한 듯 기침을 하기 시작했다. 피테르는 그 순간을 놓치지 않고 석궁을 마구 쏘아 댔다. 놀란 그들이 뒤를 돌아보자 피테르는 제일 가까이에 서서 자신을 보는 헌터의 가슴을 검으로 그어 버렸다. 헌터들의 눈에 일순 분노가 서렸다. 무슨 짓이냐는 물음표도 쏘아졌다.

"나는 헌터다. 뱀파이어는 모두 나의 적. 너희라고 예외는 없다."

폭탄을 던지기 전 반신반의했다. 헌터들은 이상하게도 아무도 은으로 된 무기를 지니고 있지 않았다. 칼과 쇠창을 들고 있을지언정 그건 은으로 만든 것들이 아니었다. 은탄과 은가루화약도 전혀 사용하지 않았다. 어째서일까? 헌터라면 모두 가지고 있어야 할 무기가 왜 이들에게선 보이지 않을까?

그 이유가 지금 밝혀졌다. 이들은 정말 뱀파이어인 모양이었다. 은에 약했고 은에 반응을 보였다. 피테르는 죽어 가는 헌터의 가슴을 칼로 한 번 더 찔렀다. 역시나 예상대로 헌터는 몸을 파고든 은에 괴로워했다. 헌터들은 피테르도 적으로 간주했다. 하지만 피테르는 두려워하거나 피하지 않았다.

"너흰 헌터가 아니다! 누구의 사주를 받고 헌터인 척하는 거냐? 너희의 배후가 누구냐!"

피테르의 몸은 은에 반응하지 않는다. 그 까닭은 알 수 없지만 그래서 지금껏 헌터로 활동할 수 있었다. 같은 혼혈자라도 은에 대한 반응이 다른지는 모르겠지만 지금 중요한 건 그게 아니었다. 인간과 뱀파이어를 구분 짓는 방법 중 한 가지는 은에 대한 반응을 보는 것이다.

"너희는 인간이 아니야! 전부 뱀파이어야!"

상부 조직의 비밀 병기라는 게 고작 이런 거라면 그는 철저히 반대한다. 호응할 수 없었다. 이게 얼마나 잔인하고 무서운 일인지 알고 있단 말인가.

"이곳의 인간은 오직 나 하나! 여기 있는 뱀파이어들을 모두 전멸시켜 버리겠다!"

난무하는 은가루에 헌터들이 괴로워했다. 반응이 빠른 누군가는 벌써 코피를 흘리기 시작했다. 헌터들이 피테르를 향해 칼을 치켜들었다. 그사이 숨을 돌릴 수 있게 된 마티어스가 초인적인 힘을 발휘해 몸을 옭아매고 있던 헌터들을 뿌리치고 그녀를 구출해 냈다.

클로에의 허리에 세 개의 쇠창이 꽂혀 있었다. 클로에는 쇠창을 직접 뽑아냈다. 허리에서 진한 피가 왈칵 쏟아져 나왔지만 개의치 않았다. 그건 헌터들도 마찬가지였다. 죽은 동료들의 시신에 자극을 받은 그들은 곧 대열을 가다듬고 다시 공격태세를 갖추었다. 마티어스가 적들을 경계하며 얼른 옷을 벗어 피가 흐르는 그녀의 허리를 천으로 휘감았다.

"클로에."

그가 그녀를 꽈악 안았다. 숨소리가 거칠었다. 체력적 한계에 도달했는지 목소리에도 지친 기운이 만연했다.

"마티어스. 힘내. 우린 이길 수 있어."

"알고 있어, 나의 여왕님. 두려워 말고 앞만 봐. 언제나처럼 내가 길을 터 줄 테니. 내게서 떨어지지 않을 거지?"

"물론이지. 언제나 함께할 거야."

그가 그녀의 손을 꾸욱 잡아 쥐었다. 악착같이 살아남아 반드시 화이트 성으로 돌아가자는 말도 덧붙였다. 클로에가 옅게 웃으며 고개를 끄덕였다.

다시금 격렬한 싸움이 시작됐다. 희생자가 생긴 만큼 이번엔 서로 양보가 없었다. 이번 싸움으로 승자가 가려진다는 걸 알고 있기에 격렬함은 더욱 세졌다. 다친 클로에를 보호하며 마티어스는 남은 체력을 모두 소진했다. 그사이 마티어스가 또 한 번 다쳤다. 클로에가 그를 보호하며 싸웠지만 그녀 또한 고전을 면치 못했다.

상황은 점점 악화됐다. 헌터들을 죽이기 위해 무차별적으로 폭탄을 터트리는 피테르로 인해 다친 마티어스와 클로에도 속수무책으로 은가루에 노출되었다. 이대론 버틸 수 없었다. 사방엔 헌터, 공기는 치명적인 무기. 그나마 공격에 가담해 싸우고 있는 피테르도 이젠 한계인 듯 지쳐 보였다.

로렌즈는 이미 한쪽 팔과 다리를 잃은 채 쓰러져 있었다. 신시아를 구출해 낸 대가였지만 앞으로 더 많은 대가를 치러야 한다는 걸 그는 알고 있었다.

겨우 숨만 쉬고 있는 로렌즈는 옆에 쓰러져 있는 신시아를 바라보았다. 그에게 구출된 신시아는 목이 잘리진 않았지만 찰나적인 순간 헌터의 검에 뒷목을 베인 상태였다. 상처가 깊진 않지만 가볍지도 않았다. 이미 인질이 되었을 때 몸이 많이 다쳐서인지 신시아는 평소처럼 힘을 내지 못했다. 그래도 애써 고통을 참고 두 팔로 바닥을 기면서 로렌즈의 잘린 팔을 찾고 있었다. 아마도 면목이 없어서인 듯싶었다.

"그만둬, 레이디. 잘린 팔을 찾아도 소용없어."

"하지만."

"이제 와서 착한 짓을 해도 배신자의 말로는 변하지 않아. 지금 하는 행동은 악마의 눈물로도 안 보여."

도르제가 죽었고 카이가 죽었다. 그 죄를 갚으려면 목숨을 내놓지 않고는 속죄할 수 없다. 로렌즈가 자신은 가망 없다는 말로 신시아를 말렸다. 결국 신시아는 체념한 듯 움직이던 몸을 멈췄다.

"반성은 하고 있지?"

그의 말에 신시아가 힘없이 고개를 끄덕였다.

"조금은."

"용광로 위에 매달려 있는 헌터로부터 레이디가 덫에 걸렸었다는 얘기를 들었어. 고문을 받았다는 얘기도."

신시아는 바닥에 엎드린 채 말이 없었다.

"우리를 믿었어야 해, 레이디. 꼭 내가 아니더라도 다른 누군가에게 덫에 걸렸다는 사실을 털어 놨다면 그게 누구든 레이디를 도왔을 거야. 이건 우리를 믿지 않은 레이디의 잘못이야."

"알아."

"저길 봐. 레이디가 그토록 원했던 마티어스님의 모습을. 레이디의 악행으로 얼마나 많은 이들이 죽어 가는지를 한 번 봐."

로렌즈는 처절하게 싸우고 있는 마티어스와 클로에를 보았다. 필사적으로 버티고 있는 피테르도 보았다. 피테르가 죽어 있는 카이의 손에 들린 가방을 낚아채 등에 메는 모습이 보였다. 그는 가방에 꽤 애착을 보이고 있었다. 로렌즈는 눈으로나마 그런 피테르를 지켜보다가 말없이 조끼 안의 시계를 꺼내 바닥에 내려놓았다.

"신시아."

로렌즈가 처음으로 신시아를 레이디가 아닌 이름으로 불렀다.

"난 세상에 태어나 세 여자를 사랑했는데 둘은 죽은 부인과 딸 페이고 나머지 한 명은 신시아 너였어. 미세스 페이는 내 딸이야. 네가 계속 오해하고 있는 것 같아서 알려 주는 거야."

이제 와서 그게 뭐 중요한 일인가 싶지만 로렌즈는 그 사실을 말하지 못한 게 마음에 걸렸다고 했다.

"곧 엄청난 폭발이 일어날 거야. 마음 같아선 사랑하는 널 안고 이곳을 빠져나가고 싶지만 망가진 내 몸은 이게 한계인 듯해. 그건 망신창이인 건 너도 마찬가지겠지만 만약 몸을 움직일 수 있다면 클로에 님에게로 가. 가서 네가 할 수 있는 마지막 속죄를 했으면 좋겠어. 그게 뭐든 네가 할 수 있는 일을 하면 좋겠다."

신시아는 대답하지 않았다. 하지만 로렌즈의 말을 처음으로 제대로 알아들은 듯했다. 신시아가 맹공을 펼치는 헌터들과 싸우고 있는 마티어스 쪽으로 기어가기 시작했다. 그사이 반대편에서 클로에가 쓰러졌다. 결국 진이 다 빠진 모양이었다. 그녀의 목을 치기 위해 헌터 하나가 득달같이 달려왔다. 피테르가 헌터를 베어 냈다. 도움을 준 사람도, 받은 사람도 서로가 멍해했다. 둘의 눈빛이 허공에서 얽혔다. 참 엉망인 얼굴들이다. 둘 다 성한 곳이 없었고 둘 다 지쳐 숨을 헐떡였다.

"내가 말했지?"

피테르가 이마에서 흐르는 피를 닦아 내며 말했다.

"널 보면 내가 유일하게 사랑했던 그분이 떠오른다는 말. 그 뒤에 내가 한 말 기억나?"

클로에는 설마, 했다.

"당신을 지켜 주고 싶어."

그는 그렇게 말했었다. 그리고 지금도 그렇게 말했다. 지켜 주고 싶다고.

"도망쳐."

피테르가 거친 숨을 몰아쉬며 말했다.

"여기 든 모든 게 화약덩어리다. 난 이걸 메고 여기 있는 헌터들을 모조리 지옥으로 데리고 갈 거다. 그 시간까지는 정확히 십 초의 여유가 있다. 도망은 너의 선택이다. 막지 않을 테니 살고 싶다면 지금 당장 도망쳐.”

대장간 바닥은 나무다. 이곳 아래는 은을 저장하는 저장고. 저장고 안에는 은뿐만 아니라 헌터들이 사용하는 무기도 가득이다. 위에서 다량의 화약이 터지면 바닥이 무너지면서 위에 있는 사람들은 전부 아래로 추락할 것이다. 동시에 저장고 안에 있는 다른 화약들이 이중 삼중으로 터지면서 연쇄폭발을 일으킬 것이다. 여기는 둥근 모양의 광산 안. 피테르는 자결을 선택했다. 이곳에 있는 뱀파이어들을 모두 죽일 수 있는 방법은 그것뿐이었다.

“그러니 도망가. 아벨라 모리스.”

클로에가 사방을 휘둘러보며 적들 속에 파묻혀 싸우고 있는 마티어스를 찾았다.

“마티어스!”

혼자 떠날 수 없다. 그녀가 목청껏 마티어스를 불렀다.

“마티어스!”

마티어스가 고개를 들어 이쪽을 보았다. 두 사람의 시선이 마주쳤다. 클로에가 기쁜 듯 어서 이쪽으로 오라는 손짓을 할 때였다. 피테르가 그녀를 강제로 안더니 창문 밖으로 집어 던졌다. 부지불식간의 일이었다. 거부할 틈도 없었다. 몸이 붕 뜨며 허공을 갈랐다.

“안 돼! 마티어스!”

마티어스가 적들을 헤치며 달려오기 시작했다. 피테르는 이쪽으로 달려오는 그와 반대로 헌터들에게 뛰어갔다. 여유 시간은 십 초. 엇갈리는 둘의 모습 속에서 지옥과 천국의 문도 반대로 열렸다.

“클로에!”

창문 밖으로 내동댕이쳐진 그녀가 고개를 들기 무섭게 거대한 폭탄이 터졌다. 동시에 그녀의 이름을 부르던 마티어스의 목소리도 폭발음에 묻혀 사라졌다.

콰앙! 콰가가강!

클로에가 저 멀리 날아갔다. 강력한 폭발이 일어나 창문 밖의 그녀까지 먼 곳으로 날려 버렸다.

불기둥이 하늘로 치솟으면서 돌과 은가루가 마구 날렸다. 땅이 흔들리며 연이은 폭발이 두 번 더 일어났다. 돔이 우웅거리는 소리를 내며 무너지기 시작했다. 그녀의 머리 위로 크고 작은 돌무더기들이 쏟아졌다. 위험천만하게 떨어지는 돌들을 피하는 와중에 갑자기 그녀의 몸이 땅 아래로 푹 꺼졌다. 무너진 흙더미 속에 파묻힌 것이다. 흙에 파묻히지 않기 위해 버둥거리는데 머리 위로 커다란 바위가 떨어졌다. 그녀가 흙더미 속에 그대로 묻혔다. 폭발은 그 후 한 번 더 일어났지만 이미 무너진 돔은 더 이상 흔들리지 않았다.

눈을 뜨고 정신을 차린 건 그로부터 얼마 뒤.

바위가 머리 위로 떨어졌지만 흙더미 안에 공간이 있어 용케 살아남았다. 그녀가 힘겹게 그 안에서 기어 나왔다. 바위는 밖으로 나올 입구를 막기도 했지만 떨어지는 무수한 돌들을 막아 준 존재이기도 했다. 그녀가 대장간을 보았다.

"마⋯⋯티어스."

소멸된 대장간은 흔적도 없었다. 그 위로 쏟아져 내린 돌들만 무성할 뿐.

"마티어스!"

마티어스의 이름을 목청껏 불러 보지만 대답은 없었다. 폭발로 인해 고막이 터져 두 귀에서 피가 나오고 있었다. 뒤늦게 그걸 알아차린 그녀가 그의 대답을 들을 수 없다는 걸 깨닫고 이내 대장간 위에 쏟아져 내린 돌들을 들어내기 시작했다. 성치 않은 몸이지만 그를 포기할

순 없었다.

"어떻게 포기해? 내가 어떻게 그를!"

창가 쪽으로 달려오던 마티어스를 생각하며 대장간의 창가 위치를 찾아 그곳부터 일을 시작했다. 핏물이 묻은 돌들이 나올 때는 터지는 울음을 삼켰다. 부디 그의 것만 아니길 바라면서 철렁한 가슴을 억눌렀다. 해가 지기 시작하자 손을 더 빨리 움직였다. 혹시 이곳으로 제2의, 제3의 헌터들이 올까 봐서였다.

한참 돌을 옮기던 그녀의 손이 갑자기 멈췄다. 익숙한 드레스 자락이 눈에 보여서였다. 참극의 현장에서 배신자의 시신을 보자니 속이 뒤틀렸다. 평소라면 참시를 할 만큼 되갚아 줬겠지만 지금은 그럴 여유가 없었다. 그런데 죽은 신시아의 다리 사이에 다리 하나가 더 있었다. 가만히 보니 신시아의 몸 아래 누군가 깔려 있었다. 클로에의 손이 허둥지둥 바빠졌다.

"마티어스!"

그는 마티어스였다. 신시아는 폭발이 터지는 순간 용케 바닥을 기어와 그를 폭탄으로부터 보호했다. 온몸으로 마티어스를 감싸 안은 신시아. 그래서일까. 신시아의 품에 있던 마티어스는 처참했으나 신체의 형체는 가지고 있었다.

억지로 눈물을 삼키며 다시 그를 꺼내는 작업을 이어 나갔다. 그가 온전히 밖으로 형체를 드러냈을 때, 클로에는 그를 붙잡고 한참을 울었다. 숨결이 느껴지지 않았기 때문이다. 물을 먹은 종이처럼 버석거리는 그의 몸이 바닥으로 축 처졌다. 클로에는 혹여 그의 팔다리가 말라 사그라질까 두려워 어린아이를 안듯 그를 업었다.

머리에 돌이 떨어져 죽은 신시아는 애써 외면했다. 고맙지도 않은 사랑이라서 그랬다. 그래도 처음이자 마지막으로 짝사랑하는 마티어스를 안아 봤으니 다행일지도.

그를 업고 돔을 나오기 위해 몇 시간을 소비했다. 정상적이지 않은 몸으로 등에 그를 업고 무너진 돔을 빠져나오는 건 고행 같은 일이었다. 중간에 그를 업은 채 몇 번이나 엎어졌다. 하지만 그럴 때마다 클로에는 그가 그녀를 살렸을 때처럼 인내와 의지로 버텨 냈다. 이윽고 무사히 돔을 빠져나왔을 때 그녀는 무너진 돔을 한 번 뒤돌아보았다. 피테르가 떠올랐다. 그녀를 살려 준 이유가 뭘까. 어딘가에 묻혀 있을 그를 생각했다.

적을 아버지로 기억하는 여자와, 자기가 죽인 여자를 알아보지 못하고 좋아하는 남자 중 누가 더 불행하다고 생각하는지에 대한 답을 미처 듣지 못했다. 그의 대답은 뭐였을까. 어떤 대답을 하고 싶었던 걸까.

클로에는 도르제와 카이, 그리고 로렌즈가 묻힌 그곳을 오랫동안 응시하다가 천천히 몸을 돌렸다.

닫히는 문

화이트 성은 빛나는 흰색을 가진 성이었다. 세월이 흘러 색이 바래 지금은 검붉게 변했지만 그래도 여전히 화이트 성으로 불리는 건 기억할 수 없는 과거부터 고고하게 그 자리를 지키고 있기 때문이었다.

이곳은 영국에서도 강수량이 제일 많고 습기가 현저히 높기로 유명한 곳이다. 덕분에 숲은 나무와 풀을 풍족하게 키워 냈으며 길 위의 언덕에는 늘 안개구름이 띠를 두르고 있어 마치 옛이야기에 나오는 곳처럼 분위기가 묘했다.

성은 마을과 떨어진 고지대에 위치해 있다. 지대가 높은 곳에 위치한 만큼 종종 구름에 갇혀 사라지는 성은 신비로운 모습만큼 숨겨진 비밀이 많은 곳이다. 바로 영생의 저주를 받은 뱀파이어가 사는 곳이니까 말이다.

클로에는 마티어스를 데리고 화이트 성에 무사히 도착했다. 이곳을 떠나 있던 건 고작 반년이 넘은 시간인데 거대한 성은 주인을 잃은 것처럼 황량하고 을씨년스러웠다. 그럴 수밖에 없었다. 있어야 할 모두가 사라지고 그녀만 살아 돌아왔으니 당연했다.

클로에는 초원을 뛰노는 동물들을 마구잡이로 잡아들였다. 숲에 사는 노루와 사슴을 산 채로 잡아 왔고 마을에서 키우는 돼지와 어린 짐승 몇 마리도 훔쳐 왔다. 마티어스를 살리기 위해서였다.

마티어스의 상태는 눈 뜨고 보기 힘들 만큼 처참했다. 폭발로 인해 타 버린 옷자락과 피부가 엉겨, 그걸 떼어 내는 데만 꼬박 이틀이 걸렸다. 화상을 입은 피부와 여기저기 떨어져 나간 살점들.

불에 타고 찢기고 뭉개진 신체는 진심으로 성한 곳이 하나도 없었다. 클로에는 잡아 온 동물들의 목을 물어뜯어 직접 그의 입에 피를 흘러 넣어 주었다. 그러나 목 안으로 들어가는 피보다 흘러 떨어지는 양이 더 많았다. 클로에는 지체 없이 뜨끈한 짐승의 피를 입에 한가득 담고 푸석하게 말라 버린 그의 입을 열어 직접 피를 공급했다. 생명을 주입하는 그 모습은 조심스럽고 신중했으며 한편으론 애틋했다.

"마티어스."

클로에는 미동 없는 그를 애잔한 목소리로 불렀다. 그의 한쪽 뺨이 시커멓게 타 있었다. 클로에는 떨리는 손으로 그의 볼을 안타깝게 어루만졌다.

"걱정 마. 당신은 죽지 않을 거야. 내가 그랬던 것처럼 당신도 살아날 거야. 맹세하건대, 내가 반드시 당신을 다시 숨 쉬게 할 거야."

하지만 그녀의 노력에도 불구하고 마티어스는 쉽게 눈을 떠 주지 않았다. 그의 입안으로 들어가는 피가 소량이기 때문일까? 아니면 다른 이유가 있는 걸까? 피를 마시지 못하니 몸이 재생될 수 없다고 해도 여전히 정신을 차리지 못하는 건 이해할 수 없었다.

일주일이 지나고 보름이 되는 날.

마티어스는 여전히 돔에서 발견된 그 상태 그대로 변화가 없었다.

"영면일까? 아니면 재생을 위한 수면?"

이유가 뭐든 그녀의 고민은 더욱 깊어졌다. 마티어스의 몸이 조금씩 마르기 시작했기 때문이다. 정확히 표현하자면 체내의 수분이 점점 사라지는 현상이라고 할까. 클로에는 사랑하는 남자의 미세한 변화를 포착한 뒤 알 수 없는 두려움을 느꼈다.

그를 위해 무덤을 만들기 시작했다. 성의 제일 깊은 지하에 커다란 규모로 돌들을 쌓아 올렸다. 헌터들로 인해 상처를 입은 건 그녀도 마찬가지여서 작업은 느리고 더뎠지만 잠조차 반납한 클로에는 그를 위해 모든 것을 희생했다.

지하 끝자락에 위치한 이곳은 그녀가 한때 잠들어 있던 장소이기도 했다. 그만큼 안전했으며 안락한 공간이었다. 클로에는 돌로 만든 무덤 안에 관을 만들어 넣어 짐승의 피로 가득 채웠다. 그리고 그 안에 마티어스를 조심히 눕혔다. 찰랑거리는 피 속에 잠긴 그의 이마에 클로에가 입을 맞췄다. 장기전이 될 것 같은 예감이 들었다.

"힘내. 내 사랑."

클로에가 그의 이마에 자신의 볼을 비볐다. 뜨거운 눈물이 흘러내렸지만 마티어스는 예전처럼 그 눈물을 닦아 주지 못했다.

그가 잠든 지 두 달째.

신선한 피의 공급은 여전히 이어졌지만 그는 여전히 관 속에 누운 채 말이 없었다.

"좋은 아침. 잘 잤어?"

그의 마른 뺨에 모닝 키스를 하는 그녀의 모습이 이제는 제법 자연스럽다. 그사이 계절이 바뀌었고 습도가 낮아졌으며 건조한 가을이 되었다.

클로에는 헌터들이 여자 뱀파이어를 찾아 죽이는 이유를 알게 됐다. 피테르와 나눴던 대화에 그 비밀이 있었다.

"오리지널이 사라지면 나머지 뱀파이어도 따라 소멸된다는 이야기를 그가 했었어."

누군가의 입에서 흘러나온 이야기인지는 모르지만 헌터들은 그래서 여자 뱀파이어 사냥에 의미를 두고 있었던 모양이다.

"오리지널이라."

그녀는 그 존재를 안다. 지상에서 그 비밀을 아는 자는 그녀뿐일 것이다. 세상에 현존하는 뱀파이어 중에 제일 오래 산 그녀만이 태초를 알고 태초를 보았다. 그 존재를 감히 죽일 수나 있을까. 여자도 남자도 아니고, 인간도 뱀파이어도 아니고, 짐승도 사람도 아닌, 그 존재를.

클로에는 은빛 머리의 적들이 와도 오리지널은 죽일 수 없을 거라고 단언했다.

그가 잠든 지 일 년.

봄의 나비가 여름을 건너 가을의 잠자리가 되고 겨울엔 눈이 되어 녹아 사라졌다. 인내는 깊어졌고 걱정은 근심이 됐다. 클로에는 자신의 관을 만들었다. 그가 깰 때까지 자신도 영면할 생각이었다. 영면하는 동안에도 피의 공급이 계속 된다면 좋겠지만 그걸 바라는 건 사치 같았다.

클로에는 두 사람이 잠든 사이 혹시 생길지 모를 불상사를 방지하기 위해 성문을 모두 닫았다. 혹시 모를 외부의 침입을 막기 위해 성 안팎의 창문도 나무와 벽돌을 대서 막았다. 성의 후문은 아예 무너트려 누구도 들어오지 못하게 막아 버렸고 성 주변에 고목나무와 가시덩굴을 심어 인적을 막았다. 마지막으로 후작에게 편지를 써 성의 소유권이 다른 사람에게 넘어가지 않도록 철저한 관리를 부탁한다고 보냈다.

기간은 무한대.

앞으로 일 년이 될 수도 있고 십 년이 될 수도 있다. 어쩌면 시대를 넘고 세기를 넘을 수도 있을 것이라고 적었다. 부득이한 상황으로 성의 주인이 바뀌게 될 때는 성을 부숴 달라고 부탁했다.

클로에가 자신의 관에 누웠다. 위치는 마티어스 옆이었다. 두 사람은 마치 평온한 잠을 자듯 나란히 누운 채였다.

"어떤 꿈을 꿀까? 헌터들이 없는 세상? 아니면 뱀파이어가 살기 편한 세상?"

뭐든 좋다. 당신과 함께라면.

클로에가 천천히 눈을 감았다. 지금은 비록 패잔병의 꼴로 잠들지만 곧 깨어나 영양분을 채울 것이다. 그가 눈을 뜨는 날에 그녀도 영면에서 깨어날 것이다. 그때가 언제인지는 모르겠다. 장담할 수 있는 건 하나도 없다. 그녀가 손을 뻗어 마티어스의 손을 잡았다.

"마티어스. 다시금 눈을 떴을 때의 세상은 어떤 곳일까? 얼마나 변해 있을까? 산업화가 가속된 런던의 미래는 과연 어떨지."

클로에가 그의 손등에 마지막으로 입을 맞췄다.

"그게 언제든, 어느 시대든, 어떤 미래든, 우리 함께 구경해 보도록 해."

지하 문이 닫혔다. 굳건히 닫힌 문 위에 하나의 문구가 적혀 있었다.

밤의 문이 열리면 나는 다시 부활하리라.

어디선가 무수한 박쥐들이 날아와 성을 점령했다. 화이트 성은 박쥐들에 의해 절벽 위에서 모습을 감췄다. 사라진 성의 두 개의 관은 그렇게 서서히 시간 속에 파묻혀 사라졌다.

—fin

숨 겨 진 문

미하이의 미모에 대한 명성은 자자했다.

그 소문이 육지를 벗어나 바다로 흘러 검은 그림자에게 도달한 것은 어쩌면 당연한 일일지 모른다. 하지만 지상의 끝에 있던 그림자가 소문의 근원지로 왔을 때 미하이는 이미 중년이 되어 있었다. 그림자가 사는 곳과 인간이 사는 곳의 시간은 그렇게 큰 차이가 있었다.

그럼에도 불구하고 미하이는 여전히 아름다웠다. 검은 그림자는 늙어 가는 그녀를 지켜보는 것만으로도 심심하지 않았지만 흐르는 세월만큼 채워지는 주름은 그 속도가 빨라 구경은 길지 못했다.

유서 깊은 왕조의 딸이자 화이트 성의 안주인으로서 미모와 재력과 명성 모두를 움켜쥐고 있는 미하이에겐 두 명의 딸이 있었다. 그림자가 화이트 성에 도착했을 때 첫째 딸은 정략적으로 내정되어 있던 외국 왕실의 어느 가문으로 이미 시집을 간 상태였고, 늦은 나이에 어렵게 얻은 둘째 딸은 나이가 어려 아직 그녀의 품에서 지내고 있었다.

둘째 딸의 이름은 클로에 애드리안.

첫째 딸과 달리 미하이를 많이 닮은 클로에는 굳건한 권력을 가진 아버지와 세기의 미인이라고 칭송받는 어머니 사이에서 백합처럼 희고 목련나무처럼 단단한 기질을 지닌 채 고고하게 자랐다.

아이는 시간이 지날수록 미하이의 미모를 따라잡았다. 소녀에서 숙녀가 될수록 미모는 더 빛을 발했고 그로 인해 성인식을 치른 열세 살이 됐을 때는 쟁쟁한 가문들로부터 약혼을 제의받았다. 결혼이 성사되길 바라는 마음에 오히려 남자 측에서 지참금을 주겠다는 가문도 있었고, 태어나지도 않은 자손을 위해 미래의 며느리로 데려가겠다며 약혼의사를 타진해 오는 곳도 있었다.

그로 인해 소문은 점점 무성해지고 부풀어 올라 어린 클로에를 보기 위해 성 안으로 몰래 침입하는 자들까지 생겨났다. 미하이는 과열되는 세간의 관심으로부터 어린 딸을 보호하기 위해 성 밖 외출을 금지시켰다.

"베슈엘."

미하이가 남편 베슈엘을 향해 그윽한 목소리를 냈다. 오늘 그녀는 딸의 성 밖 외출을 금지하는 명을 일방적으로 내린 상태였다. 그것이 미안했는지 미하이는 시녀들을 물리치고 오랜만에 남편의 잠자리를 직접 봐 주었다.

"예로부터 외모가 뛰어난 미인은 사람들의 칭송과 드높임을 받는 동시에 시기와 질투도 함께 받는다고 해요. 그래서 때론 원치 않게 운명의 소용돌이에 휩싸이게 된다고 합니다."

베슈엘이 침대에 눕자 미하이도 그 옆에 조용히 몸을 누였다. 베슈엘은 언제나처럼 아내를 위해 팔베개를 해 주었다. 미하이 또한 매일 밤 그렇듯 그의 팔에 사뿐히 머리를 기댔다.

"외출 금지는 아이를 위해 꼭 필요한 처사라고 생각해요. 그러니 이해해 줘요."

"클로에가 상심이 클 텐데."

"아이는 현명해요. 역사서를 통해 미인들의 삶을 엿본 후라 나의 명령을 이해해 줬어요. 오히려 자신으로 인해 문제가 생기진 않을까 걱정하는 눈치였어요."

"저런. 그런 걱정을 하다니. 이 내가 아비임을 알면서."

베슈엘은 굳건한 힘과 권력을 가진 아버지를 두고 사소한 걱정을 하는 딸을 귀엽게 생각했다.

"그러고 보니 클로에도 다 컸어. 금지령에 오히려 반항하며 거부할 거라고 생각했는데 우리 입장을 이해하다니, 어쩐지 좀 섭섭한걸."

"왜요?"

"사실 나는 우리 막내딸이 좀 더 많은 세상을 보고 배우길 바라오. 첫째 딸처럼 온실 속의 화초로 성 안에만 갇혀 있다가 정해진 절차를 따라 시집가는 걸 원치 않아."

"이미 클로에와 함께 많은 곳을 여행했잖아요. 그걸로도 충분할 거예요. 그리고 큰 아이는 처음부터 안락한 삶을 살고 싶어 했어요. 사랑하는 남편과 귀여운 자식들을 낳아 화목한 가정을 이루는 게 꿈이었고요. 아이가 원했던 삶이니 나쁜 건 아니에요."

"알고 있소. 그러니 섭섭하지. 슬하에 남은 자식은 클로에뿐인데 그 아이도 먼 나라로 가 버리면 쓸쓸할 것 같아서 말이야."

베슈엘의 말에 동의한 미하이가 그의 가슴에 얼굴을 묻었다.

"클로에는 이제 겨우 열세 살이에요. 결혼은 머나먼 일이고요. 미리 섭섭해하지 말아요."

"그래. 아이가 무럭무럭 자라 성인이 될 때까지 아직 시간이 많지. 그동안 나는 클로에에게 어울리는 좋은 신랑감을 찾아봐야겠소."

"좋은 생각이에요. 대지처럼 넓은 마음과 강물처럼 깊은 지혜를 가진 사내면 좋겠어요. 후에 우리 부부가 죽고 클로에가 혼자 남겨졌을 때 의지할 수 있는 사내면 더 좋고요."

"나처럼 말이오?"

미하이가 물론이라며 미소 지어 보였다.

"당신처럼요."

둘은 서로를 보며 믿음의 웃음을 주고받았다.

"기대되는군. 우리 딸의 미래의 신랑감이."

둘은 어린 딸을 위해 신이 어떤 축복을 안배해 놓았을지 궁금해하며 스르륵 잠이 들었다.

아침 햇살이 침대 위를 비췄다. 눈을 감은 채 습관적으로 침대 옆을 향해 손을 뻗어 베슈엘을 찾던 그녀는 빈자리가 의아해 눈을 떴다. 늘 그녀보다 늦게 일어나는 그가 오늘은 어쩐지 자리를 비운 채였다.

"콜록콜록."

잔기침이 튀어나왔다. 밤새 잠자리가 조금 추운 느낌이었는데 그 영향인 모양이다. 그러고 보니 어쩐지 침실 안의 온도도 평소보다 낮게 느껴졌다. 이유 모를 서늘함이 자리 잡고 있다고나 할까. 그녀가 침대에서 일어나 헝클어진 긴 머리를 손으로 쓸어내며 잠옷을 벗었다. 이럴 때는 따뜻한 물에 몸을 녹이고 하루를 시작하는 게 좋다. 화이트 성은 지대가 높은 만큼 다른 곳보다 바람이 많고 기온이 낮아 감기에 걸리기 쉽기 때문에 스스로 관리를 잘해야 한다.

옷을 벗은 미하이의 나신이 창가 쪽에서 스며든 빛을 받아 반짝거렸다. 속살이 그대로 드러난 나신은 불혹의 나이를 넘었다고 보기 힘들 만큼 아름다움이 그대로 유지되어 있었다. 부드러운 곡선 아래의 투명한 피부, 그리고 풍성한 머리카락 아래 숨겨져 있는 하얀 목덜미. 머리카락을 틀어 올려 목덜미를 드러낸 순간이었다. 욕실로 걸어가던 그녀가 갑자기 우뚝 걸음을 멈추며 뒤를 향해 확 돌아섰다. 그녀의 눈이 날카롭게 정면을 노려보았다.

'뭐지?'

방금 목덜미를 만진 손길이 있었다. 그럴 리 없는데 오금이 저릴 만큼 차가운 뭔가가 분명 그녀의 목을 만졌다. 잘못 느낀 것도 아니다. 미하이는 아직 차가운 느낌이 남아 있는 자신의 목을 만지며 욕실을 나와 침실 쪽을 빠르게 살폈다. 아무것도 없었다. 당연했다. 침실엔 오직 혼자뿐이었다.

'그런데 이건 뭐지?'

미하이는 마치 방 안에 뭔가 있기라도 한 것처럼 허공을 보았다. 아무것도 없는데, 아무것도 보이지 않는데, 기묘하게도 뭔가가 이곳에 있는 기분이 들었다.

'이건 마치…….'

그때였다. 시녀가 다급한 목소리로 문 밖에서 그녀를 찾았다.

"밖으로! 밖으로 나와 보십시오! 밤새 성 안에서 살인사건이 일어났다고 합니다."

"뭐라고?"

시녀의 말에 황망해진 미하이가 얼른 정신을 차리고 급히 가운을 입었다. 성 안에서 누군가가 죽었다는 건 굉장히 중요한 문제였다. 그건 성의 경비가 뚫렸다는 말이고 곧 외부의 적에게 성이 함락될 수도 있다는 의미였기 때문이다. 그녀가 침실 문을 열고 밖으로 나오자 기다리고 있던 시녀가 그녀의 어깨에 커다란 숄을 걸쳐 주었다.

"클로에는?"

"무사하십니다. 기사들이 공주님의 침실 근처를 철통같이 지키고 있어요."

"베슈엘은 어딨지?"

"사건 현장에 가 계세요."

미하이는 그곳으로 가 보겠다며 시녀를 앞세웠다. 시녀가 앞으로 발 빠르게 움직이며 그녀를 안내했다. 성의 경비병들과 무장한 기사들이 복도 끝에 모여 있었다. 미하이가 오자 그들이 양옆으로 길을 내주었다. 그들을 지나쳐 안으로 들어간 미하이가 곧바로 터지는 비명을 삼키며 입을 막았다.

"어떻게 이런 일이."

죽은 사람은 시녀였다. 미하이의 시중을 드는 사람 중 한 명으로 그녀도 아는 얼굴이었다.

"이곳까지 미하이를 데리고 오면 어쩌자는 거냐? 당장 모시고 나가."

사건 현장에 있던 베슈엘이 시녀를 나무라며 호통쳤다. 하지만 침대 위에 죽어 있는 시녀를 본 미하이는 시녀를 물리치고 오히려 앞으로 걸어 나왔다.

"사망 원인이 뭐야?"

화이트 성의 안주인으로서 두려움과 무서움을 잠시 누르고 질문을 하자 그렇잖아도 시신을 관찰 중이던 의원들이 부끄럽지만 원인을 아직 파악하지 못했다고 대답했다.

"보시다시피 시신의 상태가 워낙 깨끗해 외관상으로는 원인을 찾기가 어렵습니다. 그 어디에도 상해 자국이 없어요. 단, 원인을 알 수 없는 커다란 구멍 두 개가 목에 있어 그게 뭔지 확인하는 중입니다."

"두 개의 구멍?"

미하이가 죽은 시녀의 목을 쳐다봤다. 정말로 손가락 마디 하나 정도의 커다란 구멍 두 개가 나 있었다. 그녀의 눈이 빠르게 시신의 모습을 훑었다. 풀어 헤쳐진 옷 사이로 적나라하게 드러나 있는 봉긋한 가슴과 허벅지 위로 말아 올라간 치마 사이에 드러난 다리. 그리고 창백한 얼굴과 침대 시트를 잔뜩 움켜쥔 두 손. 침대 위에 누운 채 죽어 있는 시신은 눈을 감지 않은 채 창가 쪽을 바라보며 미소 짓고 있었다.

"미소?"

시녀는 웃고 있었다. 그것도 황홀한 표정으로 너무 행복하게 말이다.

"이게 죽은 사람의 얼굴이 맞아? 지금 이 표정은 마치······."

미하이는 죽은 자의 얼굴 속에 피어난 미소가 기이하고 소름 끼쳐 베슈엘을 쳐다보았다. 베슈엘은 대답 대신 시녀에게 눈짓을 했다. 시녀가 불호령이 떨어질 것을 예감하며 얼른 미하이를 데리고 그곳을 빠져나왔다. 미하이는 곧장 클로에가 머물고 있는 곳으로 향했다. 죽은 시녀의 모습이 꺼림칙해서였다.

"클로에!"

다급한 목소리가 몇 번 이어지더니 미하이의 발소리에 맞춰 어린 딸의 침실 문이 발칵 열렸다.

"어머니?"

화장대 앞에 앉아 시녀에게 머리를 맡기고 있던 클로에가 굳은 얼굴로 달려오는 미하이를 보고 자리에서 일어섰다.

"어머니."

"클로에! 괜찮니?"

미하이가 클로에를 와락 안았다.

"어머니. 왜 그러세요? 무슨 일 있어요?"

평소와 다른 미하이의 모습에 클로에가 놀란 얼굴을 감추지 못하며 재차 물었지만 미하이는 그저 강한 힘으로 아이를 안은 채 아무 말도 하지 않았다.

"아니야. 아무 일도 아니야. 그냥 단지, 단지."

이곳은 평화로웠다. 염려할 게 없었다. 클로에는 평소와 다른 게 없었고 모든 게 동일했다. 미하이는 자신이 예민하게 굴고 있다는 걸 알면서도 혹시 모를 불상사가 딸에게까지 발생할까 봐 두려웠던 마음을 잠시 내려놓았다.

그런데—

뭐지? 그녀가 침실에서 느꼈던 기분 나쁜 느낌이 이 방에서도 느껴졌다. 벌써 두 번째다. 존재는 없지만 존재가 느껴지는 이상한 기분. 그 순간이었다.

"콜록."

클로에가 콜록콜록 기침을 했다. 미하이의 눈이 본능적으로 경직됐다. 놀라워하는 그녀의 얼굴을 보고 클로에가 어색하게 웃어 보였다.

"밤새 좀 추웠어요. 감기는 아니니 염려 마세요."

미하이가 몸을 떠는가 싶더니 갑자기 아이를 안고 그곳을 달려 나왔다. 갑작스러운 그녀의 행동에 놀란 시녀들이 허둥지둥 뒤를 따랐지만 어느새 저 멀리 달려간 그녀를 쉽게 잡지는 못했다. 미하이는 적의 침입을 대비해 성 깊숙한 내부에 만들어 놓은 비밀의 문을 열고 그 안으로 들어갔다. 기사들이 닫힌 문을 두들기며 원인을 파악하려고 애썼지만 굳건히 닫힌 문은 결코 열리지 않았다. 나중에 소식을 듣고 온 베슈엘이 문 밖에서 미하이를 이해시키느라 오랜 정성을 들여야 했다.

"많이 놀랐나 보군. 걱정하지 마시오. 잘 처리했으니."

베슈엘은 비밀의 문을 열고 나온 미하이를 다독이며 옆을 지켜 주었다.

"원인이 뭐예요? 누가 감히 성내에서 살인을 저지른 거예요?"

미하이의 물음에 베슈엘이 다소 목소리를 낮춰 이야기를 시작했다.

"입에 담기 거북하지만 아무래도 성교 중에 발생한 돌연사인 듯하오. 시신엔 특별한 외상이 없어. 그래서 살인이 아니라는 데 의견들이 모아졌소이다."

"살인이 아니라고요? 그럼 목에 나 있던 커다란 구멍 두 개는요?"

미하이의 물음에 베슈엘이 고개를 가로저어 보였다.

"안타깝게도 그 이유는 찾지 못했소."

"말도 안 돼. 그런 터무니없는 결과를 내놓다니. 의원들에게 조사를 보다 면밀히 하라고 지시해요."

"물론이오. 이참에 주변 경비를 강화시키고 성의 내부 구석구석을 살펴볼 거야. 성의 외곽도 다시 손을 볼 거고."

베슈엘이 불안해하는 그녀의 손을 따뜻하게 잡아 줬다.

"당신은 화이트 성의 안주인이오. 당신의 불안감은 다른 사람들에게 안 좋은 영향을 줄 수 있소. 이럴 때일수록 우리는 소리 없이 침착하게 상황을 정리해 나가는 게 좋소. 그러니 이제 그만 날 믿고 염려를 놓도록 해요."

베슈엘은 불안해하는 미하이를 위로하며 그날부터 즉각적으로 발빠르게 움직였다. 성 내부와 외부를 수색해 수상한 자를 착출해 냈고 굳이 손대지 않아도 괜찮은 성 구석구석을 보수해 만일을 대비했다. 축대를 다시 쌓아 올리고 외벽을 보다 높게 올렸으며 성 주변 곳곳에 경비병과 보초를 증강했다.

화이트 성은 적이 어디서 공격해 오든 한눈에 알아볼 수 있는 최적의 위치에 자리하고 있었지만 이번 살인사건으로 인해 보다 더 견고하고 튼튼한 성으로 탈바꿈했다. 그러나 기괴하게 죽은 시녀에 대한 소문은 입단속이 무색할 만큼 퍼져 무성하게 변질되기까지 했다.

"범인이 보통 기술을 가진 게 아니었던 모양이야. 그렇지 않다면 어떻게 웃으면서 죽을 수 있겠어?"

"시녀가 가슴을 훤히 다 드러낸 채 침대에 죽어 있었다지? 시체를 본 사람의 말로는 죽은 모습이 딱 그걸 하다 죽은 모양새였다던데."

삼삼오오 모인 여자들이 호기심 속에서 묘한 웃음을 터트렸다. 보지 않아도 알 것 같다는 의미들이었다.

"그래서 죽은 원인이 뭐래? 결과는 아직이야?"

"내가 듣기론 죽은 여자 몸에 피가 거의 없었대."

"끔찍해라. 어떻게 피가 없을 수 있지?"

"이건 우연히 들은 얘긴데 살인자가 죽은 여자의 몸에서 피를 쭈욱 뽑아서 가져간 것 같대."

"설마."

"정말이래. 죽은 여자를 옮기는데 너무 가벼워서 모두 놀랐다고 해. 알고 보니 몸에 있던 피가 전부 사라지고 없었다지 뭐야?"

황홀경에 빠져 죽은 시녀를 향한 음담은 이제 살인자가 피를 좋아하는 남자로 변질됐고 그 사람은 힘 좋은 목수에서 싸움을 즐기는 기사, 그리고 권력의 꼭대기에 있는 영주에게로까지 확대되어 성 안을 한바탕 휩쓸며 떠돌았다. 다행스럽게도 그 뒤로 성 안에서는 더 이상 살인사건이 일어나지 않아 소문은 잠잠해졌지만 미하이는 그날 침실에서 느꼈던 정체 모를 존재에 대한 불안감을 가지고 살게 됐다.

클로에가 열일곱 살이 된 해였다. 베슈엘은 슬슬 클로에의 신랑감을 찾기 위해 명망 있는 가문의 자식들을 살펴보기 시작했다. 최고의 배후자를 찾을 때까지 결혼은 최대한 늦출 생각이지만 모쪼록 그런 일이 없게끔 지금부터라도 발 빠르게 움직이는 게 좋을 것이라 생각했다. 그의 개인 서재 벽에 이름 모를 초상화가 걸리기 시작한 건 그 즈음이었다. 어느 가문의 몇 번째 후손이라는 짧은 설명과 함께 모아진 초상화는 이미 수십 점을 넘고 있었다. 오늘도 새로운 초상화가 벽에 걸렸고 베슈엘과 미하이는 나란히 서재로 들어가 꽤 오랜 시간을 함께 보냈다.

"훤칠하네요. 용모단정한데 늠름해 보이기까지 하고. 초상화에서조차 풍채가 남다르니 실물을 보면 클로에의 시선을 사로잡겠어요."

새롭게 걸린 초상화 앞에 선 미하이가 예비 신랑 후보의 전신이 담긴 그림을 보고 넉넉한 점수를 줬다. 하지만 그만큼 얼굴은 한층 고민스럽게 변했다.

"이들 모두 출중한 가문과 학식을 갖춘 자들의 후손들이라니 선택이 점점 어려워지는 느낌이에요. 아직 어린 클로에가 과연 이 안에서 반듯한 심성과 따뜻한 마음을 가진 사람을 찾아낼 수 있을지 걱정이 되네요."

"그래서 우리가 그 초석을 가려내 주기 위해 이 일을 하는 거지."

베슈엘은 쟁쟁한 후보들을 대략 다섯으로 추려 긴 탁자 위에 차례로 올려놓았다. 이 모든 일은 당사자인 클로에의 의사가 배제된 채 진행되는 일들이었지만 두 사람은 마지막엔 딸의 의견과 선택을 존중할 것이라고 약속했다.

"그럼 후보가 결정됐으니 클로에의 생일 때 이들을 초청해 서로 인사를 나누게 하도록 하겠소."

"부디 클로에가 현명한 혜안을 가지고 좋은 배우자를 선택해 주면 좋겠어요."

"바라는 바요."

그런 이유로 클로에는 17번째 생일날 다섯 명의 남자로부터 축하를 받았다. 그들은 한결같이 초대를 기다렸다는 듯 넘치는 선물을 들고 나타났으며 생일 축하를 빌미로 화이트 성에 머물 의사를 내비쳤다. 이번 기회를 통해 클로에의 마음을 확실히 사로잡겠다는 의지가 보여 베슈엘은 기꺼이 그들의 거주를 허락했다.

하지만 열세 살 이후론 성 밖으로 나간 적이 없던 클로에는 새로운 인물들의 등장을 썩 편하게 받아들이지 못했다. 불편하고 귀찮았다. 조용히 정원을 산책하고 있노라치면 어느새 누군가가 다가와 말을 걸었고, 서재로 가 읽을 책을 꺼내면 시키지도 않았는데 책의 줄거리를 줄줄 말해 버렸다. 관심은 조금도 생기지 않았다. 클로에는 그 나이 또래 여자아이들처럼 특별한 이야기가 듣고 싶었다. 가슴을 두근거리게 만드는 그런 이야기를. 그리고 그녀가 알지 못하는 넓은 세상에 대한 이야기를.

그때 저 멀리 성문의 아치형 다리 위로 낯선 사람들이 나타났다. 그들은 갑옷을 입은 기사들로 성으로 들어오기 위해 허락을 기다리고 있었다.

"아직 더 올 사람이 있나?"

마차나 말을 이용하지 않고 온 그들을 단순히 초대에 늦은 손님으로만 생각한 클로에는 시시한 얼굴로 그곳에서 몸을 돌렸다.

"영주님. 데본셔 가문의 기사들이 성문 앞에 와 있습니다."

"데본셔?"

데본셔란 말에 베슈엘의 낯빛이 제법 사나워졌다. 영국의 귀족역사는 1066년 정복왕 윌리엄에서부터 시작된다. 데본셔는 정복왕을 도와 다른 영주의 땅을 빼앗는데 앞장서 온 가문이고 그에 따른 권력도 상당했다. 베슈엘은 왕족이었으나 시대의 변화에 따라 정복왕 윌리엄과는 다른 정치 노선을 유지하는 사람이었다. 잉글랜드인이라면 모두 알다시피 윌리엄은 프랑스 출신이 아니던가.

"무슨 이유로 그들이 이곳에 왔다 하는가?"

"묵고 가기를 청하고 있습니다. 부득이한 사정이 생겨 도움이 필요하다고 합니다."

화이트 성의 기사가 잔뜩 어깨에 힘을 주고 보고하자 베슈엘은 잠시 고민했다. 다른 영주의 기사를 성에 머물게 할 수는 없다. 그건 성의 정보를 알려 주는 것과 같은 중요한 문제로 그 누구도 그런 실수를 하지 않는다. 또한 그런 무례를 저지르지도 않는다.

"이건 그만큼 절실하다는 말인데."

베슈엘은 그들의 대표와 면담을 허락해 주었다. 이야기를 듣고 판단할 생각이었다. 그의 말에 기사가 성문으로 달려가 문 앞에서 대기하는 그들에게 갔다. 총 열두 명의 기사 중 제일 연장자가 베슈엘을 알현했다. 절차에 따라 무기를 내려 놓고 얼굴에 쓰고 있는 투구를 벗은 그가 공손한 자세로 그의 앞에 무릎을 꿇었다.

"데본셔 가문 소속 기사 곤이라고 합니다. 이렇게 뵙게 돼서 무한한 영광입니다, 영주님."

머리가 희끗희끗한 기사는 모든 예의를 차려 베슈엘에게 일말의 무례함이 없도록 먼저 조심했다.

"얘기 들었다. 부득이한 사정이 생겼다고?"

"그렇습니다, 영주님."

바닥을 보고 있는 기사는 그것이 자신이 할 수 있는 최대한의 예의라는 듯 함부로 고개를 들지 않았다.

"어떤 사정인가?"

"부끄럽게도 북쪽 숲을 지나오다가 강도를 당했습니다. 숲에 사는 원주민이었는데 워낙 수가 많아 무기와 말도 모두 뺏겼습니다. 전투 중에 기사 한 명이 다쳤고 상태가 좋지 않습니다. 이곳에 오기 전 작은 마을을 찾아 그곳에서 몸조리를 했지만 사정이 나아지지 않아 부득이하게 허락 없이 영주님의 땅을 밟게 되었습니다."

기사는 여러 곳을 지나쳐 온 듯 지치고 힘든 모습이었다.

"몇 개의 마을을 거쳤는가?"

"북쪽 아래는 마을이 있었으나 살고 있는 사람은 없었습니다. 그래서 도움받은 곳이 없습니다."

기사의 말은 모두 사실이었다. 북쪽 숲에 숨어 사는 원주민들이 종종 마을에 내려와 약탈을 하기 때문에 베슈엘은 그곳에 사는 주민을 모두 그의 땅으로 이주시켰다. 아마 기사들은 그 사실을 모르고 북쪽 산에 들어 갔다가 우스운 꼴을 당한 모양이었다.

　"원하는 건?"

　"다친 사람을 치료해 주시고 하루 빨리 데본셔 가문에 복귀할 수 있도록 물자를 지원해 주시면 감사하겠습니다. 그렇게만 해 주신다면 데본셔 가문은 이 은혜를 두고 두고 잊지 않고 갚을 것입니다."

　"그곳과 이곳의 거리는 말로 달려도 두세 달이 걸려. 무슨 일이 있다 한들 어떤 도움을 받을 수 있겠는가? 하물며 데본셔는 우리와 노선조차 달라. 안 그런가, 기사?"

　베슈엘의 말에 곤은 아무 말도 하지 못한 채 고개만 숙였다. 교류도 없고 지지노선도 전혀 다른 가문에 와 도움을 요청하는 자신이 뻔뻔하다는 걸 알고 있기 때문이다.

　"다친 사람은 한 명뿐인가?"

　"그렇습니다."

　"그자만 성 안에서 치료를 해 주겠다. 나머진 성 밖. 난 내 땅을 함부로 침입한 침입자들에게 자비롭지 못해. 너희들은 나의 허락 없이 이곳에 들어온 침입자들이다. 알고 있겠지만 내가 이 자리에서 너희 모두를 죽여도 데본셔 가문은 항의하지 못할 거다. 하지만 그걸 알면서도 직접 나를 알현한 너의 용기는 인정하는 바다. 기사는 자고로 동료와 주인과 가문을 위해 목숨을 버릴 줄 알아야 하지. 하여 너의 용기를 치하해 주고자 인심을 쓰도록 하겠다."

　베슈엘은 데본셔의 기사들에게 물과 양식을 주되 다른 곳으로 이동하지 못하게 발에 족쇄를 채우라고 했다. 또한 다친 동료가 치료를 마칠 때까지 갑옷을 벗고 농부의 옷을 입혀 틈틈이 노동을 시키라고 말했다. 곤은 베슈엘의 배려에 바닥에 머리를 수없이 조아렸다.

"영주님의 무한하신 은혜에 감사드립니다. 감사드립니다."

소식은 곧바로 성 밖에 있는 기사들에게 전해졌다. 곤은 파리한 얼굴로 고르지 못한 숨을 내뱉고 있는 마티어스의 손을 꾹 잡았다. 아직 소년의 태를 벗지 못한 그는 다친 상처 때문인지 몹시 힘들어하고 있었다.

"도련님. 화이트 성은 고대 왕족들이 살았던 성입니다. 이 나라의 역사가 이곳에서부터 시작됐다고 해도 과언이 아니죠. 그들의 후손들이 여전히 이곳에 살며 성을 지키고 있습니다. 제가 드리고 싶은 말은 치료를 위해 그들을 믿어야 한다는 겁니다."

곤은 그를 혼자 성에 보낼 수밖에 없는 상황을 설명하며 자신을 믿어 달라고 했다.

"예부터 화이트 성에는 없는 것이 없다 했습니다. 그만큼 오랜 역사 속에서 빛나는 의술도 함께 발전시켜 온 사람들이죠. 이곳의 영주 베슈엘이 도련님의 치료를 허락했습니다. 그가 치료를 허락한 만큼 반드시 도련님을 낫게 해 줄 것입니다."

"……곤."

수척한 얼굴의 마티어스가 죽어 가는 목소리로 그의 이름을 불렀다.

"염려 마세요, 도련님. 데본셔 가문의 핏줄은 이깟 일로 죽지 않습니다. 두려워도 마세요. 본가에 소식을 보냈으니 곧 사람이 올 겁니다. 문제가 생기면 전투도 불사할 겁니다. 그러니 그때까지만이라도 부디 정신을 잃지 말고 쾌차하셔야 해요. 아시겠죠?"

수레에 실려 마티어스가 성 안으로 사라졌다. 곤과 나머지 기사들이 사라지는 마티어스에게서 눈을 떼지 못했다.

"기도들 해. 마티어스님이 죽으면 호위인 우리도 다 같이 죽음을 면치 못하게 될 거다."

마티어스는 성의 후미진 외곽에 위치한 방에서 치료를 받았다. 누군가의 도움 없이는 미동도 할 수 없는 몸이라 시종 한 명이 붙여졌고 그의 관리하에 물을 먹고 필요한 약을 먹게 되었다. 창에 찔린 상처는 제때 치료를 받지 못해 이미 부패가 진행된 상태였다. 의사는 구더기 치료를 해 썩은 살이 더 이상 파고들지 않게 한 후 그곳을 불로 지져 소독해 주었다.

치료는 장기전으로 갔다.

의사는 정해진 시간에 하루에 한 번씩 그의 몸 상태를 살피고 갔다. 일주일이 지났을 때 처음으로 음식을 섭취하게 된 그가 곤한 잠에 빠져들었을 때였다. 문득 창문을 통해 여러 명의 남자들 목소리가 들렸다.

"클로에님은 이번 생일날 받은 선물 중 제일 기억에 남는 게 뭐였어요? 제가 가져온 하프는 연주해 보셨나요?"

처음 들린 남자의 목소리는 작았다. 작기만 하면 다행일 텐데 매미처럼 앵앵거리는 목소리였다.

"어흠. 클로에님. 혹시 제가 드린 선물은 보셨나요? 루비가 박힌 귀걸이입니다만. 오늘 저녁 식사 자리에 한 번 착용해 주시는 건 어떨까요? 가지고 계신 의상에 아주 잘 어울릴 것 같습니다만."

두 번째 남자는 목소리는 좋았지만 말투가 이상했다. 말도 제법 많은 편이라고 할까. 마티어스는 비몽사몽간에 세 번째, 네 번째 남자의 목소리까지 듣게 됐다. 마지막 다섯 번째 남자가 뭔가를 말하기 위해 그녀의 이름을 언급할 때는 더 이상 참지 못하고 정원을 가로질러 가 버리는 발소리를 들었다. 자주 들었던 소리다. 치료를 받는 동안 종종 이곳까지 산책을 하러 오는 저 발소리를 들었다.

이곳은 정원이 끝나는 곳이었다. 이곳을 기점으로 더 나아가면 들판으로 갈 수 있고 반대로 돌아서 가면 다시 잘 정돈된 정원을 산책할 수 있었다. 대부분의 사람들은 이곳까지 오지 않지만 그녀는 이곳에 와 꽤 오랫동안 들판을 바라보며 바람을 즐겼다. 집 안에 누워 있는 마티어스는 원치 않아도 그녀가 시녀와 나누는 일상적인 대화를 듣게 됐고, 운 좋으면 흥얼거리는 낮은 노랫소리도 들을 수 있었다.

덕분에 그는 클로에에 대한 다양한 사실을 알게 됐다. 아침잠이 많 다는 것, 책읽기를 좋아하고 장미 잎을 말려 차를 마시는 취미가 있다 는 것, 그리고 지금 성에 와 있는 다섯 명의 또래남자들은 그녀의 예 비 남편감 후보라는 것과 그녀는 그들 모두를 마음에 들어 하지 않는 다는 것이다.

"아가씨. 가까이 가지 마세요! 저 소년은 위험해요!"

그가 햇빛을 받기 위해 밖으로 나왔다가 마침 산책하던 클로에와 마주쳤다. 허름한 차림의 그를 본 유모는 용케 그가 누군지 알아보고 클로에에게 해라도 끼칠까 봐 질색팔색을 했다.

"분명 기사들이 지키고 있다고 했는데 다들 어디 간 거야? 왜 저 소 년 혼자 여기 있는 거지?"

유모는 우왕좌왕하면서 자리를 비운 기사들을 찾았다. 마티어스를 보는 클로에의 시선이 느껴졌다. 병마를 갓 이겨 낸 삐쩍 마른 소년을 보는 그녀의 눈은 유리처럼 맑았다.

"누구야, 넌?"

은은한 목소리였다. 높지도 않고 낮지도 않은 음색은 종일 대화를 나눠도 질리지 않을 만큼 부드러웠다. 그를 향해 물은 첫 질문에 스스 로를 소개하려는데 유모가 먼저 앞으로 나섰다.

"데본셔 가문의 기사래요. 소년인 걸 보니 갓 입문한 모양인데 가볍 게 보면 안 돼요. 저들은 어릴 적부터 검술과 싸움의 기술을 배운다 고 합니다. 그건 모두 사람들을 죽이기 위해 배우는 거예요."

"데본셔? 유명한 집안이야?"

어서 돌아가자며 그녀의 팔을 잡아끄는 유모에게 클로에가 물었다.

"아주 유명하죠. 가문의 명성을 힘과 칼로써 쌓아 올린 집안이에요. 인간의 잔인함을 말할 때는 데본셔 가문을 제일 먼저 말한답니다."

"네 유모의 말이 맞아."

마티어스가 클로에를 바라보며 말했다. 삐쩍 말랐지만 또래보다 키가 무척 큰 소년이었다. 흔하지 않은 회색 눈동자를 가지고 있었고 검술 연습을 오래 한 듯 병마 속에서도 자잘한 근육의 형태가 남아 있었다. 무엇보다 고집이 드러나 있는 얼굴은 또래 소년들에게서는 볼 수 없는 이성적인 냉정함이 서려 있어 그것이 꽤 인상적이었다.

"우리 가문의 상징은 벌거벗은 사내가 어깨에 동물의 사체를 메고 있는 형상이야. 한쪽 발로는 뱀의 머리를 밟고 있지."

"그것 봐요. 맞다니까요. 그게 바로 데본셔 가문의 문장이에요."

유모는 듣기만 해도 소름 끼친다며 다시 한 번 클로에를 잡아 당겼다.

"뱀과 동물의 사체. 그건 무슨 의미야?"

클로에는 유모의 다그침을 눈빛으로나마 꾸중하며 그만 호들갑 떨라고 주의를 줬다. 하루의 반을 서재에서 보내는 그녀였지만 데본셔 가문에 대한 기록을 본 적은 없었다. 클로에는 호기심을 내비쳤다.

"보통 방패와 칼, 꽃과 나무를 가문의 상징으로 하는데 데본셔 가문의 상징은 특이해서 묻는 거야."

클로에의 말에 마티어스가 흰색 드레스를 입고 있는 클로에를 눈에 담았다. 그녀에게선 장미 향기가 났다. 거리가 떨어져 있는데도 은근한 향이 맡아졌다. 아직 앳되고 어리지만 고고한 느낌이 서서히 피어나는 그녀에게 잘 어울리는 향이었다.

"휘장의 의미는 하나야. 신께서 보낸 사자가 지상 위의 악을 물리친다는 뜻으로 동물의 사체와 뱀은 모두 사악한 악마를 뜻해."

마티어스는 옷 속에 넣어 둔 펜던트를 꺼내 보여 주었다. 그걸 본 클로에가 가까이 다가와 동그란 펜던트를 유심히 관찰했다.

"신기하다."

"은으로 만든 거야. 신의 축복을 받은 사람의 혼이 깃든 거래. 아버지가 내게 주신 거야. 언제나 위험에서 날 지켜 줄 거라며."

클로에는 검지 손가락으로 펜던트를 스윽 만졌다. 마티어스는 그런 그녀에게 장미 한 송이를 꺾어 내밀었다.

"생일이라고 들었어. 받아. 선물로 주는 거야."

포장을 뜯는 데만 한참 걸리는 사치품만 받아 온 클로에는 뾰족한 가시를 제거하지 않고 그대로 내민 마티어스를 이상하게 쳐다보았다. 클로에는 장미꽃을 받지 않고 그대로 가 버렸다. 때마침 자리를 비웠던 기사들이 오고 있었기 때문이다. 유모는 해서는 안 될 행동을 한 것처럼 후다닥 클로에를 데리고 정원을 가로질렀다.

"클로에!"

저 멀리 사라지는 그녀에게 마티어스가 소리를 질렀다. 클로에가 뒤돌아봤다. 역시 그녀의 이름은 클로에가 맞았다.

"널 만나려면 어디로 가야 해?"

그의 물음에 클로에가 손을 들어 성의 제일 꼭대기 탑을 가리켜 보였다. 마티어스는 고개를 힘껏 쳐들고 그곳을 쳐다보았다. 구름인지 안개인지 모를 것들이 성 꼭대기에 우아하게 걸려 있었다. 마티어스는 저렇게 높은 곳에 사는 거냐고 묻기 위해 다시 그녀를 쳐다보았다. 그러나 이미 그녀는 시야에서 사라진 후였다. 저 멀리서 꽃망울처럼 터진 그녀의 웃음소리가 들려왔다.

화이트 성에 머문 지 한 달이 지났다. 스스로 거동을 할 수 있는 시기가 되자 의사가 치료가 끝났음을 알려 왔다.

"이 정도면 마차를 타고 이동할 정도의 체력은 될 거야. 완치까지 기다려 줄 수는 없으니 내일 바로 떠날 수 있게 차비하게. 나도 치료가 끝났음을 영주님께 말씀드리도록 하지."

마티어스는 그 밤에 대담무쌍하게도 성 안에 잠입해 들어갔다. 외부에서 화이트 성에 침입한다는 건 전쟁을 불사해야 가능한 일이겠지만 내부에선 크게 어려운 일이 아니었다. 그는 꽤 오래전부터 계획하고 있었다는 듯 그동안 파악해 놓은 동선을 따라 경계를 서는 경비병들의 이목을 피해 내부 진입에 성공했다.

내부는 밖에서 보는 것보다 더 크고 화려했다. 성을 가진 영주와 성을 가지지 못한 영주의 차이가 뭔지 알 것 같았다. 화이트 성의 영주는 단순히 넓은 영토를 가진 자가 아니라 이곳의 왕이었다. 이 성이 그걸 증명해 주고 있었다. 이곳에 사는 자의 신분과 고귀함을.

마티어스는 아름다운 성 내부를 감상하는 걸 잠시 중단하고 성에서 제일 높은 곳으로 가기 위한 모험을 시작했다. 운 좋게 안으로 들어왔지만 성 안을 오고 가는 사람들의 시선을 피해 위로 올라가기란 여간 어려운 일이 아니었다. 경비병을 피해 발코니 밖에 매달리기도 했고 둥근 대리석 기둥을 몇 번이나 빙글빙글 돌기도 했다. 어디가 어딘지 몰라 같은 곳을 방황한 것이다. 그렇게 크고 작은 고난과 세 번의 큰 고비를 넘기고 드디어 성의 중앙부까지 올라왔을 때 마티어스는 그곳에서 은은한 장미꽃 향기를 맡을 수 있었다.

'여기다.'

본능적으로 이곳 어딘가에 그녀가 있다는 걸 직감했다. 다른 곳과 달리 안정적인 분위기가 유지되어 있는 걸 보니 가까운 곳 어딘가에 영주도 머물고 있는 것 같았다. 문득 그 사실이 떠오르자 등 뒤로 오소소 소름이 돋았다. 내부 침입자는 이유 여하를 막론하고 그 자리에서 즉결심판을 받기 때문이다. 하물며 은혜를 베풀어 치료까지 해 준 영주의 성을 침입한 마티어스는 목이 베이는 걸로 끝나지 않을 것이다. 제법 긴장한 그가 마른침을 삼킬 때였다. 장미향이 더욱 짙어지는가 싶더니 이내 클로에가 모습을 드러냈다.

긴 탁자 위에 말린 장미 잎을 작은 바구니에 담고 있는 그녀가 보였다. 잎의 색을 비교하며 간혹 향을 맡기도 하는 모습이 꽤 집중하고 있는 듯했다. 방 안에 사람이 없는 것을 확인한 마티어스가 용감하게 그 안으로 성큼 발을 내디뎠다.

"클로에."

그가 조심스러운 목소리로 그녀를 불렀다. 낯선 목소리에 바로 뒤를 돌아보던 클로에가 깜짝 놀라며 손에 든 바구니를 떨어뜨렸다.

"놀라지 마. 나야. 데본셔 가문의 소년 기사."

마티어스는 부디 비명을 지르지 말라며 자신의 입에 손가락을 대 보였다. 다행히 비명은 없었다. 그가 떨어진 바구니를 주워 흩어진 장미 잎을 하나씩 담았다. 여전히 놀란 얼굴로 그 모습을 지켜보던 클로에에게 그가 바구니를 내밀었다.

"네 발 뒤에 떨어진 장미 잎도 주워."

클로에는 바구니를 받지 않고 그에게 말했다. 그가 지시대로 뒤를 돌아 미처 줍지 못한 장미 잎을 바구니에 담았다. 꽃잎을 다 담은 그가 허리를 펴고 그녀를 향해 돌아섰다.

"널 만나러 왔어."

"그런 것 같아 보여."

"비명을 지르지 않아 줘서 고마워."

"지금도 지를 수 있어."

"그러지 말아 줄래?"

그가 바구니를 내밀었다. 망설이던 클로에가 바구니를 받았다.

"여긴 무슨 일이야? 누가 널 이곳에 들어오게 허락했니?"

"나 내일 떠나."

그 말은 허락 없이 들어왔다는 뜻이었다.

"그 전에 널 보고 가고 싶었어."

마티어스의 말에 클로에가 그를 빤히 쳐다보았다. 왜 자신을 만나고 가려 하는지 의중을 파악해 보려는 듯싶었다. 마티어스는 제자리에 가만히 서서 그녀의 시선을 묵묵히 받았다. 나쁜 마음이 전혀 없다는 걸 알려 주기 위한 의도였다. 짧지 않은 시간 동안 서로를 그렇게 보던 즈음 클로에가 먼저 입을 열었다.

"전에 내게 보여 준 펜던트 가지고 있어?"

"옷 안에."

"그거 다시 보여 줘."

그러면서 클로에는 마티어스가 미처 닫지 못한 문을 가볍게 닫고 왔다. 그 행동에는 영주의 딸의 개인 공간에 무단 침입한 마티어스를 용서하겠다는 의미가 내포되어 있었다. 마티어스는 목에 건 펜던트를 꺼내 보여 주었다. 클로에는 저번과 동일하게 펜던트의 표면을 손가락으로 만졌다.

"나 옷 벗은 남자는 처음 봐. 어쩜 이렇게 세밀하게 남자의 나체를 새겼을까?"

"뭐?"

느닷없는 그녀의 말에 마티어스는 진심으로 놀라 자기도 모르게 큰 소리를 냈다. 클로에는 당연한 거 아니냐며 오히려 놀라는 그를 이상하게 쳐다보았다.

"넌 옷 벗은 여자 본 적 있어?"

"아, 아니."

"그런데 왜 놀라? 가문이 틀려도 종교적 청렴을 유지해야 하는 건 같을 텐데. 아니야?"

너무 노골적인 질문이라 그런 건데 클로에는 아무렇지도 않게 종교를 언급하며 펜던트의 표면을 한 번 더 만졌다. 마티어스는 괜히 눈길을 피했다. 애초에 펜던트를 보여 준 것도 후회했다. 그 모습을 본 클로에가 지난날을 기억하며 물었다.

"너 여자에게 정식으로 꽃을 줘 본 적도 없지?"

"꽃?"

"그래. 꽃."

"그건."

"그날 내게 가시가 박혀 있는 장미를 그대로 줬잖아. 그런 식으로 꽃을 주는 남자들은 없거든. 그건 퇴짜를 받기 위해 하는 행동이랑 똑같아."

클로에는 여성에게 꽃을 전달할 때도 나름대로의 절차가 있다고 설명했다. 마티어스는 엉겁결에 그녀의 설명을 들으며 서 있게 되었다. 어쩐지 상황이 예상한 것과는 다르게 흘러가는 느낌이었다.

"너, 내가 생각했던 것과는 조금 다른 것 같아."

"뭐가?"

"난 네가 나를 보면 미친 듯이 비명을 지르다가 기절할 거라고 생각했어. 아니면 무엄하다고 호통 치면서 당장 경비병을 불러 날 내쫓아 버릴 거라고 생각했어. 그래서 오는 내내 어떻게 하면 네 조그만 입을 막을 수 있을까 고민했어. 그런데 상상한 것과 전혀 달라서 좀 의아해."

"네가 괴물도 아닌데 널 보고 기절하는 게 더 이상하지 않아? 그리고 위엄 있고 근엄하게 행동하는 건 매일 해. 단지, 그래야 할 장소에서만 그 자세를 유지해. 너는 내가 널 그렇게 대해 주길 바라니?"

클로에의 말에 마티어스가 가만히 고개를 저었다.

"아니."

둘은 문득 서로를 보고 빙그레 웃었다. 마음이 통하는 느낌이랄까.
그도 그녀도 주어진 의무와 지위 때문에 많은 제약 속에서 살고 있지
만 사실은 아직 그런 것보다 자유와 새로운 것에 호기심이 많은 순수
한 소년 소녀였다. 상대방이 허례허식과 규율에 얽매이지 않는 성격
이라는 걸 파악한 둘은 제법 빠르게 경계와 의심을 거두고 편하게 행
동했다.

"뭘 하려던 참이야?"

마티어스가 마른 장미 잎을 만지던 그녀를 떠올리며 물었다.

"목욕 준비. 햇빛에 잘 마른 장미 잎을 물에 담가 놓으면 그 향이 몸
에 남거든. 잔향을 맡으며 잠을 자면 기분이 좋아져."

어쩐지 그녀에게선 늘 장미향이 났다.

"날 만나서 뭘 하려고 했어?"

그녀의 질문에 마티어스는 잘 모르겠다고 대답했다.

"모르겠어. 그냥 만나고 싶었어. 뭘 해야 한다거나 특별히 할 말이
있었던 건 아니야. 내가 사는 곳은 이곳과 굉장히 먼 곳이니까 떠나기
전에 얼굴을 한 번 봐야 한다고 생각했어."

담담한 말투는 특별히 꾸미지 않아 성의 없게 들릴 수도 있었으나
반대로 거짓이 없어 진실하게 들렸다.

"그런데…… 널 보니 마음이 바뀌었어. 하고 싶은 게 생겼어."

"그게 뭔데?"

마티어스가 그녀에게 가까이 다가왔다.

"여기까지 오느라 굉장히 힘들었어. 넓은 성에서 널 찾는 게 쉬운
일은 아니니까. 사실 몸도 아직 완치된 게 아니라서 지금 꽤 무리하고
있는 중이야."

"그래서 뭐가 하고 싶은데?"

"도둑."

"도둑?"

의외의 말에 클로에가 고개를 갸웃거렸다. 하고 싶은 게 도둑이라니 이해 되지 않았다.

"갑자기 도둑이 되고 싶다고? 오는 동안 마음에 드는 물건이라도 있었어?"

"물건이 아니고 사람."

그가 클로에를 가리켜 보였다.

"나?"

"그래, 너. 아픈 몸으로 여기까지 왔는데 상을 받아 가야겠어."

"상이라니?"

그가 클로에의 입술을 가리켜 보였다. 클로에가 두 손으로 자신의 입을 가렸다.

"말도 안 돼."

"어려운 일이야?"

"이런 무례한 침입자!"

갑자기 클로에가 닫힌 문을 열더니 복도를 향해 꺄아아악, 하고 소리를 질렀다. 깜짝 놀란 그가 무슨 짓이냐는 얼굴을 하기 전에 벌써 복도를 달려오는 발소리가 여럿 들렸다. 창문을 열고 도망치려는 그에게 클로에가 말했다.

"그거 안 열려. 외부 침입자를 막기 위해 막아 놨거든."

발코니로 뛰어 나가자 클로에가 말했다.

"여기서 떨어지면 죽을걸."

우왕좌왕 어쩔 줄 모르는 그가 결국 장식으로 세워 놓은 기사 갑옷의 조형물을 입기 시작했다. 이 미터가 넘는 갑옷을 혼자 끙끙거리며 입는 그를 클로에가 터지는 웃음을 꾹 참으며 느긋하게 지켜보았다. 그가 황급히 머리에 투구를 쓰고 벽에 바짝 붙어 섰다. 다급한 발소리가 들리며 유모와 함께 열 명이 넘는 기사들이 우르르 나타났다.

"아가씨! 괜찮으세요? 비명소리를 듣고 왔어요!"

"유모!"

클로에가 유모에게 안기며 어깨를 떠는 연기를 했다.

"무슨 일이세요? 왜 그러세요?"

놀란 유모가 그녀를 살피며 재차 묻자 클로에가 가자미눈으로 갑옷을 입고 있는 그를 향해 긴장하라는 눈빛을 보냈다.

"저기에!"

"저기에 뭐요? 뭐가 있어요?"

클로에가 조형물을 가리켰다. 투구에 달린 면각을 내려 얼굴 전체를 가리고 있는 그가 눈구멍을 통해 제발, 이라며 애원의 눈빛을 보냈다. 유모를 따라온 기사들이 조형물을 향해 몸을 트는 때였다. 그녀의 손가락이 조형물에서 탁자 위로 바로 바뀌었다.

"거기 말고 저기! 저기 탁자 위에 거미가 너무 많아. 장미 잎에 함께 딸려 온 모양인데 탁자 좀 치워 줘."

"네? 탁자요? 그럼 거미를 보고 그런 비명을 지르신 거란 말이에요?"

"유모의 얼굴만큼 큰 거미라서 비명이 절로 나와 어쩔 수 없었어. 왜?"

유모는 떨떠름한 표정으로 자신의 얼굴을 매만지며 기사들에게 탁자를 들고 나가라고 지시했다. 아무 일도 없었다니 천만다행이지만 어쩐지 기분이 썩 좋지 않았다.

"목욕 준비가 다 됐습니다. 욕실로 안내해 드릴게요."

장미 잎이 담긴 바구니를 든 유모가 문을 열고 대기했다. 클로에가 준비하고 가겠다며 먼저 가 있으라고 지시했다. 늘 함께 갔는데 오늘따라 그녀가 좀 이상하게 느껴졌다. 유모가 나가는 걸 지켜본 클로에가 안도의 한숨을 내쉬는 마티어스의 앞으로 뚜벅뚜벅 걸어갔다. 그녀가 투구에 달린 면갑을 위로 올리자 식은땀에 범벅이 된 그의 얼굴이 나타났다. 마티어스가 어색하게 웃어 보였다. 고맙다고 해야 하는데 섣불리 말이 나오지 않았다. 갑자기 또 갑자기 비명을 지를 것 같아서였다.

"갑옷만 벗고 바로 나갈게."

그가 고분한 자세를 유지하며 얼른 갑옷을 벗으려고 했다. 갑자기 클로에가 그의 손을 잡으며 저지했다.

"안 돼."

그녀가 마치 갑옷을 벗으면 안 된다는 듯 고개까지 저어 보였다.

"잘못했어. 사과할게."

"사과 안 받아."

"조금 전 그 말 취소할게."

"글쎄. 사과도 안 받고 취소도 안 된다니까."

그녀가 마티어스의 가슴팍을 손가락으로 꾸욱 찌르며 밀었다. 무거운 갑옷을 손가락 하나로 밀어낼 만큼 힘이 좋을리 없지만 마티어스는 자진해서 벽 끝까지 밀려났다. 더 이상 피할 곳이 없어진 그가 영문을 몰라 식은땀을 더 흘렸다.

"크, 클로에."

"유모가 네 얘길 많이 해."

그녀가 코앞까지 바짝 다가왔다.

"내 얘길? 왜?"

"너무 잘생겼다며 칭찬하느라 정신이 없어. 아침부터 저녁까지 난리도 아냐."

"설마."

"정말."

클로에가 안 믿겨지냐는 눈빛을 보냈다. 마티어스는 괜히 긴장해 마른침을 꿀꺽 삼켰다. 그 순간, 그녀가 면갑 안의 그에게 갑자기 입을 맞춰 왔다. 뜻밖의 상황에 깜짝 놀란 마티어스의 두 눈이 찢어질 듯 커졌다. 정말이지 상상도 못 한 일이었다. 한 치의 예상도 못 한 일이었다.

부드러운 입술이 지그시 그의 입술을 눌렀다. 입안에 장미향이 퍼졌다. 길지 않은 입맞춤에 정신이 멍해진 마티어스가 갑옷 안에서 몸을 휘청거렸다. 클로에가 가만히 입술을 떼고 말했다.

"나도 같은 생각이야."

낮아진 목소리가 키스만큼 부드러웠다.

"나도 유모의 말이 맞다고 생각해."

그녀가 그를 향해 잔잔한 미소를 지어 보였다. 넋이 나간 마티어스가 그녀를 향해 뭐라고 말을 하려고 할 때였다. 클로에가 투구의 면갑을 아래로 확 내리며 시야를 가려 버렸다.

"잊지 마. 내가 널 살려 준 거야."

복도에서 꽃망울이 터지는 듯한 웃음소리가 들렸다. 뛰어가는 발소리가 평소와 달리 들뜬 것처럼 들렸다. 마티어스는 얼굴을 덮은 면갑을 천천히 들어 올렸다. 무거운 갑옷의 무게가 전혀 느껴지지 않았다. 긴장 때문에 흘러내렸던 식은땀도 감쪽같이 멈췄다. 그가 투구를 벗고 갑옷을 벗으며 이마에 맺힌 땀을 닦아 냈다. 그 뒤로는 아무것도 기억나지 않는다. 어떻게 그곳을 빠져나왔는지 아무것도 생각나는 게 없었다. 문득 숙소에 누워 있는 자신을 발견했을 때 마티어스는 가만히 입술을 만졌다.

"정말 상을 받았어. 그것도 키스를."

곤의 호위를 받으며 그가 떠났다. 베슈엘의 배려로 한 대의 마차와 그들이 타고 갈 말이 지원됐다. 아직 완치된 몸이 아닌 마티어스는 마차를 타고 갔다. 클로에는 떠나는 소년을 지켜봤지만 손을 흔들어 주진 않았다.

"아쉽네요. 저런 미남을 이대로 보낸다는 게. 몇 마디 말도 나눠 보지 못했는데."

아쉬운 마음이 큰 유모가 대신 손을 흔들어 주었다.

"기사 신분만 아니라면 근처 어딘가에 땅을 주고 농사라도 짓게 하고 싶었는데."

"왜?"

"바라만 봐도 좋잖아요."

유모의 말에 클로에가 속으로 동의했다.

"다시 볼 일 없겠지?"

"아마도요. 사는 곳이 보통 멀어야지요."

유모는 떠나는 그를 유독 아쉬워했다. 그녀도 아쉬웠다. 그에 대해 알고 싶은 게 많았는데 섭섭했다.

기분이 가라앉은 클로에는 그날 하루 종일 개인 공간에 틀어 박혀 장미 잎만 만지작거렸다. 벽 쪽에 세워 둔 갑옷 조형물은 여전히 자리를 지키고 있었다. 조형물을 본 클로에가 그 앞으로 걸어갔다. 돌이켜 보니 부끄러운 행동을 했다. 그날은 어디서 그런 용기가 난 건지 모르겠다. 조금 경솔하고 조금 용감했다.

"그러고 보니 이름도 물어보지 못했어."

클로에는 조형물에 걸쳐 놓은 투구를 꺼냈다. 차가운 쇠에서는 그의 온기조차 느껴지지 않았다. 투구를 머리에 써 보려고 하는 찰나였다. 그 안에서 뭔가가 툭 떨어졌다. 바닥에 떨어진 물건이 빛을 받아 반짝였다.

"이게 뭐지?"

조형물의 부속품이 떨어진 건가 싶어 고개를 숙였던 클로에의 눈이 순간 크게 흔들렸다. 마티어스의 펜던트였다. 펜던트를 주운 그녀의 얼굴이 변화무쌍하게 변하기 시작했다. 놀랍고 신기하면서도 무슨 의미로 이걸 놓고 갔는지 의아해서였다. 하지만 펜던트를 살피던 그녀의 입가에 바로 미소가 걸렸다. 펜던트의 뒷면에 글자가 새겨져 있었다. 글자는 급하게 새겨 넣은 듯 조잡하고 삐뚤빼뚤했다. 하지만 클로에는 그 글씨를 쉽게 알아볼 수 있었다. 그녀가 아는 단어였기 때문이다. 클로에가 웃으며 절레절레 고개를 흔들었다.

"정말이지 너란 아이는."

그의 이름을 알았다. 펜던트에 그의 이름이 새겨져 있었다. 그리고 그녀의 이름도.

《마티어스 & 클로에》

그의 이름은 마티어스였다.

화이트 성에 불운이 드리우기 시작한 것은 그다음 해부터였다.

"으아아아아악! 사, 사람이! 사람이 죽어 있다!"

사람이 한두 명씩 죽어 나가기 시작했다. 의문의 살인이었다. 그러나 그건 일시적인 사건이 아니었다. 두세 달에 한 번씩 일어나던 사건은 시간이 지날수록 희생되는 사람의 수가 더 많아졌고 하루가 멀다하고 발생했다. 자고 일어나면 생기는 살인 사건. 어느 날 하룻밤 사이에 서른다섯 명이 죽는 사건이 발생했다.

기사, 보초병, 시녀, 물건을 납품하러 온 상인 등 남녀노소를 가리지 않고 일어나는 살인이었다. 그들은 방에서 옷을 입다가 죽기도 했고 욕조에 빠진 채로 죽어 있기도 했다. 당혹감을 감추지 못한 베슈엘은 철저한 조사를 지시했으나 원인은 여전히 오리무중이었다.

"대체 이게 무슨 일이란 말인가."

원인도 알 수 없고 범인도 없는데 사람이 계속 죽어 나가니 골치가 여간 아픈 게 아니었다.

"전염병을 우려해 성 안에 있는 우물도 막은 상태다. 외부의 인물이 우리 성을 함락시키기 위해 은밀한 방법을 쓰는 것은 아닌가 해서 성 문도 폐쇄했다. 그런데 아직까지 원인조차 파악을 못 해?"

신하들과 기사들에게 엄중한 추궁을 하는 그는 신경쇠약에 걸려 괴로워하는 미하이를 떠올렸다.

"두려워요, 베슈엘. 이번에 죽은 시신들의 몸에서도 두 개의 구멍이 나왔다죠? 목에 커다란 구멍이 나 있다죠?"

"미하이. 시신들의 이야기에 너무 귀를 기울이지 말아요."

"아뇨. 베슈엘. 난 불안해서 더 이상 버티지 못하겠어요. 우리 이곳을 떠나는 걸 심각하게 고려해 봐요. 네?"

"미하이! 어떻게 그런 말을 할 수 있소? 화이트 성을 떠나는 것은 이곳의 영토를 포기한다는 것과 다름없소! 그런 사실을 잘 알고 있는 당신이 어떻게 성을 버리자는 말을 할 수 있는 거요?"

화를 참지 못하는 베슈엘을 미하이는 침착하게 이해시켰다.

"버리자는 말이 아니에요. 잠깐 떠나 있자는 소리예요. 한꺼번에 저렇게 많은 사람이 죽은 건 전대미문의 일이잖아요. 원인도 모르고 해결 방법도 없는데 계속 이렇게 사람들을 희생시키는 건 옳지 않아요."

"그만! 듣기 싫소!"

"베슈엘!"

"그깟 사람 몇 명 죽었다고 이 소란인가! 화이트 성의 안주인으로서 부끄러운 줄 아시오!"

언성을 높인 그의 모습은 난생처음 보는 것이었다. 그만큼 그도 이번 사태를 해결하는 게 버겁다는 얘기였지만 미하이는 기다릴 수 없었다. 그녀가 클로에를 데리고 성을 떠났다. 닫힌 성문이 그녀를 위해 오랜만에 열렸다. 급한 대로 별장에 가 있겠다는 그녀를 베슈엘은 막지 못했다. 대신 사람들의 이목을 피해 조용히 갈 것을 권유했다.

그런데.

성을 떠났던 미하이가 얼마 되지 않아 그 밤에 다시 돌아왔다.

"미하이! 클로에!"

소식을 듣고 달려온 베슈엘이 너무 놀라 제자리에서 멈춰 서고 말았다. 미하이는 마치 강도를 당한 것처럼 신발도 신지 않은 채 엉망진창인 모습으로 클로에의 부축을 받고 겨우 서 있었다.

"어떻게 된 일이냐, 클로에? 네 어머니가 왜 이렇게 된 거야?"

당혹감을 감추지 못한 그가 황급히 자초지종을 물었지만 클로에 또한 정상적인 상태는 아니었다. 미하이가 너무 놀라 몸을 바들바들 떨며 무서워하고 있다면 클로에는 넋이 나가 멍한 상태였다.

"클로에. 어서 말해 다오. 함께 갔던 기사들은 어디 있지? 호위병들과 시종들은? 타고 갔던 마차는 어디에 두고 왔어?"

"……모두 그곳에 있어요."

클로에가 힘겹게 입을 열었다. 베슈엘이 얼른 클로에의 손을 잡아 쥐었다.

"침착하거라, 아가. 천천히 긴장을 풀고 이 애비에게 무슨 일이 있었는지 말해다오. 네가 말하는 그곳이 어디야?"

"성에서 얼마 떨어지지 않는 곳이에요. 고목나무가 있는 곳이요. 나무 아래를 지날 때 갑자기 마차가 덜컹거리더니 사람들이 비명을 지르기 시작했어요."

"습격을 당한 거야? 그래?"

"맞아요, 습격. 습격을 당했어요. 그런데 어떤 존재도 보이지 않았어요. 아무것도 없었어요."

말을 하던 클로에의 맑은 눈에서 두려움의 눈물이 떨어졌다. 베슈엘은 우는 딸을 가슴 아프게 안아 주며 이제 괜찮다고 다독였다.

시녀들과 의사들에게 모녀를 부탁한 베슈엘은 중무장한 기사들을 데리고 클로에가 말한 고목나무가 위치한 곳으로 갔다.

"이럴 수가."

그곳에 도착한 모두가 코를 틀어막았다. 피비린내 때문이었다.

"어떻게 이런 일이."

이건 단순한 습격이 아니었다. 죽은 시신들의 형태가 너무 끔찍했다. 현장에 있는 모든 사람들이 그 참혹함에 할 말을 잊었다. 베슈엘은 애써 정신을 차리고 그들을 독려해 시신을 수습시킨 뒤 다시 성으로 돌아왔다. 그사이 비극의 현장에서 살아난 모녀는 어느 정도 안정을 찾고 있었다. 베슈엘은 미하이와 클로에 앞에 가만히 앉았다.

"미하이. 먼저 무사히 돌아와 줘서 고맙다는 말을 하고 싶소. 클로에에게도 고맙다고 말하고 싶구나."

지옥의 현장에서 여린 두 여자가 살아난 것은 누가 봐도 기적이었다. 베슈엘은 죽은 자들을 애도하면서 동시에 모녀가 살아서 돌아온 것을 깊이 감사했다.

"현장에 다녀왔소. 살아 있는 사람은 아무도 없었소. 말도 모두 머리가 잘려 있더군."

그는 그 말을 하며 침통해했다. 죽은 자들은 시종을 포함해 모두 열다섯 명이었다.

"날이 밝으면 대대적인 수색을 시작할 거요. 화이트 성의 병력을 총동원해 반드시 적을……."

"……못 잡아요."

멍하니 앉아 있는 미하이가 중얼거리듯 말했다.

"미하이?"

"못 잡아요, 베슈엘."

아름다운 그녀의 눈이 그건 불가능한 일이라고 단정 지었다.

"그건 사람이 아니에요. 사람이 잡을 수 있는 존재가 아니에요. 당신은 믿지 못하겠지만 이 성에는 어느 날부터 우리 말고 다른 누군가 같이 살고 있어요. 나도 처음엔 믿지 않았어요. 그저 잘못 느낀 거겠지 싶었죠. 그런데 아니에요. 그건 날 지켜보고 있었어요. 내 일거수일투족을 모두요."

"당신을 지켜본다고? 어째서? 무엇 때문에?"

그녀가 고개를 저었다.

"몰라요. 놈은 내가 여길 떠날 수 없다고 했어요. 떠나게 놔두지 않을 거라고 경고도 했어요. 오늘 일어난 살인은 그에 대한 경고예요."

미하이는 고개를 떨구고 갑자기 눈물을 토해 냈다. 두려웠던 공포감이 이제 나타난 것이다. 그런 그녀를 클로에가 말없이 안아 주었다.

"어머니의 말씀이 모두 맞아요, 아버지."

"어떤 부분이? 나는 바로 알아들을 수가 없구나. 지금 미하이가 무슨 말을 하는지 잘 이해를 못 하겠어."

혼란스러운 건 베슈엘도 마찬가지였다. 성에 함께 살고 있는 사람이 있다니, 아니 그런 존재가 있다니 기분 나쁘고 기이한 말이었다.

"저도 성에 다른 존재가 살고 있다는 건 처음 듣는 얘기지만 살인자가 어머니한테 한 얘기는 맞아요. 저도 들었으니까요."

"이곳을 떠날 수 없다는 말?"

"네. 분명 그렇게 말했어요."

갑자기 난무하는 비명소리에 모녀는 앞뒤 볼 것 없이 무작정 마차에서 뛰어나왔다. 하지만 단 한 발자국도 그곳에서 벗어날 수 없었다. 어둠의 그림자가 마차에서 도망치는 두 사람을 붙잡았기 때문이다.

"그건 안개 같았어요. 형체가 없는 그림자 같은 거요."

눈에 보이지 않는 그림자가 두 사람의 목을 움켜쥐고 허공으로 들어 올렸다. 미하이와 클로에는 그의 손아귀 안에서 숨이 막혀 버둥거리기만 했다. 그림자는 클로에가 아닌 미하이를 보았다. 아니, 목이 졸려 고통에 괴로워하는 미하이를 보는 것 같았다. 그때 갑자기 두 사람의 귀에 하나의 음성이 들려오기 시작했다. 클로에는 살면서 그런 기괴한 목소리를 들은 적이 없다. 아니, 그건 목소리가 아니라 목소리처럼 들리는 어떤 소리인 것 같았다.

— 신의 축복을 받은 미하이를 가지고자 한다.
떠나는 건 안 돼.
그렇게 놔두지 않겠다.
다시 돌아가라. 너희들의 화이트 성으로.

잠자코 이야기를 경청하던 베슈엘이 믿기 힘든 얼굴을 했다. 클로에는 자신과 어머니를 믿어야 한다고 거듭 말했다.
"우린 대책을 세워야 해요. 우리가 본 것이 환상이든 환영이든 악마든 아니든, 그 존재가 어머니를 노리고 있는 건 분명해요."
"맞아요, 베슈엘. 클로에의 말이 모두 맞아요."
울고 있던 미하이가 당황하는 베슈엘의 손을 잡아 쥐었다. 그녀가 클로에를 품에 안으며 그에게 호소했다.
"우린 당장 여길 탈출해야 해요, 베슈엘."

모든 인력을 동원해 대대적인 수사를 벌였지만 적에 대해 알아낸 건 아무것도 없었다. 예상은 하고 있었지만 정말 아무것도 나오지 않자 베슈엘은 큰 혼란에 빠졌다.
"으아아아아!"
다음 날 여전히 죽은 사람이 발견됐다는 보고가 밀려 들어왔다. 베슈엘은 유명한 주술사들을 수소문해 데리고 와 성 안을 샅샅이 뒤졌다. 하지만 그들은 모녀가 말한 존재를 어디에서도 찾아내지 못했다. 사람들이 성을 버리고 탈출하기 시작했다. 베슈엘은 그들을 막지 않고 오히려 닫았던 성문을 활짝 열어 탈출을 도왔다.

"오늘부터 이곳을 떠나는 자들을 막지 마라."

이제 성에는 그와 그녀와 용맹한 기사들과 충성심 강한 시종 몇 명만 남았다.

비명횡사한 자들의 장례가 성에서 끊임없이 진행되었다. 사람들의 울음소리가 밤새도록 성을 흔들자 아름답던 성의 분위기도 차츰 바뀌기 시작했다. 베슈엘은 퍼지는 불안감을 잠재우기 위해 화이트 성의 모든 곳에 횃불을 밝히고 창고에 있는 양초에 전부 불을 붙이라고 명령했다. 불야성이 되어 버린 성은 밤에도 대낮처럼 밝은 빛을 내뿜으며 어둠의 존재를 물리치려고 안간힘을 썼다. 중무장한 기사들이 각 층과 복도에 배치됐고 베슈엘 또한 무기를 들고 미하이와 클로에를 지켰다.

그러나.

비극은 뜻하지 않은 곳에서 발생했다. 밤사이 침대에서 자던 클로에가 갑자기 사라진 것이다. 베슈엘을 비롯해 모든 사람들이 그녀를 찾아 산과 들을 헤맸다.

"클로에! 어디 있느냐? 대답하렴, 클로에!"

"아가씨! 클로에 아가씨!"

클로에는 놀랍게도 절벽 아래에서 발견됐다. 그녀는 수많은 시신들 위에 버려진 상태였는데 무덤처럼 쌓여 있는 시신들을 본 사람들은 실로 큰 충격에 빠졌다.

"이 많은 시신들은 뭐야?"

"설마 마을 사람들인 거야?"

클로에를 찾기 위해 모였던 사람들은 절벽 아래 시신들을 보고 커다란 공포감에 사로잡혔다. 베슈엘은 직접 절벽 아래로 내려가 딸을 데리고 올라왔다. 용맹한 기사들 몇 명이 그를 따라 죽은 시신들을 추슬러 위로 올렸다. 베슈엘은 참혹한 이 현장이 의미 없는 전쟁터 같다고 말했다.

"아니. 어쩌면 적은 보이지 않는데 시신만 넘쳐나니 전쟁터보다 더한 걸지도."

그는 죽은 듯 죽지 않은 클로에를 업고 오면서 이 사태를 어떻게 해결해야 할지 갈피를 잡지 못했다.

클로에는 죽지 않았지만 그렇다고 제대로 살아난 것도 아니었다. 목에 두 개의 구멍이 생겼기 때문이다.

"아가씨."

유모는 눈물부터 흘렸다.

"울지마, 유모. 난 괜찮아."

"하지만 목에 구멍이 생겼어요. 이건 시신들에게서만 나타나는 거잖아요."

"그들은 죽었잖아. 난 살아 있어."

클로에는 애써 침착하게 유모를 달랬다.

"클로에. 대체 간밤에 무슨 일이 있었던 거니?"

충격과 슬픔에 빠진 미하이가 침대에 누워 있는 딸의 헝클어진 머리를 매만지며 물었다. 클로에는 잘 기억나지 않는다고 말했다.

"잠이 들었어요. 자고 있었죠. 어느 순간 목이 좀 답답한 느낌을 받았어요. 마치 누군가가 목을 조르는 느낌이랄까. 그것뿐이었어요. 그런데 눈을 떠 보니 절벽 아래였어요. 몸에 마비가 왔는지 손 하나 까

447

딱할 수 없었죠."

그리고 이상한 장면을 목격했다. 그림자가 사람들의 목을 물고 피를 흡혈한 뒤 죽어 가는 그들의 입에 뭔가를 넣고 있었다. 어두워 잘 보이진 않았지만 클로에는 똑똑히 봤다. 그림자가 그의 피를 사람들의 입에 떨어트리고 있는 모습을. 그리고 또 보았다. 흐릿하긴 하지만 그림자의 본모습을.

"⋯⋯아무래도 놈은 악마 같아요. 우린 놈에게 사로잡힌 제물 같고요."

클로에는 슬픈 눈으로 자신을 보고 있는 미하이를 더 슬프게 바라보았다.

"놈은 우리 모두를 죽인 후 어머니를 차지하려는 생각인 것 같아요."

클로에의 말에 미하이는 엎드려 눈물을 흘렸다. 그림자에게 사로잡힐 미래가 두려워서가 아니라 자신으로 인해 사랑하는 딸과 남편이 희생될 것이 두려웠다. 자신이 원인이었다. 딸을 이렇게 만든 것도 모두 그녀의 탓이었다. 클로에의 말이 맞다. 미하이를 원한다는 그림자는 그녀를 제외한 다른 사람들만 죽여 나가고 있었다. 분노와 죄책감이 휘몰아쳤다. 미하이는 그림자를 찾아 온 성을 휘젓고 다녔다. 어서 자신을 죽여 달라며 악에 받쳐 소리쳤다. 그녀의 외침은 몇 날 며칠 성을 흔들었으나 소원은 이뤄지지 않았다.

그사이 클로에는 원인 모를 병에 시달렸다. 음식을 먹지 못하기 시작했고 밤이 되면 목이 뜨겁다며 고통을 호소했다. 아파하는 딸을 도울 수 없던 미하이는 결국 깊은 우울에 빠져 버리고 말았다. 그녀는 신경쇠약이 발생했고 사람들을 피해 침실에서 나오지 않았다. 그 소식을 듣고 클로에가 아픈 몸을 이끌고 미하이를 찾아갔다. 미하이는 자신과 함께 있다간 더 큰 고통을 당할 거라며 문을 잠그고 클로에를 멀리했다.

"널 사랑한단다, 클로에. 나와 함께 있으면 너까지 위험하게 돼. 난 너만은 이곳에서 반드시 살아 나가길 바란다. 그게 내 유일한 소망이야."

잠긴 문 너머 미하이가 눈물을 참으며 말했다.

"왜 어머니가 숨는 거예요? 어머니가 무슨 잘못을 했다고요."

클로에는 제발 문 밖으로 나와 모습을 보여 달라며 미하이를 설득했다.

"어머니. 전 괜찮아요. 몸도 차츰 나아지고 있어요."

"거짓말을 하는구나, 내 착한 아가. 베슈엘이 네 병을 고치기 위해 동물의 피까지 먹였다는 소릴 들었어."

미하이의 말에 클로에가 잠시 입을 다물었다. 사실이었기 때문이다. 하루의 반 이상을 잠에 취해 누워 있는 그녀는 밤이 되면 괴로움에 몸부림 쳤다. 물로는 해결하지 못하는 갈증을 호소했고 그림자에게 물린 목이 아파 고통스러워했다. 그런 딸을 두고 볼 수 없었던 베슈엘이 벼랑 끝에서 머리를 쥐어짜 내놓은 방안은 피였다.

"인간의 피를 탐하는 그림자에게 네가 물렸어. 놈이 사람의 피를 마시는 건 이유가 있을 거다. 하지만 나는 신을 믿는 사람으로 널 위해 사람의 생명을 뺏을 수는 없어. 그게 미안하다, 클로에."

베슈엘은 짐승의 피를 가지고 와 클로에에게 먹였다. 클로에는 피를 마시면 며칠간 갈증을 느끼지 않았고 아프지도 않았다. 그 사실을 알고 있다는 미하이의 말에 클로에는 죄를 지은 사람처럼 고개를 들지 못했다.

"그렇다고 그 안에 계속 혼자 계시는 건 위험해요. 아버지와 저와 함께 지내는 게 훨씬 안전해요."

"왜 탈출을 하지 않는 거니? 놈에게 목도 물렸으면서 왜 도망치지 않는 거야?"

"탈출은 이미 수없이 시도했어요. 아버지가 절 탈출시키시다가 그림자에게 다리 하나를 잃으셨다는 소식은 듣지 못하셨군요."

"뭐?"

굳건했던 침실 문이 왈칵 열렸다. 미하이는 그게 무슨 소리냐며 수척해진 클로에의 두 어깨를 잡아 쥐었다. 그녀의 얼굴은 눈물범벅이었다. 클로에는 오랜만에 만난 미하이가 다시 숨어 버릴까 봐 얼른 그녀의 손을 잡아 쥐고 베슈엘이 있는 곳으로 안내했다.

"베슈엘!"

미하이는 침대에 누워 있는 베슈엘의 모습을 보고 진심으로 마음 아파했다.

"울지 마시오, 미하이."

"이게 어떻게 된 일이에요? 어쩌다 다리를! 왜 내게 말하지 않았어요?"

베슈엘은 당혹해 자책하는 미하이를 진정시켰다.

"당신의 말이 맞았소. 드디어 놈이 내게도 모습을 드러냈소이다. 놈은 정말 그림자처럼 아무런 형체가 없더군."

"대체 무슨 일이 있었길래!"

"놈으로부터 우리 딸을 구했으니 됐소."

베슈엘은 다리가 절단될 수밖에 없던 사정이 있었다며 그녀가 충격을 받을 걸 염려해 자세한 설명은 생략했다. 미하이는 모두 자신의 탓이라며 자신의 다리가 대신 잘리지 않은 걸 용서해 달라고 말했다. 베슈엘은 그렇지 않다고 단호하게 말했지만 이미 마음에 죄책감이 가득한 그녀는 그의 말을 귀담아듣지 못했다.

미하이는 다친 베슈엘과 아픈 클로에가 지쳐 잠든 그 밤에 극단적인 선택을 했다. 자살을 한 것이다. 하지만 불행히도 손목을 긋고 죽어 가는 미하이를 제일 처음 발견한 건 클로에가 아니었다. 깜빡 잠이 든 클로에가 갑자기 사라진 미하이를 찾다가 그림자와 함께 있는 그녀를 발견하고 말았다. 클로에는 그곳에서 기괴한 장면을 다시 목격했다. 절벽에서 봤던 그 충격적인 광경을.

그림자가 죽어 가는 미하이의 목을 물고 피를 흡혈했다. 그리고 그녀의 입에 자신의 피를 넣어 주고 있었다. 그림자는 미하이를 살리려는 듯 제법 많은 피를 쏟아 내고 있었다. 그림자의 몸이 서서히 형태를 드러내기 시작한 건 그 즈음이었다. 그건 아마도 그림자를 지탱시켜 주는 생명의 원천이 밖으로 흘러나오면서 놈의 정체도 자연스럽게 드러난 것 같았다.

— 마셔라. 마셔라. 나의 피를 마시고 나와 같은 존재가 되어라.

죽어 가는 미하이는 그림자의 피를 제대로 삼키지 못했다. 이미 그녀의 손목을 통해 다량의 피가 흘러 나간 상태라 그림자의 피는 아무런 효과를 보지 못했다. 죽어 가는 미하이가 클로에를 쳐다보았다. 충격에 아무것도 하지 못하고 서 있는 그녀에게 미하이의 손이 어서 도망치라는 듯 꿈틀거렸다.

그리고 미하이는 그걸 마지막으로 눈을 감았다.

미하이의 죽음을 목격한 후 망연자실한 클로에의 옆으로 베슈엘이 칼을 들고 달려들었다. 천년의 역사와 함께 한 칼이었다. 가문의 가보였고 이 나라를 세운 영웅들이 사용한 화이트 성의 자랑이었다. 베슈엘이 그 검을 들고 그림자의 어깨부터 배까지 사선으로 그대로 잘라 버렸다.

"클로에! 어서!"

베슈엘의 우렁찬 목소리에 클로에가 그림자를 향해 무작정 뛰기 시작했다. 달리는 그녀를 베슈엘이 애절하고 애처롭게 쳐다보았다. 클로에는 그런 그에게 마지막 인사를 하듯 고개를 까딱거리더니 그림자의 몸에서 흘러나오는 피를 마시기 시작했다.

"클로에에에!"

그림자가 자신의 몸에 칼을 쑤셔 넣은 베슈엘의 목을 그대로 잘라 버렸다. 클로에는 아버지의 마지막 외침을 들으며 그림자의 피를 더 많이 마셨다.

"아버지. 아버지께 드릴 말씀이 있어요."

클로에는 절벽에서 살아 돌아온 날, 미하이 몰래 베슈엘에게 그날 본 일을 모두 이야기했다.

"그림자가 피를 마시고 피를 준다고?"

"그림자는 인간의 피를 마시면서 생명을 유지하는 것 같아요. 그리고 그 피를 다시 인간에게 줘요."

"어째서?"

"이유는 모르겠어요. 하지만 한 가지 확실한 건 그때 놈의 진면목이 드러난다는 거예요."

절벽에서 사람들의 입에 피를 넣던 그림자는 형태를 드러냈었다. 클로에는 그걸 목격했었다.

"놈이 누군가에게 피를 줄 때 그때를 노리면 될 것 같아요. 그 외엔 그림자의 진면목이 드러나지 않아요. 인간에게 자신의 피를 주는 이유도 분명 있을 거예요. 당연히 좋은 의도는 아니겠죠. 악행을 저지르는 존재가 하는 일이니 결코 이로운 일은 아닐 거예요."

클로에는 베슈엘 앞에 가만히 무릎을 꿇었다.

"제가 그림자의 피를 마시겠습니다. 그의 피를 마시고 그가 원하는 존재가 되겠습니다."

"클로에!"

"그림자를 죽이기 위해선 그와 같은 존재가 돼야 해요. 같거나 동등하거나 아니면 그 이상의 존재가 돼야 합니다."

클로에는 결코 허락할 수 없다는 베슈엘에게 이제 성에 남아 있는 사람도 없다고 말했다. 그건 미하이를 지킬 날도 머지않았다는 말과 일맥상통했다.

"클로에. 설마 네 어머니를 위해 네가 희생하겠다는 거냐? 이 무슨 가당치 않은 말이야? 난 그런 일에 동의할 수 없다! 그런 건 말도 안 돼!"

"누군가는 희생해야 하고 누군가는 살아서 계속 대결해야 합니다. 그래야 지금의 참극도 멈출 수 있어요. 너무 염려 마세요. 피를 마시고 제가 변한다 해도 전 언제나 아버지와 어머니의 딸, 클로에 애드리안이니까요."

클로에가 화이트 성의 대리석 바닥에 입을 맞추며 맹세했다.

"우리의 화이트 성은 아무에게도 줄 수 없어요. 여긴 아버지와 어머니와 제가 함께 산 우리만의 집인 걸요."

베슈엘은 그 자리에서 클로에에게 그의 자리를 물려주었다.

"클로에 애드리안. 이 자리를 빌려 널 화이트 성의 주인으로 임명한다. 눈을 감고 나의 명예를 받거라. 그리고 다시 눈을 떴을 때 이곳의 여왕이 되어 있거라. 우리의 조상이자 이 나라를 처음 세운 그들이 널 보살펴 줄 것이다."

부녀는 서로를 안고 한참 울었다.

"사랑한다, 나의 딸아. 부디 악마에게 지지 말아다오. 만약 악마가 널 죽이려거든 그보다 더 지독한 악마가 되어 그를 이겨 내야 한다. 널 위해 기도할 거다. 죽는 순간까지 너만을 사랑한단다, 애야."

하지만 슬픔도 잠시, 목표를 달성하려던 두 사람의 계획은 실패했다. 인간에게 피를 주는 그림자를 공격했지만 이길 수 없었다. 그리고 그 실패의 대가로 베슈엘은 다리를 잃었다. 기회는 다시 오지 않았다. 계획은 수포로 돌아가는 듯했다. 하지만 그 기회를 오늘 그녀의 어머니 미하이가 주고 갔다.

"놈이 누군가에게 피를 줄 때를 노려야 해! 그게 누구든 그 기회를 반드시 잡아야 해!"

클로에는 기회를 잡았다. 그림자의 생명수를 목 안으로 마구 삼키며 그의 힘을 그대로 먹어 버렸다. 그림자가 입속이 뻘겋다 못해 불타오르는 그녀의 목을 움켜쥐었다. 그는 화가 난 듯했고 제법 분노하는 것 같기도 했다. 그녀의 목을 움켜쥔 그림자 덩어리가 떨렸기 때문이다.

"피를 마시고 피를 주는 존재! 내가 네 피를 마셨다! 내가 너의 피를 모두 마셨다! 하하하하하!"

입가에 붉은 피를 잔뜩 묻힌 클로에가 그의 손아귀 안에서 매섭게 일갈했다.

"널 지켜보고 있었다! 네가 누구냐! 너의 존재가 뭐냐?"

그림자는 두 눈이 시뻘개져 소리치는 클로에를 물끄러미 쳐다보았다. 그림자의 피를 마셨다 해도 당장 아무 변화도 없는데 베슈엘과 미하이의 죽음을 목격한 후인 그녀는 세상에서 제일 섬뜩한 목소리로 그림자에게 질문했다.

— 뱀파이어.

"뱀파이어?"

— 그게 내 이름이다.

그는 죽어 버린 미하이를 보았다.

— 미하이는 내 거다. 나와 같은 존재가 되어야 한다.

"내 어머니는 죽었어! 네가 죽였다! 이곳에 사는 사람들 반 이상을 네가 죽였어! 네 목적이 뭐야? 뭘 원하는 거냐? 사람들의 피를 마시고 그 피를 다시 주는 이유가 뭐냐구!"

그녀의 울부짖음에 그림자가 죽은 미하이를 내려다보았다.

— 신의 축복을 받은 인간 여자에 대한 소문을 들었다. 그 여자를 만

나려 내가 살던 곳에서 이곳으로 왔다. 잠깐의 외출이었다. 하지만 여자를 본 나는 지상에 좀 더 머물기로 생각을 바꿨다.

나는 지상에 있어서는 안 되는 존재. 지상에 머물기 위해 인간의 피를 마시기 시작했다. 인간의 피는 나에게 생명수가 됐고 나는 계속 이곳에 머물 수 있게 되었다. 그런데 그사이 여자가 자꾸만 늙어 갔다. 나는 고민을 했다. 영생의 존재인 내가 인간의 피를 마시고 살 수 있는 것처럼 인간도 나의 피를 마시면 영생할 수 있지 않을까 생각했다.

나는 배가 고프지 않아도 인간의 피를 흡혈했고 그들에게 내 피를 주는 일을 시작했다. 하지만 내 피를 마신 인간들은 오히려 더 급하게 죽어 버렸다. 단 한 명도 살아나지 못했지.

"내 어머니를 영생의 존재로 만들기 위해 그 모든 사람을 희생시킨 거라고?"

— 실험이었다.

클로에는 할 말을 잃었다. 악에 받쳐 버둥거리던 몸에서 힘이 쭉 빠져나갔다. 그림자가 손안의 클로에를 바닥에 툭 떨어트렸다. 그녀의 몸이 비참하게 그대로 바닥에 내동댕이쳐졌다.

— 내 피를 먹은 인간이여. 네가 살아남는다면 넌 불사의 존재가 되어 지상에 군림하게 될 것이다.

"……싫……어."

— 나의 존재는 뱀파이어. 지상에 머물 수 없기에 원래의 자리로 돌아간다.

"……싫……어 ……싫……어."

— 피를 마시고 피를 주는 자여. 그 이름은 뱀파이어.

"싫어! 싫어! 싫어!"

베슈엘의 칼에 잘라진 그림자의 몸이 어느 순간 다시 원상 복구됐다. 클로에는 그런 그림자를 향해 달려들었다. 하지만 그녀는 연기처럼 사라지는 그림자를 잡지 못했다. 낚아채지도 못했다. 그림자는 애초에 없었던 존재처럼 사라지고 어디에도 흔적을 남기지 않은 채 가버렸다.

아아아아아아악.

그녀가 머리를 움켜쥔 채 절규했다. 그녀가 심장을 부여잡은 채 비명을 내질렀다. 그녀가 붉어진 두 눈을 뒤집어 까고 몸을 뒤틀었다.

"나는, 나는, 나는 싫어어어어!"

그것은 복수를 하지 못한 원통함의 소리. 그리고 동시에 그녀의 몸이 인간의 껍질을 벗고 새로운 존재로 탄생하는 고통이 뒤섞인 비명의 소리였다.

데본셔 가문의 검술 연습실.

"곤."

마티어스가 그를 찾아왔다. 새내기 기사들에게 한참 실전 연습 상대를 해 주고 있던 곤이 그의 부름에 잠시 훈련을 중단하고 왔다.

"오늘도 소식이 없어?"

곤이 흐르는 땀을 닦으며 그렇다고 대답했다.

"어떻게 된 거야? 이렇게 오래 걸릴 리 없잖아."

화이트 성에서 치료를 받은 후 마티어스가 완치한 건 그로부터 반년이 더 흐른 뒤였다. 그는 일상생활에 지장이 없을 만큼 몸이 회복됐을 때 자신의 의사를 가문에 피력했다.

"서신을 보낸 지 벌써 반년이 지났는데 아직도 연락이 없단 말이야?"

"영주님 말씀으론 이런 일은 원래 시간이 오래 걸린다고 합니다. 몇 년이 걸리는 곳도 있구요."

"말도 안 되는 소리. 혼담을 주고받는 데 몇 년씩이나 걸린다는 게

456

말이 돼?"

마티어스는 그런 말에 속을 나이가 아니라고 곤을 따끔하게 혼냈다. 그의 나이 벌써 열여덟 살이다. 두 달이 지나면 그는 열아홉 살이 된다. 성인식을 치른 게 벌써 몇 년 전인데 곤은 아직도 그를 어린 도련님 취급이었다.

"설마 아버지가 의사를 제대로 타진하지 않으신 건 아니겠지?"

"데본셔 가문의 영주님은 마티어스님을 제일 사랑하십니다. 마티어스님의 생명을 구해 준 화이트 성에 보낸 보답의 선물을 보세요. 상상을 초월합니다."

"그럼 화이트 성의 영주가 거절을 위해 명분을 찾고 있는 건가?"

"제가 본 화이트 성의 영주는 계산적인 사람이 아니었습니다. 진실과 정의를 좋아하는 사람처럼 보였죠. 거절할 생각이라면 그는 남자답게 답변을 해 줄 겁니다."

곤은 양쪽 편을 모두 들었다.

"곧 소식이 들릴 겁니다. 여유로운 마음을 가지십시오."

"그럼 계속 기다려야 한다고? 언제까지?"

발이 넓은 사람들을 통해 소식에 귀를 기울여 봐도 클로에에 대해 들리는 얘기가 없었다. 아는 게 없으니 속이 더 타들어 갔다. 그래도 정식 연락을 넣어 둔 상태라 섣불리 행동할 수 없었다. 마티어스는 인내를 가지고 연락을 기다렸다.

기어코 해가 바뀌었다. 인내는 바닥이 났다. 답답함에 잠을 이루지 못하고 불면증에 걸려 우울해하던 그는 결국 화이트 성에 갔다 오기로 했다. 각자의 가문에서 내세우는 절차를 무시하면 오히려 혼담이 깨진다며 그의 아버지가 매섭게 반대했지만 마티어스는 의지를 굽히지 않은 채 야반도주 식으로 데본셔 영지를 떠났다.

저 멀리 화이트 성이 보였다. 마티어스는 과거의 실수를 반복하지 않기 위해 일단 마을에 머물며 성에 정식 알현 요청을 하려 했다. 그런데 눈에 들어온 광경들이 뭔가 이상했다. 마을 안으로 들어온 지 한참 됐지만 무슨 일인지 사람들이 보이질 않았다. 가옥들은 전부 텅 비어 있었고 풍요롭던 땅 위에 자라나던 농작물들도 모두 말라비틀어진 채 방치되어 있었다.

"설마."

직감적으로 이곳에 무슨 생겼다는 걸 느꼈다. 원주민의 습격이라도 받은 걸까? 아니다. 이곳은 고작 소수의 원주민에게 좌우될 만큼 우스운 곳이 아니었다. 그럼 다른 성과 전투라도 벌인 것일까? 그 역시 가능성은 희박했다. 전투가 있었다면 그의 가문이 모를 리 없다. 그럼 대체 일 년이 조금 넘는 시간 동안 이곳에서 무슨 일이 벌어졌던 것일까. 마티어스는 말고삐를 움켜쥐고 곧장 성으로 내달렸다.

성의 외관은 특별히 달라진 게 없었다. 단지 이곳에도 사람이 살지 않는다는 걸 보여 주듯 입구가 온통 수풀과 잡초들로 무성할 뿐이었다.

"어떻게 이럴 수가 있는 거지?"

이곳의 아름다움을 직접 보고 느꼈던 그였기에 황폐해지고 망가진 광경이 그저 믿기지 않았다. 견고한 성벽은 여전히 그대로인데, 오히려 성문은 활짝 열려 있는 채였다. 사용하던 집기와 물건도 그대로였다. 이건 마치 사람만 쏙 사라진 모양새였다. 그가 성의 제일 높은 곳을 올려다본 뒤 미친듯이 내달리기 시작했다.

"클로에! 클로에!"

그 많던 시종과 늠름하던 경비병들은 하나도 없었다. 용맹한 화이트 성의 기사들도 보이지 않았다. 거대한 석상 몇 개가 입구 앞에 깨져 있었다. 벽면에 우아하게 그려져 있던 예술가의 벽화는 커다란 갈고리에 잔뜩 긁혀 있었고 바닥에 깔려 있던 고급 양탄자 위엔 정원에서 들어온 뱀 몇 마리가 기어 다니고 있었다.

그가 허리에 찬 긴 장검을 손에 쥐고 성 위로 빠르게 달리기 시작했다. 빛이 들어오지 않는 위쪽은 갈수록 스산하고 음산했다. 전에 그가 느꼈던 안정적인 분위기는 한 점도 남아 있지 않았다. 분위기만 바뀌어 있는 게 아니었다. 계단을 뛰어 올라갈 때마다 좋지 않은 냄새가 맡아지기 시작하더니 어느 순간 대리석 바닥 위에 백골이 된 사람의 시신들이 보이기 시작했다. 썩어 가는 동물의 사체도 많이 쌓여 있었다. 마티어스는 함부로 방치되어 있는 그것들을 피해 그녀와 그가 만났던 곳으로 방향을 틀었다. 달리던 그의 발이 어느 순간 걸음을 멈췄다.

영주의 접견실 안에 있는 커다란 의자에 그녀가 앉아 있었다.

바닥까지 흘러 내려온 헝클어진 긴 머리카락. 때 묻은 흰색의 드레스 아래 삐쭉 내밀어져 있는 한쪽 다리. 그리고 양손잡이를 잡고 있는 손가락 끝의 날카로운 손톱들.

"클로에."

그녀는 클로에였다. 마치 죽은 듯 미동도 하지 않고 수풀처럼 자란 머리카락으로 얼굴을 가린 채였지만 분명 클로에가 맞았다. 반가움과 동시에 의구심이 솟구쳤다. 경계심도 한껏 묻어났다. 그래도 이런 곳에서 그녀를 다시 만난 것이 기뻐 다가가려는 순간이었다. 그녀의 안광이 번뜩이는가 싶더니 갑자기 그녀가 그를 향해 몸을 날렸다. 놀란 마티어스는 순간 제자리에 주저앉으며 옆으로 굴렀다. 공격할 거라곤 생각 못 해 검을 쓸 여유조차 없었다. 그런데 고개를 들어 확인하자 그녀가 공격한 건 그가 아니라 사슴이었다.

어그적.

클로에가 복도를 지나가던 사슴의 머리통을 통째로 씹으며 피를 들이컸다. 숲에서 내려온 사슴이었다. 숲에 사는 동물들은 사람이 살지 않는 화이트 성에 종종 내려와 놀고 가곤 했다.

"그만둬! 당장 그만둬!"

기괴한 장면에 놀란 그가 그만두라며 연거푸 소리를 질렀다. 피를 마시던 클로에가 퍼뜩 고개를 들더니 그를 향해 돌진해 왔다. 이번엔 그도 정신을 차리고 검을 휘둘렀다. 검과 갈고리가 부딪혔다. 하지만 그건 단 한 번뿐. 마티어스의 검은 클로에의 무한한 힘 앞에서 힘 한 번 못 써 보고 그대로 동강이 났다. 클로에가 그를 찢어발기려 했다. 그녀는 그를 알아보지 못할 뿐 아니라 사물 자체를 인지하지 못했다. 그가 그녀의 배를 찌르고 말았다. 덮쳐 오는 맹수를 제지하기 위한 방법은 그것뿐이었다. 그를 집어삼키려던 클로에가 그의 몸 위에서 움직이지 않았다. 동강 난 칼로 그녀를 찌르고만 마티어스가 과거의 그날처럼 차마 미안하다는 말도 못 하고 제발, 이라는 눈빛을 보냈다. 더 이상 공격하지 말고 물러서라고. 그렇지 않으면 또 한 번 널 찌르게 될 거라고 애원했다. 클로에가 주춤 뒤로 물러섰다. 피가 흐르는 배를 움켜쥔 그녀가 낯선 고통이 이상하게 느껴지는지 다시 원래 앉아 있던 의자로 갔다.

"클로에. 대체 무슨 일이 있었던 거야? 이 넓은 성 안에 혼자 남아서 뭘 하는 거야? 너 지금 대체 뭐가 된 거냐구!"

가까이 다가갈 수 없기에 그는 힘없이 외치기만 했다. 빛도 없는 어둠 속에서 혼자 있었을 그녀를 떠올리니 마음이 아팠다.

"대답해 봐! 클로에!"

대답하라는 그의 외침을 제대로 들은 건지 피가 나오는 배를 움켜쥔 그녀가 낮은 목소리로 말을 하기 시작했다.

"마을 사람 모두를 죽였다. 곧 이곳을 떠날 사람들이었지. 그들을 먹고 농장의 가축도 모두 먹어 치웠다. 고작 이틀 사이에 전부."

클로에는 그 말을 하며 흰색의 드레스는 그래서 검붉은 갈색으로 변했다고 말했다.

"어린아이 남녀노소 모두 다 먹다 보니 나를 점점 잊게 됐다. 누구의 피를 먹든 스스로를 잊어선 안 되는데 자꾸만 변해 가. 어느 날, 누군가의 피를 마시다 불현듯 생각이 났더랬지. 그 후엔 그 기억을 잃어버리지 않기 위해 이곳에 앉아 살고 있다. 아버지와 나는 이 자리에서 약속했었어. 나는 그걸 기억해 냈다."

눈을 감았다 뜨면 이곳의 여왕이 되어 있을 거라고도 했다. 하지만 그 시간은 아직 먼 걸까. 이 자리에 앉아 창가의 달이 사라졌다 다시 나타나는 걸 계속 지켜봤다. 그런데도 아직인 걸까.

클로에가 고개를 숙였다. 숙인 고개 아래 피가 흘러나오는 배가 보였다. 피가 흘러나오면 그림자처럼 생명을 잃는다. 그 사실을 떠올린 클로에가 갑자기 고개를 쳐들었다.

"나의 생명수를 네놈이 감히!"

그녀가 서 있는 그를 향해 몸을 날렸다. 시퍼런 날이 날아오는 느낌이었다. 피할 새도 없었다. 무기가 사라진 마티어스는 도망치기 시작했다. 갑자기 어디선가 수많은 박쥐들이 날아와 그의 앞을 가로막았다. 계단을 내달리던 그가 앞으로 고꾸라졌다. 이마에서 피가 흐르는 것도 모르고 뒤를 돌아본 그는 무자비한 속도로 자신을 향해 달려오는 클로에를 보았다. 그리고 목에서 반짝이는 데본셔가의 펜던트도 보았다. 그녀의 갈고리가 그의 머리통을 낚아채려는 순간이었다. 마티어스가 필사적으로 도망치며 소리쳤다.

"클로에 애드리안! 나는 네가 누구든! 네가 무엇이든! 널 사랑할 거다! 두려워 않고 사랑할 거야!"

그가 목숨을 걸고 입구를 향해 달리면서 계속 소리쳤다.

"네게 혼담을 넣은 것은 결코 장난이 아니야! 데본셔 가문도 우리의 혼사를 인정했어. 네 대답만 남은 거야!"

그가 입구를 향해 쓰러지듯 발을 뻗었다. 햇빛이 쏟아지는 밖으로 클로에는 나오지 못했다. 오랫동안 어둠 속에 숨어 있었기 때문인지 지금 당장은 나오고 싶지 않은 모양이었다. 씨근거리는 핏빛의 여자가 어둠 속에서 그를 향해 으르렁거렸다. 빛과 어둠이라는 각자의 영역 속에 서 있는 두 사람. 그녀는 화이트 성의 어둠 속에, 그는 태양이 쏟아지는 그 밖에 서 서로를 마주 보았다. 마티어스는 그것이 그녀와 그 사이에 놓인 다른 세계라는 걸 알았다.

"넌 뭐가 된 거지?"

마티어스가 자신을 노려보는 그녀에게 물었다.

"뱀파이어."

"그래. 뱀파이어. 그 이름 잊지 않으마."

마티어스가 자신을 노려보는 그녀를 마주 노려보며 말했다.

"다시 돌아오마. 그때까지 너도 여기서 꼼짝 말고 기다려."

그는 자신이 타고 온 말을 그녀가 서 있는 화이트 성 안에 집어넣어 주고 사라졌다. 사라지는 그를 보며 이빨을 드러내고 씨근대던 클로에도 어느 순간 소리 없이 어둠 속으로 몸을 숨겼다.

눈이 오는 소리를 들었다. 쌓인 눈 위에 다시 쌓이는 눈송이들의 그 적막한 소리를 의자에 앉아 있는 클로에는 숫자를 세며 전부 들었다.

언제부터 의자에 앉아 생활했는지 기억나지 않는다. 언제까지 이곳에 앉아 있어야 하는지도 모른다. 영생은 무덤 속에 누워 있는 것과 같아서 기억나는 게 특별히 없었다. 피를 먹지 않은 지도 오래 됐다. 가끔 참을 수 없는 욕구를 느껴 숲으로 뛰어나가기도 하지만 이젠 폭식을 하거나 광폭하게 살인을 하지 않아도 피를 섭취하는 방법을 터득했다. 시간이 그만큼 흘러 버렸다. 사라진 마을에 다시 사람들이 살

만큼 많은 시간이 흘렀다.

그사이 열려 있던 화이트 성의 성문은 닫혔고 닫힌 문 안에는 여전히 그녀 혼자 살고 있다. 벌어진 틈 어느 사이로 나비가 날아와도 그녀는 계절을 몰랐다. 발아래 지나가던 거미가 밟혀도 그녀는 느끼지 못했다. 말을 잃어버린 지 오래였고 생각을 못 한 지 오래였다. 그래서 먼지와 수풀에 닫혔던 문이 열리는 소리에도 몹시 둔했다.

의자에 앉아 허공에 떠다니는 먼지를 보던 눈은 그래서 그녀의 시야를 막고 선 남자를 알아보지 못했다.

남자는 뚜벅뚜벅 무서움도 없이 그녀가 앉은 의자 쪽으로 걸어오더니 다짜고짜 그녀의 목에 걸린 펜던트를 확 잡아당겼다. 피부를 스치고 간 그의 손의 온도가 묘했다. 순간적으로 뜨거웠던가. 아니면 시리도록 차가웠던가. 어쩌면 둘 다?

"이제 이 펜던트는 버려. 진짜 널 지켜 줄 수 있는 건 이런 게 아니라 나라는 남자니까."

그녀가 어둠 속에 고요히 서 있는 그를 향해 고개를 들자 그가 펜던트를 가루로 만들어 버렸다. 공기 중에 가루가 흩날렸다.

"그리고 진짜 나체는 실물로 보는 게 더 나아."

그가 얼음보다 차가운 손으로 그녀의 얼굴을 감싸 쥐었다.

"클로에. 내가 말했지? 나는 다시 돌아온다고."

말을 잃은 그녀가 그가 누군지 가늠해 보는 눈을 했다.

"그래. 나야. 마티어스. 데본셔의 어린 소년 기사였던 갑옷 속의 그 남자."

그가 그녀를 의자에서 일으켜 세웠다.

"오래 기다렸지? 약속을 지키기 위해 나도 지상을 오래 헤맸어. 그때로부터 얼마나 흐른 걸까."

시간은 그도 가늠하지 못한다고 했다.

"우리의 시간은 인간의 시간과 다르니까. 안 그래?"

그의 입술이 그녀의 입술 위로 포개어 내려왔다. 둘은 어둠 속에서 꽤 오래 키스를 나눴다. 이제 이 키스를 시작으로 두 사람은 과거를 뛰어넘어 새로운 세계로 입성할 것이다. 그 세계로 입성해 지상에 안착할 것이다. 죽은 화이트 성에 다시 장미향이 돌기 시작했다. 어디선가 꽃망울 터지는 웃음소리도 들렸다.

"아벨라 모리스. 기억은 잊어도 사랑은 잊지 마. 그럼 억겁의 세월도 모두 견딜 수 있어."

"클로에 애드리안. 잊지 마. 네가 누구든, 어디의 무엇이든, 나는 너를 사랑하리라는 걸."

여왕이 죽으면 뱀파이어도 함께 소멸한다는 말은 거짓이다. 진짜 오리지널은 그녀가 아니기 때문에 그녀가 죽어도 뱀파이어는 지상에서 사라지지 않는다. 하지만 지상에서 가장 오래된 뱀파이어는 역시 그녀뿐이다.

그녀의 이름은 클로에 애드리안. 밤을 지배하는 뱀파이어다.